U0513467

國家社科基金重大招標項目
國家古籍整理出版專項資助項目
北京師範大學中華文化研究與傳播學科交叉平臺項目
全國高等院校古籍整理研究工作委員會資助項目

杜桂萍 主編

清代詩人別集叢刊

吳鎮集彙校集評

上

冉耀斌 輯校

人民文學出版社

圖書在版編目（CIP）數據

吴鎮集彙校集評：上下/杜桂萍主編；冉耀斌輯校. —北京：人民文學出版社，2023
（清代詩人别集叢刊）
ISBN 978-7-02-017710-3

Ⅰ. ①吴… Ⅱ. ①杜… ②冉… Ⅲ. ①古典詩歌—詩集—中國—清代 Ⅳ. ①I222. 749

中國版本圖書館 CIP 數據核字(2022)第 239709 號

責任編輯 杜廣學
裝幀設計 黄雲香
責任印製 張 娜

出版發行 人民文學出版社
社 址 北京市朝内大街 166 號
郵政編碼 100705

印 刷 三河市中晟雅豪印務有限公司
經 銷 全國新華書店等

字 數 930 千字
開 本 880 毫米×1230 毫米 1/32
印 張 46 插頁 5
印 數 1—1500
版 次 2023 年 4 月北京第 1 版
印 次 2023 年 4 月第 1 次印刷

書 號 978-7-02-017710-3
定 價 230.00 圓(全二册)

中國國家圖書館藏乾隆年間刻、嘉慶年間重刻吳鎮《松花庵集》中宋良治摹吳鎮畫像

松花菴詩草

臨洮吳　鎮信辰

擬古

渴亦不能飲饑亦不能餐倦亦不能寢但念心所歡所歡復何在咫尺青雲端豈無人所愛子若桂與蘭豈無我所愛子若肺與肝斑斑海中石文理成波瀾頑石猶變化何論寸心丹

楊白花

中國國家圖書館藏清乾隆年間刻、嘉慶年間重刻吳鎮《松花庵詩草》

清代詩人別集叢刊總序

昔人謂『文以興教，武以宅功』。古時國家以興學崇教爲首務，議禮以定制度，考文以興禮樂，乃有文治彬彬稱盛。於今『文化强國』，亟需傳承弘揚中華優秀傳統文化。古籍整理作爲其中關鍵之一環，具有極爲重要的意義。近三十年來，古籍整理日趨興盛，已經成爲學術研究的時代熱點和文化傳承的日常內容。各類型的整理工作可圈可點，各維度的文獻整合則又增添了别樣的景觀。新世紀以來，明清文獻整理和研究異軍突起，引人注目，如今已成爲古籍整理領域的重頭戲。

相比於清代戲曲、小説文獻的整理，清詩文獻的整理工作開始並不算晚，幾乎與清詞文獻的整理同步啓動。可惜的是，儘管有好古敏求之士多次倡導，皆因時機不夠成熟而沒有形成規模和氣候。其中主要的因素，當與清詩數量巨大直接相關。據估算，清人各種著述總約有二十萬種，其中詩文集超過七萬種，存世約四萬種，有作品傳世的詩人約十萬家，有詩文集存世的作家當在萬人以上，詩歌作品近千萬首。皮藏情況尚需進一步調查，大量文獻尚散存於民間，以及相關文獻狀態駁雜不易辨析等，也是很多工作推進困難的重要原因。總之，難以一時彙爲全璧，始終是《全清詩》文獻整理不能全面展開的歷史與現實之惑。

儘管如此，相關的學術準備始終在進行著，且日見規模。譬如，上世紀开始由上海古籍出版社出版的《中國古典文學叢書》、中華書局出版的《中國古典文學基本叢書》（以别集論，前者約收一百二十種，後者約收九十種），都包含了一定數量的清代詩人别集（至二〇一六年，前者共收九種，後者共收四種）。新推出者新意頗多，如陳永正《屈大均詩詞編年輯校》（上海古籍出版社二〇一七年版），而一些修訂重版者則顯爲精進，如俞國林《吕留良詩箋釋》（中華書局二〇一五年初版，二〇一八年再版），皆以不同面相爲清代别集文獻的整理和研究提供了新的理念和視野。其他出版機構也在留意清人别集的整理和研究，如國家圖書館出版社影印出版《清代家集叢刊》（徐雁平、張劍主編）、鳳凰出版社陸續推出《中國近現代稀見史料叢刊》（張劍、徐雁平、彭國忠主編）等。人民文學出版社也在高度關注這一重要領域，先後出版《明清别集叢刊》、《乾嘉詩文名家叢刊》等，集中力量於明清文人别集的整理和研究，實有後來居上之勢。凡此也表明，學界和出版界皆已體現出高度的學術自覺，意識到清代詩文文獻的重要性。尤其是人民文學出版社，已不僅僅著眼於名家之作，對那些於文學史、文學生態結構中發生重要影響或特殊作用的文人及其文獻遺存也予以關注，這既符合文獻整理的基本原則，又有利於彰顯文學研究的開放性視角，進行多面向的學術路徑的拓展。

正是在這樣的學術語境中，由我擔任首席專家的國家社科基金重大招標項目《清代詩人别集叢刊》於二〇一四年獲批，有計劃的系統性的清代詩人别集整理工作得以展開。相關成果陸續成編，彙爲《清代詩人别集叢刊》，以奉獻給學界。

我們並没有選擇原書影印的整理方式，而是奉行『深度整理』的基本原則。以影印方式整理，固然可以使研究者得窺作品之原貌，也有利於及時呈現和保護一些珍稀古籍版本，如上海古籍出版社出版的《清代詩文集彙編》、國家圖書館出版社出版的《清代詩文集珍本叢刊》等，都具有重要的學術價值。

不過，點校、注釋、輯佚等整理方式無疑更能體現出古籍整理的學術深度。事實上，隨著文化語境的改變和學術研究的深入，文獻整理的功能也在不斷拓展，不僅應提供基礎性的文獻閱讀，還應具有學術研究的諸多要素，卽在學術史的視野中呈現文獻生成的複雜過程和創作主體的生命形態，而這正是《清代詩人別集叢刊》選擇『深度整理』方式的理念和前提。

『深度整理』指向和强調『整理卽研究』的古籍整理思想與學術精神。以窮盡文獻爲原則，以服務於學術研究爲目的，於整理過程中注入更明確、豐富且具有問題意識的科研内涵，使古籍整理進一步參與當代學術發展。也就是說，在一般性整理的基礎上，借助於多種方法的綜合運用，爬梳文獻，考證辨析，去僞存真，推敲叩問，完成既收羅完備、編排合理，又在借鑒以往成果基礎上推進已有研究、表達最具前沿性的科研創獲的詩人別集整理本。這既是古籍整理基本要義的延伸和拓展，也符合與時俱進的學術發展訴求，應是整理工作之旨歸所在。

如是，《清代詩人別集叢刊》突出了以下幾個方面的整理工作。

一、前言。『前言』的撰寫，不泛泛介紹作者生平和創作的一般狀況，而注重於文獻、文學、文化等視角，對著者生平進行考述，對著述版本源流加以梳理，對別集的文學價值、影響進行具有文學史意義的判斷。『前言』應是一篇具有較强學理性、權威性和前沿性的導讀佳作。

二、版本。別集刊刻與存世情況往往因人而異，或版本複雜，或傳本稀少。『必先定其底本之是非，而後可斷其立說之是非。』（段玉裁《與諸同志書論校書之難》）本叢刊堅持廣備眾本，謹慎比對，選出最佳的工作底本和主要校本，力爭使新的整理本成爲清詩研究的新善本和定本，爲學界放心使用。

三、輯佚。清代文獻去今未遠，除大量別集、總集外，清人手稿、手札、書畫題跋等近年時有發現，散存於方志、家譜的各類佚文亦在不斷披露中。故以求全爲目的，盡力輯佚，期成完帙，並合理編纂。務使每一種整理本成爲該詩人別集的全本，這也是提升整理本學術含量的重要舉措。

四、附錄。附錄豐富與否是新整理本學術含量高低的重要標志，實爲另一種形式的研究。如年譜簡編以及從族譜方志、碑傳志銘、評論雜記中勾稽出的相關研究資料等，對全景式展現詩人生命歷程、深入探究詩人乃至其時代的文學創作十分必要。有時文獻繁雜，需精心淘擇和判斷，强化『編纂』意識，避免文獻堆積，充分體現深度整理的學術含量。

古籍文本生成於歷史，負載了豐富的歷史文化信息。對於整理者而言，不僅應使古籍文本能夠被有效閱讀，還應借助閱讀活動等促其進入公共和現實視域，成爲當下文化結構的有機組成部分。也就是說，整理活動本身應始終處於在場的文化狀態，立足於學術史，並直面其所處之研究領域的一些難點、疑點和熱點問題，進而通過整理過程中的辨析、考論解決文學演進中的某一方面或幾個方面的問題，形成專題性研究，這是深度整理應達成的重要目的。所以，整理活動其實是一個思維創新的過程，指向的是知識和觀念整合的結果。考訂史實，發現文本之間的各種意義和多層面内涵，使之成爲當代人可閱讀的文學文本，並參與歷史與現實文化建設，其實也是在回答我們進入歷史的方式。

總之，以窮盡文獻、審慎校勘爲路徑，以堅實、充分的文獻史實研究爲基礎，通過對文獻的慎用和智用，借助歷史的、邏輯的思路甚至心靈的啓迪，系統、全面地收集、篩選史料，勾連、啓動其内在聯繫，從而將古籍整理與史實探析深度結合，强化了整理性學術著作的研究内涵，是一種真正包含了主體自由性的學術實踐活動。這種由專門研究完善古籍整理、由古籍整理深化專門研究的深度整理方式，對整理者的研究意識和整理本的學術含量都提出了更高的要求，不僅標示了整理觀念和方法上的更新，更是當代學術發展的必然訴求。我們願努力嘗試之，並推出一系列具有較高水準和重要學術意義的整理成果。

杜桂萍　二〇一八年十二月十六日

總目錄

松花庵續集

玉芝亭詩草

序

吴鎮，字信辰，號松厓，別號松花道人，狄道（今甘肅臨洮）人，是清代甘肅著名詩人之一。由明入清，甘肅有兩位有影響的詩人，一爲郝璧，另一位卽臨洮人張晉。張晉因『科場案』的牽連死於南方，一百多年之後，吴鎮主持編選並刻成《戒庵詩草》六卷。曾任甘肅伏羌（今甘谷）知縣，後擢爲靈州知府的江蘇金匱（今無錫）人楊芳燦於此書後有《識》：『松厓吴公，有意表彰之，當去其取快一時而不甚經意者，康侯之真面目出矣。』吴鎮給袁枚的一封信説：『狄道先輩，有張康侯、牧公及前安定縣令許鐵堂者，皆真正詩人也。僕爲刻其遺稿，而貴門人楊君蓉裳皆加校訂焉。表彰前賢，此係吾曹之要事，不但如並世之袞袞者，尚可聽其浮沉也。』我從小聽先父子賢公講到過臨洮的張晉、吴鎮兩位詩人。一九八〇年夏應《甘肅農民報》約稿承擔『隴上詩選注』欄目，一九八四年爲省電臺撰『甘肅古代作家作品』專稿，讀了其《松花庵全集》中的幾卷詩，爲那些豐富精彩的内容與動人心弦的詩句所吸引，沉浸其中，反復玩味，不忍釋卷。當時曾有編校其詩集的想法，但苦於其版本難以搜集齊全，未敢下手。然而對吴鎮的這種熱心整理前輩學人著作的情懷深爲欽敬。

吴鎮一生仕宦於陝西、山東、湖北、湖南，罷官之後又應陝甘總督福康安之聘爲蘭山書院山長，前後同國内學界、詩壇名家如王鳴盛、袁枚、牛運震、楊芳燦、劉紹攽、胡釴等俱有交往，多有贈答之作及討論詩作之文字。故其詩題材廣泛、内容豐富，無論是描寫山川風光、名勝古跡、風土人情，還是吟詠社會人事、友朋往來、升降榮辱，俱能筆底傳情，動人心弦，能表現作者之所聞、所見、所想，而引人入其境界，給人以真切的感受。即如其吟詠古跡之作，也能充分展現作者的思想與情懷。如《屈原岡》云：

小徑石盤陀，牢騷尚未磨。行吟蘭蕙遠，側望虎狼多。風雨連三戶，丹青寄《九歌》。招魂何處是？山鬼翳寒蘿。

作者於題下注：『內鄉。』則屈原岡其地在河南省西南部，當丹水之東北，正在古所謂楚人發祥地古『丹陽』之地（當丹水北面）。楚人在遷於鄢郢上都之前居於丹陽，且興起於丹陽，故那裏有楚『三戶』之地。屈原被流放漢北（郢都以東漢水北面）時有可能北上至鄢郢及丹陽三戶之地尋訪楚人舊跡，祭祀祖先。吳鎮於乾隆四十一年由山東陵縣知縣陞遷赴湖北興國州知州任，應過其地，作詩詠懷，表現出他對我國偉大愛國詩人的懷念與對於屈原當時政治形勢的看法，其中自然也隱含著對自己所處時代政治的感慨。吳鎮還寫有《三閭祠》、《宋玉宅》、《讀楚辭偶作》，都可以看出其深沉的詩騷情懷，可見其對屈宋之作的愛慕。至於其《令尹子文祠》、《子產祠》、《魯子敬祠》、《關聖廟》、《趙子龍祠》、《張翼德祠》、《白太傅祠》、《伯牙臺》、《齊王建故居》、《張茂先宅》、《楊再興墓》等二十來首拜謁古人祠堂、故宅之作，以及《華不注》、《二酉山》、《黃鶴樓》等詠贊古跡之作，也都是發思古之幽情，見切時之真愫。由之也可以看出詩人的博學和對古代歷史、有關典籍的了然於心。如七律《黃鶴樓》中頸聯二句：『十洲花謝雲空返，三戶烟消水不知。』詠史與寫景融爲一體。顧墨園評曰：『「三戶」句足敵崔詩人，今呼松厓爲「三戶太守」矣。』此詩與崔顥之同題作相比，實難說短長。李太白言『眼前有景道不得，崔顥題詩在上頭』，登黃鶴樓而未能題詩。然而崔顥只說到與黃鶴樓有關的神仙傳說，吳鎮則想到了『楚雖三戶，亡秦必楚』的『三戶』，則別出機杼，也並非重複其詩材，只是變了一下說法。

吳鎮宦游北達洙泗，南至沅湘，經歷廣，見識多，既博學好思，留意史跡，又關切時政，究心民情，故詩作題材廣泛，內容豐富，如《文心雕龍·神思》所謂『寂然凝慮，思接千載；悄焉動容，視通萬里』，引讀者上下數千年、南北數萬里作精神、思想的遨遊，受到人生哲理的啓迪。

吳鎮唱和題贈之作也一樣充滿真情，又顯示出作者廣泛的閱歷與深刻的見識。如《贈王西和敬儀》五古六首，題下注：『鳴珂，定州人。』其第一首前四句記其結交之原委：

僕本西陲士，雅懷燕趙風。廿年遊京都，識子逆旅中。

其二以自己的家鄉開篇，寫王鳴珂以舊相識身份拜訪自己的情景：

吾州古巖邑，別駕實清要。驥足偶騰超，使君遂坐嘯。謂言長官臨，乃是故人到。相對問年華，升沉各一笑。洮水但冰珠，瓊瑤何以報。

『洮水但冰珠』是寫『洮河流珠』之景象。洮河流經之地多山地，冬天氣候冷，水浪濺起之後在空中便結成冰珠落下，漂於水面。王鳴珂，字敬儀，乾隆二十九年（一七六四）到西和任知縣，有詩才，重視縣上的文化建設。兩宋之間著名道教人物薩守堅墓在西和城南岷郡山，荒蕪無人過問，王鳴珂親題『薩真人之墓』，修墓園得以保護至今。又有《毓龍泉》刻石，上有王鳴珂等三人之詩，爲保護西和一景盡心。他與吳鎮是路途相識，而專道去訪，可見他對吳鎮的欽佩。吳鎮這一組詩的第五首也寫到西和，由之說到王鳴珂的清平吏治，也寫出自己對於從政的看法：

西和古祁山，漢相之所營。國小多暇日，彈琴訟獄平。君才如卓魯，勿嗷世俗名。牧羊鞭其後，察魚戒水清。廉吏亦可爲，靜虛乃生明。

詩中『漢相』指諸葛亮。『廉吏亦可爲』一句是由《孫叔敖碑》中『廉吏而可爲而不可爲』，『廉吏而可爲者，當時有清名；而不可爲者，子孫困窮被褐而賣薪』而來（載《隸釋》卷三）。『卓魯』指東漢的卓茂、魯恭，爲著名的循吏（見《後漢書·卓魯魏劉列傳》）。『察魚戒水清』是承《大戴禮記·子張問入官》中『水至清則無魚，人至察則無徒』之意，言一個人如過於苛求，就沒有朋友，也難以與人共事。由這一組詩卽可看出卽使是偶然相遇結識的朋友，他贈詩也不是隨便應付，而是真情實意，諄諄告誡。同時，我們也由其詩可以看出他的博學，運用典故旣貼切，含義又深沉，可堪品味。

乾隆十二年，吳鎮再次就學於蘭州蘭山書院。當時著名經學家、詩人牛運震主講於蘭山書院。牛運震論詩重漢魏盛唐，吳鎮從其說，在這方面打了較好的基礎。中年以後傾向於『性靈』派，並兼取『格調』派等詩說中合理成分，不專主一格，故其詩無論取意、格局、鑄詞用字都從容自然，而意境開闊，又甚堪玩味。吳仰賢《小匏庵詩話》卷五中說：

乾隆朝西陲能詩者，以狄道吳松厓鎮爲最。嘗從牛真谷運震遊，真谷詩得派於北地，北地爲松厓鄉先輩。然松厓轉益多師，不拘一格，《公安雜詠》云：『勿薄公安派，三袁已到家。』《謁何大復祠》云：『藐姑冰雪在，塵粃愧儂詩。』讀此知其所取益廣矣。

說得很是。文中的『北地』指李夢陽，是明詩壇前七子的首領，倡導文學復古的重要人物。李夢陽當時高舉復古的大旗，有振奮萎靡文風及對抗詩壇脫離現實、阿諛粉飾之詩風的目的，具有積極意義，而後人承其流又往往陷入模其形而忘其神的模擬斜道。吳鎮轉益多家，正見其思想之開闊，與立意之高遠。

這裏還要指出的一點是，吳鎮詩中表現出對於家鄉的真切熱愛之情。其古詩《故鄉行》云：

故鄉如故人，相別愈相親。故人如故鄉，相見還相忘。憶我出門已數月，昔時柳綠今飛雪。擬跨白鳳造天門，中道風摧羽毛折。歸來卻掃舊廬園，栽花種竹隨所便。我雖不及蘇季子，尚有城南二頃田。

詩第四句『相見還相忘』，不是說互相忘記，而是說故人在一起大家都安然相處，怡然自得，如魚之在水。《莊子·大宗師》中說：『泉涸，魚相處於陸，相呴以濕，相濡以沫，不如相忘於江湖。』詩人以爲人之在故鄉，如魚之在江湖之無憂無慮。其倒數第二句蘇季子指戰國時著名的縱橫家人物蘇秦。《戰國策·秦策一》載，蘇秦赴秦國遊說，說秦王之書上了十次，均不被采納，所帶黃金花盡，資用乏絕，離秦回洛陽之時，腳著破履，擔著行李，『形容枯槁，面目犁黑』。到家後妻子在織布，不理他，嫂子不給做飯，父母也不和他說話。後來遊說趙王成功，封之爲武安君，『受相印，革車百乘，綿繡千純，白璧百雙，黃金萬鎰』。詩的末兩句是說自己雖然不及蘇秦後來那樣榮耀，但罷官回到故鄉也沒有像蘇秦那樣受到冷落，尚有二畝地可以生活。從自己罷官歸田後的感受，說明了故鄉、故人的親密可靠，表現出深深的情感。

他的很多詩如《我憶臨洮好》、《題哥舒翰記功碑》、《金城感懷》、《李匯川雨中邀飲五泉二首》、《初秋後遊五泉》、《水車園》、《一叢花·五泉感舊》、《棲雲山》（題下注：『本興隆之西山，今仍其舊爲棲雲。』）、《興雲山》（題下注：『卽興隆也，今易興雲。』）、《再題興雲山》等已膾炙人口。仕游在外之時，一些不相關的題材，也表現出他對家鄉的思念。如《渡河》云：

客從江漢來，遙見大河喜。笑示舟中兒，此吾故鄉水。

充分表現出他時時思念著家鄉及以此教育孩子的情形。

總之，吳鎮是清代甘肅很有成就的詩人，不少著名詩人與他有文字往來，在當時詩壇有一定的影響。當時、後來之詩人學者也對他十分重視，袁枚《隨園詩話》等多種詩話及況周頤《蕙風詞話》不止一次地提到他，對他藝術上的成就予以評說。

上世紀八十年代，我編校的《張康侯詩草》即將問世之時，定西教育學院（即後來之定西師專）中文系教師趙越先生贈我《松花庵詩餘注釋》；《張康侯詩草》出版三年後，趙越先生的《吳鎮詩詞選注》也出版。我曾鼓動趙越先生將吳鎮詩文全部加以整理，但不想數年後趙越先生去世。雖然此前此後有關甘肅詩人作家的選集中都有吳鎮的詩在其中，但範圍有限，文字、注釋方面也時有缺憾。因爲吳鎮之詩詞版本較多，舊的刻印本多有訛誤缺失。而對其作品的文字校勘工作做得不到家，難以做好其他的工作。

二〇〇一年，冉耀斌同志考爲我校張兵教授的研究生，攻讀明清文學。耀斌爲宕昌人，與我算是隴南老鄉，多有接觸，張兵教授也是甘肅人，我們常談到對於本省重要作家的詩文集進行整理研究的問題。因爲碩士研究生階段讀書有限，學位論文多集中在文學史上著名作家的研究上，形成全國研究生學位論文重複率很高的狀況，再加上博士學位論文，對一些著名作家重複研究的情況大量存在。對本省、本地作家進行文獻和有關史事背景的調查要方便得多，容易做到作家生平研究與文本搜集、解讀等方面的推進、擴展與創新，而且和地方文化建設事業聯繫也比較密切，但以往這方面的選題反倒關注較少。耀斌的學位論文後來確定爲『吳鎮詩詞研究』，在張兵教授指導下做了些開拓性的工作，得到答辯委員會各評委的好評。

耀斌同志取得碩士學位後留校工作，然後到南京師大陳書録先生門下攻讀博士學位。陳書録先生考慮學生此前的學術積累及興趣所在，將耀斌的博士論文選題定爲『清代三秦詩人羣體研究』。在導師精心指導下，耀斌在這方面又做了不少挖掘、清理的工作，取得了突出的成績。耀斌於二〇一二年取得博士學位，仍回校工作。他一面上課，一面修改博士論文，同時也不忘由碩士論文而引出的另一個課題：對吳鎮詩詞作品的全面整理。五年來，教學之外，科研上這兩方面工作在同時進行中。今年四月，他的博士論文《清初關中詩人羣體研究》由中國社會科學出版社出版。現在，他的《吳鎮集彙校集評》也已完成。耀斌同志和真正指導他完成了這個項目的張兵教授都讓我給這本書寫序。推辭不掉，談一點自己的看法。

我大體讀之，覺得這部書的價值在以下兩個方面：

一、增輯了一些《松花庵集》未收入的詩作。吳鎮詩詞流傳較廣，作者選擇也比較嚴格，所以一些作品在刊刻的時候被淘汰了，但是在其《松花庵詩話》和一些地方志中還保留有一些集外詩詞。耀斌同志通過大量閱讀相關文獻，從各種資料中搜集了相當數量的吳鎮集外詩詞。如《和黃昆圃先生》五首卽是（輯自《松花庵詩話》）。黃叔琳，字昆圃，康熙辛未賜進士，官至吏部侍郎，有《文心雕龍輯注》，學者重之。沈德潛《清詩別裁集》選其詩並有評介；吳鎮《松花庵詩話》卷二也説到他同黃叔琳之關係。其《和黃昆圃先生》反映了他們之間的友誼和詩歌創作上的相互影響。

又，吳鎮詩集曾刊刻多次，其中最早的爲乾隆十四年所刻《玉芝亭詩草》，此書中的一些作品《松花庵集》中沒有收入，其中有的詩被李苞等人編選的《洮陽詩集》收錄，而歸於吳鎮祖父和吳鎮父親的名下。如《孤燕》一首：

> 孤燕歸何晚，空梁塵漸深。春秋遊子況，來去故人心。掠影穿花徑，啣泥度柳陰。烏衣門第改，漂泊到如今。

此詩《松花庵集》未收，而李苞《洮陽詩集》列於吳鎮祖父吳伯裔名下。再如《雨中坐桃花庵聞笛》一首：

> 微雨晝濛濛，東園飛小紅。一聲何處笛，遥落萬花中。余亦能高唱，《陽關》無與同。天邊不可寄，惆悵滿春風。

此詩《松花庵集》也未收錄。《洮陽詩集》列於吳鎮父吳秉元名下，改爲《雨中坐園亭聞笛》。耀斌同志均收入本書，並加說明，以恢復歷史原貌，消除訛傳。

此外，耀斌同志發現了吳鎮早年詩集《玉芝亭詩草》一冊。這是一個孤本，許多文獻都未見著錄，在版本研究方面的價值自不用說。

二、在作者生平研究上弄清了一些此前不太明確的問題，對前人之失誤有所訂正。吳鎮生前交游廣泛，與友人往來贈答之作頗多，耀斌同志通過廣泛閱讀清人別集、總集，搜集整理了數量不菲的吳鎮研究資料，在此基礎上又對王文焕先生所作《吳松厓年譜》進行了修訂補正，解決了一些較爲重要的問題。如王譜載吳鎮任耀州學正在乾隆二十五年。但鍾研齋《（乾隆）續耀州志》卷五『學正』載：『吳鎮，字信辰，號松華（崖）。狄道舉人。乾隆二十七年至。』鍾研齋與吳鎮爲好友，有詩文往來，可見吳鎮任耀州學正在乾隆二十七年，糾正了李華春《傳略》和王譜之誤。

再如吳鎮《送福中堂入覲》詩，王譜繫於乾隆五十二年，但未能確定。本書據《清史列傳》、《清史稿》之《高宗本紀》、《福康安傳》等材料，查到福康安征臺灣時並未入京。《清史稿·高宗本紀》：『（乾隆五十六年）八月……己巳，命福康安來京祝其母生辰。』可知福康安征衛藏後纔入京，並從甘肅出發，與此詩内容相合，故繫於乾隆五十六年。

甘肅因爲從五代以後地方偏僻，即使一些修養很高的詩人，也同外面交游少，在全國詩壇的影響有限。有些在中年以前宦游於外地，聲名頗高，一回到甘肅，便銷聲匿跡。吳鎮任沅州知府二年，因剛烈有忤上官，罷官歸家，任教於蘭山書院。雖然書院中也有些高手，但畢竟局面有限。儘管本省學人詩家先後幾次印其詩詞文集，但影響範圍就與前大不相同。我以爲今日將此書彙校集評出版，不僅對於研究甘肅文學史有意義，對於全面認識清代詩歌發展狀況也是有很大意義的。

以上看法未必盡是，讀者正之。

趙逵夫　二〇一七年十月二十五日於滋蘭齋

前言

有清一代，各種地域文學流派風起雲涌，蔚爲壯觀，秦隴地區的詩歌創作也極爲興盛。明末清初以王弘撰、孫枝蔚和『關中三李』爲代表的『關中詩派』即名滿海内。〔一〕孫枝蔚《張戒庵詩集序》曾說：『然予與康侯（張晉）皆秦人，而東南諸君子頗多觀樂采風如吳季子者，能審聲而知秦爲周之舊；又數年來，詩人多宗尚空同，而吾秦之久游於南者，如李叔則、東雲雛、雷伯籲、韓聖秋、張稚恭諸子，一時旗鼓相當，皆能不辱空同之鄉。』〔二〕可見清初秦隴詩壇的繁榮興盛。乾隆年間，以劉紹攽、胡釴、楊鸞、吳鎮等『關中四杰』爲代表的秦隴詩人羣體也成就突出，引起了海内詩人的再次關注，也成爲『三秦詩派』的重要代表人物。劉紹攽《松花庵詩草跋》曾云：『近世稱西州騷壇執牛耳者二人，其一爲秦安胡子靜庵；其一則洮陽吳子信辰。』〔三〕王鳴盛《戒亭詩草序》亦云：『三秦詩派，國朝稱盛，如李天生、王幼華、王山史、孫豹人，蓋未易更僕數。予宦遊南北，於洮陽得吳子信辰，歎其絶倫。歸田後復得

〔一〕吳懷清《三李年譜自序》云：『吾秦當有清之初，人文頗盛，隱逸爲多，王山史、孫豹人、王復齋、雷伯吁諸賢其卓卓者。而當時雅重，又以三李之道爲最尊。』鈕琇《觚賸·秦觚》亦云：『關中詩派，多尚沈鬱。郃陽康孝廉孟謀清新豪蕩，自成一家。』

〔二〕趙逵夫校箋《張晉張謙集校箋》，人民文學出版社二〇二一年版，第三頁。

〔三〕吳鎮《松花庵詩草》卷末。

劉子源深，遙相應和，益知三秦詩派之盛也。』〔二〕徐世昌《晚晴簃詩話》亦云：『關中詩人，盛於國初，而隴外較遜。至乾隆間，松厓崛起，與秦安胡靜庵釴並執騷壇牛耳。靜庵詩尚樸健，名位未顯。松厓則才格並高，研求聲律，故其詩音節尤勝。歸林下後，掌教蘭山書院，裁成後進，頗有繼起者，當爲西州詩學之大宗。』〔三〕

一

吳鎮（一七二一—一七九七），初名昌，字信辰，一字士安，號松厓，別號松花道人。祖籍甘肅會寧，始祖吳君愛於明萬曆九年遷居狄道（今甘肅臨洮縣）。吳鎮出身書香門第，其祖上『世業詩書，多隱德』〔三〕。吳鎮祖父吳伯裔，郡增生；其父吳秉元字乾一，郡廩生，皆能詩。吳鎮幼年聰慧過人，十二歲即『解聲律，讀書五行齊下，黨塾有神童之目』〔四〕。十七歲補臨洮府學弟子員，二十歲選乾隆辛酉（一七四一）拔貢，才華過人，聲譽鵲起，受到地方長官陳弘謀、尹繼善、沈青崖等的重視。李華春《皇清誥

〔一〕王鳴盛《戒亭詩草序》，劉壬《戒亭詩草》卷首，國家圖書館藏清乾隆間刻本。
〔二〕徐世昌著、傅卜棠編校《晚晴簃詩話》卷九十四，華東師範大學出版社二〇〇九年版，第六七五—六七六頁。
〔三〕李華春《吳松厓先生傳略》，吳鎮《松花庵全集》卷首，清宣統二年重刻本。
〔四〕李華春《吳松厓先生傳略》，吳鎮《松花庵全集》卷首，清宣統二年重刻本。

授朝議大夫湖南沅州府知府吳松厓先生傳略》云：『二十由廩生充乾隆辛酉拔貢，其後學使每試蘭郡古學，必冠軍，由是名譽日起。如陳榕門中丞、尹望山宮保、沈寓舟副使，莫不待以國士，期之遠大。』〔二〕

乾隆十二年（一七四七），山左牛運震主講蘭山書院，從學者甚眾，其中孫俌、趙思清、吳鎮、劉楷、宋紹仁、江爲式、江得符、黄建中等最爲著名。吳鎮《三餘齋詩序》云：『乾隆戊辰，山左牛真谷師主講蘭山書院，一時才俊雲集，而皋蘭人文尤盛。其能詩者，黄西圃建中孝廉而外，羣推「兩江」。「兩江」者，一爲幼則爲式，一卽右章得符也。』〔三〕其《壽宋南坡序》又云：『乾隆十有三年，予從山左牛真谷先師肄業蘭山書院。時兩河才俊雲集，講貫切磋，與予締交殆遍，而相視莫逆者，則推宋二南坡。』〔三〕可見當時蘭山書院詩學風氣之盛。吳鎮師從牛運震之後，學問大進。《清史列傳·吳鎮傳》云：『少不羈，家本素封，嘗發憤負笈，求師四方。滋陽牛運震留之署中，學業益進。』〔四〕牛運震《玉芝亭詩草序》亦云：『余宦西陲十年，從余遊者，一時材雋百數十人。其學爲時文而庶乎至吾之所至者，秦安吳墱一人而已，顧不肯爲詩。其爲詩而能學吾之所學者，則於臨洮吳鎮又得一人焉。鎮爲詩不自從余始，而自從余詩益工，其所以論詩者日益進。』〔五〕

〔一〕李華春《吳松厓先生傳略》，吳鎮《松花庵全集》卷首，清宣統二年重刻本。

〔二〕吳鎮《松厓文稿》。

〔三〕吳鎮《松厓文稿次編》。

〔四〕《清史列傳·吳鎮傳》，中華書局一九八七年版，第五八七四頁。

〔五〕吳鎮《玉芝亭詩草》卷首。

吳鎮乾隆庚午（一七五〇）中舉，歷任陝西耀州學正、韓城教諭、山東陵縣知縣、湖北興國州知州、湖南沅州府知府，在任勤政愛民，廉潔自守，剛直不阿，終因得罪權貴而罷官。周大澍《瀟湘八景序》云：『松厓吳先生守沅郡二年，既謝政……一麾出守，未竟厥施，齟齬於上官，局促於文案，浮沉於吏議，自非蟬蛻寵榮，一視得失，惡能無悒悒於中者耶？』〔一〕道光年間詩人沈壽榕亦賦詩爲其鳴不平，其《檢諸家詩集信筆各題短句一首》云：『隴西特出松花庵，赤壁黃州興獨酣。硬語太多剛便折，誰從苦辣味餘甘。』〔二〕

吳鎮罷官歸鄉之後，陝甘總督福康安聘其爲蘭山書院山長。他在書院提倡古學，鼓揚風雅，從其學詩者甚眾，經常與劉紹攽、胡釴、楊芳燦、姚頤、王曾翼、張翽等著名學者和詩人討論學問，獎勵後學，進士秦維岳、郭楷、周泰元、李苞、李華春皆出其門。楊芳燦《松厓詩錄序》云：『近復講藝龍門，談經鹿洞。相從問字，每多好事之車；促坐論詩，大有入神之作。新情藻拔，逸氣霄飛。林嬉水宴，追摩詰之高吟；海立雲垂，耽少陵之佳句。連晨接夕，照軫充箱。古有云「身老而才壯，齒宿而意新」者，其先生之謂乎？』〔三〕吳鎮也曾經爲楊芳燦、楊揆、王曾翼、姚頤、張翽等人詩集作序，盛贊他們詩歌創作之成就。吳鎮門下詩人亦復不少，秦維岳有《聽雨山房詩鈔》，李華春有《坦庵詩鈔》，李苞有《敏齋詩

〔一〕吳鎮《松花庵雜稿·瀟湘八景》卷首。
〔二〕沈壽榕《玉笙樓詩錄續錄》卷一，清光緒九年刻增修本。
〔三〕吳鎮《蘭山課業松厓詩錄》卷首，清乾隆五十七年刻本。

草》、《巴塘詩鈔》，郭楷有《夢雪草堂詩稿》等。可見在吳鎮的影響下，蘭山書院詩學風氣之濃厚。

吳鎮家鄉臨洮歷來崇尚風雅，當地有『洮陽詩社』，歷史悠久，影響頗大。吳鎮《蘿月山房詩序》云：『洮陽詩社，由來最久，興而廢，廢而復興，乘除隨時，然倡和者卒未嘗絕。憶三十年前，予與諸同人重聯詩社，一州才俊翕然趨風。』〔一〕在吳鎮的影響下，『洮陽詩社』再次煥發生機，詩人衆多，唱和不衰，風流遠播。據李苞《洮陽詩集》記載，除了卷一、卷二所收清初臨洮詩人之外，與吳鎮同時和稍後的臨洮詩人就有一百四十多人。吳鎮對他們的詩作大多有評點和序跋，許多詩歌曾收入其《松花庵詩話》之中。吳鎮的弟弟吳錠、兒子吳承福、吳承禧、姪子吳簡默、外甥李苞皆爲詩人，楊芳燦、王鳴盛、袁枚亦極爲贊賞。袁枚曾稱贊吳承禧説：『太鴻詩清新俊逸，雅有唐音，將來何患不成名手？』〔二〕並在《隨園詩話補遺》中摘其佳句『收心强學人端坐，改字頻忘墨倒磨』；『卻笑山居人懶甚，落花不掃待風來』等作了介紹。〔三〕楊芳燦也很贊賞吳承禧、吳簡默、李苞的詩歌，並爲其詩集作序。

吳鎮一生宦游南北，詩名遠播，交游廣泛，朝野詩人大多都與他有著廣泛的聯繫，著名的如畢沅、吳紹綬、馬啓泰、張開東、胡天游、周大澍、楊揆、龔景瀚、梁濟瀍、張翽、姚頤、王曾翼、張五典、王光晟、丁珠、吳森等，都對吳鎮詩歌極爲贊賞。吳鎮與劉紹攽、胡釴、楊芳燦交游時間最長，感情也最投契，往

〔一〕吳鎮《松厓文稿》。

〔二〕李苞《洮陽詩集》卷十，甘肅圖書館藏清嘉慶四年刻本。

〔三〕袁枚《隨園詩話》卷十，人民文學出版社一九八二年第二版，第八二四頁。

來酬答文字也最多。吳鎮的詩詞集大多由楊芳燦選定，尤其是楊芳燦爲吳鎮編刻的《松厓詩錄》流傳最廣，擴大了吳鎮的詩壇影響。乾隆五十五年（一七九〇），著名詩人袁枚通過王光晟和楊芳燦知悉吳鎮之後，兩人書信往來，詩文酬答，互致欽慕之意。同年，『格調派』領袖沈德潛的弟子、『吳中七子』之一的王鳴盛也通過劉壬與吳鎮相識，對吳鎮的詩作大加贊賞。袁枚和王鳴盛都曾爲吳鎮詩集作序，是研究清代隴右文學的重要文獻。

吳鎮一生著作宏富，傳世的有《松花庵詩草》、《松花庵遊草》、《松花庵逸草》、《松花庵詩餘》、《松花庵律古》、《律古續稿》、《松花庵集唐》、《四書六韻詩》、《沅州雜詠集句》、《瀟湘八景集句》、《松花道人韻史》、《聲調譜》、《八病說》、《松厓文稿》和《松厓文稿次編》等，收入乾隆刻《松花庵集》、嘉慶十八年重刻《松花庵集》和宣統二年重刻《松花庵全集》，流傳較廣。還有《松花道人稗珠》、《松厓文稿三編》、《松厓對聯》、《松花庵詩話》、《松厓制藝》、《松厓制義次編》、《松厓試帖》等收入嘉慶二十五年刻《松花庵續集》，見者不多。還有《玉芝亭詩草》、《蘭山課業松厓詩錄》等單行本存世。另有《伏枕草》、《古唐詩選》等已散佚。

二

吳鎮早年受牛運震影響，論詩主張學習漢魏盛唐，與明代格調派和清初關中詩人主張無異。牛運震《玉芝亭詩草序》云：『鎮之言曰：「古期漢魏，近體期盛唐，合而衷諸三百篇，師其意不師其體，唐以後蔑如也。」』〔一〕吳鎮中年以後宦游南北，眼界逐步開闊，論詩主張也有了變化。吳仰賢《小匏庵詩話》卷五云：『乾隆朝西陲能詩者，以狄道吳松厓鎮爲最。嘗從牛真谷運震遊，真谷詩得派於北地，北地爲松厓鄉先輩。然松厓轉益多師，不拘一格，《公安雜詠》云：「勿薄公安派，三袁已到家。」《謁何大復祠》云：「藐姑冰雪在，塵粃愧儂詩。」讀此知其所取益廣矣。』〔二〕由此可見，吳鎮對明代復古派、公安派都有肯定，論詩主張比較通達。更爲重要的是，吳鎮論詩吸收了當時『性靈派』和『格調派』的合理因素，提出了自己獨到的論詩見解。

『性靈』作爲文學批評的術語，可以追溯到南北朝時期。但是『性靈』作爲著名的文學主張，要到明代公安派三袁纔正式確立。袁宏道《敘小修詩》云：『弟小修詩……大都獨抒性靈，不拘格套，非從自己胷臆流出，不肯下筆。有時情與景會，頃刻千言，如水東注，令人奪魄。其間有佳處，亦有疵處。佳處自不必言，卽疵處亦多本色獨造語。然余則極喜其疵處，而所謂佳者，尚不能不以粉飾蹈襲爲恨，以爲未能脫盡近代文人氣習故也。』〔三〕袁宏道兄弟推崇李贄『童心說』，强調詩歌表現個人的情感欲望。這種崇尚『真人』、『真文』的詩歌思想對明代中期復古思想產生了很大衝擊，代表了晚明詩歌發展的新趨向。

〔一〕吳鎮《玉芝亭詩草》卷首。
〔二〕吳仰賢《小匏庵詩話》卷五，清光緒刻本。
〔三〕錢伯城《袁宏道集箋校》卷四，上海古籍出版社一九八一年版，第一八七頁。

明清易代之後，在這種天崩地解的動亂時期，文學思想也不斷整合，經世致用的實學思想占據了主導地位，『性靈説』由於脱離現實而處於時代思潮的邊緣。乾隆中期，著名詩人袁枚纔重新倡導『性靈説』，與當時的『格調説』、『肌理説』等詩學思想分庭抗禮。吳鎮與袁枚是萬里神交的摯友，其詩學主張也不謀而合。吳鎮論詩也主張『性靈』。其《劉戒亭詩序》曾云：『夫作詩之根本，繫乎性靈。』〔一〕其《會寧吳達叔詩序》又云：『詩者，乾坤之清氣，肺腑之靈機也。得其趣者，雖學有淺深，工與拙半，然即可以免俗矣。故不學詩者，凡飲酒看花，遊山玩水，若無一而可焉。』〔二〕吳鎮也認識到性靈詩的流弊，提倡學問對創作的重要幫助。其《張玉崖集句序》云：『夫作詩之根本，才與學而已。才賦於天，不能增減；學則經史子集，皆宜鑽研。今第讀詩而作詩，故無所爲詩也。然未讀詩而作詩，詎反有詩乎？』〔三〕其《松花庵詩話》亦云：『嚴滄浪論詩：「詩有别材，非關書也。」謂取材之博，眼前口頭，觸處皆是，不盡乞靈於故紙也。或訛爲「詩有别材，非關學也」，然則禍天下之人而爲白丁者，必此之言夫！』〔四〕

吳鎮論詩强調學問，提倡轉益多師，鄙棄門户之見。其《律古續稿自序》云：『蓋學詩者，日趨便易，類多疏古而親唐。即間有好古之士，亦耳食成言，往往過分軒輊，如愛漢、魏者，則薄六朝；愛左、

〔一〕吳鎮《松厓文稿》。
〔二〕吳鎮《松厓文稿次編》。
〔三〕吳鎮《松厓文稿》。
〔四〕吳鎮《松花庵詩話》卷三。

郭者，則薄潘、陸、二張；愛陶、鮑、三謝者，則薄梁、陳、周、隋諸作，自鄶無譏，拘墟已甚。不知詩有大家，有名家，亦有未能名家，而單詞片語卓然不可磨滅者，安得舉一而廢百乎？』〔二〕因此吴鎮對唐宋詩之優劣，不過分軒輊。其《牽絲草序》曾説：『近騷者詩高，近文者詩卑。唐宋之關，實分於此。』〔三〕持論更爲公允。

吴鎮論詩雖然主張性靈，但對『格調説』的合理因素也有吸收。吴鎮認爲詩歌應該堅持『風雅』的原則，强調詩歌的『言志』傳統，發揮詩歌『興、觀、羣、怨』的社會功能。吴鎮早年就主張詩歌的根本是《詩經》，他還經常用『風雅』或者『風騷』來評價時人作品。其《楊山夫詩序》云：『山夫之詩清刻而堅瘦，荊圃之詩爽朗而高華，其格調不同，而其近風雅則同。』〔三〕另外，由於地域的緣故，吴鎮對明代前七子領袖李夢陽和清初著名詩人李因篤、孫枝蔚等極爲推崇，這也是他重視『格調説』的一個重要原因。其《李坦庵詩序》云：『蓋自仙風指樹，下逮有唐，隴西姑臧之裔以詩名者，不可勝數。而白仙、賀鬼，尤爲千古之無雙。卽近代之獻吉、本朝之天生，亦絕無而僅有者也。實之溯宗風以爲家學，則麓山、洮水，行將樹北地、頻陽之幟。老夫耄矣，青眼高歌，非吾子而復誰望哉！』〔四〕

〔一〕吴鎮《律古續稿》卷首。
〔二〕吴鎮《松厓文稿》。
〔三〕吴鎮《松厓文稿》。
〔四〕吴鎮《松厓文稿》。

吳鎮論詩主張『格調』和『性靈』的互補，他雖然不反對『翡翠蘭苕』的小情調，更提倡『鯨魚碧海』的大境界，因此對當時詩人的邊塞詩作評價很高。其《牽絲草序》云：『內姪李子元方，少年能詩者也……近歷宰陽朔、賀縣，旋以憂歸……蓋陽、賀僻處粵西，去隴頭八千餘里。元方隨其所歷，而山川古蹟，悉入謳吟，則其詩之領異標新，而脱棄凡近也固宜。』〔一〕李苞遠在廣西桂林等地爲官，飽覽邊地奇景，其詩具有豐富的內容和沉雄的風格，吳鎮稱贊其詩『領異標新，脱棄凡近』，足見對其重視。吳鎮還極力稱贊青海吳栻的邊塞詩作『悲壯雄奇』、『感激豪宕』，不同於吟風弄月之作。其《吳敬亭詩序》云：『夫唐人學古，各有源流。山水之詩以韻勝，二謝是也；邊塞之詩以氣勝，鮑照、吳均是也。然明遠、叔庠，要皆身在東南，而懸摹西北之景況。若使其生長邊陲，而親見疾風、驚沙、飛雪之狀，則其詩之悲壯雄奇，又當何如耶？然則敬亭一生之所居遊，固皆邊塞之真詩也，則其骨力清剛，而感激豪宕也固宜。雖然，敬亭遭際昇平，熙熙皞皞，凡從軍、乘障、弔古、閨怨之作，胥無所用之，則刻畫山水，庶足怡情。而或謂邊塞之山水無可留連，亦甚非通論矣。夫大野蒼茫，歌傳《敕勒》；鄧林蓊鬱，銘在酒泉。敬亭目前之所遇，固皆山水詩也……非徒湟中之詩也。』〔二〕可見吳鎮對悲壯雄奇的邊塞詩的摯愛，因爲邊塞詩具有『感激浩蕩』的『秦風』特徵，也可看出吳鎮論詩好尚的淵源。

吳鎮還著有專門的詩學專著《松花庵詩話》三卷。詩話是中國古代特有的文學批評形式，清章學

〔一〕吳鎮《松厓文稿》。
〔二〕吳鎮《松厓文稿次編》。

誠曾說：『詩話之源，本於鍾嶸《詩品》。』〔一〕朱光潛《〈詩論〉抗戰版序》也說：『詩話大半是偶感隨筆，信手拈來，片言中肯，簡煉親切，是其所長。』〔二〕宋元明清以來，詩話著作層出不窮，蔚爲大觀。但是明代著名文學家李夢陽曾批評說：『宋人主理作理語，於是薄風雲月露，一切剷去不爲，又作詩話教人，人不復知詩矣。』〔三〕因此明清時期秦隴詩人作詩話的極少，就目前所知，清代只有吴鎮的《松花庵詩話》存世。《松花庵詩話》除了探討詩歌源流和作者的創作心得，還記載了大量的詩壇軼事趣聞，尤其收録了許多秦隴詩人的詩作，具有很高的文獻價值。

吴鎮幼承家學，少時卽解聲律，一生吟詠不輟，老而彌摯，因此在詩歌音律方面造詣非凡，著有《聲調譜》、《八病說》等詩歌格律方面的專著，爲初學詩者提供了有益的參考，也具有相當的理論價值。吴鎮《聲調譜》是倣趙執信《聲調譜》而作，但内容更傾向於格律詩。其自序云：『趙秋谷先生有《聲調譜》，然乃古詩之聲調，非律詩之聲調也。律詩聲調最宜知，而初學多茫然，則此譜不得不作矣。』〔四〕此書主要以王士禛、趙執信之說爲本，取唐人各體詩若干首，以○●標其平仄，凡必平必仄之字則細加說明，論律詩之平仄格律，爲生徒習作試帖之門徑。後附例言，通論五言、七言用聲之規則。其論拗體異

〔一〕章學誠著、葉瑛校注《文史通義校注·詩話》，中華書局二〇一四年版，第五五九頁。
〔二〕朱光潛《朱光潛美學文集》，上海文藝出版社一九八二年版，第三頁。
〔三〕李夢陽《缶音序》，郝潤華《李夢陽集校箋》卷五十二，中華書局二〇二〇年版，第一六九四—一六九五頁。
〔四〕吴鎮《聲調譜　八病說》卷首。

於諸家處，不僅舉全篇，而且摘出單拗、雙拗句法若干例，以及各種拗救辦法，供學者參詳，對於初學者自是受益無窮。

《聲調譜》並非吴鎮研討聲律之力作，《八病説》則爲其畢生研求聲律的辛苦結晶，並且解決了杜詩研究中的一個懸案。

『八病説』的起源衆説紛紜。王應麟《困學紀聞》引《詩苑類格》載沈約云：『詩病有八：平頭、上尾、蜂腰、鶴膝、大韻、小韻、旁紐、正紐。惟上尾、鶴膝最忌，餘病亦通。』〔一〕但八病説是否出於沈約，頗有人懷疑。王通《中説·天地篇》説李伯藥『上陳應劉，下述沈謝，四聲八病，剛柔清濁，各有端序』。阮逸注云：『四聲韻起自沈約，八病未詳。』〔二〕紀昀《沈氏四聲考》下卷云：『按齊梁諸史，休文但言四聲五音，不言八病；言八病自唐人始。所列名目，惟《詩品》載蜂腰、鶴膝二名，《南史》載平頭、上尾、蜂腰、鶴膝四名，其大韻、小韻、正紐、旁紐之説，王伯厚但據李淑《詩苑類格》，不知淑又何本，似乎輾轉附益者。』〔三〕後人研究和闡釋八病説，言人人殊，無從考輯。《文鏡祕府論》有論文二十八病，對八病説有較爲詳細的解釋。

〔一〕王應麟著、翁元圻注、欒保羣等校點《困學紀聞》（中）卷十《諸子》，上海古籍出版社二〇〇八年版，第一二〇九頁。
〔二〕王通《中説》卷上《天地篇》，《叢書集成初編》本，中華書局一九八五年版，第五頁。
〔三〕紀昀《沈氏四聲考》卷下，《叢書集成初編》本，中華書局一九八五年版，第一五六—一五七頁。

郭紹虞先生《中國文學批評史》認爲八病應分四組：平頭、上尾爲一組，是同聲之病；蜂腰、鶴膝爲一組，是同調之病；大韻、小韻爲一組，是同韻之病；旁紐、正紐爲一組，是同紐之病。四組之中再應分爲兩類。平頭、上尾、蜂腰、鶴膝是就兩句的音節講的，大韻、小韻、旁紐、正紐是就一句的音節講的，因爲它是一句中的音節，所以在兩句中就比較寬些，不爲病犯。但這些病犯還是過於煩瑣，許多詩人並不遵守。

聲律說的目的是爲了詩文的聲調錯綜變化，音韻更加和諧，但是這樣嚴密繁瑣的格式有時反而影響自然的音律，因此不能墨守成規，亦步亦趨。皎然《詩式》云：『沈休文酷裁八病，碎用四聲，故風雅殆盡。後之才子，天機不高，爲沈生弊法所媚，懵然隨流，溺而不返矣。』[二]

清初李因篤精通杜詩，對杜詩聲律研究有獨到的見解，他有一個論斷後來產生很大影響，那就是杜甫近體詩出句末字仄聲必上去入三聲遞用。此說不見於李因篤本人詩文集，而爲朱彝尊《與查德尹編修書》所引用，書云：

> 比得書，知校勘《全唐詩》業已開局。近聞足下先取杜少陵作，審其字義異同，去箋釋之紛論而歸於一是，甚善。然有道焉。蒙竊聞諸昔者吾友富平李天生之論矣：『少陵自詡「晚節漸於詩律細」，何言乎細？凡五七言近體，唐賢落韻共一紐者不連用，夫人而然。至於一三五七句用仄字上去入三聲，少陵必隔別用之，莫有疊出者，他人不爾也。』蒙聞是言，尚未深信。退與李十九武

[二] 釋皎然《詩式》，何文煥《歷代詩話》，中華書局一九八一年版，第二六頁。

曾共宿京師逆旅，挑燈擁被，互誦少陵七律，中惟八首與天生所言不符。〔一〕李因篤、朱彝尊等人確實發現了杜詩用韻的一條重要規律，對於研究杜詩極有貢獻，但還是知其然不知其所以然。吳鎮則指出杜詩的這一用韻特點出於『八病說』之『鶴膝』。他說：『李天生熟精杜詩，言其七律出句凡末字同上去入者，必隔別用之。及朱竹垞與李武曾寒夜背誦，其不符者僅八首耳，後證以宋元舊本暨《文苑英華》，則八首詩中並無一犯者焉。竹垞《與查德尹書》言此義前賢未發，出天生之獨見。然猶未詳其原於鶴膝也。』〔二〕

吳鎮《八病說》是依據梅堯臣《續金針詩格》而作，所以其『八病說』的具體表述與《文鏡祕府》略有異同，但總體上沒有多大差別。但吳鎮對『八病說』的具體闡釋有新的創見，可分爲以下三個方面：

一、吳鎮『八病說』主要針對律詩而言。其自序云：『東陽「八病」，初亦論古詩耳，今專以繩律，使之聲調和諧，詎不妙哉？』又在《八病說》中云：『愚按：休文八病，本爲古詩而設。其言同聲者，謂同平聲，同上去入聲也。然執此而繩詩，「今」、「歡」且爲平頭，則漢魏至梁悉無詩矣，豈通論乎？惟用之於律，而且易同聲爲同韻，乃爲是耳。如「明月松間照，清泉石上流」、「雲物三光裏，君臣一氣中」，平頭者僅見此一聯，餘犯之者亦少。「日」、「樂」同入聲，在古詩或有之，至律詩第二字則出平對仄，出仄對平，尚何平頭之慮乎？惟易「日」爲平聲之「家」，易「樂」爲仄聲之「嫁」，如後之正紐云云

〔一〕朱彝尊《與查德尹編修書》，《曝書亭集》卷三十三，《文淵閣四庫全書》本。

〔二〕吳鎮《八病說》。

者，則大不可耳。』〔一〕

二、將一般規律和特殊情況區分開來，並不墨守成規。其論『大韻』云：『唐詩對待中多不敢用「東」、「風」字，避大韻也。若崔輔國之「豫遊皆汗漫，齊楚卽崆峒」，白居易之「遙憐峯窈窕，不隔竹蒙籠」，王損之之「依稀沉極浦，想像在中流」，吳融之「已吟何遜恨，還賦屈平情」，及七言中許渾之「湯師閣上流詩別，杜叟橋邊載酒還」，徐凝之「海燕解憐頻睥睨，胡蜂未識更徘徊」，如此之類，則以病對病，反無病矣。此病最易避，而犯者每有難色，是無勇也。』〔二〕

三、將『八病』總歸爲雙聲疊韻，則爲吳鎮之創見。吳鎮曾云：『詩病有八，總不外雙聲疊韻。雙聲稍難知，而亦不易犯；疊韻最易犯，而亦不難知。爲今之計，但避大韻，已能免俗，餘如鍾記室所云：「口吻調利，斯爲足矣。」』〔三〕他又具體論雙聲疊韻與八病之關係云：『《蔡寬夫詩話》曰：「自唐以來，雙聲不復用，而疊韻間有。杜子美『卑枝低結子，接葉暗巢鶯』、白樂天『戶大嫌甜酒，才高笑小詩』之類，皆因其語義所到，輒成就之，要不以是爲工也。陸龜蒙輩遂以皆用一音，引『後牖有朽柳』、『梁王長康强』爲始於梁武帝，不知復何所據。所謂蜂腰、鶴膝者，蓋又出於雙聲之變，若五字首尾皆濁音，而中一字清，卽爲蜂腰，若首尾皆清音，而中一字濁，卽爲鶴膝，尤可笑也。」愚按：蜂腰、鶴膝，蔡

〔一〕吳鎮《八病說》。
〔二〕吳鎮《八病說》。
〔三〕吳鎮《八病說》。

氏所謂可笑者，恐亦有說，但首尾濁而中一字清，首尾清而中一字濁，如何安插？惜未指出某人某句耳。』自注：『或謂張平子詩「邂逅承際會」爲以濁夾清，傅休奕詩「徽音冠青雲」爲以清夾濁……然其說總難通。』〔一〕又云：『《南史·謝莊傳》曰：「王玄謨問莊何者爲雙聲，何者爲疊韻。答曰：「「互護」爲雙聲，「磝碻」爲疊韻。」」愚按：「互護」雖曰雙聲，亦歸疊韻，必如旁紐、正紐，斯爲雙聲耳。《學林新編》云：「雙聲者，同音而不同韻也；疊韻者，同音而又同韻也。若『仿佛』、『熠燿』、『騏驥』、『慷慨』、『咿喔』、『霡霂』皆雙聲也。若『侏儒』、『童蒙』、『崆峒』、『巃嵸』、『螳螂』、『滴瀝』皆疊韻也。」愚按：此說最透。』〔二〕

吳鎮此八病說，確有截斷眾流、金針度人的貢獻，故李華春跋云：『《八病說》諷誦再三，所謂雙聲、疊韻者，今乃能了然於心，至其中議論，多前人所未發，衣被騷壇，功不在宛陵以下也。』〔三〕蔣寅先生在《清代詩歌聲律學著作舉要》中也說：『世傳沈約「八病」之說，拘瑣苛刻，非但按之唐詩不合，即驗以沈約自作亦不盡符合，故後人每病其穿鑿，且自律調形成，諸病自然避免。故吳鎮之說，徑擯舊說不顧而別立新義，究之實以後世作律詩之經驗，揚棄、合並舊病犯，另立若干新禁忌耳。』〔四〕

〔一〕吳鎮《八病說》。
〔二〕吳鎮《八病說》。
〔三〕李華春《八病說跋》，吳鎮《八病說》。
〔四〕蔣寅《清代詩歌聲律學著作舉要》，《太原師範學院學報》（社會科學版）二〇〇五年第一期。

三

吳鎮論詩主張轉益多師，取徑較寬，其一生創作也極爲勤奮，不拘一格，成就斐然，詩歌數量極爲可觀。《松花庵集》中《松花庵詩草》、《松花庵遊草》、《松花庵逸草》、《蘭山詩草》共存詩八百九十五首，《玉芝亭詩草》共存詩七十七首，除去已經被收入《松花庵集》的詩歌外，還有五十二首，筆者還從《松厓詩錄》、《松花庵詩話》、《洮陽詩集》和各種地方志中搜集了吳鎮佚詩四十八首，共計九百九十五首，這還不包括他的集句詩和律古之作。吳鎮詩歌内容豐富，題材多樣，各體皆備，袁枚《松花庵詩集序》曾稱贊其詩『深奥奇博，妙萬物而爲言，於唐宋諸家不名一體，可謂集大成矣』〔二〕。

吳鎮是傳統的儒家知識分子，有兼濟天下的理想。他爲官清廉公正，愛護百姓。李華春《吳松厓傳略》曾載吳鎮從沅州離任時，『不名一錢。迨歸，惟攜書畫數卷、沅石數方而已』〔三〕。吳鎮《留别陵縣士民》曾云：『三年愛汝同嬌子，只緣蒲鞭也誤人。』『兩袖清風真浪語，膏車猶是舊民脂。』表現了對百姓的同情和體諒。他在興國州離任之時，曾有《阿婆》詩云：『阿婆經歲撫嬰孩，飢飽寒暄總費猜。纔識呱呱真痛癢，家人又報乳娘來。』順利陞遷並没有讓他感到春風得意，即將離任之時，卻擔心繼任

〔二〕 袁枚《松花庵詩集序》，吳鎮《松花庵詩草》卷首。

〔三〕 李華春《吳松厓先生傳略》，吳鎮《松花庵全集》卷首，清宣統二年重刻本。

的官員是否能像他一樣愛護百姓，拳拳之心，溢於言表。袁枚《隨園詩話》曾云：『唐高駢節度西川，又調廣陵。《詠風箏》云：「依稀似曲纔堪聽，又被風移別調中。」吳（鎮）官山左，又調楚江。《詠懷》云：「阿婆經歲撫嬰孩……」兩意相同。』[一]可見袁枚對此詩的贊賞。但高駢慨歎的只是調動頻繁，吳鎮卻表現了對百姓的關心之情，兩者貌同而實異。吳鎮還有《題村壁》詩云：『桑柘綠陰重，雞肥社酒醲。愛他風俗好，割蜜不傷蜂。』也表現出對百姓生活的關心，委婉地對清政府的横徵暴斂提出批評。其《養蜂說題吳紫堂傳後》云：『憶前知陵縣時，因踏勘，憩一村圃。圃中花樹下，有蜂數窠。問主人：「割蜜則傷蜂乎？」對曰：「不傷也，但以烟熏蜂，使稍離蜜，割留其半，即可兩全，且來年蜂盛，更獲蜜無窮也。」』[二]吳鎮借題發揮，通過此事贊頌了關心愛護百姓的廉吏，也批評了那些殘酷壓榨百姓的貪官。

吳鎮痛恨官場的貪污腐敗，贊揚熱心公益事業、積極爲百姓謀幸福的官紳。其《伏羌公濟橋歌示門人李兆甲》一詩即贊頌了門人李兆甲之父李泮池修築公濟橋，知縣楊芳燦免除修橋農民雜役的義舉，充分體現了吳鎮濟世救民的仁政思想。全詩純用散文筆法，迂徐曲折，頗有昌黎詩之遺韻。

吳鎮一生宦游南北，游覽過不少名勝古跡，留下了許多登山臨水的佳作。這些詩或懷古，或抒情，或紀事，大都抒發了詩人熱愛自然、熱愛生活的思想感情。其《襄陽晚泊》云：

少愛秦川水，今乘楚客舟。看山雙槳暮，聽雨一篷秋。漁火遙明滅，菱歌自去留。柳陰眠正

[一] 袁枚《隨園詩話》卷十六，人民文學出版社一九八二年版，第五四四頁。

[二] 吳鎮《松厓文稿次編》。

好，繫纜傍沙鷗。

整首詩濃墨重彩地描繪了江南水鄉優美的風光：暮色沉沉，漁火明滅，作者獨臥船中，聽秋雨敲打船篷，悠閑地看著白鷗翩翩起舞，遠處傳來采菱女的歌聲。詩情畫意，躍然紙上。頷聯『看山雙槳暮，聽雨一篷秋』，屬對工穩，意境超曠，被人們廣爲傳頌。黃培芳《香石詩話》卷二云：『吳松厓太守（鎮），狄道州人，著有《松花庵集》，有押「秋」字句云：「疏桐連夜雨，寒雁幾聲秋。」「蘆花湘浦雪，楓葉洞庭秋。」「看山雙槳暮，聽雨一篷秋。」一時稱爲「三秋居士」。』〔一〕其《秋水圖》一詩，意境空靈，纏綿悱惻，也爲吳鎮詩中的佳構：

白露漙漙欲作霜，蒹葭十里正蒼蒼。蘭舟已卜江湖宅，菰米兼收雁鶩糧。世上風波輕灩澦，畫中烟景似瀟湘。溯洄莫悵伊人遠，只在盈盈水一方。

此詩儘管從《詩經·蒹葭》脱胎而來，但詩人識見獨特，別出心裁，在描繪了秋日湖上美景之後，作者筆鋒一轉，卻說江湖雖好，但風波險惡，讓人悚然爲懼。意在言外，餘味不盡。這類詩還有《華嶽》、《趵突泉》、《易水》、《赤壁》、《武當山作》、《芙蓉街》等，大多詠史和寫景交融，藝術上也很有特色。法式善《梧門詩話》卷八云：『吳信辰《聽琴》句：「秋風何處落，明月忽然生。」馬雪嶠詹事極稱之。余最愛其《武當山》一首：「玉虛宮殿鎖烟霞，到此何須更憶家。擬買平疇三十畝，自鞭白鹿種梅花（瑤花）。」』

〔一〕黃培芳《香石詩話》卷二，嘉慶刻本。

吳鎮生長於臨洮，對家鄉懷有深厚的感情。他中年後雖然長期奔波仕途，行走南北，但對家鄉的思念之情猶如美酒，愈久愈醇。其《故鄉行》云：『故鄉如故人，相別愈相親。故人如故鄉，相見還相忘。』吳鎮任職湖北時，雖然醉心於三楚美景，但也難忘故鄉。《客至》云：『行人下馬拂征袍，十載鄉心寄楚醪。正是菰蒲烟雨好，滄浪亭上話臨洮。』他在看到大河之時，也會觸景生情，勾起鄉思。《渡河》云：『客從江漢來，遥見大河喜。笑示舟中兒，此吾故鄉水。』吳鎮《我憶臨洮好》更是對家鄉的熱情贊美。在這組詩中，詩人以動人的筆觸、濃厚的感情，從十個方面鋪陳、誇贊家鄉的美好，字裏行間透露著對故鄉的眷戀和熱愛之情。如其五云：

我憶臨洮好，山川似畫圖。高岡真產玉，寒水舊流珠。雲影迷雙鶴，濤聲落萬鳧。曰歸歸未得，三徑日榛蕪。

臨洮有許多美麗的風景，物產亦極豐富。有光潔如玉的『洮硯』，奇異的『洮水流珠』。還有翬飛的白鶴，美味的鯉魚。怎不教人思念？還有『牡丹開徑尺，鸚鵡過成羣』、『花繡摩雲嶺，冰開積石關』、『永寧橋下過，鞭影酹明霞』、『花兒饒比興，番女亦風流』等詩句，意境優美，清秀明麗，帶有鮮明的地方特色，散發著濃郁的鄉土氣息。

吳鎮還贊頌了許多隴上名勝古跡。如《五泉》、《空同》、《首陽山》、《七道嶺》、《山子石》、《麥積山》、《興隆山》、《水車園》、《題哥舒翰紀功碑》等詩，抒寫了詩人對隴右歷史文化和人情風物的熱愛。其《安遠坡望白石山》云：

驅馬經枹罕，穠花滿目斑。忽驚千古雪，遥挂萬重山。霧暗寧河驛，天高積石關。東流無限水，日夜自潺湲。

『枹罕』是臨夏州的古稱，秦始皇統一中國後，置枹罕縣，屬隴西郡。這裏有著名的寧河驛和積石關，山勢峻拔險要，歷來爲兵家必爭之地。此詩將臨夏一帶的風景悉數攝入筆下，辭采華贍，氣勢雄渾，對於了解隴右地理和文化也有幫助。袁行雲先生雖然對吳鎮創作不甚滿意，稱其『受學於牛運震，不免滯鈍』，但認爲其《西魏延昌宫主法器歌》、《題哥舒翰紀功碑》等篇，『關係西北文獻，尤有可採焉』〔二〕。

吳鎮作爲『性靈』詩人，特別重視親情友誼。吳鎮幼年喪父，母親撫養他成人，因此他一生對母親有著深厚的感情。其《潁谷》詩云：

寤生不忠孝，乃有純孝臣。堂堂潁考叔，遺像潁河濱。闕隧允錫類，挾輈終殺身。嗟哉三物詛，彼狡傷明神。白楊如蠆弧，獵獵翻秋旻。小人亦有母，千載爲沾巾。

此詩通過歌頌潁考叔的純孝，批判鄭莊公的不近人情，也寄托了作者對母親的思念。語言質樸，感情真摯，感人至深。吳鎮原配史夫人和他互敬互愛、相濡以沫，後來因爲愛子夭折，史夫人也悲痛過度命赴黄泉，他悲傷之餘，寫下了催人淚下的《悼亡婦史孺人》二首來悼念她：

飽咽糟糠二十年，苦因子死赴重泉。芝蘭化去應成土，環佩歸來擬作烟。孤女索燈焚紙鏹，侍兒探櫝竊金鈿。鼓盆欲學南華老，絡緯聲聲到耳邊。

雲高無復見驚鴻，遺挂猶存四壁中。劇甚如聞鈴棧雨，肅然時起鏡臺風。嬌兒地下尋魂得，

〔二〕袁行雲《清人詩集敘錄》，文化藝術出版社一九九四年版，第一一三三頁。

弱女床前索乳空。淒絶哀姑頭雪似，自澆麥飯泣門東。

此詩全從肺腑流出，情真意切，不假雕飾，自然感人。楊芳燦曾說：『抒寫悲懷，絶無雕飾，此從真性情流出，覺元微之尚未免紗帽氣也。』〔一〕

吳鎮不但對親人滿懷摯愛，對師友之情也極爲珍重。牛運震是吳鎮的恩師，對他有知遇之恩和教導之誼，因此他一生對恩師念念不忘。牛運震返鄉之際，吳鎮和同學曾送到千里之外的灞橋，還寫了《灞橋歌送真谷先生旋里》一詩送別：『灞橋水，流浩浩，送別離，無昏曉。昔年王粲從此征，況有李白題詩好。清湍下白鳧，疏柳啼黃鳥。行人立馬斜陽中，萬古離情散秋草。』浩浩流水，萋萋秋草，均寄寓著詩人對恩師的無限依戀之情。吳鎮與胡釴、劉紹攽交往密切，感情深厚，其寄懷胡釴、劉紹攽之詩最多。其《四言呈吳澹人學使》曾云：『我友九畹，著書鹿原。靜庵離索，遠宦祁連。雖從隗始，敢在盧前。因公品題，濫竽兩賢。』還有《寄胡靜庵》、《挽胡靜庵先生》、《夜半偶憶靜庵，呼燈就枕上作三首》、《答劉九畹惜余存詩太少》、《寄劉九畹》等，表現了他們之間惺惺相惜，真摯濃厚的友情。

吳鎮詩歌成就很高，深得當時許多著名詩人的贊許。王鳴盛稱其詩『酣嬉淋漓，如有芒角光怪，歕射紙上，而不可逼視焉』，既有『秦隴之靈毓』，又有『楚騷之壯激』，具有鮮明的『秦風』特徵〔二〕。袁枚讀過吳鎮詩集後，也贊歎其詩『新妙奇警，奪人目光』，急採入《隨園詩話》，『以備秦風一格』，並稱贊其

〔一〕吳鎮《悼亡婦史孺人》詩末楊芳燦評語，吳鎮《松花庵逸草》。

〔二〕王鳴盛《松花庵詩集序》，吳鎮《松花庵詩草》卷首。

詩『深奧奇博，妙萬物而爲言，於唐宋諸家不名一體，可謂集大成矣』〔一〕。李華春總結吳鎮詩歌成就時也說：『先生詩瀦源《風》、《騷》，漢魏，根柢三唐，而出入於宋、元、明諸作者，以故精深雅健，樸老雄渾，卓然自成一家。』〔二〕可見吳鎮詩歌繼承風雅傳統，以秦風爲本，慷慨激壯，也有清麗纏綿之作，表現出多樣化的風格特徵。其詩內容豐富，題材多樣，構思新穎，『妙萬物而爲言』，聲律工細，『富豔絕倫』，『如八音迭奏，《韶》、鈞鏘然；五色相宣，錦繢爛然。而皋牢百家，鼓吹羣雅，浩乎無流派之可拘也』〔三〕。

吳鎮還有很多集句詩，集句始於晉傅長虞的《七經詩》，宋代王安石、孔平仲乃專爲集句，清代集句詩越來越興盛。吳鎮因爲看到李友棠的集句詩集《侯鯖集》，後來花了很多精力作集句詩，著有《松花庵律古》、《松花庵律古續稿》、《松花庵集古古詩》、《松花庵集古絕句》、《松花道人集唐詩》、《集唐絕句》、《沅州雜詠集句》、《瀟湘八景集句》等集句詩八冊，共五七〇首，而律古詩以前從未有人作過，爲作者首創。集句詩一直被人們看作文人遊戲之作，但吳鎮集句頗爲認真，一方面他是爲了保存一些古代詩人的詩作，其《律古續稿自序》云：『不知詩有大家，有名家，亦有未能名家，而單詞片語卓然不可磨滅者，安得舉一而廢百乎？今鎔金集腋，細大不捐，句存卽詩存，詩存卽名存，名存卽人存，使古人有知，當亦無憾於泉壤也。』另一方面是爲了積累詩學資料，豐富自己的學識，其《集古古詩跋》云：

〔一〕袁枚《松花庵詩集序》，吳鎮《松花庵詩草》卷首。
〔二〕李華春《吳松厓先生傳略》，吳鎮《松花庵全集》卷首，清宣統二年重刻本。
〔三〕楊芳燦《蘭山詩草序》，吳鎮《蘭山詩草》卷首。

『《集古古詩》，半屬應酬之作，念既有律、絕，遂復勉存此體。且予老漸昏忘，因覓句而及全詩，或亦溫故知新之一法歟！』吳鎮集句詩中確實有一些作品『清真豔麗，若出天然；屬對之工，或勝原作』（吳森跋語），其《臺灣平定喜而有作》五言集古詩八首，深得福康安讚賞。從創作的角度來説，畢竟這些都是前人的詩句，沒有多少創作價值，但是可以看到作者的深厚學養，值得我們進一步認識。

吳鎮的《松花庵詩餘》，收詞四十六首（内有集唐、集句各一首），筆者又從《松花庵詩話》中輯得佚詞一首。雖然爲數不多，但抉擇精嚴，吉光片羽，難能可貴。況周頤《蕙風詞話》曾云：『甘肅人詞流傳絶少。狄道吳信辰先生（鎮）《松厓詩錄》附詞一卷。先生由舉人官至湖南沅州知府，主講蘭山書院。蚤歲詩學爲牛空山入室弟子。其集多名人序跋，如袁簡齋、王西莊諸先生，並推許甚至。楊蓉裳跋其詞云：「葉脱而孤花明，雲淨而峭峯出。」余評之曰：「鏗麗沉至，是能融五代入南宋者。」』〔二〕

吳鎮的詞，不受傳統詞作裁紅剪綠、淺斟低唱内容的局限，題材範圍比較廣闊，如登山臨水、弔古懷今、羈旅情思、祖餞傷别、朋友贈答、詠物題畫等，凡是詩能吟詠的題材，他都能用詞來表現。抒情紀事，得心應手，其『性情氣骨，盎然流露於數千餘字間。而珠聯錦簇，色色鮮新，所謂「萬斛泉源，不擇地而湧出」者』〔三〕。

〔二〕況周頤《蕙風詞話》卷五，人民文學出版社一九六〇年版，第一一二五頁。

〔三〕張世法《松花庵詩餘序》，吳鎮《松花庵詩餘》卷首。

《松花庵詩餘》中，爲數最多的是登臨感遇、弔古懷今之詞。這些作品，大多贊頌了祖國山河的壯美，表達了詞人對古代英雄、才人的敬仰之情，也反映了作者對宦情的冷淡。如他在赴沅州知府任時，旅途所寫的《念奴嬌・馬伏波廟》：

> 楚江南上，眼倦看，隨處神郎鬼妾。矍鑠將軍原不死，廟貌轟轟烈烈。薏苡今灰，雲臺何在？銅柱終難折。晚成器大，詎慚諸將功業？ 遥想新息當年，據鞍顧盼，馬革心長熱。床下梁松讒佞口，卻勝蠻烟瘴雪。井底蛙枯，壺頭蛇蜕，浪泊蟲沙歇。老當益壯，英風堪勵豪杰。

此詞爲懷念漢代著名的伏波將軍馬援而作。上闋用對比的手法寫馬援不朽的功業，遠在雲台二十八將之上，可是因爲椒房之親卻被排除於圖畫之上，可見顯宗之無識。雖然他沒能畫到雲台之上，但他依然活在人們的心中。下闋引用史實，把馬援的精神意態，寫得活靈活現。讀整首詞，讓人擊節歎賞，很能鼓舞上進精神，激發愛國熱情。王曾翼評云：『音節悲涼，唾壺欲碎。』[一]足見其藝術魅力。

吴鎮詠史之詞，一如其詠史之詩，立論高曠，情感激昂，有很强的藝術感染力。其《金人捧露盤・本意》一詞對秦皇、漢武的佞求神仙、期望長生不老進行了辛辣諷刺。語言犀利，構思巧妙，王曾翼評爲『奇思異彩，語必驚人』[二]。其《虞美人・書李後主詞後》對李煜深表同情的同時，痛斥了趙光義投

[一] 吴鎮《念奴嬌・馬伏波廟》王曾翼評語。

[二] 吴鎮《金人捧露盤・本意》王曾翼評語。

藥加害後主的行爲，並義憤填膺地批評了宋太宗的卑劣行徑，嘲笑趙宋王朝自食其果。吳鎮雖然身處宦海，思想上卻深受禪宗和清初以來的感傷主義文學思潮的影響，詞作中總是表現出對人生和宦途的悲涼之感，《如夢令・黃粱夢》就表現了這種意緒：

驅馬邯鄲古道。滿目叢臺荒草。得似夢中人，富貴神仙俱好。昏曉，昏曉，但恐黃粱尚早。

作者驅馬邯鄲古道，便想起了沈既濟的著名傳奇《枕中記》。邯鄲當年是無比繁華，現在只剩叢苔荒草，世事滄桑，功名富貴就像過眼雲烟，可是如果真能像黃粱夢中的人一樣，那不管是作神仙還是享富貴都是幸事。明知是夢卻寧願其真，表現了作者對現實的無奈和內心的孤寂。這首詞趙越先生認爲『從對夢中人的羨慕之情看來，當作於未做官之前』〔二〕。

吳鎮一生行走南北，許多詞表現了羈旅思鄉之情，這些詞作大多情真意切，具有較高的藝術價值。他赴沅州任途中，在鸚鵡洲遇到大風，不得不停舟靠岸，《巫山一段雲・守風戲作》記述了他當時的所見所感：

朝發漢陽渡，夕停鸚鵡洲。長空一望水悠悠，何處是沅州？　靜夜潛蛟舞，高風退鷁愁。行人勿復笑淹留。天地本虛舟。

上闋寫旅途遇風，希望早日到達沅州的迫切心情。下闋『行人勿復笑淹留，天地本虛舟』蘊含了深刻的人生哲理。人在天地間猶如大海行舟，時而風平浪靜，時而波高浪急。作者不因淹留而憂，卻從中感

〔二〕趙越《松花庵詩餘注釋》，定西教育學院一九九六年印行，第一頁。

悟了人生，表現了曠達的胸襟。此詞音節流利，情景交融，是不可多得的佳作。其《沁園春・辰州舟中守歲》又寫旅途的寂寞和守歲的百無聊賴，讓他心情頗不平靜，遥想杜甫攜家奔走的淒苦，葛洪訪道的艱辛。古人因有堅定信念而不怕勞苦，自己也就『且把牢騷一筆刪』，並抒發慷慨高歌的豪放胸懷。自然質樸，情景俱真。王曾翼評云：『眼前景，口頭語，唐詩元曲絶佳者，只是本色耳。』〔一〕其《西江月・襄樊舟中作》也是難得的寫景佳作：

江表英雄如夢，襄陽耆舊難邀。大堤風雨暮瀟瀟，尚有天涯芳草。　買得漁家小艇，沽來山市香醪。烟波深處讀《離騷》，人與蘆花俱老。

上闋寫古代的英雄豪杰已經烟消雲散，只有大堤的風雨和天涯的芳草依然如舊。下闋作者希望過一種自由自在的漁家生活，在烟波浩渺的江畔讀喜愛的《離騷》，即使和蘆花一樣老去也無怨無悔。表現了作者淡薄功名富貴，喜歡漁家生活的願望。借景抒情，韻味無窮。

吴鎮在沅州任上，由於爲權貴所不容，因『屬縣諱盜』而被劾去職，他離任時不名一錢，衣物竟然也被接任者所封，因此許多名士爲其遭遇抱不平，但吴鎮是一個心胸寬廣的詩人，從不計較名利，在寓居沅州之時，寫了《采桑子・戲詠旅況》一詞，表現他此時的心情：

松厓老子囊無粟，忽憶監河。不及東坡。過嶺猶然酒器多。　天吴紫鳳行顛倒，扃鐍由他。風雨山阿。或有人兮贈薜蘿。

〔一〕吴鎮《沁園春・辰州舟中守歲》王曾翼評語。

此詞引用莊子和蘇軾的典故，表現了自己的貧困處境，也表現了作者曠達的性格。『天吳紫鳳』一句，借用杜甫《北征》『天吳及紫鳳，顛倒在短褐』的典故；結尾化用屈原《九歌·山鬼》中『若有人兮山之阿，被薜荔兮帶女蘿』的詩句，説明了缺衣的窘態，也表現了作者寬廣的胷懷和樂觀詼諧的精神。

吳鎮詞中的詠物題畫之作，也占了一定的數量。其詠物詞一般能够抓住事物的本質特徵，表現平常不爲人所注意的深意，意境新穎，情詞婉轉。題畫詞也能够挖掘出畫中景物和人物的內在精神，甚至給有限的畫面以無盡的聯想，達到『咫尺可以論萬里』的藝術效果。其《浣溪沙·水仙花》是一首詠水仙花的詞，寫得婉轉動人，情辭俱佳：

玉作葳蕤金作臺。娉婷花愛水仙開。疎簾風定暗香回。　未信湘纍天上去，卻疑謝女夢中來。且隨陶峴共徘徊。

上闋寫水仙花的淡雅、柔美的風姿和芳香的氣味；下闋連用典故，以屈原、謝道韞、陶峴等人比喻水仙花，贊美了水仙的高潔。形象動人，意境優美，極臻姜白石詠物詞之佳境。其《竹香子·劉時軒司馬送斑竹烟管》也構思奇特，用典工巧。詞云：

斑竹一枝秋老。呼吸湘烟裊裊。淚痕宜濕淡巴菰，渠是相思草。　莫問吞多咽少。釣詩竿何妨飢皾。天台雲氣接蒼梧，珍重劉郎惠好。

這首詞把湘烟稱爲『相思草』，把烟管呼爲『釣詩竿』，想像奇特，均爲前人所未道。把吸烟、斑竹烟管和贈送人姓氏與劉晨入天台的美麗神話故事聯繫起來，用典之巧，天衣無縫。作者語言幽默，將烟杆喻作釣詩竿，新奇滑稽，況周頤《蕙風詞話》稱『「釣詩杆」可作吃菸典故』〔一〕。王曾翼評此詞爲『情韻絕佳』〔二〕。其《一叢花·題日暮倚修竹圖》爲題畫之作，化用了杜甫《佳人》一詩的意境，描繪了一位幽居深谷的美麗女子形象。她風姿綽約，可是獨倚幽篁，惆悵無處訴。末尾引用三個典故，點出少陵作詩別有懷抱，自己題詞也一樣，所以楊芳燦認爲『無限低徊，得味外味』〔三〕。此詞極婉約清麗，是吴鎮詞中不可多得的名篇。

詞自五代『花間派』以來，一直被目爲『豔科』，描寫閨帷兒女，表現離別相思成爲詞的一大主題。更有一些人繼承屈原『香草美人』之遺風，以男女之情喻君臣之事，擴大了詞的題材範圍，也使詞的內蘊更加深厚。吴鎮是一位傳統的文人，他雖主張『性靈』，但卻不是放蕩不羈的文士。他的離別相思之詞，纏綿悱惻，淒婉感人，別有一種動人之致，如《臨江仙·贈别》云：

水外青山山外水，悠悠綠意紅情。春風十里短長亭。野花偏有色，林鳥慘無聲。玉盌醍醐香瀲灩，慇懃小袖親擎。片帆回首暮雲生。緘愁人不見，眉語自分明。

此詞抒寫情人之間的離別之情，情調婉轉，意境雋永，用典工切，有小晏的風格。這類詞還有《意難忘·别人》、《點絳唇·天台》、《減字木蘭花·送人》等，大多寫得婉約藴藉，情味俱真，一唱三歎。

〔一〕況周頤《蕙風詞話》卷一，人民文學出版社一九六〇年版，第一二五頁。
〔二〕吴鎮《竹香子·劉時軒司馬送斑竹烟管》王曾翼評語。
〔三〕吴鎮《一叢花·題日暮倚修竹圖》楊芳燦評語。

吴鎮詞的數量雖然不多，但是篇篇鮮新，匠心獨具。其詞不但意境優美，語言典麗，而且情感真摯，韻律和諧，兼備豪放和婉約的風格，『有稼軒之豪邁，兼白石之清疎』〔一〕。並且能熟練地運用各種創作技巧，亦莊亦諧，意趣盎然。所以其詞風特點非常明顯，詞學成就也很高。楊芳燦認爲其詞直抒胷臆，獨開生面，『裁雲縫月，妙合自然；刻楮鏤冰，意惟獨造』〔二〕。張世法也稱贊其詞『珠連錦簇，色色鮮新』〔三〕，超凡脱俗，不落窠臼，尤其是當乾嘉年間，浙西詞派末流撏扯典故，瑣屑餖飣，整個詞壇了無生氣之時，吴鎮的詞猶如一股清風吹向了陳腐的詞壇，其意義不言而喻。嚴迪昌先生認爲『吴鎮的詞具有北方人特有的豪健爽利而時帶詼諧味的特點，出筆堅挺，棱角分明，自然流暢』〔四〕，抓住了吴鎮詞的主要特點。清代西北地方詩人雖時有高手，詞則無出吴鎮之右者。

有清一代，秦隴文壇作家衆多，尤其是清初李因篤、孫枝蔚、王弘撰可謂散文名家，他們與江南文壇的主張頗有不同，尤其與後來的桐城派大異其趣，應該在清代文壇佔有一席之地，但長期以來頗爲人們所輕視。吴鎮爲清代中期隴右著名詩人，也是古文名家，著有《松厓文稿》、《松厓文稿續編》、《松厓文稿三編》，共有文章一百二十五篇，其文名幾爲詩名所掩，但細閲其文集，名篇佳作，正復不少。楊

〔一〕楊芳燦《松花庵詩餘跋》，吴鎮《松花庵詩餘》卷末。
〔二〕楊芳燦《松花庵詩餘跋》，吴鎮《松花庵詩餘》卷末。
〔三〕張世法《松花庵詩餘序》，吴鎮《松花庵詩餘》卷首。
〔四〕嚴迪昌《清詞史》，江蘇古籍出版社一九九九年版，第四三三頁。

芳燦《松厓文稿序》云：『松厓先生以詩名海内，其流傳者，膾炙人口久矣。今出其古文示余，雄深奥衍，自成一家。間作六朝駢體，亦復清真流走，古藻離披。先生謙然自下，不欲以文名。余謂太白、少陵、摩詰，咸有文集，與詩並傳，雖文名稍以詩掩，而其佳處，有韓、柳諸大家所不能到者。此中消息，惟識微者知之耳。』〔二〕吳鎮散文亦頗受當時作家的讚賞和喜愛，著名詩人姚頤、張翽、丁珠等人均對其文進行了評析，並對周圍的門人和子弟有很大影響，在隴右文壇可謂獨樹一幟。吳鎮生於雍、乾之際，其時正是桐城派一統天下的時候，但吳鎮並不爲其牢籠，戛戛獨造，爲清代文壇的多元化做出了自己的貢獻。

吳鎮作文時間較早，其在蘭山書院讀書時寫的《鳥鼠同穴辨》等文已經嶄露頭角，頗受學官的好評，晚年更肆力於古文創作。吳鎮論文文字甚少，但持論通達，無門户之見。其《芙蓉山館文鈔序》云：『自太極生兩儀，而天地人物無不有偶，文章亦若是矣。水濕火燥，雲龍風虎，文於《易》；覯閔受侮，山臻隰苓，文於《詩》；肇州封山，滿損謙益，文於《書》，皆偶之端也。東漢而後，遂漸成駢體矣。沿至陳隋，或氣不足以舉其辭，千手一律，氣象萎薾。幸昌黎韓氏起而反之，反之誠是也。然不學者樂其易爲，則空疏之散行，弊復與堆積等。故升庵楊氏謂「假漢魏易，真六朝難」，非過言也！顧自駢體化爲四六，其弊滋甚。蓋胷無萬卷，徒檢類書，屬對雖工，終同稗販。則品騭者，但當論其文之奇

〔二〕楊芳燦《松厓文稿序》，吳鎮《松厓文稿》卷首。

不奇，不當論其文之偶不偶也。』〔一〕對於清代文壇駢散之爭，作者並不以爲然，所言最爲中肯。

吳鎮的散文，就題材而言大致可分爲學術論文、政論文、雜記、書啓、序跋、銘狀等六類。這些散文雖然沒有了清初散文家强烈的『經世致用』的精神，但也體現出作者對社會、人生的高度關懷，語言簡潔凝煉，文風嚴謹樸實。

吳鎮的學術論文不多，這是因爲他對乾嘉樸學過於强調瑣碎餖飣的考證文章不以爲然，但並非他不能爲之。他的《鳥鼠同穴辨》已經展現了這方面的才華，此文奧衍縱横，筆勢刻峭，言之有據，出自一位青年之手，可謂不同凡響。可惜他沒有沿着乾嘉考證學的學術方向發展。

吳鎮之政論文亦較少，那是因爲乾、嘉時期『文字獄』頗多，文人動輒得咎，幾不敢縱論時事。乾隆皇帝就曾不許士大夫以天下爲己任，但乾隆後期，政治腐敗，窮兵黷武，民窮財盡，文網漸弛。與吳鎮同時代的著名桐城派領袖姚鼐就曾提出『天下所謂文者，皆人之言，書之紙上者爾！言何以有美惡，當乎理，切乎事也。』〔二〕可見姚鼐也在小心翼翼地突破統治者對散文的桎梏，以求散文能載道明理，繼承白居易『文章合爲時而著，歌詩合爲事而作』的現實主義精神。但姚鼐這方面的文字太少，不足以和他的理論相提並論。吳鎮雖然沒有這方面的文學觀點，但他通過《殉難訓導杜鳳山碑》、《養蜂說題吳紫堂傳後》還是寫出了他對時事的看法，表現了他的政治觀點。

〔一〕吳鎮《松厓文稿》。

〔二〕姚鼐《稼門集序》，《惜抱軒詩文集》，上海古籍出版社一九九二年版，第二七三頁。

清代中期，統治者殘酷壓榨，地方官竭澤而漁，必然引起老百姓的堅決反抗，而吳鎮就曾親歷過山東的王倫起義，落職回鄉以後又經歷了蘇四十三和田五領導的甘肅回民起義。吳鎮在思考治國安民的良策，當然他從根本上是維護封建統治的，但也想調和矛盾，維護和平的生活。所以他借助《殉難訓導杜鳳山碑》一文發表了他對時事的看法，尤其是對待少數民族的問題的看法，很有參考價值。這些散文在寫法上突破了我國古代政論文程式，具有清幽淡遠、結構自然、文辭簡潔等特點。通過這些散文，我們可以明顯地感受到吳鎮的政治熱情，以及他關心民生疾苦的情懷。

吳鎮的雜記文在各類文章中最具特色，可讀性最强。這些散文或敘事寫人，或寫景抒情，在人、事、情三者關係的處理上體現了作者高超的寫作技巧，而作者對於普通百姓高尚之行的讚美和關切之情，尤足感人。其《打虎任四傳》、《處士王君順傳》、《張兌峯傳》、《李槐堂傳》、《李少溪進士傳略》、《二楊翁合傳略》、《無水亭説》、《秦王川石青洞記》等，均爲此類散文之代表。《處士王君順傳》寫了一位輕財好施的鄉紳形象，通過幫助一位失金少年度過難關，讓我們看到了他的慈悲情懷。《李槐堂傳》、《張兌峯傳》、《二楊翁合傳略》均記述了在鄉間常做善事而名位不彰的人，他們雖然很平凡，但是頗有濟世救民的情懷，深得作者讚賞。《李少溪進士傳略》記敘了一位才高命蹇、隱居鄉間、不求聞達的進士形象。人們對於他的出處多表示疑惑和不解，有許多猜測之言，正反映了知音難覓的社會現實。作者不斷用鄉人之議論展開敘述，筆法頗有虛實映襯之妙。

吳鎮《打虎任四傳》可謂其雜記文中最爲生動的一篇。任四爲父報讎發誓要殺死一百隻虎。起初與他人同行射虎，後來便獨自一人上山，其鎗法精準，一鎗即可斃命。後來名聲漸大，四方求其打虎者絡繹不絶，而他依靠出售虎皮、虎骨，家道也逐漸殷實起來。可是殺了九十九隻以後，再也未能實現夙願，於是他自己荷槍進山，差點爲虎所傷，有神人出現救了他並責斥他殺虎太多，於是他不再殺虎。故事頗爲傳奇，尤其寫他爲了證明鄉人傳説拔虎睫毛一段更爲出色：『俗云：「活虎之睫毫，能照人畜本相。」四嘗鎗虎倒地，氣猶茀然（怒貌，出《莊子》），遽拔其毫以照人，竟了無所見，乃知俗言妄矣。』打虎本已讓人敬畏，而不斷打虎不爲虎所傷則尤爲神奇，爲了證明鄉人傳説拔活虎睫毛更是讓人膽寒，作者層層鋪墊，娓娓道來，雖然没有景陽岡武松打虎那樣的驚心動魄，但細細想來，卻有一股寒氣逼人心扉，任四的膽量和神勇自是不言而喻。敘事如此，的確具有太史公之龍門筆法。

吴鎮的書啓文數量不多，只有《答張佩青太史書》、《答馬雪嶠宫詹書》、《與袁簡齋先生書》、《答王西沚先生書》及《復福嘉勇公中堂啓》、《賀福嘉勇公中堂啓》等八篇，估計爲其多次删汰才留存下來的，但保留了珍貴的資料。這些書信不僅展現了吴鎮的交遊情況，而且從不同層面反映了作者的精神風貌與内心世界，爲我們全面認識吴鎮提供了參考。這八篇文章雖然風格不同，體制各異，《與袁簡齋先生書》、《答王西沚先生書》等純是散體，而《復福嘉勇公中堂啓》、《賀福嘉勇公中堂啓》又爲典麗的駢文，但都情文並茂，清新可讀。《與袁簡齋先生書》反映了吴鎮對袁枚的敬仰之情，但對於其詩文之訛誤毫不隱瞞，認真商討，可見其真率而執著的爲人。另外又熱情地向袁枚推薦了張晉、張謙和許珌等詩人，表現了一個學者謙和寬大的胷懷。文情樸摯，神采奕奕，千秋之下，讀其文復能想見其爲人。《復福嘉勇公中堂啓》、《賀福嘉勇公中堂啓》爲寫給當時陝甘總督福康安的信，因爲是下級復上級的書信，故用了典雅藻麗的駢體文，顯得莊重而嚴整。

吳鎮的序跋文數量最多，内容最爲豐富，多討論學術問題。其中書序介紹該書内容與成書經過，敘述簡潔，層次清晰，《松花庵逸草自序》、《松花庵律古自序》、《松花庵聲調譜及八病說序》、《風騷補編序》、《達生編跋》、《李氏家譜跋》等可爲代表；詩序則偏重介紹作者，對其詩能抓住要點，高度概括，評價中肯，如《楊山夫詩序》、《劉戒亭詩序》、《雨春軒詩序》、《石田詩序》、《馬讓洲詩序》、《雪舫詩鈔序》等均爲代表作品；另外，《三餘齋詩序》、《王芍坡先生吟鞭勝稿序》、《會寧吳達叔詩序》、《吳敬亭詩序》等，都内容充實，各具特色。其中《王芍坡先生吟鞭勝稿序》，短小凝煉，行文如行雲流水，極類小品文，是吳鎮散文中的佳篇。

吳鎮的銘狀文數量不多，多表彰忠直之士、高尚之人，少諛墓敷衍之作。《殉難訓導杜鳳山碑》、《庠生武象翁誄》、《張杞軒墓表》、《李母劉孺人墓誌銘》、《上營沈氏族塋碑》、《上營任氏氏族墓誌銘》等，均爲其代表。乾、嘉之際，許多文人『避席畏聞文字獄，著書都爲稻粱謀』（龔自珍語），而以寫諛墓文字換取潤筆費者正大有人在，詩人趙翼就曾批評過這種不良現象。但是吳鎮爲文態度非常嚴肅，從不作諛墓文字，故其銘狀文很少。吳鎮銘狀所記之人，多是平凡之人，這與他的記傳文的選材和風格頗爲相似，但是這些平凡人身上卻有高貴的品格，與那些朝中的達官貴人形成了鮮明的對比。吳鎮這類文章在寫作手法上有一個顯著特點，即言簡意賅，對所寫人物事蹟在通盤掌握的基礎上又突出重點，使人物個性鮮明，而敘事又脈絡清晰，層次分明。另外，吳鎮《上營沈氏族塋碑》、《上營任氏氏族墓誌銘》是兩篇比較獨特的墓銘，他不是記一人一事，而是考察了臨洮地區一些世家大族的遷徙繁衍，對於了解明清以來氏族演變頗有歷史認識價值。

顧炎武曾說：『文之不可絕於天地間者，曰明道也，紀政事也，察民隱也，樂道人之善也。若此者有益於天下，有益於將來，多一篇，多一篇之益矣。若夫怪力亂神之事、無稽之言、勦襲之說、談接之文，若此者有損於己，無益於人，多一篇，多一篇之損矣。』〔一〕吳鎮散文雖然沒有顧炎武那樣强烈入世的精神，但是他爲文極爲認真，絕少敷衍應酬文字，表彰節義、樂道人善正是他的散文的主要內容，所以其文有益於世道人心，功莫大焉。至於其文之藝術成就，也值得我們重視。他的散文不主一家，出入漢魏、唐宋，行文如行雲流水，運筆如穿花蜂蝶，驅經用史，遊刃有餘，在乾嘉文壇可謂獨開生面，值得我們認真研究。

吳鎮不但是清代隴右著名的文學家，也是著名的教育家。吳鎮自主講蘭山書院以來，以古學教人，培養出了很多出類拔萃的人物，如進士秦維岳、郭楷、周泰元、李苞、李華春等。吳鎮還極爲重視童蒙教育，著有啓蒙讀物《四書六韻詩》（《四書課童詩》）及《松花道人韻史》、《松花道人稗珠》。《四書》是明清科舉考試的主要內容，但是幼童讀起來有一定的困難。吳鎮《四書六韻詩》取材都是《四書》的內容，用五言古詩來串講《四書》中的一些重要題目，梁濟瀍認爲此書『婉麗親切，涉筆成趣』，『尤便於啓發童蒙』，在當時流傳甚廣，李苞曾說此書都流傳到廣西一帶，頗受人們的歡迎。《松花道人韻史》選擇了從《左傳》到《明史》中的一百多位歷史人物和一些歷史事件，用三字韻語編寫，讀起來朗朗上口，便於兒童學習歷史。作者選材也比較嚴格，自稱『是編用事，務取生新……凡平平無奇，及習見者，悉

〔一〕黃汝成《日知錄集釋》，上海古籍出版社二〇〇六年版，第一〇七九頁。

置之』。另外，作者選擇史事，更注重思想教育，『咎徵冥契，必有關儆戒者始收之。其誨盜誨淫，而千古猶稱佳話者，皆所不錄』。所以此書不僅是兒童的啓蒙讀物，即使『施之酒邊花下，以作談柄，亦無不宜』[二]。《松花道人稗珠》取法郭璞《爾雅贊》、《山海經贊》、王微《藥草贊》等文章，雜取各種稗官野史中的『恢奇可喜之事』，用四言韻語編寫，更重視隴右的一些稗史傳說，具有一定的鄉邦意識。吳承禧在跋中曾説此書『簡而能該，足當匡鼎説《詩》，而酒筵揮麈，尤與風花雪月爲宜』[三]，與《松花道人韻史》互爲補充，相得益彰。

四

吳鎮學問淵博，勤於著述，一生著作頗豐，先後編成各種詩文集二十多種，除《古唐詩選》、《伏枕草》等幾種遺失外，大多見收於乾隆年間刻《松花庵集》、嘉慶年間吳承禧刻《松花庵全集》和宣統年間刻《松花庵全集》中。從各集的序跋及書中題識來看，《玉芝亭詩草》刻於乾隆十四年（一七四九），《四書六韻詩》刻於乾隆二十六年，《松花庵詩草》刻於乾隆二十八年（此書將《玉芝亭詩草》的部分詩歌也收録進去），《松花庵律古》刻於乾隆三十四年，《松花庵集唐》刻於乾隆三十六年，《松花道人韻史》大

[二] 吳鎮《松花道人韻史·凡例》。
[三] 吳承禧《松花道人稗珠跋》。

概刻於乾隆三十八年，《沅州雜詠集句》、《瀟湘八景集句》刻於乾隆四十四年，《松花庵遊草》刻於乾隆五十年，《松花庵逸草》、《松花庵詩餘》、《松厓文稿》刻於乾隆五十一年，《聲調譜》、《八病說》刻於乾隆五十三年，《蘭山詩草》刻於乾隆五十五年，《律古續稿》、《古詩絶句》、《松厓文稿次編》刻於乾隆五十六年。还有《蘭山課業松厓詩錄》刻於乾隆五十七年，此書是從前面的詩詞集中選擇作者最滿意的作品合刻爲兩冊，這是吳鎮生前刊刻的最後一部詩文集。

吳鎮去世以後，由吳承禧等口述、楊芳燦撰寫的《松厓府君行略》曾說：『所著《松花庵詩草》、《遊草》、《逸草》、《蘭山詩草》、《律古》、《集唐》、《雜稿》、《聲病譜》、《韻史》、《松厓文稿》及《制藝》，俱已梓行。尚有《稗珠》、《詩話》、《古唐詩選》諸稿藏於家。』[二] 李華春所作《皇清誥授朝議大夫湖南沅州府知府吳松厓先生傳略》亦云：『所著有《松花庵詩草》、《遊草》、《逸草》、《蘭山詩草》、《詩餘》、《律古》、《集唐》、《四書六韻詩》、《沅州雜詠集句》、《瀟湘八景集句》、《韻史》、《聲調譜》、《八病說》、《松厓文稿》、《制藝》、《試帖》，已梓行；又有《稗珠》、《詩話》、《古唐詩選》諸稿藏於家。』[三] 但是據李苞嘉慶二十五年所作《松花庵詩話序》卻說：『松厓先師舊刻《松花庵詩草》、《遊草》、《逸草》、《蘭山詩草》、《律古》、《集唐》、《雜稿》、《韻史》、《聲病譜說》（即《聲調譜》、《八病說》）、《文稿》、《詩餘》共十二冊，學者久奉爲圭臬。苞年來添刻《稗珠》、《對聯》、《制藝》、《試帖》暨《文稿三編》爲《續集》，

[二] 吳承禧等口述、楊芳燦撰《皇清誥授朝議大夫湖南沅州府知府顯考松厓府君行略》，清嘉慶二年刻本。

[三] 李華春《吳松厓先生傳略》，吳鎮《松花庵全集》卷首，清宣統二年重刻本。

而同里馬君子千復將《詩話》梓行，何其與予有同心耶！』〔一〕可見吴鎮去世之前，《制藝》、《稗珠》、《詩話》、《對聯》、《試帖》、《文稿三編》都沒有刊刻，其已刻的十二冊詩文集與現在流傳的乾隆間刻《松花庵集》完全一致。《松花道人稗珠》刻於嘉慶二十一年，《松厓對聯》刻於嘉慶二十三年，《松厓文稿三編》、《松花庵詩話》、《松厓制義》刻於嘉慶二十四年，《松厓制藝次編》、《松厓試帖》刻於嘉慶二十五年。吴承禧在嘉慶二十五年將這些小集彙輯爲《松花庵續集》。《古唐詩選》則始終未能刊刻流傳，後來散佚。

明確了吴鎮每本著作的具體刊刻年代，就不難理解吴鎮《松花庵集》的版本流變，也可以清楚各種文獻著録吴鎮著作的舛誤。現將吴鎮《松花庵集》的代表性版本敘録如下：

一、乾隆五十一年刻本《松花庵集》六種六卷，甘肅省圖書館有藏。包括《松花庵詩草》一冊二卷，前有牛運震《松花庵詩序》、吴壇《松花庵詩草序》、陳鴻寶《松花庵詩集序》，卷尾有劉紹攽《松花庵詩草跋》，接下來是《松花庵遊草》一卷、《松花庵逸草》（附《松花庵詩餘》）一卷、《松花庵律古》一卷、《松厓文稿》一卷。書頁左上角都有『松花庵集』字樣。這是《松花庵集》的最早刻本，後來的各种版本都是在這個版本的基礎上增修翻刻。

二、乾隆五十五年蘭山書院刻《松花庵集》六種八卷，甘肅省圖書館有藏。此書爲楊芳燦在蘭山書院主持刊刻，前六冊與乾隆五十一年刻《松花庵集》相同，增刻了《聲調譜》、《八病說》一冊、《蘭山詩草》一冊。

〔一〕吴鎮《松花庵詩話》卷首。

三、乾隆間刻本《松花庵集》十六種十二册，此書流傳較廣，甘肅省圖書館有藏。這是增修重印本。包括《松花庵詩草》一册二卷，前有牛運震《松花庵詩序》、吴壇《松花庵詩草序》，還有陳鴻寶、王鳴盛、袁枚《松花庵詩集序》，然後是李華春撰寫的《皇清誥授朝議大夫湖南沅州府知府吴松厓先生傳略》，還有宋良治所作《吴松厓像》和楊芳燦撰《吴松厓像贊》，接着是《松花庵全集總目》，後面依次有《松花庵遊草》一册，《松花庵逸草》（附《詩餘》）一册，《蘭山詩草》一册，《松花庵律古》一册，《律古續稿》、《集古絶句》一册，《松花庵集唐》一册，《松花庵雜稿》（包括《四書六韻詩》、《沅州雜詠》、《瀟湘八景》）一册，《韻史》一册，《聲調譜》、《八病説》一册，《松厓文稿》一册，《松厓文稿次編》一册，收作品十六種。由於各種作品刻於乾隆不同時期，故稱乾隆間刻本。此書應該也是後來根據乾隆間刻本補刻，因爲李華春《皇清誥授朝議大夫湖南沅州府知府吴松厓先生傳略》應該寫於吴鎮去世以後，不可能作於乾隆年間。宋良治《吴松厓像》後有『嘉慶辛未相月補刊』字樣，可見此書翻刻於嘉慶十六年（一八一一）。《四庫未收書輯刊》卽據此書影印，注明是『清乾隆刻增修本』，收録吴鎮詩文集十一卷，與乾隆間刻《松花庵集》相比，缺少《四書六韻詩》、《沅州雜詠》、《瀟湘八景》、《聲調譜》、《八病説》、《松厓文稿》，不是全本。

四、甘肅省圖書館另藏乾隆刻本《松花庵集》十二册，各册按地支之子、丑、寅、卯、辰、巳、午、未、申、酉、戌、亥分爲十二集，半葉十行二十四字，宋體字，全集版式一致，爲統一刊刻印刷，並非各册彙集而成，内容跟前面的相同。

五、嘉慶十八年（一八一三），吴鎮第三子吴承禧彙集乾隆年間刻印的吴鎮著作，刻成《松花庵集》，共十六種十二冊，前有《松花庵詩集總目》，《目錄》後有『嘉慶癸酉春三月第三子承禧謹編次』字樣。此書與乾隆間刻本《松花庵集》相同，應該是據乾隆間刻本翻刻。此書所收吴鎮著作與乾隆間刻《松花庵集》、宣統二年（一九一〇）重刻《松花庵全集》相比，其他内容基本相同，不過缺少李華春所撰《吴松厓傳略》一文，可見此書保存了乾隆間刻本《松花庵集》的原貌。《清代詩文集彙編》即影印此書，不過集中缺《聲調譜》和《八病説》。《故宫珍本叢書》所收《松花庵詩集》也説是嘉慶十八年吴承禧所刻，但是集中缺少《松厓文稿》、《文稿次編》。從書中所收各集的刻印情況來看，《松花庵詩草》、《松花庵遊草》、《松花庵逸草》（附《詩餘》）、《松花庵律古》、《律古續稿》、《韻史》、《蘭山詩草》的前半部分都是刻本，書頁左上角有『松花庵集』字樣，但是《蘭山詩草》的後半部分和《聲調譜》、《八病説》、《四書六韻詩》、《沅州雜詠集句》、《瀟湘八景集句》書頁都没有『松花庵集』字樣，字體也跟前面的不一樣。可見這是後人根據吴承禧刻印的《松花庵集》補配起來的。

六、嘉慶年間刻本《松花庵全集》，此書少爲學界所知，甘肅省圖書館有藏。全集共十七冊，主要分爲兩部分，前十二冊爲第一部分，後五冊爲第二部分，兩部分並不刻於一時，均不分卷。第一部分後有『嘉慶癸酉春三月第三子承禧謹編次』字樣，可知前十二冊即嘉慶十八年吴承禧刻《松花庵集》。第二部分爲《松花庵續集》，共五冊，最後一冊《稗珠》前有《松花庵續集總目》，包括《松厓文稿三編》、《松花庵詩話》、《松厓對聯》、《松厓制義》、《制義次編》、《松厓試帖》、《稗珠》，目錄後有『嘉慶庚辰春二月男承禧謹編次』字樣，可見此書刻於嘉慶二十五年。對比各冊内容，缺《制義》一種，第十三冊爲《松厓文稿三編》，第十四冊爲《松花庵詩話》，第十五冊爲《松厓對聯》，第十六冊爲《制義次編》和《松厓試帖》，第十七冊爲《稗珠》。因爲此書均刻於嘉慶年間，故合稱嘉慶刻本。嘉慶刻本是據原本重印，保存了單行本原貌，更具文獻價值。而且還多出《松花庵詩話》、《松厓對聯》、《制義次編》、《松厓試帖》和《稗珠》六種，更全面地反映了吳鎮創作情況，特别是《松花庵詩話》和《松厓文稿三編》的存在，對於我們更全面了解吳鎮的散文創作和詩學理論，其文獻價值不可低估。筆者在甘肅省圖書館又發現了《松厓制義》一冊，上有『嘉慶己卯孟秋』、『松花庵梓行』字樣，可知此書刊刻於嘉慶二十四年（一八一九），現在補入《松花庵續集》，嘉慶間刻本《松花庵全集》可爲完璧。

七、宣統刻本《松花庵全集》十三種十二冊，此書爲宣統二年（一九一〇）狄道後學重刻本。甘肅省圖書館、西北師大圖書館、中國國家圖書館均有藏本，《西北文獻叢書》中《松花庵全集》即據此影印。此書沒有目錄，書中所收作品與乾隆間刻本《松花庵集》、嘉慶十八年吳承禧刻《松花庵集》基本相同，只是將《松花庵詩草》兩卷合爲一卷，題爲《松花庵詩集》，其他各書都各自分爲一卷，共十二卷。比嘉慶十八年吳承禧刻《松花庵全集》多出了李華春所撰《吳松厓傳略》。此書校勘不精，刻印錯誤較多。

各種目錄類著作和資料對《松花庵全集》的著錄，多爲乾隆刻本或宣統刻本，而且著錄內容比較混亂。孫殿起《販書偶記》著錄的《松花庵全集》爲乾隆刻本，但卷數和內容與乾隆刻本不同：『《松花庵全集》三十一卷，臨洮吳鎮撰。附《竹嶼詩草》一卷，《文稿》一卷，臨洮文國幹撰。乾隆間刊。即《松花庵詩草》二卷……《詩話》三卷，《稗珠》一卷，《松厓對聯》一卷，《松厓文稿》一卷，《次編》一卷。』〔二〕

〔二〕 孫殿起《販書偶記》卷十五，上海古籍出版社一九九九年版，第三九六—三九七頁。

《販書偶記》的著錄與乾隆間刻吳鎮《松花庵集》實際情況不符，因爲《松花庵詩話》、《稗珠》、《松厓對聯》均刻於嘉慶二十五年。另外，他又將文國幹撰《竹嶼詩草》、《文稿》混入其中。筆者查閱了各種乾隆間刻本《松花庵集》，均沒有文國幹的作品，可見孫殿起所見《松花庵全集》不是乾隆間刊刻本，著錄有誤。據其內容推斷，應該是嘉慶刻本，可能由文國幹刻印，故附錄自己的詩文。孫殿起的《販書偶記》影響很大，後來的許多著作在著錄和介紹《松花庵全集》時，都採用了《販書偶記》的說法。如袁行雲《清人詩集敘錄》卷三十二云：『《松花庵詩草》六卷（嘉慶十七年刻本），吳鎮撰。……此爲《松花庵詩草》二卷，《蘭山詩草》、《松花遊草》、《竹嶼詩草》、《松花逸草》各一卷，乃經刪汰增刻，仍不逮十之三四。』[一]也將《竹嶼詩草》誤認爲是吳鎮的作品。錢仲聯等主編的《中國文學大辭典》對《松花庵全集》的介紹與《販書偶記》的著錄也基本相同。柯愈春《清人詩文集總目提要》對吳鎮《松花庵全集》的著錄也有一些錯誤：『《松花庵集》，無卷數，……乾嘉間陸續付梓……內分諸集，計有：《松花庵詩草》、《松花庵遊草》、《松花庵韻草》、《松花庵逸草》、《松花庵詩餘》、《蘭山詩草》、《集唐》、《松花庵雜稿》、《松花道人韻史》、《松花庵律古》、《律古續編》、《集古古詩》、《沅州雜詠五律》、《沅州雜詠七律》、《松厓文稿》、《松厓文稿次編》、《聲病譜說》（即《聲調譜》、《八病說》）等。宣統間刻《松花庵全集》較此爲少。』[二]這裏也有一些明顯的錯誤：首先，此乾嘉間本《松花庵集》沒有李苞等在嘉慶年間續刻

〔一〕袁行雲《清人詩集敘錄》卷三十二，文化藝術出版社一九九四年版，第一一三三頁。

〔二〕柯愈春《清人詩文集總目提要》（中），北京古籍出版社二〇〇一年版，第六七六頁。

的幾種著作，實爲乾隆刻本《松花庵集》； 其次，檢乾隆刻本和宣統刻本《松花庵集》以及吳鎮著述，並沒有《松花庵韻草》； 再次，除了疑誤的《韻草》外，所著録的各種著作均在宣統刻本中，故『宣統間刻《松花庵全集》較此爲少』亦不確。 王文煥《吳松厓年譜》列舉吳鎮《松花庵詩草》等著作後說道：『以上諸書，清宣統二年狄道後學匯爲一卷，重刊，題簽曰《松花庵全集》。 又有《制義》、《試帖》、《稗珠》、《詩話》、《古唐詩選》諸稿，藏於家，今皆散失。』〔一〕由於王文煥沒有見到嘉慶刻本《松花庵全集》，故誤斷《制義》等諸稿散失了。 一些甘肅地方文史研究著作也普遍認爲《松花庵集》只有十二卷本刊行於世，提到的版本只有乾隆或宣統刻本，如李鼎文、林家英、顏廷亮主編《甘肅古代作家》中惠尚學所撰《吳鎮》一文認爲：『《松花庵集》（共十二卷），是吳鎮全部著作的彙集。』〔二〕這也不符合實際。 其实民國時期臨洮著名學者張維已在《隴右著作録》中著録了《松花庵續集》：『《松花庵續集》，《稗珠》一卷，《制義》、《試帖》、《對聯》若干卷，《文稿三編》一卷。』〔三〕《甘肅新通志》（書目）亦云：『《稗珠》，吳鎮著，李苞序刻。《稗珠》、《制義》、《試帖》、《對聯》暨《文稿三編》爲《松花庵續集》。』〔四〕李靈年、楊忠主編的《清人別集總目》對《松花庵集》的著録也不夠齊全，認爲《松花庵集》（應爲《松花庵

〔一〕王文煥《吳松厓年譜》，何炳松主編《中國史學叢書》，商務印書館一九三四年版，第一二四頁。

〔二〕李鼎文、林家英、顏廷亮主編《甘肅古代作家》，甘肅人民出版社一九八二年版，第二七九頁。

〔三〕張維《隴右著作録》卷二，《中國西北文獻叢書·西北史地文獻》，蘭州古籍書店一九九〇年影印版，第二〇九頁。

〔四〕安維峻纂《甘肅新通志》卷九十四《藝文志》，清宣統元年刻本。

集》）祇有十二卷，爲嘉慶十六年刻本。學術界對《松花庵全集》版本的關注不多，重視不夠，因而出現了一些著錄混亂，對收集作品最爲全面、文獻價值較高的嘉慶刻本《松花庵集》則知之甚少。

《玉芝亭詩草》爲吳鎮詩集的最早刻本，雖然其中的一些詩歌已經收入《松花庵全集》，但是還有許多詩歌沒有被收錄，收錄的詩歌也與底本的文字差異較大，可以窺見吳鎮詩歌的早期面貌。此書流傳較少，知道的人不多，因此將《玉芝亭詩草》收入集中。

吳鎮《四書六韻詩》作於乾隆二十六年，收入乾隆五十一年刻《松花庵集》中的《松花庵雜稿》（包括《四書六韻詩》、《沅州雜詠》、《瀟湘八景》），後來的《松花庵全集》都有收錄。乾隆五十六年，吳鎮弟子李苞、武安邦對《四書六韻詩》做了注釋，並收集了許多詩人的評語，改名《四書課童詩》，前有梁濟瀍和李苞的序。此書爲單行本，見者不多。這次整理將《四書課童詩》所收注釋和評語都附在《四書六韻詩》後，以幫助讀者理解詩句。

吳鎮《松花道人韻史》除了乾隆、嘉慶松花庵刻本，現在流傳還有《嘯園叢書》本，爲光緒四年（一八七八）浙江仁和葛元煦校刻，前有胡德琳原序和袁枚孫袁祖志序，後有葛元煦跋。此書流傳較廣，也作爲重要的校勘本。

楊芳燦選編的《蘭山課業松厓詩錄》保存了當時許多詩人對吳鎮詩詞的評語，對於我們研究吳鎮的交遊和創作成就極爲重要。尤其是各種版本的《松花庵詩草》都刪去了各家評語，但是《松厓詩錄》全部保存，因此將它作爲重要的校勘本。吳鎮與劉紹攽爲好友，劉紹攽所選《二南遺音》收錄吳鎮詩歌較多，許多詩歌的文字與底本差異較大，因此把它也作爲一個重要的校勘本，也可窺見吳鎮詩歌早期的面貌。吴鎮一生創作豐富，抉擇甚嚴，其收入詩集的作品還經常修改淘汰，還有一些没有收入詩集的作品也廣爲流傳，被各種地方志收録。筆者在其《松厓詩録》、《松花庵詩話》以及《洮陽詩集》、《（乾隆）韓城縣志》、《（乾隆）渭源縣志》、《（道光）蘭州府志》中搜集到吴鎮佚詩四十首、佚詞一首、佚文三篇，作爲《集外詩詞文輯佚》附於全集之後。

民國年間静寧王文焕有《吴松厓年譜》，收入何炳松主編《中國史學叢書》。王文焕雖然搜集了很多資料，進行了細緻研究，但是他没有看到《玉芝亭詩草》、《松厓詩録》、《松厓文稿三編》、《松花庵詩話》、《制藝》、《試帖》、《四書課童詩》、《松厓對聯》、《稗珠》以及吴承福等口述、楊芳燦撰寫的《松厓府君行略》，對吴鎮生平的許多問題没有研究清楚，因此筆者在王文焕《吴松厓年譜》的基礎上進行了細緻考辨，增益良多，附録於後。另外，《蘭山課業松厓詩録》還收集了一些名家爲吴鎮《松厓詩録》所作序跋，還有一些名家給吴鎮的書信，大都是其他各本没有收録的，都具有重要的研究價值。筆者也檢索閲讀了各種地方志和清代許多詩文别集、總集，將有關吴鎮的傳記資料、序跋尺牘、詩詞評語和相關詩詞作品進行了爬梳搜集，整理了數量不菲的『吴鎮研究資料』，與嘉慶本《松花庵集》没有收録的《吴松厓傳略》，還有《松厓詩録》中没有收入此集的許多資料，以及吴承福等口述、楊芳燦撰寫的《松厓府君行略》等彙集爲『吴鎮研究資料』作爲附録，便於學者進一步對吴鎮進行研究。

吴鎮集的版本較多，筆者對各種版本都進行了細緻的檢查比對，認爲嘉慶二十五年吴承禧彙刻的《松花庵全集》版本最好，校勘較精，收集的資料也比較豐富，因此本次整理就選擇此本爲底本。爲了保持《松花庵全集》的原貌，各書的次序不變。乾隆刻《松花庵集》、《松厓詩録》和底本所收詩詞出入不大，只有個別字詞的異同。《玉芝亭詩草》中後來被收入《松花庵集》的作品與原文差别較大，在『校記』中作了詳細説明，可以看作吴鎮不斷修改提高其詩歌的真實案例。《玉芝亭詩草》中的一些作品被《洮陽詩集》收入吴鎮祖父、父親名下，筆者也做了仔細辨析，在『校記』中一一注明。宣統重刻《松花庵全集》的内容與底本基本相同，只是將一些異體字進行了變化，在『校記』中不再一一注出。宣統重刻《松花庵全集》中最大的問題是校勘不精，刻印錯誤，例如將『水天』誤刻爲『天水』，將『龍飛』誤刻爲『飛龍』等，不再一一列舉。這些也在『校記』中做了説明。

本次整理的集評部分主要彙集了許多詩人對吴鎮詩詞的評語，這些評語主要集中於嘉慶間刻本《松花庵全集》、《松厓詩録》和各種序跋、詩話、詞話之中，這些評語對於研究吴鎮的交遊和創作成就極爲重要。本書除了將《松花庵集》、《松厓詩録》中的各家評語全部彙集到吴鎮相關詩詞之後以外，還搜集了各種詩話、詞話、序跋有關吴鎮詩詞的評語，也彙集到集中作爲附録，有助於讀者進一步了解吴鎮創作的特色和成就。由於整理者的水平有限，錯誤之處在所難免，懇請各位專家和廣大讀者提出寶貴意見，希望在以後的修訂中繼續提高。

凡　例

一、本書以嘉慶二十五年吳承禧彙刻《松花庵全集》爲底本。其中《松厓試帖》殘缺不全，《艾虎》篇之後的内容均不存，今據清道光元年刻《松厓試帖》補全。《松花庵全集》未收之《玉芝亭詩草》，以乾隆十四年（一七四九）蘭山書院刻本爲底本。

一、甘肅省圖書館藏乾隆間刻《松花庵集》十二冊，係吳鎮親自選擇校勘，版本價值較高，今據以爲參校本，簡稱『乾隆本』。甘肅省圖書館藏《蘭山課業松厓詩録》，乾隆五十七年（一七九二）楊芳燦選刻，此書選擇《松花庵集》中最精彩的詩詞作品編爲二冊，不分卷，詩先詞後，體例分明，校勘質量亦較高，今亦作爲參校本，簡稱『《松厓詩録》』。宣統二年（一九一〇）狄道後學重刻《松花庵全集》與乾隆間刻本《松花庵集》内容基本相同，今亦作爲參校本，簡稱『宣統本』。

一、同時參校部分總集、别集中所録吳鎮作品，具體書名、版本如下：

吳鎮著、李苞等注《四書課童詩》，清乾隆五十六年刻本。

吳鎮《松厓試帖》，清道光元年刻本。

吳鎮《松花道人韻史》，清光緒四年葛元煦刻《嘯園叢書》本。

劉紹攽《二南遺音》，清同治十二年刻本。

李苞《洮陽詩集》，清嘉慶四年刻本。

李元春《關中兩朝詩鈔》，清道光十二年刻本。

徐世昌《晚晴簃詩匯》，民國十八年徐氏退耕堂刻本。

錢仲聯《清詩紀事》，鳳凰出版社二〇〇四年版。

一、《松花庵遊草》、《松花庵逸草》、《蘭山詩草》、《松花庵詩餘》附有各家評語，今一仍其舊。《松花庵詩草》底本無評語，今過錄《松厓詩錄》各家評語於每篇之末。《松厓詩錄》所收序跋，據內容，分別歸入附錄《吳鎮交游資料》、《吳鎮評論資料》中。《四書六韻詩》底本無注釋和評語，今過錄《四書課童詩》注釋和評語於每篇之末。

一、各本評語的作者原在句末，今統一放在句首。

一、《松花庵全集》只有《文稿》、《文稿次編》、《文稿三編》、《制藝》有目錄，其他作品皆無目錄，爲便讀者閱讀，現重新編輯目錄，置於全書之首。

一、《松花道人韻史》、《松花道人稗珠》兩集，原有眉批，今照錄，置於該篇之後。

一、集中原有雙行夾注，均改爲單行小字。

一、集中序、詩重複者，相同或略有不同，則僅於第一次出校說明，第二次出現，僅列題目，不重複收錄，僅於正文處加以說明。

一、集中各卷末原列有編校人姓氏及刻印時間，現因重新校訂，故概予删除。

一、文中避諱字回改，如『寧』『玄』『丘』等，不另出校。

一、文中『已』、『己』、『巳』，『泠』、『冷』，『衹』、『祇』、『祗』等字，據文意改定，不另出校。

一、底本中個別文字漫漶不清，別本亦不載，用□代替。

一、《松厓詩録》、《松花庵詩話》、《洮陽詩集》、《（乾隆）韓城縣志》、《（道光）蘭州府志》、《（同治）渭源縣志》等文獻中載有部分吳鎮集外詩詞，現輯爲一編，附於詩詞文集之後。

一、附録包括《吳松厓年譜》、《吳鎮傳記資料》、《吳鎮交游資料》、《吳鎮評論資料》四部分。這些文獻均據通行本輯録，原文未分段落，爲便閲讀，酌情分段。

目録

松花庵詩草卷二

松花庵遊草

松花庵逸草

松花庵詩餘

蘭山詩草

松花庵律古

律古續稿古詩絶句附

律古續稿

附　集古古詩

松花庵集唐

附　集唐絕句

松花庵雜稿

四書六韻詩

聲調譜　八病說

聲調譜

八病說

松厓文稿

松厓文稿次編

松花庵續集

松花道人稗珠

松厓文稿三編

松厓對聯

松花庵詩話

松厓制義

松厓制義次編

松厓試帖

玉芝亭詩草

集外詩詞文輯佚

詩

松花庵集

松花庵集

松花庵詩草序

牛運震

余宦西陲十年，從余遊者，一時材儁百數十人。其學爲時文而庶乎至吾之所至者，秦安吴墱一人而已，顧不肯爲詩。其爲詩而能學吾之所學者，則於臨洮吴鎮又得一人焉。鎮爲詩不自從余始，而自從余詩益工，其所以論詩者日益進。鎮之言曰：『古期漢魏，近體期盛唐，合而衷諸三百篇，師其意不師其體，唐以後蔑如也。』鎮誠狂者哉！然其用意亦健矣。

鎮爲詩常薄近代詩人爲不足學，而猶知肩隨其師，卽余於此亦爲之三十餘年矣，抑不自知其至乎未也。每檢笥集思，欲出所有，以請正當世，顧余行老矣，不能復在弟子之列。而鎮氣盛才鋭，斐然有詩六七十首，諸門人知鎮者，慫刻之，鎮不辭，余亦不能禁也。然則當世如有詩人覯鎮之詩，而余之爲詩，與其所以論詩者可知也。《記》曰：『觀其器而知其工之巧。』余姑以鎮先焉。鎮詩一出，吾知必有譽且笑者，而皆可爲鎮知己而砥礪鎮，余亦得藉以自鏡也，不亦善乎？

鎮年十二能作詩，年二十六學於余，年三十而能焚詩。今之存者，皆鎮所自焚及余爲焚之之餘也。刻既成，鎮又有請欲焚者，余姑命留以俟後之人。是或古人求别裁而能自得師之一道耶！蓋空山堂刻詩之難如此。

乾隆己巳陽月，山左真谷牛運震序。

松花庵詩草序

吴壇

往余侍家大人讀書南安，獲徧交秦隴學人，求其志在立言而卓然名家者，吾宗洮陽信辰兄其一也。信兄好爲古詩，骨力蒼堅，意味深厚，得漢唐作者神理，而不襲其貌。《梁史》稱吴均『文體清拔有古氣』，以今方昔，夫何愧哉！

憶辛巳春，予與信兄同試禮闈，朝夕倡和，縱談千古，忽忽如前日事。而余十餘年來，簿書鞅掌，與風雅日以疎遠。今信兄需次銓曹，猶能不廢吟詠，日課數篇，宜其詣力專精，傳世不朽無疑也。顧予觀古之詞人，如孟東野、溫飛卿諸公，雖才名震世，而尺有所短，授之以政，適用爲難。信兄以博士膺薦剡，宰陵邑，更以風雅之才施爲經濟，行見治平第一，如漢吴公爲循良最，則其卓然樹立而不朽者，當又有在，豈特詩是吾家事耶！

乾隆壬辰長至日，海豐椒堂弟壇拜譔。

松花庵詩集序

陳鴻寶

松花道人以初集見示，余和《松花道人歌》以代序。道人既存余詩，而又問序焉，吾無以益矣。雖然，道人自言曰：『吾生平詩數千首，汰而存者什之一。今又增刻，仍不逮什之三，其不存者，猶足與世人爭數重席也，而吾盡割之。』嘻！世人之詩敝矣，而又多而不能割，彼惟無割，割則無有存焉者矣。且雖不割，庸詎有存乎？道人詩使讀者恨其少而後增之，增之而猶恨其少也，勢將不能割而盡出之。道人曰：『否！吾今雖增，而向所存又有割焉者已，後有增而今所存，又將有割焉者已。』余因笑舉集中句曰：『「三千從趙勝，選俊一毛難。」存之之不易也。』「譬如不才子，搗殺竟誰能。」割之之不易也。苟難存而易割，余惡知乎道人之詩之所至哉！

乾隆壬辰嘉平，年弟陳鴻寶呵凍書於都下寓齋。

松花庵詩集序

袁枚

文人之在世也，如五緯二十八宿之在天。天有三百六十五度，亘千百萬里，茫茫洋洋，莫可紀極，而緯宿所繫之躔度與所流之光耀，未嘗不氣相聯而影相照焉。余故越人也，松厓先生生於臨洮，勢不能相見。予官江左，年過三十，即乞養還山。先生方馳五馬，任專城，徜徉於沅、湘、岳、鄂之間，勢更不能相見。然則彼此雖並生一時，而沒沒然避面以終，如隔數百世者，宜也。不料前年讀江寧尉王柏厓詩，驚不類近人作，渠告所受業處，于是始知有松厓先生。未幾，弟子楊蓉裳牧靈州，寄松厓集來，更竦然喜，急採入《詩話》，備『秦風』一格。又未幾，先生寄詩作謝，并請爲序，定千秋之交。方知我與先生如五緯二十八宿之遠離，而爲之躔度、通其光耀者，乃在柏厓與蓉裳也，雖不見猶見也。使二人者，一不西去，一不南來，則誰爲之騎驛？且我二人，年俱衰矣，使先死其一，則亦何能有此諧際？而蒼蒼者又縱我二人年力康娱，壽跨李、杜、韓、蘇而上，豈非天哉！此昌黎《二鳥歌》、青田《二鬼賦》之所由作也。

先生之詩，深奥奇博，妙萬物而爲言，於唐宋諸家不名一體，可謂集大成矣。惟嫌《書中乾蝴蝶》等題，咏輒數律，似古名家所不爲。余雖不敢輕非於口，而亦不敢輕是於心也。然而以擒龍之手，忽而搏鼠捉虱，神仙狡獪，擲米成珠，或亦無傷於大雅耶？昔歐陽子交滿海内，而胷中所不能默而已者，惟謝希深、尹師魯二人。今觀集中蓉裳跋語最多，諒亦恃先生之好之也。先生好我不在蓉裳之下，蓉裳既爲希深，而余敢不爲師魯哉？命之序，其又奚辭？

乾隆壬子秋日，隨園老人錢塘袁枚序。

松花庵詩集序

王鳴盛

予於詩無專功，而四方士謬使序其詩者衆矣。詩或凡猥帶俗調，雖勉應之，未必愜鄙懷也。年六十八，兩目皆瞽，三原劉壬郵其師吴松厓詩，不能讀矣。七十瞽得開發函讀之，大驚歎，以爲異乎人人之爲之者。越明年，松厓復寄自選《詩録》，且屬予序。予其何可無言，以自託于知音哉？

松厓，甘肅狄道人也。陝西甘肅，元始各置行中書省。然溯而上之，則唐已分關内、隴右、山南諸道，宋已分永興、秦、鳳諸路矣。明乃通爲一布政司，今分二司，仍古也。蓋自潼華以西，達於塞外，山有西傾、朱圉、鳥鼠，水有河、洮、汧、渭、沮、漆，其風土高厚而峻拔，畸人逸叟，產乎其間，如王符、周生烈、皇甫謐、劉昞之徒，著述流傳至今，彬彬盛矣。若詩歌一道，亦多作者，季札稱《秦風》，謂之『夏聲』，能夏則大者也。杜工部、岑嘉州，盛唐大家而得諸秦隴及西徼者居半。勝國則慶陽李空同夢陽、鞏昌胡可泉纘宗、平涼趙浚谷時春相繼出，予皆購其遺集，藏之不敢忽也。

今松厓復崛起西陲，骨格才情，直欲上薄漢魏，下規盛唐，不特比肩空同，而可泉、浚谷并超乘過之矣！松厓由乙科起家，官興國州牧，進沅州守。蓋不但鍾秦隴之靈毓，西傾諸山，河、汧諸水之秀，得其高厚峻拔之氣，以振厲豪楮。抑且綜覽三湘七澤，挹澧、蘭、沅、芷之芳馨，取楚騷之壯激以爲助，故詩益擺脱羈束，酣嬉淋漓，如有芒角光怪，歕射紙上，而不可逼視焉。吁！亦奇矣。自解組歸，用古學倡導西州後進，而我東南人亦漸聞風景慕。雖名位稍遜胡、趙，要其進退優閑，正復過彼，夫又奚憾邪？予與松厓年相差，二老翁數千里神交，良覿則難期矣，藉序代晤言也可。令弟握之、猶子洵可詩，皆有興趣，予未暇偏序也，序松厓牽連及之。

壬子仲冬月長至日，吳郡西沚王鳴盛拜譔，維時行年七十有一。

松花庵詩草卷一

擬古

渴亦不能飲，飢亦不能餐。倦亦不能寢，但念心所歡。所歡復何在？咫尺青雲端。豈無人所愛？子若桂與蘭；豈無我所愛？子若肺與肝。斑斑海中石，文理成波瀾〔一〕。頑石猶變化，何論寸心丹。

【校記】

〔一〕成，《二南遺音》作『有』。

【集評】

姚雪門曰：『「倦亦不能寢」，複一筆，便古横。』（據《松厓詩録》）

薛補山曰：『運筆極似繁欽《定情》，且似比實興妙，不質直。』（據《松厓詩録》）

楊白花

武都楊花愁日暮〔一〕，化作晴雲渡江去。白門疎柳烏爭棲〔二〕，誰復念爾飄零處〔三〕？連臂歌，傷情懷。楊白花，歸去來！春雪明年滿宮濕〔四〕，楊花歸來悔何及！

【校記】

〔一〕武都，《玉芝亭詩草》作『洛陽』。

〔二〕白門疏柳烏爭棲，《玉芝亭詩草》作『江南樹樹好花多』。

〔三〕誰復念爾飄零處，《玉芝亭詩草》作『共笑楊花歸無路』。

〔四〕年，《玉芝亭詩草》作『歲』。

【集評】

牛真谷師曰：『柳州之下，海叟之上。』（據《松厓詩録》）

補山曰：『起用「自有美子」，結用「豈無他人」。』（據《松厓詩録》）

送人

紅樹迢迢接隴關，白雲深處鳥飛還。送君東下情何極？回首斜陽入亂山。

夢中曲

松峽明月照無睡，枕上流泉作紅淚。金山苦雨迷沙洲，夢中路遠芙蓉愁。愁長愁短紛無數，美人啼笑隔烟霧。三更風起鬼撲燈，孤影煢煢向何處？

【集評】

吴雲衣曰：『此與下首俱得長吉體。』（據《松厓詩録》）

懊惱曲

片月沉沉下海底〔一〕，夢魂飛渡三千里。博山爐裏貯殘香，撥盡寒灰心不死。紗窗呢呢語癡蠅〔二〕，欲話相思轉未能。天上冰輪如可繫，願抛飛電作長繩〔三〕。

【校記】

〔一〕沉沉，《玉芝亭詩草》作『杳杳』。

〔二〕癡，《玉芝亭詩草》作『如』。

〔三〕抛，《玉芝亭詩草》作『借』。

【集評】

楊蓉裳曰：『青丘學長吉，有此幽秀，無此奇豔。』（據《松厓詩錄》）

候馬亭歌皋蘭〔一〕

漢武望馬如望仙〔二〕，恨無桂館通祁連〔三〕。汗血千載化龍去〔四〕，至今候馬空亭傳〔五〕。空亭一望連沙草〔六〕，極目長天但飛鳥。君不見子卿憔悴李陵悲〔七〕，英雄盡向鹽車老。

【校記】

〔一〕皋蘭，底本無，據《二南遺音》補，《松厓詩錄》、《關中兩朝詩鈔》作『蘭州』。

〔二〕漢武望馬如望仙，《玉芝亭詩草》作『漢武愛馬如愛仙』，《二南遺音》作『武皇愛馬如愛仙』。

〔三〕恨無桂館通祁連，《玉芝亭詩草》、《二南遺音》作『丹青畫壁飛雲烟』。

〔四〕汗血千載，《玉芝亭詩草》作『千載騄駬』。

〔五〕候馬，《玉芝亭詩草》、《二南遺音》作『猶有』。

〔六〕一望，《玉芝亭詩草》、《二南遺音》作『茫茫』。

〔七〕李陵，《松厓詩錄》、《洮陽詩集》、《關中兩朝詩鈔》、《晚晴簃詩匯》作『少卿』。

【集評】

孫仲山曰：『起句亦復如仙。』（據《松厓詩錄》）

馴鳩詞

秦安蔣明府，有鳩巢其堂上，異而賦之〔一〕。

晴相憐愛陰莫棄〔二〕，明府愛鳩鳩解意。公堂竟日鳥雀來〔三〕，何處更尋安穩地〔四〕？雄鳩拾亂髮〔五〕，雌鳩啣枯枝。巢成大歡喜，明府護我兒〔六〕。堦下童子馬騎竹，手無彈丸筐有粟。安得明府作鳳凰，使我年年飽福祿。東家靈鵲莫相擾，明府愛拙不愛巧。

【校記】

〔一〕詩序，《二南遺音·馴鳩詞》作『秦安蔣明府，有鳩巢堂上』。

〔二〕晴相憐愛，《二南遺音》作『晴須相憐』。

〔三〕來，《二南遺音》作『喧』。

〔四〕尋，《二南遺音》作『求』。

〔五〕拾，《二南遺音》作『薙』。

〔六〕護，《二南遺音》作『怙』。

【集評】

雲衣曰：『妙轉不測。』（據《松厓詩錄》）

范烈女歌三原人〔一〕

范烈女，生何許？乃在嵯峨之南，涇川之滸。天不可移父難忤，曲池水清兒心苦。白蓮夜深作人語，下有鴛鴦嘯匹侶，吁嗟女兮哀千古！

【校記】

〔一〕《松厓詩録·范烈女歌》有序云：『女三原農家子，已字人，將笄矣，而其父與壻家皆貧，值歲謙，更嫁之，女遂赴水死，事在乾隆十五年。詩載《三原縣志》。』此序其他各本皆無，故録於此。

【集評】

補山曰：『音節極古。』（據《松厓詩録》）

雞窗曲〔一〕

北地石生之岙〔二〕，畜二雞於窗前，每夜一鳴，即起讀書，因作此曲贈之。

秋雲夜晦晦不已，絳幘老公催人起〔三〕。腷腷膊膊纔一聲〔四〕，紙窗青火飄寒檠。更長不作歸家夢，筆花欲吐雙白鳳〔五〕。爲君拔劍舞中宵，窗外風雨空瀟瀟。

【校記】

〔一〕詩題，《二南遺音》作『雞窗曲爲北地石之琰作』。

〔二〕嵒，《松厓詩録》作『琰』。

〔三〕絳，《二南遺音》作『赤』。

〔四〕纔一聲，《二南遺音》作『斷續聲』。

〔五〕筆花欲吐雙白鳳，《二南遺音》作『筆花光怪飛白鳳』。

送别

金城春色上羅衣〔一〕，繡陌風清燕子飛〔二〕。一曲陽關千里恨，碧桃花下送人歸。

【校記】

〔一〕上，《玉芝亭詩草》作『染』。

〔二〕清，《玉芝亭詩草》作『飄』。

【集評】

黄西圃曰：『寫離緒，愈設色愈有情致。』（據《松厓詩録》）

綿山懷古〔一〕

晉文昔歸國，實賴從者力。微祿必自言，五賢皆減色〔二〕。介生笑貪天，怨懟良已極〔三〕。股肉能幾何，令君勞記憶。青青綿上山，一蛇此潛匿。雲卧不可求，寒灰抱榛棘。慈母信偕隱，妒女亦矯特。至今野草花，春風愁寒食。

【校記】

〔一〕詩題，《二南遺音》作『介子推故里』。

〔二〕『微祿』二句，《二南遺音》作『狐氏誓白水，射鉤卒見偪』。

〔三〕『介生』二句，《二南遺音》作『介生胡爲者，鄙祿祿不及』。

【集評】

楊山夫曰：『筆意崎嶔。』（據《松雪詩錄》）

太行

一帶輪蹄跡，千秋汗血痕。陰崖聞嘆息，恐是健兒魂。

【集評】

雲衣曰：『二十字盡太行，奇筆奇膽。』（據《松厓詩録》）

書劉烈婦哀詞後

婦咸陽人，明末遭掠，懷刃欲刺賊，不得，遂赴井死，時年十七。本朝建坊旌之〔一〕。

艤舟渡咸陽，兩岸蘆花雪。中有孤鴛鴦，哀鳴口流血。勝國昔崩騰，三秦尤破裂。奇哉劉氏姝，獨抱巾幗節。娥親志未遂，古井聞嗚咽。銅瓶牽素絲，想見幽蘭折。百年止水清，墓草深石碣。春風蛺蝶飛，過客爲愁絶。

【校記】

〔一〕詩序，《二南遺音》作：『婦咸陽人，明末爲賊虜去，欲懷刃刺之，不果，遂赴井死，時年十七。』

古意

長繩能繫日，不綰一心愁。寶刀能劃水，不斷雙淚流。自從君别後，日日上高樓。高樓臨漢水，遥見木蘭舟。渺渺波與風，淒淒春復秋。君爲雲外鵠，妾作雨中鳩。

【集評】

宋蒙泉曰：『何減古人。』（據《松厓詩錄》）

蠹魚

殘卷有餘味，鯫生何太憨！古今誰可作？辛苦爾應諳。

【集評】

霽園曰：『古今誰可作？正該問他。』（據《松厓詩錄》）

代銅雀妓

妾身似銅雀，日夕在高臺。銅雀難飛去，君王豈再來。松風吹颯颯，能助管絃哀。望斷西陵月，殘香一寸灰。

蘇小墓

蕭蕭松柏林，何處結同心？墓草成花落，山雲帶雨深。一抔蘭麝土，五夜管絃音。翠燭勞光彩，風流自古今。

【集評】

蒙泉曰：『頷聯多少曲折。』（據《松厓詩錄》）

客愁

客愁如繫匏，忽挂綠楊梢。此日堪投筆，何人爲解嘲？鶯花連紫塞，車馬徧青郊。羨殺呢喃燕，春風繞故巢。

【集評】

霽園曰：『起結飄逸，居然太白。』（據《松厓詩錄》）

故關〔一〕

三晉雄關在〔二〕，喉衿此地分〔三〕。雙門開片石，一劍倚層雲。高壘烟皆熄〔四〕，空山日半曛。秋風吹白草，哀角幾家聞？

【校記】

〔一〕詩題，《二南遺音》作『固關』，《洮陽詩集》作『井陘』。

〔二〕三晉雄關在，《二南遺音》作『强晉咽喉在』。

〔三〕喉衿，《二南遺音》作『雄關』。

〔四〕熄，《二南遺音》作『滅』。

扶蘇祠 河州太子寺〔一〕

傳聞秦太子，放逐此山椒。白日坤霜落，青春震木凋。狐魚喧大澤，鹿馬戲荒朝。尚憶桃花島，燕丹憾未消。

【校記】

〔一〕河州太子寺，底本無，據《松厓詩錄》補。

【集評】

江右章曰：『新警。』（據《松厓詩錄》）

歸途詠鸚鵡

芒屩吾西去，雕籠爾北行。隴人逢隴鳥，别是故鄉情。

【集評】

山夫曰：『意新。』（據《松厓詩録》）

嬴女曲

嬴女鍊童顔，簫聲滿華山。何當騎綵鳳，白日下人間。

寄九宫山人

歸來抱素琴，三徑緑沉沉。獨坐還相憶，桃花暮雨深。

題畫

幽人頭欲雪，瀟灑度朝昏。酒熟能留客，花深不閉門。

金谷聚

梓澤盛文彥，相將來洛城。酒闌花盡落，樓上暮烟生。

把酒

把酒聽啼鳥，焚香送落花。閒情消不得，春在莫愁家。

蒿里行

蒿里紙錢灰，風吹上松檟。生不好弦歌，啼鳥今啞啞。

【集評】

補山曰：『數絶乃司空表聖所謂得味外味者。』又曰：『較唐人北邙作更警。』(據《松厓詩録》)

阿干歌

此補慕容廆思其兄吐谷渾而作。阿干，華言兄也。

阿干西，我心悲，阿干欲歸馬不歸。爲我謂馬：『何太苦我阿干爲？』阿干西，阿干身苦寒，辭我大棘住白蘭。我見落日，不見阿干。嗟嗟！人生能有幾阿干？

按《北史》：慕容廆與庶兄吐谷渾因馬鬭之嫌，怒而激其遠去，吐谷渾亦以勢無兩大，未能偪處，乃西適，據臨洮之外。既而廆悔甚，遣人迎之。吐谷渾曰：『吾仍卜之馬首，視其東西。』爰放馬百餘出東門，則俱轉西走，遂不復歸。廆作《阿干歌》以寄思焉。阿干，華言兄也。今蘭州城南四十里有阿干鎮，即臨洮北界，其地生馬蘭，俱開白花，故曰白蘭。(《真賞集》注)〔一〕

【校記】

〔一〕底本無此按語，據《松厓詩録》補。

【集評】

衛卓少曰：『此歌在作者集中，當爲第一。』(據《松厓詩録》)

李霽園《今詩真賞集》評曰：『「爲我謂馬」，癡絶，痛絶。「我見落日，不見阿干」八字，十分樸摯，聲淚俱迸矣，豈有

意摹古者所能。』(據《松厓詩録》)

題許天玉先生詩後

丁卯風流化冷烟，老爲秦贅亦堪憐。當時誰作鶯花主，不與東山買墓田。

送梁野翁由允吾之任湟中

不到松山已數春，孤琴短劍老沙塵。天涯楊柳青如昨，又向東風送故人。

戲寄王又輿時在西寧幕中

蹁躚鶴氅涉河湟，羌女隨車看玉郎。好買獨峯千里足，爲馱春夢到漁陽。

【集評】

梁野石曰：『馱夢奇甚，得未曾有。』(據《松厓詩録》)

虞美人花

怨粉愁香繞砌多，大風一起奈卿何！烏江夜雨天涯滿〔一〕，休向花前唱楚歌。

【校記】

〔一〕滿，《洮陽詩集》作『冷』。

和閻靜翁題真谷詩後

草堂嫩緑爲誰生？花鳥應知杜老名。此日最憐嚴僕射，冷猿秋雁不勝情。

【集評】

蒙泉曰：『唐音。』（據《松厓詩録》）

古意二首

水陸三千里，陰晴十二時。郎如釵上鳳，來去妾難知〔一〕。

芍藥堪相贈，鴛鴦不獨飛。君遊敷水驛，妾夢華山畿〔二〕。

【校記】

〔一〕妾難知，《玉芝亭詩草》作「不能知」。

〔二〕第二首《玉芝亭詩草》不載，爲後來所作。《玉芝亭詩草》中《古意二首》之第一首，此處未收。

洛陽

洛陽佳麗似長安，萬户香風在牡丹。回首北邙秋一片，漢家文物晉衣冠。

鞠歌行〔一〕

倚劍望八荒，不知何故忽悲傷。黄雲萬里無斷續，中有古時爭戰埸。英雄一去不復返，摧頽白骨歸山岡。而我徒爲生六翮，憔悴不復能飛揚。君不見流光迅速如驚電，壯士一夕毛髮變〔二〕。

【校記】

〔一〕詩題，《玉芝亭詩草》作《行路難》，共四首，此爲第三首，改名《鞠歌行》。

〔二〕毛，《玉芝亭詩草》作「鬚」。

【集評】

野石曰：『唾壺欲碎。』（據《松厓詩錄》）

故鄉行〔一〕

蟲蛇不在井，豺虎不在堂。枳棘不在路〔二〕，祟厲不在場。胡爲勞我軀，年年去故鄉？故鄉此日好風色，雛雞咿咿桑榆側。欲憑遠夢赴鄉關，坐嘆行吟眠不得。君不見狐死必首丘〔三〕，依依桑梓令人愁。試看淩烟古畫圖〔四〕，誰哉蕩子曾封侯？

【校記】

〔一〕詩題，《玉芝亭詩草》作『行路難』，共四首，此爲第四首，改名《故鄉行》。《松厓詩錄》、《洮陽詩集》連同前面一首作『鞠歌行二首』。

〔二〕枳棘不在路，《玉芝亭詩草》作『棘堇不在畝』。

〔三〕死，《玉芝亭詩草》作『貉』；必，《玉芝亭詩草》作『思』。

〔四〕試看淩烟古畫圖，《玉芝亭詩草》作『試上淩烟古臺望』。

【集評】

蓉裳曰：『二首音節錯落，極似太白。』（據《松厓詩錄》）

星樹曰：『樸語耐咀，神似張志道《送人南還》詩。』（據《松厓詩錄》）

秋海棠

晚粧猶帶睡餘春〔一〕，無數秋花枉效顰〔二〕。一葉西風千點淚〔三〕，不知腸斷似何人〔四〕？

【校記】

〔一〕晚粧猶帶睡餘春，《玉芝亭詩草》作『姗姗幽韻晚相親』。

〔二〕無數秋花枉效顰，《玉芝亭詩草》作『金屋深藏斂翠顰』。

〔三〕千點淚，《玉芝亭詩草》作『腸欲斷』。

〔四〕腸斷，《玉芝亭詩草》作『憔悴』。

【集評】

補山曰：『情韻獨絕。』（據《松厓詩錄》）

憶棲鴨堂老人嗜花

棲鴨堂下雨潺潺，荒棘曾經手自删。明歲花開君記否？好騎蝴蝶到人間。

鸚鵡

隴山千萬仞〔一〕，言語不藏身。憔悴來香閣，淒清伴玉人〔二〕。月明如有夢，花落欲無春。愁看紅襟燕，啣泥日幾巡〔三〕？

【校記】

〔一〕千萬仞，《二南遺音》作『千頃綠』。

〔二〕『憔悴』二句，《二南遺音》作『微粟縻高士，重簾鎖麗人』。

〔三〕『愁看』二句，《二南遺音》作『借問梁間燕，雙飛日幾巡』。

【集評】

山夫曰：『「月明」二句，一字一珠。』（據《松厓詩錄》）

姑汾道中寄楊山夫

綠草連天碧樹秋，倦飛西鳥去悠悠。故人此日知閒甚？洗耳河邊自飲牛。洗耳河，傳是巢由古跡。

高陵道中憶故廣文張翰齋

涇野祠前苜蓿開，高人琴劍傍泉臺。白楊落葉瀟瀟雨，此地君曾送我來。

補高齊無愁曲〔一〕

四座莫喧啾，聽我指撥唱《無愁》〔二〕。愁來徒自苦〔三〕，不用椎冰但歌舞〔四〕。歌且舞〔五〕，愁當輕，歡樂直與仙人并。仙人無愁那得死，不及無愁做天子〔六〕。

【校記】

〔一〕詩題，《玉芝亭詩草》作『擬高齊無愁曲』。

〔二〕指撥，《玉芝亭詩草》作『高坐』。

〔三〕徒自苦，《玉芝亭詩草》作『不可解』。

〔四〕不用椎冰但歌舞，《玉芝亭詩草》作『皇帝陛下福如海』。

〔五〕歌且舞，《玉芝亭詩草》作『福如海』。

〔六〕『仙人』二句，《玉芝亭詩草》作『無愁何用仙人生，不及無愁做天子』。《松厓詩錄》、《洮陽詩集》作『百升明月空照彼，且自無愁做天子』。

【集評】

胡穉威曰：『北齊之亡在殺斛律光，後義尤精。』（據《松厓詩錄》）

賦得黄金臺〔一〕

驚風走急沙，孤臺鬱突兀。中有千古意，立馬不能發。燕昭昔下士，黄金堆日月。始隗卒收功，大道留殘碣。夕陽過客盡，崦嵫浮雲没。把酒酹望諸，悲歌動林樾。茫茫紅塵内，駑蹇競超忽。生駿尚難求，何由别朽骨？

【校記】

〔一〕詩題，《晚晴簃詩匯》作『黄金臺』。

夢孫二仲山

王孫别後草萋萋，夢裏招尋上大堤。卻恨相逢纔一笑，滿庭風雨四鄰雞。

二南觀察伯屢贈賮金走筆馳謝

虎節飄飄下隴川，南安桃李悵離筵。青蓮自有當塗宰，肯向旁人覓酒錢〔一〕？

【校記】

〔一〕旁，宣統本作『傍』。

板屋吟

板屋堪容膝，琴書四壁饒。最宜秋夜雨，點點似芭蕉。

午夢

竹徑涼飈入，芸窗午夢遲。偶然高枕處，便是到家時。

【集評】

補山曰：『自然入妙。』（據《松厓詩錄》）

孫圖山指頭畫虎歌宗夏〔一〕

孫侯酒酣舒猿臂，戲畫白額雙於菟。指端亦有殺虎力，想見夜獵鳴琱弧。一虎斂威伏短草，秋風肅肅生負嵎〔二〕。一虎徐行眼如電，百獸屏息不敢呼。英雄猛鷙兩相感〔三〕，潑墨聊復成茲圖〔四〕。惜哉虎頭食肉技，持贈乃到山澤癯。我家南山虎所都，短衣匹馬當誰俱？請君射虎勿畫虎，頑石可飲金僕姑。北平太守如再起，封邵之相何足摹〔五〕。

【校記】

〔一〕宗夏，底本無，據《松厓詩錄》補。

〔二〕生負嵎，《二南遺音》作「起山嵎」。

〔三〕英雄猛鷙，《二南遺音》作「偉人猛氣」。

〔四〕茲，《二南遺音》作「此」。

〔五〕封邵之相何足摹，《二南遺音》作「要令千里無封狐」。

【集評】

劉九畹曰：「夾寫處如馬遠畫松，雙管齊下。」（據《松厓詩錄》）

題李虎臣先生畫

潑墨如顛米，茅亭瀑布間。高人無粉本，自寫夢中山。

【集評】

張溍如曰：『畫石須畫三面，詩亦如是。』（據《松厓詩録》）

任孝子歌

隴西任四報死父，持一鳥鎗殺百虎〔一〕。

【校記】

〔一〕鎗，《二南遺音》作『銃』。

【集評】

吴雲衣曰：『力摹東漢。』（據《松厓詩録》）

木蘭

絕塞春深草不青，女郎經久戍龍庭。軍中萬馬如撾鼓，只作當窗促織聽。

雨後望南山雪色

南山雨後森人目，七月分明見雪霜。可惜無邊詩境界，半居樵子半豺狼。

叢臺

嬴氏逢天醉，虛生主父才。未招輕騎射，先夢美人來。雀觳探難飽，苕華慘不開。鬼雄何處是？風雨滿叢臺。

湯陰岳廟

客遊湯陰縣，廟貌何輝煌。恂恂岳少保，氣薄白日光。南宋如破屋，風雨交摧傷。綢繆尚恨晚，況自毁其墻。古稱壽平格，老檜寧且康。天豈厭趙氏，和議自主張。纍纍衆鐵囚，反接大道旁〔一〕。雕兒不足惜，醜哉張循王。

【校記】

〔一〕旁，宣統本作『傍』。

潁谷

寤生不忠孝，乃有純孝臣。堂堂潁考叔，遺像潁河濱。闕隧允錫類，挾輈終殺身。嗟哉三物詛，彼狡傷明神。白楊如蜇弧，獵獵翻秋旻〔一〕。小人亦有母，千載爲沾巾。

【校記】

〔一〕『白楊』二句，《二南遺音》作『白楊吟風葉，古墓何嶙峋。』

【集評】

宋蒙泉曰：『後四句妙在不即不離。』（據《松厓詩錄》）

襄陽雜詠

漢末姦雄起，襄陽耆舊閒。卻憐採藥處，猶有鹿門山。龐德公。

墮淚有殘碑，羊公宛在兹。和吳爲外懼，此意復誰知？羊叔子。

江漢風流地，文章屈宋多。千秋無錦字，誰識竇連波？蘇若蘭。

海嶽高人去，乾坤畫本閒。楚天雲雨暗，滿眼米家山。米南宫。

【集評】

蓉裳曰：『楊鐵崖自負小樂府無人能及，此數作直欲突過之。』（據《松厓詩錄》）

襄陽晚泊

少愛秦川水〔一〕，今乘楚客舟。看山雙槳暮，聽雨一篷秋。漁火遥明滅，菱歌自去留。柳陰眠正好，繫纜傍沙鷗〔二〕。

【校記】

〔一〕愛，《二南遺音》作『狎』。

〔二〕繫纜傍沙鷗，《二南遺音》作『清夢雜閑鷗』。

【集評】

侯鶴洲曰：『三四必傳之句。』（據《松厓詩錄》）

火鐮曲贈舟人

上古用陽燧，改鑽四時木。未若一寸鋼，敲破炎山腹。我有火鐮製作奇，柁公見而心欲之。臨行解贈歌此曲，慰爾空江晚泊時。空江日落不可渡，兩岸無人烟水暮。寒星一擊散蘆花，驚起沙洲雙白鷺。白鷺白鷺爾勿嗔，水次難逢如此人。

【集評】

龔梧生曰：『以下無人可及。』（據《松厓詩録》）

屈原岡內鄉

小徑石盤陀，牢騷尚未磨。行吟蘭茝遠，側望虎狼多。風雨連三戶，丹青寄《九歌》。招魂何處是？山鬼翳寒蘿。

懷程拳時大中〔一〕

楚國稱才藪，程君冠斗南。清辭攀屈宋，妙諦失鍾譚。雲夢花田落，瀟湘竹雨酣。西風吹塞雁，一夜集江潭。

【校記】

〔一〕大中，底本無，據《松厓詩録》補。

武當山作

仙山百里見崔嵬，金頂雲霞喜半開。一路野花香石澗，十年夢裏似曾來。

玉虚宫殿鎖烟霞，人到何須更想家。擬買平疇三十畝，自鞭白鹿種瑶花。武當謠曰：『人到老營不想家。』玉虚宫即老營也〔一〕。

旋螺小徑入雲隈，鐵索蒼茫枕緑苔。斜倚欄干聽暗瀑，松梢晴雨忽飛來。

勝景南巖推第一，琅邪石刻翠微中。棋亭卧看松杉色，四壁雲濤萬壑風。南巖有王鳳洲先生題詩〔二〕。

十載曾尋白帝宫，蓮花萬仞踏飛虹。今來又度蒼龍嶺，彷彿神遊箭括中。

曉登天柱俯塵寰，玉女金童二峯名左右間。一片白雲如大海，銀濤湧出萬重山。

此詩凡二十首，山夫以真武事誕，删存止此。自記〔三〕。

【校記】

〔一〕底本無此注，據《松厓詩録》補。

〔二〕底本無此注，據《松厓詩録》補。

〔三〕底本無自記，據《松厓詩録》補。

【集評】

宋蒙泉曰：『此首有格力。』（據《松厓詩録》）

題熊勵亭小照豐城人，嘗以堦州吏目攝判狄道事

詩翁高況寄瑶琴，短榻翛翛似竹林。莫倚松風翻舊曲，武都山水有清音。金桂飄香入硯池，龍湫烟景上烏絲。高人自是雲林侣，可憶梅花老畫師。五絃聲在古囊間，目送歸鴻亦等閒。悟得成連無限意，揮毫先貌海中山。僊吏琴書傍隴頭，公餘偃仰亦風流。豐城劍倚關山月，曾見龍光射斗牛。

此詩題後，熊作《烟雨圖》二，爲予潤筆。

採蓮曲

儂愛蓮花好，南湖盪槳頻〔一〕。相逢湖裏客〔二〕，不是採蓮人。

【校記】

〔一〕南湖，《洮陽詩集》作『蓮塘』。

〔二〕湖裏，《洮陽詩集》作『蓮裏』。

越女曲

越女浣春紗，香風遍若耶。誰將麋鹿恨，說與苧蘿花。

春愁〔一〕

客中不覺又春衣，踏遍東風尚未歸。最是玉人愁絶處〔二〕，梨花千樹雨霏霏。

【校記】

〔一〕詩題，《玉芝亭詩草》作『春遊』。

〔二〕玉人，《玉芝亭詩草》作『王孫』。

【集評】

真谷師曰：『風味絶遠。』（據《松厓詩録》）

聞笛

秋烟澹澹雨絲絲，深巷遥聞玉笛吹。一曲梅花雙淚落，忽如身在異鄉時。

【集評】

劉渭卿曰：『古之傷心人，於此腸斷續。』（據《松厓詩録》）

登樓

高樓俯八荒〔一〕，一上九迴腸。僕僕因何故〔二〕？年年滯此鄉〔三〕。懷人秋草緑〔四〕，弔古暮雲黄。況值南飛雁，遥天又幾行？

【校記】

〔一〕高樓俯八荒，《玉芝亭詩草》作『危樓接大荒』。

〔二〕故，《玉芝亭詩草》作『事』。

〔三〕鄉，《玉芝亭詩草》作『方』。

〔四〕秋，《玉芝亭詩草》作『春』。

馬嵬

傾國蛾眉葬此間，六龍西去杳難攀。漢庭禍水傳猶烈，楚岫行雲夢已閒。在昔羅衣曾作讖，於今香粉亦成斑。桓桓卻恨陳玄禮，一矢何曾向祿山？

【集評】

蓉裳曰：『記簡齋《馬嵬》句云：「將軍手扙（把）黄金鉞，不管三軍管六宫。」以調笑出之。此竟折以正論，龍武將軍應亦語塞。』（據《松厓詩錄》）

訪張薇客不遇

遠攜斗酒叩柴關，坐久松梢倦鶴還。隴上白雲三萬頃，主人何處看青山？

漁人下第後別留京諸同年作（二）

江天一櫂足生涯，小艇風吹處處家。但不得魚還自去，且留明月伴蘆花。

【校記】

〔一〕下第後别留京諸同年作，底本無，據《松厓詩錄》補。

【集評】

𩐱園曰：『筆有仙氣。』（據《松厓詩錄》）

哀劉渭卿嘗有『由來彈鋏客，半是賣身奴』之句，又編傳奇名《揀沙金》

墓頭風雨墓中吟，二十年來老素心。傲骨不堪彈鋏賣，新聲腸斷《揀沙金》。

題畫

雲水護山家，山根一徑斜。仙人不拒客，沿路種桃花。

蟬

切切駱丞詠，悠悠齊女悲。秋來應汝覺，寒後乃吾師。玉露零疎葉，金風過別枝。客愁渾不寐，腸斷月明時。

【集評】

九畹曰：『「寒後」句，耐人十日思。』（據《松厓詩錄》）

寄楊南之

磬玉山頭靄煖烟，南飛雁影日相連。別來話久開能憶，夢裏詩多醒不傳。北闕曉雲隨覲舃，李千侯時赴銓。西江秋月照歸船。謝雨蒼時南遊。何時更載梨花酒，同醉樊翁水竹前？

哀張均州琰二首〔一〕

母老孤兒幼，嗟君不可留。魂歸秦月曉，淚墮楚江秋。遶樹哀猿切，臨門弔鶴愁。雲霄馳酒饌，尚憶太和遊。

憶昔遊嵾岳，孤帆入杳冥。逢君槐葉渡，邀我桂花亭。一別同浮梗，三年想聚萍。招魂何處是？無限楚峯青。

【校記】

〔一〕琰、二首，底本無，據《松厓詩錄》補。

【集評】

補山曰：『流水對，卻極工麗。』（據《松厓詩錄》）

劉雲階甫成進士而歿詩以哭之

桑乾河畔紙錢飛，纔脱青衫竟不歸。十里杏花成血淚，東風吹上老萊衣。

繡嶺溫泉我舊遊，故人尊酒意綢繆。紫荊摧折春風裏，腸斷三田古墓頭。雲階家三田村。

榆錢曲

桃花笑老榆，汝是搖錢樹。不解濟王孫，飛來復飛去。

夢真谷師作

愁雲一片我尋師，碧落黃泉兩不知。何意今宵殘夢裏，空山堂上更題詩。

夢入華山見松樹皆金花〔一〕

久別蓮花峯，雲霞勞夢想〔二〕。趾離呼我行，乘蹻忽孤往〔三〕。危攀司寇冠，側睨巨靈掌。蒼然五粒花，金翠何蕭爽。神仙窟宅尊，何日恣遊賞〔四〕？覺來烟嵐失〔五〕，天際笙鶴響。

【校記】

〔一〕詩題，《二南遺音》作『夢登華山』。

〔二〕雲霞，《二南遺音》作『雲霄』。

〔三〕『趾離』二句，《二南遺音》作『今夕夫何夕，趾離呼我往』。

〔四〕『神仙』二句，《二南遺音》作『神仙有窟宅，羈絆嗟塵鞅』。

〔五〕烟嵐，《二南遺音》作『烟霞』。

耀州蕭司訓思歸陰平詩以留之

山居悵泬寥，市居苦塵坱。二者不可居，何處置吾黨？惟茲一畝宮，松蘿雜灌莽。與君家其間，隔籬時相訪。朝聽松風吟，暮看蘿月上。居然幽興熟，雞犬亦來往。便靜生道心，息機結霞想。莫以雲下田，逍遥理歸鞅。文縣有雲下田。訪韻，從《康熙字典》收入〔一〕。

【校記】

〔一〕底本無此注，據《松厓詩録》補。

戲效金翅鳥王歌〔一〕

何者鳥王名金翅？睥睨人海若平地。飢來自俯老龍宫，龍宫男女窮惴惴。鼓翼直擘千頃濤，奔駛潑臣海若號。天昊縮首恨疣贅，擇肉寧復問爾曹。嗟哉鳥王亦何苦，朝啄龍男暮龍女。不憶北溟作大鯤，前身亦在鱗甲伍。龍子汝勿悲，鳥王汝勿嗔。人天福報盡，大地摧風輪。君不見須彌山高倏七返，此時醒汝清淨眼。

佛經：金翅鳥王能以清淨眼，擇龍男女之命盡者而食之，及受報既盡，諸龍吐霧皆不得食，乃從須彌山頂下而復上，如是七返，然後命終。

【校記】

〔一〕詩題，《松厓詩録》作『戲效王鳳洲金翅鳥王歌』。

附　金翅鳥王歌

王世貞

黑風吹海海水立，琉璃宫中老龍泣。此時鼓翼天闕摧，左足下蹴龍宫開。海人明珠若明月，願贖龍軀了無答。鼉參黿史祈以身，天廚朝餔不爾珍。老拳頓顙隆準坼，雙角拉枯血中擘。敗鱗飛空空欲赤，餘噫尚足呼風霆。擲火波底流金鈴，宛轉骨盡神不靈。我聞閻浮提，三千六百海，一龍一餐八萬載。須彌山傾劫福竭，鳥王與龍竟誰在？君不見龍兒一夢何其聰，可憐宮中羣小龍，金翅乃是宣城公。見《南齊書》。

成冠文饋鴨感賦

人言家鶩自呼名，唼喋萍池綠漲生。咫尺烟波飛不去，滄江空與野鷗盟。

盆草吟〔一〕

扶桑生暘谷，九日爲之蔽。造化鼓洪爐，坤維一埏器〔二〕。客遺數黄甆〔三〕，掊土以爲地。小草受栽培〔四〕，居然生趣備。拳石頗醜怪〔五〕，欹斜隨位置。風吹一尺花，宛寫邊鸞意。汪洋雨露恩，涓滴願已遂。蚍蜉登芥舟，環視仍無際。

【校記】

〔一〕詩題，《二南遺音》作『盆栽草花蔚然有生意』。

〔二〕『造化』二句，《二南遺音》作『托根固有所，坤輿一大器』。

〔三〕數，《二南遺音》作『小』。
〔四〕小，《二南遺音》作『盆』。
〔五〕拳，《二南遺音》作『卷』。

【集評】

九畹曰：『小中見大，無所不可。「風吹一尺花」一語尤韻。』（據《松厓詩錄》）

食兔偶作

老毚出東郭，三窟心有餘。披褐不成文，爰爰見縶拘。門人愛老饕，饋遺來中廚。蕭然苜蓿盤，宛與八珍俱。當食聊一笑，放箸還長吁。迴思丁丁罝，何人守寒株？吾耕資汝毛，吾飽資汝軀。狡者尚可用，馴者當何如？

西魏延昌宮主法器歌耀州〔一〕

殺栩城中山壽寺〔二〕，檀欒美竹交窗櫺〔三〕。老僧愛客具苦茗，邀我直至優曇亭〔四〕。偶出鐵片與銅盞，黝然古光如發硎〔五〕。叩之其聲清以越〔六〕，宮商韻叶風泠泠〔七〕。云是西魏大內物〔八〕，拓跋貴主手澤馨。千年法器存什一〔九〕，傳示不許人開扃〔一〇〕。憶昔熒惑入南斗，天子下殿何伶俜〔一一〕。

蒺藜委洛明月死，蒺藜、明月，二公主名〔一二〕。詎暇學道求仙靈。延昌公主卸珠翠〔一三〕，手塑萬佛讀金經。大唐山前暮雲散，公主葬處。愁絕望影千娉婷。昆明燒劫費時日，麥積鑿龕通窈冥〔一四〕。西魏文皇后葬麥積崖石龕。君不見黑獺龜鼎亦銷毀，沙苑柳色徒青青。

【校記】

〔一〕宮主，《二南遺音》作『公主』。耀州，底本無，據《松厓詩錄》補。

〔二〕役栩，《二南遺音》作『耀州』。

〔三〕檀欒美竹交窗櫺，《二南遺音》作『奇花異竹當窗櫺』。

〔四〕優曇，《二南遺音》作『般若』。

〔五〕古光如發硎，《二南遺音》作『古色如墨形』。

〔六〕叩之其聲清以越，《二南遺音》作『叩以寸莛聲清越』。

〔七〕風，《二南遺音》作『何』。

〔八〕大內，《二南遺音》作『舊時』。

〔九〕存什一，《二南遺音》作『鬼神守』。

〔一〇〕不許人開扃，《二南遺音》作『不得偶開扃』。

〔一一〕天子下殿何伶俜，《二南遺音》作『下殿天子如居停』。

〔一二〕此注底本在詩末，據《松厓詩錄》移置此。

〔一三〕卸珠翠，《二南遺音》作『生宣武』。

〔一四〕『昆明』二句，《二南遺音》作『仙釋有無事恍惚，乾陀舍利飛流螢』。

【集評】

蓉裳曰：『古藻紛披，音節亦極頓挫之妙。』（據《松厓詩録》）

松花庵歌

元代嘉興有吴鎮，其庵自署以梅花。梅花道人妙《易》理，豈止畫苑雄三家。我去道人五百載，姓同仍愧錫名嘉。相如慕藺亦偶爾，安石擬謝焉足誇。我聞道人讀書處，繞屋冷蕊相縈遮。興來自寫冰雪幹，羅浮月色孤山霞。道人越人我在隴，一枝欲寄愁天涯。松花名庵亦大好，恨無健筆圖杈枒。憶昔至正戊子後，江南猿鶴隨蟲沙。玉山客散雲林圮，道人宰木存寒鴉。老衲風流今已矣，後身安知非僕耶？松花庵松我所種，標榜未許旁人譁。五粒金色那可倣，彷彿梅影横堦斜。歌成撫松還自笑，雲濤謖謖飛絳紗。

【集評】

鍾研齋曰：『如作八分書，枯老古拙，諸趣備矣。』（據《松厓詩録》）

題鍾研齋詩後麟書

鍾侯吴越俊，作宰商雒間。疎網逸賊奴，飄然遂挂冠。迢迢六星霜，坐飽紫芝餐。賴有四老人，白雲共追攀。淒其風木恨，請假歸鹽官。母沒海寧，請假歸葬。譬彼夢中月，暫窺屋梁還。江山寫哀怨，山鬼來筆端。破涕强裁詩，聊偷生人懽。《南歸》與《西征》，集名。佳句雄騷壇。寧知于役者，陟屺傷心肝。悠悠漆沮水，去作海中瀾。時寓華原。予亦遠遊人，行吟發長嘆。先妣以是月卒，詩遂成讖。

海城客館疏理小畦漫賦〔一〕

小齋僅十笏，聊以架羣書。齋前一丈地，借與花竹居。疊石豈在高，插籬不厭疎。欣欣看生意，翠綠連階除。春雨未破塊，微風自荷鋤。稍親抱甕勞，頓覺心神舒。雞冠與鴨腳，百日開有餘。歸期儻及瓜，葵藿已堪蔬。古今一傳舍，何者是吾廬？不見寄生草，綿延忘其初。

【校記】

〔一〕詩題，《二南遺音》作『齋前種花』。此詩與《二南遺音》所收差異較大，現錄全詩於此：『旅館營斗室，收身已有餘。齋前一丈地，借與花竹居。疊石豈在高，插籬不厭疎。欣欣看生意，翠綠連階除。春雨未破塊，微風自荷鋤。稍親抱甕勞，頓覺心神舒。古今一傳舍，何者是吾廬？歸期儻及瓜，葵藿已堪蔬。寄生值客土，綿延忘其初。君悟種植理，宛讀《豳風》書。』

【集評】

蓉裳曰：『不必規橅柴桑，而神味自合。』（據《松厓詩錄》）

初日何杲杲

初日何杲杲，光輝照我廬。我廬復何在？咫尺天一隅。自我去家時，浮雲與我俱。浮雲還故鄉，遊子謾踟躕。悠悠山頭石，向是嬋媛軀。鬱鬱庭前柏，今爲流淚枯。

【集評】

李維則曰：『逼真西漢，但悠悠山頭石，亦有似丈夫形狀者。一笑。』（據《松厓詩録》）

顏錦環詩乾隆甲申年事

五嶺有何郎，其名曰仕芳。娶妻顏錦環，婉孌十八霜。廟見甫三日，雙姑戒舟航。燕山省大父，仕芳祖廷楠時令保定。夫婦相持將。行行至下邳，暴風折危檣。洶河爾何惡，嚇我雙鴛鴦。盜夜入舟，以刃加仕芳頸，得數金而去。何郎驚悸死，猶抵大父旁。錦環首觸棺，玉碎甘殉亡。常山與平原，大節留閨房。碧血湧方寸，隱然生黝光。錦環死時，心坎墳起寸許，色如深墨。是日保定縣，觀者如堵墻。薊門水嗚咽，天地終茫茫。羅浮大蝴蝶，翅如小鳳凰。引汝雙魂歸，梅花滿路香。盜後抵法，人皆快之。

【集評】

補山曰：『起老，結尤妙。』（據《松厓詩録》）

夢與一巨公談甚款洽云是宋司馬君實覺而肅然有作

我生性放誕，學道苦不力。憚近禮法儒，以兹損其德。豈惟近時賢，相與少諒直。頭痛東漢風，斤斤就羈勒。云何夢中人，涑水來君實。高論破吾愚，怵然爲屏息。風流始魏晉，嵇阮乖前則。悮讀老莊書，殃身禍家國。從今烟水夢，不在竹林側。神往獨樂園，遥遥此何極。

【集評】

補山曰：『不作欺人語，妙。』（據《松厓詩録》）

奮威將軍王進寶畫像歌

靖遠昔衛今縣名，烏蘭山勢何崢嶸。黄河如雷吼郊外，靈氣鬱結生豪英。康熙之初老濞叛，秦蜀萬里連麾旌。將軍破敵風雨快，手扶日月摧欃槍。阿誰下筆寫褒鄂？令我拊髀懷黥彭。虎鬚蝟張顴嶽立，想見叱咤千人驚。雕鶚回頭作顧眄，英風樓下寒雲生。李廣身經七十戰，耿弇氣奪三百城。殊勳千載已竹帛，寵錫十世皆簪纓。君不見山東出相山西將，屠釣悠悠詎可輕。

【集評】

蓉裳曰：『英風爽氣，捫紙起稜。』（據《松厓詩錄》）

過孟淑之書館

飲作長鯨老不休，偶然化鶴亦何愁。東風吹盡梨花雪，多少來人望酒樓。淑之家臨白雪酒樓，春來四望皆梨花。

【集評】

梁靜峯曰：『滿目山陽笛裏人。』（據《松厓詩錄》）

杏花

十里微紅見一枝，海城春色故遲遲。多情何處腸堪斷，山驛空濛欲雨時。

【集評】

鹿友曰：『寄意遙深，大得漁洋三昧。』（據《松厓詩錄》）

海喇都曲今平涼鹽茶廳

霽日走風沙，童山一帶斜。城南晴雪盡，湧出碧蓮花。蓮花山在海城南。
峻嶺牛羊下，空山草木平。自從擒滿四，閒卻石頭城。
櫻桃山名繁雨露，埽竹嶺名淨埃塵。不及靈光寺，山花處處春。
草短青羊山名臥，雲深白馬湫名嘶。何如風洞裏，六月更淒淒。

瓶插黃梅一枝戲爲新句〔一〕

陽春如開闢，盤古卽梅花。牡丹僭稱王，富貴何足誇。羣芳愬天帝〔二〕，鵝雁紛喧譁。乃呼羅浮仙，冒雪詣殿衙。帝曰咨爾梅，首出冠羣葩。白袷與絳襦，何以懲奇衺。梅花未及對，黃袍已身加。歸來幽夢寒，翠羽鳴窗紗。

【校記】

〔一〕詩題，《二南遺音》作『得黃梅一枝戲爲新句』。

〔二〕芳，《二南遺音》作『花』。

【集評】

袁簡齋曰：『奇警。』（據《松厓詩録》）

蓉裳曰：『昌黎東方生詩縮本，奇妙之至。』（據《松厓詩録》）

野田黄雀行

啾啾衆黄雀，決起野田間。君勿抛金彈，吾能獻玉環。

【集評】

霽園曰：『不作乞憐語，抱璞空山者，爲之同聲一哭。』（據《松厓詩録》）

飲馬長城窟行

莫近長城窟，天寒馬力微。此中多血淚，飲馬豈能肥。

【集評】

補山曰：『奇想。』（據《松厓詩録》）

夜宴曲擬長吉

花孃彈瑟白日暮，天上人間是何處？碧窗紗薄不禁風〔一〕，綠焰熒熒裊香炷〔二〕。千年老鴞笑且啼，夜半呼人門外去〔三〕。

【校記】

〔一〕碧窗紗薄不禁風，《玉芝亭詩草》作『粉堂漏盡香夢寒』。
〔二〕綠焰熒熒裊香炷，《玉芝亭詩草》作『鼻端人出暫須住』。
〔三〕人，《玉芝亭詩草》作『我』。

【集評】

李元方曰：『秋夜讀之，令人毛髮俱豎。』（據《松厓詩錄》）

秋夜聽琴〔一〕

佳人彈綠綺〔二〕，四座盡無聲〔三〕。欲識伯牙意〔四〕，悠悠山水并。秋風何處落〔五〕，明月忽然生。曲罷聞三歎，蕭條萬古情。

【校記】

〔一〕詩題，《玉芝亭詩草》作『秋夜聽仲山鼓琴』。

〔二〕佳人彈緑綺，《玉芝亭詩草》作『秋風滿庭戶』。

〔三〕四座盡無聲，《玉芝亭詩草》作『淅瀝入琴聲』。

〔四〕欲識，《玉芝亭詩草》作『無限』。

〔五〕秋風，《玉芝亭詩草》作『白雲』。

【集評】

鹿友曰：『「秋風」、「明月」二句，深得琴心。』（據《松厓詩録》）

拜别尹制臺宫保

遠别龍門一嘯歌，渭川烟水送漁蓑。藏書已向中郎得，懸榻遥留孺子過。隴首雲飛秋易老，吴江楓冷句難多。擬將東閣招賢意，歸去深山告薜蘿。

題倣藍田叔山水

山是雨皴就，樹疑烟染成。米顛不可見，筆底認藍瑛。

松花庵詩草卷二

四言呈吴澹人學使

其一

灝灝金天，宅我奥區。地半寰宇，風留泰初。陸海所産，人物魁殊。璆琳琅玕，不如癯儒。

其二

不遇卞和，識玉者誰？不遇風胡，識劍者誰？天都蓮花，靈秀所滋。中林蘭蕙，厥惟宗師。

其三

宗師之來，溫文爾雅。花點繡袍，風隨驄馬。俯仰三秦，誰爲作者？空同而後，曲高和寡。

其四

曰余不敏，司鐸龍門。苜蓿朝餐，青氊不溫。鄭虔人罵，桑悦自尊。譬彼籠鳥，徒思飛翻。

其五

丙戌初夏，戊子春時。馮翊左輔，校士之期。王丹不拜，鮑照貢詩。逢人説項，余何人斯？

其六

華山雖高，上有雲在。黄河雖深，下有泥在。哲人虚懷，葑菲謬採。感激知音，一朝千載。

其七

我友九畹，著書鹿原。静庵離索，遠宦祁連。雖從隗始，敢在盧前。因公品題，濫竽兩賢。

其八

昨夜讀書，寒燈作花。今晨捧檄，言已及瓜。進賢冠高，不礙觸邪。雨雪楊柳，同瞻歲華。

送吴澹人學使

籍甚皇華使，言歸屆杪冬。探錢投八水，拄笏别三峯。風送神羊影，雲迷野鶴蹤。卽看吹暖律，枯草亦春容。

詩是清華物，誰能瀆上官？良工操玉尺，累句溷冰紈。鳳轄將飛去，龍梭欲化難。榛苓山隰在，何必貢琅玕。

【集評】

補山曰：『整齊工練。』（據《松厓詩録》）

魏壺山送馴兔

宦情垂老盡，三窟久相忘。馴兔來何許，山翁遠寄將。雄雌分撲朔，黑白是文章。莫嘆園林隘，秋風草木長。

月裏秋毫滿，山中狡性除。爲誰曾擣藥，願爾不中書。風煖藏花洞，雲深臥雪廬。我非仙與隱，馴擾意何如？

【集評】

吳澹人曰：『與「生前幾兩屐，身後五車書」同工。』（據《松厓詩錄》）

樊太學邀遊横山韓城

久慕横山好，逢君作主人。一尊開窅窱，雙屐踏嶙峋。雉引尋仙路，見《韓城志》。花香誕佛辰。四月八日。歸來問獅象，二山名。老氣爲誰馴？

漢太史公侍妾隨清娛歌

唐褚遂良居同州西亭，夢一女子，自稱平原隨清娛，司馬子長姬也，天帝命司同州之土，乞君爲銘我墓。

龍門筆力雄萬古，殘缺猶待少孫補。咄咄侍妾亦不羈，幽魂又達河南褚。清娛隨氏年十七，驚鴻影逐雲鶴侶。香消馬足玉埋塵，留滯同州化爲土。長樂亭西春復秋，淒淒夜月連風雨。薄命曾蒙天帝知，殘形敢怨才郎腐。褚公信非妄語人，感夢作銘大憐汝。衹今斷碣有光輝，化作小星嘒三五。憶昔史公下蠶室，著書時出幽憤語。伯夷餓死顏淵窮，是耶非耶天無主。豈知冥默更憐才，尚有娉婷血食所。衹恨刻畫伊家人，大似雷門持布鼓。梁山奕奕河水深，慧業文人粲可數。安得招魂起夫君，徧爲千秋傳列女。傳，去聲〔一〕。

【校記】

〔一〕此注底本無，據《松厓詩錄》補。

【集評】

澹人曰：『題新甚，得此足傳。』（據《松厓詩錄》）

響水崖

修崖水丁東，斷續成幽響。費盡廣長舌，聲來耳不往。

歸雲洞

客遊歸雲洞，雲出滿山阿。洞主能留客，奈爾歸雲何。

白太傅祠

白傅千秋宅，曾傳海上山。仙龕猶不住，鴻爪任人間。
長慶文章在，風流萬古推。小蠻樊素外，廚媪是何誰？

西岳高臥圖同楊山夫

褐衣豪傑冠三秦，高臥晴蓮又一春。五丈靈蒲方獵獵，支床應待墜驢人。

附　山夫作　楊維楨

貨畚匆匆走洛陽，歸來舊業未全荒。紅霞枕簟青霄上，蟣虱攻心又下床。

睡美人圖同楊山夫

湘簾風動水生紋，古篆烟消日未曛。舞罷霓裳嬌倚枕，又憑仙夢作朝雲。

附　山夫作　楊維楨

非霧非烟紫繡裀，溶溶暖玉見横陳。屈伸誰信全無意，蠆尾雙纏欲螫人。

讀五代史王建世家

紇干山雀凍啾啾，惟有鴉兒復世讐。大蜀入梁鐫使印，居然王八勝婆留。朱溫聘蜀，刻『大梁入蜀』之印，建後使梁，亦以『大蜀入梁』之印報之。

寄胡靜庵時司訓高臺

不見詩翁二十年，懸知老句更堪傳。玉門楊柳春難綠，好向陰山賦雪蓮。

書唐張爲軼事後

好句曾傳主客圖，詩家精鑑到錙銖。如何嶽麓山前過，不識花妖是女奴。

夢至耀州生徒讌集歡甚

不飲華原水，於今已數年。五臺秋自爽，三石夢相牽。樹老新歸鶴，堂空舊置鱣。惟餘問奇者，載酒尚依然。

叢林夜梵圖

老僧無住著，山水各隨緣。錫冷雲生岫，瓶香月到泉。古龕燈影碧，高殿鐸聲圓。悟得安心法，何如一覺禪。

【集評】

張桐圃曰：『唐音。』（據《松厓詩錄》）

北邙行

洛浦青雲客，邙山白骨塵。何如崔處士，長作護花人。

榴葉秋黃曲

春宵駡座又秋清，一樹黃金剪不成。說與石家嬌醋醋，從今小字是鶯鶯。

米顛拜石圖

海嶽遙情寄一拳，春風拄笏錦袍鮮。卻嫌老丈逢知己，不點頑頭也是顛。

思歸引〔一〕

富貴不歸故鄉，如衣錦夜行；貧賤不歸故鄉，如鬼車晝翔。富耶、貴耶、貧耶、賤耶，乃至故鄉，亦難見耶。

【校記】

〔一〕詩題，《二南遺音》作『思歸吟』。

【集評】

胡穉威曰：『一彈再鼓，令天涯遊子，無不魂銷。』（據《松厓詩錄》）

綠蝶

朱紫叢中一蝶穿〔一〕，綠衣翻覺致褊襬。夢回楊柳絲絲月，舞入芭蕉葉葉天。珠海名姬歸石尉，蕚家神女降羊權。碧紗窗外琉璃影，只恐飛來已作烟。

【校記】

〔一〕一蝶穿，《二南遺音》作『一浪仙』。

黑蝶

漆園傲吏是前身〔一〕，倦化猶龍十二賓。燕子飛來空睥睨，梨花飄處轉精神。賦齊沈老吾何敢〔二〕，沈麟士作《黑蝶賦》。墨搨滕王爾逼真。記否嵾山遊覽日，紛垂長帶遠迎人。武當多黑蝶兼垂雙帶者。

【校記】

〔一〕傲吏，《二南遺音》作「老子」。

〔二〕沈老，《二南遺音》作「麟士」。

紅蝶

嫣紅千片簇明霞，遊戲春風處處家。靈鳳兒孫皆赤臆，蝶名鳳子。仙人衣服也丹砂。葛洪衣化蝴蝶。烟沉蕙徑香如火，雨落桃源影似花。珍重王孫深屬意，朱欄迴首夕陽斜。

黃蝶

黃蝶經秋感氣深，姚家服色照園林〔一〕。移來堦下延齡菊，網得宮中買賦金。出谷流鶯空自掠，遶籬野菜竟難尋。崢嶸洲上曾相遇，落葉西風變古今。

【校記】

〔一〕姚家，《二南遺音》作『中央』。

白蝶

莊叟蘧蘧一夢醒，南華秋水濺精靈。素心尚帶偷香習，豔影偏呈鏤玉形。書幌低翻雲片片，花房潛宿露泠泠。白衣去後知音少，見爾飛來眼倍青。

以上五首，和楊子安作〔一〕。

【校記】

〔一〕底本無此句，據《松厓詩錄》補。

書中乾蝴蝶八首

蕙徑烟消昨夜風，尋香無路採粧慵。偶來曹氏倉中宿，會向江郎筆下逢。羨爾凋枯仍五色，嗟余偃蹇又三冬。開函捕取褊褼影，遙酹梨花酒一鍾。

輕狂非復舊胡胥，憔悴寒窗一卷書。不向《離騷》尋草木，卻從《爾雅》伴蟲魚。鑽研尚恐金鬚斷，涉獵終嫌繡腹虛。笑殺蜻蜓空點水，飛來只傍玉蟾蜍。

花房春夢幾曾闌，栩栩飛來入簡端。鼓篋應懷蛾子術，休糧不費蠹魚餐。百家苑囿藏身密，一網金錢出世難。獨有精神留翰墨，斑斕五彩任君看。

靈鳳兒孫錦豹斑，醒時遊戲夢時閒。大千花海皆文海，第一香山是西山。但見招魂來架上，可能側翅返籬間。芸窗無限遊蜂入，笑爾空鑽故紙還。

紅畦綠徑已全拋，萬卷詩書作故交。生趣都含菱汁紙，夢魂猶繞杏花梢。螟蛉教誨歸風雅，蟲皿文章列象爻〔一〕。悟得蘧然同物化，秋來結網任蠨蛸。

【校記】

〔一〕皿，宣統本作『血』。

三萬牙籤結構牢，暖烟微雨失遊遨。漆園說夢君姑聽，弱水題詩我亦豪。洗硯星流鸜鵒眼，披函雲起鳳凰毛。叢林一望花如海，揀盡寒枝笑爾曹。

只貪書卷不貪花，翰墨林中寄此家。羽翼自憐輕且薄，文章誰識正而葩。蠶蛾化去留筐葉，蟬鳥飛來失扇紗。嘆息雕蟲吾已老，試囊螢火照殘霞。

陌上斜飛致不凡，夢中紅紫忽全芟。滕王畫本分千軸，謝逸詩材萃一函。伴讀已成今腳色，探花猶帶舊頭銜。東皇若有吹噓日，更製金絲繡舞衫。

【集評】

汪秋崖曰：『此補弱水未撚之韻，突過原作矣。』（據《松厓詩錄》）

秦曉峯曰：『精湛。』（據《松厓詩錄》）

劉山翁送文杏花兼索一詩

潭馬村名村中文杏開，筠籃忽見一枝來。老夫醉眼朦朧甚，半認山桃半野梅。

日邊春色映鱣堂，珍重山翁遠寄將。聞說徵詩酬碎錦，應無人過午橋莊。

海棠仝上

海棠風韻比仙姝，西蜀繁華天下無。不是拾遺偏忘卻，老蒼詩格與君殊。

神仙名字擅春風，西府無雙鐵梗同。一自嫣然成獨笑，漫山桃李怨坡公。

碧桃小桃雙折枝仝上

碧桃花傍小桃開，折贈懸知費剪裁。淡掃蛾眉頻薄怒，分隨劉阮下天台。

山夫贈松石硯

怪石如柯葉，良工製不成。或言松所化，因以硯爲名。鴝眼凹仍突，龍鱗老漸平。磨穿功比鐵，買去價高瓊。翠蘚呵疑裂，寒濤捧欲鳴。何年陶令撫，隨處米顛爭。老廢臨池業，貧餘愛寶情。兹田當什襲，留與子孫耕。

亞媛詩同州

元時同州府，知府曰亞哥。忠信而愛民，舉一知其他。維時天大旱，四野愁無禾。雨師媚魃鬼，圭璧盡則那。或言九龍廟，其神感應多。太守禱而虔，可以得滂沱。亞公聞之喜，齋戒延祝鮀。其夜夢詣神，請命回荐瘥。吾有小弱女，娉婷雙翠蛾。儻蒙降甘霖，願以箕帚過。詰朝告僚佐，相與一笑瑳。囈語焉足凴，徒跣請奔波。既而公入廟，雷電起山阿。禱畢大雨至，跳沫復翻渦。吏民拍手慶，公喜不違靴。俄聞家人報，凶祟不可儺。適者簷溜下，愛女戲挼抄。卒遭蠆尾螫，不語僵庭莎。亞公聞之歎，幽明理同科。此女已侍神，胡爲怨么麽。明珠雖脱掌，家哭巷已歌。厝棺九龍側，聊以附蔦蘿。亞公秩滿去，神物亦騰梭。至今亞媛墓，巫覡舞婆娑。史稱西門豹，滑稽禁妻河。郭令及馮道，小説俱傳訛。顧惟愛民守，忠信永不磨。不見桑林犧，六事自責訶。漪漪南溪水，中有並蒂荷。爲作亞媛詩，循吏其吟哦。

【集評】

李松村曰：『如此起，方是元地名官制，或欲用换字法，而改同州爲馮翊，及改知府爲太守者，俗矣，蓋宋金皆稱知某州，至元而知府之名始定。』（據《松厓詩録》）

蓉裳曰：『敘事老潔，立論正大，必傳之作。』（據《松厓詩録》）

附　亞媛詩

馬啓泰

蚩氓每傳訛，畸士好語怪。即如亞媛墓，巫覡紛羅拜。昔年馮翊守，愛民誠罔懈。時值天大旱，憂心直如瘵。有廟曰九龍，步禱忘疲憊。至誠感神明，霖雨倏澎湃。禾黍立芃芃，吏民咸稱快。其曰公弱女，僵仆遭毒蠆。如寄嘆人生，不異露晞薤。胡爲好事者，訛言惑聾聵。云公夢詣神，奉帚許一介。正直復聰明，何至墮慾界。焚巫昔曾矜，妻河古所戒。太守實循良，家風那肯壞。想當公去後，閭閻懷遺愛。歲時酹亞媛，瞻拜禮不殺。冢樹比甘棠，護持俾勿敗。歷久失其真，浪傳憑野稗。柳毅壻洞庭，荒唐已難解。九龍娶一女，如何爲佳話？誣神兼害義，令我發長喟。亟爲辨正之，毋笑見聞隘。

休糧僧效唐僧作

六入皆爲食，休糧羨此僧。傳衣嫌鉢贅，舂米笑篩仍。不見烏隨磬，空餘鼠齧藤。諸天虛送供，一眄又何曾？

【集評】

□□曰：『此與下首，俱過唐人原作。』（據《松厓詩録》）

不食仙姑效唐人作

丹房不舉火，誰笑此姑貧。龍懶耕芝圃，猿從盜石囷。有生皆有欲，無患在無身。昨向瑤池返，蟠桃送別人。

答楊山夫病予存詩太多

詩自心源出，妍媸惑愛憎。譬如不才子，撾殺竟誰能。

答劉九畹惜予存詩太少

詩似朱門客，誰甘草具餐。三千隨趙勝，選俊一毛難。

【集評】

蓉裳曰：『確論，未經人道，此中甘苦，如魚飲水，冷暖自知耳。』（據《松厓詩録》）

九日壽菊

菊花如壽客，九日是生辰。金滿添籌屋，香分送酒人。重陽佳節令，初度老風神。笑問陶彭澤，南山見幾巡？

秋水圖

白露漙漙欲作霜，蒹葭十里正蒼蒼。蘭舟已卜江湖宅，菰米兼收雁鶩糧。世上風波輕灩澦，畫中烟景似瀟湘。溯洄莫悵伊人遠，只在盈盈水一方。

下榻圖

仲舉清嚴孺子貧，千秋下榻重徐陳。乍來已壯雙旌色，卻掃先除一室塵。翻陳蕃語。此日琴尊權主客，經年冰雪對松筠。使君正氣難干謁，未必南州少二人。

絳帳圖

茂陵才子舊知名，畫裏傳經見古情。絳帳日長初捉麈，清簾花暗忽聞鶯。南山教授尊三黨，融妻父摯恂。西第文章悮一生。獨有泥中嘲薄怒，家風留與鄭康成。

相馬圖

駑蹇矜肥傲驌驦，風塵誰復見孫陽。忽驚一紙全神出，頓覺千金老骨香。冀北羣空聊想像，安西途遠莫徬徨。青霄蹭蹬紅輪晚，多少鹽車下太行。

寄衛卓少

未卜雲泉早拂衣，相逢林下似君稀。心閒懷縣栽花滿，腰重揚州跨鶴歸。文士悲秋風颯颯，田翁作社雨霏霏。旗亭指日當相見，白酒黄雞願不違。

陳介祺將選廣文書來盛譽韓學之美戲答其意

膴仕人皆羡，何由到冷毡。開緘聊捧腹，畫餅謾垂涎。詩任輕張率，官應老鄭虔。相逢皆措大，誰贈買山錢。

王友益送牡丹

正是廉纖縠雨時，牡丹驚見兩三枝。花如富貴來何晚，調繼清平老不辭。折贈應愁書館蝶，醉吟堪付酒家甌。故園佳種今存否？誰倩東風報我知。余家牡丹頗擅洮陽之勝，今不見已五年矣。

寄劉九畹

襤褸高門客，優游懶性成。家貧添酒債，才盡減詩名。一榻寒山色，雙櫺落葉聲。秋來多好夢，時遶鹿原行。

近有二首

近有臨洮信，傳予已罷官。人言殊可味，及早辦魚竿。

近有三原信，傳予久臥床。憲貧非病也，七發悞何傷。九畹寓書止酒。

撥悶

倦後拋書醉後眠，悠悠晷影度花磚。褰帷新婦真三日，面壁高僧近九年。老馬長齋飢齧木，靈雞多話悶談天。家人莫笑囊無物，博得心閒也值錢。

哀幼女慶

漸解耶孃兩字呼，破巢風雨嘆癡雛。分明四大摶沙餅，散擲人間作淚珠。

我憶臨洮好十首

我憶臨洮好，春光滿十分。牡丹開徑尺，鸚鵡過成羣。涣涣西川水，悠悠北嶺雲。劇憐三月後，賽社日紛紛。

我憶臨洮好，真於盛夏宜。南山驚積雪，北户怯涼颸。簫鼓官神集，鶯花仕女知。柳陰閒把酒，揮扇是威儀。

我憶臨洮好，秋天爽氣新。牛羊皆可酪，蠅蚋不勞嗔。毛褐裁衣厚，明醽釀酒醇。東籬殘菊在，西望更愁人。

我憶臨洮好，三冬足自誇。冰鱗穿鰋鯉，野味買麕麚。靄靄人如日，飄飄雪似花。年來青粿賤，到處酒能賒。

我憶臨洮好，山川似畫圖。高岡真產玉，馬啣山。寒水舊流珠。名珠子淩。雲影迷雙鶴，濤聲落萬鳧。曰歸歸未得，三徑日榛蕪。

我憶臨洮好，州如太古閒。譽髦感鄜伯，橫渠欲取河西之地。野老話椒山。花繡摩雲嶺，冰開積石關。壯猷辛慶忌與李，晟、愬。搔首鬢毛斑。

我憶臨洮好，詩家授受真。高岑皆幕客，白賀是鄉人。山水今無恙，文章舊有神。二張康侯、牧公珠玉在，後起更嶙峋。

我憶臨洮好，流連古蹟賒。蓮開山五瓣，珠濺水三叉。蹀躞胭脂馬，闌干苜蓿花。永寧橋下過，鞭影蘸明霞。

我憶臨洮好，靈蹤足勝遊。石船藏水面，洮水旁船崖寺。玉井瀉峯頭。玉井峯。多雨山皆潤，長豐歲不愁。花兒曲名饒比興，番女亦風流。

我憶臨洮好，城南碧水來。崖飛高石出，峽斷鎖林開。高石崖、鎖林峽。靜夜魚龍喜，清秋虎豹哀。何時歸別墅，雞黍醱新醅。

元日試筆二首

撚斷吟髭老欲顛，竟無一字可流傳。巴童辛苦隨昌谷，廚嫗聰明笑樂天。嶽麓雲霞成遠夢，梁山桃李媚新年。屠蘇瀲灩斟來好，不祭詩仙祭酒仙。

涉獵千秋老不停，蠹魚何日始通靈。校書謾擬劉中壘，成誦翻羞戴石屏。買櫝還珠真憒憒，記苕忘帚太冥冥。客來若問三冬業，笑指梅花綻玉瓶。方虛谷譏戴石屏胷中無百字成誦者。

韓城竹枝詞二首

踏青遊女步跚跚，繡陌曾無一日閒。文杏碧桃春易老，與郎同上牡丹山。

良人遠賈妾心哀，秋月春花眼倦開。忍死待郎三十載，歸鞍馱得小妻來。

【集評】

儲鐵閑曰：『此詩流播甚遠，海角天涯有誦之者。』（據《松厓詩錄》）

幽邃補司空表聖《詩品》一則

如有所思，寸心鬱陶。春蘭秋菊，空谷香飄。天寒日暮，翠袖無聊。幽篁月出，時聞洞簫。湘妃容與，山鬼逍遙。雞鳴欲往，風雨瀟瀟。

【集評】

姚雪門曰：『此一則包括全部《楚辭》，惜不令表聖見之。』（據《松厓詩錄》）

草舍吟

弟錠詩，同人擬之繩樞草舍，予謂繩樞草舍，亦豈易得於吾家耶？因作詩以礪之。

爾腹空如洗，吟詩苦不休。江山寧有助，花鳥信無愁。日麗三珠樹，雲深五鳳樓。蕭然琴酒在，草舍亦風流。

續唐人光風亭夜宴妓有醉毆者

飲酒光風亭，徵歌明月夜。纔看綠蟻浮，忽聽黄鶯罵。隔座參商逢，同筵水火射。美人陣易成，娘子軍難罷。鬬草忿儂輸，藏鈎嫌爾詐。數非翠袂揚，作勢金釵卸。唾袖石花生，裂繒珠韻瀉。怒潮濕脂粉，嬌喘噴蘭麝。雌鵲不空拳，牝雞甘出胯。藥增羅刹狂，靛益鳩槃怕。兩敗素蠻窮，雙鳴側貳霸。興闌滅燭髡，費惜衣簾夏。批頰我猶憐，纏頭誰敢下。作詩續鍾馗，才力愧方駕。溫庭筠貌陋，人稱鍾馗。

【集評】

雲衣曰：『詩亦盡態極妍，然唐人終難爭勝。』（據《松厓詩録》）

附　唐詩紀事一則

光風亭夜宴，伎有醉毆者。溫庭筠曰：『若狀此，便可以疻面對捽胡。』段成式曰：『捽胡雲彩落，疻面月痕消。』又云：『擲履仙鳧起，撦衣蝴蝶飄。羞中含薄怒，嚬裏帶餘嬌。醒後猶攘腕，歸時更折腰。狂夫自纓絕，眉勢倩誰描。』韋蟾云：『爭揮鈎弋手，競聳踏搖身。傷頰詎關舞，捧心非效顰。』溫庭筠云：『吳國初成陣，王家欲解圍。拂巾雙雉叫，飄瓦兩鴛飛。』

讀李洞詩

唐人仙鬼後，復有李才江。奇合吳融賞，工應賈島降。蘭移花䔿地，洞，諸王孫。鶯老杜鵑邦。洞卒於蜀。願並王孫像，黃金鑄一雙。

病猿效李才江

入檻狂猿忽病生，擲跳無復舊縱橫。鞭調未覺頑心改，稻食翻憐瘦體輕。撈月虛張聯臂勢，嘯雲頻減斷腸聲。巴山路遠西風冷，夢裏猶能結伴行。

挽胡靜庵先生

拈毫先抵案，有句挽君難。白雁書空返，黄花淚不乾。隴山秋寂寂，洮水夜漫漫。泉下逢詞客，應登第一壇。

瀟灑秦安縣，名園翳薜蘿。再來君不見，三嘆我如何？微雨渡頭歇，夕陽山外多。君送予句。廿年佳句在，搔首一長歌。

哭魏仲餘孝廉

看花不及杏園春，梓里風光繫此身。地下修文天上記，古今多用少年人。

夜半偶憶靜庵呼燈就枕上作三首

故人奄忽棄人間，隴月秦雲覺稍閒。百丈光芒生宿草，秖緣詩骨葬空山。

坐擁青氈到白頭，一生惟仰硯田秋。而今天上追長吉，潤筆金珠滿玉樓。

紅錦都從夢裏裁，江郎才盡亦堪哀。無端下筆增神速，知是精靈紙上來。

衛氏姪送畫冊以詩謝而誨之

淡墨香生水石間，簽題水石間意。開圖彷彿識荊關。阿戎知我詩材少，偷餉東南數角山。
窗下松醪不用沽，嵐霏雲氣淡如無。而今誰是梅花老，此畫端應贈老夫。畫摩仲圭。
陶令歸來兩袖風，盡將紙筆付兒童。尺山寸水牢封鎖，莫以開廚誑乃翁。右丞詩：『畫畏開廚走。』

秋蟲

切切秋蟲遶砌鳴，百音繁會耳根清。草堂如許閑風月，未必心中有不平。

美人黄土曲

蕙心紈質已成塵，一閉空山萬劫春。冢上花開郎不見，卻疑蝴蝶是情人。

【集評】

張桐圃曰：『想入非非，然安知非情之所必有也？』（據《松厓詩錄》）

青騾曲事見《渭南文集》

青騾青騾馱我逃，一日千里忘疲勞。青城之山猶不高，大面山深絕采樵。嗟君得道恣遊遨，不知汴宋成南朝。乾道淳熙歲月遙，丈人觀中鶴氄毛。有一老翁捷若猱，面目昳麗紫髯飄。草書奇偉腕力豪，自云亡將今笠瓢。靖康國難夢全拋，欲說家風心鬱陶。殺熊嶺上短兵交，師中頸血濺征袍。山西巨室种與姚，何甘讓彼史書褒。放翁好奇揮禿毫，偶爲小傳破寂寥。棄甲而遁古所嘲，君獨何福登仙曹？

【集評】

蓉裳曰：『通首老健，音節似陳安歌，一結隱含諷刺，是詩家史詩。』（據《松厓詩錄》）

夢觀演墜樓記其綠珠凴欄欲下予懼虛以手承之樓上嘖嘖稱羨似有悅己之感也

梓澤風流尚有無，歌兒粧點上氍毹。夢中贏得探花手，更向樓前捧綠珠。

雙鬟造次發清謳，一斛明珠串錦喉。但使生哀河滿子，知音兩字勝纏頭。

落盡山花曲未終，霓裳輕薄不禁風。綵雲一去誰留得，知在鈞天小隊中。

多情薄倖兩隨緣，懊惱分明出愛憐。可是山精呈伎倆，髑髏花草試枯禪。

北窗

偃臥北窗簷，涼添暑不添。此間無趙盾，何處有陶潛？冰雪開詩卷，風花颺酒帘。客來吾不襪，疎懶任君嫌。

讀楚辭偶作

少小愛吟詩，酸辛老自知。何曾甘作細，《左傳》：『楚爲晉細。』竟亦不能奇。山鬼探幽處，湘妃望遠時。春蘭與秋菊，折盡好花枝。

偶然作

我性不豪飲，浪傳嗜酒名。亦如本無詩，謬竊能詩聲。愛憎分毀譽，不謝亦不爭。浮雲過太虛，卷舒兩無情。

我詩如蜃樓，倏忽隨風變。刻意俟雲濤，經年或不見。邇來厭浮華，每欲屏筆硯。至寶在深山，拾得乃爲善。

菊友送六郎面兼求一絕

競說蓮花似六郎，東籬何似水中央。自從嫁與陶彭澤，妒殺西風嫵媚娘。

王景略墓下作猛

虱視桓司馬，江東敵手難。蝟髯輕棄汝，典午合偏安。
嶽神酬貴畚，天意長新蒲。倉卒雲雷會，人間亦丈夫。

【集評】

蓉裳曰：『四十字括盡景略一生，庸手作此，不知費多少議論。』（據《松厓詩錄》）

楊伯起祠震

暮夜金能卻，清風凜四知。寥寥天地外，此語洩從誰？

【集評】

李允之曰：『畏人知畏人，不知誰爲軒輊。』（據《松厓詩錄》）

黄粱夢

莫話邯鄲勝，黄粱在眼前。窮人朝暮過，老夢古今傳。隔戶誰彈瑟，當壚自數錢。何由分半榻，更借枕頭眠。

讀徐武功湯陰岳廟碑有感〔一〕

精忠一疏廟生光，奠酒仍看大鳥翔。千古岳于雙少保，恨君何不鑒咸陽〔二〕。

【校記】

〔一〕詩題，《松厓詩錄》作『讀徐有貞湯陰岳廟碑有感』。

〔二〕恨，《洮陽詩集》作『問』。

【集評】

桐圃曰：『徐害于忠肅，宜並責之。』（據《松厓詩錄》）

僧院廣列盆花喜而讚之

紅紅白白滿窗前，磁斗春光次第鮮。寓客翻勞僧供養，房租只當買花錢。

華原歌贈蔡鹿門廣文晞朱〔一〕

昔予曾自華原歸，華原桃李初芳菲。今君又向華原去，華原山水應如故。華原地古清風來，學舍之竹我手栽。遥知繫馬堂階日，賢俊邀君登五臺。五臺山上一杯酒，酒在杯中詩在口。興酣爲我問諸生，昔日吳髯今憶否？

【校記】

〔一〕晞朱，底本無，據《松厓詩録》補。

【集評】

雲衣曰：『唐人小品。』（據《松厓詩録》）

長安道

日出長安道，紅塵一丈深。掃門殊失算，敝帚直千金。

贈張桐圃主事

老值忘年友，星郎出武威。秋槎天上近，春柳殿中稀。愛客每投轄，鬻書常典衣。朝回頻枉駕，旅次亦光輝。

鄂國公祠四首和馬雪嶠太史啓泰〔二〕

鄂國存祠廟，英威滿朔州。大杯參俎豆，宋詞有尉遲杯。巨槊視松楸。房杜家何在，韓彭命不猶。劇憐雲母粉，老趣亦風流。鄂公晚服雲母粉以求長生。

尉遲唐猛將，桑梓此鄉瞻。皎日明鴟吻，陰風動虎髯。君奚愁有庫，臣自愛無鹽。正氣千秋在，矜功詎足嫌。

馬邑彈丸地，秋風靜鼓鼙。攀鱗龍自健，食肉虎仍癡。暴客羞巢刺，元吉使人刺公，公開門偃臥，皆不敢入。

佳丞記藥師。李靖曾爲馬邑丞。瀛洲今學士，快讀大唐碑。

昭陵弓劍遠，雲霧杳重重。相報昔何速，自稱今尚恭。公以字行，而稗史優場或故舉其名，不似郭元振、孟浩然之直以字行也。英靈鞭石馬，父老指金龍。池名，俗傳得神馬處。欲乞書生帖，人間庫已封。

【校記】

〔一〕啓泰，底本無，據《松厓詩錄》補。

慈仁寺觀王漁洋許天玉所賦雙松

花雨潤龍鱗，雙松老更新。未知王許後，箕踞待何人？

李少文贈傅青主先生墨蹟

高人遺墨重瓊琚，潦草風神若有餘。不是李侯能輟贈，眼前誰識傅山書？

自題韓城詩後

窮詩六載伴寒氊，嘯月吟風亦偶然。選勝須求梁野石，摘瑕難起宋蒙泉。

自題壬辰詩後

索米長安興不孤，一年猶得破功夫。未知單父鳴琴日，尚有閒情似此無。

松花庵詩草跋〔一〕

劉紹攽

近世稱西州騷壇執牛耳者二人，其一爲秦安胡子靜庵；其一則洮陽吳子信辰。或以樸老勝；或以雋雅勝，異曲同工也。秦安道遠，不獲時時過從〔二〕。洮陽密邇蘭山，近復爲華原博士，距予家不百里，每讀新作，不覺喟然而歎，使先生以不羈之才，珥筆承明，豈不和其聲以鳴國家之盛耶？將詩必窮而後工耶？抑造物靳其才，使宦游不出關外，河山藉以壯色耶？一盥誦，一低徊矣。

乾隆癸未梅月年家同學弟三原劉紹攽書於皋蘭書院。

【校記】

〔一〕題目，乾隆本作『松花庵詩草序』，在卷首。

〔二〕從，宣統本作『存』。

松花庵遊草

松花庵遊草序

吴　鎮

乾隆壬辰臘月，予由教職筮仕山左陵縣，既涖事，遂不復能詩。癸巳春後，始稍稍有詩來，然可存者無幾矣。乙未又十月，荷蒙聖恩，陞牧楚北之興國。丙申六月，始抵任此州，案牘十倍陵邑，而勘渠履畝，得詩較齊魯爲多，抑亦江山之助也。今年六月，因解餉赴京，十月旋署，又得詩數十首。綜前後作吏之詩，尚不及作廣文時一月之數，且格調卑弱，多不稱意，於以見民社之難勝而才力之易盡也。楚北人士多喜觀予詩，因删存一帙，名之曰『松花庵遊草』。

乾隆丁酉嘉平念二日，松厓吴鎮自序。

松花庵遊草

籬菊吟

燦燦籬菊，孤標瘦削。春風不開，秋風不落。薄言采之，清霜滿握。陶公仙去，嗟而焉托。

【集評】

霽園曰：『三四奇特，「清霜滿握」，則菊之神髓俱出。』（據《松厓詩錄》）

空同

海內空同五，高平第一奇。洞盤老玄鶴，臺息大靈龜。至道非遙問，長生未可期。偶經仙客路，如見古皇師。勝地分姑射，精言等具茨。飛龍何處去，害馬幾人知？鼎氣雲全族，弓形月半規。百神兼七聖，都在此山垂。

【集評】

霽園曰：『高華清健，盛唐遺音。』（據《松厓詩錄》）

華嶽

二華雄關右，三峯插斗杓。彈冠司寇肅，抵掌巨靈驕。日月相遮隱，風雷自泬寥。金神秋執鉞，玉女夜吹簫。帝座鈎梯接，天門箭括遥。船開花十丈，雪挂瀑千條。客偶談禽尚〔一〕，予因訪偓喬。蒼龍森欲動，白鶴似曾邀。仙醖留人醉，雲衣作蝶飄。攜詩慙謝朓，作霧哂張超〔二〕。山鬼投秦璧，村巫憶漢燎。寧知王景略，弦誦雜漁樵。

【校記】

〔一〕尚，《晚晴簃詩匯》作『向』。

〔二〕霧，《關中兩朝詩鈔》作『露』。

【集評】

丁鹿友曰：『題大而包孕無遺，史才賦手。』（據《松厓詩録》）

蓉裳曰：『通首華貴，一結尤超。』（據《松厓詩録》）

趵突泉濟南

七十二名泉，泉惟趵突傳。水心晴湧雪，山骨冷浮烟。翠荇流愈潔，青萍長未圓。拂衣何日遂，低首拜回仙。

玉濤平地湧，天下此泉無。古碣環亭榭，遊人雜雁鳧。入門聞轉石，把酒看跳珠。尚憶鷗波老，詩中有畫圖。

題胡碧腴太守書巢圖

胡氏藏書處，巢居足自豪。雪明蝌蚪跡，風落鳳凰毛。韻事從吾黨，貧家笑爾曹。披圖忘遠近，便擬載香醪。

三萬牙籤滿，簷楹任不齊。圖從濟東寫，名自渭南題。雲淨山如洗，花深路欲迷。何當憐客鳥，分我一枝棲。

贈錢雙魚明府大琴

袞袞風塵裏，誰知夫子賢。揚雲能識字，夷甫不言錢。百里桑陰接，三秋菊信傳。我來觀踴躍，同病轉相憐。時大憲檄予診君疾。

贈許莪溪明府承蒼

磊落莪溪子，沉淪氣益豪。家藏斬蛟劍，人笑割雞刀。飲酒宜三伏，栽花任二毛。何時使君獵，遭我向齊猺。

蔦蘿和楊茂園本立

荏苒蔦蘿姿，輕盈不自持。香凝山鬼帶，花綴野狐絲。石上分藤月，亭前逗竹颸。小奴縛竹爲亭，引而上之。歲寒須老友，根本莫相離。

贈薛太史補山商雒人，寧廷

薛六古之狂，才名動玉堂。謫仙宜下界，醉客任他鄉。蟋蟀秋能語，芙蓉晚更芳。西風吹萬里，誰念錦袍涼。

十日平原飲，雲蹤未可期。馬卿能過我，關尹復留誰〔一〕。客舍逢黄菊，家山剩紫芝。只愁拈葉子，無暇更題詩。

【校記】

〔一〕復，《松厓詩錄》作『更』。

芙蓉街

行役猶然案牘親，寓公無處不風塵。街名雅愛芙蓉好〔一〕，且作秋江畫裏人。

【校記】

〔一〕雅，乾隆本作『卻』。

送劉一峯巡檢回臺灣任武威人，善畫

海門鼉鼓響鼕鼕，螺女鮫人次第逢。不用澹臺輕白璧，但投墨瀋祭蛟龍。桃塢梅溪歲歲妍，閩中花草待君還。等閑莫禿珊瑚管，留畫陰山雪裏蓮。

題蔡文姬歸漢圖

蕭蕭班馬悵離羣，母子恩深詎忍分？一樣思歸看漢月，可憐青冢屬昭君。

【集評】

蓉裳曰：『詩有史筆，然卻蘊藉。』（據《松厓詩錄》）

石葡萄

萊石巧雕鎪，纍纍馬乳稠。若教珠是玉，真可換涼州。萊石紋細，但易泐耳。

題倣王摩詰畫

摩詰詩兼畫，禪心老不枯。後身復誰是，重寫雪蕉圖。

倣黄子久萬笏朝天圖

萬笏競朝天，飛梁瀑布懸。安知倚松客，不即大癡仙。

倣倪雲林山水

簡易高人畫，風流似老迂。卻嫌清閟閣，粧點尚繁蕪。

倣徐文長畫松

畫松須醉筆，狂掃始天成。想見青藤客，牢騷氣不平。

送馬漢沖司馬由濟南移兗州

按部三陪五馬遊，扶風家世擅清流。堂隅坐久身偏穩，紙尾簽多腕漸柔。明月半輪開蜀峽，蒼烟九點上齊州。高天極目飛鴻遠，踏雪泥痕幾處留。馬前任蜀，近官齊。

雄飛雌伏總尋常，仕宦難逢禮義鄉。君愛先師在東魯，我言太守似南陽。龜蒙山色吟詩好，趵突泉聲遶夢長。督理軍儲非細務，且拚心力佐黃堂。

荷包牡丹

傾城花向馬嵬殘，無限春風解恨難。惟有香囊消不得，又含鈴雨挂雕欄〔一〕。

【校記】

〔一〕鈴雨，《松花庵詩話》作『零雨』。

【集評】

年海籌曰：『確切，得漁洋三昧。』（據《松厓詩錄》）

老卒

老卒番休不憚勞，閒將什伍教兒曹。憶從轉戰經千里，厭説擒生舍二毛。漢使節前風正急，蕲王門外月初高。夢回尚作封侯想，羞爲家貧賣寶刀。

老妓

老妓風流不可當，雞皮三改近時粧。情人尚比紅兒貌，弟子爭傳素女方。門外苔深車馬跡，篋中衣冷麝蘭香。春宵聽盡催花雨，自起挑燈看海棠。

老伶

莫笑梨園老樹精，登場弟子半聞名。當年垂手皆花片，此日纏頭但雪莖。愧我才非劉夢得，憐伊身似米嘉榮。一杯酒盡千山暮，更遣匆匆唱《渭城》。

老僕

白髮蒼頭絕可憐，紀綱門戶已多年。但聞開口呼君實，如見掀髯對子淵。款段春遊花爛熳，氍毹宵睡月嬋娟。郎君左右皆珠玉，誰識崑崙是劍仙。

以上四首係和董曲江作〔一〕。

【校記】

〔一〕底本無此句，據《松厓詩錄》補。

贈五岳遊人張白蒓開東

張子楚國寶，白珩未足珍。傲然遊五岳，一岳一白蒓。行行日以遠，楊柳三見春。向禽願已遂，龍性猶未馴。湘江多芳草，鷓鴣鳴蕭辰。安得東北風，吹汝回車輪。

送白蒓遊泰山

張君行萬里，杖策任朝昏。不覩滄溟闊，焉知岱岳尊。聞雞登日觀，騎鹿下天門。儻遇方瞳客，新詩好細論。

【集評】

李蘭皋曰：『有五、六一聯，乃可作登岱詩。』（據《松厓詩錄》）

華不注

送客齊門東，因登華不注。肩輿避道塵，蠟屐得仙路。兹山勢孤騫，怪石紛攢聚。探奇愜壯遊，濟勝誇老具。一笑巾笄狂，三周跛眇怒。寧知翠芙蓉，千載猶如故。白鹿逐青龍，赤松竟何處。歸來歸去來，九點烟光暮。

花石歌上李文園學使中簡〔一〕

文園評花如評詩，疎密濃淡分參差。梅一蘭二海棠五，南强北勝何足奇。文園相石如相士，歷落嶔崎皆所喜。昨從東海得雲根，乃是勞山小孫子。紛紛花石盈眼前，花貴本色石天然。君不見黄磁數本袖一拳，奇賞何必非平泉。李有十八魁花評，又於勞山得一佳石，余爲名之曰勞山孫。

【校記】

〔一〕中簡，底本無，據《松厓詩録》補。

【集評】

蓉裳曰：『風格高老。』（據《松厓詩録》）

題徐大中丞校獵圖朱思堂太守畫

楓林九月紅似茜，中丞觀兵巡海甸。泰山之側大合圍，行陣紛紛成鵝鸛。蒼鷹決起狐兔愁，猛獸詘屈皆股戰。雖然苛政此間無，要使白額知羽箭。中丞節制文武兼，腹有甲兵踰十萬。野人聚指黑頭公，孔雀翎飄金翠爛。泰安郡守美且鬈，書畫精絶詩律變。罷圍新作校獵圖，人物一一開生面。妙技爭傳顧陸能，循聲早列龔黄薦。即令屈宋作衙官，應亦激昂思染翰。厭次縣宰老而衰，少時亦復身手健。子雲文或似相如，何日長楊得召見。

天涯芳草主人歌贈莫鄆城元龍

天涯芳草主人善畫蘭，紫莖緑葉一一生筆端。楚國騷人重九畹，寧知落爾墨池邊。憶昨爲予寫十幅，潦草題跋皆精妍。最後一幅頗叢雜，戲云此似吾髯然。莫詩：『草草叢叢劍戟張，恰如髯令酒時狂。』空谷幽芳幾人賞，多君片紙爭流傳。大明湖上水接天，俯影下視峼華巔。君忽邀予上酒船，半醉狂呼鬬老拳。主人既懽客不去，鯨飲擬涸七十泉。宦海升沉聚會難，與君大似夔憐蚿〔一〕。歷下之亭古碣在，濟南名士空寒烟。飲君酒，看君蘭，天涯芳草自年年。主人去後誰爲主？且做風塵一日仙。

【校記】

〔一〕蚿，宣統本作『炫』。

【集評】

蓉裳曰：『興會淋漓，極似遺山得意之作。』（據《松厓詩録》）

熱河紀恩〔一〕

熱河三召見，今日最分明。咫尺天威在，斯須命服更。向陽寒草性，趨海細流情。閶闔潛回首，龍文五氣生。

下殿聞傳語，郎官已大夫。世皆榮五馬，臣自戀雙鳧。日月隨仙仗，風雲遶帝都。祇應窮强項，宛轉愧朝珠。

【校記】

〔一〕詩題，《松厓詩録》作『熱河即事二首』。

熱河道中贈人

海蘭屯外一聲鶯，無數垂楊綰别情。今日逢君下車揖，何妨從騎駡侯生。

相逢未及話西湖，先問新詩近有無。老夫江郎才已盡，不堪重涴早朝圖。

秦山隴水自逶迤，定省曾容問道馳。從此太行雲一片，直如朝暮倚門時。

崑崙水壓浙江潮，膏雨頻仍徧黍苗。君到金城看楊柳，合圍猶是舊攀條。

海棠

海棠無一恨，鼻觀我嫌癡。桃李空如許，神仙宛在斯。韻偕春睡足，嬌與晚粧宜。鬬盡猩紅巧，誰堪補杜詩。

和滕王閣

高閣臨江帝子開，河東年少信天才。當筵秋水從渠報，便道神風快爾來。邸第雞羣空戰鬬，沙洲鷺影自徘徊。文人未許蛟龍得，莫逐靈均夜夜哀。勃溺海悸而卒，非葬魚腹也。

和賀監祠

帝所歸來夢已闌，青門人作二疏看。祇應珠樹分棲日，尚憶金龜共酒懽。茅宇數間容白髮，鏡湖一曲照黃冠。遺榮入道尋常事，萬古天才知己難。

詠國藩使水注

薇堂晴日展圖書，臥治東方綽有餘。膚寸生雲天下雨，不知功在玉蟾蜍。

濟南考館和陸省堂震

曰予今捧檄，空館暫淹留。臥想明湖勝，誰爲畫舸遊？踈桐連夜雨，寒雁幾聲秋？賴有尊中物，同君破旅愁。

【集評】

陸省堂曰：『清婉可誦。』（據《松厓詩録》）

呈吉渭崖太僕夢熊〔一〕

桂宫香動萬山秋，星使迢迢海岱遊。伯冏勳名同畢吕，中孚才譽並錢劉。吉中孚爲『大歷十才子』之一。簪花偃蹇新司馬，近澹人光禄贈予詩有『歸來東國新司馬』之句，又同考官例得簪花。對酒蒼茫古爽鳩。盡説公門清似水，何妨桃李遍齊州。

【校記】

〔一〕夢熊，底本無，據《松厓詩錄》補。

次費道峯侍御南英〔一〕

繡衣使者古仙儔，乘傳衡文值素秋。自有衙官排屈宋，不勞鄰仲借羊求。惡書謬浼烏絲格，余書法最劣，而公出佳箋，固求塗鴉。警句堪懸白雪樓。公有《東萊詩草》，命予評騭〔二〕。一識韓公吾願足，人生何必覓封侯。原詩：『千首仍兼萬戶侯。』

【校記】

〔一〕南英，底本無，據《松厓詩錄》補。

〔二〕命、騭，乾隆本無。

呈馬漢沖監試遇

俗吏頭銜亦考官，鎖闈深處日盤桓。競言二載傳經好，予分得禮記房。不信三羅及第難。解元趙東周等諸名士皆出本房。鳧舄朝天飛更遠，雞窗聽雨夢猶寒。泱泱東海波瀾闊，網得珊瑚且共看。

月夜聞鶴

鎖院評文夜散遲，天香爭裊桂花枝。一聲鶴唳秋空碧，正是千山月上時。

壽張賊警喜官兵至

小醜肆頑兇，天兵俯拾同。鷹鸇秋自疾，魑魅晝當空。壓卵山威重，吹毛劍氣雄。爾非新莽後，不必用吳公。

八里舊臨清，幺麽敢横行。即看摧破壘，不待出奇兵。虎遶中丞節，熊飛左相旌。俘囚當自拔，天討最分明。

【集評】

蓉裳曰：『紀事數詩，沉著蒼凉，永推傳作。按《漢書》，殺王莽者商人杜吳，稗史謂蜈蚣能制蟒也。』（據《松厓詩錄》）

贈穆虛村熨

卓犖章丘宰，軍儲贊理勞。我來添伴食，君意感同袍。角入秋風壯，營連夜月高。會須磨盾鼻，倚馬看揮毫。

哀沈壽張齊義

肘腋生戎馬，吾哀沈壽張。發姦真岌岌，罵賊竟堂堂。風雨靈旗會，蘋蘩古社香。寧能草間活，拜泣向豺狼？

哀陳堂邑枚及其弟武舉元樑

悽惻陳堂邑，吾曾一見之。城空作亂後，身死去官時。河岳留青骨，旌竿笑赤眉。脊令隨杜宇，嘿血上連枝。

哀劉丞希壽

劉君佐陽穀，擊盜喪其生。想見陽人聚，長沙氣不平。

哀方尉光祀及其姪義

大盜升廳事，微官死獄門。相從憐小阮，不愧蔣山魂。

哀吳訓導璪及其姪文秀僕王忠

殉節寒官亦壯哉，阿咸慷慨僕憐才。捐生莫道身無祿，苜蓿曾經並嚼來。

某縣學博聞賊至夫妻闔戶同縊夫懸絕而甦其妻竟死焉

雙懸白練死生分，節義門風歎廣文。大獿雖來難盜妾，孤鶼猶在倍憐君。

檻車行

賊魁窘蹙自焚死，餘賊一一生致之。諸賊市儈一髡緇，自稱元帥與軍師。貪狼筋抽蝮蛇斷，已入檻車猶倨謾。從來悖逆無不亡，汝獨何人敢作亂？震霆一擊破千山，擒汝乃在須臾間。方臘楊太尚人面，汝爲怪鳥真赧顔。

題秋水覓句圖

秋林寂歷本無塵，老句蒼茫若有神。一别家山今十載，何由重作畫中人。

葬從者王大淒然有作

病僕追隨久，間關棄此身。痛當寒食日，權厝異鄉人。杜宇哀難曉，棠梨慘不春。羈魂應傍我，切莫眄歸秦。

僧舍雙馴鴿

僧舍雙馴鴿，雲遊倦始歸。幡棲真佛性，鈴語亦禪機。寶座輪旋足，生臺怖畏稀。上人閒玩汝，何似雉朝飛。

【集評】

許莪溪曰：『善戲謔兮。』（據《松厓詩錄》）

笑客臺平原君美人笑躄者處

城中笑客臺，城外平原墓。不見倚樓人，跛羊行古路。

四女祠恩縣

節孝世所有，聖賢以爲難。寧知一家內，乃出四木蘭。四女昔奉養，雙親爲之懽。終身皆不嫁，滫瀡具杯柈。漢史雖不載，遺祠此河干。里人慕其義，肖像加巾冠。桓山四鳥飛，子去母悲酸。何如反哺雌，同守故巢寒。清泠古井水，終歲無波瀾。多謝鬚眉人，絕裾良可嘆。

【集評】

鹿友曰：『可補班傳。四女祠在老黄河口，想係漢時故道。』（據《松厓詩録》）

客館買菊

扁鵲山頭噪晚鴉，大明湖上老蒹葭。濟南可戀惟秋色，十月沿街賣菊花。

留别陵縣士民

桑芽未吐柳先絲，春色應嫌我去遲。兩袖清風真浪語，膏車猶是舊民脂。

斥鹵田多井臼貧，緑蕪阡陌又逢春。三年愛汝同嬌子，只恐蒲鞭也悮人。

飛塵遥指楚江天，祖道重逢知幾年？父老莫言劉寵去，翫花臺下有荷錢。

離筵尊酒故情懽，送客飛花上馬鞍。老别桐鄉增眷戀，題詩留與後人看。

【集評】

鹿友曰：『仁人之言，可歌可泣。』（據《松厓詩録》）

射書城聊城

黄鷂飛飛没遠天，飢烏啞啞散寒烟。尺書射後聊城燹，功過誰能問魯連。

沿路見梨花有感

芳草迷離夾路生，東風吹處馬蹄輕。眼前一帶青青色，惟有梨花送客行。
長亭莫惜酒杯空，馬首何時更向東？但使仙雲來旅夢，不妨桃李嫁春風〔一〕。

【校記】

〔一〕春，《松厓詩録》作『東』。

【集評】

雪門曰：『寄托良深。』（據《松厓詩録》）

渡河

忠信人所欺，惟堪涉大水。把酒問陽侯，風波爲誰起？

楊花

柳絮飛無定，何由返故枝？羨君飄泊甚，猶有化萍時。

【集評】

吳豐山曰：『「羨」字慘甚，宦況如斯。』（據《松厓詩錄》）

昆陽〔一〕

綠林豪客連兵起，白水真人應運昌。虎豹何知征戰事，也隨尋邑到昆陽。飄風驟雨瓦皆飛，鬭野玄黄濕絳衣。誰使亡新先破膽，論功日角識當歸。

【校記】

〔一〕詩題，《洮陽詩集》作『昆陽懷古二首』。

早發襄陽

一笑淩空闊，揚帆入楚都。岸花兼露摘，村酒傍烟沽。奇服騷人佩，靈光漢女珠。襄樊多古意，臨發更踟躕。

黄鶴樓

江城風月總如斯，尚有仙樓占古陴。黄鶴倦看人醉酒，清蓮應笑我題詩。十洲花謝雲空返，三戶烟消水不知。惆悵秦關何處是，憑欄多在日斜時。

【集評】

顧墨園曰：『「三戶」句足敵崔詩人，今呼松厓爲「三戶太守」矣。』（據《松厓詩録》）

鸚鵡洲

鸚鵡洲前弔古墳，萋萋芳草帶斜曛。風飄木葉禪如脱，沙走江聲鼓尚聞。南國今傳狂處士〔一〕，西陵誰表故將軍？啁啾七子皆籠鳥，一鶚高飛自不羣。

【校記】

〔一〕南國，《洮陽詩集》作『東漢』。

武昌西上阻雨

短轅纔北至，孤櫂忽西征。惆悵今何夕？邅迴又一程。江山雄楚望，雷雨雜騷聲。臥想家園樂，勞勞太俗生。

關聖廟荆州〔一〕

偉矣漢中將，大哉天下神。上游曾董督，靈鑒合尊親。山水荆州古，烟花蜀道春。蠕蠕吳與魏，回首已微塵。

【校記】

〔一〕詩題，底本無『荆州』二字，據《松厓詩錄》補。

【集評】

張桐圃曰：『「漢中將」三字，卽用春秋書法。』（據《松厓詩錄》）

三閭祠

三閭祠近楚王城，芳草年年遶砌生。雷雨若通山鬼路，丹青宜榜水仙名。西鄰狼虎原無信，南浦蛟龍豈有情？莫以獨醒看眾醉，一尊椒酒爲君傾。

【集評】

李允之曰：『用典精切，結尤翻新入妙。』（據《松厓詩録》）

宋玉宅

宋玉庭前野草香，招魂誰復遣巫陽。鶯隨開府遷新宅，花笑登徒過短牆。賦裏綵雲空變化，歌中白雪自悠揚。蘭臺人去江天寂，尚有雄風送晚涼。

【集評】

曹雲瀾曰：『非子也耶？』（據《松厓詩録》）

巫山高

十二遙峯聳碧空，朝雲暮雨自濛濛。聚麀大是君王恥，何事頻來入夢中？

梁元帝祠

帝幽逼詩：『寂寥千載後，誰畏軒轅臺？』

軒轅臺畔暮雲黄，烏幔吟詩更可傷。今日西鄰誰虐汝？數間祠屋尚蕭梁。

戲擬楚宫怨

昨侍章華宴，前魚悉戴冠。焉知長鬣相，不作細腰看。

獨退遭謠諑，蛾眉只自顰。巫山雲不妒，願作夢中人。

魯子敬祠江夏

指囷高義重江東，咋舌追兒憚勁弓。亂世英雄輕長者，何曾長者不英雄？脣齒孫劉總貴和，調停孰與魯公多？衹今漢水通吳蜀，猶傍靈祠日夜過。

放龜

買得靈龜又舍諸，清江使者意何如？可能他日酬毛寶，切莫終身恨豫且。夢遠蘆花風嫋嫋，巢傾蓮葉雨疎疎。笥藏不及泥中好，曳尾還當自卜居。

伯牙臺擬琴操漢陽

成連海上，不可尋兮。伯牙之臺，尚留今兮。高山峨峨，流水深兮。鍾期既沒，誰知音兮。江清月白，鼉龍吟兮。忽若有人，坐鼓琴兮。箏琶聾耳，謂愔愔兮。古調獨彈，感予心兮。

【集評】

年海籌曰：『純古澹泊之音。』（據《松厓詩錄》）

伯牙臺

知音千古淚，忽灑伯牙臺。山水今尚爾，人琴安在哉？江涵秋月澹，松助晚風哀。惆悵鍾期死，膠弦續不來。一作『山水自成曲』。

赤壁黄州〔一〕

烏林一炬老瞞愁，艫艪灰飛蹟尚留。人爲三分爭赤壁，赤壁凡五，而在嘉魚者與史合。我知兩賦在黄州。風清月白常如此，遺世登仙未可求。借問臨皋中夜鶴，髯蘇遊後更誰遊？

【校記】

〔一〕黄州，底本無，據《松厓詩錄》補。

【集評】

曹雲瀾曰：『非子也耶？』（《松厓詩錄》）

甘興霸祠興國

豪爽甘興霸，能垂戰伐名。祠花猶錦段，簷雨尚鈴聲。多謝梟黃祖，差堪慰禰衡。神鴉今在否，接食感予情。

富池君昔葬，興國我今來。水旱行當告，幽明莫見猜。墓頭聞鼓角，江面役風雷。尚憶揮銀盌，鵝翎插帽回。

武昌九日

秋氣感綈袍，無心醉楚醪。一官真作客，九日負登高。白髮循梳短，黃花入夢勞。江雲横落照，何處是臨洮？

【集評】

雲衣曰：『「勞」字用得慘。』（據《松厓詩錄》）

武昌臬署後蛇山云有陳友諒冢

元末紅巾亂，中原處處愁。漁家生夥涉，僞號比炎劉。大鷁千艘失，頑狼一箭休。多渠埋骨處，猶占禁山頭。

逐鹿雄圖杳，投黿傲氣存〔一〕。至今明月夜，時見美人魂。江漢終歸海，山林不出門。何勞同武肅，夢裏索乾坤。明魯王生時，太祖夢友諒入宮，因封大藩。

【校記】

〔一〕傲，《洮陽詩集》作『敖』。

薛嘉魚贈小猢猻元統

偶訪嘉魚宰，猢猻贈我還。哀吟近巫峽，歸夢遶巴山。未許開金鎖，何由獻玉環。深林多枳棘，要路莫輕攀。

猿子小如拳，來從蜀客船。斷腸違父母，愁眼望林泉。亦信頑難改，其如黠可憐。《西江》詩百卷，應待野賓傳。王仁裕詩號《西江集》。

木蘭村

木蘭舊戍木蘭遊，塞草蕃花萬里秋。不是村人頻指點，誰知家在古黄州。花黄雲髩是耶非，若有靈旗出翠微。古冢尚看雙兔走，陰廊應畫一駝歸。

樊山

樊山臨大江，草木悉蔥蒨。碧眼昔來遊，羣臣陪廣讌。辛勤劉豫州，此樂何曾見。

樊口

樊口幽絕處，坡翁留五年。潘生善釀酒，愛客時周旋〔一〕。附驥良不惡〔二〕，千秋名亦傳。

【校記】

〔一〕「潘生」二句，《松厓詩録》、《洮陽詩集》作「潘王兩寒畯，雞酒時周旋」。

〔二〕附驥良不惡，《松厓詩録》、《洮陽詩集》作「好客差足樂」。

試劍石

紫髯亦獅兒，無事輒跳擲。怒憑斫案威，睥睨山頭石。試劍劍已飛，石痕留古跡。

【集評】

雪門曰：『諸詩俱老潔可誦，此首尤精。』（據《松厓詩録》）

西山

步出武昌門，遥見西山緑。松檜學幽人，相依滿空谷。何當掃白雲，就此成三宿。

松風閣

西山一何幽，上有松風閣。不見古時松，清風尚如昨。三誦涪翁詩，晴天望遼鶴。

菩薩泉

清泠菩薩泉，八德無不備。洗耳耳根清，圓通更何事。入定問月光〔一〕，誰將瓦礫至。

【校記】

〔一〕入，宣統本作『人』。

九曲亭

西山九曲亭，坐見長江水。東坡與潁濱，謫日同遊此。多謝拗相公〔一〕，山靈尚感爾。舒亶、李定等皆陷坡公者〔二〕。

【校記】

〔一〕多謝拗相公，《松厓詩錄》、《洮陽詩集》作『多謝舒李流』。

〔二〕底本無此注，據《松厓詩錄》、《洮陽詩集》補。

寒谿

寒谿水寒甚，水寒僧更寒。白蓮與翠竹，歷劫已凋殘。何時金像影，復照舊蒲團。

贈冰谷上人 曾爲武弁

開士名冰谷，禪心果似冰。告身還大樹，行脚任枯藤。寺古雲爲屋，經殘月作燈。倦聞官長語，只此卽高僧。

哀黄西圃同年 建中，臯蘭人

秦川花柳楚江楓，千里相尋只夢中。管子昔曾欺鮑叔，高恢今已訣梁鴻。鵰盤木塔秋聲遠，駝碾冰橋歲律窮。生死知交慙我在，西華葛帔不禁風。

題畫蟹

郭索等爬沙，横行遍水涯。如何忘醜怪，縹緲上蘆花。
落照滿清流，蕭蕭一葦秋。霜螯吾不厭，幸勿話監州。

【集評】

海籌曰：『二絶羚羊挂角，無跡可尋。』（據《松厓詩録》）

社樗

惡木歷前朝，陰森集怪鴞。社公能護汝，莫以不材驕。

送許對山歸里海

經年尋老友，長在夢魂間。久别心逾熱，相看鬢各斑。連床聽楚雨，剪燭話秦山。客鳥愁羈紲，雲鴻詎可攀。

三載經齊楚，周旋共此心。故人思返駕，老吏愧投簪。象鼻暮山遠，狄道嶽麓，一名象鼻山。鴨頭春水深。將經漢口。失君如兩手，離索恐難任。

鳳凰寺興國

崔嵬鳳凰山，下有鳳凰寺。鳳凰去不來，感嘆前朝事。茲山歷劫灰，妙相久不備。正統之元年，山僧募檀施。爰逢阮少監，發願興初地。工成奏至尊，額以永壽賜。布金誇給孤，飛錫獎寶誌。借問作碑誰？具官楊溥記。嗚呼英宗初，權閹猶未肆。南楊亦正人，寧爲恭顯媚。小豎作功德，君臣競標致。飛龍狩土木，隱兆堅冰至。南宫金袋刀，投鼠幾及器。阮浪錮圜扉，慈雲儻覆庇。徘徊山水窟，花竹尚幽邃。好鳥向客鳴，悠悠西來意。

【集評】

鹿友曰：『履霜之漸，可謂巨眼。英宗賜阮浪以金袋刀，景泰慊之。然浪心在英宗，較王振輩尤屬好人。』（據《松厓詩録》）

食熊掌作

廣文作刺史，五臟仍蔬園。何意食指動，珍羞得熊蹯。茲獸實憨猛，威齊虎豹尊。胡爲忘跧伏，充我饔與飧。廚人問炰炰，愧少《食經》存。三胹乃能熟，味壓千羔豚。窮笑楚王請，飢思孟氏言。分肥及魚客，已足驕馮驩。縱横山君館，跳踉子路魂。熊名子路。汝坐可欲死，休矜善攀援。此腹則負我，彭亨何足捫。

題畫竹慰朱洞川徙河南湘

墨瀋能回嶰谷春，風篁一一瘦通神。前途誰餽東坡肉，掃得琅玕也快人。
風枝雨葉任横斜，曾伴王猷處處家。但使平安隨日報，托根何必悵天涯。

題畫竹送楊南園歸山西璠

南園緑竹翠修修，奇賞曾經過子猷。多少芝蘭當路盡，飄零莫爲此君愁。
春雷一夜發孫枝，愁見根株又轉移。但使霜叢依故土，回頭即是化龍時。

客至

行人下馬拂征袍，十載鄉心寄楚醪。正是菰蒲烟雨好，滄浪亭上話臨洮。『滄浪烟雨』爲興國八景之一。

題無無和尚木像興國慈雲寺

春明仙客隱浮屠，知是人天好丈夫。山杏作花紅似錦，老僧微笑已無無。栴檀香動古鬚眉，落盡天花總不知。卻是三生熏習在，禪龕猶貯《碧雲詩》。

【集評】

方立經曰：『或言此僧卽楊維斗。』（據《松厓詩錄》）

放龜引

元緒元緒爾忘形，蹣跚上我綠莎廳。伸縮頭脚不得停，窸窣尚帶魚蝦腥。楚巫卜卦用茅莛，笑爾朽甲焉能靈。支牀巾笥兩難寧，何如縱之返沙汀。豫且舉網霧冥冥，衛平妄語元王聽。七十二筴隨鑽釘，焉用披髮夢宮庭。潭潭水府玻瓈櫺，清江使者誰使令。憐爾道遠迷所經，舊巢空憶蓮葉青。我來三楚等浮萍，日下之役行戴星。金龜作佩韻泠泠，喜氣羣占腰帶鞓。鹿名伊尼鶴姓丁，願爾比壽同千齡。曳尾速去休竛竮，抱珠驪龍睡已醒。

阿婆以下解餉赴京作〔一〕

阿婆經歲撫嬰孩，飢飽寒暄總費猜。纔得呱呱真痛癢，家人又報乳娘來。

【校記】

〔一〕以下解餉赴京作，底本無，據《松厓詩錄》補。

【集評】

鹿友曰：『十羊九牧，可勝三嘆。』（據《松厓詩錄》）

漢口絕句

花不能言鳥不馴，翩翩初日笑生春。淒涼大別山前水，獨挂風帆送遠人。

桃花夫人曲一名桃花洞，漢陽

擲酒倉皇便別離，蔡侯潛笑息侯悲。三年不共東風語，終是桃花有面皮。

楚宮芳草今無主，桃洞鮮花尚有神。莫問息亡緣底事，阿嬀卽是可憐人。

【集評】

鹿友曰："「面皮」，見庚子山詩。"又曰："翻小杜句，妙。"（據《松厓詩錄》）

宋太祖微時飲酒處孝感

趙家藝祖少不羈，造此適值禁酒時。酒家獻飲不取直，富貴寧能忘爾爲。塵埃雞鶩輕筊鳳，多少英雄遭戲弄。紫雲黑蛇是何祥，莫與癡人空説夢。

令尹子文祠雲夢

楚憑天祿，鬬食諸姬。若敖共國，亦匪人爲。伯比多情，鄖女潛私。明珠棄澤，虎乳嬰兒。堂堂令尹，天實生之。羊腓鳥翼，厥跡同奇。聖曰忠矣，鬼寧餒而。惜哉得臣，愎不汝師。

郾城旅館讀平淮西碑

千古淮西碑在，論功度愬分明。李祐頻呼賊將，韓公稍拂人情。

蔡民既即吾民，降將何仍賊將？若非守孝突來，亦恐思明復颺。

當日磨韓用段，後人去段存韓。留取兩家文字，不妨雅俗同看。

楊再興墓郾城

忠武掃羣盜，能留楊再興。背銘君四字，骨鏃我三升。南渡傳泥馬，東都感畫鷹。將軍不惜死〔一〕，「武官不怕死」，岳侯語也〔二〕。墓草尚稜稜。

【校記】

〔一〕將軍不惜死，《松厓詩録》作「斯人寧怕死」。

〔二〕底本無此注，據《松厓詩録》補。

鶴城長垣

禽荒從古戒，癡絕是乘軒。袖手誰堪戰，亡肝爾詎冤。鸛鵝愁伍失，燕雀痛巢燔。輸與周王囿，靈臺鶴鶴尊。

齊王建故居 輝縣

六王齊最順，秦尚不能全。淒絶松間住，哀於海上遷。姦人爲汝客，餒鬼叫何天。安得同黔首，逍遥玩百泉。

【集評】

桐圃曰：『厚責秦始，然亦不恕田齊。』（據《松厓詩録》）

陳留弔蔡伯喈

中郎逢會議，往往詘司徒。續史留餘恨，深文陷碩儒。然臍蜂蠆盡，墮淚鳳麟俱。何怪遊方士，羣攻莽大夫。學者律己宜嚴，論古宜恕。

渡河

客從江漢來，遥見大河喜。笑示舟中兒，此吾故鄉水。

鄭子産祠新鄭

春秋子産堪王佐，循吏垂名笑史遷。遺愛宛留新五廟，聞歌幸及後三年。此鄉蘭芍還如錦，何澤崔蒲可作鞭。溱洧東流城邑改，生魚猶煦廢池前。作，讀『做』。

濬縣弔盧次楩

明代推王李，盧君雅絕儔。餘生悲蟣蝨，古賦失驊騮。趙壹錢皆盡，酈炎獄始休。酒酣仍罵座，八米太風流。

【集評】

鹿友曰：『不請出趙壹、酈炎，誰作次楩陪客？此運思之精也。』（據《松厓詩錄》）

豫讓橋歌順德

豫讓橋，石砰訇，水流仍作啞喉聲。豫讓橋，春荏苒，花飛尚帶血衣點。嗟國士，伏此橋，知伯之恨可以消。主有臣，讎有馬，紛紛豢養胡爲者？

【集評】

陳寶所曰：『必傳之詩。』（據《松厓詩錄》）

趙子龍祠 欒城

順平良將才，不獨取其膽。謹慎似葛公，史無關張貶。風雲入古祠，彷彿青虹閃。

張翼德祠 涿州

關侯諷左氏，車騎更工書。文武趣雖別，古人嘗有餘。横矛思腕力，繇象恐難如。魏鍾繇、吳皇象。

【集評】

周學山曰：『二詩都在冷處著眼。』（據《松厓詩錄》）

辣君祠 正定

滹沱水汎濫，傳是古惡池。其神名曰辣，厥狀尤恢奇。人身而羊首，一角高觺觺。數年或一見，見輒風浪隨。土人爭駭異，肖像兼立祠。居然髯主簿，氣欲騎馮夷。羵羊土之怪，語出孔仲尼。但能興雲雨，何愧稱神祇。稽首拜𢮿君，𢮿君應自思。勿學土木鬼，無功竊廟犧。勿如軒冕客，食禄忘民脂。不見清淮底，長幽巫支祈。

此『池』讀『沱』，然『沱』亦音『池』，故從支韻。自記〔一〕。

【校記】

〔一〕底本無此句，據《松厓詩録》補。

【集評】

蓉裳曰：『義正詞嚴，卓然名作。』（據《松厓詩録》）

擬五君詠

梁野石太守彬

野翁相國孫，作郡略迎送。徧閲秦隴詩，謂予如麟鳳。悠悠陸劍南，笑謝山陰夢。翁夢陸放翁邀過其家而不果，後陞守紹興，遂以疾歸。三嘆藥石言，過車堪腹痛。翁每戒予勿作縣令，今撫字力殫，時生感愧，故人之知我深矣。

吴蟻園恭定紹詩

蟻園守南安，愛予新樂府。公嘗謂予律詩不如古詩，古詩不如樂府。依依三十年，貧賤交益古。松蘿非妄攀，針芥性相取。箕尾今上天，典型復誰覩？

牛真谷先師運震

真谷古之人，非予阿所好。授徒空山堂，負笈四方到。方脩岱宗志，遽赴東嶽召。大夢不可尋，天風吹海嶠。《山左詩鈔小傳》云：『真谷未歿前數月，屢夢遊海中金碧樓臺，一日倦而就枕曰：「將復尋吾好夢。」俄而遂卒。』

沈寓舟副使青崖

寓舟善治經，六籍皆明辨。公五經皆有《明辨錄》。邂逅古金城，規予破萬卷。公寓皋蘭日，予時弱冠，方以明經謁選，公曰：『子不讀書萬卷，而遽求一官乎？』予遂幡然作傳世想。蘇門及秀水，魂魄應遊衍。公籍大興，而買田於輝縣、秀水，歿後悉蕩然矣。四庫校遺書，斯人嗟已鮮。

畢婁村副使誼

座主湯稼堂，婁村之弟子。巨觥遞屬余，云此衣缽是。余初謁婁村翁，翁即以巨觥見屬云：『昔余見座師，首飲此觥，後爾師稼堂見余亦然，今與爾爲三矣。』清夢不離山，和詩猶在耳。余上翁詩：『劍氣每看江上月，琴心遥寄海中山。』翁次余韻：『老去雄心惟逝水，早時清夢不離山。』酬恩兩世睽，感嘆何時已。

【集評】

馬雪嶠曰：『五作俱清真古雅，可敵延年。』（據《松厓詩錄》）

定州

元石飲中山酒，三年而始醒。

趙北燕南重地，清風明月長亭。借問三年再過，何如一醉初醒。

清苑慰顧時庵永中，皋蘭人，前寧晉令

官罷身無地，嗟君尚少年。秋風吹黍谷，夜雨夢蘭泉。送喜試占鵲，催歸姑聽鵑。明珠隨杵臼，廡下亦堪傳。時繼配新生子。

羅漢松〔一〕

松名羅漢亦奇哉，誰向人天處處栽。黑塹灰飛頑蘚落，紫金光聚妙華開。雪明鷲嶺幢幡出，風起魚山梵唄來。自是禪心無住著，托根何必定天台。

妙樹非空亦非色，清陰宜佛復宜僧。金莖銀葉都如是，雲影濤聲得未曾。五粒分明藏舍利，六時宛轉叫迦陵。靈枝不必頻西向，今日中原有大乘。

支離仙叟出風塵，卻化西方老應真。疥壁慵看夜叉臂，辭封羞現宰官身。菩提在昔原無樹，震旦而今自有春。月湛霜明都不染，九天誰是散花人。

灌頂曾蒙花雨零，蒼髯猶帶佛頭青。但從開士依蘭若，不向仙人乞茯苓。八種清風吹謖謖，一方明月照亭亭。西來大意誰能說，只在閻浮草木經。

【校記】

〔一〕詩題，《松厓詩錄》作『羅漢松和曹雲瀾四首』。

【集評】

霽園曰：『四首不雜一仙語，故高於曹。』（據《松厓詩錄》）

題施耦堂侍御寶石齋

施老工詩癖更聞，嶙峋都向米家分。移來東定添牛力，拜處袍應蹙豸紋。座上南山晴積雪，袖中東海暗生雲。何時透瘦紛環遶，自署錢唐萬石君。

和陳寶所給諫詠物四首

榆錢

明星何歷歷，化作搖錢樹。癡絕是東風，宵來爭捲去。

【集評】

雲衣曰：『恐東風笑君癡耳。』（據《松厓詩錄》）

桑錢

陌上青青葉，其形似孔方。羅敷不愛汝，留贈馬頭娘。

【集評】

雲衣曰：『精絕。』（據《松厓詩錄》）

荷錢

圓荷浮小錢，水面風徐簸。買得藕花庄，銅山不如我。

苔錢

秋雨破天慳，苔錢隨處是。幸非崔烈銅，不污原思履。

張茂先宅盧溝河北

妖狸化書生，來自燕昭墓。本擬就君談，見殺因何故。南風吹髑髏，禍胎竟不悟。咄咄博物人，智慚老桑樹。解餉詩止此〔一〕。

【校記】

〔一〕解餉詩止此，底本無，據《松厓詩錄》補。

題唐映南奎睡鹿圖

鹿鹿奔忙更幾時，呦呦舊侶半堪疑。碧桃花下今安穩，夢遶雲山也是癡。

戲贈王柳東司馬宸

柳東居士神仙姿，風韻不減黄大癡。牀頭但置易莊老，筆底兼工書畫詩。銅山鑄錢人所羨，時監錢局。酒市質衣君不疲。獨憐迎送太狡獪，昨日素髯今黑髭。

題瑞麥圖贈何曙亭明府光晟

百里蕁川瑞靄盈，嘉禾異穟本同莖。齋房芝秀階蓂發，不及芒郎告太平。

雙岐擢秀綠毵毵，知是堯天雨露酣。千古漁陽今上儁，水曹文采勝張堪。

翠浪參差乳雉飛，豳風圖畫在蒲圻。不知何地容稂莠，蕭散黄花也到稀。司空表聖詩：『黄花入麥稀。』

三山六水剩奇零，興國民田我慣經。卻羨鄰封多異政，春風先占秀岐亭。《興國州志》：『三山六水一分田。』

題石門山圖次宗弟雲衣森原韻

荊巫千里多巉巖，不獨赤甲與白鹽。石門山在古業州，今建始縣。烟霏日射青鬣鬖。雲衣仙令吾家寶，蘭蕙未許中林潛。彈琴之暇昔過此，青龍白鹿駕兩驂。作歌已盡詩中畫，尚倩妙手塗晴嵐。雪鴻道人醉頷首，解衣磅礴掀虬髯。誰言絕境不曾到，下筆萬象開冰奩。惜哉喝道過松下，未暇拄杖尋酒帘。宦海升沉足一笑，石門秋月空纖纖。碧雞金馬兩突兀，待汝不至誰鐫鑱。雲衣再官滇南，至楚被議。瀟湘美人下雲榻，僦舍擬傍寒溪龕。才人轗軻古嘗有，得馬失馬君當諳。名山大業在不朽，遊覽何用詩頭銜。

張敔，字虎人，號雪鴻。自記〔一〕。

【校記】

〔一〕底本無此句，據《松厓詩錄》補。

【集評】

蓉裳曰：『妥帖排奡，步武昌黎。』（據《松厓詩錄》）

海嶽雲峯歌贈熊勵亭懋奬

吾鄉雍州形式俯八埏，平地已登霄漢邊。崚嶒太華昔獨往，培塿直視羣峯巔。邇來作吏廢遊覽，但欲几卓營一拳。楚江盆草紛點綴，桃花小石尤清妍。祇嫌雕鏤損標格，有如淩波仙子塗朱鉛。海嶽雲峯寄何處，乃在鄂城長街之西偏。我從肩輿偶拭目，問價止須八緡錢。惜哉神物未遇知音賞，有如懷才奇士屠沽溷市廛。巴陵老令多道氣，湖湘婦孺呼神仙。昨聞予言暗物色，乃得希代之寶一旦突兀來眼前。荒涼鐵佛寺，招予具蔬筵。酒酣出石摩挲笑，云是米家老丈相敬相愛尤相憐。不信請看石之陰，海嶽二字誰者好事能鑱鐫？嗟此石，何岔岔，昔未詳睇今留連。其色何所似？乃是補天之餘墮地凝蒼烟；其姿何所似？乃是秋江之骨映日生朝鮮；其韻何所似？乃是竹林中散高秋獨坐撫冰弦；其瘦何所似？乃是昭陽飛燕回身舉袂風姍然。海嶽一去八百年，此石宛轉誰相傳？借觀寧免豪客奪，下拜詎止文人顛。歌君石，送君還，雲峯及書畫，齊上木蘭船。等閒勿易韓幹馬，造次須避秦皇鞭。洞庭風起波濤立，君山鳥獸夜不眠。此石一出虹貫月，雲霧恐有蛟龍纏。蛟龍愛珠愛璧不愛石，慎毋匆匆割愛坐令至寶歸平泉。

【集評】

雲衣曰：『髯翁近有元章之癖，故筆之所至，如馬逸不能止。』又曰：『句法遒勁，長短皆宜。』（據《松厓詩録》）

雲衣曰：『接法。』（據《松厓詩録》）

蓉裳曰：『夭矯離奇，讀之壯人氣力。結又一意，不可方物。』（據《松厓詩録》）

贈徐芝山别駕傳毓

武昌山水足烟霞，别駕風流十郡誇。況是南唐名畫手，居然東海舊詩家。黄鶯破曉偷崑曲，粉蝶尋春戲墨花。官舍蕭閒無一事，且憑琴酒送生涯。

尊酒重逢只論文，十年曾共海東雲。同官山左。前身吴鎮原非我，今日徐熙恐是君。下筆香風真拂拂，開緘晴雪尚紛紛。疎梅自寫神仙影，城北昂藏詎足云。近寄畫梅一幅，高雅絶倫。

伯牙臺送龍震升鐸歸中州

春陰慘澹雨霏微，無數梅花繞座飛。最是知音留不住，伯牙臺上送君歸。

題曾壺峯踏花歸去圖

閩客歸心待曙雞，柳烟梅雪楚雲西。東風不似人情熱，也送殘香入馬蹄。

纔出江城便是仙，黄蜂紫蝶送君還。離亭有客添惆悵，不到臨洮已十年。

送曾壺峯歸閩

能詩子固已投閒，不惜傾囊送客還。明日江樓一杯酒，便騎黄鶴上三山。
分袂匆匆涕欲零，驪歌淒咽柳條青。武夷山下春雲暖，知有笙簫出幔亭。

顧墨園司馬送盆梅

祖帳千門雪，哥窑一樹春。多君持贈巧，僕是隴頭人。

【集評】

墨園曰：『「祖帳」、「哥窑」，詩亦巧甚。』（據《松厓詩録》）

鳩鵲爭巢圖

大巧常若拙，鳩能非鵲能。巢成甘讓汝，且勿化蒼鷹。

鸚鵡洲次太白韻

建安士氣盡，焉可無禰衡。螻蟻視曹瞞，詎知江夏名。客筵賦鸚鵡，睥睨四座英。譬彼籠中翮，猶先萬鳥鳴。鴝鵒啄鶖鶬，顛倒傷予情。孤冢寄寒洲，何時風浪平？高才世欲殺，非彼獨干刑。不見西陵土，纍纍野葛生。

用『鶖鶬』，較太白爲穩。自記〔一〕。

【校記】

〔一〕底本無此句，據《松厓詩錄》補。

【集評】

鹿友曰：『並及太白。妙！妙！』（據《松厓詩錄》）

武昌雜詩時將之沅州任

客意含秋色，臨行慘不舒。雖看衡嶽雁，猶食武昌魚。澹月窺囊橐，寒雲送簡書。江邊古黃鶴，縹緲更愁予。

微生屬多幸，官自聖人來。鎮歷陞皆蒙特旨。作郡憑何術，籌邊愧不才。九歌三戶在，八景一帆開。

願學隨陽雁，南征又北迴。

偏沅非沃土，領郡異閒曹。自覺行吟懶，誰言坐嘯高。洞庭蛇骨盡，衡嶽鳳心勞。撫字原臣職，升沉信所遭。

挂席雄風在，吾將涉洞庭。乾坤萬頃碧，今古數峯青。月落魚龍寂，山空草木靈。邅迴南去路，屈賈舊曾經。

沅州南楚盡，溪洞入層雲。耕鑿三苗帖，星霜五馬分。丹砂今可有，銅柱昔曾云。只恐龍標尉，觀詩笑府君。

嵐翠環城郭，聞沅署有擁嵐亭。高齋待我登。溪蠻皆士女，山鬼亦賓朋。驅鱷唐韓愈，刑蛟蜀李冰。爲官不廟食，後世有何稱？

並世未相見，吾慚楊子安。遺詩人競寫，宿草月同寒。挂劍心徒切，鳴琴力竟殫。長沙先後事，鵩鳥又哀嘆。子安，華陰進士，曾令長沙，其詩多可傳者。

雲衣吾族寶，名森，前建始知縣。近寓武昌城。暇日尋坡老，西山處處行。攜魚人兩岸，聽鶴月三更。偏和黃州作〔一〕，前賢畏後生。

【校記】

〔一〕偏，底本作『徧』，據《松厓詩録》改。

【集評】

雲衣曰：『五、六劖刻。』（據《松厓詩録》）

水仙花

雅蒜稱仙品，清香近水涯。水仙那可見，聊對水仙花。

【集評】

□耀齋曰：『不著一字，盡得風流。』（據《松厓詩錄》）

杜鵑

怨鳥憶三巴，啼痕濕露花。休言歸去好，歸去亦無家。

蜀魄哀哀叫，深林帶血飛。鷓鴣應笑汝，催得幾人歸？

【集評】

吳豐山曰：『二首古調淒音，讀之令人淚下。』（據《松厓詩錄》）

題璇璣圖

蘇蕙稱才女，連波亦可人。留芳餘錦字，悔過感金輪。武則天序美連波之悔過。乍讀茫無緒，精思若有神。猶憐班蔡後，風雅在苻秦。心是璇璣主，詩真錦繡才。織成聞蟋蟀，封寄落瓊瑰。花樣隨圖列，星躔逐字迴。寧知流播遠，兼及趙陽臺。

【集評】

山夫曰：『結處必透出一層，此松厓筆力之雄也。』（據《松厓詩録》）

沅署狎鷗亭成

謝客遊著屐，劉翁醉荷鍤。偏沅郡大好，坐嘯予承乏。荒圃開小池，晴嵐擁長箑。園有擁嵐亭。茅亭置其間，鷗鳥隨所狎。傍檻雪蕉展，繞堤風柳插。藕絲方續蔓，蒲劍已抽匣。此地富蘭茝，有苗遵令甲。偶因玩物心，稍悟字人法。機事吾漸忘，要盟爾當歃。于飛疑振振，自在等恰恰。賓佐集鵷鸞，兒童數鵝鴨。寧知長馬齒，忽若熟羊胛。蒙吏觀濠濮，釣徒憶苕霅。寄言海上翁，險韻請同押。

【集評】

鹿友曰：『押韻字字細老。』（據《松厓詩録》）

明山石歌

沅州明山，有石五色，良工雕爲屏障，若畫圖然。

明山石，紫雲膚，五色作帶文章俱，良工琢之成畫圖。或爲屏障或硯盂，人物花鳥種種殊。有如八寶垂流蘇，位置足供几案娱。片石微長不忍無，此工可使爲大夫。大則宰相小師儒，治人造士隨方隅。庸目摘瑕并舍瑜，玉不成器等碔砆。以馬守戶鼎當車，用違其才安所須，更誰物色屠與沽。吾師乎，吾師乎，白珩非寶見《楚書》，卞和足刖淚眼枯。明山石，爾區區。

【集評】

耀齋曰：『目擊道存，已盡人官物曲之理，而渾古簡潔，過永叔《紫石研屏歌》遠甚。』（據《松厓詩録》）

辰沅舟中

捧檄窮三楚，乘舟過五溪。孤帆山向背，雙櫓月東西。雲水心徒切，鄉園夢不迷。最憐秋已半，芳草尚萋萋。

五溪吹笛過，二酉載書行。不見段柯古，空懷爰寄生。芙蓉猶未落，鶗鴂已先鳴。何日扁舟遂，飄然去住輕。

【集評】

張荷塘曰：『警策。』又曰：『三、四雙承，章法古老，然宧興已闌矣。』（據《松厓詩錄》）

解組四首

薄宧來三楚，勞心萃二年。無才登白簡，有罪負青天。兒女他鄉淚，山林宿世緣。君恩深未報，犬馬豢徒然！

罷郡衣堪典，誰言酒易賒？繩牀留待月，鐵筆擬評花。朱鳳仙人宅，青牛柱史車。淒涼千里夢，無夜不還家！

五載遊齊楚，才疎萬事非。馬亡可仍福，鶴在恐先飢。士女琴留別，江山賦寫歸。飄然良不易，惆悵立斜暉！

官似遠遊客，才輸新嫁孃。十年塵碌碌，一笑海茫茫。悽惋成詩妙，牢騷對酒狂。寧知葵藿性，冷暖向春陽。

【集評】

蓉裳曰：『四作纏綿悱惻，原本少陵。』（據《松厓詩錄》）

協鎮黄穆園秉淳海澄公之長子也與予同城數月誼如昆弟比聞予解組難歸至爲淚下噫如斯人者於予今日豈易得哉因感激而爲詩

黄子本貴胄，宛然寒素儔。榮光分帶礪，文綵映弓裘。谷鳥戀喬木，澤魚爭上遊。罷官余小事，君乃淚長流。

裴把總宏泰者芷江之異人也夙有道術志在濟人昨聞予解組屢見存慰予感之而贈以詩

沅水裴宏泰，飄然甲胄身。玉山行自朗，寶劍舞猶神。妙術左元放，義風田子春。故侯何足戀，感爾造門人。

張潔亭經歷玉輝方爲余辦歸裝忽接其母訃音余悲之而贈以詩

楚徼盡沅州，髯參子布優。越裝殊淡泊，張，廣東人。蠻語儘風流。朱博輕曹掾，陶潛厭督郵。老夫曾下榻，仙令亦同舟。憶凜三遷教，因爲二釜遊。望雲慙俸薄，愛日恨年遒。萱草金盈握，梅花雪滿頭。哀鳴雙鶴弔，長跪五羊愁。君合踉蹌去，予仍偃蹇留。貧交何以贈，一酹足千秋。

苦熱寄丁鹿友

索居桐月又荷月，遥望秦山空楚山。此處無錢三十塊，何人有屋萬千間？時僦民房。天中趙盾爾相偪，林下陶潛他自閒。差喜風流丁學博，新詩能代老夫删。

老夫罷郡身無事，花鳥淹留旅夢安。未必癡人愁馬角，虚教賢宰費猪肝。謂張荷塘。衡山寶氣淩朱雀，湘浦文心迸紫蘭。醉捋霜髭聊一笑，磻溪猶有釣魚竿。

【集評】

蓉裳曰：『不衫不履，浣花老境。』（據《松厓詩録》）

再寄鹿友

酷暑能催兩鬢秋，歌聲猶自滿蝸牛。龔黄事業君將代，屈宋江山我尚留。饞想鱸魚消宦味，悶尋鸚鵡話鄉愁。洞庭浩渺天連水，擬借雄風一葉舟。

唐朝皮陸雙才子，並世工詩萬古稱。但使風流齊笠澤，何妨倡和續《松陵》。菊花似笑投閒客，桂樹堪爲耐久朋。他日雞壇傳本事，飛揚猶足傲蒼鷹。

【集評】

雪門曰：『五、六精工，味之不盡。』（據《松厓詩録》）

張荷塘内閫遣伻數送酒錢感而有作〔一〕

索米偏沅老不禁，聊將詩酒慰抽簪。若非雜佩能相贈，幾使殘杯罷獨斟。隴首秋雲公子句，渭城朝雨故人心。鬚眉巾幗皆豪俠，落日蒼茫見古今。

【校記】

〔一〕閫，《松厓詩録》作『人』。

舟次黔陽袁廣文率諸生醵錢送行賦詩志感

黔陽城外鷓鴣啼，行客維舟日已西。三萬青蚨來措大，一錢真愧若耶溪！

【集評】

潘澹庵曰：『可感。』（據《松厓詩録》）

二西山

二西藏書處，谽谺洞穴開。人應羞漢聘，山合笑秦灰。大澤風雲守，清秋鬼魅哀。未知嵇叔夜，天遣幾時來。

【集評】

張荷塘曰：『何減空同！』（據《松厓詩録》）

陶忠武祠 善化

匆匆典午奔忙日，士行功勳冠列侯。一馬渡江危岌岌，九天折翼夢悠悠。曾輕捉塵王丞相，足泣聞雞祖豫州。洮潁寧須參顧命，樗蒲真可付驚流。長沙大郡封茅土，善化靈祠近橘洲。金粟如來緣爾現，海山使者爲誰留。分陰自合人人惜，木屑還當處處收。酹酒盍簪新弔鶴〔一〕，加籩其舍舊眠牛。千年碑碣仍題晉，五代孫曾不仕劉。君看依依彭澤柳，西風猶帶武昌秋。

【校記】

〔一〕酹，宣統本作『酬』。

【集評】

鹿友曰：『包孕無遺，可當忠武小傳，而一結尤遠。』（據《松厓詩錄》）

蓉裳曰：『雄渾謹嚴，弔士行兼及元亮，可謂筆力破餘地。』（據《松厓詩錄》）

長沙舟中

清風吹客袖，涼雨送歸舟。頗有江山助，而無跋涉愁。蘆花湘浦雪，楓葉洞庭秋。屈賈迴翔地，匆匆負此遊。

【集評】

王少林曰：『「看山雙槳暮，聽雨一篷秋」；「疏桐連夜雨，寒雁幾聲秋」；「蘆花湘浦雪，楓葉洞庭秋」皆名句也，宜呼先生爲「三秋居士」。』（據《松厓詩錄》）

龍陽洲見縶鶴而嘆之

滄江野鶴心無猜，虞人得之以爲媒。摧殘毛羽尚毰毸，似憶白石兼蒼苔。羊公支公去不回，何不遠舉窮八垓。焚琴而煮固宜哉，鶴兮鶴兮爾勿哀。

慰鶴

縶鶴籠中刷羽翰，臨池孤影若爲看。可能爭食同雞鶩，浪説來翔比鳳鸞。露下九皋聲更警，月明三島夢猶寒。而今休憶乘軒樂，得見巢松已是難。

【集評】

蓉裳曰：『二首喻意凄婉。』（據《松厓詩録》）

公安雜詠

萬古孱陵地，名留爲左公。蛟龍得雲雨，寧復戀池中。昭烈。

懷璧非無罪，操戈亦有名。奄奄劉季玉，來此竟全生。先主遷劉璋於此，盡歸其財物，後孫權得荊州，待之加厚。

軍旅通學問，阿蒙才故優。於今人切齒，只爲襲荊州。吕蒙。

山館當前路，佳名杜息亭。未知千載後，詞客幾曾經？老杜曾憩公安山館，後人爲建杜息亭。

楚騷繼風雅，香草徧天涯。勿薄公安派，三袁已到家。伯修、中郎、小修。

【集評】

蓉裳曰：『言簡意賅，故是老手。』（據《松厓詩録》）

信陽謁何大復先生祠

家本空同里，今來大復祠。尹邢曾自避，瑜亮究誰知？『自避』、『誰知』，皆疊韻也。騄裹鳴先路，芙蓉泛曲池。藐姑冰雪在，塵粃愧儂詩。

昭陵懷古

大風起九嵏，慘澹昭陵日。黄土閟玄宫〔一〕，内有龍鳳質。伊昔隋氏亂，文皇乘時出。揮劍掃浮雲，有如鷹隼疾。論功褒鄂小，造意劉裴失。隋宫人事。惜哉更衣孽，仙李幾不實。幺麼崔乾祐，敢當黄衣叱。陰兵鞭石馬，汗血晝流溢。茫茫升遐地，俯仰意蕭瑟。何世無英衛，白頭卧蓬蓽。

【校記】

〔一〕閟，各本皆作『閦』，據《晚晴簃詩匯》改。

【集評】

姚雪門曰：『悲壯蒼涼，雅與題稱。』（據《松厓詩録》）

回中

鐘磬遥遥發上方，回中山色鬱蒼蒼。白雲散盡丘陵出，青鳥飛來日月長。路指馬璘殘壁壘，祠存陶穀舊文章。仙緣易化人生促，緑滿瑶池草自芳。

挽江右章廣文華陰訓導

江子修文竟不還，白雲迢遞阻河關。希夷蜕處留殘弈，只合將身葬華山。江工弈。

和畢秋帆中丞蘇文忠公壽讌詩

玉局髯仙千古喜，標榜欲從何處起。欣逢韻事繼商丘，坡老後身畢公是。春蘭秋菊紛滿堂，初度稱觴慶覽揆。遏雲音繞鶴南飛，此老至今原不死。迢迢岐下亭，活活東湖水。座中題詩十四人，賓主略盡東南美。憶我昨從赤壁歸，高吟兩賦孤舟裏。老兵敢附劉司空，惟有于思劣相似。今讀中丞哦七言，天風海濤生片紙。章惇舒亶若再生，應亦逢迎隨俗子。洮陽僻處天西隅，不見峨眉況儋耳。老蓮寫生雖未窺，彷彿神明在尺咫。祝坡翁之壽，悟我公之旨。瓣香刹那七百年，先後憐才總如此。魁星五戒想當然，援引吾姑從二氏。誰能區區辨彭殤，復使莊周笑下士。輕盈真一酒，浩蕩無何里。黃晁張秦今望公，眼中人老聊復爾。

佃農歌

佃農輸粟，每多不足。莫以我飢，而令人哭。

【集評】

潘清溪曰：『真仁人君子之言。』（據《松厓詩錄》）

玉蘭畫眉圖爲雲槎沙彌作

八種香風散玉蘭，畫眉聲在碧雲端。優曇妙樹迦陵鳥，並向人天伴阿難。

老農

老農頭似雪，軟飯度朝昏。猶解占晴雨，而能督子孫。牛歸春草岸，鴉散夕陽村。自說觀鄉飲，曾經到縣門。

【集評】

王西園曰：『蘊藉。』（據《松厓詩錄》）

次王涵齋秦州元宵前一日立春苦寒之作

佳節近傳柑，高人倚步櫓。撥灰思管樂，賦雪哂徐嚴。鳥雀還相命，魚龍只自潛。無花推老眼，麥積待遥瞻。

渺渺家鄉遠，悠悠歲序淹。華燈春欲試，老筆凍能拈。酒力從風虐，吟髭任雪添。泠泠天水碧，併入夜明簾。

贈江明府乙帆

空谷經年待足音，忽勞騶從遠相尋。署門翟尉交遊少，夢綵江郎篋笥深。五老峯尖秋拄笏，江南康人。九工城上夜鳴琴。崇信有九工城，江曾署篆。何當共飲洮河水，一笑掀髯話古今。

鼠須筆

兔毫作筆始蒙恬，今見無牙忽奮髯。可是虛星來几案，翻令小獸具髡鉗。生憎雞犬昇天上，競寫龍蛇赴指尖。掃壁尚愁穿穴巧，臨池卻憶飲河廉。書倉竊食雖陰狡，文陣爭鋒果利銛。三品珍藏君自貴，數莖撚斷我終嫌。嘉名信足稱元鋭，黠賦何須待子瞻。目下誰爲王内史，蘭亭不律謾輕拈。

【集評】

桐圃曰：『小題大做，刻畫精工。』（據《松厓詩録》）

濡需歌

濡需復濡需，相將遊沸釜。前有華林山，後有石峯堡。

遊山吟並序

海内名山多矣，其無名而奇秀者，亦復不少。蓋地僻徑險，則遊人不能至，遯世無悶，山靈固不屑求人知也。余心感焉，因作《遊山吟》，以俟將來。

嶽鎮如將相，勳猷爛人寰。寧知萬積德，散滿天地間。《禹圖》所不載，謝屐焉能攀。矧當風雨交，中有千神姦。信彼仙靈宅，應爲造物慳。虎豹作閽者，嚴於叩九關。擁徒餱糧費，獨往跋涉艱。塵緣苟未盡，久住亦思還。我期汗漫遊，婚嫁何時閒。誓將精劍術，然後徧名山。山名積德，見《淮南子》。

【集評】

周湘泉曰：『「虎豹作閽者」，奇甚，妙甚。』（據《松厓詩錄》）

贈潘清溪性敏

潘生羲皇人，生計都不知。閒集三唐句，自成一家詩。裁縫針線密，毫無補綴爲。天吳與紫鳳，顛倒乃合宜。我嘗手其草，擊節頓忘疲。卷帙每數過，末由摘瑕疵。富賈堆金玉，多藏苦難施。君能廣贈答，親友皆沾之。楩楠中梁棟，久必逢工倕。騏驥厄鹽車，眼前伯樂誰？商歌滿天地，亦足忘朝飢。余以詩而窮，勗君兼自規。

答遼州王立夫〔一〕

淮水卜湯湯，青箱天下徧。君同北化魚，復作西飛燕。邇者辱新詩，良金悉百鍊。況兼八分書，瘦得斯冰善。惜哉求祿養，捧檄等曹掾。珠玉迸光芒，斯人詎貧賤。迢迢皋蘭山，今古雲霞變。回首望夕陽，能無桑梓戀？老非孤竹馬，迷道暫聞見。作詩寄五泉，聊用酬黄絹。

【校記】

〔一〕詩題，《松厓詩録》作『答遼州王柏崖光晟』。

附和

柏崖王光晟

三湘惠澤深，二酉搜羅徧。感君成物心，愛及歸巢燕。頑鐵就爐錘，大冶工鎔鍊。稍得叶聲音，誰歟使之善。雅意示迷津，塵懷愧良掾。折腰非五斗，自笑誠卑賤。棄此探鄉山，浮雲百事變。南望超然臺，何時遂瞻戀？傾倒知遇奇，春風肅拜見。學步企騷壇，遙情托素絹。

送王柏崖就選

王子遼州客，蘭山乃舊家。鄉吟連蟋蟀，歸夢繞蒹葭。曩者來千里，因之見八叉。雄文窺虎豹，大字走龍蛇。巷任烏衣改，身堪鶴氅加。相逢纔旅舍，出祖又天涯。且酌葡萄酒，兼看芍藥花。掾曹君莫小，尸祝我仍奢。峻坂鳴腰裹，延津會鏌鋣。好藏先世帖，柏崖得令高祖合陽公斗大千文墨刻，人以爲寶。勿覆後人車。塞近然明俗，河通博望槎。封侯應不遠，題壁待籠紗。

葛衣公祠〔一〕

一作補鍋匠，明建文時逸臣也。傭於河西魯家，冬夏衣一葛衣。將卒，遺命火灰其骨，俟西南風至，揚之，魯家如其言。祠在今平番縣，以華亭包節陪祀，節亦明御史，以直諫謫平番者〔二〕。

江南杜宇影飄瞥〔三〕，萬里滇蜀啼不絕。羣鳥相從羽毛折〔四〕，夜夜三更口流血。葛衣老子爾何人，十年飽噉松山雪。問之不答姓與名，仰天長嘯中如結。乞食來往金城市，補鍋鋸箭手皴裂。相逢河西魯朱家〔五〕，杵臼訂交詎親切〔六〕。堂上擊筑堂下吟，矐目傭人泣幽咽。遺骨不歸中原土，西南風至烟灰滅〔七〕。允吾古祠薦松肪〔八〕，鐵面梗裔陪俎列。客來莫嘆葛衣单〔九〕，海枯石爛臣心熱。平番，即明莊浪衛〔一〇〕。

【校記】

〔一〕詩題，《玉芝亭詩草》作『謁葛衣公祠』，《關中兩朝詩鈔》作『葛衣公』。

〔二〕詩序，《玉芝亭詩草》只有『祠在平番，以華亭包節配』數字；《松厓詩録》、《洮陽詩集》、《關中兩朝詩鈔》此詩於『一作補鍋匠』上有『《明史》作「河西傭」，又』數字。

〔三〕杜宇影飄瞥，《玉芝亭詩草》作『老烏頭髠削』。

〔四〕相從羽毛折，《玉芝亭詩草》作『相泛飛蹇折』。

〔五〕魯，《玉芝亭詩草》作『古』。

〔六〕訂交詎親切，《玉芝亭詩草》作『摻作聲摧烈』。

〔七〕西南風至烟灰滅，《玉芝亭詩草》作『蕭颯西風飛灰劫』。

〔八〕允吾古祠，《玉芝亭詩草》作『空山古寺』。

〔九〕客來，《松厓詩録》、《晚晴簃詩匯》作『弔客』。

〔一〇〕底本無此注，據《松厓詩録》補。

觀駱氏園牡丹

枹罕花稱小洛陽，金城得此詎尋常。但能醇酒千壺醉，安用雕欄八寶裝。大帥雄風傳北勝，美人國色在西方。竹間水際今猶昔，豈獨聲華重李唐。《謝客賦序》：『水際竹間多牡丹。』今此花適在水際竹間云。

松花庵逸草

松花庵逸草序

吴　鎮

松花庵逸草者，予所自删，而蓉裳楊明府復爲選而評之之詩也。夫既作矣而又逸之，既逸矣而又存之，頑仙未化，猶戀皮囊。恍兮惚兮，其惑滋甚。雖然，亦豈敢謂蓉裳非耶？因並近作數首録而篋之。或謂逸詩尚夥，盍更索焉？予謂楓冷吴江，本難多得，單辭片語，姑聽愛者之流傳。去珠儻還，外此吾不有矣。

乾隆五十一年六月二十日，松厓吴鎮自序。

磨月子詩並序

有持破軸者示予云：『此仙人磨月子墨蹟也。』〔一〕予初不知磨月子爲誰，迨細閲軸詩，始悉其大略，云：『磨月子，李氏，名永寧，明臨洮諸生也。祖旭，正統時爲威州知州。永寧孕十二月始生，嘗有道士撫其頂曰：「此兒須得神仙保之。」言訖，忽不見。既長，遊磻溪，遇異人，授以仙術，因自號磨月子。後至嘉靖初，遂採藥終南，不復返。』此軸蓋與其時相知留別唱和之作也。神仙事，惟神仙知之，予凡人也，不敢信李氏之仙與否，人以爲仙，則仙之而已矣。於是作《磨月子詩》。

磨月先生愛磨月，磨成明月上丹臺。南山採藥多三秀，西苑燒香半五雷。明世宗崇道教，士大夫實有先啓其幾者。此地青牛傳過去，狄道超然臺，相傳老子過此。何時白鶴見歸來。桑田滄海須臾事，回首人間信可哀。

【校記】

〔一〕宣統本『墨蹟』前有『寶』字，疑誤。

【集評】

楊蓉裳曰：『序佳，詩亦可傳。』

題哥舒翰紀功碑

李唐重防秋，哥舒節隴右。浩氣扶西傾，英名壯北斗。帶刀夜夜行，牧馬潛遁走。至今西陲人，歌咏遍童叟。漁陽烽火來，關門竟不守。惜哉百戰雄，姦相坐掣肘。平生視禄山，不值一雞狗。伏地呼聖人，兹顔一何厚。毋乃賊妄傳，借以威其醜。不然效李陵，屈身爲圖後。英雄值老誖，天道遘陽九。終焉死偃師，曾作司空否？禄山以翰爲司空。轟轟大道碑，湛湛邊城酒。長劍倚崆峒，永與乾坤久。

【集評】

蓉裳曰：『此詩向在《狄道志》中見之，卽爲擊節。今窺全豹，而此固卓卓可存，不應軼之。』

丁星樹曰：『抑揚頓挫，無非善善從長之意。蓋哥舒有大功於臨洮，情理應爾。』

送劉雲階東歸

梧桐葉落滿山蹊，秋草蕭蕭送馬蹄。前路知君回首望，故人家在夕陽西。

【集評】

星樹曰：『淡遠。』

送張渭北歸秦安〔一〕

天水迢迢路，秋聲滿翠微。王孫騎馬去，落葉向人飛〔二〕。莫厭一樽酒〔三〕，來朝誰共揮〔四〕？北鴻與南燕，相對且依依〔五〕。

【校記】

〔一〕詩題，《玉芝亭詩草》作『秦安張子渭北告歸索詩，走筆贈之』。北，底本、乾隆本作『非』，據《玉芝亭詩草》改。

〔二〕落，《玉芝亭詩草》作『紅』。

〔三〕樽，《玉芝亭詩草》作『杯』。

〔四〕來朝誰，《玉芝亭詩草》作『明朝難』。

〔五〕且，《玉芝亭詩草》作『思』。

【集評】

星樹曰：『神來之作，所謂章法之妙，不可以句法求者。』

送胡後溪歸秦安

空堂有客感伊威，一曲驪歌興已非。惆悵秋山黄葉路，瀟瀟微雨故人歸。

【集評】

星樹曰：『只寫景而離情自見，得唐人不傳之祕。』

洮水清

爲狄道廩生張璠妻劉氏作。氏吞金不死，又因家人數救，再縊乃絶。

洮水清且寒，嗚咽古城西。鴛鴦魂不散，忽作子規啼。一解。
婉孌劉氏姝，矢志殉所天。姑嫜苦相勸，無路到重泉。二解。
吞金不能熱，妾心有冰雪。絶粒不能飢，妾腹有碧血。三解。
碧血信有之，旁人苦未知。雉經斷其繯，生我將奚爲。四解。
飛鴻響雲漢，哀哀念孤散。白練五尺霜，是妾長夜半。五解。
夜長聞嘆息，羅幌黯無色。引頸挂屋梁，蒼天此何極。六解。
里正告使君，飛章處處聞。斑管耀白日，視之猶浮雲。七解。

青青松柏樹，連理夾廣墓。雙鶴夜飛來，徬徨不能去。八解。

【集評】

蓉裳曰：『造語奇古，音節鏗鏘，逼真漢魏樂府，足以傳其人矣。』

大堤曲〔一〕

昨歲郎歸去，沿堤折柳枝〔二〕。今年堤上柳〔三〕，綠似送郎時。

【校記】

〔一〕詩題，《玉芝亭詩草》作《春思》。

〔二〕沿堤，《玉芝亭詩草》作『臨門』。

〔三〕堤上，《玉芝亭詩草》作『門外』。

【集評】

蓉裳曰：『神韻絕佳。』

落葉曲

瑤階月正明〔一〕，繡幕風初颺〔二〕。梧桐葉葉秋，落在人心上。

【校記】

〔一〕瑶階月正明，《玉芝亭詩草》作『玉階明月涼』。

〔二〕繡幕風初颺，《玉芝亭詩草》作『跋履東西望』。

夜夜曲

夜夜復朝朝，朝朝復夜夜。買絲繡槿花〔一〕，不許嬌紅謝。

【校記】

〔一〕槿花，《玉芝亭詩草》作『瑾函』。

【集評】

星樹曰：『古趣。』

灞橋歌送真谷先生旋里

灞橋水，流浩浩，送別離，無昏曉。昔年王粲從此征，況有李白題詩好。清湍下白鳧，疏柳啼黄鳥。行人立馬夕陽中，萬古離情散秋草。

『散』字好，李太白『獨散萬古意』與此同。結有遠韻。自記〔一〕。

【校記】

〔一〕此句《松厓詩録》作『真谷曰：「『散』字好，李太白『獨散萬古意』與此同。結有遠韻。」』

故鄉行

故鄉如故人，相别愈相親。故人如故鄉，相見還相忘。憶我出門已數月，昔時柳緑今飛雪。擬跨白鳳造天門，中道風摧羽毛折。歸來卻掃舊廬園，栽花種竹隨所便。我雖不及蘇季子，尚有城南二頃田。

【集評】

星樹曰：『樸語耐咀，神似張志道《送人南還》詩。』（據《松厓詩録》）

哈薩克入貢

龍怒釜魚窮，威宣月窟東。大宛傳漢使，方物獻堯宫。玉帛前朝隔，車書此際同。蒲桃開就日，天馬舞隨風。藍市鄰邦在，青唐譯語通。狼心歸北闕，鳥卵詑西戎。昧蔡慙虚立，張騫笑鑿空。祇今麟閣上，誰數貳師功？空，平聲，見駱賓王詩。

【集評】

李霽園曰：『一起有吞海嶽之勢。』

蓉裳曰：『通首奇麗，極似昌黎「龍戶馬人」之作。』

綠珠

花片裹齊奴，樓前啼夜烏。玉人供一碎〔一〕，那得比珊瑚。

【校記】

〔一〕供，《松厓詩錄》、《洮陽詩集》、《關中兩朝詩鈔》作『共』。

【集評】

蓉裳曰：『意新語雋。』

讀許鐵堂詩稿二首

閩海詩人許鐵堂，《雙松》一曲妙漁洋。卻憐白首關山月，桃塢梅溪入夢長。

蠶頭小楷擬瓊瑤，破楮烟侵已半消。讀罷臨風三嘆息，如君猶自老漁樵。

【集評】

星樹曰：『音在絃外。』

漫興

漂泊真同繞樹烏，畏人不向府中趨。憐才卻嘆榕門老，偏遇公卿說酒徒。桂林中丞。盛公白髮已垂肩，偃蹇還如老鄭虔。萬里不辭磨鏡去，只愁客至典青氈。常熟盛仲圭師，時官蒙城訓導。

【集評】

蓉裳曰：『存此以誌知己之感。』

菸草

異草傳消瘴，年來用亦奢。待人先茗荈，爭地礙桑麻。薏苡蠻中貴，檳榔嶺外誇。神農如解此，應告養生家。

【集評】

劉九畹曰：『賦不忘箴，《三百》之遺。』

贈齊軍門養浩

三秋白羽報連營，上將臨邊萬里清。磨盾龍蛇飛筆彩，據鞍鶻鴞應弦聲。孫吳未足煩酈伯，絳灌何嘗識賈生。推轂大臣勤吐握，寧惟鎖鑰重干城。

少年臚唱首金堦，四海英雄半與偕。宦績何如班定遠，鄉人惟有李臨淮。三千甲士看龍雀，十二軍書靜虎貔。接罷耆儒春晝永，時聞清嘯滿幽齋。

齊閱兵至臨洮，邀予飲於僧舍，醉後爲賦四詩，今祇存其二矣。齊之知予，蓋由陳榕門中丞爲之說項也。自記。

【集評】

蓉裳曰：『高華典貴，壓倒「七子」。』

反招隱

太古不往來，九州一村落。巢由競買山，何處容猿鶴？君但隱其心，金門有丘壑。

【集評】

官清溪曰：『王康琚作，較此贅矣。』

蓉裳曰：『言簡意該，少許勝人多許。』

寄高臺令成在中

陋巷鮮過從，虛帷傷幽獨。美人一書札，何意到空谷。對酒開其緘，燦然走珠玉。乃是邊城宰，新詩贈樵牧。歲暮塞草黃，天風送鴻鵠。何由生羽翼，就子陰山曲。

昔我過河內，獨遊明月山。松篁如圖畫，了了不可刪。使君謝墨綬，十載滯河關。胡不歸故鄉，結茅於其間。身坐白石上，目送青雲還。青雲無根蒂，可望不可攀。

【集評】

蓉裳曰：『舒卷自如，音節不落魏晉以下。』

附　題吳孝廉詩卷

成文在中，沁水人

昔聞孝廉名，今讀孝廉詩。未識孝廉面，昨夜夢見之。睪然若高望，愀然若深思。容貌僅中人，而不修威儀。何以縱横氣，筆下走蛟螭。何以浣濯腸，紙上噴珠璣。英雄洗沉痛，相士不以皮。潛德發幽光，奕奕動鬚眉。我來邊塞久，求友是所期。何時幸覿面，永言慰渴飢。

【集評】

蓉裳曰：『附詩亦佳，逼真白香山。』

山子石皋蘭

明代值全盛，肅藩愁太閒。輦金求怪石，拔地起崇山。珠館千花繞，瑤堦一水環。野鷹集臺下，仙犬吠雲間。帶礪宗盟歇，牲牢鼎食艱。桐封真作戲，桂隱杳難攀。烏啄王孫去，鵑啼帝子還。何如《淳化帖》，猶帶土花斑。

贈和五懷玉瑾泰，正白旗人，駐防西安，其家藏書最富，獨好贈余不倦

文雅荊卿錦戰袍，扶風豪士未爲豪。穿花走馬收遺籍，對月邀人看寶刀。何處玉門吹觱篥，幾家金市醉葡萄。相逢莫論興亡蹟，恐有英雄笑我曹。和五談史如貫珠。

【集評】

蓉裳曰：『雄渾奇麗，青丘集中高作。』

謁郭令祠有懷太白二首

丹心貫日手扶天，將相功成亦偶然。猶恨當時鈴閣內，黄金不鑄李青蓮。

白也生平號酒狂，感恩懷報最難忘。山東小吏宣城叟，一字何曾道及王？

【集評】

梁野石曰：『詩狠甚，然非此不見青蓮之大。』

北河楊忠愍祠

北河衰柳亂鴉啼，鳴鳳場中日又西〔一〕。昔我家山曾放逐，在公鄉里亦酸嘶。忠魂五夜依蘭谷，鄒公應龍。國史千秋失兑溪。吾鄉張兑溪給諫名萬紀，曾上疏救公。瞻拜轉殷桑梓望，超然臺下草萋萋。

【校記】

〔一〕又，宣統本作『及』，疑誤。

【集評】

蓉裳曰：『音節慷慨，兼得發微闡幽之意。』

張桓侯祠涿州

一旅成昭烈，桓侯實壯哉。居鄰桑蓋里，心折鳳雛才。野火穹碑在，秋雲古井開。惠陵弓劍遠，夜夜走風雷。

【集評】

蓉裳曰：『起句五字，有萬鈞力。』

易水

蕭蕭易水古今情，白日羞看馬角生。但用樊君讎可雪，何須辛苦豢荊卿。

【集評】

星樹曰：『眼高於頂，似此方許論古。』

題村壁

桑柘綠陰重，雞肥社酒醲。愛他風俗好，割蜜不傷蜂。

【集評】

蓉裳曰：『小品，可存。』

上畢咸齋先生

烏府先生永日閒，文章衣鉢滿人間。登堂一笑如曾識，把酒千迴未擬還。劍氣每看江上月，琴心遥寄海中山。柳吟花醉情無限，百尺龍門喜易攀。座師湯稼堂出公門下。

【集評】

蓉裳曰：『劍氣琴心，卓然名句。』

梁靜峯郎中下榻夜作

帝京文物重華簪，倦鳥依依托茂林。萬里星河寒夜夢，十年風雨故人心。伯通杵臼情何切，仲叔盤餐累亦深。坐久莫辭頻剪燭，隔簾僮僕戀鄉音。

【集評】

蓉裳曰：『佳句，宜熟讀百遍。』

謝茂秦故里

臨清古城滿烟水，四溟山人產於此。中原牛耳豈偶然，竟有聲華冠七子。竹枝縹緲賈姬傳，叢臺王孫真好賢。布衣未可陪軒冕，只合招尋盧次楩。

【集評】

李維則曰：『此爲布衣吐氣，非故抑王、李也。』

夷門行

大梁城東訪侯生，夷門今作城西門。朱梁東徙汴城，東門反爲西門。七十老翁不可見，使我感嘆傷心魂。少讀信陵傳，垂涕常沾巾〔一〕。今來執轡處，惟見纍纍三尺墳。墳中俠骨朽不得，欲與嵩岳爭嶙峋。魏社已作屋，秦軍亦成塵。公子與朱亥，風義千秋存。古今多少抱關者，青史悠悠見幾人？

【校記】

〔一〕常，《洮陽詩集》作『嘗』。

【集評】

李留九曰：『虚結澹妙，通體皆靈。』

蓉裳曰：『老氣横秋，詩家化境。』

襄陽雜詠

孟浩然

喜晤龍標尉，通宵勝十年。且拚疽發背，飲酒更餐鮮。

郝伯常

陽鳥辭江漢，乘春向北徂。君看蘇武後，更有郝經書。

【集評】

星樹曰：『妙語解頤。』

馬鹿山〔一〕

峭壁俯山門，振衣趿芒履。天風吹鈴鐸，驚墮黑鷹子。石化五青蓮，雲中菡萏冷〔二〕。月明逢羽人，身作老楓影。

【校記】

〔一〕詩題，《松花庵詩話》收録吴鎮所作詠馬鹿山詩七首，分詠『山門』、『顯光殿』、『蓮峯』、『三臺』、『貨郎洞』、『石家庵』、『睡佛洞』，此處選前兩首。

〔二〕『石化』兩句，陳鴻賓修《（民國）渭源縣志》收吴鎮《顯光殿》詩爲『西麓古香臺，靈光自耿耿』。

關山夜雪呈歐陽觀察蘭畦

旅客同寒鳥，依依戀故枝。關山今夜雪，落寞幾人知？磨鏡無行色，攀轅有去思。明年嵩洛會，尊酒復誰期？

【集評】

蓉裳曰：『自然高妙。』

懷楊山夫住襄陵陶寺村

山夫琴酒客，陶寺誦絃村。水木爲廬舍，詩文作子孫。憶看姑射雪，曾到辟疆園。一別成千古，何由更舉樽。

【集評】

張菊坡曰：『「詩文作子孫」，慘甚，達甚。』

寄黎勤庵病蹇，嗜花，住東山下

處世支離好，多君竟日閒。水流蒼徑下，家住翠微間。美酒時能釀，繁花未易刪。一官成遠别，夢裏有東山。

【集評】

李實之曰：『幽秀。』

題江滙伯秋林按劍圖長蘆鹽使，靜，寧州人

疎林百尺松，瑟瑟翠濤激。瀑布爭潺湲，寒葩亦寂歷。倚松彼何人，冷眼看青壁。秋水未脱匣，神光吐虹霓。長蘆一片月，齋馬清無敵。俠氣老不除，開幅風淅淅。挂劍我方悲，夢花君已寂。東望水洛城，悽絶山陽笛。

【集評】

蓉裳曰：『押韻老而穩。』

李青峯曰：『髯公此詩係走筆而成，然同時諸作者皆不能到。』

松厓記曰：『青峯名南暉，後死回難，閱評語令人悽然且起敬也。』

贈王西和敬儀鳴珂，定州人

僕本西陲士，雅懷燕趙風。廿年遊京都，識子逆旅中。屠狗與擊筑，悲歌將無同。歡言甫樽酒，忽若分飛鴻。中山好明月，夢寐遙相通。

吾州古巖邑，別駕實清要。驥足偶騰超，使君遂坐嘯。謂言官長臨，乃是故人到。相對問年華，升沉各一笑。洮水但冰珠，瓊瑤何以報。

玉門造天地，大府徵才良。借箸戎馬間，迢迢六星霜。一朝眉上氣，忽忽變微黃。薦牘達九重，榮遷列宿郎。墨綬何若若，故人亦輝光。

秋風塞外鴻，社日堂前燕。相送偶相逢，倏忽不相見。解組予憂居，過門君擁傳。慇然贈槖金，義重麥舟賤。隴樹自依依，秦雲愁片片。

西和古祁山，漢相之所營。國小多暇日，彈琴訟獄平。君才如卓魯，勿噉世俗名。牧羊鞭其後，察魚戒水清。廉吏亦可爲，靜虛乃生明。

縞紵有至交，燕南趙之北。漁浦抱沉疴，經年無消息。野石近挂冠，命駕情何極。分符君不遠，對酒輒相憶。何時登仇池，同挹青冥色。漁浦，謂劉甘州鶴鳴也。

【集評】

蓉裳曰：『不必斤斤求合於古，而自然真摯，所謂詩本性情也。』

蓉裳曰：『六首真摯。』（據《松厓詩録》）

大雪訪張溫如

撲面瓊瑤入座寒，一樽相對且盤桓。年來倦赴探梅約，只向君家借雪看。

【集評】

梁靜峯曰：『「借雪看」，奇，主人之賢而好客亦可想見。』

上王觀察介子

帝京才子重瑯琊，少小人稱古大家。鶴鷟風流傳日下，鵝經聲價滿天涯。銀臺夜静看明月，玉署春深醉落花。博雅如公堪問字，玄亭賞識待侯芭。

賦奏長楊輦路通，持衡建業氣如虹。江山徧覽三吳勝，花草兼收六代工。名士榜傳金闕下，莊殿撰培因出公門下。仙人家在玉壺中。王方平有十二白玉壺。大羅天上霓裳曲，卻恐塵寰屬和窮。風吹畫戟散清香，鈴閣裁詩日正長。八水烟花羅几案，五陵裘馬望門墻。人依玉麈皆生色，客醉金罍半恕狂。潦倒不堪頻説項，漁洋猶自重蓮洋。攜劍囊琴訪故知，五原春色正遲遲。花前笑我真無賴，醉後聞公亦大奇。百二屏藩勞借箸，十三陵寢待捫碑。何由並坐青門月，細論《西城小築詩》。公有《西城小築詩》。

【集評】

蓉裳曰：『沉雄似明七子，而流動過之。』

喜胡式如至自越中

別夢通南北，交情見古今。故人能枉道，空谷有跫音。紅樹縈秦棧，黄花伴越吟。酒闌思後會，雲水各升沉。

【集評】

蓉裳曰：『一起鄭重分明，通首蒼潤。』

哀殤

天道何曾厄鄧攸，德涼端合剪箕裘。貧來看院無雙鶴，老去馱家有一牛。花竹盈堦空自茂，詩書滿架爲誰留？茫茫苦海難登岸，泣向蓮臺問渡頭。

牡丹

金谷上寒月，青溪吹悲風。韓令斲鼠姑，慘澹將毋同。我性耽此卉，買栽得數叢。花開如蛺蝶，食宿於其中。咄嗟濂溪子，月旦苦未公。隴上高且寒，洛花四月開。精光滿天地，不及豔陽來。我生值此辰，懸弧當高臺。香風吹朱蕚，片片落酒杯。富貴晚亦可，翁子何必哀。

【集評】

蓉裳曰：『詠牡丹，難得有此老健之句，此變體也。』

空山堂師遠寄長歌敬和一首以代短札

日照凍冰魚，詎能潑刺隨長流；雷驚壓石筍，可得行鞭枝葉稠。嗟余小子心已死，西河血淚枯雙眸。開緘忽得東來札，如飲醇醪消我憂。況兼古歌文數百，長江水立飛蛟虬。洮陽風日正駘蕩，忽然雷雨寒颼颼。憶昔松山初負笈，孫吴仲山、超西數子才力遒。東方紫氣不可駐，灞橋柳絲重牽愁。明日下忽相見，荊高酒市傾千甌。無何巾車復南去，曉風殘月連蘆溝。甲戌之歲歷古晉〔一〕，狐突臺畔還相求。社燕春鴻暫相值，金烏玉兔誰能留？文章未博半囊粟，意氣空傳百尺樓。郢人未死匠石去，東望梁父白人頭。嗟嗟我夫子，何以爲我謀？爲我謀鼎與鐘，我已一鹽一虀忘珍羞；爲我謀簪與纓，我又一丘一壑身自由。我不知天下事，坐花醉月自唱酬；我不論古之人，素絲岐路從悠悠。丈夫四十不卿相，何如雲水隨浮丘？卽如我夫子，才力無匹儔。文章似秦漢，詩句追曹劉。居然不免四方走，何況小子朝吟暮唶，有如燕雀聲啾啾。已焉哉！請爲夫子及我謀：勿爲跼曲之轅駒，勿爲文繡之廟牛；勿爲辛苦之書蠹，勿爲狡獪之棘猴。五嶽三山跡可遍，指日當爲汗漫遊。天風海濤生足下，拊手一笑三千秋。

【集評】

蓉裳曰：『天風下海，收颿不住，洵爲鉅觀。』

星樹曰：『韓文公謂張顛萬感交戰於中，一於草書發之，吾於此詩亦云然，閱者作豪蕩語讀過，則失之矣。』

李實之曰：『才氣縱横，英鋭無前。』

附　七言古歌贈門人吴信辰

牛真谷運震

堂上忽然山嶽生，吴生新詩氣不平。江猿長嘯野鶴鳴，纏綿哀怨亂縱横。陰房魑魅潛悲泣，衰原騏驥嘶驕獰。翻思前夜風雲怒，乃是詩魄霸氣鬱崢嶸。五年别我灞橋西，東山怪子來何遲？憶昨相逢長安道，殘照蘆溝挂酒旗。中原莽蕩無知己，匹馬尋師更有誰？長河萬里歸東海，似子今日見我時。飄風吹雨飛簷瓦，空山黄葉亂如瀉。爲子傾尊解窮愁，中坐酒闌悲風雅。拔劍長嘯秋濤高，彈琴白眼青天下。丈夫倜儻足千秋，安用淒涼弔屈賈。古來文章有奔逸，精神澒洞摧霹靂。東京風韻盛唐骨，氣格俱與嵩華敵。李白低頭謝脁句，杜老苦心陰何律。流别並驅不相下，屹然直如南北極。覩子新詩增慷慨，興酣淋漓哀樂集。六代才人同死生，天上明月手可摘。洮水畔，隴山頭，吴生吴生歸去休。曠代才人三數公，努力當爲第一流。蒼茫冥搜海天秋，鬼神焉得測其由。他日詩成重相訪，與子把袖問浮丘。

【集評】

何西嵐曰：『「飄風吹雨」一段，沉鬱頓挫。』

蓉裳曰：『真谷原詩卓犖雄邁，獨有千古，以此見衣鉢相傳，非偶然也。』

哭牛真谷先師

五月聞凶信，傳言竟不誣。才名懸白日，詩骨葬黄壚。怪鵩當庭止，哀猿徹夜呼。修文追子夏〔一〕，淚眼莫同枯。師先喪子。

慧業生天上，微茫造物心。玉棺雲杳杳，金闕海沉沉。古樹空懸劍，高山擬絶琴。懷予詩句在，開篋淚沾襟。

盧抱孫《山左詩鈔小傳》云：『真谷未卒之前月，屢夢遊海中金碧樓臺，一夕復夢如前。既醒，語家人曰：「將復尋吾好夢，慎勿相驚。」及午遂化，若蟬蜕然。慧業文人有玉樓之召，其信然耶！』

【校記】

〔一〕追，《松厓詩録》作『逢』。

【集評】

蓉裳曰：『真摯可存。』

悼亡婦史孺人

飽咽糟糠二十年，苦因子死赴重泉。芝蘭化去應成土，環佩歸來擬作烟。孤女索燈焚紙鏹，侍兒探櫝竊金鈿。鼓盆欲學南華老，絡緯聲聲到耳邊。

雲高無復見驚鴻，遺挂猶存四壁中。劇甚如聞鈴棧雨，肅然時起鏡臺風。嬌兒地下尋魂得，弱女床前索乳空。淒絕衰姑頭雪似，自澆麥飯泣門東。

【集評】

蓉裳曰：『抒寫悲懷，絕無雕飾，此從真性情流出，覺元微之尚未免紗帽氣也。』

贈秦可伯河湟武學生

昂昂才氣欲凌雲，未許凡雞混鶴羣。學射志應如養叔，請纓年已似終軍。春遊花繞青驄馬，晝臥風飄白練裙。老去陰符藏破篋，碧流橋下愧逢君。碧流，橋名。

【集評】

星樹曰：『俊逸似何大復。』

蓉裳曰：『在王、李集中，已是高唱。』

潘生行贈懷瑾

嶽麓山前班馬嘶，潘生送我遊京師。日酉歲寒天地閉，裹糧百里來何爲？憶昔聞君苦未見，夢中彷彿窺容儀。河陽才氣本無敵，況值擲果英妙時。老夫傾倒那得此，越人山水心自知。感君意氣爲君飲，一醉百斗安足辭。是日東巖初明霽，二三知己相追隨。長松翻風韻蕭瑟，古塔映雪光陸離。潘生潘生骨格奇，別君何速識君遲。明年衣錦過枹罕，載酒訪爾扶蘇祠。

【集評】

星樹曰：「『是日』下，得老杜接法。」

蓉裳曰：「意氣盤礴，六一老人極得意之作，不過如是。」

蘭山書院別劉九畹先生

十年林下脱朝衫，不話漁樵口便緘。對酒渾忘人冷熱，論詩那問俗酸鹹。龍吟風雨思雙劍，蠹食神仙笑一函。轉眼枝頭紅杏發，故園春燕已呢喃。

題安西太守劉雪峯風穴訪僧圖斯和

五馬度陰山，清標迥絶攀。夢迴風穴寺，春到玉門關。煨芋何年熟，扃花故國閒。安知蔥嶺佛，不在部民間。

山居晚眺

亂流明古渡，斜日澹柴扉。山徑通籬落，牛羊一帶歸。

夜夢李太白爲予點定諸詩

采石江邊一片月，騎鯨人去魚龍悲。謝家青山故無恙，何用萬古傳然疑。我生素愛謫仙集，晝有所思夜見之。分明此老至今在，恨無殘錦遺丘遲。造化茫茫理不謬，長庚下世聊委蛇。飯顆瘦生輞川弱，夢中助我非公誰？閶闔迢迢九門啓，雲行自信長風吹。爲公遥酹一杯酒，酒市藏名是我師。

太玄洞懷古贈張孝廉南峯唐孫思邈隱居處

阿麽亂天紀，四海生痏瘡。太原真龍飛〔一〕，凋瘵迴春陽。飄飄孫徵君，肥遯際隋唐。妙術起白骨，還丹日月長。茲山實薖軸，警蹕過其旁。六龍舊轍迹，草木增輝光。迢迢太玄洞，靈怪閟奇方。五月懸火鈴，涼風不可當。張君此讀書，負笈仍裹糧。邀我五臺上，酌以流霞觴。君才如古人，巢居成文章。攜手醉翁石，天風動衣裳。山鐘忽告夕，歸騎下巖廊。迴首望烟谷，松蘿更蒼蒼。

【校記】

〔一〕龍飛，宣統本作『飛龍』，疑誤。

【集評】

蓉裳曰：『骨節開張，神味仍復淵永。』

張楚懷將遊維揚以予禱雨日枉過陵署是日大雨

故人乍降同甘雨，況值隨車雨更甘。鸚鳥鄉音仍隴右，鱸魚客味本江南。雲烟落紙顛無兩，花月登場影又三。此去隋堤看楊柳，可能猶是舊毿毿。

【集評】

蓉裳曰：『清宛。』

題蚌鷸圖

鷸蚌難相舍，漁人利若何。雖然成兩敗，曲在野禽多。

石鏡

石鏡本無塵，中藏蜀國春。山精原不苦，誰使爾爲人。

趵突泉之三

觀水寧無術，狂瀾未足奇。瞿然驚到此，逝者嘆如斯。波學三峯立，聲偕萬馬馳。濟南名士藪，造次敢題詩。

沅署隙地向以府獄卒四人歲司灌園予不喜溝塍之治而喜囹圄之空也爰作詩以志幸

瀟灑沅州署，春來十畝青。蔬畦連射圃，獄卒當園丁。拔薤心宜切，妨蘭路莫經。庾郎鮭菜好，休說五侯鯖。

【集評】

蓉裳曰：『具見善政，詩亦卓然可存。』

送李南若大舅歸里

孤宦多愁緒，還家夢不成。登舟君灑淚，載酒我傷情。杳杳秦山暮，悠悠楚水清。臨歧無別語，他日念諸甥。

【集評】

蓉裳曰：『真摯。』

舟覆示家人四首

覆舟鸕鷀灘，八口幸無恙。賦命雖窮薄，鬼神實陰相。慎之復慎之，平地有風浪。

平地有風浪，慎之復慎之。苟無積善功，智巧安所施？不見呂梁游，乃以忠信爲。

羣舟獨爾淪，江神豈吾愛？居然破冢出，此有天意在。憂患能生人，小懲足大戒。

近岸三數家，未通姓與名。惻然持酒食，慰汝陷溺驚。此邦風俗好，痛定感予情。

【集評】

蓉裳曰：『情真語真，不必似少陵也。』

聶縣尉送小石山

巫峽來書案，仇池近管城。晝應遲五日，得足慰三生。金玉非吾寶，雲嵐見汝情。槎牙肝膽在，相望只堅貞。

和王元之題羅昭諫手植海棠詩

元之詩云：『江東遺跡在錢塘，手植庭花滿院香。若使當年居顯位，海棠今日是甘棠。』

金榜無名詩句香，天然老韻冠詞場。婆留錦樹今凋歇，尚有春風在海棠。

【集評】

李實之曰：『遠勝原作。』

黄穆園都督送雉兔

有鷺山梁集，無唇窟宅蹲。將軍試鷹隼，饞客厭雞豚。見獵心仍喜，烹鮮道自尊。便便孝先腹，卻愧飽時捫。

歸舟抵中坊潘澹庵廣文邀飲其家逾時始別

苜蓿先生戀故侯，黄雞初熟酒初篘。知君細話名山業，且作茅簷半日留。澹庵年七十餘，誦予詩悉上口。

無水亭絕句并序

沅州龍津橋，毁而復成，因建亭於其上。時予罷郡歸矣，沅人走使襄樊，追予舟而請名，予爲題曰『無水亭』。蓋無者，水名也，橋因水建，則此亭當名曰無水，或從水爲潕，贅矣。橋路通黔滇，觀無水之額者，或多所怪，然得其名，義亦可了然。且無水暴發，歲與橋爭，予仿無錫之例，而以無水厭之。此亭一成，龍津橋不復毁矣。

無水之名見《水經》，龍津橋下俯清泠。不妨華表千年後，訛作吳亭比孟亭。

走筆贈孫小坡桐城人，收買古玩

予至武昌府，即聞孫小坡。紵衣蹔子産，土窟得公和。蕙草當秋馥，瓊花入夢多。竹西風月好，莫戀雪兒歌。嘗攜姬寓維揚。

明月夜吹簫，情馳廿四橋。道心須落寞，旅況乃逍遥。彝鼎收三代，丹鉛聚六朝。未知相別後，何處訪漁樵。

金城感懷

一別皋蘭數十春，眼前風物尚如新。客來大似遼東鶴，城郭依然少故人。

送王東溪教授之甘州任商州人

大郡甘州是，名儒教授宜。故人當遠別，齋馬駐臨歧。瀚海沙飛處，天山日霽時。杞膏流玉液，麥屑挂銀絲。宧蹟三明碣，鄉心四皓芝。骨羊投贄美，乳雁附書遲。俠氣老逾壯，塞吟寒更奇。雪梅因驛使，好寄隴頭兒。

贈趙懷亭

高人餘韻落丹青，隨處雲嵐繞畫屏。欲識風流小松雪，皋蘭今有趙懷亭。

【集評】

蓉裳曰：『有意無意，絕似坡仙小詩。』

次韻送王西園刺史旋里終養

第二泉頭第一人，偶談林下卽抽身。詩文鍛老功尤酷，山水貪多趣不貧。寶鼎狄道山名烟花通五路，石門秦州山名雲物冠三秦。知君此去尋偕隱，谷口當逢鄭子真。王由狄道陞秦州。

【集評】

星樹曰：『「貪」、「酷」二字奇妙，非西園不能當之。』

高堂二老健如仙，咫尺分明有洞天。謝屐方周關百二，潘輿忽返路三千。閒情作賦追元亮，遺事成書續子年。來歲江南花似雪，好將春信寄超然。狄道有超然臺。

【集評】

楊蓉裳曰：『二律蒼秀。』

贈孫別駕旭亭沙泥

楚客宦臨洮，邊城吏本勞。附庸周小國，別駕漢閒曹。袖短迴旋促，囊空供億豪。人稱龐統驥，誰贈吕虔刀。對酒山花落，彈琴夜月高。鄉心兼旅況，只是讀《離騷》。

【集評】

蓉裳曰：『通首不懈，三、四尤爲典切。』

贈司元長太學狄道人，附籍皋蘭

洮水連河水，君家數武同。霧文隨隱豹，泥爪認飛鴻。菊巷三春雨，予家狄道菊巷。蓮池五月風。蘭州有蓮花池。遥知投轄飲，兩處待車公。

上溫補山學憲溫與予俱出牛真谷師之門

虎皮講《易》求豪士，鶚首衡文簡大賢。攬轡途經關百二，揮毫日校牘三千。才如良驥能空野，家有靈犀笑察淵。姑射風神鄉里羡，渼陂官秩翰林傳。曾從鷲嶺收雲桂，更向龍堆採雪蓮。八水鶯花供嘯詠，五陵裘馬待陶甄。多君雅意虛冰榻，愛我閒情惠綵箋。韓愈及門惟李漢，戴崇同舍僅彭宣。鑪錘已見祥金躍，斤斧何勞朽木鐫。寶劍忽鳴思壯武，瑤琴將碎憶成連。東來紫氣遙衝斗，西上黃河遠接天。蕪句卻嫌非佩玖，不堪持贈玉堂仙。

【集評】

蓉裳曰：『工穩流麗，在唐人中亦推上乘。』

送浦蘇亭中丞撫閩

南服封疆重八閩，中丞攬轡發三秦。兒啼共夾黃河岸，祖餞遙回碧海春。擬載雲旌麾島國，更推日轂照毛民。蝮蛇猛獸交甌脫，吉甫風來也自馴。

隴頭東下草青青，百二重關路所經。禾黍尚沾方伯雨，斗牛忽迓使臣星。巴山漢水留歌詠。浦舍人詩：『雲間路繞巴山色，樹裏河流漢水聲。』桃塢梅溪發性靈。閩地。此去清香凝畫戟，孤雲西北傍誰停。

十郡蒸黎傍海居，提封猶記古無諸。風掀島嶼來高鳥，水立雲霄上大魚。梵刹僧傳周朴句，洛橋人揭蔡襄書。此邦賢俊兼吳越，下榻何妨造謁疏。

閒身自分老漁樵，筆硯生涯更寂寥。磨鏡擬隨車馬去，乘槎卻嘆水天遙〔一〕。空中樓閣凝滄海，畫裏雲烟織素綃。閩有織畫。何日相從赤松子，武彝峯下聽簫韶。

【校記】

〔一〕水天，宣統本作『天水』，疑誤。

【集評】

李實之曰：『雄渾流麗，雖應酬之作，而亦卓然可傳，如此知海岳高深，真無從而測識矣。』

蓉裳曰：『高華典貴，恐白雪樓無此高作。』

星樹曰：『四首自成章法，有雲斷山連之妙。』

書院夜雪

夜半聞騷屑，丁丁響竹叢。推窗看大雪，擁被入寒風。酒待梅花熟，詩憑柳絮工。程門添韻事，誰報鹿皮翁？

學舍寒宵永，孤燈倦作花。琴尊當歲暮，風雪又天涯。鶴料仙人祿，蜂房釋子家。誰能呵凍筆，來日賦尖叉。

【集評】

蓉裳曰：『戛戛生新，詩格在范、陸之間。』

題孫三翁友石齋

太湖靈壁品參差，透瘦神情爾獨知。想見空山尋至寶，漫天風雨暮歸時。

【集評】

王柏崖曰：『石心亦動。』（據《松厓詩錄》）

戲題十美圖歌贈陳嘉言公子

陳郎好詩兼好畫，邀我戲作十美歌。披圖宛覩十眉蹟，松雪裔孫工揣摩。曲欄幽榭好風日，芭蕉盧橘影婆娑。一女斜偎繡墩坐，一女徐步空庭莎。一女倚竹一持扇，遠山對蹙雙青蛾。一女畫簷身半隱，緩立遠視横秋波。小橋一女就二女，把手並玩池中荷。石邊二女鬬草坐，微笑似賭千斛螺。我見猶憐理或爾，背人不語心則那。眼前佳麗有如許，君從何處能搜羅。或疑洛陽崔處士，月夜招致羣幺麼。不然綏綏諸姊妹，髑髏花草來山阿。梧桐葉落秋風老，朱顏鏡裏皆銷磨。子京半臂況難擇，汎愛詎果鍾情多。陳郎陳郎藏此畫，到眼當如電影過。我今衰老髩髮秃，畫中人兮奈爾何！

【集評】

蓉裳曰：『用薩雁門體，而蒼秀過之。』

題陳藥洲觀察夢禪圖

藥洲陳翁髮毿毿，心如秋月照寒潭。酒筵爲我出一函，中有小照疑瞿曇。圓蒲寂坐神明涵，翁未言誰吾已諳。翁言少時每睡酣，夢中往往遊精藍。而今垂老未抽簪，化蝶猶繞木蘭庵。因求顧愷與陸探，陸探微也，如韓擒省虎字。貌此繭内將老蠶。今日有酒盡一甔，請君題詩嘲憨憨。我聞佛法貴宏含，有如大海容螺蚶。翁今花雨狴牢覃，仔肩何啻須彌擔。豸袍脱卻卽和南，蟪蛄可視彭與聃。行驅獅象作兩驂，蕉鹿槐蟻焉足貪。六如首夢夢方甘，夢中有禪翁自參。我雖綺語非妄談，如是如是佛應頷。虎溪之畫笑者三，何時雲水同一龕？

【集評】

蓉裳曰：『精於禪理，觸處靈通，此坡仙化境也。』

周湘泉曰：『十美實而能虚，夢禪虚而能實，各有其妙，未宜軒輊。』

挽江秋崖教授

江氏多才彥，金城獨數君。鄭虔方待詔，卜夏已修文。烈烈風何慘，悠悠日欲曛。岐陽鐘鼓在，鳴鳥竟誰聞。

隴坂高千仞，驚聞旅櫬歸。雁書長不達，訃音久滯。鳧舃竟難飛。君方就選縣令，而竟不起。古澗松風咽，春畦薤露晞。凄涼僧寺月，時柩厝法雲寺。弔客淚沾衣。

到處栽桃李，門墻詎易攀。百年蝴蝶夢，三載鳳凰山。斷錦隨花盡，殘書附柩還。凄其賢守賻，鳳翔府守。風義感癡頑。

筆硯昔同共，幽明今又殊。半氈君尚有，一劍我曾無。棣萼終能茂，荊花未許枯。時令弟大章經紀喪事甚力。遺詩經竄點，或可慰黃壚。

【集評】

蓉裳曰：『沉摯深痛。』

胡蒼溪詩端，字子敬，旌表孝子

客從秦州來，貽我錦繡段。乃是蒼溪翁，佳兒具短翰。內言翁歿久，宿草翳烟灌。未知表墓誰，長夜恐漫漫。對茲涕淚零，老眼爲瞀亂。淒然八行書，邈矣千古嘆。憶昔初遇翁，虬髯氣魁岸。盈車載酒肴，邀我玉泉觀。醉後談經史，纍纍如珠貫。狂叫勸諸賓，羽觴安可算。良會爭斯須，風雲忽分散。翁在隴山頭，余旋洮水畔。俯仰三十年，容華各凋換。遙傳曾閔行，已涣綸綍汗。更聞東南遊，牛斗供淵翫。題咏偏吴越，奚囊歸自看。翁詩有《姑蘇泊舟》諸詠。竭來未刹那，夢覺悲昏旦。翁詩『夢覺關頭幾個分』。斯人不可作，迴想堪腸斷。迢迢麥積山，秦地林麓冠。見《庚子山集》。今生不共遊，息壤慚河漢。翁曾約遊麥積，而余竟未能赴。

【集評】

蓉裳曰：『樸茂沉摯，發於至情，原本少陵《八哀》，而去其拙重。』

題鄒蘭谷先生遺像冊後

雲閣蛇蟲傍逆鱗，沈楊死後少言臣。東樓射中高山倒，夢裏彎弓也快人。

繡斧南行日又西，滇黔一路鷓鴣啼。沐家乳臭驚亡膽，尚有威風在碧雞。公發黔國公沐朝弼罪，朝弼竟被逮。

兩處兒孫共一鄒，長安枝葉本蘭州。五泉山下餘殘碣，魂魄還應戀首丘。公祖先俱葬蘭州，見侯廣文屏記。

雙忠俎豆列超然，王段高風競比肩。若使金城非故里，何由蘭谷配三賢。狄道雙忠祠，祀公與張兑溪先生。河州王莊毅、蘭州段容思、狄道張兌溪及公稱『四鄉賢』。

【集評】

蓉裳曰：『言簡意該，可以知人論世。』

牡丹歌

維木芍藥，厥儔寡兮。姚魏人臣，稱名下兮。富貴可欲，王不可假兮。雖匪幽蘭，香亦王者兮。

夾竹桃歌

桃有實兮竹無花，虛中君子莫咨嗟。竹有花兮桃無實，薄命美人應嘆息。

【集評】

星樹曰：『味美於回。』

五色魚歌

斗水之不費也，密網之不畏也，甕盎之不沸也，釜鬵之不溉也。予不必濠梁而有其樂，亦文章之貴也。

【集評】

李實之曰：『詠物體中，別開生面。』

六月菊歌

有夏卉兮，通譜秋英。不甘冷淡，六月而榮。終南隱逸〔一〕，亦可成名〔二〕。陶公附熱，夫豈人情。

【校記】

〔一〕隱逸，《洮陽詩集》作『捷徑』。

〔二〕成名，《洮陽詩集》作『隱名』。

【集評】

蓉裳曰：『四章意旨遙深，音節高古，如謠如諺，如琴操，其妙真不可思議。』

蘇秀崖副使高秋立馬圖歌

金城七月秋氣高，蘇公按部之臨洮。轅門八騶聲嗷嘈，示我小照求揮毫。偉人神駿兩相遭，披圖似有風飀飀。長空萬里絕諠囂，身騎白馬窮遊遨。我公家藏虎豹韜，邊城持節令豸袍。據鞍顧眄真人豪，攬轡應澄九曲濤。赬顏疑飧綏山桃，頭上斜飄金翠毛。雪峯作畫筆硯勞，芍坡題詩追風騷。憶昨幕府隨旌旄，騎馬直至崑崙尻。天山大雪風如刀，冷氣欲裂秦復陶。公時翊贊沛恩膏，疏勒諸部懽投醪。大宛貴人獻葡萄，汗血昂首皆鳴號。玉門關外柳散條，歸來歸來衵其橐。此馬猛氣不可撓，圖畫足勝金銀槽。蘭山書院收英髦，豐餼嚴約公所操。龍文虎脊競連鑣，下駟或效城闕挑。孤竹老馬自爬搔，識道深慚教爾曹。君不見奇才無數隱蓬蒿，公卽相士九方皋。

【集評】

周湘泉曰：『蒼古之氣，直逼昌黎。』

當亭賈文召曰：『瓦棺篆鼎，古色斑斕。』

湟中四白狼行爲廬墓孝子張文通作

湟中狼，色如雪；十六蹄，影飄瞥。環墓門，吼欲裂，旁有孝子方悲咽。嗟汝狼，性饕餮。能食中山之恩人，胡爲今逢孝子而不忍齧？毋乃精誠所感社公誨汝言切切。湟水東流，滔滔不絕。孝子張文通，千古名不滅，吁嗟名兮長不滅！

【集評】

吳敬亭曰：『筆力遒勁。』（據《松厓詩錄》）

送福中堂入覲

黄河夾岸馬頻嘶，父老攀轅悵解攜。坐鎮嚴公方玉壘，趨朝郭令已沙堤。金湯百二歸陶冶，桃李三千待品題。此地誰爲天一柱，還應紫氣入關西。

煌煌鐘鼓動西京，驛路迢遙接鳳城。三輔版圖鶉首重，九邊經略馬蹄輕。風沙曉霽山川古，陰雨春酣草木榮。此去如膺前席問，獻芹野老是丹誠。

灼灼春萱傍紫薇〔一〕，白雲高處每依依。長途慣說封魚返，古塞頻看乳雁飛。錫類恩從丹禁出，促裝人自玉門歸。西池王母瓊花宴，笑指金貂作舞衣。

再世絲綸歸亞相，六韜才略冠通侯。阮公客賤仍青眼，王掾官尊尚黑頭。捧日有心人競仰，淩雲無賦我何求。堯封禾稻商巖雨，願播皇仁遍九州。

【校記】

〔一〕薇，《松厓詩録》作「微」。

【集評】

賈文召曰：「體大思精，喬皇典麗，是躋老杜之堂而嚌其胾者，望洋心嚮，不勝海若之驚矣。」

湘泉曰：「五、六更大。」（據《松厓詩録》）

除夕大雪歌贈閆睦九峻德　丙午〔一〕

去年除夕醉君家，臘雪曾飄六出葩。今年除夕君家醉，春雪又呈三白瑞。世間除夕誰家無？難得客來與雪俱。除夕大雪亦常有，幾人邀客頻把酒？君如祭竈請比鄰，我似乘舟訪故人〔二〕。莫辭來歲梅花約〔三〕，且度今宵竹葉春〔四〕。

【校記】

〔一〕峻德，底本無，據《松厓詩錄》補。

〔二〕乘舟，《松厓詩錄》作『山陰』。

〔三〕梅花，《松厓詩錄》作『探梅』。

〔四〕竹葉，《松厓詩錄》作『爆竹』。

【集評】

李元方曰：『詩亦清便婉轉，如流風迴雪。』（據《松厓詩錄》）

松花庵逸草跋

楊芳燦

松厓先生授余《軼草》一卷，且曰：『昔付剞劂時，若此者已棄之矣，其中或有可存者耶？』余受而讀之，其中卓然可傳者，蓋十之五六焉。嘗謂貧窶之子，藏燕石者什襲，亨敝帚者千金，此矜惜之過也。若陶朱、猗頓之家，視金珠如瓦礫，其失惟均。因亟勸先生登之，又以示潛山丁五星樹，所見略同，獨信固不如共信歟。今其詩具在，有目者當不以余爲阿取所好也。

丙午七月，梁溪後學楊芳燦跋。

松花庵詩餘

松花庵詩餘序

張世法

雕蟲篆刻，壯夫不爲。然削木爲鳶而能蜚，所見者猶有鳶也；畫龍破壁而飛去，所見者並無有龍矣。非削與畫之爭乎大小也。彼以人爲之，而其真不足；此以天爲之，而其神有餘也。松厓先生名重騷壇，所作詩古文，學者奉爲圭臬。近復出其新詞四十首以示余，登臨感遇，性情氣骨，盎然流露於數千餘字間。而珠聯錦簇，色色鮮新，所謂『萬斛泉源，不擇地而湧出』者。天與神合，而不爭乎技之大小也。觀其詞中戲作戒言曰：『繭絲自縛眠蠶，又蠕蠕再三。』先生殆有不能自已者乎？

乾隆丁未春分日，舊治楚人鶴泉張世法拜序。

松花庵詩餘

如夢令

黄粱夢

驅馬邯鄲古道。滿目叢臺荒草。得似夢中人，富貴神仙俱好。昏曉，昏曉，但恐黄粱尚早。

【集評】王芍坡先生曰：「都是黄粱枕内人。」

點絳唇

天台

水泛胡麻，人間伉儷仙家愛。春風半載。歸去迷年代。　咫尺天台，回首雲霞礙。郎如再，向時嬌態。惟有桃花在。

【集評】

芍坡曰：『結有遠神。』

況周頤曰：『鏗麗沉至，是能融五代入南宋者。』（《蕙風詞話》卷五）

浪淘沙

耀州九日

抱影守荒衙。九日堪嗟！茱萸懶佩酒慵賒。欲向五臺高處去，耀州有北五臺。秋在誰家？　紅葉滿天涯。雁陣飛斜。關山回首暮雲遮。故宅池亭誰作主？孤負黃花。

【集評】

芍坡曰：『著意末句，盡而不盡，小令射鵰手也。』

行香子

紀夢

鶯語間關。鶴影蹁躚。喜相逢、近水樓前。十分心事，錦字難傳。有二分嗔，三分愛，五分憐。　綵雲飛去，孤枕依然。嘆何時、復遇神仙。而今而後，好夢頻牽。在梨花月，桃花雨，杏花烟。

【集評】

芍坡曰：『並作十分愁，以情韻勝。玉茗「四夢」，似此佳句有幾？』

鳳凰臺上憶吹簫

鄉思

小院春回，明窗午倦，夢魂時到洮陽。想故園此日，煞好風光。結伴臨川高閣，攜尊酒一曲滄浪。誰消受沙堤柳綠，吹面風涼。　思量。深深蓮幕，經濟手從來，不用文章。笑英雄氣盡、兒女情長。枉把年年針線，爲人作、待嫁衣裳。歸去也，青山無恙，白日休忙。

【集評】

芍坡曰：『風致灑然，「經濟」句尤爲蘊藉。』

玉蝴蝶

王子優邀賞芍藥

纔送花王歸去，春風不語，暗惜流年。何意山人，邀客又設蔬筵。出青郊，卽遊林下；循綠水，忽到亭前。景依然，沉香國色，異質同妍。　流連。重樓簇簇，誰堪持贈，老眼空穿。金帶圍腰，可能有分到寒氊。錦纏頭，綵雲縹緲；玉抱肚，珠露勻圓。醉憑欄，伊其相謔，半是神仙。

【集評】

芍坡曰：『一起超忽，《樂府指迷》所謂「句法挺異」也，真裁月縫雲妙手。』

西江月

襄樊舟中作

江表英雄如夢，襄陽耆舊難邀。大堤風雨暮瀟瀟，尚有天涯芳草。　買得漁家小艇，沽來山市香醪。烟波深處讀《離騷》，人與蘆花俱老。

【集評】

芍坡曰：『融情景於一家。』

臨江仙

詠舟中小鳴雞

蓴脆鱸肥饞客飽，七頭留得雛雞。空艙飲啄任東西。雖經千尺浪，不廢五更啼。　多少賓鴻兼旅雁，誰能憐汝孤栖？蘆花深處水雲低。璇宫方夜織，風雨嘆淒淒。

此首蓉裳刪，姑留之，與後錦雞作伴。自記。

玉蝴蝶

赤壁懷古

扼腕炎靈末季，中原大局，盡入當塗。猶恃專場爪距，窘迫南烏。不知權，空勞知備；既生亮，可弗生瑜？快斯須，漲天烟火，百萬焦枯。　胡盧。昔年此地，虹銷霸氣，電掃雄圖。折戟沉沙，忽然攜酒到髯蘇。話三分，江山笑汝；成兩賦，風月歸吾。問樵漁，鱸肥鶴瘦，畢竟誰輸？

【集評】

芍坡曰：『横放奇邁，足敵辛、劉；氣韻沉雄，亦復風流自賞。』

吴雲衣（《松厓詩錄》作『吕肅堂』）曰：『讀「漲天」句，當滿浮一大白。』

況周頤曰：『後段字字勁偉。』（《蕙風詞話》卷五）

玉蝴蝶

題楊懿庵都閫望衡圖

瀟灑懿庵都閫，勇無人敵，清有天知。拄笏祝融紫蓋，倦引旌旗。盪豪胷，三更日出；開冷眼，九面雲披。澹相宜，軒昂朱鳳，立馬當之。　離奇。獻嘲南嶽，苟非高尚，誰免文移。老子今來，右軍書法少陵詩。早回頭，青峯雁轉；紛聒耳，綠樹猱悲。意遲遲，神仙將相，君自尋思。

玉蝴蝶

題嚴敬也小照臨潼人

偉矣嚴生敬也，風雲眉宇，木石肝腸。家住新豐勝地，裘馬飛揚。卜升沉，君平道德；哀時命，夫子文章。氣軒昂，司空兒好，簿尉何妨？　茫茫。三年需次，黃金臺畔，立盡斜陽。落落萍蹤，忽然尋我到湖湘。寄魚音，溫泉月冷；翻蝶夢，繡嶺花香。醉壺觴，青春作伴，莫遽還鄉。

【集評】

芍坡曰：『輒憶耆卿「忍把浮名」之句。』

玉蝴蝶

題楊生梅下養蘭圖

瀟灑畫中人也，精神滿腹，顧眄生姿。兀坐古梅根下，粉藻離披。澹如無，春山縹緲；清見底，秋水漣漪。且隨時，客中作客，詩外尋詩。怡怡。孤芳自賞，有如蘭草，空谷誰知？阿對慇懃，戲分九畹種黄磁。冷妖嬈，林家韻婦；香夢寐，鄭國佳兒。好爲之，明珠晚出，老蚌尤宜。

【集評】

芍坡曰：『清真而不失之晦，高竹屋所以勝於周草窗也。』

鵲橋仙

予得佳石，上青下白，王柳東爲作圖，題曰『雲臺蓮岫』，且曰『此君老友也』。

九華誰蓄，一拳我買，爽氣忽生几案。白雲頭上是青山，卻不許青山壓斷。馮唐歲月，向平婚嫁，夢想芙蓉落雁。年來老友比晨星，且好與石郎作伴。

【集評】

芍坡(《松厓詩録》作『肅堂』)曰：『格調不凡。』

鵲橋仙

戲慰雲衣亡金

罷官陶令，依人王粲，偶學韓家諛墓。五窮開戶引偷兒，總只爲詩魔吃醋。　網羅黃蝶，鎔銷白蟻，借問飛遊何處？朱提公子便思歸，也終恐留他不住。

【集評】

芍坡曰：『奇思至理，令人絕倒，令人浩嘆，令人猛省。』

意難忘

別人

纔上離筵。悵嘶風五馬，踟躕江干。孤帆天共遠，雙袖淚頻彈。別時易，見時難。儘一霎盤桓。更何時、重圍燕玉，再護湘蘭？　夕陽無限關山。有淒涼飛雁，水咽雲寒。梅花雖吐雪，楓葉尚流丹。心上事，不能寬。是舊怨新懽。且暫教、洞庭明月，兩處同看。

【集評】

芍坡曰：『桓、懽兩韻，包一切，掃一切。』

巫山一段雲

守風戲作

朝發漢陽渡，夕停鸚鵡洲。長空一望水悠悠。何處是沅州？　靜夜潛蛟舞，高風退鷁愁。行人勿復笑淹留。天地本虛舟。

沁園春

辰州舟中守歲時方赴沅州任

孤棹夷猶，歲云暮矣，風雨淒然。嘆槎牙紅石，忽生激浪；參差綠樹，遞起炊烟。鬱壘慵書，屠蘇罷飲，宦況鄉情兩地懸。難忘處，在未曾明日，猶是今年。　雖經二酉山邊。奈老去，詩如上水舡。笑兒童拍手，空回竹馬；苗猺喘喙，虛望蒲鞭。杜甫攜家，葛洪訪道，且把牢騷一筆刪。歌慷慨，看熟來羊胛，換骨成仙。『紅石』，灘名。

【集評】

芍坡曰：『眼前景，口頭語，唐詩元曲絕佳者，只是本色耳。』

念奴嬌

馬伏波廟

楚江南上，眼倦看，隨處神郎鬼妾。矍鑠將軍原不死，廟貌轟轟烈烈。薏苡今灰，雲臺何在？銅柱終難折。晚成器大，詎慚諸將功業？　遙想新息當年，據鞍顧盼，馬革心長熱〔一〕。床下梁松讒佞口，卻勝蠻烟瘴雪。井底蛙枯，壺頭蛇蛻，浪泊蟲沙歇。老當益壯，英風堪勵豪傑。

【校記】

〔一〕革，《松厓詩錄》作『草』，疑誤。

【集評】

芍坡曰：『音節悲涼，唾壺欲碎。』

鵲橋仙

芙蓉亭

在唐芙蓉樓址，今黔陽令葉夢麟建。黔陽，卽古龍標也〔一〕。

芙蓉樓兀，芙蓉亭出，花滿黔江兩岸。平明送客楚山孤，記此處曾開廣讌。　龍標仙尉，龍標仙令，千載風流如面。我來不論古今人，總只愛冰心一片。

【校記】

〔一〕黔陽，卽古龍標也，各本皆無，據《松厓詩錄》補。

【集評】

芍坡曰：『片雲孤飛，隨風起滅。』

晝堂春

清明時赴長沙，舟次辰谿作

辰谿兩岸石槎牙。野棠飄盡閒花。清明何處酒旗斜。春老天涯。　舟次曉來雙燕，灘頭暮散羣鴉。行人此日倍思家。夢越長沙。

竹香子

劉時軒司馬送斑竹烟管

斑竹一枝秋老。呼吸湘烟裊裊。淚痕宜濕淡巴菰，渠是相思草。莫問吞多咽少。釣詩竿何妨飢齩。天台雲氣接蒼梧，珍重劉郎惠好。

【集評】

劉時軒曰：『「釣詩竿」奇於「相思草」，可作吃菸典故。』

芍坡曰：『情韻絶佳。』

茶瓶兒

劉時軒司馬送龍井茶

天下茶推龍井。醉劉伶味全不省。風流司馬來衡永。憐酒渴，頻貽佳茗。蟹眼齊鳴古鼎。問盧仝當居何等？答言莫指蒙山頂。只一盌，梨花夢醒。

【集評】

芍坡曰：『清絕，麗絕，秦七、黄九伯仲。』

雙雙燕

本意

湖南爲客，有雙燕窺簾，自言自語。山遥水闊，回首舊巢何處？幸此空梁如故。且睥睨、柳風花雨。慇懃更檢烏衣，攜帶阿誰紅縷？　凄楚。啣泥作苦。想王謝堂前，無人愛汝。鶯遷雀賀，啁哳朝朝暮暮。莫漫鳴儔唤侶。但依傍、儂家門戶。異時廣廈千間，一任春來秋去。

【集評】

芍坡曰：『情詞兼稱。』

减字木蘭花

送人

楚南人去。綠水青山留不住。芳草萋萋。便自龍標下五溪。　離觴無算。殘月曉風楊柳岸。一片花飛。杜宇聲中送客歸。

【集評】

楊蓉裳曰：『自然高妙。』

減字木蘭花

題畫

倪黄位置。雲外青山山外寺。策蹇囊琴。便有幽人拄杖尋。　雙丸跳走。無數英雄皆白首。把酒臨風。何日相隨到畫中？

浣溪沙

水仙花

玉作葳蕤金作臺。娉婷花愛水仙開。疎簾風定暗香回。　未信湘纍天上去，卻疑謝女夢中來。且隨陶峴共徘徊。

錦堂春

麻陽縣送錦雞

珍重麻陽奇鷩，榮分卿貳崇班。褵褷拖得誰家錦，應是小鵷鸞。　意氣雖經挫折，文章莫使摧殘。公餘飲啄吾憐汝，只作部民看。

醜奴兒 一名采桑子

詠鴿

羈禽怖鳥難馴擾，惟愛飛奴。來去如如。不似雕籠鎖阿蘇。　金盆浴罷毛衣整，錦漲胡盧。一月雙雛。翻笑青田鶴影孤。

此詞蓉裳删，姑留之，以備詠物一體。自記。

采桑子 即醜奴兒

戲詠旅況

松厓老子罌無粟，忽憶監河。不及東坡。過嶺猶然酒器多。　天吳紫鳳行顛倒，扃鐍由他。時衣篋盡爲交替者所封。風雨山阿。或有人兮贈薜蘿。

此詞蓉裳選而予删，今從蓉裳。自記。

臨江仙

贈别

水外青山山外水，悠悠緑意紅情。春風十里短長亭。野花偏有色，林鳥慘無聲。　玉盌醍醐香瀲灩，慇懃小袖親擎。片帆回首暮雲生。緘愁人不見，眉語自分明。

江城子

辰龍關有石刻詩，竟剝蝕不能讀。

辰龍關是楚巖關。水潺湲，鳥綿蠻。旁有人詩、刻在翠微間。人是阿誰詩底似，只一片、土花斑。
文章端合貯名山。陟孱顔，竟難攀。輸與旗亭、高唱發雙鬟。風月祇應嘲我輩，空覆瓿，不如閒。

【集評】

丁鹿友曰：『人人知之，終是捨他不下。』

芍坡曰：『清空超脱。』

鳳凰臺上憶吹簫

陳冰娥畫桃花陳，《集句》誤作沈

槃礴僧繇，聰明絡秀，相攜直到長沙。喜量珠刺史，金貯嬌娃。淒絕孤鸞影斷，歸寧後、淨洗鉛華。傷心是，高樓燕子，只戀張家。
琵琶。從來未抱，且父女重尋，筆硯生涯。嘆春風人面，永隔窗紗。幻出天台小照，彈血淚、暗濕紅霞。君細看，桃根桃葉，何似桃花？

【集評】

芍坡曰：『解道江南斷腸句，世間祇有賀方回。』

金人捧露盤

本意

五兵銷，翁仲鑄，祖龍癡。嘆劉郎、更起遐思。露盤高捧，金人十二爛參差。雲蒸霧洗，土花碧、飛上闌眉。

返魂香，猶易致；長年藥，竟難期。茂陵秋烟樹離離。神仙薊子，摩挲亦恐鬢成絲。夕陽西下，問鉛水、卻爲誰垂？

【集評】

芍坡曰：『奇思異彩，語必驚人。』

玉蝴蝶

題陳雲巖山館聽鶯圖

瀟灑會稽陳子，野鷗心性，古鶴儀形。閒把胷中丘壑，貌出丹青。日融和，涼生竹榭；風澹蕩，韻發松櫺。況兼聽鶯喉脆囀，山溜泠泠。

丁寧。金城玉塞，求聲越鳥，略比晨星。短簿髯參，何須皓齒隱香屏。挈雙柑，休辭路遠；栽五柳，且望雲停。醉還醒，可容老我，同會蘭亭。

【集評】

周湘泉曰：『豪邁中別有風流雅度，羽扇綸巾，正非稼軒所及。』

一叢花

題日暮倚修竹圖

沉香亭北萬花殘。荊棘滿長安。佳人絕代留空谷，淒涼在、獨倚琅玕。霧散幽篁，風吹仙袂，日暮不勝寒。　少陵野老倍心酸。揮翰發長嘆。在山泉水清如許，流不盡、紅淚汍瀾。漢女明珠，洛神翠羽，休作畫中看。

【集評】

楊蓉裳曰：『無限低徊，得味外味。』

一叢花

五泉感舊時遭回燬

五泉亭畔五泉流。玉塞小瀛洲。朱甍碧瓦今安在？蕭然但、衰草荒丘。雲外山堆，雪邊瀑挂，殘景尚悠悠。　刹那猶記少時遊。烟雨醉僧樓。烏飛兔走渾閒事，誰曾管、白了人頭。木塔風高，蓮池月澹，何處不堪愁？『瀑挂雪邊雪，雲堆山外山』〔一〕，淮陰金人望《五泉》句也。『堆』或作『圖』者，誤。自記。

【校記】

〔一〕宣統本無『邊雪』二字。

憶少年

題桐陰倚石圖

飄飄梧葉，團團紈扇，泠泠羅袖。朱顔易凋歇，嘆涼風依舊。　石上絲蘿盤左右，乍相偎、遠山卽皺。儂心鎮常熱，任蒼苔冰透。

【集評】

蓉裳曰：『峭絕。』

醉太平

戲戒填詞作

詩禪未參。詩餘詎諳？繭絲自縛眠蠶。又蠕蠕再三。　花間酒酣。花間令探。鬢毛如雪毵毵。笑先生太憨。

【集評】

允之曰：『悟境。』

虞美人

書李後主詞後

汴雲遮斷江南路。悽惋成佳句。小樓憐爾又東風。何似愁多愁少任愁空。　此間無復歸朝樂。但有牽機藥。好還天道故遲遲。卻在燕山亭上杏花時。

【集評】

李元方曰：『憐才慰藉，姑爲不得已之言，非幸徽廟之流離也。《燕山亭》一首，亦豈堪多讀哉！』

謝池春

爲江汝楫題顧谿雲火筆水仙

一夜東風，吹盡孤山晴雪。儷蘭圖、畫來奇絕。金臺玉盞，有數莖森列。最憐伊、香寒韻潔。都梁烟霧，幻出湘魂飄瞥。更洛神、淩波步月。虎頭持贈，正黯然時節。任江郎、拈花賦別。時顧將去。

【集評】

王蘭江曰：「清婉稱題。」

菩薩蠻

怨別　集唐

人生莫遣頭如雪。雍陶。人生豈得輕離別。李商隱。車馬去閒閒。王維。夕陽千萬山。劉長卿。野花開古戍。王維。野店臨官路。岑參。春暮塞鴻歸。劉商。雙雙他自飛。崔國輔。

【集評】

蓉裳曰：「何減竹垞《蕃錦》。」

漁家傲

對酒　集句

茅屋數間窗窈窕。王介甫。流鶯窗外啼聲巧。秦少游。乍雨乍晴花易老。秦少游。天欲曉。和成績。亂紅堆徑無人掃。何子初。若解思歸歸合早。歐陽永叔。天涯何處無芳草。蘇東坡。忙處人多閒處少。王晉卿。尊前好。朱希真。醉鄉廣大人間小。秦少游。

【集評】

芍坡曰：『有神無跡。』

松花庵詩餘跋

楊芳燦

裁雲縫月，妙合自然；刻楮鏤冰，意惟獨造。有稼軒之豪邁，兼白石之清疎，此詞家之最上乘也。嘗論小詞，秦、柳固爲正宗，姜、辛亦非别派。與其摹寫閨襜，千手一律，何如行吾胷臆，獨開生面之爲得乎？先生詩高古雄邁，詩餘亦然。凡應酬之作，及稍涉綺豔者，均可不存。葉脱而孤花明，雲淨而峭峯出。别爲一卷，附詩之後。

乾隆丙午立秋日，梁溪後學楊芳燦跋。

蘭山詩草

蘭山詩草序

楊芳燦

松厓先生主講蘭山，課士之暇，輒爲詩歌以自娱，藏之篋笥，如束笥焉。余適牧靈武，間歲來蘭，時得晤對。先生出一卷見示，曰此别後所得也。余始讀之，駴其文采之富豔絶倫，及卒業焉，益歎其聲律之工細。如八音迭奏，《韶》、《鈞》鏘然；五色相宣，錦績爛然。而皋牢百家，鼓吹羣雅，浩乎無流派之可拘也。莊生云：『用志不紛，乃凝於神。』〔一〕王充云：『居不幽者思不至。』先生左圖右史，寢食其間，研精學思，老而彌摯。卷中有《夢中作詩不成覺而自懺》一章云：『造物逸我，使我老兮。我不自逸，耽辭藻兮。作而不成，益苦惱兮。醉舞顛崖，吾將散吾寶兮。』其篤嗜如此〔二〕，宜造詣之夐乎莫可及也。請付剞劂，敬以數言爲喤引云。

乾隆庚戌三月中浣，梁溪後學楊芳燦序。

【校記】

〔一〕莊生，宣統本作『莊子』。

〔二〕篤，宣統本作『嗜』。

蘭山詩草

福制府聘主書院造次言懷

書院傳經處，蕭閒稱老儒。若云通請謁，何以訓生徒？冰雪文雖少，山林興不孤。威明能下士〔一〕，或反重王符。

【校記】

〔一〕明，宣統本作『名』。

【集評】

楊蓉裳曰：『高雅蘊藉。』

薛王坪歌

蘭山五泉下，西有薛王坪。薛王何王坪何坪？言是薛舉之先塋。憶昔隋氏亂，綠林分戰爭。爾舉果何物，乃敢虎踞雄金城。斯時四海已鼎沸，誰復西向收欃槍？嗟爾子仁杲，乃更兇暴淩蒼生。盜跖肝易膾，汲桑扇難擎。不有晉陽真人出，黃河惡浪何時平？鷙鳥旋就射，封豨亦遭烹。薛家三尺土，秋草尚縱横。至今里人每上冢，憑弔若有枌榆情。咄此兔窟與貛穴，焉用盃酒澆叢荊。蘭山古，五泉清；堪齒冷，薛王坪。

《樂府廣題》曰：『汲桑力能扛鼎，殘心少恩。六月盛暑，重裘累裀，使十餘人扇之。忽不清涼，便斬扇者。後爲并州大姓田蘭所殺。士女歌曰：「六月重裀披狐裘，不識寒暑斷人頭。雄兒田蘭爲報仇，中夜斬首謝并州。」』

【集評】

蓉裳曰：『落筆如鑄，字挾風霜，李西涯樂府有此精深，無此雄厚。』

誌公洞歌在皋蘭城南三里

誌公洞在紅泥巖，流水活活石巉巉。相傳羣蛙喧洞口，誌公呪之蛙悉走。或戲捕蛙投洞旁，須臾驚怖皆逃藏。誌公後住南朝寺，錫杖刀尺麈扇備。簡文生日卽咨嗟，早識侯景爲冤家。神功莫補梁皇懺，姑與爬沙唱清梵。

題黄石舟花卉二首磐〔一〕

活色生香取次分，小塗大抹盡超羣。眼前畫手皆槃礴，昔有黄筌恐是君。

千紅萬紫媚春秋，狂掃都將一軸收。識得歸根原有處，寄生寒草亦風流。時黄謫戍。

【校記】

〔一〕磬，底本、乾隆本、宣統本皆無，據《松厓詩録》補。

【集評】

允之曰：『慰藉好，妙能雙關。』（據《松厓詩録》）

門神次查悔餘韻四首

染紙爲神取次看，元宵隨處貼門端。僧敲素月休疑佛，客掃紅塵卻認官。甲仗森嚴空對壘，霓旌晻靄未升壇。登龍羅雀尋常事，蓬蓽何勞獬豸冠。

【集評】

周湘泉曰：『三、四妙參活句。』

閲盡晨昏只倚閭，海神山鬼未全如。叩扉應待鍾馗訪，題署還留鬱壘書。八部風雷方凜烈，九關虎豹正軒渠。排雲有路通閶闔，鐵限何妨守禦疎。

【集評】

湘泉曰：『詞成鋒鍔，字挾風霜。』

劍佩儼隨鵷鷺行，經年屹立兩扉旁。招魂工祝非沅楚，酣戰英姿似李唐。爆竹聲中陰闔闢，傳柑節後漸炎涼。客來剝啄空偷眼〔一〕，不信閽人要孔方。

【校記】

〔一〕啄，《關中兩朝詩鈔》作『喙』。

【集評】

湘泉曰：『五、六獨見含渾，餘味曲包。』

碧火熒熒照紙灰，空堂魑魅盡傳杯。呼名要使黎丘畏，寫照先從度朔回。靄若日臨扉半掩，肅然風至鑰頻開。韓家最苦窮難送，勸爾休容五鬼來。

【集評】

湘泉曰：『山雨驟來，驚濤忽捲。切切嘈嘈，如樂之盈耳。』

蓉裳曰：『格調雄渾，忘其爲遊戲之作。』

懷毛嗚周文學

久與高朋別，幽明兩不知。傳聞君屬纊，猶待我題詩。河朔豪尊遠，山陽短笛悲。那堪回首處，宿草正離離。

【集評】

蓉裳曰：『如《山陽賦》，著墨不多，而愴情獨摯。』

棲雲山本興隆之西山，今仍其舊爲棲雲

異境傳龕谷，今來果不羣。客疑靈隱寺，詩人陶午莊謂此山似靈隱。仙帶藐姑雲。有羽士自山右居此。山雨當樓出，松風隔澗聞。黄庭堪送老，烟靄會平分。

【集評】

蓉裳曰：『千鎚百錬，逼似王、岑。』

興雲山即興隆也，今易興雲

孤雲棲不定，回首卽雲興。觸石還相似，爲霖得未曾。東西山盡好，秦李教誰承。但學無心出，仙梯自可登。相傳秦、李二仙修煉於此。

【集評】

秦曉峯曰：『起法又變。』（據《松厓詩錄》）

送賈恆嵒歸武强愈

隴右當天末，洮陽值歲華。薛公纔款客，州牧田景季館君六載。王粲忽思家。徒酌三巡酒，難回五岳車。臺空逌爾鳳，狄道州超然臺，一名鳳臺，君曾主講書院。路指率然蛇。君家近常山。山水封廚篋，君工繪畫。琴書冷帳紗。遙知歸里後，著論準長沙。

【集評】

蓉裳曰：『用字嶄新，卻大方，不落纖巧。』

送張學師歸鄜州睿朝

隴右明奎壁，洮陽識誦絃。君家葆黄石，人望擬青錢。鄜月窺書幌，秦雲繞硯田。許丞雖耳重，鄭監本才全。計典繩庸吏，黌宫失大賢。但能歸故里，何必戀寒氈。老鶴聲聞野，長蛇氣屬天。今朝一盃酒，真似送神仙。

戲題柳毅傳書圖

兒女紛紛怨折磨，人間柳毅詎傳訛。書通貝闕真嘉樹，泥溷明珠信濁河。生啖狂童殊易易，師昏才壻謾呵呵。雲雷戰罷山應裂，環珮歸來水不波。魚媵爭誇秦贅好，鮫姝獨誦《楚辭》多。洞庭老退錢塘遠，嚴武王魁奈爾何。

此題本出稗官，然射日、奔月、鞭石、乘槎之類，悉屬無稽，豈彼可入詩，而此獨不可詩耶？命題曰戲，方家可以釋然矣。松厓自記。

【集評】

桐圃曰：『「舊井潮深柳毅洞」，何大復已用之。』（據《松厓詩錄》）

上姚雪門觀察四首

匡廬彭蠡萃靈奇，秀發黄虞第一枝。長句才華兼鮑照，大科名次並韓琦。崆峒使節今初仰，溆浦仙舟昔共移。幸有清風來吉甫，穆如先向故人吹。

臺閣山林两地懸，邇來頻接五雲箋。武功詩法難爲祖，平仲門風總是仙。尚憶瀟湘同舊雨，忽驚縞紵到寒氈。衰殘詎敢當玄晏，序重《三都》恐未然。公以大集屬序，至今逡巡，未有以報也。

隴河民命繫提刑，斷獄何妨動引經。循吏名推龔渤海，詩人官羡李滄溟。豸袍雲化千山雨，鶉野風隨一路星。指日平反當報最，竚看麟閣焕丹青。

曾記湘沅採白蘋，郊迎遙拜使車塵。鍾譚僞體公能遠，屈宋衙官我自親〔一〕。一顧而今榮老馬，三薰在昔恕狂人。西江月照南山竹，蔭庇還當托大椿。

【校記】

〔一〕宋，宣統本作『送』，疑誤。

【集評】

蓉裳曰：『高華典貴，王、李遺音。』

送丁星樹南歸二首時由知縣降丞倅

丁子高名二禮同，臨行告別苦匆匆。論文我自嫌傖父，把酒君先憶皖公。松澱藍田原是夢，參用丁固事。鶴歸華表亦成空。黄金散盡奚囊滿，贏得人稱小放翁。星樹詩宗劍南，人稱小放翁。

鼠姑花下酒明缸。今夏邀賞客舍牡丹。客猶緑竹栽空舍，時寓山子石。曾典春衣布綺筵，『酒何曾醉衣常典』〔一〕，星樹句也。官似黄楊厄閏年。緑竹、黄楊皆用疊韻。斥堠塵沙愁馬驛，鄉山風雨愛龍眠。蓬萊只在秋江上，安慶有山。名曰江上蓬萊。便少雙鳬也是仙。

【校記】

〔一〕常，宣統本作『當』，疑誤。

【集評】

蓉裳曰：『天懷蕭澹，是星老本色，二詩韻致絶似其人。』

雪門先生餉哈密瓜二首

西藏名瓜世所珍，烏臺分餉意何親。瓊琚厚報空懷想，腸斷青門日暮人。

沙磧鳴駝古驛長，緑沉宛轉到鱣堂。臞儒乍與神仙接，只作安期巨棗嘗。

【集評】

姚雪門曰：『風調絕似玉局翁。』

蓉裳曰：『偶然拈筆，難得如此生韻迴出。』

皋蘭牡丹盛開偶閲方方壺春晚客愁一絕忽增惆悵因次韻六首

方壺詩云：『十載干戈後，辛勤蒔牡丹。豈知身是客，借與别人看。』

攜得金城酒，敲門問牡丹。亦知身是客，權作主人看。

三萬六千日，幾回逢牡丹。若教花有語，先儘老人看。反劉賓客語。

洮水多花木，牽情是牡丹。吾園如綺繡，今日定誰看？

憶昔遊齊楚，鄉心繫牡丹。歸來今數載，仍向客中看。予二十年間，看家園牡丹者纔三次耳。

富貴尋常有，風流羡牡丹。此花同晝錦，好是故鄉看。

絕調清平少，吾應愧牡丹。天香兼國色，只作露華看。

【集評】

丁星樹曰：『六首自成章法，不可增減。』

坐禪圖歌有序

吴趨陳葑溪，業儒而嗜釋，近示其《坐禪圖》，則居然一比丘矣。而江生汝楫，請爲長古詩贈之。夫佛戒綺語，此何用詩，詩亦何必古，古又何能長？江生贅矣。雖然，山河大地，皆因一念而生，虚空之中，固無不可以充滿也。因勉爲長歌，聊博拈花之笑。

恆沙世界持風輪，九十一劫同宵晨。日月天子走逡巡，我佛稱尊度迷津〔一〕。彌陀淨土七寶陳，蓮花光照千由旬。觀音勢至本天親，耳根佛號功等倫。達摩東來了宿因，貝多枝條震旦春。頓漸二義各隨人，南能北秀遥比鄰。吴趨陳子骨嶙峋，曾作翩翩入幕賓。説法常附宰官身，忽悟四大空三塵。昨逢名手寫其真，虎頭金粟妙入神。圓蒲兀坐勝華茵，古貌宛若枯松鱗。水田之衣結百鶉，問君何時脱冠巾？世出世法理則均，毒龍幸伏狂猿馴。江郎索詩意諄諄，稗販吾語雲門嗔。老夫下筆愧清新，如是如是佛應嚬。

【校記】

〔一〕度，宣統本作『渡』。

【集評】

江汝楫曰：『詩用梵典頗多，然非此則不能長，故現搬運身而説法。』

讀北齊書有感

堪嘆高歡孽種狂，敢將狗腳詈君王。蘭欽兒子真豪傑，尚有廚刀剚虎狼。

【集評】

李允之曰：『有高歡之父，安可無蘭欽之子？真快論也。』（據《松厓詩錄》）

書李後主詞後

舊日君臣禮尚存，偶談潘佑亦寒溫。卻憎多口徐常侍，未得生抽爛舌根。

【集評】

蓉裳曰：『二詩痛快人心，附詞尤極精妙。』

擬古

客惱灌將軍，時時耳語聞。魏其言不聽，隔座答田蚡。

犢沐子一作牧犢子

七十古稱稀，生人趣已微。不應鰥目閉，纔見雉朝飛。

白頭吟

錦水鴛鴦好，雙飛影不孤。黃金緣底得，卻買茂林姝。

盆池飲鳥

清泠小水盆，布施同甘露。渴鳥日隨緣，飲酣各飛去。

題顧溪雲火筆芙蓉翡翠

癡絕曾聞顧虎頭，君家奕世本風流。如何鳳尾千苞發，都向龍涎一炷收。憶昨從容成巨幅，令余彷彿到仙洲。妍姿未許芙蓉落，生趣還應翡翠留。常恐折來仍炙手，乍疑飛去更凝眸。烘雲煖借桃花火，濡露香含桂子秋。入座胡胥寒有夢，免冠毛穎老無愁。焦桐擬製行廚篋，屈鐵堪鎔挂壁鈎。此畫裝潢真熨帖，阿誰展玩不徵求。卻憐碧玉嬌憨甚，笑倚熏籠也臥遊。時新納姬。

【集評】

陶午莊曰：『筆姿明媚，在集中另爲一格。』

蓉裳曰：『驚采絶豔，何齒宿而意之新乎？』

壽王芍坡先生

千古清淮水自流，琅岈門第本無儔。家臨蟹舍兼漁舍，才繼麟洲與鳳洲。對策力能追董賈，題詩目欲短曹劉。曾依柏樹趨臺左，旋逐梅花赴隴頭。草檄文雄驚大帥，綏邊方略動元侯。五涼宦蹟供憑弔，萬里軍書入校讎。閏厄黄楊官乍縮，威存白澤氣仍遒。揮毫暫課風簷業，嘗主講蘭山書院。乘傳還尋月窟遊。曾自新疆巡察，旋陞西寧道。雨霽紅崖朝挂笏，霜明青海夜登樓。湟隍地擁龍支出，鄯善民遮馬足留。九曲雲嵐爭結緣，三仙鸞鶴競啣籌。宫袍色共萊衣煒，時嗣君庶常省覲。仙醴香隨魯酒篘。野老焉知鈴閣事，高人翻祝硯田秋。秦聲巧附《松陵集》，擬倩長庚報斗牛。

黄楊、白澤用疊韻；湟隍、鄯善俱用疊韻之雙聲；擁龍、遮馬、衣煒、酒篘俱用正紐。自記。

【集評】

蓉裳曰：『對仗謹嚴，法律深細，非老手不辦。』

潘清溪曰：『今之講律者，誰能到此？』（據《松厓詩録》）

義雞行

丁未秋，蘭山書院誌異。

書齋畜雌雞，伏卵精且專。所生十餘雛，啁喔小如拳。呪呪方捕養，忽而恩愛遷。近輒怒啄之，有如仇讎然。他塒有牝雞，睆視若哀憐。朝爲引雛遊，夕爲翼雛眠。食爲護貓犬，行爲防鴟鳶。衆雛與之狎，時登背與肩。宣姜害二子，壽伋甘同捐。武氏殺章懷，黄臺瓜難綿。腹出尚如此，悍嫗誠不賢。況逢呂雉輩，猶望伯奇全。茲雞爲繼母，足可喪三年。吾作《義雞行》，妒燕其吟旃。

【集評】

陶午莊曰：『遊戲之作，俱關名教。』

蓉裳曰：『長於諷諭，具體香山。』

看得春光到牡丹二首醉墨樓應仙乩

醉墨樓中墨未乾，居然仙客降瑶壇。鷁飛瞥見千花落，柯爛纔消一局殘。閬闠語言真剌剌，蓬萊日月自漫漫。催歸莫聽三青鳥，看得春光到牡丹。仙乩批云：『收句會心處不在遠。』

看得春光到牡丹，烟晨月夕暫盤桓。花如富貴稱名好，詩遇神仙屬和難。紅雪乍飛金鑿落，碧雲遙護玉欄杆。乩圈以上四句。懵騰一醉堪千古，莫作西風菜葉觀。

元張昱光弼詩『只消幾個懵騰醉，看得春光到牡丹』，諷淮張之不久也。自記。

丁宜園送酒四首

載酒造玄亭，仙人本姓丁。鶴歸天浩浩，蓉發霧冥冥。雅量歡相屬，高懷笑獨醒。鴟夷滑稽甚，君且試觀瓶。

五馬立參差，金城布濩宜。大馮方作郡，小阮況能詩。吏散花深處，賓留月上時。老夫承款洽，閒卻杖頭貲。時令叔霖浦關注頗殷。

大比諸生散，吾將返故園。馬懸新識道，鶴笑舊乘軒。齊魯風何近，龔黄化不煩。通家無縞帶，翻望酒源源。時書院散館。

梓澤惟三盞，蒲臺動一車。何當酬片錦，且試酌流霞。管秃詩將盡，錢餘酒不賒。未知兩徵逐，逋債落誰家。予嘗戲謂宜園：『君但以酒來，僕當以詩往，勿使詩有餘而酒不足也。』

【集評】

蓉裳曰：『風懷蕭澹，不煩追琢，自爾渾成。』

耳聾

聲入貴心通，吾今耳漸聾。銜枚憑蟻鬬，驚蟄羨龍聰。野曠觀秋水，天高問朔風。蠕蠕真好事，猶誦《阿房宫》。

再題棲雲山

勞勞何處息塵氛，老遇名山意便欣。太華空同難再到，且來把酒對棲雲。

再題興雲山

出岫雲依化石松，興隆名字若凡庸。不如直作興雲好，一滴滂沱待老龍。

【集評】

蓉裳曰：『倣青蓮郎官湖之例，山以詩傳。』

題武威林節婦傳後選二

矛頭淅米供朝餐，嫠婦持家亦大難。賣得糟醅三十塊，憐渠辛苦辦熊丸。氏撫孤時，家止有麯三十塊，後竟以勤苦起家，教子孫皆成立。

燈下寒機月下砧，天山冰雪照人心。孫枝忽發冬青樹，自是皇朝雨露深。乾隆十三年旌表。

張節婦詩三原張荊若之側室，乾隆三十五年旌表

冬青本南木，亦可移四方。托根苟得地，隨處發馨香。婉孌廣陵女，聘珠堪斗量。惜哉命不猶，中路拆鴛鴦。孱婦持門戶，兼能孝姑嫜。芝蘭萎再世，天道何茫茫？嵯峨一片石，綽楔焕龍章。嘒彼參與昴，姮娥同清光。十月月既望，人晉古稀觴。勿釀梨花春，三原酒名。瑤臺有冰漿。

【集評】

蓉裳曰：『表章奇節，被之樂府，卓然可傳。』

桐圃曰：『夫亡而子復夭，真可憫憐，此不得不作之詩也。』（據《松厓詩錄》）

寄年海籌有序

長安年孝廉景鶴，詩人也。屢上春官不第，以年老恩授國子監典簿。近以其詩集令愛子秉鑒持赴蘭山，屬予點定。予心感焉，因走筆爲五言答之，兼以鼓其衰氣。時乾隆戊申之十月十四日也。

大塊鼓噫氣，吹嘘遍八埏。太虚本同室，何曾别山川。君與老夫交，悠悠三十年。遥知頭俱白，所恨各一天。朝來好驥子，訪我蘭山前。出其袖中物，一一皆名篇。讀罷三嘆息，不遑問食眠。才士多落拓，安貧理固然。况君被光寵，更老優華顛。辟雍鐘鼓地，散秩亦神仙。平生五車讀，百一聊償焉。有文等冰雪，寧受熱客憐。近者攜琴劍，館穀就藍田。三家桃李村，亦足爭春妍。老夫作細字，覼縷溯風烟。望望過庭雁，舉翼相接連。

【集評】

雪門先生曰：『真摯處似杜，灑落處又似蘇，兩家殆兼有之。』

輓姚雪門先生

涑水膠河壖，愁雲幕隴嶂。孤客傷離索，哲人嗟徂喪。惟公西江彦，實予北斗望。桑扈返其真，楊朱迷所向。憶昔校偏沅，紵縞蒙淑貺。朅來晤蘭泉，喁于共酬唱。繡服趨雞壇，褐衣接虎帳〔一〕。斗膽恣推敲，海懷恕愚妄。何言二豎侵，兼被三彭謗。力疾猶開尊，談詩訖屬纊。鵩臨嘆賈達，蝶夢知莊曠。焚琴謝鍾期，斧堊悲郢匠。苞符大化流，金石遺文壯。挂劍已寂寥，撫棺更悽愴。招魂同楚些，歸骨待吳榜。挽歌示千秋，擬勒匡廬上。

作是詩訖，夜夢與公遊於深山，公探石壁上小孔，得二玉杯贈予，覺而恐其遺忘，卽枕上呼兒牢記之。臘八日清晨松厓老人自識。

【校記】

〔一〕接，《洮陽詩集》作『陪』。

【集評】

蓉裳曰：『知己情深，傾喉一慟，落墨鄭重，具體杜陵矣。』

王春暉先生詩示其孫錦如昆仲

皋蘭有韻士，王驥字錦如。屋後闢小園，花竹紛扶疎。其中尤多菊，異種連階除。亭成名九華，標榜實始予。秋色當爛熳，屢迴高人車。酒酣述祖德，俯仰增欷歔。嗚呼春暉翁，孝義感鄉閭。弱冠就蓮幕，聊供負米儲。筆耕三十載，乃有此室廬。堂構今宛然，安可忘其初。況翁嗜山水，不樂城市居。負郭二頃田，留君世耘鋤。君爲窮措大，亦復膺簪裾。陶令責五男，前修其慎諸。秋色雖可愛，春暉常有餘。水源及木本，珍重一束書。

【集評】

蓉裳曰：『古質似昌黎。』

蓉裳曰：『「嗚呼」，用遙接法。』又曰：『用忠告善道，此一篇之骨也。』（據《松厓詩錄》）

送丁宜園赴永平霖浦叔邸

羣魚忘江海，安能聚微波。客鳥決雲霄，寧復懷舊柯。故人今別我，對酒發狂歌。迴思四星霜，款曲良已多。迢迢盧龍塞，五馬玉鳴珂。君到獻奚囊，焉須問紫羅。閒廳分手處，明日但綠莎。因聲寄大阮，離緒近如何。

題高青丘梅詩後

雪滿山中高士臥，梅花典故美成知。竹垞但說吟松好，忘卻香篝素被詞。

周美成詠梅詞：『更可惜雪中高士，香篝薰素被。』青丘正用其意，朱竹垞乃謂此句是松不是梅，誤矣。松厓注。

代次施太守光輅原韻二首

天山雪點翠雲裘，達士登高且散愁。乘障雄心隨馬足，枕戈清夢到螭頭。共知東道逢嘉友，莫對西瓜感故侯。水宿風餐三萬里，問君何似錦江遊。施前宦蜀。

謫客西行歷夏秋，縶維五馬竟無由。孤鴻已度三邊月，雙鯉先來九曲流。劍吐青雲天外倚，珠霏紅雪夢中留。謂歌兒雙林。知君轉盼朝金闕，莫上龍堆望斗牛。

【集評】

蓉裳曰：『宛轉輕便，流風迴雪，可以方此二詩之致。』

余今年六十七歲矣雒誦胥忘便擬從頭讀起如兒童然因戲用訓蒙詩意二首

六十年華更有餘，伐毛洗髓在詩書。何妨七歲孩童子，似我當今入學初。

詩文故實半荒蕪，白戰人應笑老儒。卻似南能中夜偈，本來一物也全無。

【集評】

丁星樹曰：『似坡仙遊戲小品，然末有逃禪意。』

贈靖遠胡雲庵以善卜得軍功，由國學給千總劄

烏蘭山下挹清芬，安定靈占自不羣。決勝公然驚頗牧，通幽宛爾見羲文。燕歸旅舍春將老，鶴舞仙壇日未曛。時寓雷壇道院。從此長亭一杯酒，梨花同作夢中雲。

贈即墨楊叔平

家世勞山山下居，偶來洮水訪衡廬。逢君擬脱千金劍，愛我先留六紙書。碧海仙人曾食蛤，朱門豪客但歌魚。風懷磊落真無敵，閲盡翩翩恐不如。

贈伏羌宋侗夫

西傾次第連朱圉，兩地風烟本一家。我愛三鱣離隴右，君隨五馬到天涯。青楓葉醉明秋水，紅杏枝嬌爛午霞。悟得門庭章句好，夢中自有筆生花。

【集評】

賈恆嵒曰：『五、六用典，得蜻蜓點水之妙。』

贈張錦泉思睿〔一〕，靖遠庠生，精六壬奇門

健骨崚嶒短髮蒼，異人曾授玉函方。天涯遊處追禽慶，風角占來比戴洋。萬戶烟雲環米峽，三春花柳徧蘆塘。雞豚社裏神仙好，更擬逢君醉一觴。

【校記】

〔一〕思睿，底本無，據《松厓詩錄》補。

贈道士白雲鶴

雲鶴仙師不染塵，孤雲野鶴是前身。籬邊種菊來元亮，中衛明明府。海上囊琴見子春。頗能工琴。酒瀉玉壺香更遠，詩聯石鼎句尤新。他年儻赴三山約，好記松花老道人。

【集評】

李寶之曰：『起句飄然，亦如孤雲野鶴。』（據《松厓詩錄》）

贈唐介亭璡

瀟灑唐生號介亭，圖章入妙畫通靈。幾家篆籀鐫奇石，隨處雲嵐挂小屏。白塔山前風浩浩，紅泥巖下水泠泠。與君把酒歡無極，沉醉何妨倒玉瓶。

壽崔孺人西寧武庠張志遠通侯之母

春到湟中乳燕歸，四方賓客拜慈幃。共言霍靡三芝好，卻羡連蜷五桂稀。孔雀樓前明月照，金蛾山下綵雲飛。西池王母瑶華樂，笑看斑襴作舞衣。

答售劍者

寶劍光如水，森然不可親。老來恩怨盡，將欲贈何人。

陳子益談河州牡丹之勝悵然有作

牡丹隨處有，勝絶是河州。及爾談今夕，令予感舊遊。風清和政驛，月滿鎮邊樓。只恐重來此，名花笑白頭。

書院訓士次陶移居二首韻

至人法鶉居，隨處卽安宅。學舍如蜂房，相依在朝夕。曰余之蘭山，謬充鉛槧役。待問本空空，諸生尚前席。揭來逾五載，情好倍疇昔。客鳥托高枝，胡能遽離析。

學劍觀千劍，道通文與詩。君等倦讀書，吾當自讀之。所嗟桑榆迫，去者不可思。如何桃李班，浪擲青春時。鵝湖及鹿洞，成法宛在茲。負笈從爾至，濫竽將誰欺？

【集評】

蓉裳曰：『用靖節韻，卻得魯直、裕之妙處，所謂「買褚得薛，不落節」也。字字警切，學者宜銘之座右。』

送張品懿遊江南二首有序

品懿以宦家子，久困諸生，而詩與書畫皆能絕俗。近因姊在江東，將往省之。予臨行贈言，蓋嘉其至性，而復望其速歸也。

骨肉分飛萬里程，擔簦不盡脊令情。相逢恐有申申詈，怪爾長齋過一生。品懿戒酒肉，已十餘年。

吳越江山到處奇，詩中有畫畫兼詩。東南勝景從君寫，只是逢仙莫看棋。

河神祠古柳和李實之孝廉四首

河神祠廟枕洮涯，古柳參差閱歲華。不逐灰塵經浩劫，尚搖風雨動虛沙。陰濃曾覆莊生釣，漂泊難隨漢使槎。昨向西傾山下過，枝枝交影半龍蛇。

畫閣臨川阻大隄，永寧橋畔草萋萋。十圍古柳何年植，三疊陽關幾客題？唳鶴吟猿聲斷續，裁雲鏤月影高低。一眠直與乾坤老，陶令歸來且杖藜。河神祠對臨川閣，其北即永寧橋。

汁染宮袍歲月深，年年榮落傍烟潯。繫來白馬真靈蹟，見《金史》。引出黃鸝尚好音。高閣正逢秋水至，斷橋瞥見夕陽沉。芙蓉鏡下人猶昔，待爾攀條取次吟。柳旁有秋水閣、曉風樓。

百里幡幢下綵船，八靈齊會柳堤前。洞庭橘樹無消息，度朔桃枝有歲年。金縷斜飄山鬼帶，翠條虛彈海神鞭。多情誰是桓司馬，只恐重來也泫然。

【集評】

蓉裳曰：『蒼老稱題，百讀不厭。』

夜夢松花庵中花木盡枯爲之惆悵覺而幸其爲夢也

正月離家臘月歸，故園松菊恐全非。花神夢裏添蕭索，應勸先生早拂衣。

【集評】

蓉裳曰：『雋妙。』

歲晚

歲晚尚淹留，寒生季子裘。壯心隨日短，殘夢逐年遒。雪淨三條嶺，雲深七道溝。遙知前路去，春酒正堪篘。『三條嶺』、『七道溝』皆關山路。

元夕後出門戲作

柏酒傾春夕，花燈照別筵。風霜新白髮，筆墨舊青氈。客望李玄禮，人嘲邊孝先。且探囊底智，聊覓杖頭錢。李禮、邊先，俱還八病〔一〕。

【校記】

〔一〕各本皆無此注，據《松厓詩録》補。

【集評】

張桐圃曰：『不自貢高，妙得古趣。』

折枝杏花二首

紅杏飄飄爛午霞，折枝忽到老夫家。隴頭近少江南使，此是爭春第一花。

膽瓶分得日邊春，姑射仙姿迥出塵。競説疎梅風格老，北人終與杏花親。

【集評】

蓉裳曰：『絕似元裕之小品。』

牡丹

老來幽事頗相關，花下榛蕪手自删。最是年年惆悵處，牡丹開日在蘭山。予不看家園牡丹，近經五載。

擬讀曲歌

儂身如秋風，未冷已蕭索。歡心如春冰，纔熱便輕薄。

【集評】

蓉裳曰：『真是未經人道語，置之齊梁人集中，亦推絕妙。』

收書示兒子二首

老至喜收書，書多詎能讀。譬鄰大寶山，裁取供樵牧。

信手掣牙籤，屠門聊大嚼。勿言涉獵非，猶勝束高閣。

賀楊南之明府生子

南之少而雋，杏苑春華敷。作吏三十年，忽然成老夫。近者尹張掖，天山矯雙鳧。放衙自顧影，但欠明月奴。𡅏來靈鵲報，云得鳳凰雛。朋輩爲之喜，如瞻徑寸珠。寧馨能跨竈，收效已桑榆。書籍有所歸，人生更何須。白鹿遊原上，黄鳥止庭隅。爲君歌樂只，因以慶懸弧。

【集評】

蓉裳曰：『真率語，自爾清腴。』

夜夢賦詩不成煩悶殊甚覺而灑然因作歌以自懺

造物逸我，使我老兮。我不自逸，耽辭藻兮。作而不成，益苦惱兮。醉舞顛崖，吾將散吾寶兮。

【集評】

張桐圃曰：『散寶自佳，然恐終非易易。』

題傅竹庵小照工畫

雲水經年作臥遊，鶉觚奕葉本風流。阿誰代寫高寒色，一軸松聲萬壑秋。石上苔痕軟似茵，科頭竟日坐嶙峋。兒童莫笑生涯冷，貌出青山便不貧。

己酉元日試筆

乾隆五十四年春，轉眄韶光近七旬。時年六十九。驛寄梅花詩漸少，壺傾柏葉酒猶醇。蘭山木塔高迎客，洮水冰珠冷送人。華髮盈顛翻好事，恨無晴雪澡精神。去冬無雪。

耀州門人梁維材楚翹由內地學博西調奇台近奔其母郭孺人喪踉蹌過蘭余因慰之以詩

梁生秉鐸調奇台，桃李爭當異域開。祋祤雲高看北斗，祁連雪淨憶南陔。何言捧檄榮毛義，卻使牽衣慟老萊。齧指音從三石至，斷腸人向五涼回。山長水遠歸程促，月慘風悽旅夢哀。遺母爾曾封苜蓿，尋師吾欲贈瓊瑰。白鴉引路今猶昔，青鳥傳書去復來。竚待龍章鐫墓碣，好從贔屭剔莓苔。『瓊瑰』，淚也。『三石』，耀州山名。

普覺寺重修工竣諸檀越請紀以詩漫成二律

普覺寺中泣龍象，毘盧閣下長蓬蒿。黄金布地緣公等，素壁籠紗愧我曹。花雨漫天飛舍利，潮音終夜吼蒲牢。白蓮社裏宗雷滿，好爲淵明具濁醪。

世尊法像久塵埃，長者無窮接踵來。忽爾隨心成布施，公然彈指見樓臺。碧雲明月當空過，翠竹黄花滿地栽。今日題詩殊草草，寺僧休獻緑英梅。

【集評】

蓉裳曰：『音節高亮，是初唐人手筆。』

擬初唐體一首送袁適堂文揆別駕辭官終養兼壽其母夫人

鳳林木葉蕭蕭下，感嘆者誰袁別駕。朔氣方侵蘇季裘，南雲忽指狄公舍。金城長吏惜才良，枹罕羣黎泣路旁。捧檄毛生來已暮，導輿潘令意何長。關山明月滇池水，歸去來兮數千里。莫言大道少攀轅，且爲高堂頻陟屺。一陽之月日行遲，設帨良辰正在兹。黄鶴舞當旋反處，君將由楚回滇。碧雞鳴向起居時。人生富貴同漂梗，可使晨昏違定省。老萊舞綵足心懽，溫嶠絕裾堪齒冷。寶蓋山前芝蓋來，湧珠泉外掌珠迴。白華朱萼閒能詠，好及春風附隴梅。

【集評】

蓉裳曰：『音節流美，運事無痕。』

冬夜不寐

老眼怯燈光，觀書嘆渺茫。寒宵如混沌，高臥失羲皇。貉睡空蝴蝶，雞晨等鳳凰。攬衣還拔劍，起舞爲誰狂。

讀虬髯客傳

河汴草萋萋，迷樓夢正迷。藥師真似舅，拂女合爲妻。本少桑中約，還成李下蹊。岐途逢異客，雄略計蒼黎。俠氣乎蘭臭，仇玄笑粉虀。棋分隋氏鹿，劍舞晉人雞。公子堪心折，中原待手提。當筵推日月，浮海跨虹霓。行雨蹤難訪，淩烟畫可題。至今靈石縣，春樹囀黄鸝。

此予少作，久佚之矣。偶閱袁適堂《虬髯長歌》，因追憶而存之。自記。

積石歌舊稿〔一〕

羽山黄熊老無謀，熊一作『能』，奴來切〔二〕。萬國戢戢生魚頭。聖子疏鑿起積石，神工鬼斧驚千秋。天門屹立雲根斷，靈光閃爍飛雷電。君不見悠悠河水向東流，至今無復蛟龍戰。

【校記】

〔一〕舊稿，《松厓詩録》作『三秦試牘』，《玉芝亭詩草》作『官學使院試』。

〔二〕底本無此注，據《玉芝亭詩草》補。

【集評】

官清溪學使三秦試牘評：『奇險稱題。』

張若洲聽泉圖歌示其子竹漁

老夫耳力年來倦，刺刺語言渾不辨。阿誰寫此《聽泉圖》，使我神往由拳縣。張翁若洲本逸民，浮家泛宅烟波慣。偶將苔蘚作重茵，忽有珠璣垂匹練。雲間山水秀三吴，鶴唳猿啼君自戀。塌來獨覺耳根清，竽籟音隨飛瀑濺。攜柑翻笑戴顒勞，漱石終嫌孫楚辯。居然瀟灑等麋鹿，允矣諠譁謝鵝雁。竹漁令子拓金戟，身在朱門心在澗。歌成宛轉示蘭江，共聽泉聲來几案。竹漁介王工部蘭江屬予題詩。

【集評】

袁適堂曰：『「擕柑」、「漱石」，一宕通體俱靈。』

蓉裳曰：『坡仙得意之作。』

贈顏阿蘭芳祖二首

阿蘭作畫頗能工，山帶烟霞水帶風。昨日花前彈一曲，又疑山水在琴中。

年少顏生善鼓琴，泠泠十指發仙音。雲濤誰見成連跡，且向三山畫裏尋。

玉樓行集李長吉

天上疊巘紅嵯峨，雲樓半開壁斜白。老桐錯幹青龍愁，採玉採玉須水碧。三十未有二十餘，隴西長吉催頹客。旋風吹馬馬踏雲，元氣茫茫收不得。奉禮官卑復何益，天荒地老無人識。殿前作賦聲摩空，月綴金鋪光脉脉。人間酒暖春茫茫，縹粉壺中沉琥珀。今歲何長來歲遲，相如冢上生秋柏。

【集評】

蓉裳曰：『古無集長吉者，此作奇絕，天衣無縫，非人間物也。』

題李滙川溥小照

尺幅有神仙，人言是滙川。琴横古松側，詩就野花邊。逸氣淩雙塔，閒情寄五泉。登樓尋醉墨，誰復數張顛。寓醉墨樓。

題王南谷允中畫山水

能畫王南谷，含毫竹石間。微茫添白屋，平遠對青山。落落松千尺，悠悠水一灣。老翁殊放浪，借問似誰閒？畫老人觀瀑布。

五泉燃燈寺

三醉燃燈寺，悠悠五日間。同人邀予於此，五日而三讌焉。到山山不見，山外看他山。

【集評】

蓉裳曰：『景真妙語，可以證禪。』

星樹曰：『真景真情，不到者不知其妙。』

水車園一名紫霞閣

置酒古城頭，來看萬里流。阿誰閒似我，水鳥在沙洲。

【集評】

蓉裳曰：『淡遠，似金元名人小詩。』

照膽鏡二首

天下兵銷盡，誰鎔鏡一輪。亥高不可照，空照輦來人。

【集評】

星樹曰：『自是一則史論。』

蓉裳曰：『人笑祖龍，至今齒冷，拈出絕妙。』

秦娥繞鏡中，心膽各悤悤。但捕嬋娟影，何勞問守宫。

【集評】

星樹曰：『喜笑甚於怒罵。』

蓉裳曰：『秦多冤獄，此亦一端。』

贈張桐圃太守翽

昔別年何壯，今逢鬢已斑。風雲隨處變，丘壑幾人閒？歸路長城外，離樽落照間。何由同塞雁，偕汝到天山。

【集評】

星樹曰：『三、四感慨良深。』

蓉裳曰：『情景兼融，似嘉州集中高作。』

送周眉亭方伯之安徽任

滇池靈秀傳區夏，不獨碧雞與金馬。提刑須用讀書人，應運斯當名世者。顧曲泠泠白雪高，愛花嫋嫋紅蓮冶。公如佛子具慈悲，客對仙官歎瀟灑。憶持虎節到邊城，時詣鵝湖論風雅。造士曾蒙炙汗青，公爲書院刊《風騷補編》。恤囚況忍冤衣赭。餘明何待借蘇膏，捐贈膏火二十八名。大庇公然依杜廈〔一〕。補修學舍，以廣生徒。一年鶴料久分之，萬里熊幡今去也。上江庶富甲東南，方伯屏藩重朝社。稔知鎖鑰寄旬宣〔二〕，要爲菰蒲增福嘏。三吳山水按程遊，六代烟華行部寫。卻因聖帝簡從心，翻使寒儒淚盈把。嗟予偃蹇蓬蒿間，幸得追隨鉛槧下。陶令飢驅自可嘲，鄧侯力挽誰能捨。桃李爭攀祖道轅，衣冠競舉離亭斝。願迴紫氣照龍沙，更激黄河潤鶉野。

【校記】

〔一〕庇，宣統本作『比』，疑誤。

〔二〕鎖鑰，宣統本作『鑰鎖』，疑誤。

【集評】

蓉裳曰：『對仗精整，東坡集中極經意之作。』

丁星樹曰：『端莊流麗，妥帖排奡，欽服者當不獨余下里巴人也。』

再送丁星樹旋里

僕家古洮水，曾宦楚南偏。吳越未及到，湖山夢有年。丁君江南秀，捧檄赴西邊。往因攝州篆，賠盡作碑錢。已來而復去，既去而又還。將毋林下趣，寄此區中緣。堂堂眉亭公，虚左信渴賢。遂令雲鶴志，不得遽飄然。揭來佩紅籥，路指東南天。便可載長瑜，何能留仲宣。嗟君蓴鱸鱠，興及秋風前。蓬萊在梓里，迴首卽神仙。丈夫當雄飛，況子羽毛全。六代有才人，誰非丘壑傳。明明隴頭月，光與斗牛連。歸去聽鶯啼，雜花方喧妍。

【集評】

蓉裳曰：『簡遠流逸，脱胎鮑謝，而不襲其迹。』

伏羌公濟橋歌示門人李兆甲

公濟橋，橋下水瀜瀜。濟者公，造橋者非公。造橋者誰？諸生李公。名泮池，字聖澤，號槐堂，卽兆甲父。名橋者誰？邑令楊公。蓉裳時令伏羌。問橋何所在？乃在伏羌之城東復東，輪蹄直與秦州通。憶昔橋未建，祇有中洲之橋形如月半弓。中洲在伏羌東三里。更行三十里，徒涉往往嘆途窮。夾渭水居，若南北相望，僅里許，如不建此橋，則迂道數十里。自從橋旣建，兩岸懽洽叟與童。更築二堤橋之左，堤上植柳習習來清風。至今春時綠蔭接，鶯啼燕語俱入畫圖中。傳聞橋堤修補費，歲歲仍出槐堂翁。槐翁化去爾曹繼，堂構播穫將毋同。況聞近岸數十家，曾免雜役助橋工。楊明府免近岸數十家雜役，令歲帮搭建，而梁柱板片物料仍取給李氏。朱圉山高清渭遠，公濟之橋，但願爾曹毋替前人功。嗚呼！願爾毋替前人功！

【校記】

〔一〕卽兆甲父，底本無，據《洮陽詩集》補。

【集評】

星樹曰：『以詩代記，瘦硬盤空。』

偶讀離騷忽憶魏都閫三台

牙籤萬軸老慵開，故實塵昏記不來。一卷《離騷》能上口，武官曾見魏三台。魏起行伍，雅好讀書。

【集評】

楊茂園曰：『嗟我廢學人，到此一長吁。』

贈陳太西明經華齡

三五村童聚塾廊，經年不出大門旁。窗蠅磨蟻紛來往，誰識山中杜五郎？

贈王滋蘭蕙

畫隱高人半是仙，大都粉本在林泉。君家自有維摩詰，好向詩中認輞川。

贈仲西軒侗

闤闠聲中一榻幽，多君市隱足風流。買山尚待經營力，畫出林巒且卧遊。

龐羽士新建山亭予額之曰太虛

翠微仙境俯郊坰，占斷龍山十里青。寄語飛來千歲鶴，白雲今滿太虛亭。

題項斑如斌畫蝴蝶

蛺蝶有狂趣，項生能寫之。但摹輕薄態，恐肖冶遊兒。春老莊周夢，香寒謝逸詩。蜜房逢羽客，莫鬬楚腰肢。

送南滙東進士就選進士德宇同年之子

古縣烏從鸞，永昌，古鸞烏縣。鵷雛刷羽翰。世家成進士，列宿應郎官。玉塞春風遠，金臺夕照寒。

書生膺百里，當識字人難。而翁吾酒友，祿薄興能豪。德宇官鳳翔府教授，病酒而卒。昔伴長鯨飲，今覘小鳳毛。析薪思跨竈，製錦慰同袍。籍籍循良傳，當令太史褒。

題焚香告天圖

清獻丹誠動赤墀，閒情何礙告天時。杏花梅子真工對，琴鶴風流老卒知。

代送眉亭方伯之安徽任

隴坂分鶉野，官箴肅豸袍。偉人勵冰雪，雅量托風騷。說士甘於肉，衡文細若毛。濫竽蒙見錄，躡屩敢言勞。鎖鑰東南重，旬宣譽望高。使臣星漸遠，方伯雨仍膏。關隱青牛氣，江明白鷺濤。何時冬日愛，復照古神皋？

【集評】

元方曰：『二句畫出眉翁。』（據《松厓詩錄》）

題紅水陳二尹佩之校獵圖士珩

偪例閒曹自古然，擬將紅水對藍田。哦松尚帶酸寒習，輸爾風生霹靂弦。文吏彎弓重六鈞，經年短檄走風塵。雄飛雌伏尋常事，且作南山射虎人。

題張佩青太史荷淨納涼圖二首

詞客盈盈水一方，白藤書笈午生涼。池荷作扇天然好，閒卻蒲葵也不妨。淩波仙子學弓彎，無數田田擁翠鬟。天上玉堂塵不到，莫因逃暑戀人間。時請假歸里，復就館伏羌。

【集評】

李允之曰：『忠告。』

送李允之孝廉北上

李樹聖所指，枝條奕葉新。托根隴西者，往往鬱輪囷。漢有飛將軍，唐有謫仙人。遙遙千載後，誰復躡清塵？黄河從天來，萬里不可馴。挹君江海量，如飲周郎醇。金城富文彥，君才尤絕倫。將毋空同老，出世復一巡。計偕在指日，襆被莫言貧。已有山水操，會逢方子春。允之善琴，故云。

介休張賦翁招飲蓮花池作示座中李允之存中王棨山嶸南谷允中諸友

皋蘭盡勝處〔一〕，予頗徧遊之。張君開廣讌，乃在蓮花池。此地殊古澹，最於觴詠宜。蓮花不可見，池水尚淪漪。翛然江湖意，蒲葦互參差。金山列屏障，影動青琉璃。座中諸英少，才兼畫與詩。酒酣俯大河，勢欲空千巵。鳧鷗狎人近，烟雨留客遲。良會復幾何，縱意且熙怡。

【校記】

〔一〕處，宣統本作『地』。

贈渭源文學師靄若岷州人〔一〕

苜蓿盤中薦蕨薇，渭源首陽山，即夷、齊採薇處。榜花官姓似君稀。客來絳帳風生座，人侍青氊雪滿扉。清渭魚龍趨泮水，首陽鳥鼠看儒衣。杜詩：『儒衣山鳥怪。』江源路與臨洮接，莫弄流珠便憶歸。洮水流珠，爲岷州、狄道兩處八景之一。

【校記】

〔一〕文，各本俱作『歹』，疑誤。

過臨潼有懷沈耕山房師師名逢舜，浙江建德縣進士，曾令臨潼

繡嶺花開又幾春，絳紗絲竹冷烟晨。尋師未得臨崖返，建德千峯也笑人。

此稿久逸，偶繙舊帙存之，聊以志斗山之仰云。鎮謹識。

謝馬讓洲明府送枸杞膏

卻老製靈膏，甘泉重土毛。流霞瀉瓶澁，凝露上匙牢。僧井垂羊乳，仙山聽犬嘷。多君持贈意，吾欲浸燒刀。臨洮燒酒，頗佳。

再謝送紹興酒

馬君紹興人，送我紹興酒。不待飲醇醪，已知相貺厚。還書定一瓻，壯膽須三斗。祇恐麴先生，剎那變烏有。

【集評】

芍坡曰：『二詩蒼老中更饒生趣。』

贈河州方允執太學四首

枹罕臨邊末，方生雅好奇。言從白虎觀，來訪青牛師。時寓雷壇道院。縞紵探書笈，松篁對酒巵。老夫才已盡，慙愧遠求詩。

昔人傳祕術，君好握奇經。何以酬三拜，方干，稱方三拜。惟應禱四靈。『永嘉四靈』皆工五律。秋風喧木塔，皋蘭寺名。臘日霽冰鈴。河州冰鈴寺在黃河中大石上，至臘月乃可登。安得頻攜手，同看雪後青。唐詩：『山回雪後青。』

霜葉下雷壇，君來歲已寒。旅愁消白墮，仙訣問黃冠。藥自壺中得，琴從海上彈。風簷勞夢想，松月照皋蘭。君通醫道，兼善鼓琴。

黃河來積石，信宿到蘭州。雙鯉君誰寄，三鱣我自留。閑中生白髮，物外有丹丘。好待春三月，看花續舊遊。予有《河州看牡丹記》。

贈白玉峯道士雲鶴

老作世間客，喜交方外人。嗟君心更遠，逢我意何親。黃卷排籤祕，丹砂入竈勻。焉知華表鶴，不是再來身。

家世古烏蘭，龍山偶煉丹。常饒雲水趣，不厭筍蔬餐。問道情徒切〔一〕，遊仙句本難。要令千載後，知爾住雷壇。

無恙雷壇月，猶然照鐵花。前能琴鐵鍊師住此。鐵花，見《本草》及《虎丘志》。仙居經豕突，壇遭回燬，白重新之。塵劫笑蟲沙。瓦鑄飛廉冶，材抽博望槎。遙知抄化日，薊子到家家。

風角占多驗，刀圭劑亦精。雲霞三島近，瓢笠一身輕。鵝化黃庭蹟，蟬空綠綺聲。仙人原姓白，莫喚葛長庚。白玉蟾，即葛長庚。

【校記】

〔一〕情，宣統本作『心』。

跋王孟仁左司所藏大鵝字幅

曾向山陰見一羣，白毛紅掌水生文。阿誰摹搨蘭亭帖，還寫鶂鶂示右軍。

刻鵠何如畫虎難，且將大字倣宜官。征西得此應顰蹙，莫作尋常野鶩觀。

【集評】

李允之曰：『穩老。』

鵲噪貍

有鵲巢我庭樹枝，貍奴上樹潛相窺。鵲欲逐貍力不敵，乃呼鵲黨環噪之。汝前我曹避，汝退我曹追。啁啁哳哳，大似聲罪致討，使汝迷惑，不知所爲。雖有爪牙不得施，汝有爪牙而不雄武。出《三國志·管輅傳》。尚無如我何，烏鳶寧懼汝？垂頭曳尾汝速歸，太倉之鼠今正肥。

【集評】

王蘭江曰：『妙得張、王古趣。』

賀鄭慎徽廣文弄璋後旋膺薦剡

小鄭監書院，經年伴老生。光風吹木鐸，化雨潤金城。熊入徵蘭夢，梟添曳履聲。雲霄三大石，齊爾著高名。耀州有三石山。

【集評】

陳東村曰：『五、六精切。』

莫笑廣文寒，君家舊此官。鶺鴒重八詠，苜蓿暫登盤。再世門墻列，慎徽叔姪皆出予門。三年縞紵懽。鳴琴吾所望，當識戴星難。

【集評】

李允之曰：『清倩之作，結尤得體。』

題呂生肅堂小照熙敬

松下池臺石上書，科頭拈筆意何如。驚人句就誰能賞？定有回仙到小廬。

湟中張通侯送嵌空小白石

一片玲瓏石，嵯峨似小山。居然沙海雪，飄我硯池間。

又送一白石似醉人垂頭狀

拳山如玉人，沉醉垂其首。得非白石郎，復竊茅君酒。

【集評】

王芑坡曰：『二絶俱清圓可誦。』

張桐圃曰：『次首用東坡《醉道士》詩意。』

聞孫仲山備宋元長紹仁二同年相繼下世感嘆有作

幽明晝夜理循環，老友皆亡涕淚潸。但使遊魂逢地下，何須殘喘戀人間。風吹松峽雲千片，孫，涼州人。月照蘆村水一灣。宋家靖遠大蘆村。尚憶生時同把酒，那堪腹痛過空山。

【集評】

張桐圃曰：『茫茫百感，如吟華屋山丘。』

上袁簡齋先生兼寄王柏崖少府

子才才子近無倫，漫説中郎有後身。橘老不踰京口化，梅寒曾寄隴頭春。音傳魚雁情何極，夢想湖山景未真。卻羨江寧王少府，隨園猶得望清塵。

【集評】

李允之曰：『典麗精融，妙仍本色，且「京口」、「隴頭」，對何工也！』

内姪李苞謹識：『借用中郎，妙！妙！使陳留、公安見之，俱當絶倒。』

王芍坡曰：『蒼渾。』

題李芝仙猢猻抱子圖 秦州人

王孫遊處草萋萋，裊裊如聞紙上啼。但有果然真意氣，封侯何必定巴西。果然似猴，性最孝義，畫蓋取父子封侯之意。

小李將軍有後身，石門高處會仙鄰。漢中從事能欣狎，好向圖中認野賓。王仁裕曾爲漢中從事。

【集評】

李允之曰：『不粘不脱，落落大方。』

再贈芝仙

金城客舍苦匆匆，戶外人來日幾重？不用彈琴砭俗耳，花欄風動自鳴鐘。鐘蓋芝仙自製，人謂其不亞西洋，多以重幣求之。

名搨臨摹竟宛然，米家書畫又盈船。如何濫倣塗鴉蹟，翻使涪翁笑老顛。芝仙善效人書，觀者莫辨。近乃並予書而摹之，字畫猙獰，人皆絶倒。

【集評】

李實之曰：『芝仙巧甚，得此足傳。』

西寧張大來夢文昌帝君令刊大字陰騭文覺而憬然同人請予爲詩以堅其意

陰騭垂《洪範》，文昌列大星。曾將天上語，苦勸世間聽。蝶夢原無準，蛇妖詎有靈。須知流播者，字字盡箴銘。梓潼事妖妄，見《五代史·王建世家》，然與天上文曲無干，儒者不可不知。

題鄒小山畫山茶贈門人宋甘如朝櫆

鶴頂深紅映雪花，披圖的爍見山茶。西方誰識滇南種，合入開元單父家。唐宋單父種花驪山，人號花神。鄒題畫詩云：「豈因仙種出驪山，玉茗芳名借玉環。何必西涼酌金盞，清茶如酒亦酡顔。」子京紅杏廣平梅，遊戲春風又幾回。尚有寶珠堪入畫，小山留贈小蘭臺。

讀鄭風有感偶效胡曾先生

風人兩賦《叔于田》，阿段才能信可憐。若使武公聽婦語，何由逆黨射王肩。

玩《叔于田》二詩，國人極口揄揚，毫無刺段之意，即小序之云『不義』，及左氏之云『不弟』，亦不過並加責備，略有微辭。夫世有不義，而真能得衆者乎？然則京叛太叔段，乃迫於力之不敵，非與鄭莊也。自記。

後五泉偕楊復庵周裕堂李滙川李濯清荀毅齋胡輯五李誠齋王錦如李允之武磐若趙海如及龐柏亭羽士妙徹上人同遊作〔一〕

前山遊罷後山遊，盛夏泉聲冷似秋。龍口飛涎人狎見，更登龍脊俯清流。

山静猶餘太古風，千章夏木翠淩空。白雲滿地誰能掃，應有神仙在谷中。

夜雨巖通漱玉亭，分沙漏石響泠泠。何當淨洗箏琶耳，踽步閒來月下聽。

舞雩歸詠值芳辰，負杖曾經躡後塵。四十年來成一夢，不堪重憶舊遊人。四十年前，曾侍牛真谷師及諸同門遊此，今諸君俱逝矣。

玉筍班行總異才，舊遊蹤跡半荒苔。而今重到題詩處，尚有飛泉樹杪來。同人舊遊此，有『飛泉樹裏來』之句。予易『樹裏』爲『樹杪』，真谷師喜曰：『易「杪」字，句法亦飛動矣。』

高山爲谷谷爲陵，轉瞬蕭蕭素髮增。物外鶯花方外侶，題詩聊復記吾曾。

【校記】

〔一〕詩題，《松厓詩錄》作『偕人遊後五泉六首』。

【集評】

王蘭江曰：『感深今昔，不徒標致山林，然後五泉從此傳矣。』

題王芥亭修竹吾廬圖

高人廬舍近蘭亭，修竹攢排綠玉屏。石上科頭閒把扇，清風如水自泠泠。
野鶴昂藏本不羣，飄然西北傍孤雲。年來飽噉東坡肉，誰向圖中問此君。
山陰道上淨無塵，此去琅玕綠正勻。除卻嵇琴兼阮嘯，不知誰是入林人。
萬綠陰中翠欲流，居然千戶等封侯。君歸報我平安信，也抵梅花寄隴頭。

腳氣連發戲爲拗體辛亥

老夫素誇身手健，近日腳氣居然生。子春下堂有憂色，元亮對酒無閒情。爻占勿藥謝和緩，禮恕不襪延公卿。時周蓮塘學使固請相見，辭之不得。卻苦紛紛投刺者，猶持潤筆到柴荊。

【校記】

〔一〕辛亥，底本無，據《洮陽詩集》補。

題劉生天台訪道圖

天台雲霧繞塵衣，洞口桃花撲面飛。山鳥哀鳴朝又暮，不堪人唱阮郎歸。

【集評】

王蓬心曰：『恰好。』（據《松厓詩錄》）

題富平楊性翁理墓誌後

高士半漁樵，嗟君已寂寥。梓鄉欽許武，蓮幕憶郗超。蝴蝶夢先覺，鶺鴒行尚搖。持家雙少婦，白髮嘆蕭蕭。楊卒後，妻馬氏、妾趙氏俱以守節蒙旌。

題楊純玉琠性翁胞弟夫婦合葬墓誌後

楊子荊山儁，蜚聲滿藝林。高秋悲瘞玉，暮夜想揮金。月挂團圓鏡，松彈好合琴。人生同穴好，淒絕獨鵝吟。

題田裕齋刺史相馬圖

愛馬人多誰識馬，驊騮反出駑駘下。蹇驢得志盡高鳴，伯樂王良今蓋寡。使君神駿眼中多，一見遂教韓幹寫。即看紙上五毛龍，已足羣空冀北野。我聞昔日田子方，道逢棄馬心惻傷。使君盛年展驥足，超越天路如康莊。老夫衰白等伏櫪，尚夢鹽車經太行。題君畫，意徬徨，千金買骨事微茫。飛電流雲之材君已具，願與附尾之蠅馳驅萬里同昂昂。

【集評】

蓉裳曰：『沉雄兀傲，神似少陵。』

再題賞菊圖

柴桑人去秋風老，尚有東籬冷芳草。此花宜向故鄉看，種植官衙亦大好。深州仙吏牧洮陽，擬取秋菊兼餱糧。等閑貌出高寒色〔一〕，彷彿飛來澹遠香〔二〕。披圖此日當重九，笑我登高已禿首。花外無勞望白衣，君家自有神仙酒。裕齋家釀，有酒曰神仙者。

【校記】

〔一〕貌出高寒色，《洮陽詩集》作『借得丹青力』。

〔二〕彷彿，《洮陽詩集》作『依約』。

【集評】

蓉裳曰：『一起蒼涼悲壯。』

蓉裳曰：『起甚超脱。』（據《松厓詩録》）

讀梁史有感

梁武慈悲老嫗同，貪求福報落頑空。祇應懺悔平生債，第一難償是竇融。

一載蕭齊已禪梁，巴陵金屑事堪傷。老公錯聽休文語，幾個虞賓作少康。

按山陽、陳留皆獲令終，自宋、齊至隋，禪位之君無一免者，冤冤相報，若易手然，他人不足責也，特爲梁武惜之。自記。

五泉感舊時年七十一

五泉精舍列參差，乘興還來盡一巵。花鳥無愁山不老，沉吟多在夕陽時。

【集評】

桐圃曰：『低徊不盡，味之彌深。』（據《松厓詩録》）

上周蓮塘學使四首

玉堂視草重鴻儒，冰鑑衡文指奥區。雲斂三峯秋拄笏，月明八水夜探珠。榛苓化遠傳秦隴，桑梓情深繫楚吴。白雪陽春聽自慣，何妨顧曲到烏烏。公原籍吴江，今居江夏。

弄月吟風復愛蓮，濂溪高韻至今傳。欣看黄鶴題名日，忽到青牛望氣年。萬里身經關百二，十行目校牘三千。春蘭秋菊長終古，都在蒹葭一水邊。

武都東去路漫漫，轉眄金商已屆寒。谷入褒斜窺日少，詩臨江漢採風難。菊花細發屯田壘，楓葉輕飄拜將壇。尚有孤雲滯西北，可能回首望皋蘭。

憶綰銅符過武昌，近從畫戟詠清香。青睛孝穆原無欲，白髮榮期忽有光。詞客淵源宗北地，美人聲教重西方。五雲多處三台朗，且看文星帶草堂。史稱徐陵『清簡寡欲，爲一代文宗』。

【集評】

蘭江曰：『堂皇冠冕，又復情致纏綿。』

勒制府送哈密瓜三首

異域名瓜餉廢材，戟門傳令走輿臺。書生莫怪分甘少，曾歷千山萬磧來。
青門五色影茫茫，不及花門一片香。老去熱中真妄想，且教冰雪沁詩腸。
匏繫蘭山鬢已華，尚憑鉛槧作生涯。投桃報李千秋事，歸去何妨再及瓜。

【集評】

王蘭江曰：『妙有餘意。』

湯霞峯送洋菊

客舍殊岑寂，誰來慰白頭？寒花開五色，高韻滿三秋。磁斗君能致，匏尊我擬酬。莫言人澹甚，相對亦風流。
造物絢秋光，名花出海洋。乃知真隱逸，合有大文章。楓葉皆搖落，蘭芬亦退藏。老人朋輩少，留爾伴壺觴。

【集評】

蓉裳曰：『詠菊詩有雄渾氣象，可云領異標新。』

法雲寺寺在狄道，番名巴結寺。以下至《鏡花》，俱抄《逸稿》

古寺南山下，吾來訪懶殘。大鵰當路立，猛虎倚樓看。梵唄青松響，茶烟白雪寒。老僧能愛客，雞黍共盤桓。

陡石關望終南

爽氣滿遙岑，蒼茫自古今。雲蒸晴不辨，雪冷夏難禁。虎豹分山國〔一〕，羌戎占木林。居然耕鑿好，帝力一何深。

【校記】

〔一〕山，宣統本作『三』，疑誤。

安遠坡望白石山

驅馬經枹罕，穠花滿目斑。忽驚千古雪，遥挂萬重山。霧暗寧河驛，天高積石關。東流無限水，日夜自潺湲。

看花河州而牡丹不能遽開因題胡氏園壁二首

吾愛鼠姑好，特來天盡頭。解大紳詩：『真個河州天盡頭。』叩門春寂寂，拂檻意悠悠。河朔方豪飲，天台只暫留。匆匆歸興劇，懶上鎮邊樓。

胡氏三三徑，閒人日日遊。將毋花近眼，亦待錦纏頭。羯鼓幾時得，麯塵何處留。春山啼萬鳥，風雨爲誰愁。俾官家有《萬鳥啼春集》，其名殊雅。

題陶芥亭刺史行樂圖時由岷州修理狄道城工

洮水南歷岷山陽，中有鯉魚一尺長。使君風流夙耳熱，何幸今日瞻輝光。是時城頭鼛鼓急，萬夫畚鍤喧雷硠。使君坐嘯殊有餘，暇日延我開中堂。貽我綠石硯，酌我青霞觴。示我琴書弋釣之圖畫，令我合眼忽忽夢湖湘。書不假百城擁，琴不妨一絃張。釣不許陽鱎至，弋不驚海鷗翔。使君黑頭五馬貴，此意毋乃同柴桑。武都刺史善標致，老筆揮灑何清蒼。時勒階州福題『琴書弋釣』四字。人生如此自可樂，何用白日誇羲皇。憶我仲夏江漢遊，扁舟赤壁尋周郎。月波竹樓今在否，恨未鶴氅經黃崗。使君故園好烟水，圖中風味安可忘。願攜此軸蓮花頂，分作洮岷一瓣香。蓮花山在狄道、岷州之界。

輓威信公岳容齋

大星隕九天，怒水沸雙流。哲人忽已萎，玉壘風颼飀。維公瑚璉器，名與張韓侔。先皇昔授鉞，威震海西頭。中年謝兵柄，歸棹浣花舟。素書細繙閱，擬接神仙儔。金川昨負固，戰士羅虎彪。至尊起宿將，廟筭一何周。終焉掃欃槍，公也實壯猶。惜哉軍旅勞，嘔血竟難瘳。小子忝桑梓，義不交諸侯。聞公愛我詩，比之古曹劉。君子感知己，神交非面謀。恨公不見我，旦暮成千秋。青青隴上山，大樹何修修。爲公遙酹酒，箕尾儻淹留。

【集評】

蓉裳曰：『質古厚重，具體少陵。』

鏡花疊韻十首

萬片紅隨一葉舟，穠華何似鏡中留。寒生夜月粧疑曉，翠點春山鬢不秋。斷峽雨雲神女夢，大江烟霧汜人愁。蜂狂蝶戲從君慣，自有蝦鬚掩畫樓。

越孃粧罷影仍留，鏡裏春光不識秋。七寶莊嚴空卽色，五更風雨夢何愁。玉臺塵拂鸞窺沼，彩匣香飄蝶繞樓。比似三山人不到，衹教隔水望仙舟。

水殿雲廊處處秋，嘗將桂魄伴閒愁。因何豔影歸龍鏡，卻少清香出鳳樓。洗髓客來員嶠洞，捧心人在鑑湖舟。粧臺別有春如海，分付韶光且暫留。

斷粉零香惹暮愁，怪他仙種發紅樓。避風信有金爲屋，渡水曾無芥作舟。照膽秦娥心獨苦，離魂倩女影雙留。等閒不借栽培力，鐵馬空煩報早秋。

一泓碧水挂重樓，掩抑真同入浦舟。紅粉未調身乍隱，烏雲纔綰影還留。世間色相皆如此，空裏狂華詎識秋。從道封姨威力大，光明寶藏自無愁。

西施鐵網綠竹樓，一代紅顏萬劫愁。浪說行雲能入夢，焉知奔月不驚秋。靈胎乍傍粧奩結，俏影翻從寶匣留。試向容成問消息，眼波清淺不勝舟。

情海茫如不繫舟，誰教纖影傍粧樓。嬌分半額黃初退，豔落雙眉綠也愁。樹上合歡能卜夜，帳中解語亦驚秋。避風臺畔人消瘦，珍重仙裾願少留。

惆悵嫣紅不可留，美人腸斷木蘭舟。招魂忽入菱花鏡，寫照空懸燕子樓。翡翠衾邊窺匿笑，鴛鴦枕上伴牢愁。何當竟鑄青銅裏，冷眼看他樹樹秋。

金精出冶耀清秋，中有仙葩五彩留。妙色法身歸寶月，寂光仙國在虛舟。半函碧水開明匣，一掬紅雲挂小樓。安得多情衛洗馬，相逢憔悴各言愁。

花開花落兩無愁，鏡裏風光不記秋。江上曲終瑤瑟隱，月中舞罷羽衣留。玄霜無地尋裴杵，青翰何時近鄂舟。一片空明天與水，錯教蜂蝶上迷樓。

十詩頗有寄託，或疑有不切鏡花者。予曰：『既爲鏡花矣，何必切？』乾隆戊寅六月二十三日，松花道人記。

此詩久刪，近閱友人鈔本，初意其爲前人之作也，得後自識，因復收之。辛亥八月初三日。

贈狄道醫科劉文再倬向

太乙然藜老故家，藥爐丹竈起雲霞。曾從方外膺閒秩，更向壺中散早衙。混俗頑仙輕紫綬，濟人良相厭烏紗。功名且博鄉鄰羨，富貴何勞市井譁。病鬼求醫皆執幣，見《南齊書·徐秋夫傳》。靈巫代舞競傳芭。凡巫覡，皆隸醫科。啣杯別有忘機處，笑看鴛鴦逐浪斜。嘗畜二鴛鴦，馴甚，暇輒縱浴於溪流，攜酒玩之。

【集評】

特眉叔曰：『此君韻甚。』

送楊荔裳中書揆從軍選四

上公天上下奇兵，間道先從鄯善行。日月山頭星宿海，好將題詠記郵程。

橫海功勳並伏波，中堅休息盾頻磨。破羌那用風雷檄，留草金鐃第一歌。

峨峨雪嶺與天齊，縮蝟毛膠萬馬蹄〔一〕。多少詩家談覽勝，幾人曾到大荒西？

蓬婆城外月彎彎，陟屺行人望早還。原上脊令沙上雁，作書先報賀蘭山。時令兄蓉裳牧靈州。

【校記】

〔一〕蹄，宣統本作『啼』。

【集評】

蓉裳曰：『天然高唱，可付樂人歌之。』

戲題絕句

陶翁無酒奈愁何，親友招呼亦暫過。日日江頭能盡醉，春衣翻羨少陵多。

特眉叔司馬扶病過訪感贈四首通阿

老來冠蓋侶全疎，鵷鷺班縈夢想餘。空谷足音天上落，多君力疾到吾廬。

司馬官閒耐苦吟，采薪憂至暫抽簪。老夫久忘高山曲，得遇鍾期試鼓琴。

知我君因小菊坡，張員外道源。一編《律古》舊吟哦。二十年前，君從張菊坡處，得予律古詩，今猶藏之巾箱。天涯喜遇神交客，白首翻增感嘆多。

玉塞迢迢訪友朋，枚生《七發》竟誰能。卽今九曲桃花水，也抵觀濤向廣陵。

【集評】

蓉裳曰：『奕奕清舉，詩之以格韻勝者。』

贈張九楚畹翹

孟陽偕景陽，思曼繼思光。天河有大姓，朗照古西涼。君爲桐圃弟，鸑鷟成雁行。祁連五色雲，吐氣皆文章。金城此邂逅，負笈登我堂。愛人尚及烏，矧子少而颺。蘭山一杯酒，瀲灩杏花旁。勉哉及時學，春草正池塘。

【集評】

武安邦曰：『公最喜張氏昆玉，故贈言必規。』

送朱肇卿太學赴紅城貽造

河東年少久知名，纔至蘭山又遠行。惆悵花時頻折柳，何由隨汝到紅城。

【集評】

潘清溪曰：『古澹蕭疎，白描高手也。』

和袁簡齋先生除夕告存戲作十首

先生自序曰：『三十年前，相士胡文炳道余六十三而生子，七十六而考終。後生子之期絲毫不爽，則今年七十六之數似亦難逃。不料天假光陰，已居除夕矣。桑田之巫不招，貍脤之夢可占，喜而有作，並請同人和之。枚識。』詩凡前後十一首，今分載八首於予詩後，以見莛鐘之應。

珠生老蚌故遲遲，共說唐生相法奇。不是龍蛇偏貸汝，梅花猶欠次年詩。

袁詩：『臘盡春歸又見梅，金烏玉兔總輪回。人人有死何須諱，都是從前死過來。』

七十韶光又七年，赤虬促駕已遷延。玉樓喜召青春客，作記何煩用老仙。

袁詩：『休怪斯人萬念空，一言我且問諸公。韓蘇李杜從頭數，誰是人間七十翁？』

地下詩官總愛才，櫻桃拈句沈郎迴。生曹自注延齡籍，莫笑冥籤久不來。《集異記》：『唐張謂爲冥府生曹，有洛陽少年沈聿者，死而見張，能誦「櫻桃解結垂簷子」之句，張大喜，遂令復生焉』。

袁詩：『輓詩最好是生存，讀罷猶能飲一尊。莫學當年癡宋玉，九天九地亂招魂。』

柏葉徐傾酒一尊，戲吟詩句代招魂。神荼鬱壘應惆悵，窸窣誰來夜打門。

先生自笑門無鬼，弔客爭誇筆有神。且散釀齏三百甕，休勞執紼數千人。齏，俗作虀，按簡齋食料非注虀葅者，詩故戲之耳。

夕陽佳景在倉山〔一〕，便近黃昏亦等閒。賴有司晨能腷膊，一聲也似出函關。

袁詩：『過此流年又轉頭，關心枕上數更籌。諸公莫信袁翁達，未到雞鳴我尚愁。』

生前薤露耳能聽，相術公然後不靈。卻笑蝠仙曾詐死，誰將佳句挽銀青？

袁詩：『久住人間去已遲，行期將近自家知。老夫未肯空歸去，處處敲門索挽詩。』『相術先靈後不靈，此中消息欠分明。想教邢璞難推算，混沌初分蝙蝠精。』

上界仙人笑裸蟲，不應七十早稱翁。冥司若有修文榜，願與先生考幼童。壽星與彭祖同考幼童，本出笑談。緣題有『戲作』二字，故聊博簡翁一粲耳。

從然天地一春秋，馬棰誰能問髑髏。識破浮生皆役役，人間小住亦風流〔二〕。從，去聲。

遊戲春風歲已多，屠蘇飲罷自呵呵。與君俱是臨行客，且唱《陽關》盡酒歌。

袁詩：『天上匆匆守歲忙，天公未必遣巫陽。屠蘇酒熟先生笑，此是盧循續命湯。』『生壙司空久造成，家家生輓和淵明。如何竟爽豐都約，唱殺《陽關》馬不行。』

【校記】

〔一〕倉，宣統本作『蒼』。

〔二〕間，宣統本作『問』。

【集評】

王芍坡曰：『松厓是詩，稿凡數易，而先後之稿俱佳。予謬爲校訂，存此似較優也。』

李元方曰：『就中條反擊，尤爲匪夷所思。』

蓉裳曰：『諸作俱極風趣，卓然可存。』

王壹齋曰：『翻新出奇，得未曾有。』（據《松厓詩錄》）

讀項羽傳二首

大寶難容暴主登，憤王才力盡陰陵。細看果是天亡汝，不在區區失范增。

夜起倉皇飲帳中，八千子弟已成空。燈前幸有虞兮在，贏得悲歌比《大風》。

【集評】

艾立凡曰：『李天生先生謂《垓下歌》兼《大風》、《秋風》之妙。此二絕議論高超，足敵康太乙《原廟衣冠》之作矣。』

蟻鬬

花砌團團列蟻堆，居然蝸角戰難開。老夫見爾生憐憫，曾向南柯作守來。

【集評】

呂肅堂曰：『夷猶沿往，寄慨良深。』

分水嶺曲

分水嶺頭水，計程愁殺儂。今朝山下別，何日海中逢？

題石午橋渠友于花鳥圖

五茸春色到連枝，花鳥叢中悵別離。樂意生香皆畫本，細看不是杜家詩。石曼卿詩：『樂意相關禽對語，生香不斷樹交花。』

長夏江村圖

畫紙敲針事事幽，紅蕖翠篠亦風流。賀蘭山下炎天雪，何似江村把扇遊。時在靈武幕中。

酌酒勸梧桐圖

詩客清秋自舉杯，虎賁何在在琴材。莫言酬酢桐孫少，也有蠻箋一葉來。蠻，一作紅。

農家至樂圖

誰似農家樂事全，儲王風味在詩篇。披圖一笑君知否，錯署頭銜是石田。午橋別號石田。

【集評】

石午橋曰：『情深致雅，愧當之者難耳。』

冬夜讀楞嚴作

老覺稱詩妄，猶然費揣摩。一亭明月好，雙樹碧雲多。擬作還家夢，難爲對酒歌。無生如可學，白髮任娑娑。

題巴戎伯畫蟹兼柬特眉叔司馬

蕭蕭蘆葦數枝秋，郭索横行且自由。忽遇高人閒把筆，居然介胄亦風流。八跪芳鮮抵八珍，江鄉風味賽鱸蓴。老饕虚過屠門嚼，貌出無腸也快人。海上蝤蛑奮八螯，專車戈甲利如刀。何當盾上頻磨墨，更寫秋風鬭虎豪。毫端墨瀋氣淋漓，一蟹何如一蟹奇。但挂此圖能愈瘧，況君兼誦少陵詩。眉叔近有足疾。

王芥亭四時花卉圖歌

正月梅花水仙南天竺

江南春信梅花早，吹遍東風香不了。驛使憑誰寄隴頭，筆端自有天工巧。砌下銀臺金盞俱，水仙作伴合兄呼。多情更愛南天竺，能獻纍纍火齊珠。山谷《水仙詩》：『山礬是弟梅是兄。』

二月杏花雙燕竹

碎錦坊前春似水，蓬萊文杏爭開蘂。此花原傍日邊栽，走馬誰看紅十里。婀娜仙姿爛彩霞〔一〕，差池雙燕繞林斜。王猷宅裏存《修竹》，應識烏衣老故家。芥亭有《修竹吾廬》圖册。

【校記】

〔一〕婀娜，宣統本作『娜婀』。

三月桃花蘭八哥八哥乃李後主命名

海上蟠桃開幾許，成陰結實應難數。多君援筆寫春風，不向人間作紅雨。桃花灼灼豔生光，大似幽蘭在谷芳。借問能言兩鸜鵒，武陵誰是打魚郎？

四月牡丹玉蘭海棠

國色天香不可假，況在水邊與林下。千紅萬紫鬭春風，富貴終難並王者。吁嗟富貴亦偶然，玉蘭比玉海棠仙。牡丹雖好忌孤美，恨爾不遇李青蓮。《謝康樂集》：『水邊林下多牡丹。』

五月榴花萱草石竹

罵座曾傳石醋醋，嬌憨不怕封姨怒。羞澁婢子詎足言，絳衣大冠真偉度。石竹金萱總隸臺，忘機翠鳥又誰猜。何當剪得一枝去，也抵藍超洞裏來。唐永泰中，樵者藍超入石門，有老翁與榴花一枝而出。

六月荷花楊柳

釋家道家有宗旨，往往多以蓮花比。眼明吾獨愛濂溪，能向花中見君子。藕絲情與柳絲長，謾說風流似六郎。知君久住蓮花幕，也抵披圖到故鄉。

七月荔子葵花鳳仙淡竹葉花

海南尤物稱荔子，旁有秋葵隨日晷。笑君添寫鳳仙花，兒女情長類如此。淡竹翠花亦可憐，徐熙沒骨妙黄荃。西風莫把蒲葵扇，且看花陰上八磚。

八月枸杞果秋海棠萬壽菊藍菊

甘州仙果能卻老，丹實離離綴木杪。飛來何處白頭公，此是王喬傳信鳥。金菊藍菊翠交加，石陰兼有斷腸花。阿誰更作《閒情賦》，譜入柴桑處士家。白頭公爲王喬使，見《漢書・王莽傳》。

九月楓葉菊花老少年

陶公九日缺佳釀，採菊東籬更惆悵。輸他楓葉醉霜多，白髮朱顏且相向。菊旁更有雁來紅，七尺珊瑚笑石崇。此花别號殊無狀，切莫題詩戲老翁。明周子羽《雁來紅》詩：『七尺珊瑚夜不收。』

十月桂花芙蓉綬帶鳥

桂樹叢生小山裏，小山今在菱汁紙。幽禽也解愛冬榮，綬帶雪飄金粟蕊。江上芙蓉老拒霜，亦能旖旎桂花旁。碧桃紅杏休輕視，不向西風鬭晚粧。末用唐高蟾詩意。

十一月竹月月紅

一陽之月卦爲復，千紅萬紫謝林麓。塵埃莫笑子猷稀，物色終能到修竹。四季花開本不羣，破寒生意尚欣欣。一年月月誰能賞，今日端應伴此君。

十二月蠟梅山茶

臘梅似蠟開殘臘，紙上一枝香匼匝。隴頭羈客望江南，忽有春風挂屏榻。索笑憐君興不孤，年年客舍醉屠蘇。夜光俯仰隨橋梓，莫向滇南覓寶珠。時芥亭令郎亦隨侍賓館。

【集評】

張桐圃曰：『詩似徐青藤畫花，皆作風勢。』

移栽牡丹

七十年餘二，吾猶種牡丹。花開那可待，留與子孫看。

食瓜後夜起飲酒作

食瓜腹作酸，中夜欲嘔泄。燒酒飲數杯，忽如湯沃雪。古人制兵刑，以補教化缺。戰國用申韓，亦能見功烈。牛溲及馬勃，效或參苓埒。多謝麯先生，可疎不可絕。

中秋大雪壓折牡丹甚多紀詩四首

乾隆壬子中秋夜，不見蟾光見雪花。雲外天香飄處處，卻疑金粟變銀砂。

瓜果筵前一夜風，鵝毛蝶翅滿長空。老夫紀異傳詞客，可是陰晴萬里同。各處但雨卽同，不必雪也。

清曉園林曳杖看，雜花齊仆玉闌干。高枝壓斷緣多葉，第一牽愁是牡丹。

折枝都似玉嶙峋，欲護長條更惱人。霜女風姨隨月姊，翻教滕六困花神。

繼聞皋蘭、寧夏是夜皆雪，而西安亦雨，『萬里同陰晴』之說，其信然耶！松厓記。

偶閱本草詠劉寄奴二首

靈藥搗中洲，名因伐荻留。怪他隆準後，復與大蛇讎。

剡剡卯金刀，英威被藥苗。昌明非種去，只忌草蕭蕭。

高橋神女廟狄道

月作菱花水作裙，仙蹤誰復紀傳聞。馨香薦處蘭兼菊，環珮歸時雨雜雲。可有青琴爲女伴，竟無白石是郎君。雞豚社裏喧簫鼓，風裊靈旗日又曛。

【集評】

蓉裳曰：『似李羣玉《黄陵廟》詩，而健朗過之。』

書院即事

時諸生甄别後，猶未上館，而唱酬舊友，亦多契闊焉。

書齋依舊草青青，卻掃庭除見鶴翎。酒客詩人都不到，且將工課付金經。

苟毅齋敏送鬭雞兼求二詩

鬭雞高唱始南皮，遊戲終嫌近小兒。老尚爭雄堪一笑，煩君引出孟韓詩。

金距花冠鼓翅鳴，昂然意氣太縱横。專場豪俊今難得，可是君家二卵成。

【集評】

武安邦曰：『妙切苟姓，否則鬭雞典多，麾之難去。』

題五竹寺渭源

寺名五竹枕南岡，鐘磬聲中綠篠長。若使七賢遊此處，也應隨例黜山王。顏延之《五君詠》，山濤、王戎以貴顯被黜。

詩近遊戲，但遊戲之作，或易傳誦，姑存之，以志吾衰。自記。

寄伊瀞亭都統江阿

客從西方來，車馬經臯蘭。隆主事灝亭名泰。故人附書至，惠比青琅玕。君家本世宦，九萬方鵬摶。古戍統貔貅，秋風肅將壇。云胡訓練暇，趺坐一蒲團。毋乃宿慧業，現身作宰官。衆生依食住，弱肉强之餐。君獨饌伊蒲，筍蔬長闌干。老夫耽綺語，前路浩漫漫。賴君剖疑義，聊以慰衰殘。彼岸雖自度，終愁舍筏難。祝君早成道，引我入涅槃。

題長恨歌二首

長生私誓月輪寒，參昴星横夜欲闌。若使玉環同武氏，要封天后有何難？終身作妃，此亦玉環好處。

巴山夜雨感鈴音，不礙君恩世世深。三十八年春已老，尚留《長恨》到而今。

【集評】

蓉裳曰：『調高而意新，洵推名作。』

賀王柏崖生子兼柬袁簡齋先生

皋蘭王少府，寄籍古遼州。捧檄來江表，栽花傍石頭。一官卑易稱，萬事足難求。吏合欽梅福，天寧厄鄧攸。青箱貧未敝，赤棒晚能柔。果也聞而室，魁然誕阿侯。龍鸞應比謝，豚犬莫輕劉。珠履賓皆集，金盤晬已周。雲山三晉遠，烟雨六朝秋。借問隨園叟，觀詩笑我不？

【集評】

王錦如曰：『典重清真，脫盡賀璋俗套。』

月夜望皋蘭山色如畫

星河一雁影飄飄，四顧無人更寂寥。可惜深山好明月，空留木客弄寒宵。唐木客詩：『城市多囂塵，遠山弄明月。』

壽慶大司馬丹年

聖世西疆遠，寧誇百二重。禁中來頗牧，邊外識夔龍。節屆陽迴復，人懽日在冬。榮光騰紫塞，暖律應黄鐘。白鶴唧籌遠，紅螺注酒醲〔一〕。珠璣明九曲，芝朮滿三峯。將相雲臺寫，神仙霧閣逢。卽看藜火照，小草亦春容。

【校記】

〔一〕注，宣統本作『住』。

壽崔訥堂並序

予以舌耕，主講蘭山書院，近七年矣。曩昔通籍諸友，都如晨星，所時與周旋者，惟二三學博耳。而蘭郡司訓崔君夢庚，朝夕過從，尤爲相視莫逆。君腹有詩書，胷無城府，裁成多士，頗著賢勞，而意氣豁如，不屑屑計脩贄，以是諸生皆愛敬之。然遠溯先河，悉歸家教，蓋其得於尊人訥翁之義方者深也。翁以鉅德長者，名重三原，又嘗服賈揚州，二十四橋之畔，騷人墨客，多所往來。今冬年屆古稀，意南北兩處之賓朋，稱觴祝嘏，當有同心。而司訓以寒氊薄宦，匏繫金城，故其望雲愛日之忱，時形於言色，宜門人愛師以及其親，而製錦乞言，以遙爲訥翁壽哉。翁懸弧之佳辰，在十一月某日。其屏障之文，則觀察王芍坡先生已爲序之，揄揚盛美，而仍鮮溢辭。予無以易之矣，姑贅韻言，聊以誌高山之仰云爾。

南極照西方，高人應壽昌。博陵來大姓，焦穫發榮光。有美聞三輔，其生際一陽。鹿原聲奕奕，虎觀氣昂昂。杞梓材殊異，芝蘭味更香。才霏珠錯落，韻瀉玉琅璫。緡筭心能計，籤抽手未遑。奇書歸腹笥，名揭富牙箱。孝以精醫著，身緣好潔芳。術曾追仲景，癖亦近元章。故舊凡貧弱，年時值儉荒。指囷兼益庾，解橐復傾囊。雅惠枚難舉，沖懷斗謾量。自天錫純嘏，惟嶽降賢郎。絳帳開何久，青氈坐不妨。丹鉛飛几席，桃李簇門墻。捧檄真情揭，傳經祕義彰。先生雖苜蓿，長子即蒼筤。覽揆逢添線，稀齡競舉觴。兒叨官遠塞，翁適寓維揚。客似烹魚溉，三原孫豹人曾寓揚州，額其居曰『溉堂』。仙同騎鶴翔。古云『騎鶴上揚州』。祝鳩誠有幸，稱兕願無疆。帷製天孫錦，弧懸帝女桑。望雲欣宛在，愛日喜初長。車載文連軫，韓文公贈崔立之詩：『隨身卷軸車連軫。』庭堆笏滿床。見唐崔琳傳，今多訛爲郭汾陽。君家饒勝事，聊以獻鱣堂。

『錯落』、『琅璫』、『苜蓿』、『蒼筤』，俱還八病。自記。

慰陸靜巖觀察失珠

金城春樹翔慈烏，啞啞反哺忘其劬。咄爾鵂鶹及訓狐，不祥乃沴鳳凰雛。使君家住錢塘湖，遜抗機雲並喁于。隴河提刑載馳驅，平反擬周赭衣徒。太簇之月蟄蟲蘇，何意脱掌拋明珠。賓僚士庶共嗟吁，茫茫天道果有無。我老頽唐真腐儒，經年教授蘭山隅。高人達觀理不誣，勸公且學東門吳。《列子》：『東門吴子，死而不憂。』昔者至聖慰商瞿，晚歲當產五丈夫。西河老淚眼爲枯，離羣索居空區區。況公盛年佩麟符，九重亶錫光龍殊。加餐自寶千金軀，詎等一擲同梟盧。古傳冥官感顧逋，唐顧況字逋翁。非熊呈詩返黄壚。以妄塞悲非我迂，指日看生千里駒。

【集評】

靜巖先生曰：『慰藉懇真，居然老手。』

讀范傳正太白墓碑有感

陳雲劉勸兩農夫，名與青山片石俱。得附謫仙小枝葉，賣婚何必重崔盧。

予自主講蘭山不看家園牡丹者又八年矣兹值花期憮然有作

牡丹真富貴，狄道頗稱雄。絕豔生天末，芳華比洛中。八年予在外，半月爾成空。安得神仙術，年年醉老紅。

陸靜巖觀察席上贈歌兒賈小丰

烏府傳杯酒興濃，花前忽見遠山重。老夫别有閒情在，留取佳名贈小丰。原名小韋座，客請余爲易今名。

附　次韻

陸靜巖

鐵石梅花賦意濃，相逢傾蓋願重重。碧螺春雨微醺後，爭唱新詩付小丰。

題馬青巖消夏圖四首

平遠湖山一幅張，竹深荷淨兩徜徉。知君懷抱同冰雪，便踏紅塵也自涼。

隴上風寒夏亦秋，客中溽暑爲誰愁？蘭亭禹穴三千里，且畫林塘作卧遊。

經年涉筆苦匆匆，熱客頻來倍惱公。借得九華亭上座，爲君揮扇詠涼風。連日少眠，此詩作於王錦如九華亭席上，即倩錦如代書。

蓮幕才名重白眉，蓴鱸歸興嘆遲遲。圖中好友皆零落，惆悵風光似片時。姚雪門先生及哲兄讓洲，今皆化去矣。

李滙川雨中邀飲五泉二首

青笠紅衫上五泉，水竿風鐸響泠然。遊人莫恨蒼苔滑，妙領山光是雨天。
翠微深處起樓臺，天外黄河入酒盃。看盡東川三百里，柳烟花霧繞蓬萊。

四月見燕

隔歲銜書燕，來經四月中。且銜梅子雨，休掠杏花風。藻井看如故，雲車夢已空。地寒天蟄汝，應爲少飛蟲。

書昌黎謝自然詩後

奇女曾聞謝自然，分明白日上青天。雲霞入戶笙竽響，詎有山魈敢近前。
金泉山下彩雲空，一去泠然比御風。眼見飛仙猶不信，真令兒女笑韓公。
横眉蒼生滿四維，耕耘紡績任爲之。仙娥卽使從公語，添箇蠶姑也未奇。

【集評】

蓉裳曰：『妙語解頤。』

和袁簡齋代劉霞裳擬賦綠珠四首

《簡齋詩集》云：『詩曾分咏美人，霞裳拈得綠珠，連作五首，不愜余意，乃請老人擬賦兩章，恐有鮑老登場之誚也。其詩云：「一斛珍珠聘禮成，美人心上尚嫌輕。珍珠似妾原無價，妾比珍珠恰有情。」「人生一死談何易，看得分明勝丈夫。聞說息姬歸楚日，下樓還要侍兒扶。」』附同社陸崑圃詩云：『金谷樓前玉質摧，烏啼夜月有餘哀。美人一點分明意，不是珍珠買得來。』

金谷荒凉落照昏，佳人名藉墜樓存。拈題莫笑劉郎窘，吟到香殘已斷魂。

【集評】

蓉裳曰：『爲霞裳解嘲語，極妙。』

袁老才名類八叉，偶然假手示侯芭。珊瑚且架春風筆，留作瓊枝夢裏花。

梓澤園中夜月孤，玉人懷古費踟躕。干卿何事空搔首，不弔潘郎弔綠珠。

千古傷心復快心，高樓碎玉尚哀音。未知石友魂歸日，潤筆當分幾處金。

【集評】

蓉裳曰：『風致如許，白石老仙，興復不淺也。』

王芍坡先生書來問疾感而有作

藥烟影裏繁燈燼，感愧芍坡詢老夫。臥病幾忘甘谷水，開緘如見輞川圖。移花種竹情猶在，余擬趁秋風移植花木，然竟不果。作佛成仙理總誣。從此觀身同委蛻，任教佳誄念嗚呼。

作是詩後，方欲寄公，而公已棄世矣，因存此以誌知己之感，既痛逝者，行自念也。松厓記。

讀阮侍郎京都楊椒山先生松筠庵記知公已爲直隸都城隍感作二首用以快人心而彰直道也

京官賃宅多湫隘，退食猶如過隙塵。此處椒山曾櫛沐，於今勝地尚松筠。筵陪嘉靖諸詩客，王鳳洲、張兑溪木主皆附列保定祠内。座列幽燕衆土神。人世威權天上福，看來畢竟是誰真。

前朝社屋已荒涼，環堵僑居尚姓楊。誤國權姦甚魑魅，快人官職是城隍。敬宗枉畫淩烟閣，林甫空開偃月堂。寄語分宜諸罪鬼，試從天際認曹郎。

【集評】

門人李華春謹識：『二律蒼涼雄健，足以褫姦魄而慰忠魂。』

題馬繩武偷閒吟並序

馬君繩武，市隱者也。家貧而自食其力，生計遂能漸豐，且孝事雙親，而尤友愛手足，凡堂從昆弟六人，皆賴以舉火焉。幼嘗從師讀書，僅月餘而廢。中年忽學作詩，掉頭苦吟，時有佳句，擬之古人，其殆胡釘鉸之流歟？往予續修州志，曾錄其絕句二首，遍傳有識，未嘗不歎其清新也。君性好飲酒，兼通繪畫。後於乾隆辛亥六月以疾辭世，年六十有一矣。會壬子孟春，諸同人及其子士傑，求予數語，以概君之生平。予老矣，多言則費，因漫題二絕句，使門人武磐若繕寫而歸其家，庶奕禩子孫，知其先有窮約之詩人也。

市井勞勞六十秋，啣盃雅趣亦風流。百錢裁足惟哦咏，樂志真同古少游。

抔土茫茫夜月寒，伯牙古調爲誰彈。惟餘一卷《偷閒草》，留與兒孫世世看。

松花庵律古

松花庵律古序

衛晞駿

詩之變也，《三百篇》而漢魏，而六朝，蓋與世道爲升降焉。至於近體，古意浸微矣。故予教子弟爲詩，俱令從《選》體入，防其靡也。第後學狃習聲病，往往以古調爲難。同年吳子信辰，深於古詩者也，其說詩亦與予同。比秉鐸余邑，思得一誘掖後進之方，乃集漢魏、六朝佳句，爲《律詩》一編，音格既叶，繙閲自易，俾從事者，即由近體之中而得古調。其嘉惠後學，可謂勤且摯已。

抑余觀《釋文·序錄》，有隸古《尚書》之文，孔《疏》謂就古文體而從隸定之，存古爲可慕，以隸爲可識。信辰之名是編以《律古》也，此志也夫！此志也夫！信辰詩每出，人爭傳誦。是編成，及門將付梓以代手抄，予因爲序其大略如此。武德而後，復聞正始之音，惟善學者心領之。

乾隆己丑一之日，年弟韓城衛晞駿頓首拜撰。

松花庵律古

萬壽閣望華山

山似落花豔，經秋復度春。陽窗臨玉女，劍室動金神。狹路傾華蓋，微風起扇輪。投壺不停箭，還笑拂棋人。

梁元帝　鮑令暉　王褒　庚信　劉琨　劉孝綽　《華山畿》　陸瑜

賦得玉井蓮

玉井沉朱實，蓮心徹底紅。雲生對戶石，花逐下山風。翠蓋承輕霧，飛梁照晚虹。欲持荷作柱，驤首眄層穹。

江總　《西洲曲》　徐陵　陰鏗　江總　蕭慤　江從簡　沈約

秋懷

肅肅秋風起，青苔日夜黄。佳人從所務，君子道其常。雲聚岫如複，蓮寒池不香。山中咸可悦，相憶莫相忘。

隋煬帝　江淹　顔延之　阮籍　謝脁　鮑泉　沈約　桃葉

題畫

霜開石路烟，平楚正蒼然。獨有劉將阮，焉知隱與仙。批雲對清朗，乘月弄潺湲。筆染鵝毛素，陳詩愧未妍。

江總　謝脁　張正見　周弘讓　謝靈運　謝靈運　吴均　顔延之

古别離

常嘆負情儂，車西馬復東。愧無魯陽德，願作石尤風。巖下雲方合，尊中酒不空。寸心傳玉盌，千里與君同。

王仲雄　庾肩吾　郭璞　宋武帝　謝靈運　孔融　謝朓　鮑照

懷張藥園

青袍似春草，春草似青袍。出谷日尚早，卷簾天自高。翠山方靄靄，文酒易陶陶。從賞乖纓弁，關寒落雁毛。

《古詩》　何遜　謝靈運　《西洲曲》　江淹　沈炯　謝朓　庾信

同心曲

花葉正低昂，春風滿路香。同心且同折，相憶莫相忘。綺幕芙蓉帳，珠扉玳瑁牀。連針學並蒂，八幅兩鴛鴦。

宋子侯　庾信　梁元帝　《桃葉》　簡文帝　王冏　徐悱　簡文帝

閨怨

鶯語吟修竹，蛾眉豔宿粧。碧樓含夜月，紅袖拂秋霜。爨飯一時熟，江山千里長。故人從此去，結夢在空牀。

孫綽　何遜　鮑照　庾信　《古詩》　王融　《古詩》　梁武帝

當壚曲

遠樹曖阡阡，門中露翠鈿。聞名不曾識，因病遂成妍。會舞紛瑤席，稱觴溢綺筵。常希茂陵渴，貫酒逐神仙。

謝朓　《西洲曲》　許瑤　謝朓　張正見　謝朓　簡文帝

又

竹外山猶影，雲生石路深。隔花遥勸酒，留雪擬彈琴。日麗鴛鴦瓦，風搖翡翠簪。紅粧隨淚盡，不道愛黃金。

謝朓　王由禮　庾信　庾信　蕭統　姚翻　蕭紀　紀少瑜

效玉臺體

鴛鴦七十二，驚散忽差池。獨枕凋雲鬢，長顰串翠眉。風輕鶯韻緩，雪暗馬行遲。不對芳春酒，含情欲待誰。

《相逢行》　梁元帝　江淹　簡文帝　顧野王　江暉　謝朓　王粲

又

大道滿春光，猶憐翠被香。朝霞迎白日，輕扇掩紅粧。空結茱萸帶，爭移瑇瑁牀。故人心不見，尺素在魚腸。

梁簡文　簡文　張協　何遜　王樞　張正見　謝朓　王僧達

山齋晚眺

日暮碧雲合，紛紛飛鳥還。疎松含白水，餘雪映青山。阮籍長思酒，劉伶善閉關。老夫有所愛，乘月弄潺湲。

江淹　陶潛　虞騫　謝朓　庾信　顔延之　陶潛　謝靈運

由澗西登象山作

澗影落長松，盤根似臥龍。遊仙聚靈族，滅跡入雲峯。方宅十餘畝，輕花四五重。山中上芳月，猶聽竹林鐘。澗西上卽竹園村。

薛道衡　庾信　陸機　謝靈運　陶潛　謝朓　謝朓　庾信

喜李南若劉西明諸君至

金車玉作輪，潘夏正連茵。離會雖相雜，恩情日以新。及茲暢懷抱，聊可瑩心神。觴酌失行次，君當恕醉人。

《古詩》　陳暄　謝瞻　蘇武　謝朓　左思　陶潛　陶潛

秋夜曲

月送可憐光，閨陰欲早霜。遺簪雕瑇瑁，拂席卷鴛鴦。且進杯中物，還飄袖裏香。紅簾遥不隔，釵影近燈長〔一〕。

簡文　吴邁遠　劉孝綽　費昶　陶潛　何遜　簡文　劉緩

【校記】

〔一〕『釵影』句，《玉臺新詠》爲鮑泉《雜詠湘東王三首》其三《寒閨》中句，《古詩紀》又編爲劉峻作。

天上謠

天上何所有，裁金巧作星。燒香披道記，結友事仙靈。精衛銜微木，商羊舞野庭。惜無爵雉化，毛羽被身形。

《隴西行》　簡文　徐陵　鮑照　陶潛　張協　顔延之　曹植

青樓曲

青樓臨大路，合沓與雲齊。翠被含鴛色，空梁落燕泥。榮華誠足貴，嫁娶不須啼。日暮秋風起，花飛一倍低。

曹植　謝朓　簡文　薛道衡　陶潛　卓文君　楊素　庾信

妾薄命

苦相身爲女，紅顔本暫時。當窗理雲鬟，入室怨蛾眉。日照茱萸領，風吹翡翠帷。故人何不返，積念發狂癡。

傅休奕　費昶《木蘭歌》　王融　姚翻　王僧孺　柳惲《古詩》

又

落照參差好，佳人懶織縑。不才勉自竭，無故坐相嫌。孤竹調陽管，餘花落鏡奩。夕門掩魚鑰，秋月始纖纖。

簡文　簡文　張衡　何子朗　庾信　蕭子雲　簡文　劉孝綽

別江右章何清之二孝廉

遠與君別者，絲繩攜玉壺。據鞍長嘆息，攬轡止踟躕。寶帳三千所，京城十二衢。窮愁方汗簡，誰謂古今殊。

江淹　辛延年　劉琨　曹植　鮑照　鮑照　庾信　謝靈運

寄胡靜庵廣文

驅馬陟陰山，霜濃濕劍蓮。詩書塞座外，桃李羅堂前。但恨功名薄，誰希竹素傳。玉門罷斥堠，聲教燭冰天。

陸機　賀力牧　陶潛　陶潛　陸機　王胄　虞羲　江淹

嵾嶽吟

玄武伏川梁，巖深桂絕香。澄江靜如練，芳草列成行。寶劍橫三尺，冰珠映九光。雲旗與暮節，踏屣復翱翔。

江淹　庾信　謝朓　王融　辛德源　庾信　謝靈運　柳惲

短歌行

人生行樂耳，歲去甚流烟。桂影含秋色，松聲入斷絃。黄河流水急，赤日下城圓。多謝悠悠子，寧知龜鶴年。

楊惲　吴均　簡文　荀仲舉　王褒　何遜　簡文　郭璞

踏雪尋梅圖

溪竹暗難開，山梁乍斗迴。鶴毛飄亂雪，金砌落芳梅。未塞袁安戶，仍斟畢卓杯。仙人騎白鹿，不悟有香來。

劉孝威　庾信　庾信　陳後主　謝燮　陳後主《古樂府》　蘇子卿

送人歸里

紫苔初泛水，綠樹始搖芳。弱操不能植，故人安可忘。懷哉罷懽宴，敬矣事容光。蹀躞青驪馬，春風滿路香。

吴均　梁武帝　何遜　劉孝綽　謝朓　王融　吴均　庾信

昔日繁華子

昔日繁華子，長隨飛蓋遊。可憐將可念，如恨亦如羞。金轄茱萸網，銀綸翡翠鈎。夕魚汀下戲，掩泣望荆流。

阮籍　張正見　劉孝威　盧思道　劉孝綽　簡文　吴均　鮑照

寄衛卓少

抱影守空廬，他鄉念索居。傾身營一飽，遊目愛三餘。牽率酬嘉藻，殷勤覽妙書。非君美無度，那得厚相於。

左思　王褒　陶潛　庾信　謝瞻　劉孝綽　謝朓《讀曲歌》

劉士雅史景尼同過小齋仍用前韻

茂宰深遐睠，雙雙入我廬。眾賓悉精妙，賤子實空虛。雨歇殘紅斷，烟消古樹疎。玄經不期賞，辭賦擬相如。

謝朓　陶潛　謝靈運　應瑒　庾信　盧思道　鮑照　左思

送人

夢想騁良圖，賢哉此丈夫。陳平遨里社，范蠡出江湖。富貴身難老，神仙志不符。貧交欲有贈，染翰獨踟躕。

左思　張協　酈炎　謝靈運　吳邁遠　阮籍　王胄　簡文

午夢

梅柳夾門植，蕭疎野趣生。遊蜂花上食，好鳥葉間鳴。翰墨有餘跡，林園無俗情。神交疲夢寐，雲臥恣天行。

陶潛　謝惠連　謝朓　謝朓　潘岳　陶潛　沈約　鮑照

巖穴無結構

巖穴無結構，雞鳴高樹巔。瑤臺函碧霧，石磴瀉紅泉。既笑沮溺苦，徒稱夷叔賢。臨潭餌秋菊，容色更相鮮。

左思《古詩》　梁武帝　謝靈運　謝靈運　鮑照　謝朓　郭璞

王源清司訓納姬

高舉尋吾契，榆梢躁暝鴉。膳羞殫海陸，桃李雜烟霞。皆笑顔郎老，彌令鄭女嗟。山根一片雨，聊駐七香車。

陶潛　陳後主　劉苞　張正見　蕭子顯　簡文　庾信　盧思道

偶然作

虛館清陰滿，歸家酒債多。窗中列遠岫，松上改陳蘿。賜也徒能辯，虞兮奈若何。驚風飄白日，應羡魯陽戈。

沈約　孔融　謝朓　謝朓　陶潛　庾信　曹植　劉孝綽

無題

捉鏡安花鑷，眉心黛不青。蜀琴抽白雪，荊實剖丹瓶。磊磊澗中石，岧岧山上亭。野情風月曠，微笑隱香屏。

簡文　徐君蒨　鮑照　沈約　《十九首》《長歌行》　庾信　簡文

送人

春草秋更綠，黄沙千里昏。浮雲藹層闕，流水繞孤村。歲月好已積，風潮難具論。眼前一杯酒，何處敘寒溫。

謝朓　王僧達　劉鑠　隋煬帝　謝靈運　庾信　江總

今日良宴會

今日良宴會，鶯鳴入洞簫。博徒稱劇孟，神女嫁蓟韶。網戶圖雲氣，穿池控海潮。庭中花照眼，座上莫相撩。

《十九首》　庾肩吾　王褒　沈炯　陸倕　劉孝威　梁武帝　鄧鏗

詠史

京華遊俠窟，富貴者稱賢。座上客常滿，林間花欲然。簷喧猶有燕，木落久無蟬。近在青門外，秋瓜不直錢。

郭璞　趙壹　孔融　梁元帝　王冑　江總　阮籍　庾信

大雪懷楊山夫

風雪送餘運，尋山洽隱淪。兔園標物序，鶴嶠斷來賓。柳絮時依酒，梅香漸著人。思君此何極，郢曲發陽春。

陶潛　顔延之　何遜　徐陵　梁元帝　徐君蒨　謝朓　鮑照

邯鄲行

馳逐邯鄲道，妖姬慣數錢。蛾眉分翠羽，錦帶雜花鈿。此酒亦真酒，新年非故年。巷中情思滿，飛夢到郎邊。

劉義恭　簡文　傅休奕　吴均　曹植　丘遲　湯惠休　范雲

俠客行

俠客重艱辛，輕寒入錦巾。乘蹻追術士，懸鏡厭山神。晚愛東皋逸，空嗟北郭貧。義心多苦調，思與爾爲鄰。

顔之推　徐陵　曹植　徐陵　王融　王融　顔延之　陶潛

雲霞洞歌贈史雲章

雲霞冠秋嶺，洞裏閲仙書。托好憑三益，風流盛七輿。蘆花霜外白，楊柳月中疎。且縱嚴陵釣，金盤鱠鯉魚。洞下俯黄河，雲章讀書其中。

江淹　陰鏗　虞謀　庾信　江總　蕭慤　沈約　辛延年

秋懷

圉人移苜蓿，邊馬有歸心。秋至白雲起，山空明月深。待花將對酒，跂石始調琴。但使丹砂就，時予謬膺民社之薦。何須就竹林。

李夔　王瓚　江淹　陳後主　庾信　庾信　梁元帝　庾信

南溪

置酒對林泉，徘徊望九仙。白雲抱幽石，緑水泛香蓮。片月窺花簟，長虹晝彩旃。竹竿何嫋嫋，懷玉浪多圓。

庚肩吾　沈約　謝靈運　劉琨　徐陵　梁元帝　卓文君　吴均

象山晚歸

露浸山扉月，言歸望緑疇。含風自颯颯，驅馬復悠悠。鳥散餘花落，螢飄碎火流。城高短簫發，似出鳳凰樓。鳳凰樓在韓城北郭。

江總　謝朓　虞羲　謝朓　謝朓　庚信　梁簡文　王僧孺

今日樂上樂

今日樂上樂，得親君子庭。羣公邀郭解，中婦誨劉伶。織竹能爲象，裁金巧作星。所思不可見，天暮遠山青。

《豔歌》　蔡邕　戴暠　李德林　簡文　簡文　何遜　何遜

讀胡靜庵劉九畹詩有懷宋蒙泉先生

僕本寒鄉士，陳詩愧未妍。欲知雙璧價，不羨一囊錢。高論明秋水，香氛麗廣川。宋，德州人。韜精日沉飲，何以導蒙泉。

鮑照　顔延之　陳暄　徐謙　江總　江淹　顔延之　王融

長安道

迴首望長安，風光滿上蘭。春洲鸚鵡色，鮮服鵕鸃冠〔一〕。飲酒不得足，食梅常苦酸。誰令爾貧賤，愁有數千端。

王粲　庾信　庾信　庾信　陶潛　鮑照　謝靈運　楊方

【校記】

〔一〕「鮮服」句，《文苑英華》爲王胄《言反江陽寓目灞涘贈易州陸司馬》中句。

寄題石顒若五泉別墅

此處卽瀛洲，清泉吐翠流。落花還繞樹，作賦且登樓。水照柳初碧，鳥鳴山更幽。故人何不返，書卷滿牀頭。顒若積書頗富。

孔德紹　庾闡　紀少瑜　梁元帝　簡文　王籍　柳惲　庾信

鄉思

隴右五歧路，相逢知幾年。風驚護門草，樂奏下山絃。托好憑三益，尋真値九仙。逆愁歸舊里，桑柘起寒烟。

吴均　庾信　王筠　劉孝威　盧諶　李巨仁　周弘正　謝朓

水仙圖

豔豔金樓女，明珠點絳脣。尋雲陟累樹，夾水布長茵。旆轉蒼龍闕，舟纚白馬津。乘鸞向烟霧，舉袂謝時人。

梁武帝　江淹　謝脁　張華　江總　庾肩吾　江淹　王融

贈張桐圃

清水玉門東，山雲四面通。聚車看衛玠，執戟異揚雄。別易會難得，柳青桃復紅。定須傕十酒，細酌對春風。

陳後主　王褒　岑之敬　張正見　宋武帝　謝尚　庾信　庾信

題張森溪畫

弱冠弄柔翰，流觀山海圖。未嘗廢丘壑，終欲想江湖。方宅十餘畝，長松一兩株。此中有真意，佳麗擬蓬壺。

左思　陶潛　謝靈運　庾信　陶潛　庾信　陶潛　孔奐

夢與黃昭遠兄同訪梁靜峯先生

秋樹翻黃葉，層陰萬里生。遠同稽叔子，聊訪法高卿。水逐雲峯暗，巖開石鏡明。神交疲夢寐，況復蟪蛄鳴。

庾肩吾　江淹　苻朗　王僧孺　庾肩吾　釋慧標　沈約　江淹

寄甘菊谷

韓原結神草，晉鼓雜清簫。於是望三益，由來非一朝。月纖張敞畫，枝挂許由瓢。俯仰流英眄，揚雲已寂寥。兼訊山夫，故云。

王融　劉孝威　高爽　左思　劉孝威　劉孝威　謝朓　費昶

巫山高

巫山映巫峽，林暗澗疑空。故殿看看冷，愁雲處處同。窗開神女電，塵起大王風。薄暮陽臺曲，晴天歇晚虹。

蕭詮　梁元帝　張正見　江總　王褒　劉孝威　王融　簡文

秋林高士圖

有客常同止，相將還舊居。邊韶對趙壹，桀溺偶長沮。苑育能鳴鶴，池遊被控魚。風篁雨蕭瑟，山久谷神虛。

陶潛　陶潛　周興嗣　庾信　梅陶　陰鏗　王融　王褒

崆峒

寄想崆峒外，瑶池命羽觴。廣成參日月，天老教軒皇。冷色含山峭，秋聲雜塞長。雲間有玄鶴，寥廓已高翔。

高允生　江總　劉孝勝　張衡　陳後主　阮籍　謝朓

昭君怨

蟬鬢改真形，粧成更點星。塵飛三市路，花落萬春亭。積土泥函谷，驚沙暗井陘。還悲寒壟曙，柳發斷腸青。

薛道衡　徐君蒨　張正見　蕭慤　徐陵　劉孝威　江總　簡文帝

下第後南遊江漢而歸

蟬咽覺山秋，秦人望隴頭。烟霞乍舒卷，丘壑每淹留。日照蒼龍闕，波搖白鱧舟。歸來藝桑竹，忽似閬風遊。

徐陵　庾信　王融　蕭子良　王瑳　簡文　顏延之　孔德紹

高石崖狄道

山窗臨絕頂，絕頂復孤圓。欲採三芝秀，翻思二頃田。醉魚沉遠岫，秋雁寫遙天。揮手告鄉曲，相逢知幾年。

王褒　沈約　釋慧淨　庾信　江總　張正見　謝靈運　庾信

松鳴巖河州

山帶彈琴曲，松聲入斷絃。空林鳴暮雨，秋氣爽遙天。何必桃將李，焉知隱與仙。願言稅逸駕，嚼蕊挹飛泉。

庾肩吾　荀仲舉　王褒　張正見　陳子良　周弘讓　謝朓　郭璞

寄宋元長

靜念園林好，徘徊繞竹叢。感時歌蟋蟀，酌酒勸梧桐。石累元卿徑，花隨少女風。今君有何疾，音信不曾通。

陶潛　祖孫登　曹攄　徐陵　劉孝威　蕭慤　鮑照　簡文

送遠曲

徒酌相思酒，離琴手自揮。看花言可折，臨水送將歸。玉柱調新曲，金鞭背落暉。故人從此去，秋葉下山飛。

鮑照　江總　簡文　郭遐周　梁元帝　沈炯　《古詩》　庾肩吾

挽張溫如明經

客共晚鶯悲，何由見所思。書生空託夢，逝者遽焚芝。玉匣摧談柄，金缸代酒巵。傷哉駒度隙，音響不能追。

江總　謝朓　王褒　孔紹安　庾信　庾信　湛茂之　曹植

挽劉際雲秀才

任俠有劉生，前驅已抗旌。綿綿思遠道，鬱鬱望佳城。永別張平子，張溫如先下世。還嗟李少卿。李浩然及余皆君酒友。徒勞脫寶劍，丘壠擅餘名。

梁元帝　石崇　蔡邕　沈約　庾信　張正見　徐陵　庾肩吾

折楊柳寄陳介祺廣文

楊柳非花樹，攀條恨久離。寶珠分水相，舞袂寫風枝。廣望周千里，高談玩四時。故鄉有書信，誰念髮成絲。

梁元帝　劉遯　昭明太子　簡文　鮑照　江淹　何遜　范雲

馮泰宇邀飲話舊頗有離索之感

遊賞藉琴臺，逢花卽舉杯。峯樓霞早發，桂殿月偏來。時寓古刹。物色頓如此，餘人安在哉。馮公豈不偉，臨路獨遲迴。

謝朓　庾信　庾肩吾　庾肩吾　吴孜　鮑照　左思　鮑照

南溪訪友

閬苑秋光暮，華池物色曛。波横山度影，風至水迴文。浴鳥沉還戲，林花合復分。伊人儻同愛，一遇盡殷勤。

庾肩吾　何遜　梁元帝　庾丹　江總　吴均　謝莊　陶潛

望仙謠

少年好馳逐，來往宋家東。飲酒不得足，賦詩頗能工。金波麗鳷鵲，花綬接鵷鴻。恐此非名計，還當訪井公。

鮑照　簡文　陶潛　陶潛　謝朓　庾肩吾　陶潛　王褒

又

高蹈風塵外，忘形本自然。曾生發清唱，蕭史愛長年。玉匣成秋草，金燈滅夜烟。不如飲美酒，輕舉逐神仙。長，一作少。

郭璞　庾信　桓偉　鮑照　王叔英妻　徐陵　《十九首》　庾信

戲題山夫書齋

日暮秋風起，山陽有舊鄰。結交當結桂，憂道不憂貧。美酒還參聖，新聲妙入神。隔牆花半隱，芳樹似佳人。欲見如君不得。

楊素　庾肩吾　吴均　陶潛　庾信　《十九首》　劉孝威　江孝嗣

蝸舍

棲息同蝸舍，誰知無悶心。烟霞時出沒，翰墨久謠吟。風定花猶落，月斜山半陰。三冬誠足用，懷古一何深。

何遜　楊素　王臺卿　王僧達　謝貞　孔德紹　費昶　陶潛

鞠歌行

少小去鄉邑，身遊廊廟端。吹臺望鵁鶄，甬道入鴛鸞。玉檢茱萸匣，金羈瑇瑁鞍。日斜馳逐罷，風月隴頭寒。

曹植　梁武帝　周弘正　徐悱　吴均　沈約　徐陵　薛道衡

攀崖照石鏡

攀崖照石鏡，素鬢改朱顔。落日懸秋浦，行雲思故山。一觴雖獨進，千載乃相關。安得掃蓬徑，藏名琴酒間。

鮑照　謝靈運　劉顥　張協　陶潛　陶潛　謝朓　鮑照

録别

花樹數重開，韓城想舊臺。掃壇聊動竹，拂水復驚梅。雖有荷鋤倦，蹔無獻賦才。長當從此别，相見在蓬萊。

宗懍　庾肩吾　庾肩吾　吳均　江淹　鮑照　李陵　吳均

歸來

薄宦忝師表，歸來嘉一廛。落花承步履，別鶴繞琴絃。下筆成三賦，離家已二年。吾宗昔多士，匡坐酌貪泉。隱之。

何遜　庾信　徐陵　庾信　江總　薛道衡　何遜　荀濟

泛舟

澹澹平湖淨，船移白鷺飛。春洲鸜鵒色，丹水鳳凰磯。山遠風烟麗，桃生歲月稀。蓬萊在何處，獨與暮潮歸。

何遜　簡文　庾信　庾信　陳後主　簡文　庾信　何遜

仙女曲

竹徑簫聲發，樓空月色寒。瑞雲生寶鼎，柔露洗金盤。未嫁先名玉，逢師得姓韓。相期紅粉色，霧裏見飛鸞。

庚肩吾　劉孝先　蕭愨　陽休之　劉緩　戴暠　江總　簡文

海山圖

百川東到海，石路一松孤。若訪任公子，能歡陸大夫。帆隨迎雨燕，檣轉向風烏。深愧玄虚筆，神仙志不符。

《長歌行》　庚信　賀力牧　庚信　梁元帝　陰鏗　隋煬帝　阮籍

解嘲

行行備履歷，方欲恣逢迎。促膝今何在，歸心自不平。蘆花霜外白，桂樹月中生。且對一壺酒，誰論身後名。

江總　何遜　何遜　孫萬壽　江總　吴均　胡師耽　庾信

臨川閣和握之弟

雲葉掩山樓，清泉吐翠流。醉魚沉遠岫，喧鳥覆春洲。開徑望三益，披林對一丘。落花催斗酒，憶爾共淹留。

孔德紹　庾闡　江總　謝朓　江淹　庾肩吾　庾信　謝靈運

擬東封應制

玉軑朝行動，山封五樹松。秋泉鳴北澗，微雨暗東峯。寶帳三千所，金城十二重。太平無以報，萬壽獻堯鍾。

簡文　庾信　謝靈運　諸葛穎　鮑照　王融　陳後主　庾肩吾

張荊圃觀察邀賞菊屏是日徐后山孝廉適過寓齋留札而去歸來得句戲柬后山兼呈荊老及令嗣菊坡

採菊東籬下，他鄉念索居。子從谷口鄭，寧憶豫章徐。玉節調笙管，徐有《雨花臺》、《碧天霞》各種院本。金盤鱠鯉魚。京華遊俠窟，何處報君書。

陶潛　王褒　謝朓　吴均　庾信　辛延年　郭璞　吴均

荊老酒筵話家山花木之勝頗深鄉思

幽居多卉木，借問是誰家。且進杯中物，休尋海上槎。開襟對泉石，迴首望烟霞。舊宅青山遠，村梅落早花。

何遜　張正見　陶潛　陳後主　周若水　陳政　鄭公超　何遜

碧玉

碧玉小家女，桃花落臉紅。低頭弄蓮子，微笑摘蘭叢。戶對忘憂草，衫隨如意風。獨憐明月夜，映竹見牀空。

孫綽　陳子良《西洲曲》劉遵　江總　簡文　庾信　何遜

僊山高宴圖

雲漢有靈匹，嬋娟空復情。自非王子晉，詎減許飛瓊。頓履隨疎節，嬌歌逐軟聲。何時同促膝，及爾宴蓬瀛。

謝惠連　謝朓　阮籍　王僧孺　庾信　簡文　何遜　劉孝綽

題張確齋登岱圖

白玉東華檢，觀圖見嶽形。登高臨巨壑，簪筆上云亭。廣望周千里，神光煥七靈。如何穢城市，啄腐共呑腥。

王褒　蕭慤　祖珽　薛道衡　鮑照　右英夫人　鮑照　鮑照

又

登高臨四野，懷抱信悠哉。碣石寒光遠，平原秋色來。山雲遙似帶，花雨積成臺。迴見扶桑日，蛟魚亦曝腮。

阮籍　簡文　徐儀　江淹　陰鏗　庾信　沈約　江淹

扈從圖

鳳迹輾星躔，林芳翠幕懸。功名重山嶽，冠劍似神仙。豔粉驚飛蝶，黄金飾侍蟬。宸襟動時豫，風馬詎須鞭。

梁武帝　簡文　酈炎　沈炯　張正見　庾信　何遜　簡文

又

園綺隨金輅，勳多意氣豪。秋風吹玉柱，落日映珠袍。遊騎勝文馬，山精鏤寶刀。丹青圖萬象，玄圃半天高。

劉孝威　王褒　柳惲　王僧孺　蕭慤　庾信　王臺卿　庾信

贈張菊坡員外兼寄徐后山孝廉

白露滋園菊，銀牀落井桐。雲霞成異色，松桂比真風。衣上芳猶在，予簇衣偶染洮香，菊坡初觸輒能別之。樽中酒不空。願言税逸駕，枉道訪徐公。

謝惠連　庾肩吾　謝朓　張正見　梁武帝　孔融　謝朓　無名法師

贈張蔚齋郎中兼懷項飲棠詩老

楓落吳江冷，晨衿悵已單。思君甚瓊樹，要我鑄金丹。律改三秋節，才周五品官。仲山朝飲馬，高駕且盤桓。

崔信明　鮑照　吳均　王褒　王褒　蕭統　宗羈　邢邵

贈康若一楊來青二明經

日華承露掌，楊柳可藏烏。白虎題書觀，青龍對道隅。東西爭贈玉，咳唾自成珠。潘夏時方駕，明經拜大夫。

謝朓　楊叛兒　庾信　《隴西行》　簡文　趙壹　陸倕　庾信

酒筵書懷呈王蘭圃郎中李仁哉主事劉玉署太常李嶽望典教王于庭大令李槐東鹾使張楚懷孝廉李鼎三明經薛嚴庵守府秦漢昭少府

濟濟京城內，離羣難處心。春秋多佳日，山水有清音。夢想猶如昨，嗟行方至今。故人儻相訪，聊用忘華簪。

左思　謝靈運　陶潛　左思　孫萬壽　謝朓　庾信　陶潛

題仙山訪道圖

杖鄉從物外，日月照崑崙。復有風雲處，而無車馬喧。龍飛逸天路，鶴去畫城門。借問蜉蝣輩，微兮不忍言。

庾信　李仙君　徐陵　陶潛　鮑照　庾信　郭璞　庾信

又

從師入遠嶽，負笈造天關。細故何足慮，高操非所攀。浴禽飄落毳，咆虎響窮山。一舉凌倒景，蓬萊在腳間。

鮑照　上元夫人　阮籍　陶潛　劉孝威　張協　沈約　太真夫人

古意

蓮帳舒鴛錦，臨池影更雙。遥風入南牖，落日下西江。玉貌歇紅臉，香烟生緑窗。思君如流水，百丈注懸淙。

丁六娘　紀少瑜　《子夜歌》　簡文　簡文　李昭靈　徐幹　沈約

又

孤獸思故藪，孤雌翔故巢。深蒙君子眷，且悦善人交。短筍猶埋竹，枯楓乍落膠。願言追昔愛，瓜瓞蔓長苞。

陸機　傅休奕　棗腆　庾信　庾信　庾信　《古詩》　潘岳

又

豔質迴風雪，迎春試卷簾。浴禽飄落毳，舞蝶亂飛鹽。頹響赴層曲，微光垂步檐。佳期難再得，上客酒須添。

薛道衡　簡文帝　劉孝威　簡文帝　陸機　劉孝綽　虞羲　魏收

又

舊宅青山遠，春歸洛水南。聊持一樽酒，永滅六塵貪。鶯語吟修竹，鵾飛愛緑潭。自憐公府步，桑葉復催蠶。

鄭公超　姚翻　盧思道　孔焘　孫綽　吴均　賀徹　吴孜

又

凜凜歲云暮，仲冬寒氣嚴。何因送款款，寧計路嵌嵌。杳杳三休閣，迢迢萬里帆。方隨煉丹子，馳步乘長巖。

《十九首》　梁武帝　任昉　沈約　陳後主　謝靈運　沈約　盧山諸道人

桃花源

水逐桃花去，雞鳴知有人。惟當文共酒，寧辨漢將秦。遵渚攀蒙密，尋山洽隱淪。別離安可再，聊贈一枝春。

費昶　帛道猷　柳顧言　徐陵　范蔚宗　顔延之　劉繪　陸凱

寄孫仲山

曰余飡鱗羽，老至更長飢。時與酒檮杌，不知今是非。枯魚過河泣，新燕向窗飛。欲鑷星星鬢，因君寄武威。

謝朓　陶潛　袁宏　謝惠連《古詩》梁元帝　何遜　梁元帝

贈薛補山編修

我本北山北，今來東海東。潛名遊柱史，枉道訪徐公。雲聚岫如複，冰開池半通。誰憐張仲蔚，止有一劉龔。

吴均　徐陵　梁元帝　無名法師　謝朓　庾肩吾　李孝貞　陶潛

挽象山程羽士

雲起相思觀，思君隔九重。長風吹北壠，微雨暗東峯。宿草摧書帶，懸河落辯鋒。延陵輕寶劍，流恨滿青松。

簡文　謝朓　王融　諸葛穎　張正見　庾信　江淹　沈約

銅雀妓

羽帳晨香滿，孀居自不堪。虚堂無笑語，幽谷有靈龕。水溢芙蓉沼，風摇翡翠篸。西陵松柏下，拭淚强相參。

簡文帝　吴孜　王融　孔燾　薛道衡　姚翻《蘇小小》　庾信

洛神賦

宓妃與洛浦，一遇盡殷勤。珠柱浮明月，彫軒曳彩雲。所悲塘上曲，還贈錦中文。嫂叔不親授，瓊光俗詎聞。

陸機　陶潛　薛道衡　盧思道　謝朓　簡文帝　曹植　江淹

邊城將

僕本邊城將，心傷曲不遒。陣雲横塞起，隴水帶沙流。飛棟臨黄鶴，長簫應紫騮。君看班定遠，獸口出通侯。

吴均　簡文帝　何遜　劉孝威　張正見　梁元帝　吴均　傅休奕

朝雲廟

雲吐陽臺色，神光煥七靈。層山臨翠阪，重戶結金扃。所畏紅顔歇，相思白露亭。春蘭本無豔，髣髴想姿形。

簡文帝　右英夫人　王融　張衡　沈約　柳惲　梁元帝　秦嘉

碧玉

碧玉破瓜時，由來薄面皮。高箱照雲母，結縷坐花兒。怨黛舒還斂，啼粧拭復垂。芳春空擲度，誰念髮成絲。破瓜各八片，謂十六歲也。今俗人多誤指。

孫綽　庾信　王褒　沈約　梁元帝　王僧孺　吴均　范雲

題陳冰娥畫

筆染鵝毛素，嬋娟入綺窗。馳心迷舊婉，啣淚屈新邦。娥隨父與夫厲桂陽、長沙諸處。蒙吏觀秋水，湘妃詠涉江。風雲合成一，精妙世無雙。

吳均　沈約　王融　韓延之　庾信　張華　郭四朝《古詩》

玉女潭

玉女臨芳鏡，尋思久寂寥。涼風吹月露，弱水駕冰潮。蛺蝶縈空戲，芙蓉逐浪搖。願爲星與漢，灼灼在雲霄。

張正見　諸葛穎　謝朓　王融　何遜　劉孝威　劉妙容　陸機

張荷塘離筵作

茂宰深遐眷，廚人奉濫漿。《內則》有漿，有濫。注：「濫者，涼也。」山高雲氣集，風散水紋長。落日懸秋浦，清雰藹岳陽。寸心傳玉椀，念舊苦人腸。

謝朓　劉孝威　陳後主　梁元帝　劉顯　顏延之　謝朓　柳惲

別張荷塘

大道滿春光，開筵命羽觴。賓徒紛雜沓，出沒見林堂。伊雒山川轉，松篁日月長。還看分手處，清芷在沅湘。

簡文帝　簡文帝　王臺卿　謝朓　庚自直　周捨　王褒　江淹

武昌别王柳東王少林謝西堂三司馬

弱齡愛箕潁，暮齒逼桑榆。留滯淹三楚，遨遊遍五都。層冰如玉岸，文酒滿金壺。在貴多忘賤，賢哉此大夫。

簡文帝　江總　梁元帝　劉孝威　鮑照　吴均　曹植　張協

隴水吟

隴水流聲咽，横岐數路分。飛魚時觸釣，塞馬暗嘶羣。清露凝如玉，遥山倒似雲。力農爭地利，何用李將軍。

車轂　王褒　庾信　庾信　《子夜歌》　隋煬帝　簡文帝　吴均

讀書懷友

我有逍遥趣，不堪持寄君。竹中窺落日，水底見行雲。微密探精義，優遊閱典墳。甕中酒新熟，情切念離羣。

簡文帝　陶弘景　吳均　何遜　劉孺　蕭琛　胡思耽　劉孺

送福禧之岷州

流亂鳥啼春，淒淒對别津。岷山高以峻，孺子賤而貧。葉動花中露，雲低馬上人。逆愁歸舊里，後遇邈無痕。

盧思道　陰鏗　吳邁遠　吳均　劉孝先　庾信　周弘正　鮑照

夜夜曲

喧喧許史座，夜夜尚留賓。緑酒犀爲盌，金車玉作輪。風雲多賞會，脂粉亦香新。但使相知厚，君當恕醉人。

王褒　簡文帝　楊訓　《古詩》　蕭子良　王筠　庾信　陶潛

秋水閣落成偕諸友登覽有作

雲閣綺霞生，淪漣河水清。伊予愛丘壑，及爾宴蓬瀛。獨鶴淩空逝，寒蟬在樹鳴。泠泠隨列子，徒想禦風輕。

張正見　何妥　昭明太子　劉孝綽　何遜　王粲　阮卓　劉孝威

其二

蒙吏觀秋水，臺高乃四臨。雲霞成異色，蘅茌綴幽心。飲酒不得足，達音何用深。闌干十二曲，寄此託微吟。

庾信　沈約　謝朓　江淹　陶潛　顔延之　《西洲曲》　簡文帝

其三

徼道臨河曲，秋窗向月開。密雲屯似蓋，流水倒成雷。願逐琴高戲，仍斟畢卓杯。山明望松雪，白鶴一雙來。

庾肩吾　張正見　王筠　王瑳　祖孫登　陳後主　顔延之　庾信

其四

五馬光長陌，桃花紫玉珂。山林寧復出，朋舊數相過。甕牖風雲入，金方水石多。登樓傳昔賦，何處有淩波。

顧野王　簡文帝　沈約　鮑照　蕭綸　薛道衡　簡文帝　庾信

曉風樓

高柳對樓前，長廊四注連。樹中望流水，山際見來烟。美酒還參聖，清歌自信妍。地幽吟不斷，秋雁寫遙天。

庾信　庾信　劉孝綽　吴均　庾信　丘遲　沈君攸　張正見

其二

露清曉風冷，楊柳正藏鴉。山帶彈琴曲，門交結幰車。鷲巖標遠勝，鹿野出埃霞。別有仙雲起，停杯待菊花。

何遜　簡文帝　庾肩吾　何遜　王融　王融　蕭詮　庾信

其三

珠簾新上鈎，作賦且登樓。猿嘯風還急，鳥鳴山更幽。市中傾別酒，天際識歸舟。白日迴清景，彌欣執燭遊。

庾肩吾　梁元帝　庾信　王籍　周弘直　謝朓　鮑照　辛德源

其四

畫栱臨松蓋，虛窗隱竹叢。神心重丘壑，仁化洽孩虫。涸鮒常思水，靈烏正轉風。丹青圖萬象，佳氣遠葱葱。

諸葛穎　劉孝先　劉孝威　梁武帝　庾信　劉孝綽　王臺卿　袁奭

自君之出矣

自君之出矣，蓬首卧蘭房。燭避窗中影，衫傳篋裏香。層閨横緑綺，輕扇掩紅粧。有曲無人聽，哀絃須更張。

徐幹　陳少女　劉孝威　徐陵　王融　何遜　何思澄　庾信

長安有狹邪

長安有狹邪，借問是誰家。戶對忘憂草，園多奪目花。聚車看衛玠，磨鏡待秦嘉。欲表同心句，裁書路已賒。

《古詩》　張正見　江總　聞人蒨　岑之敬　盧詢祖　簡文帝　朱記室

郊遊示友

吾與二三子，薄言遊近郊。落猿時動樹，翳雉屢懸庖。寂寂桑榆晚，淒淒風露交。共君臨水別，明月動弓弰。

曹植　郗曇　庾信　庾信　劉孝綽　陶潛　蕭詮　庾信

冬日懷人

疎酌候冬序，遊人淹不歸。冷猿披雪嘯，野鳥歷塘飛。爽籟驚幽律，緇塵染素衣。天寒硯冰凍，綠綺自難徽。

王融　柳惲　庾信　簡文帝　殷仲文　謝朓　劉孝威　陳後主

閨怨

密密堂前柳，塗塗露晚晞。秋風息團扇，暮雨潤羅衣。離鶴將雲散，雙鳧出浪飛。夢中不識路，日夜望君歸。

陶潛　謝朓　張率　費昶　祖孫登　何遜　沈約　鮑照

妾薄命

山陰柳家女，本自細腰肢。直以憂殘髪，還將笑解眉。懷哉罷儺宴，遠矣絕容儀。多謝金吾子，紅顔本暫時。

沈約　庾肩吾　王僧孺　王臺卿　謝朓　鮑照　辛延年　費昶

長門怨

佳人遠於隔，微步出蘭房。自覺鴛幃冷，猶憐翠被香。數非惟一失，垂淚有千行。願得同攜手，晨暉照杏梁。

庾肩吾　劉孝綽　吳思玄　何遜　戴暠　庾信　何遜　費昶

山居

山居感時變，遠意更重重。水奠三川石，崖陰百丈松。披衣就清盥，開鏡盼衰容。幸有絃歌幽，杯香酒絶濃。

孫綽　隋煬帝　庾信　孔德紹　謝朓　謝朓　蘇武　庾信

秋望

歲序屬涼氛，遥遥望白雲。葉飛林失影，風至水迴文。田鵠遠相叫，霜猿行獨聞。佳期安可屢，江上念離羣。

何遜　陶潛　朱超道　庾丹　謝朓　范雲　何遜　簡文帝

遣愁

攜筆落雲藻，誰云愁可任。人將蓬共轉，賤與老相尋。鳥擊初移樹，魚驚似聽琴。酒能祛百慮，懷古一何深。

孫綽　張載　江總　張翰　隋煬帝　庾信　陶潛　陶潛

元夜大雪同張寶臣飲九華觀

寂寂漏方賒，休尋海上槎。山雲遥似帶，庭雪亂如花。碧玉成雙樹，香燈照九華。上元應送酒，只在列仙家。

何遜　陳後主　陰鏗　謝朓　庾信　王樞　庾信　隋煬帝

畫眉

日裏絲光動，雲羅更四陳。不妨鳴樹鳥，猶是畫眉人。獨卧銷香炷，輕寒入錦巾。山鶯空曙響，會待玉階春。

陳後主　江淹　梁元帝　獨孤嗣宗　何楫　徐陵　何遜　盧思道

慰李元方下第西旋

元方振高羽，鵬力會沖天。花落幽人徑，書因計吏船。棲鳥還得府，仍由崇信教諭監蘭山書院。風馬詎須鞭。不見長河水，由卑下百川。

何遜　荀濟　陳後主　徐陵　庾信　簡文帝　鮑照　曹植

擬古

春草正萋萋，君東我亦西。當窗望飛蝶，倦寢憶晨雞。被壠文瓜熟，盤根古樹低。願爲雙鵲鏡，花逕日相攜。

盧思道　沈約　簡文帝　薛道衡　庾信　庾信　吴均　庾信

遊山

支劍望雲峯，嵯峨起百重。空林鳴暮雨，山寺響晨鐘。脱屣輕千駟，奇齡邁五龍。何當好風日，黄老路相逢。

鮑照　庾肩吾　王褒　庾信　李巨川　郭璞　庾肩吾　嵇康

寒鳥

寒鳥樹間響，池塘生半陰。當壚信珠服，墮珥答琴心。肅肅秋風起，綿綿夕漏深。還追明月侶，坐作白頭吟。

何遜　簡文帝　鮑照　謝脁　隋煬帝　孔德紹　陶功曹　袁朗

讀道經作

春草鬱青青，繁霜爲夏零。微生逢大造，直是愛長齡。妙術鏤金版，奔光隨玉軿。今君有何疾，啄腐共吞腥。

簡文　曹植　許善心　蕭慤　梁武帝　簡文帝　鮑照　鮑照

又

萬驗參同契，垣間不隱形。金華紛苒若，玉樹信蔥青。命藥駐衰歷，蒸丹傳舊經。豈愁蒙氾迫，依水類浮萍。

江淹　張協　王融　江淹　鮑照　蕭慤　江淹　潘岳

閱佛經作

萬物自森著，無非空對空。財殫交易絕，情去寵難終。秋鬢含霜白，丹花共日紅。晚年開釋卷，便欲息微躬。

陶潛　梁武帝　沈約　張正見　尹式　簡文帝　梁武帝　沈約

又

生住無停相，名山亦足淩。繁霜飛玉闥，福地下金繩。遇物雖成趣，爲懽得未曾。浮榮甘夙隕，後世有何稱。

梁武帝　杜廣平　鮑照　盧思道　鮑照　劉孝綽　殷仲文《古詩》

贈李實之孝廉

家世傳儒雅，英聲遠近聞。當思勒彝鼎，猶且歎風雲。孰是金張樂，終非沮溺羣。眷言採三秀，接膝對蘭薰。

何遜　蕭琛　簡文帝　劉孝綽　謝靈運　朱异　沈約　梁元帝

頌酒

粲粲三珠樹，峩峩六尺冰。春秋非有託，寒暑自相承。霮䨴冥隅岫，連綿葛上藤。一觴雖獨進，仙的不難登。

陶潛　盧思道　阮籍　陸機　鮑照　陳阿登　陶潛　庾信

望仙謠

遠送新行客，清晨陟阻崖。巖飈時響谷，欹石久成階。冉冉老將至，悠悠心永懷。仙人一遇飲，雲氣滿山齋。

孔融　宗炳　謝靈運　江總　曹操《吴資歌》　庾信　庾信

又

愚賤同堙滅，安知曠士懷。燒香披道記，挹景練仙骸。還望青山郭，相期白水涯。頹齡儻能度，結戀慕同儕。

顔延之　鮑照　徐陵　上元夫人　謝脁　雲林夫人　沈約　張華

歲暮宿山家作

行行至斯里，中夜起長嘆。河廣風威厲，樓空月色寒。横琴聊自獎，舞劍强爲歡。何以標貞脆，梅花奠酒盤。

陶潛　曹植　劉孝威　劉孝先　高孝緯　劉孝威　殷仲文　徐陵

卜築

曰余今卜築，曖曖遠人村。花落空難遍，林深響易奔。臥藤新接戶，危石久爲門。且飲修仁水，濯纓何足論。

朱异　陶潛　江總　謝靈運　江總　簡文帝　范雲　沈君攸

茅齋

深谷鳥聲春，茅齋結構新。山泉諧所好，竹柏得其真。且對一壺酒，必來三徑人。洪崖與松子，形影自相親。

庾信　徐陵　謝朓　左思　胡師耽　昭明太子　陰鏗　何遜

思歸

暫別猶添恨，思歸想石門。落暉隱窮巷，流水繞孤村。衣食當須紀，親鄰自此敦。請迴俗士駕，倚杖牧雞豚。《一統志》：『石門山在臨洮府蘭州西南。』

鄧鏗　陰鏗　何胥　隋煬帝　陶潛　庾信　孔稚珪　鮑照

登臨川閣

高閣千尋起，遙居最上頭。旅情恆自苦，別日欲成秋。落照依山盡，空巢逐樹流。臨川哀年邁，雲徑想青牛。

庾信　盧思道　鮑泉　江總　朱超道　庾信　郭璞　隋煬帝

題劉雲海別業

空水共澄鮮，秋光麗晚天。蒼苔依砌上，赤日下城圓。竹外山猶影，林間花欲然。人生行樂耳，誰復數神仙。

伏挺　庾信　謝朓　何遜　謝朓　梁元帝　楊惲　蕭放

松花庵律古詩跋

吴　森

集詩始於宋，而荊公採句，間及時賢。繼而有集陶、集杜、集蘇，皆偶一爲之耳。餘皆集唐，夾雜宋、元，從未有集古爲律者。近松花道人創爲律古，清真豔麗，若出天然，屬對之工，或勝原作。自有集句以來，安可無此體耶？再松花細研聲病，如『風定花猶落，鳥鳴山更幽』，千古稱工，然『猶』、『幽』同韻，『風』、『花』非拗，若此之類，皆《律古》所不收，可以爲難矣。或謂黄氏《香屑》，句無重登；松花茲編，時或迭見。不知唐詩多而古詩少，一出再對，愈見應變之無窮。況章法謹嚴，文情斐亹，更毫髮無遺憾哉！識者鑒之。

雲衣吴森跋，乾隆乙巳夏。

律古詩跋

李憙舉

詩自《三百篇》後，至唐而有律。律者，詩之衰也。未有律以前，風格遒上，無禁體而自然詣極，沿及陳、隋，稍淩替矣。此亦如『文質三統』，風會所趨，雖聖人不能以易也。

吴子信辰，學有根柢，尤肆力於詩，古體直追漢魏，間效長吉；律則宗仰少陵，而出入於右丞、柳州之間，視西崑以下夷然也。偶於正定梁野石處，得其《律古》百首，集漢魏、六朝句爲近體，天然入妙，毫無綴痕。夫丹砂空青，火齊木難，雖希代之奇寶，聚而鍛之，至不成物。今信辰乃能合數千百年揉翠捋藍之士，刓方爲圓，供我驅策，文人狡獪，至於如是。挑燈雒誦，律詩中無此品，古詩中又無此格也，豈非藝林快事哉！信辰者，著作等身，此乃官廣文時，暇日拈出貰酒者，書之以見吉光片羽云。

乾隆壬辰夏，觀津李悳舉識。

律古續稿古詩絶句附

律古續稿自序

吴 鎮

集句從無律古者，予既創而爲之矣，兹又續之，何也？曰：『愛古人也。』夫愛古人者，誦其詩可耳，人句而我章之，至於再三，不亦贅乎？曰：『不得已也。』蓋學詩者，日趨便易，類多疏古而親唐。卽間有好古之士，亦耳食成言，往往過分軒輊，如愛漢、魏者，則薄六朝；愛左、郭者，則薄潘、陸、二張；愛陶、鮑、三謝者，則薄梁、陳、周、隋諸作，自鄶無譏，拘墟已甚。不知詩有大家，有名家，亦有未能名家，而單詞片語卓然不可磨滅者，安得舉一而廢百乎？今鎔金集腋，細大不捐，句存卽詩存，詩存卽名存，名存卽人存，使古人有知，當亦無憾於泉壤也。是則余之得已而不已也夫。嗟乎！豈獨律古宜然哉？

乾隆五十四年四月二十二日，松厓老人吴鎮自識於蘭山書院。

合刻律古續稿及古詩絶句序

張 翽

西伶所演雜劇，名曰亂談，然亦必有南北院本數熟曲，以壯開場。詩家近體多而古體少，亦若是則已矣。松厓先生深於古詩，兼工集句者也。所爲《律古》，流播藝林；今復有《續稿》及《古詩絕句》，三種愈出逾奇，殆亦操觚家遊戲之上乘歟！第《律古》體創，則《古詩絕句》附綴爲宜。嗟乎！詩家不破萬卷，而但讀詩作詩，又所讀者多非古人之詩，而後人之詩也，翻新見巧，將成村劇矣。然則學詩者，欲賡《陽春》、《白雪》，盍遍觀松厓集古之詩乎？

乾隆五十六年五月五日，武威後學張翽拜序。

律古續稿

題三原閨秀路淩波剪紅齋詩後

奕奕工辭賦，紅顔無復多。每從芳杜性，猶意採蓮歌。錦纜迴沙磧，山庭暗女蘿。寂寥千載後，何處有淩波。

蕭琛　庾信　江總　庾抱　庾信　江總　梁元帝　庾信

又

積翠遠嵯峨，三原山名。春風日夜過。看花言可折，對酒不能歌。雲錦被沙汭，瑤琴生網羅。夫君美章句，詎見減淩波。藁砧郭靜升亦詩人也。

王筠　江淹　簡文帝　范雲　江淹　鮑照　何遜　劉孝綽

題陳葑溪竹深荷淨圖

石磴瀉紅泉，林間花欲然。竹竿何嫋嫋，蓮葉尚田田。帳幕參三顧，清虛類八禪。願言稅逸駕，輕舉逐神仙。

謝靈運　梁元帝　卓文君　謝朓　庾信　簡文帝　謝朓　庾信

又

幕府風雲氣，斯文良在斯。高軒照流水，輕扇動涼飈。鳥散餘花落，山斜翠磴危。願留就君住，酌酒賦新詩。

庾信　昭明太子　虞世基　謝朓　謝朓　江總　陶潛　謝朓

送琴客王刪苔歸甘州

王子愛清淨，取琴爲我彈。列筵皆靜寂，終曲久辛酸。舊宅青山遠，高門白露寒。送君張掖郡，一步九盤桓。

謝靈運　陶潛　謝靈運　鮑照　鄭公超　柳惲　江總　劉孝威

姚雪門觀察饋酒饌

帶璧復垂珠，賢哉此大夫。芳筵羅玉俎，文酒滿金壺。律改三秋節，恩隆五日酺。歌喧桃與李，染翰獨踟躕。

簡文帝　張協　邢邵　吴均　王褒　王胄　張正見　簡文帝

謁老子廟有感而作

百和吐氛氤，珠庭謁老君。疾風摧勁葉，大火煉真文。不羨神仙侶，終非沮溺羣。人生忽如寄，荊棘籠高墳。

無名氏　盧思道　劉臻　庾信　簡文帝　朱异《十九首》　陶潛

陸杏村送龍井茶

陸侯持寶劍，妙伎過曲城。迅騎馳千里，芳茶冠六清。枚乘還起疾，原憲本遺榮。銜戢知何謝，幽蘭逐袂生

盧思道　阮籍　張正見　張載　庾信　張正見　陶潛　江淹

歸思

驚風飄白日，遊子暮何之。衣食當須紀，池塘尚所思。案無蕭氏牘，戶闃董生帷。況乃春鶯亂，殘花落故枝。

曹植　李陵　陶潛　孫萬壽　張協　江總　周弘正　梁武帝

又

客行七十歲，景物共依遲。迴日向三舍，巢林棲一枝。酒醺人半醉，花落鳳將移。況在登臨地，含情欲待誰。

江總　王臺卿　郭璞　左思　庾信　張正見　劉孝綽　王粲

富貴

富貴他人合，寧知心是非。井公能六著，管仲病三歸。竹動蟬爭散，林長鳥更稀。衰榮無定在，去去掩柴扉。

曹攄　費昶　謝燮　傅休奕　庾信　庾肩吾　陶潛　沈約

春讌

久客每思鄉，歡茲樂未央。桃花舒玉澗，荷葉滿銀塘。努力崇明德，隨時愛景光。爲君歌一曲，舉酒莫相忘。

王褒　梁元帝　庾肩吾　李德林　李陵　蘇武　鮑照　孔稚珪

題陶午莊悼亡詩後

十步有蘭香，憂憂安可忘。思賢聽琴瑟，助禮奉烝嘗。日暗人聲靜，雲開雁路長。定知劉碧玉，結夢在空牀。

宗懍　阮瑀　袁朗　張衡　劉孝綽　王冑　庾信　梁武帝

又

柳絮飄晴雪，因風似蝶飛。所悲思不見，何況送將歸。夜月方神女，羅塵笑洛妃。一彈再三嘆，綠綺自難徽。

梁元帝　劉孝綽　謝朓　簡文帝　劉令嫻　顧野王　《十九首》　陳後主

又

衫飄曲未成，一聽一沾纓。猶憶窺窗處，常留入夢情。轉蓬隨馬足，衰樹斂蟬聲。枕席秋風起，歸心自不平。

庾信　劉孝綽　江總　王冑　薛道衡　庾信　劉孝威　孫萬壽

又

避賞藉琴臺，時陶候補縣令。逢花卽舉杯。酒隨彭澤至，淚想雍門來。絳樹搖風軟，秋窗向月開。佳人難再得，相見在蓬萊。

謝朓　庾信　孫萬壽　陳昭　費昶　張正見　李延年　吴均

詠李空同

弱冠參多士，思爲北地雄。郗超初入幕，此借用爲韓文代草奏事。荀息本懷忠。汎覽周王傳，周憲王也。獻吉詩：『齊唱憲王春樂府，金梁橋外月如霜。』多逢鮑氏驄。流連披雅韻，松桂比真風。

鮑照　何遜　孫萬壽　庾肩吾　陶潛　梁元帝　劉孝綽　張正見

詠康對山

欽鴟違帝旨，喻劉瑾之流。叫咷駭康莊。宿草摧書帶，圓花釘鼓牀。對山殁後，破腰鼓約三百面。魯連惟救患，王豹復移鄉。還望青山郭，龍音響鳳凰。

陶潛　劉孝威　張正見　庾信　孫萬壽　梁武帝　謝朓　庾信

除夕作

茲夕竟何夕，新年非故年。隻雞招近局，騄驥感悲泉。高尚邈難匹，弱毫多所宣。三冬徒戲爾，萬事且蕭然。

王儉　丘遲　陶潛　陶潛　謝靈運　陶潛　何遜　劉孝先

歸來

白髮生俄頃，臨風返故居。雲霞一以絕，歲月共相疎。趙壹能爲賦，嵇康懶著書。歡言酌春酒，燒薤杏花初。

何遜　江淹　徐陵　陶潛　王偉　庾信　陶潛　庾信

臨高臺送人

積步上高臺，朝雲去不迴。桃花全覆井，竹葉暫傾杯。王遠尋仙至，山濤載妓來。焉知慕歸客，便是洛陽才。

王融　李那　簡文帝　庾肩吾　魯昆　庾信　謝朓　王僧孺

客至

置宅歸仁里，新花歷亂開。雲移蓮勢出，月逐桂香來。阮籍披衣至，欒巴訪術迴。歲華春有酒，聊舉十千杯。

昭明太子　簡文帝　陰鏗　張正見　庾信　魯昆　謝朓　簡文帝

喜雨

雨驟行人斷，虛堂獨浩然。黃鸝飛上苑，黑蜧躍重淵。且對一壺酒，翻思二頃田。善鄰談穀稼，銅雀應豐年。

王湜　江淹　吳均　張協　胡思耽　庾信　何遜　簡文帝

嘲雪

六出表豐年，同雲暗九天。芳菲徒自好，皎潔不成妍。貴館居金谷，瑤池溉玉田。巷中情思滿，終是一人眠。

張正見　庾肩吾　孫萬壽　鮑照　庾信　王筠　湯惠休　王臺卿

送別

置酒宴嘉賓，梅花笑殺人。欲傳千里意，聊贈一枝春。樹雜山如畫，風高路起塵。不知今日後，良會在何辰。

陸機　隋煬帝　簡文帝　陸凱　梁元帝　蕭子雲　鮑泉　何遜

清夜曲

佳人美清夜，香汗浸紅紗。翠被含鴛色，蘭肴奠象牙。深心託毫素，鏤彩織雲霞。並結連枝縷，挑燈更惜花。

陶潛　簡文帝　簡文帝　張正見　顏延之　庾信　庾信　盧詢祖

山居喜客攜酒至

壺盧一酒尊，高價服鄉村。野老時相訪，驚妻倒閉門。開襟對泉石，倚杖牧雞豚。且共懽此飲，風潮難具論。

庾信　鮑照　庾信　庾信　周若水　鮑照　陶潛　謝靈運

粲粲三珠樹

粲粲三珠樹，三珠始結荄。陰霞生遠岫，細火落空槐。敬仰高人德，安知曠士懷。願言追昔愛，松竹挺巖崖。

陶潛　吴均　王籍　庾信　江總　鮑照　《古詩》　王元之

古意

隴樹寒色落，暮冬霜朔嚴。鶬鶊見城邑，鼯狖叫層嵁。繡轂遊丹水，赭衣居傅巖。誰能更吹律，楊柳葉纖纖。

劉遵　鮑照　陶潛　謝朓　周弘正　庾信　劉孝威　簡文帝

范燕五筵上作

隱士一牀書，清塵曖有餘。月光臨戶駛，桐影傍巖疎。碩學該蟲篆，蘭肴異蟹蛆。朋來當染翰，君子定焉如。

庾信　盧思道　簡文帝　邢邵　江總　庾信　謝惠連　陸厥

西寧張孝子達廬墓夜有四白狼衛之

張子復清修，空驚逝水流。結廬在人境，落雪灑林丘。野曠蓬常轉，年深椿欲秋。豺狼號且吠，非道固無憂。

陸倕　劉斌　陶潛　謝惠連　周若水　孔德紹　蔡琰　陶潛

二

促生悲永路，軾墓禮真魂。淚甚聲難發，林深響易奔。秋風吹木葉，夕霧擁山根。蟲獸猶知德，流連爲報恩。

任昉　沈約　謝微　謝靈運　王褒　王褒　曹植　吴均

三

山樹鬱蒼蒼，悲心未遽央。孤鴻號外野，猛獸步高岡。冉冉年時暮，悠悠道路長。徒深老夫託，雨淚忽成行。時令孫璠，求予校定家譜。

曹植　劉孝綽　阮籍　曹操　陸機　昭明太子　任昉　昭明太子

四

輕鳴響澗音，松柏翳岡岑。遺愛終何極，長悲不自禁。前山黄葉起，歸路白雲深。拭淚繩春線，碑書欲有金。

謝朓　阮籍　何遜　陰鏗　庾肩吾　鄭公超　劉孝威　陰鏗

不如守章句

遊客竦輕轡，還期那可尋。遠峯帶雲沒，荒隧受田侵。獨鶴淩空逝，寒魚抱凍沉。不如守章句，流目矚山林。

鮑照　謝靈運　鮑至　陰鏗　何遜　庾信　陸厥　《子夜歌》

又

予本倦遊者，田園聊復歸。梅林能止渴，鶴操暫停徽。白日迴清景，緇塵染素衣。不如守章句，初服偃郊扉。

陸機　蕭慤　庾信　劉孝綽　鮑照　謝朓　陸厥　謝朓

臺灣平定喜而有作

刑天舞干戚，貫日引長虹。烏擊初移樹，螢光乍滅空。乘墉揮寶劍，卷帙奉盧弓。豹變分奇略，今來東海東。

陶潛　楊素　隋煬帝　梁上黃侯　虞羲　鮑照　何遜　徐陵

二

賊盜如豺虎，抽琴爲爾歌。咄嗟安可保，愆累不當多。迅騎馳千里，徵兵折萬魔。鐃聲颺別島，寧復滯風波。

張載　鮑照　孫楚　右英夫人　張正見　右英夫人　蕭慤　鮑照

三

伐罪弔蒼生，空山夜火明。鳳前噴畫角，天外落奇兵。哭市聞妖獸，揮戈斬大鯨。皇恩知未已，茲地乃閩城。

梁元帝　庾信　張正見　張正見　庾信　陳子良　劉孝威　江淹

四

山川地角分，天上下將軍。鷙羽裝銀鏑，流星抱劍文。昆彌還謝力，吾彥不爭勳。肅穆皇威暢，英聲遠近聞。

陶潛　庾信　劉孝威　庾信　王冑　孫萬壽　何妥　蕭琛

五

元帥統方夏，由來非一朝。懸牀接高士，奮劍蕩遺妖。採藥逢三島，臨觴奏《九韶》。會令千載後，鵬鷃共逍遥。

張華　左思　李德林　王融　李巨仁　嵇康　隋煬帝　王褒

六

天吳踴靈壑，水若警滄流。試策千金馬，誰爲萬里侯。鵲聲時徙樹，蜃氣遠生樓。疊鼓隨朱鷺，鴛池盡學優。

庾闡　顔延之　庾信　劉孝先　梁上黄侯　劉孝威　梁元帝　李德林

七

爛熳蜃雲舒，山河壯帝居。霞明黄鵠路，驛報紫泥書。坐石窺仙洞，班荊對綺疏。本持身許國，會自不淩虚。

沈約　陳後主　張正見　劉孝威　周明帝　徐豐之　隋煬帝　陰鏗

八

茂宰深遐眷，兼曾度獨人。感時歌蟋蟀，畫像入麒麟。雷嘆一聲響，山成數寸塵。歸來見天子，會待玉階春。

謝朓　蕭若靜　曹攄　梁元帝　昭明太子　庾信《木蘭詩》　盧思道

題王錦如九華亭

王倪逢罯缺，膠漆乃相投。遂造九華室，並奔千里遊。桐枝覆玉檻，柳葉暗金溝。摘菊山無酒，還同不繫舟。

庾信　孫萬壽　郭四朝　謝靈運　李德林　庾肩吾　沈炯　江總

又

採菊東籬下，遙遙見白衣。因疏遂成懶，既是復疑非。獨鶴方朝唳，棲烏已夜飛。酒隨彭澤至，不醉且無歸。

陶潛　何遜　嵇康　范雲　謝朓　顧野王　孫萬壽　王粲

又

九華彫玳瑁，何處更相尋。白露霑野草，黃花如散金。賓徒紛雜沓，翰墨久謠吟。脫有經過便，開園掃竹林。

孔奐　庾信《十九首》　張翰　王臺卿　王僧達　陶潛　庾信

又

觴至輒傾巵，憂來輒賦詩。日斜山氣冷，風細雨聲遲。齒髮行當墮，池塘尚所思。自非王子晉，躑躅欲安之。

陶潛　鮑照　孫萬壽　梁元帝　繆襲　王臺卿　阮籍　陸機

挽許對山司訓

令譽許文休，高軒映彩旒。願持河朔飲，乃結茂陵儔。聞買少婢不果。美酒還參聖，殘花足解愁。百年三萬日，分手路悠悠。

江總　庾肩吾　庾信　王融　庾信　庾信　沈炯　江總

又

夜月照心明，棲棲帳裏清。前山黄葉起，客位紫苔生。離鵠將雲散，吟蟲繞砌鳴。行人皆隕涕，非我獨傷情。

庾信　鮑照　庾肩吾　沈約　祖孫登　簡文帝　王筠　何遜

題李滙川醉墨樓

書卷滿牀頭，青山照近樓。舉杯延故老，飛翰灑鳴球。但見成蹊處，當思秉燭遊。酒闌嘉宴罷，溜亮鳥聲遒。

庾信　江總　周明帝　鮑照　江總　辛德源　簡文帝　陸罩

余題醉墨樓詩未嘗示人乃承仙乩屬和因再集一律以增騷壇佳話

西北有高樓，遥居最上頭。金波來白兔，雲徑想青牛。石墨聊書賦，蘭巵且獻酬。仙人一遇飲，光景爲誰留。

《十九首》　盧思道　庾信　隋煬帝　簡文帝　謝朓　庾信　沈約

題蓮荷圖今人謂荷卽蓮，其實芙蕖也

蓮生荷已大，豔粉拂輕紅。影入環階水，香隨出岸風。只言千日飲，況復兩心同。所以登臺榭，尊中酒不空。

陸厥　蕭慤　魏淡　辛德源　庾信　杜公瞻　劉緩　孔融

登白塔望華林

鷲嶺千層塔，經文漢語翻。庸夫耽世樂，法侶盛天園。落照依山盡，河橋爭渡喧。看棋城邑改，欲辨已忘言。

沈炯　庚信　簡文帝　簡文帝　朱超道　庚信　王褒　陶潛

偶然作

萬族各有託，鐘鳴猶未歸。蜘蛛簷下挂，蝙蝠戶中飛。絕俗俗無侶，先天天不違。聖人貴名教，寧復想輕肥。

陶潛　鮑照　吳均　何遜　江總　傅休奕　王戎　蕭子範

附　福嘉勇公札節錄

福康安

《臺灣平定集古詩》，格律精嚴，天衣無縫。覺白狼朱鷺，遜此喬皇。第思弟微勞曷重，亦蒙韻語揄揚，殊增顔汗！計明歲春融，可以捧蘭襟而舒積愫也。

附　集古古詩

望仙謡集陶

玉臺淩霞秀，是謂玄圃丘。世間有松喬，忘彼千載憂。我無騰化術，未復見斯儔。壑舟無須臾，知有來歲不。遙遙望白雲，宇宙一何悠。多謝綺與角，素標插人頭。不死復不老，邈哉此前修。但願長如此，吾行欲何求。

玉臺：《讀山海經》之二。是謂：《讀山海經》之三。世間：《連雨獨飲》。忘彼：《遊斜川》。我無：《形贈影》。未復：《詠貧士》之七。壑舟：《雜詩》之五。知有：《酬劉柴桑》。遙遙：《和郭主簿》。宇宙：《飲酒》之十五。多謝：《贈楊長史》。素標：《雜詩》之七。不死：《讀山海經》之八。邈哉：《詠貧士》之七。但願：《庚戌歲九月中於西田穫早稻》。吾行：《擬古》之八。

題楊耐谷採菊圖集陶

秋菊有佳色，朝霞開宿霧。子雲性嗜酒，今復在何處。曖曖遠人村，山中饒霜露。採菊東籬下，淒厲歲云暮。蘭枯柳亦衰，願留就君住。菊爲制頹齡，餘榮何足顧。

秋菊：《飲酒》之七。朝霞：《詠貧士》之一。子雲：《飲酒》之十八。今復：《形影神》之三。曖曖：《歸園田居》之一。山中：《庚戌歲九月中於西田穫早稻》。採菊：《飲酒》之五。淒厲：《詠貧士》之二。蘭枯：《擬古》之一。顧留：《擬古》之一。菊爲：《九日閑居》。餘榮：《詠二疎》。

山中四時一首集大謝

樵隱俱在山，心跡雙寂寞。幽人常坦步，險徑無測度。伊予秉微尚，違志似如昨。臥病同淮陽，始果遠遊諾。開春獻初歲，山桃發紅萼。首夏猶清和，荒林紛沃若。皎潔秋松氣，遠巖映蘭薄。協以上冬月，寒禽叫悲壑。故鄉路遥遠，連障疊巘崿。懷居顧歸雲，孰是金張樂。

樵隱：《田南樹園激流植援》。心跡：《齋中讀書》。幽人：《登永嘉綠障山》。險徑：《入華子岡是麻源第三谷》。伊予：《初去郡》。違志：《過始寧墅》。臥病：《命學士讀書》。始果：《富春渚》。開春：《郡東山望溟海詩》。山桃：《酬從弟惠連》。首夏：《遊赤石進帆海》。荒林：《七里瀨》。皎潔：《日出東南隅行》。遠巖：《從遊京口北固應詔見》。協以：《遊嶺門山詩》。寒禽：《若寒行》。故鄉：《登上戍石鼓山詩》。連障：《晚出西射堂》。懷居：《入東道路詩》。孰是：《君子有所思行》。

經五泉舊遊處忽然作出世想集鮑

僕本寒鄉士，紛紛羈思盈。憂來輒賦詩，刊述未及成。白露先秋落，已聞絡緯鳴。日中市朝滿，晚志重長生。憶昔好飲酒，荒塗趣山楹。美人竟何在，歌管爲誰清。雲生玉堂裏，豈直限幽明。慙無黄鶴翅，永與烟霧並。

僕本：《代東武吟》。紛紛：《紹古辭》之三。憂來：《答客》。刊述：《松柏篇》。白露：《秋夜》之二。已聞：《秋日示休上人》。日中：《代結客少年場行》。晚志：《代昇天行》。憶昔：《挽歌》。荒塗：《從庾中郎遊園山石室》。美人：《三日》。歌管：《送别王宣城》。雲生：《蒜山被始興王命作》。豈直：《贈故人馬子喬》。慙無：《與荀中書别》。永與：《登廬山》。

題湟中張文通孝行編後精醫，事載《西寧府志》

邊地多悲風，日夕陰雲起。悵然張仲蔚，戶有曾閔子。逝者感斯征，永路隔萬里。徘徊墟墓間，沈憂不能止。豺狼當路衢，狂顧動牙齒。望望忽超遠，絶跡窮山裏。窫窳强能變，問君何能爾。原野共茫茫，神明爲驅使。韓康賣良藥，未究冥冥理。振策指靈丘，若人應斯美。墳壟日月多，纍纍正相似。蘋蘩登二宫，三世無極已。文通廬墓，夜有四白狼爲之衛。

邊地：甄后。日夕：潘岳。悵然：庾信。戶有：曹植。逝者：曹植。永路：陸雲。徘徊：潘岳。沈憂：梁武帝。豺狼：曹植。狂顧：魏文帝。望望：謝朓。絶跡：王康琚。窫窳：陶潛。問君：陶潛。原野：庾信。神明：曹植。韓康：徐陵。未究：何遜。振策：陸機。若人：楊素。墳壟：陸機。纍纍：諸葛亮。蘋蘩：潘岳。三世：謝靈運。

題皋蘭張氏族譜墓誌

清露被皋蘭，蘭芳幾時堅。枝條始欲茂，願與根荄連。只今褦襶子，問舍且求田。圖牒復磨滅，百世當誰傳。張生拔幽華，名基，字維恭，皋蘭庠生。僶俛六七年。十十將五五，興文自成篇。人生歸有道，終古謂之然。軾墓禮真魂，家開孝子泉。皋蘭覆徑路，白鶴翔青天。解劍竟何及，陳詩愧未妍。

清露：阮籍。蘭芳：江淹。枝條：陶潛。願與：曹植。只今：程曉。問舍：高爽。圖牒：謝靈運。百世：陶潛。張生：潘岳。僶俛：陶潛。十十：《古飛鵠行》。興文：曹植。人生：陶潛。終古：陶潛。軾墓：沈約。家開：庾信。皋蘭：江淹。白鶴：茅山父老。解劍：謝靈運。陳詩：顔延之。

送周湘泉改教歸長沙

隴頭萬里外，遊子倦飛蓬。周郎不相顧，南北有征鴻。日落長沙渚，波卷洞庭風。故人從此去，玉樹望青蔥。三春桃照李，映戶悉花叢。清宴延多士，賦詩頗能工。歲薄禮節少，是願不須豐。下學而上達，夫子固有窮。僕本寒鄉士，摘蘭沅水東。五馬光長陌，多逢鮑氏驄。王喬飛鳧舄，還笑在金籠。懸知曲不誤，妙善冀能同。

隴頭：江總。遊子：劉孝綽。周郎：僧法宣。南北：庾抱。日落：江淹。波卷：王胄。故人：《古詩》。玉樹：謝脁。三春：江總。映户：蕭瑱。清宴：劉孝綽。賦詩：陶潛。歲薄：梁武帝。是願：沈約。下學：阮籍。夫子：劉琨。僕本：鮑照。摘蘭：范雲。五馬：顧野王。多逢：梁元帝。王喬：沈約。還笑：江總。懸知：庾信。妙善：謝靈運。

送楊蓉裳明府入覲

昔聞楊伯起，文雅高搢紳。吾子盛簪裾，遥遥播清塵。雖無揮金事，新聲妙入神。雖非甲冑士，高步超常倫。隴右五岐路，月暈七重輪。巨猾肆威暴，攻城才智貧。誰言捐軀易，五里暗城闉〔一〕。誰謂邑宰輕，輕舉攀龍鱗。駟馬無貰患，淹留忘宵晨。奈何此征夫，經秋復度春。眼前一杯酒，萬里猶比鄰。行行備履歷，畫像入麒麟。蓉裳守伏羌，回匪攻城數日，竟不能克。

昔聞：吴均。文雅：何遜。吾子：孔魚。遥遥：謝靈運。雖無：陶潛。新聲：《十九首》。雖非：左思。高步：江淹。隴右：吴均。月暈：庾信。巨猾：陶潛。攻城：吴均。誰言：曹植。五里：梁元帝。誰謂：潘岳。輕舉：張華。駟馬：陶潛。淹留：陶潛。奈何：魏武帝。經秋：鮑氏。眼前：庾信。萬里：曹植。行行：何遜。畫像：梁元帝。

【校記】

〔一〕五里，各本俱作「五日」，據《六朝詩集·梁元帝集》改。

送丁星樹之官毛目

魏世重雙丁，奇聲振宛洛。仙人丁令威，復見翔寥廓。使君從南來，辭義麗金雘。要我以陽春，贈言方杜若。秋色遍皋蘭，翰墨時間作。彈冠佐名州，陰山響鳴鶴。遙聞玉關道，自有燉煌樂。文劍望雲峯，寒壺與誰酌。雙鳧出浪飛，遠志似如昨。白露霑野草，長松何落落。良友遠別離，徒深老夫託。行行重行行，萬里相思各。

魏世：梁元帝。奇聲：孫萬壽。仙人：庾信。復見：庾信。使君：《陌上桑》。辭義：江淹。要我：劉楨。贈言：虞世基。秋色：薛道衡。翰墨：謝靈運。彈冠：陶潛。陰山：王融。遙聞：江總。自有：溫子昇。支劍：鮑照。寒壺：鮑照。雙鳧：何遜。遠志：謝靈運。白露：《十九首》。長松：鮑照。良友：蘇武。徒深：任昉。行行：《十九首》。萬里：吴均。

題冷艾西明府蓮池行樂圖

東方有一士，惟夢蓮花池。蓮花分秀色，碧葉齊如規。班荊坐松下，綠帙啓真詞。丹青圖萬象，意得咸在斯。婉孌柔童子，金瓶泛羽巵。石墨聊書賦，不知貽阿誰。白鷺隱青苗，乘景弄清漪。翡翠戲蘭苕，白頭不相離。榮華誠足貴，行願芰荷遲。遇樂便作樂，何能待來兹。

東方：陶潛。惟夢：庾肩吾。蓮花：虞世南。碧葉：鮑照。班荊：陶潛。綠帙：王融。丹青：王臺卿。意得：謝靈運。婉孌：陶潛。金瓶：沈約。石墨：簡文帝。不知：《古詩》。白鷺：劉孝威。乘景：謝朓。翡翠：郭璞。白頭：卓文君。榮華：陶潛。行願：《擬蘇武》。遇樂：鮑照。何能：《十九首》。

又

隴右五岐路，塗長鎧馬疲。聞君當先邁，千騎絡青絲。清露被皋蘭，黃河未結澌。驅役宰兩邑，受恩良不訾。幸莅山水郡，追尋棲息時。臨潭餌秋菊，綠葉發華滋。時有陞洮州之信，洮州，卽古臨潭也。曰余本疎惰，脉脉阻光儀。天寒硯冰凍，爲君作此詩。忘懷狎鷗鯈，駁點震豺貍。安得掃蓬徑，有酒斟酌之。

隴右：吳均。塗長：簡文帝。聞君：陶潛。千騎：顧野王。清露：阮籍。黃河：費昶。驅役：潘岳。受恩：王粲。幸莅：謝朓。追尋：謝靈運。臨潭：謝朓。綠葉：《十九首》。曰余：王僧孺。脉脉：范雲。天寒：劉孝威。爲君：陶潛。忘懷：謝靈運。駁點：劉孝綽。安得：謝朓。有酒：陶潛。

慰江乙帆改教歸南康

仕子彯華纓，懷金襲丹素。江生勤下筆，奕奕工辭賦。神皋開隴右，零落在中路。爲邦歲已期，遺愛常在去。嘗署崇信、高臺二縣，皆有政績。橫經參上庠，庭中有奇樹。桃李羅堂前，結根在所固。琴卽武城彈，幾人得其趣。王喬飛鳧舄，今復在何處。

仕子：鮑照。懷金：鮑照。江生：何遜。奕奕：蕭琛。神皋：簡文帝。零落：江淹。爲邦：謝朓。遺愛：盧諶。橫經：劉孝綽。庭中：《十九首》。桃李：陶潛。結根：孔融。琴卽：孫萬壽。幾人：陶潛。王喬：沈約。今復：陶潛。

又

秋風吹飛藿，有客告將離。清露被蘭皋，卓然見高枝。班荊坐松下，有酒斟酌之。若復不快飲，何以慰相思。碩學該蟲篆，小儒安足爲。行行備履歷，意得咸在斯。廬嶽主衆阜，山川常若茲。琴歌賞桃李，何有窮已時。

秋風：阮籍。有客：吴均。清露：阮籍。卓然：陶潛。班荊：陶潛。有酒：陶潛。若復：陶潛。何以：沈約。碩學：江總。小儒：江淹。行行：江總。意得：謝靈運。廬嶽：湛方生。山川：謝朓。琴歌：荀濟。何有：徐幹。

寄三原劉源深精醫，能詩

朱門赫嵯峨，風盪飄鶯亂。任俠有劉生，懷情滅聞見。憶昔登高臺，羽觴不可算。別來歷年歲，各在天一面。韓衆藥雖良，誰能鬢不變。文雅縱横飛，惇詩信爲善。仙人白鹿原名上，俯仰流英眄。擺落悠悠談，且從性所玩。嵯峨，三原山名。

朱門：張華。風盪：謝朓。任俠：梁元帝。懷情：顔延之。憶昔：鮑照。羽觴：陸機。別來：徐幹。各在：何遜。韓衆：毌丘儉。誰能：謝朓。文雅：劉楨。惇詩：王融。仙人：庾肩吾。俯仰：謝朓。擺落：陶潛。且從：謝靈運。

寄少華党古愚兼懷楊子安前輩

少華隱日月，靈谿可潛盤。幽人常坦步，辭義婉如蘭。别來歷年歲，山川阻且難。思君甚瓊樹，杜若詎能寬。森森百丈松，飛鳥相與還。何時同促膝，得盡故人歡。亭皋木葉下，黄鵠呼子安。逝者如可作，因君寄長嘆。

少華：王褒。靈谿：郭璞。幽人：謝靈運。辭義：邢卲。别來：徐幹。山川：陸機。思君：吴均。杜若：江淹。森森：袁宏。飛鳥：陶潛。何時：何遜。得書：孫萬壽。亭皋：柳惲。黄鵠：阮籍。逝者：謝瞻。因君：沈約。

壽丁肅州霖浦

魏世重雙丁，聲明且蔥倩。仙人丁令威，結念屬霄漢。悠焉值君子，德音良已粲。清露被皋蘭，丹青有餘絢。夏雲多奇峯，柳綴金堤岸。五馬立踟躕，啼鶯遠相唤。賢哉此大夫，復展城隅宴。延壽保無疆，朋來當染翰。曰余本疎惰，空有臨淄汗。譬彼向陽翹，雜英滿芳甸。造膝仰光儀，並心注肴饌。今日樂上樂，羽觴不可算。

魏世：梁元帝。聲明：謝朓。仙人：庾信。結念：謝靈運。悠焉：江總。德音：任昉。清露：阮籍。丹青：沈約。夏雲：顧愷之。柳綴：劉峻。五馬：《陌上桑》。啼鶯：隋煬帝。賢哉：張協。復展：劉孝綽。延壽：曹植。朋來：謝惠連。曰余：王僧孺。空有：何遜。譬彼：陸機。雜英：謝朓。造膝：丘遲。並心：左思。今日：《豔歌》。羽觴：陸機。

題畫

樵隱俱在山，山人久陸沉。丹青圖萬象，懷古一何深。君子聳高駕，隨山上嶇嶔。飛梁通澗道，延頸望江陰。松古無年月，不風條自吟。忽見茅茨屋，纏綿自相尋。遊仙半壁畫，山水有清音。請迴俗士駕，臥起弄書琴。

樵隱：謝靈運。山人：庾信。丹青：王臺卿。懷古：陶潛。君子：王僧達。隨山：范蔚宗。飛梁：王臺卿。延頸：鮑照。松古：王褒。不風：鮑照。忽見：周弘讓。纏綿：陸機。遊仙：庾信。山水：左思。請迴：孔稚珪。臥起：陶潛。

題應真禮佛圖壽勒宜軒制憲四月初九日

釋迦乘虛會，妙色豈榮枯。湧塔標千丈，應真蔽景趨。首夏猶清和，好風與之俱。愔愔詠初九，蓬箭始懸弧。仙峯看玉笥，文酒滿金壺。尚想天台峻，相從步雲衢。

釋迦：支遁。妙色：梁宣帝。湧塔：王臺卿。應真：簡文帝。首夏：謝靈運。好風：陶潛。悟悟：支遁。蓬箭：庾信。仙峯：蕭詮。文酒：吳均。尚想：支遁。相從：《豔歌》。

懷張桐圃時南遊未歸

沅水桃花色，我行永已久。張子復清修，一麾乃出守。行行重行行，終日馳車走。江漢限無梁，人歸落雁後。伊予秉微尚，獨學少擊叩。相思非不深，徒酌相思酒。

沅水：陰鏗。我行：陸機。張子：陸倕。一麾：顏延之。行行：《十九首》。終日：陶潛。江漢：謝朓。人歸：薛道衡。伊予：謝靈運。獨學：梁武帝。相思：吳均。徒酌：鮑照。

【集評】

楊蓉裳曰：『集句詩如自己出，真從古未有之奇觀。當付之剞劂，以公天下同好者。』

集古古詩跋

吳　鎮

集句詩既講章法，復求對待，似乎古易而律難。但漢、魏、晉、宋古句猶多，齊、梁以後，率皆律句，律句不可多入古，則取材轉狹，似律難而古亦不易也。茲《集古古詩》，半屬應酬之作，念既有律、絕，遂復勉存此體。且予老漸昏忘，因覓句而及全詩，或亦溫故知新之一法歟！

乾隆辛亥初夏日，松厓老人自跋。

附　集古絕句

勵志詩

家世傳儒素，貪泉一舉卮。寸心於此足，明白願君知。

何遜　何遜　沈約　王筠

仙人歌

道士封君達，仙人王子喬。爲貪止山水，自得是逍遥。

庾信　《十九首》　劉孝威　陳後主

綠樹曲

綠樹始摇芳，參差互相望。春從何處來，柳葉生眉上。

梁武帝　沈約　吴均　梁元帝

楊柳曲

楊柳非花樹，風絲亂百條。參差肯可見，冉弱楚宫腰。

梁元帝　簡文　謝脁　蕭子顯

鴻鵠歌

氄毛新鵠小，其字曰鳴鴻。何因生羽翰，飛向紫烟中。

庾信　鮑照　何遜　江總

獨酌謡

我有一樽酒，形爲懽宴留。揮杯勸孤影，獨嗅響相酬。

蘇武　沈約　陶潛　吴均

嘲醉嘔道士

道人讀丹經，風動秋蘭佩。飲酒不得足，虛庭吐寒菜。

江淹　魏孝莊帝　陶潛　江洪

對酒歌

金觴浮素蟻，素蟻自跳波。有酒不肯飲，人生能幾何。

張華　張華　陶潛　陸機

詠雪

鶴毛飄亂雪，松古上枝平。徒賞豐年瑞，春寒入骨清。

庾信　蕭慤　釋慧淨　侯夫人

行樂吟

春秋多佳日，彼此更共之。遇樂便作樂，何能待來茲。

陶潛　陶潛　鮑照《十九首》

牡丹

金穴盛豪華，門交接幰車。東園桃與李，不及洛陽花。

庾信　何遜　阮籍　秦玉鸞

芍藥

綠酒助花色，風輕花落遲。吹嘘似嘲謔，有客告將離。

梁武帝　簡文　任昉　吴均

清夜曲

陶潛　簡文　庾信　盧詢祖

佳人美清夜，香汗浸紅紗。並結連枝縷，挑燈更惜花。

怨曲

枚乘　沈約　劉孝勝　何遜

蕩子行不歸，潺湲淚沾臆。啼粧落豔紅，試染夭桃色。

又

釋慧標　庾信　丁六娘　江總

怨妾採蘼蕪，金陵信使疎。從郎索花枕，翻覺夢成虚。

當壚曲

楊柳正藏鴉，相將入酒家。當壚晚留客，插捩舉琵琶。

簡文　高陽人　陳後主　簡文

大道曲

大道滿春光，憶郎郎不至。開箱見別衣，尚有故年淚。

簡文《西洲曲》　庾肩吾　王筠

送遠曲

垂柳復垂楊，干雲非一狀。佳人且少留，風起秋江上。

梁元帝　沈約　王冏　吳均

戲詠貧

貧子語窮兒，人間良可辭。憂憂自相接，何有窮已時。

應瑗　陶潛　謝靈運　徐幹

代窮答

夫子固有窮，何爲自愁惱。被褐懷金玉，榮名以爲寶。

劉琨　徐幹　趙壹《十九首》

牛女曲

織女奉瑛琚，展轉長宵半。牽牛難牽牛，離淚溢河漢。

《豔歌》　謝惠連　李充《華山畿》

嫦娥曲

姮娥揚妙音，乘鸞向烟霧。秋風生桂枝，明月懷靈兔。

郭璞　江淹　沈約　傅休奕

蒿里行

蒿里誰家地，哀風吹白楊。夜臺終不曙，久客每思鄉。

《古曲》　魏孝莊帝　劉斌　王褒

春遊曲

東風柳線長，文墨紛消散。斗酒望青山，啼鶯遠相喚。

范雲　劉楨　吴邁遠　隋煬帝

臺灣賞番圓曲爲座主李適園先生作

日月光太清，書軌欲同薦。東海猶蹄涔，蝸角列州縣。

傅咸　謝朓　郭璞　沈約

二

王者布大化，化洽鯷海君。蜃蛤生異氣，於今定何聞。

魏明帝　謝脁　梁武帝　陶潛

三

伊人感代工，家世傳儒雅。日中市朝滿，行行避驄馬。

謝瞻　何遜　鮑照　吴均

四

肅肅秋風起，吹我東南行。鐃聲颺別島，淡淡寒波生。

隋煬帝　魏文帝　蕭慤　陶潛

五

驚風湧飛流，鶂鳥感江使。偉矣横海鯨，狂顧動牙齒。

謝惠連　孔寧子　謝世基　魏文帝

六

行行日已遠，仰視浮雲翔。靈妃顧我笑，一葦可以航。

《十九首》　蘇武　郭璞　魏文帝

七

陽春布德澤，吹萬羣方悦。劇哉邊海民，其窮如抽裂。

《長歌行》　謝靈運　曹植　魏武帝

八

南中氣候暖，山如甲煎香。衣食當須紀，賞賜百千强。

江淹　庾信　陶潛《木蘭歌》

九

陳賞越丘山，晨光被水族。閩越衣文蛇，客遊倦水宿。

王粲　鮑照　張協　謝靈運

十

水宿淹晨暮，行人難久留。懸旗出長嶼，笳鼓震溟洲。

謝靈運　李陵　何遜　顔延之

十一

洲島驟迴合，夫君美章句。歸來宴平樂，筆染鵝毛素。

謝靈運　何遜　曹植　吳均

十二

日月之所照，流觀山海圖。庶士同聲贊，賢哉此大夫。

庾信　陶潛　劉楨　張協

自君之出矣

自君之出矣，萱草樹蘭房。云是忘憂物，忘憂竟不忘。

徐幹　阮籍　梁武帝　宗懍

二

自君之出矣，衣帶日已緩。夕鳥飛向家，故人何不返。

徐幹《十九首》　何遜　柳惲

三

自君之出矣，織素起秋聲。羅裙飛孔雀，金翠暗無精。

徐幹　劉孝威　薛道衡　徐幹

四

自君之出矣，朝旦異容色。妾似突中烟，歸來豈相識。

徐幹　鮑照　郭璞　邢邵

五

自君之出矣，玉筯兩行垂。愁來空雨面，膏沐爲誰施。

徐幹　江總　陸機　阮籍

六

自君之出矣，引被愧鴛鴦。玉壺承夜急，愁逐漏聲長。

徐幹　王胄　梁武帝　吴思元

七

自君之出矣，當戶昔邪生。庭草何聊賴，常留入夢情。昔邪，瓦松也。

徐幹　王僧孺　何楫　王胄

八

自君之出矣，宿昔夢見之。顔色類相似，奈何黑瘦爲。

徐幹　蔡邕《古詩》《華山畿》

九

自君之出矣，今日始相逢。遠行無他貨，鬢若山上松。

徐幹　庾信　王叔之　曹植

菊花歌

停盃待菊花，逸爵紆勝引。秀色若可餐，秋來應瘦盡。

庾信　殷仲文　陸機　徐陵

漁翁圖

漁父知世患，垂竿深澗底。蘆岸晚修修，纖肴出綠水。

阮籍　謝朓　何遜　張華

贈塾師

村童忽相聚，冠者五六人。下學而上達，興言在兹春。

范雲　虞騫　阮籍　陶潛

代塾師答

歲薄禮節少，有錢始作人。我則異於是，憂道不憂貧。

梁武帝《幽州馬客吟辭》　張華　陶潛

送人得各字

鳥散餘花落，遊蜂拾花萼。君東我亦西，萬里相思各。

謝朓　鮑照　沈約　吴均

落花亭曲

臨汾徐后山孝廉，以教習留京，瘞其亡姬李窈於陶然亭畔，繞墓將植桃花，旁建一落花亭。余感而賦之。

春草醉春烟，花飛落枕前。美人一何麗，因病遂成妍。

范雲　何遜　傅休奕　許瑤

二

春至花如錦，春閨散晚香。誰論窈窕淑，結夢在空牀。

李爽　簡文　吴均　梁武帝

三

花樹數重開，陶然亭名寄一杯。佳人難再得，悲嘆有餘哀。

宗懍　薛道衡　李延年　曹植

四

丘壟填郛郭，榆梢噪暝鴉。故人儻思我，春水望桃花。

顔延之　陳後主　庾信　庾信

五

水逐桃花去，紅霞旦夕生。幽魂泣烟草，夜月照心明。

費昶　江淹　隋挽舟人　庾信

六

夜月方神女，宵牀悲畫屏。魂兮何處返，花落萬春亭。

劉令嫻　簡文　沈炯　蕭慤

七

花落幽人徑，徒勞五日歸。高秋窺姑射，鄉淚盡沾衣。姬，襄陵人。

陳後主　庾信　張正見　謝朓

八

竹外山猶影，茅齋結構新。寂寥千載後，定有詠花人。

謝朓　徐陵　梁元帝　庾信

自題律古詩後

松古無年月，春從何處來。野花奪人眼，剪綠作新梅。

王褒　吴均　王冏　宗懍

又

桃李雜烟霞，含芳映日華。可憐嶧陽木，雕鏤作琵琶。

張正見　辛德源　江總　庾信

松花庵集唐

集唐自敘

吴　鎮

自晉傅長虞作《七經詩》，而王右軍爲之傳寫，此集句之權輿也。至宋，王半山、孔毅父乃專爲集句，而繼作者至今益盛。文人遊戲，固無可無不可乎。予司鐸韓城，近六年矣。課士之暇，偶得五言《律古》一卷、七言《集唐》一卷。《律古》詩前所未有，不病沿襲；《集唐》則疲精費力，時或同人，然就其稍有生氣者，改罷長吟，亦復不忍棄之。杜少陵云：『不薄今人愛古人，清辭麗句必爲鄰。』《論語》云：『學而不思則罔，思而不學則殆。』若集句者，愛古人而因及其句，兼有思、學交致之功，殆亦雜體之有滋味者歟！然非予之久滯寒氊，或亦無暇及此，知音者不薄今人，儻亦念予之岑寂也。

乾隆辛卯夏日，龍門外史吴鎮書於榴照小軒。

松花庵集唐詩序

李友棠

余庚午典秦試，舉吴子信辰，榜發，卽知爲關隴名下士。及晉謁，以詩一冊爲贄。格高趣遠，非競秀摛華者比。後屢舉不第，選廣文以去。己丑北來，見余《侯鯖集》，好之甚篤。歸纔數月，尺素遙將，則《律古》詩在焉。蓋集漢魏、六朝人句爲近體，整雅流麗，前此未之有也。今歲膺薦剡入都，又出其《集唐》七言詩就正，欲余序而行之。余自弱冠爲此，積三十年之久，近始稍加别擇，屢易其稿，僅存十卷，聊志用力之勤。而吴子寒坐無氈，耽吟不輟，二三年間，即能選詞儷句，各成一編，信手拈來，殆如素習。甚矣，吴子之嗜學也！抑集唐之作，代不乏人，其對屬工巧者，前人多先得之。故《侯鯖集》兼採宋、元人句，以避雷同。吴子所集止此，亦怵他人之我先耳。夫管中窺豹，僅見一斑，他日儻盡出所作，公諸海内，炳焉蔚焉，照耀寰宇，則兹編特其嚆矢云。

乾隆壬辰菊月，臨川李友棠序。

松花庵集唐

仙山樓閣圖

日月空山夜夜泉，壺中行坐可攜天。高江急峽雷霆鬭，複道重樓錦繡懸。鶴戀故巢雲戀岫，花籠微月竹籠烟。朝來洞口圍棋了，已是人間七萬年。

雍陶　陸龜蒙　杜甫　杜甫　劉禹錫　元稹　曹唐　陸暢

畫雁

蓬根吹斷雁南翔，一線飄然下碧塘。秋水纔深四五尺，海門斜去兩三行。玉莎瑶草連溪碧，金菊寒花滿院香。飛閣卷簾圖書裏，還將遠意問瀟湘。

盧弼　皮日休　杜甫　李涉　曹唐　魚玄機　杜甫　柳宗元

無題

楚腰衛鬢四時芳，雲雨巫山枉斷腸。已恨流鶯欺謝客，免教仙犬吠劉郎。金孫蹙霧紅衫蒲，水荇牽風翠帶長。江上形容吾獨老，未妨惆悵是清狂。

李賀　李白　溫庭筠　曹唐　張祜　杜甫　杜甫　李商隱

遊城南作

紫陌紅塵拂面來，鶯時物色獨徘徊。異花奇竹分明看，酒舍旗亭次第開。百二山河雄上國，三千歌舞宿層臺。不辭萬里長爲客，自有西征作賦才。

劉禹錫　駱賓王　施肩吾　劉禹錫　劉禹錫　許渾　杜甫　孫逖

秋日遊横山觀

求仙別作望仙臺，松竹相親是舊栽。黑水澄時潭底出，白雲飛處洞門開。窗中早月當琴榻，座上新泉泛酒盃。詩興未窮心更遠，滿山寒葉雨聲來。

王翰　白居易　白居易　劉商　方干　魚玄機　施肩吾　劉滄

九日懷馮二泰宇時令蜀中

九日樽前有所思，一封書信緩歸期。楓林月出猿聲苦，野戍花深馬去遲。秦地故人成遠夢，巴山夜雨漲秋池。誰憐芳草生三徑，又到金虀玉鱠時。

李商隱　許渾　劉長卿　岑參　李端　李商隱　温庭筠　皮日休

哀南進士德宇鳳翔教授

糝徑楊花鋪白氈，微風吹竹曉淒然。門閒多有投文客，愁極兼無買酒錢。蝴蝶夢中家萬里，鳳凰聲裏過三年。琉璃硯水長枯槁，空向秋波哭逝川。

杜甫　羊士諤　朱慶餘　許棠　崔塗　譚用之　李白　温庭筠

送衛卓少之揚州

身逐孤舟萬里行，知君到處有逢迎。且爲醉客兼吟客，乍聽絲聲似竹聲。新婦山頭雲半斂，仙人掌上雨初晴。魚龍寂寞秋江冷，應過揚州看月明。仙人掌在儀徵衛，前令此。

崔塗　高適　鄭谷　權德輿　權德輿　崔顥　杜甫　羅隱

閱李虎臣先生遺畫愴然有感

長吉才狂太白顛，詩家眷屬酒家仙。落花不語空辭樹，明月無情卻上天。身貴久離行藥伴，家貧已用賣琴錢。雲山一一看皆美，風景依稀似去年。

齊己　白居易　白居易　薛逢　方干　來鵠　蘇頲　趙嘏

送人東遊

霜落荊門江樹空，登舟忽卦一帆風。霓旌玉佩參差轉，竹島蘿溪委曲通。新水亂侵青草路，曉霞初疊赤城宫。吏情更覺滄洲遠，未就丹砂愧葛洪。

李白　吴融　王轂　皮日休　雍陶　薛濤　杜甫　杜甫

女仙

老鶴能飛骨有風，扶桑已在渺茫中。玉蟬金雀三層插，銀漢星槎一道通。此日遨遊邀美女，明朝歸去事猿公。江山到處堪乘興，折盡青青賞盡紅。

盧延讓　韋莊　王建　王昌齡　劉庭芝　李賀　高適　薛能

元日對雪

紫微晴雪帶恩光，不去非無漢署香。摘得梅花攜得酒，輕於柳絮重於霜。惟慙老病披朝服，莫指雲山認故鄉。同學少年多不賤，幾時瓊珮觸鳴璫。

錢起　杜甫　白居易　李商隱　白居易　張泌〔一〕　杜甫　柳宗元

【校記】

〔一〕泌，底本作『佖』，據史實改。

仙山圖

蓬島烟霞閬苑鐘，隔溪遥見夕陽春。高吟大醉三千首，峭壁危岑一萬重。花擁玉笙隨皓鶴，雲開水殿候飛龍。仙人來往行無跡，會向瑶臺月下逢。

李商隱　薛能　鄭谷　胡曾　錢起　錢起　劉商　李白

無題

巫山巫峽氣蕭森，一片閒雲萬里心。臉似芙蓉胷似玉，水如環佩月如襟。秋花錦石誰能數，鳳去鸞歸不可尋。獨倚郡樓無限意，闌干十二憶登臨。

杜甫　李遠　白居易　杜牧　杜甫　韋莊　劉兼　吴融

九日送人南歸

匹馬西從天外歸，菊黄蘆白雁初飛。頻招兄弟同佳節，不用登臨怨落暉。日下未馳千里足，月中聞擣萬家衣。吴堤緑草年年在，先達誰當薦陸機。

岑參　沈宇　李昌符　杜牧　戎昱　劉方平　李賀　劉長卿

送人致仕

秋風此日麗衣裳，但得身閒日自長。菰黍正肥魚正美，落花如雪鬢如霜。滿庭詩景飄紅葉，一曲歌聲繞翠梁。多病所須惟藥物，退休便是養生方。

杜甫　許渾　溫庭筠　白居易　雍陶　曹松　杜甫　司空圖

寄楊子安

關外楊公安穩不，素琴孤劍尚閒遊。黄河曲裏沙爲岸，華嶽晴來翠滿樓。舉族盡資隨月俸，何人不起望鄉愁。壯懷空擲班超筆，若個書生萬戶侯。

劉禹錫　姚揆　高適　趙嘏　李諒　武元衡　殷堯藩　李賀

送人南遊

水水山山盡是雲，雁行中斷惜離羣。壺觴須就陶彭澤，賦詠思齊鄭廣文。寶蓋雕鞍金絡馬，粉霞紅綬藕絲裙。王孫莫學多情客，一舸春深指鄂君。

汪遵　李白　劉長卿　鄭谷　駱賓王　李賀　溫庭筠　羅虬

寄孫仲山時寓華陰

野渡臨風駐綵旗，他鄉寒食遠堪悲。一春夢雨常飄瓦，二月垂楊未挂絲。對酒已成千里客，論交卻憶十年時。車箱入谷無歸路，逢著仙人莫看棋。

杜牧　孟雲卿　李商隱　張敬忠　盧綸　高適　杜甫　許渾

其二

老鶴風標不可親，三千鵷鷺讓精神。正當海晏河清日，偏逐山行水宿人。吳苑夕陽明古堞，渭城朝雨浥輕塵。歸途若問從前事，花謝鶯啼近十春。

白居易　齊己　薛逢　皇甫冉　李商隱　王維　劉滄　李中

其三

魚在深潭鶴在天，中間消息兩茫然。鷺翹皓雪臨汀岸，燕蹴飛花落舞筵。碧玉斑斑沙歷歷，紅樓日日柳年年。細推物理須行樂，何處風光不眼前。

劉禹錫　杜甫　劉兼　杜甫　白居易　羅隱　杜甫　王表

其四

同學同年又同舍，如君進士出身稀。林花著雨胭脂落，仙嶠浮空島嶼微。家醖滿瓶書滿架，斑藤爲杖草爲衣。欲求玉女長生法，來歲如今歸未歸。

劉禹錫　徐凝　杜甫　李白　白居易　施肩吾　王翰　杜甫

題閬風圖

滄海經年夢絳紗，方袍相引到龍華。鶴盤遠勢投孤嶼，鳳吐流蘇帶晚霞。雲白山青萬餘里，江深竹靜兩三家。庭前時有東風入，閒與仙人掃落花。

許渾　權德輿　方干　盧照鄰　杜甫　杜甫　劉方平　李白

别水月上人

君向瀟湘我向秦，别時冰雪到時春。空林欲訪龐居士，麗藻初逢休上人。縱使有花兼有月，自然無跡又無塵。江湖酒伴如相問，金粟如來是後身。

鄭谷　李商隱　韓翃　杜甫　李商隱　朱慶餘　杜牧　李白

送人致仕

瓊樹風高薜荔疎，嗟君此别意何如。空懷濟世安人略，長傍青山緑水居。壯士不言三尺劍，男兒須讀五車書。寄身且喜滄洲近，洗竹澆花興有餘。

許渾　高適　劉禹錫　李羣玉　皮日休　杜甫　劉長卿　顧況

春懷

舊齋松老别多年，何處風光不眼前。流水斷橋芳草路，粥香餳白杏花天。未酬闞澤傭書價，實藉嚴君賣卜錢。學取青蓮李居士，自稱臣是酒中仙。古人對尊長，亦多稱臣。

鄭谷　王表　姚合　李商隱　韋莊　杜甫　譚用之　杜甫

寄楊南之

知己蕭條信陸沉，伯勞飛處落花深。到門不敢題凡鳥，執卷猶聞惜寸陰。秦地故人成遠夢，楚峯迴雁好歸音。憶君遥在湘山月，碧海青天夜夜心。

許渾　盧綸　王維　鄭谷　李端　胡宿　王昌齡　李商隱

慰人致仕南歸

青雀舟隨白鷺濤，美人南國舊同袍。三湘愁鬢逢秋色，一斗霜鱗換濁醪。日往月來何草草，雨松風竹莫騷騷。柴門流水依然在，不用傷心嘆二毛。

嚴維　許渾　盧綸　皮日休　薛逢　韋莊　韓翃　呂溫

無題

庭竹移陰就小齋，夜寒春病不勝懷。高居勝景誰能有，雨散雲飛自此乖。蜂簇野花吟細韻，狖爭山果落空階。秖今惟有西江月，曾看南朝畫國娃。

李紳　王之渙　歐陽詹　司空圖　韋莊　貫休　李白　陸龜蒙

山居圖

鴛瓦虹梁計已疎，亂雲深處結茅廬。旁人錯比揚雄宅，異代應教庾信居。塵劫自營還自壞，仙都難畫亦難書。庭前時有東風入，江岸梅花雪不如。

徐夤　李九齡　杜甫　李商隱　李洞　元稹　劉方平　楊憑

題宋蕉窗畫松

無限松如潑墨爲，膩香春粉黑離離。方當游藝依仁日，不見男婚女嫁時。塘水漻漻蟲嘖嘖，蒲梢獵獵燕差差。今來看畫猶如此，摇落深知宋玉悲。

貫休　李賀　薛逢　劉禹錫　李賀　羅隱　温庭筠　杜甫

姑蘇懷古

一笑相傾國便亡，芙蓉不及美人粧。山銜落照欹紅蓋，水咽秋聲傍粉墻。髑骨已成蘭麝土，蓬門未識綺羅香。吳姬緩舞留君醉，欲話因緣恐斷腸。

李商隱　王昌齡　張祜　韋莊　皮日休　秦韜玉　王昌齡　天竺牧童

其二

雲繞青松水繞堦，路旁丘冢盡宫娃。誰能載酒開金盞，應願將身作錦鞋。粧鏡尚疑山月滿，屧廊空信野花埋。豈知物外金仙子，靜衲禪袍坐綠崖。

顔仁郁　孟遲　杜甫　段成式　許渾　皮日休　貫休　齊己

上吳淡人京兆

鳳閣舍人京兆尹，綠槐風透紫蕉衫。別居雲路抛三省，欲望仙都舉一帆。吳，歙縣人。百二山河雄上國，五千文字閟瑤緘。西園到日栽桃李，霖雨看看屬傅巖。吳前視學陝甘。

白居易　白居易　李頻　皮日休　劉禹錫　溫庭筠　李紳　周樸

夜宴曲

月窗風簟夜迢迢，一曲涼州入泬寥。才子舊稱何水部，佳人屢出董嬌嬈。簾前春色應須借，枕上芳辰豈易消。明日更期來此醉，不論相識也相邀。

許渾　白居易　韓翃　杜甫　岑參　皮日休　司空圖　崔液

嵯峨山聞鶯作

白鹿原頭信馬行，殘花落盡見流鶯。羽毛新刷陶潛菊，縹緲疑聞子晉笙。東谷笑言西谷響，下方雷雨上方晴。繞籬野菜飛黄蝶，從此莊周夢不成。

白居易　武元衡　齊己　杜牧　馬戴　方干　長孫佐輔　周樸

春日答人

傲吏身閒笑五侯，多情只共酒淹留。桃芳李豔年年發，水遠山長步步愁。官滿便尋垂釣侶，天晴共上望鄉樓。同來不得同歸去，好與裁書謝白鷗。

李嘉祐　趙嘏　司空圖　李羣玉　來鵬　李益　杜牧　陸龜蒙

秋夜聞歌

唱到嫦娥醉便醒，遏雲相付舊秦青。三清小鳥傳仙語，萬顆真珠瀉玉瓶。楓葉蘆花秋瑟瑟，紫槽紅撥夜丁丁。越人翠被今何夕，臥看牽牛織女星。

白居易　張祜　韋應物　張祜　白居易　許渾　顧況　杜牧

寄楊山夫襄陵詩人，老而無子

傴僂山夫髮似絲，海中仙果子生遲。春城月出人皆醉，深樹雲來鳥不知。一飯未曾留俗客，千金無復換新詩。碧峯依舊松筠老，欲爲君刊第二碑。

劉言史　劉禹錫　岑參　錢起　杜甫　雍陶　李紳　劉禹錫

無題寄友

暫寄華筵倒玉缸，不教歸夢過寒江。霜砧月杵休相引，筆陣書魔兩未降。瘴雨晚藏神女廟，柳汀斜對野人窗。欲知別後思君處，並蔕芙蓉本自雙。

許渾　陸龜蒙　劉兼　殷文圭　僧慕幽　陸龜蒙　韓偓　杜甫

無題

月下調琴恨有餘，登山臨水復何如。雪膚花貌參差是，松島蘭舟潋灩居。粧匣尚留金翡翠，瑣窗還詠碧蟾蜍。欲知別後相思意，青壁連天雁亦疎。

權德輿　郎世元　白居易　譚用之　葉静能　吴融　錢起　李端

别鶴怨

别鶴淒清覺露寒，素琴幽怨不成彈。夜棲少共雞爭樹，朝食還依雁宿灘。一洞曉烟留水上，四郊飛雪暗雲端。寄身且喜滄洲近，風動瑶花月滿壇。

元稹　唐彦謙　白居易　李紳　劉滄　吴融　劉長卿　唐求

同張鳳颺劉一峯遊西山作俱武威人

仙嶠浮空島嶼微，蒼苔滿地履痕稀。世間惟有張通會，天上應無劉武威。龍向洞中含雨出，鶴從高處破烟飛。年來日日春光好，莫爲輕陰便擬歸。

李白　劉商　劉商　李商隱　朱長文　周樸　戴叔倫　張旭

贈丁武舉廷玉

年少英雄好丈夫，幾年無事傍江湖。禿衿小袖調鸚鵡，蓼穗菱叢思螻蛄。雪嶺自添紅葉恨，春山仍展綠雲圖。逢君貰酒因成醉，仲叔懷恩對玉壺。

曹唐　陸龜蒙　李賀　溫庭筠　羅鄴　楊巨源　蔡希寂　方干

寄人

白玉壺中一片冰，利門名路兩何憑。雁飛螢度愁難歇，水去雲迴恨不勝。小院迴廊春寂寂，苔濃蘚濕冷層層。豈知物外金仙子，日日香烟夜夜燈。

楊巨源　杜荀鶴　宋之問　李商隱　杜甫　貫休　貫休　羅隱

客至

老夫臥穩朝慵起，得句勝於得好官。已領烟霞光野徑，漫勞車馬駐江干。黄鶯久住渾相識，白鷺羣飛太劇乾。舊里若爲歸去好，憑君傳語報平安。

杜甫　鄭谷　朱景玄　杜甫　戎昱　杜甫　韋莊　岑參

歸來曲贈李少文

彭澤初歸酒一瓢，柳垂寒砌露千條。春城月出人皆醉，香印風吹字半銷。石瀨雲溪深寂寂，碧桃紅杏對搖搖。仙山不屬分符客，惆悵迴車上野橋。

許渾　温庭筠　岑參　許渾　權德輿　齊己　柳宗元　羊士諤

下第

仙榜標名出曙霞，人間有路入仙家。鶯啼遠墅多從柳，馬踏春泥半是花。幸以薄才當客次，應須美酒送生涯。知音自古稱難遇，獨自憑欄到日斜。

黄滔　牟融　盧綸　竇鞏　何元上　杜甫　韓愈　崔塗

客至

遠人當竹想遺文，歧路悠悠水自分。何事懶於嵇叔夜，應緣才似鮑參軍。閒搜好句題紅葉，遥接芳心向碧雲。慙愧流鶯相厚意，落花時節又逢君。

周賀　皇甫冉　方干　戎昱　齊己　楊衡　韓偓　杜甫

對酒歌

簫管筵間列翠蛾，近來人事半消磨。深知身在情長在，卻恐閒多病亦多。非道非僧非俗吏，有詩有酒有高歌。流光易去懽難得，拭淚看花奈老何。

許渾　賀知章　李商隱　韓偓　白居易　司空圖　鮑防　顧況

送李適園師奉命祭告川陝嶽瀆

掃石焚香禮碧空，洞天真侶昔曾逢。金章紫綬千餘騎，玉節青旄十二重。袍似爛銀文似錦，車如流水馬如龍。清風朗月長相憶，遥聽緱山半夜鐘。

戎昱　司空圖　王昌齡　張籍　元和舉子　蘇頲　徐鉉　于鵠

其二

蜀路晴天見碧雞，千尋綠嶂夾流溪。只須伐竹開荒徑，懶更揚鞭聳翠蜺。武帝祠前雲欲散，胡公陂上日初低。邑司猶屬宗卿寺，八座風流信馬蹄。師官宗丞。

劉禹錫　蜀徐后　杜甫　司空圖　崔顥　岑參　張籍　權德輿

自題松花庵圖

背郭堂成蔭白茅，霞光泛灩翠松梢。爲憑何遜休聯句，笑與揚雄作《解嘲》。南去北來人自老，紅深綠暗徑相交。故鄉今夜思千里，猶托鄰僧護燕巢。

杜甫　劉禹錫　李商隱　薛能　竇叔向　温庭筠　高適　司空圖

郊遊至一村墅水木佳甚

暖風遲日柳初含，漱齒花前酒半酣。欲向何門踐珠履，便來茲地結茅庵。朝雲暮雨長相接，水物山容盡足耽。忽憶故人天際去，斷腸春色在江南。

杜牧　羅鄴　杜甫　胡曾　李商隱　皮日休　白居易　韋莊

月夜書懷

琥珀尊開月映簾，别家三度見新蟾。細推物理須行樂，甘取窮愁不用占。江碧柳深人盡醉，偷桃竊藥事難兼。少瑜鏤管丘遲錦，梁燕詞多且莫嫌。

權德輿　韋莊　杜甫　皮日休　杜牧　李商隱　羅隱　劉兼

賀江右章挑選廣文

梨花落盡柳花時，立馬煩君折一枝。怨別自驚千里外，辨材須待七年期。到門不敢題凡鳥，斷酒惟堪作老師。我是夢中傳綵筆，乞留殘錦與丘遲。

武元衡　楊巨源　高適　白居易　王維　薛能　李商隱　李羣玉

送李蓮峯江騰伯下第後挑選教職而歸

午夜漏聲催曉箭，朱門先達笑彈冠。桃花細逐楊花落，日氣初含露氣乾。已領烟霞光野徑，不辭風雨到長灘。廣文遺韻留樗散，何用春闈榜下看。

杜甫　王維　杜甫　李商隱　朱景玄　元稹　杜牧　薛濤

送友人歸長安

雲別青山馬踏塵，朝遊北里暮南鄰。莫愁前路無知己，何用浮名絆此身。釀酒卻輸耽睡客，到鄉

翻似爛柯人。桃花解笑鶯能語，且向長安度一春。趙嘏　駱賓王　高適　杜甫　杜荀鶴　劉禹錫　元稹　常建

楊茂園馬顒若同過寓齋小飲

飢食松花渴飲泉，新詞宛轉遞相傳。狂歌好愛陶彭澤，指點多疑孟浩然。桂嶺瘴來雲似墨，楊前令桂林靈川。藍田日暖玉生烟。馬前秉鐸藍田。悠悠往事杯中物，醉聽清吟勝管絃。盧仝　劉禹錫　韓翃　司空圖　柳宗元　李商隱　戴叔倫　白居易

關山

馬足車塵不暫閒〔一〕，花深橋轉水潺潺。川原繚繞浮雲外，臺榭參差積翠間。昨夜秋風今夜雨，秦時明月漢時關。蘼蕪亦是王孫草，卻恨鶯聲似故山。張元宗　溫庭筠　盧綸　薛逢　盧綸　王昌齡　孟遲　司空圖

【校記】

〔一〕塵，《全唐詩》卷五百四十二作『輪』。

題騎鶴吹笙圖

獨鶴不知何事舞，骨清年少眼如冰。當時珠履三千客，更在瑶臺十二層。芍藥比容花比貌，琉璃爲殿月爲燈。霓裳曲罷天風起，只恐笙歌引上升。

杜甫　杜牧　張繼　李商隱　闕名　曹松　李九齡　薛能

舟行寄友

酤探騷雅愧無功，未掣鯨魚碧海中。縱酒放歌聊自樂，青山明月不曾空。溪浮箬葉添杯緑，露冷蓮房墜粉紅。秋鶴一雙船一隻，誰能相伴作漁翁。

李山甫　杜甫　白居易　王昌齡　許渾　杜甫　白居易　元結

訪張桐圃不遇

阮籍焉知禮法疎，竹林斜到地仙居。鳥啼花落人何在，水碧山青畫不如。用筆能誇鍾太傅，論詩更事謝中書。老逢佳景惟惆悵，賴爾高文一起予。

杜甫　李涉　崔珏　韋莊　李頎　韓翃　元稹　李白

贈岱上人

彌天釋子本高情，自愛深居隱姓名。直以慵疎招物議，不勞鐘鼓報新晴。烟凝積水龍蛇蟄，錫響空山虎豹驚。白社已應無故老，再看庭石悟前生。

顧況　武元衡　柳宗元　杜甫　盧綸　許渾　鄭谷　李涉

夢至松花庵中荒蕪特甚

碧水春風野外昏，萋萋芳草憶王孫。更無新燕來巢屋，卻有鄰人爲鎖門。積雨暗封青蘚徑，殘烟猶傍綠楊村。分明記得還家夢，候客亭中酒一尊。

杜甫　趙光遠　朱慶餘　吴融　徐鉉　雍陶　來鵠　施肩吾

擬唐人塞下曲

陰磧茫茫塞草肥，戰場耕盡野花稀。雲含暖態晴猶在，雁乳平蕪曉不飛。白馬公孫何處去，黄龍戍卒幾時歸。機中織錦秦川女，雪裏題詩淚滿衣。

張仲素　劉禹錫　齊己　盧弼　岑參　王涯　李白　岑參

送馬顒若之任定安

百里能將猛濟寬，賢人暫屈遠人安。秦川楚塞烟波隔，銅柱朱崖道路難。雲影斷來峯影出，桃花落盡柳花殘。仙山不屬分符客，爲謝羅浮葛長官。

汪遵　劉禹錫　劉滄　張謂　盧綸　錢起　柳宗元　施肩吾

送朱洞川之任巴東

爲政風流今在茲，贈君一法決狐疑。正當海晏河清日，又到金虀玉鱠時。吴嶽曉光連翠巘，巴山夜雨漲秋池。桃花洞裏居人滿，雖是蒲鞭也莫施。朱前秉鐸靈臺，去吴嶽百餘里。

杜甫　白居易　薛逢　皮日休　李商隱　李商隱　劉長卿　呂溫

詠懷呈馬雪嶠太史

白髮新添四五莖，文章拋盡愛功名。但經春色還秋色，豈算前生與後生。賓館有魚爲客久，醉鄉無貨沒人爭。知音自古稱難遇，更與殷勤唱渭城。

薛逢　呂溫　李山甫　方干　許渾　皮日休　韓愈　劉禹錫

秋懷

皛皛翩翩弄日華，寒山影裏見人家。折芳遠寄三春草，奉使虛隨八月槎。雖有田園供海畔，永無音信到天涯。故鄉今夜思千里，冷露無聲濕桂花。

徐孝伯　崔峒　皇甫冉　杜甫　顧非熊　邢羣　高適　王建

壽張嵩麓觀察

拖紫鏘金濟世才，花園四望錦屏開。泉聲迴入吹簫曲，山翠遥添獻壽杯。兔走烏飛如未息，鶯音鶴信杳難迴。故交若問逍遥事，林下輕風見落梅。

劉憲　李適　岑羲　李適　韋莊　羅隱　方干　孫逖

紅紫吟

訪紫尋紅少在家，三山窈窕步雲涯。林間煖酒燒紅葉，竹下忘言對紫茶。雪圃乍開紅菜甲，春風新長紫蘭芽。收紅拾紫無遺落，獨自憑欄到日斜。

劉言史　趙嘏　白居易　錢起　韋莊　白居易　王建　崔塗

送許對山歸狄道

繚繞洮河出古關，依然松下屋三間。胷中壯氣猶須遣，世上浮名好是閒。秋浪遠侵黄鶴嶺，羽車潛下玉龜山。多君此去成仙隱，萬丈丹梯尚可攀。

權德輿　竇鞏　白居易　岑參　許渾　嚴休復　無名氏　杜甫

過王介子方伯山齋宿

水碧山青畫不如，竹林斜到地仙居。柴門豈斷施行馬，欹枕時驚落蠹魚。抱疾因尋周柱史，論詩更事謝中書。高齋既許陪雲宿，教剉瓊花喂白驢。

韋莊　李涉　鮑防　李商隱　周賀　韓翃　薛逢　曹唐

題畫

久客將歸問路蹊，六朝如夢鳥空啼。雲藏野寺分金刹，竹映寒苔上石梯。日往月來何草草，宦情羈思共悽悽。可憐楊柳傷心樹，依舊烟籠十里堤。

劉長卿　韋莊　陸龜蒙　溫庭筠　薛逢　柳宗元　劉庭芝　韋莊

題龔梧生司馬翔鵠樓曲譜

使君高義驅今古，長想吳江與蜀江。神女暫來雲易散，幽人獨坐鶴成雙。門通碧樹開金鎖，花浸春醪挹石缸。離別苦多相見少，暗風吹雨入寒窗。

杜甫　元稹　許渾　馬戴　許渾　陸龜蒙　權德輿　元稹

其二

公退琴堂動逸懷，滿樓珠翠勝吳娃。雞鳴犬吠三山近，玉瘦花啼萬事乖。非道非僧非俗吏，自休自了自安排。那堪更過相思谷，細草春莎沒繡鞋。

伍喬　韋莊　牟融　王之渙　白居易　貫休　李九齡　李建勳

其三

絮撲晴紗燕拂簷，無因得見玉纖纖。驚風亂颭芙蓉水，秋月空懸翡翠簾。蕙帶又聞寬沈約，綵毫何必夢江淹。知君苦思緣詩瘦，更奏新聲刮骨鹽。

白居易　杜牧　柳宗元　權德輿　陸龜蒙　劉兼　杜甫　權德輿

青樓曲

紅粉青蛾映楚雲，旅遊誰肯重王孫。幸陪謝客題詩句，徒遺蕭郎問淚痕。南去北來人自老，落花流水恨空存。勸君更盡一杯酒，使妾長嗟萬古魂。

杜審言　譚用之　庾光先　無名氏　杜牧　曹唐　王維　王昌齡

偶成

閒愛孤雲靜愛僧，勞生擾擾竟何能。舍南巷北遥相語，官緊才微恐不勝。一頃豆花三頃竹，千年積雪萬年冰。吏情更覺滄洲遠，寂寞相如卧茂陵。

杜牧　鄭谷　柳宗元　費冠卿　許渾　崔珏　杜甫　溫庭筠

題畫

堦瑩青莎棟剪茅，帶風蓁閣竹相敲。自知白髮非春事，卻憶朱方是樂郊。簾戶每宜通乳燕，綵絲誰惜懼長蛟。家童報我園花滿，籠竹和烟滴露梢。

章孝標　李洞　杜甫　劉禹錫　杜甫　李商隱　張籍　杜甫

熊巴陵贈斧硯

端州石硯人間重，所惠何殊金錯刀。畫榼倒懸鸚鵡嘴，文章分得鳳凰毛。歸心莫問三江水，夢筆深藏五色毫。老去不知花有態，卻資年少寫風騷。

劉禹錫　齊己　章孝標　元稹　張南史　李商隱　韋莊　齊己

壽黄氏母

列宿來添婺女光，衆仙同日詠霓裳。越人自貢珊瑚樹，海燕雙棲玳瑁梁。內屋深屏生色畫，羅幃翠被鬱金香。烟霞盡入新詩卷，笑指東溟飲興長。

曹唐　李商隱　張謂　沈佺期　李賀　盧照鄰　韋莊　曹唐

其二

山翠遥添獻壽杯，玉觴何必待花開。靈泉巧鑿天孫渚，羽節高臨鳳女臺。萬壑烟霞秋後到，一年顔狀鏡中來。緑頭江鴨眠沙草，林下輕風見落梅。

李適　白居易　趙彦昭　李嶠　陸龜蒙　劉禹錫　温庭筠　孫逖

其三

仙嶠浮空島嶼微，人生七十古來稀。松陰繞院鶴柏對，柳絮蓋溪魚正肥。暖日晴雲知次第，野梅山杏暗芳菲。欲求玉女長生法，隔水殘霞見畫衣。

杜甫　杜甫　姚鵠　韓偓　令狐楚　韋莊　王翰　曹唐

其四

曾讀列仙王母傳，幾人雄猛得寧馨。家無憂累身無事，井有香泉樹有靈。緑柏黄花催夜酒，翠蛾紅粉斂雲屏。珊瑚筆架珍珠履，借問誰傳義女銘。

王建　劉禹錫　白居易　劉禹錫　吴少微　楊巨源　羅隱　許渾

題王平甫小照

花下真人道姓王，八龍三虎儼成行。釣竿欲拂珊瑚樹，燒酒新開琥珀香。碧沼共攀紅菡萏，羅裙宜著繡鴛鴦。錦江春色來天地，誰辨他鄉與故鄉。

曹唐　盧綸　杜甫　白居易　徐夤　章孝標　杜甫　李頎

其二

綴玉聯珠六十年，詩家春屬酒家仙。金絲蹙霧紅衫薄，綵翰搖風絳錦鮮。僻縣不容投刺客，幽人獨欠買山錢。巡簷索共梅花笑，尚有雲心在鶴前。

唐宣宗　白居易　張祜　劉禹錫　韋莊　顧況　杜甫　元稹

題張雪鴻畫

張旭三杯草聖傳，琉璃爲帚掃溪烟。一春夢雨常飄瓦，八月靈槎欲上天。東谷笑言西谷響，南家飲酒北家眠。知君欲作閒情賦，暗寫歸心向石泉。

杜甫　成文幹　李商隱　顧況　馬戴　白居易　白居易　羊士諤

贈楊懿庵都閫

清句三朝誰是敵，聲名直壓鮑參軍。偶逢新節書紅葉，卻奏仙歌響綠雲。玉靶角弓珠勒馬，粉霞紅綬藕絲裙。閑來長得留侯癖，天下何人不識君。

白居易　李端　王建　李白　王維　李賀　陳陶　高適

其二

簫鼓喧喧漢將營，紅箋紙上撒花瓊。爲憑何遜休聯句，始覺僧繇浪得名。宮草霏霏承委珮，秋風嫋嫋動高旌。幽尋佳賞偏如此，轉見千秋萬古情。

祖詠　薛濤　李商隱　李遠　杜甫　杜甫　韓翃　杜甫

其三

一片山花落筆牀，更能四面占文章。波漂菰米沉雲黑，秋颯梧桐覆井黄。殘月出林明劍戟，踈松隔水奏笙簧。憑君莫話封侯事，且把旌麾入醉鄉。

岑參　劉禹錫　杜甫　岑參　翁綬　杜甫　曹松　趙嘏

其四

好是春風湖上亭，元戎枉駕出郊坰。且爲醉客兼吟客，莫使文星勝將星。瘦竹彈烟遮板閣，嫩苔如水没金瓶。龍韜何必陳三略，講罷同尋《相鶴經》。『如』一作『和』，『没』一作『汲』。

戎昱　杜甫　鄭谷　劉禹錫　秦韜玉　貫休　楊巨源　劉禹錫

送鄰翁旋里

五馬臨流待幕賓，與君相向轉相親。山中宰相陶弘景，谷口耕夫鄭子真。怪石盡含千古秀，緑楊宜作兩家春。秦川楚塞烟波隔，看竹何須問主人。

盧綸　劉庭芝　譚用之　徐夤　羅鄴　白居易　劉滄　王維

題陳素安太守秋庭春瑞圖

閶闔涼生六幕風，巧能攢合是天公。但經春色還秋色，可愛深紅映淺紅。古往今來拋日月，湖嵐林靄共冥濛。不知草木承何異，正直原因造化功。

王初　施肩吾　李山甫　杜甫　僧希道　鄭良士　伍喬　杜甫

其二

拖紫鏘金濟世才，相將遊戲繞池臺。霓旌玉佩參差轉，海柳江花次第開。龍臥豹藏安可別，鸞音鶴信杳難迴。眼看春色如流水，太守門清願再來。

劉憲　孟浩然　王轂　許渾　王季文　羅隱　崔惠童　貫休

其三

綴玉聯珠六十年，宦情鄉思兩綿綿。自從煮鶴燒琴後，知在青山綠水邊。舉族盡支隨月俸，一生不蓄買田錢。畫圖省識春風面，暗寫歸心向石泉。

唐宣宗　王周　韋鵬翼　和凝　李諒　貫休　杜甫　羊士諤

其四

溪上閒船繫綠蘿，秋風葉落洞庭波。小堂綺帳三千戶，淺紫深紅數百窠。明月自來還自去，白雲關我不關他。山陰妙術人傳久，騎鹿先生降大羅。公有騎鹿小照。

許渾　溫庭筠　駱賓王　陳標　崔魯　溫庭筠　薛濤　王建

木蘭

紅旆風吹畫虎獰，兩河戰罷萬方清〔一〕。雪膚花貌參差是，錦帶騂弓結束輕。武帝祠前雲欲散，女兒灘上月初明。寧知隴水烟銷日，已有迎秋蟋蟀聲。

韋莊　權德輿　白居易　楊凝　崔顥　權德輿　李白　皇甫曾

【校記】

〔一〕『兩河』句，出自楊巨源《和侯大夫秋原山觀征人迴》，此處誤爲權德輿。

狎鷗亭花開招丁鹿友廣文小飲

別是人間清淨翁，朱絃聲在亂書中。異花奇竹分明看，紫綬青衿感激同。晚節漸於詩律細，暫時不放酒杯空。多君此去從仙隱，笑指生涯樹樹紅。

白居易　盧綸　施肩吾　劉耕　杜甫　唐彥謙　武元衡　陸龜蒙

歸思

五馬騰驤九陌塵，烟霞成伴草成茵。久拚野鶴如雙鬢，羨與閒雲作四鄰。黄卷清琴總爲累，渚花汀鳥自相親。故交若問逍遥事，他處春應不是春。

薛濤　陸暢　杜甫　司空曙　李嘉祐　羅鄴　方干　秦韜玉

無題

松月水烟千古在，楚腰衛鬢四時芳。且爲醉客兼吟客，誰辨他鄉與故鄉。神女欲來知有意，小姑居處本無郎。千門九陌花如雪，自笑狂夫老更狂。

方干　李賀　鄭谷　李頎　薛濤　李商隱　温庭筠　杜甫

題巨然山水

一徑松聲徹上層，啼猿晝怯下危藤。霓旌翠蓋終難過，竹杖芒鞋便可登。烟月蒼蒼風瑟瑟，海山鬱鬱石稜稜。勞生願學長生術，見説仙中亦有僧。

齊己　方干　李嘉祐　劉得仁　白居易　白居易　徐夤　貫休

嚴敬也至署作

帆影隨風過富陽，水聲山翠剔愁腸。更聞臺閣求三語，猶自音書滯一鄉。老去不知花有態，秋來空羨雁成行。百壺且試開懷抱，綠滿汀洲草又芳〔一〕。

牟融　徐夤　王維　柳宗元　韋莊　劉滄　杜甫　韋莊

【校記】

〔一〕『綠滿』句，《韋莊集》作『綠染迴汀草又芳』。

狎鷗亭成限鷗字

沅署荷池頗有江湖之趣，予建亭於其南，額以『狎鷗』，落成日集句賦之。

天入滄浪一釣舟，烟波仍駐古今愁。誰能載酒開金盞，好與裁書謝白鷗。水映荷花風轉蕙，山圍雉堞月當樓。南窗亦有忘機友，但委心形任去留。

杜甫　李羣玉　杜甫　陸龜蒙　權德輿　白居易　溫庭筠　白居易

其二

身外無機任白頭，相親相近水中鷗。與君便是鴛鴦侶，還我閒眠蚱蜢舟。赤葉黃花隨野岸，金尊玉柱對清秋。自來不説雙旌貴，一點沙禽勝五侯。

胡曾　杜甫　温庭筠　司空圖　李端　令狐楚　王建　皮日休

其三

牂牁水向郡前流，皎鏡芳塘菡萏秋。寧學陶潛空嗜酒，焉知李廣未封侯。珠簾繡柱圍黃鵠，金勒銀鞍控紫騮。仙界路遥雲縹緲，風烟只好狎江鷗。

柳宗元　温庭筠　錢起　杜甫　杜甫　崔液　白居易　羅隱

其四

萬里身同不繫舟，閒尋野寺醉登樓。人歸遠岫疎鐘後，夢到花橋水閣頭。翠㚟紅飄鶯寂寂，風清泉冷竹修修。誰言瓊樹朝朝見，別有珍禽勝白鷗。

魚玄機　王建　李建勳　白居易　吴融　白居易　李商隱　貫休

陳冰娥畫桃花並序

娥，潁川人。父工畫，以散官僑寓長沙。有桂陽張刺史者，見娥畫而奇之，求爲側室。既而張歿，娥復歸於父家，念舊不嫁，鬻畫自給。今二十餘年矣。

紗窗宛轉閉春風，點注桃花舒小紅。水遠山長看不足，鑑鸞釵燕恨何窮。楓林月出猿聲苦，沙渚烟銷翠羽空。誰分含啼掩秋扇，去年今日此門中。

蔡希周　杜甫　歐陽炯　顧甄遠　劉長卿　甄后神鬼　王昌齡　崔護

其二

張氏金爲翡翠鈎，悔教夫壻覓封侯。聽猿實下三聲淚，送客魂銷百尺樓。鄉信漸稀人漸老，好山長在水長流。桃花亂落如紅雨，同向春風各自愁。

温庭筠　王昌齡　杜甫　冷朝陽　許渾　李涉　李賀　李商隱

其三

繞壁依稀認寫真，赤城霞起武陵春。墮紅飄白堪惆悵，地角天涯倍苦辛。深谷作陵山作海，濕雲如夢雨如塵。庭前時有東風入，只見桃花不見人。

司空圖　歐陽炯　韋莊　殷文圭　羅隱　崔魯　劉方平　劉商

其四

蜀魄湘魂萬古悲，何因重有武陵期。畫裙多淚鴛鴦濕，曲岸迴篙蚱蜢遲〔一〕。溪水泠泠逐行漏，爐烟細細駐遊絲。東風不爲吹愁去，縱是殘紅也入詩。

韋莊　薛能　施肩吾　李賀　沈佺期　杜甫　賈至　朱慶餘

【校記】

〔一〕蚱蜢，《李賀詩歌集注》卷一作『舴艋』。

其五

白雲深處寄生涯，蟬雀參差在扇紗。轉楫擬投青草岸，斷魂飛作碧天霞。春思秋怨誰能問，業破孤存孰爲嗟。燕子樓中霜月夜，應添一樹女郎花。

司空圖　陸龜蒙　方干　韋莊　鮑溶　皮日休　白居易　白居易

其六

犀辟塵埃玉辟寒，犀沉玉冷自長嘆。梨花未發梅花落，日氣初含露氣乾。芳草有情皆礙馬，碧桃何處更驂鸞。羅敷獨向東方去，領得璸珠掌上看〔一〕。娥寓父畫室，課張幼子。

李商隱　蘭翹　韓偓　李商隱　羅隱　薛逢　杜審言　吴圓

【校記】

〔一〕璸，《全唐詩》卷七百六十八作『蠙』。

其七

別樹羈雌昨夜驚，子規枝上月三更。可憐饌玉燒蘭者，永負朝雲暮雨情。外地見花終寂寞，粉墻書字甚分明。桂陽秋水長沙縣，一片傷心畫不成。

李商隱　崔塗　齊己　譚氏女　韋莊　朱慶餘　王昌齡　高蟾

其八

萬轉千迴懶下牀，風烟入興便成章。雲容水態還堪賞，地角天涯未是長。鶴背傾危龍背滑，桃花歷亂李花香。我來始悟丹青妙，欲話因緣恐斷腸。

鶯鶯　劉禹錫　杜牧　關盼盼　僧知玄　賈至　郎士元　天竺牧童

魂乖長夜，魏文惻愴於孤棲；衣疊空箱，白傅淒涼於獨處。以不朽事，傳未亡人。代有名篇，詞多己出。未有熏香摘豔，搜佳句於三唐；疊壁聯珠，彙奇文於八詠，如家使君題冰娥畫桃花之作者也。娥係出潁川，德星差小；居臨湘浦，淚竹同癯。既饒咏雪之奇才，復有繪風之妙手。媒非是鴆，借硯北爲因緣；曲不求凰，託安東以門户。無何，鴛鴦被冷，翡翠鈎藏。歸倚所生，逝將之死。痛夫亡而孤幼，課誦兼師；悲父老而家貧，丹青代養。昔也明粧映水，未量梓澤之珠；終焉彩翰搖風，爭買蕺山之扇。花源一片，流出人間；絲淚千行，飄來筆底。庶乎節因才著，藝以人傳矣。使君室無桃葉，賦有梅花，滅鍼線於裁縫，巧奪天孫之錦；泣鬼神於風雨，哀同寡女之絲。公試擲地以有聲，娥當仰天而不愧云。豐山吴鑦跋。

擁嵐亭築花臺成招黄穆園都督吴豐山司馬丁鹿友廣文小飲

雙峯寂寂對春臺，松竹相親是舊栽。野客已聞將鶴贈，玉觴何必待花開。空山古寺千年石，時得數醜石。水碧沙明兩岸苔。傳語風光共流轉，須成一醉習池迴。

杜甫　白居易　齊己　白居易　韓翃　錢起　杜甫　杜甫

舟次别送者

征帆初挂酒初酣，世上風流笑苦諳。蘭臉别春啼脉脉，柳絲妨路翠毿毿。朝雲暮雨長相接，水物山容盡足耽。他日期君何處是，杏花時節在江南。

張泌　女裒　李賀　徐鼎臣　李商隱　皮日休　盧仝　杜牧

湖南道中

葦岸無窮接楚天，小姑洲北浦雲邊。明知富貴非吾物，暗喜風光似昔年。廬嶽高僧留偈别，江楓漁父對愁眠。『火』，一作『父』。雨迎花送長如此，須讀莊生第一篇。

李頻　李羣玉　韓琮　韋莊　皇甫冉　張繼　吴融　薛逢

武昌

江邊黄鶴古時樓，前值春風後值秋。緑水青山雖似舊，白雲紅樹不相留。征帆夜轉鸕鷀穴，畫舸猶題鸚鵡洲。幾度思歸還把酒，欲爲東下更西遊。

白居易　羅隱　耿湋　韋莊　許渾　魚玄機　杜牧　李商隱

歸途有憶

久客將歸問路蹊，習家池沼草萋萋。芳筵想像情難盡，流水潺湲日漸西。一夢不須追往事，數花猶可醉前溪。白沙翠竹江村暮，惆悵南來五馬蹄。

劉禹錫　僧無本　溫庭筠　王之渙　羅隱　李山甫　杜甫　徐鼎臣

仙桃鎮沔陽

漢陽歸客悲秋草，蓮葉舟輕自學操。十里飛泉繞丹竈，九重春色醉仙桃。蓑衣毳衲誠吾黨，歷塊過都見爾曹。日暮鄉關何處是，馬頭衝雪度臨洮。

岑參　郭受　元結　杜甫　羅袞　杜甫　崔顥　馬戴

附　集唐絶句

題畫四首

春

烟柳風絲拂岸斜，隔簾微雨濕梨花。不知何處香醪熟，先脱寒衣送酒家。

雍陶　吕温　武元衡　崔道融

夏

蘸甲傾來緑滿瓢，青山隱隱水迢迢。南風不用蒲葵扇，自有池荷作扇摇。

韋莊　杜牧　李嘉祐　司空圖

秋

一家松火隔秋雲，昏曉濃陰色未分。卻憶往年看粉本，暗山寒雨李將軍。

王建　方壺居士　韓偓　韓偓

冬

仙霧朦朧隔海遥，城南獵馬縮寒毛。巡簷索共梅花笑，雪滿長安酒價高。

薛濤　岑參　杜甫　鄭谷

鄉思

繚繞洮河出古關，依然松下屋三間。他鄉就我生春色，卻恨鶯聲似故山。

權德輿　竇鞏　杜甫　司空圖

又

背郭堂成蔭白茅，紅深綠暗徑相交。不辭萬里長爲客，猶託鄰僧護燕巢。

杜甫　溫庭筠　杜甫　司空圖

漫興寄楊蓮渚

愛毛宜愛鳳凰毛，夢筆深藏五色毫。老去不知花有態，卻資年少寫風騷。

徐夤　李商隱　韋莊　齊己

又

長貪山水愛漁樵，偷得鮫人五色綃。更恨新詩無紙寫，等閒書字滿芭蕉。

韓偓　施肩吾　司空圖　李益

上巳懷李少文〔一〕

暮春三月日重三，仙棹初移酒未酣。忽憶故人天際去，杏花時節在江南。

張説　羊士諤　白居易　杜牧

【校記】

〔一〕懷，底本漫漶，據宣統本補。

春遊

惟愛春風爛漫遊，漁竿消日酒消愁。故人家在桃花岸，山自青青水自流。

徐凝　高駢　常建　唐彦謙

戲贈琴客

紅燭芳筵惜夜分，陰蟲切切不堪聞。高山流水琴三弄，彈到天明亦任君。

武元衡　皇甫冉　牟融　白居易

又

琴中古曲是幽蘭，此藝知音自古難。我醉欲眠君且去〔一〕，青山明月夢中看。

白居易　崔珏　李白　王昌齡

【校記】

〔一〕君，《李太白全集》卷二十三作「卿」。

送人

明月清風酒一尊，落花流水恨空存。年來笑伴皆歸去，役盡江淹別後魂。

牟融　曹唐　盧綸　趙光遠

桃源行

玉洞桃花萬樹春，也應花底有秦人。桃花解笑鶯能語，莫厭追陪笑語頻。

許渾　吴融　元稹　鍾離權

惜花

巧能攢合是天公，可愛深紅映淺紅。老盡名花春不管，錯教人恨五更風。

施肩吾　杜甫　張繼　王建

相思曲

入骨相思知不知，愁人淚點石榴皮。若言要識愁中貌，山店燈殘夢到時。

溫庭筠　李嘉祐　徐夤　陳羽

又

張緒何如柳一枝，相思無路莫相思。水精鸂鶒釵頭顫，不語還應彼此知。

唐彦謙　王貞白　韓偓　薛能

望仙謠

騎鹿先生降大羅，山陽舊侶昔曾過。泠泠仙語人聽盡，拭淚看花奈老何。

王建　劉禹錫　劉禹錫　顧況

天台圖

洞裏閒雲豈得棲，春山一路鳥空啼。桃花亂落如紅雨，晨肇重來路已迷。

施肩吾　李華　李賀　王之渙

楊柳枝

堤柳無情識世愁，黄金絲挂粉墻頭。不知細葉誰裁出，一簇青烟鎖玉樓。

方壺居士　姚合　賀知章　羅隱

少年行

青山山下少年郎，鶯裏花前選孟光。鶯也解啼花也發，不知何處是他鄉。

邵謁　段成式　司空圖　李白

梅花

晴空素豔照霞新，雪點寒梅小院春。處士不生巫峽夢，花開將爾當夫人。

楊巨源　溫庭筠　蓮花妓　白居易

落花

半落春風半在枝，流鶯上下燕參差。明朝攜酒猶堪賞，縱是殘紅也入詩。

白居易　李商隱　李涉　朱慶餘

金谷聚

莫悲金谷園中月，古往今來底事無。蠟燭有心還惜別，一枝寒淚作珊瑚。

白居易　楊巨源　杜牧　皮日休

西廂拜月詞

紅箋紙上撒花瓊，紙上香多蠹不成。明月自來還自去，枉抛身力爲鶯鶯。

薛濤　呂溫　崔魯　羅虬

又

身閒伴月夜深行，甚覺多情勝薄情。鐘動紅娘喚歸去，一場春夢不分明。

雍陶　鄭谷　王之涣　張泌

杜鵑

瘴塞巴山哭鳥悲，孤烟一點綠溪湄。年年來叫桃花月，正是愁人不寐時。

元稹　錢起　胡曾　羅鄴

無題

金縷鴛鴦滿絳裙，紡花紗褲薄於雲。夜深曲曲灣灣月，莫向陽臺夢使君。

楊衡　白居易　夢中妓　戎昱

題畫

山塢春深日又遲，白鬚道士竹間棋。碧桃滿地眠花鹿，不借人間一隻騎。

羊士諤　李商隱　貫休　司空圖

又

一帶山泉繞舍迴，暖風吹動鶴翎開。夕陽似照陶家菊，那得王弘送酒來。

白居易　王建　司空圖　李嘉祐

閨怨

一枝紅豔露凝香，一度逢花一斷腸。寂寞空庭春欲晚，卻嫌鸚鵡繡鴛鴦。

李白　盧中　劉方平　無名氏

響水涯

一院春條綠繞廳，瓦甌斟酒暮山青。閒來石上觀流水，萬顆真珠瀉玉瓶。

薛能　崔道融　李洞　張祜

山居圖

水碧山青畫不如，杏花茅屋向陽居。閒中亦有閒生計，白日耕田夜讀書。

韋莊　劉商　李九齡　盧肇

次韻戲反前意

片石叢花畫不如，白雲深處有巖居。逍遙且喜從吾事，老大誰能更讀書。

權德輿　杜牧　裴迪　王縉

讀杜有感

花枝照眼句還成，草綠湖南萬里情。縣宰不仁工部餓，滿山風雨杜鵑聲。

杜甫　劉長卿　杜荀鶴　元稹

客至

匣有青萍笥有書，亂雲深處結茅廬。今朝忽枉嵇生駕，教剉瓊花喂白驢。

呂温　李九齡　崔興宗　曹唐

題仙山風雪圖

前峯後嶺碧濛濛，水咽雲寒一夜風。莫道山僧無伴侶，雪深花鹿在庵中。

盧綸　張祜　米放　齊己

下第後就選作

一杯春露冷如冰，獨對壺觴又不能。喜字漫書三十六，到頭贏得杏花憎。

李商隱　皮日休　孫元晏　鄭谷

閨怨

寶鈿香蛾翡翠裙，纖纖玉筍裹輕雲。綠窗孤寢難成寐，不是思君是恨君。

戎昱　杜牧　楊凝　劉皂

戲跋集唐絕句

晚節漸於詩律細，欲邀同賞意如何。萬言不直一杯水，二十八言猶太多。

杜甫　白居易　李白　方干

又

黄河遠上白雲間，數首新詩到筆闗。借問嬌歌凡幾轉，好風吹綴綠雲鬟。

王之渙　雍陶　儲光羲　嚴休復

又

數篇今見古人詩，字字清新句句奇。採得百花成蜜後，一生吟苦竟誰知。

杜甫　韋莊　羅隱　林寬

又

春花秋月入詩篇，一一鶴聲飛上天。若是曉珠明又定，不勞詩句詠貪泉。

魚玄機　楊衡　李商隱　陸龜蒙

又

自得隋珠覺夜明，淩雲健筆意縱横。黄金買酒邀詩客，看取神仙簿上名。

杜甫　杜甫　陳羽　嵩岳記

集唐跋

吴　鎮

予素不喜爲七律，集唐句而七律之，固卽予之七律也。律中屬對，務避成聯，而無心暗合者，亦間有之。怵他人之我先，故所集止此，而綴以絶句云。

乾隆壬辰秋七月，松花道人自題於都門之韓城會館。

集唐跋

吴　鎮

右《集唐》一卷，本予遊戲之作，而索觀者反衆，殊增忸怩。今秋卸興國事，需次武昌，因檢舊稿之神氣未聯而有礙聲病者，復删改而增益之，凡得七律百首，其舊作絶句，則仍附後焉。夫集句之有無，在詩家本不足爲重輕，第三唐自大家、名家而外，拈髭嘔血者何限？今因單詞片語，而臚列姓名，呼之欲出，或亦表章前賢之一法乎？若以此爲詩，則予豈敢！

乾隆四十三年中秋，松花道人自記。

松花庵雜稿

四書六韻詩

四書六韻詩序

梁濟瀍

洮陽吳子信辰，吾鄉詩人也。公車來都，予扣其近作何似，因出所爲《四書六韻詩》一卷，曰：『此近日訓蒙伎倆，真所謂雕蟲者。』予讀之數過，歎其婉麗親切，涉筆成趣，而命題於《四書》，尤便於啓發童蒙，遂略爲評騭，付之梓以公同好。

嗟乎！予與信辰交，忽忽二十餘年矣。曩同學皋蘭時，信辰甫弱冠，所作樂府古體，業已流播秦隴間。今偶爲小品，亦復超詣如此，此非搏兔，亦用全力，殆才大則無所不宜耳。初學規摹試帖，尚以此爲權輿哉！

乾隆二十六年辛巳春三月上澣，同學弟皋蘭梁濟瀍序。

四書課童詩注序〔一〕

李苞

姑丈松翁先生以詩名世，秦隴宗之，顧篇什浩繁，寄托遥遠，雖老師宿儒，或未能盡涉其津涯，况童蒙乎！《四書詩》者，課童作也。今村塾小兒皆誦之，樂其命題熟也。然故實終難盡解，則詩可勿注哉？予友武君磐若，松翁之高弟也，意與予合，因同爲之箋，而十已得其七八，餘則還問松翁，乃無疑義，遂綴以諸評，翻板而重梓之。按此詩流傳甚遠，予向在粤西，往往見焉，他可知矣。兹注一出，不特引導童蒙，兼可爲試帖行卷之一助，即松翁之全集，亦略可想見云。

乾隆五十六年辛亥秋九月九日，受業内姪李苞元方頓首拜撰。

【校記】

〔一〕底本無此序，據《四書課童詩》補。

有朋自遠方來

折簡我何曾，公然大得朋。關山勞負笈，風雨送擔簦。命駕人如玉，言歡酒似澠。雲停三徑石，花結五更燈。後進才堪羨，先生道可承。門前桃李樹，樂意亦蒸蒸。

【注】

折簡：《魏志·王淩傳》：『鄉直以折簡召我，我當敢不至耶？』

得朋：《易·坤卦》：『西南得朋。』

負笈：笈，書箱也。《漢書》：『蘇章負笈追師，不遠千里。』

擔簦：簦，笠蓋也。《史記》：『虞卿躡蹻，擔簦。』

命駕：《嵇康傳》：『呂安與嵇康友，每一相思，輒千里命駕。』

酒似澠：《左傳》：『有酒似澠。』

雲停：陶淵明《停雲詩敘》云：『思親友也。』

三徑：漢蔣詡開三徑，惟故人求仲、羊仲從之遊。

桃李：《唐書》：狄仁傑薦張柬之等，悉爲名臣，或曰：『天下桃李，盡在公門矣。』

【集評】

梁靜峯曰：『起陡，七、八清麗。』

黄岡李松村先生曰：『忽逢幽人，如見道心。』

在陋巷

陋巷夫何陋，棲遲有大賢。坐忘三徑寂，瓢飲四鄰傳。卜宅堪容膝，循墻類及肩。草深迷馬跡，花發笑鶯遷。自得人間世，誰分郭外田。衹應原憲輩，納履日流連。

【注】

棲遲：《詩》：『衡門之下，可以棲遲。』

坐忘：《莊子》：『顔回曰：「回坐忘矣。」仲尼曰：「何謂坐忘？」回曰：「墮枝體，黜聰明，離形去知，同於大道，此謂坐忘。」』

卜宅：《左傳》：『非宅是卜，惟鄰是卜。』

容膝：陶淵明《歸去來辭》：『審容膝之易安。』

循墻：《左傳》：『正考父三命而俯循墻而走。』

人間世：《莊子·人間世》篇：『顔回見仲尼，請行，曰：「奚之？」曰：「將之衛。」』云云。注：《人間世》是言入世之難，顔回請行，是未知其難者。

郭外田：《韓詩外傳》：『顔回曰：「回有郭外之田五十畆，足以給饘粥。」』

納履：《新序》：『原憲振襟則肘見，納履則踵決。』

【集評】

靜峯曰：『「自得」句，轉捩有力。』

黄西圃曰：『末添一窮原憲，是爲下人字伏根，非果無長者車轍也。』

三月不知肉味

至聖聞《韶》樂，悠悠月已三。自然生旨趣，誰復問肥甘。觀止如天地，神遊失《雅》《南》。歷時良不覺，徙業更何堪。羶行民爭慕，元音世未諳。此中滋味别，饜飫幾人貪。

【注】

觀止：《左傳》：『吳公子札來聘，……請觀於周樂。……見舞《韶箾》者，曰：「德至矣哉！大矣！如天之無不幬也，如地之無不載也。雖甚盛德，其蔑以加於此矣。觀止矣！若有他樂，吾不敢請已。」』

雅南：《詩》：『以雅以南。』失雅南，言二雅二南猶是周樂，非《韶》比也。

徙業：韓文：『夫外慕徙業者，皆不造其堂，不嚌其胾者也。』

羶行：行，去聲。《莊子》：『羊肉不慕蟻，蟻慕羊肉。羊肉，羶也。舜有羶行，百姓悦之。』

【集評】

靜峯曰：『「羶行」一聯，妙轉不測。』

受業李存中允之謹識：『夾寫處有味之回。』

山梁雌雉

雌雉神雖王，山梁影自孤。敢矜金爪距，時舞繡襠襦。朝日求其牡，春風哺爾雛。澗泉應獨照，麥隴慎相呼。未博三年笑，寧忘一矢虞。籠媒驕逸甚，略彴見曾無。

【注】

神雖王：王，去聲。《莊子》：『澤雉十步一啄，百步一飲，不蘄畜乎樊中，神雖王，不善也。』

金爪距：《左傳》：『季氏介其雞，郈氏爲之金距。』

繡襠襦：李賀《艾如張》：『錦襜褕，繡襠襦。彊彊飲啄哺爾雛。』《艾如張》，樂府之詠雉者。襜褕、襠襦，言雉之文彩似人錦繡之衣服也。

求牡：《詩》：『雉鳴求其牡。』牡，雄雉也。

三年笑：《左傳》：『賈大夫娶妻而美，三年不言不笑。御以如皋，射雉，獲之，其妻始笑而言。』

一矢：《易·旅卦》：『六五，射雉，一矢亡。』

籠媒：養馴雉以誘他雉，謂之雉媒。

略彴：橫木渡水曰略彴。

【集評】

靜峯曰：『貼切「雌雉」，末更含蓄無限。』

劉渭卿曰：『結能關照上下文，非徒點「山梁」也。』

受業秦維岳曉峯謹識曰：『選言雅切。』

鏗爾舍瑟而作

曲罷韻鏗鏗，悠然避席情。誰言忘古樂，自是敬先生。疏越音猶在，春容態已呈。雲和三歎寂，玉立一堂傾。暫息安絃業，聊通負劍誠。暮春山水際，天籟本無聲。

【注】

疏越：《禮·樂記》：『清廟之瑟，朱絃而疏越，一唱而三歎，有遺音者矣。』鄭氏曰：『越瑟底孔也，疏之使聲遲也。』

春容：《學記》：『善待問者如撞鐘，……待其春容，然後盡其聲。』

雲和：《周禮·春官》：『孤行之管，雲和之瑟。』《注》：『雲和，地名。』

玉立：儲光羲詩：『先生秀衡嶽，玉立居玄丘。』

安絃：《禮記》：『不學操縵，不能安絃。』

負劍：《禮記》：『負劍辟咡詔之，則掩口而對。』《注》：『口旁曰咡，謂傾頭與語也。』

天籟：《莊子》：『汝聞人籟，而未聞地籟；汝聞地籟，而未聞天籟夫。』

【集評】

靜峯曰：『反結妙。』

自記曰：『「疏越」，原對「從容」。後王介子先生謂「疏越」對兩虚字，故今對以「春容」。良友一字之推敲，終身不能忘也。』

內姪李苞元方謹識曰：『氣度安閒，風神超越。』

蘧伯玉使人於孔子

契闊懷良友，殷勤拜使人。早行石門月，猶及杏壇春。作主叨三至，知非愧五旬。分依兄弟國，遥卜聖賢鄰。夢逐魚音往，情隨雁贄陳。東山如下榻，披豁道吾真。

【注】

契闊：《詩》：『死生契闊。』

早行石門月：温飛卿詩：『雞聲茅店月，人跡板橋霜。』蘇東坡詩『孤村一犬吠，殘月幾人行』句用此意。石門，原本作『淇澳』。按：淇澳，字俱從水，且『澳』字，《詩》作『奥』，不如『石門』之字潔，且路通魯、衛也。

三至：《孔子年譜》：『子三至衛，嘗主蘧伯玉家。』

知非：《淮南子》：『蘧伯玉行年五十，而知四十九年之非。』

魚音：《古詩》：『客從遠方來，遺我雙鯉魚。呼童烹鯉魚，中有尺素書。』

雁贄：《曲禮》：『凡贄，卿羔，大夫雁。』

下榻：王勃《滕王閣序》：『徐孺下陳蕃之榻。』

【集評】

靜峯曰：『「復恐匆匆說不盡」，頷聯似之。』

張桐圃曰：『寫景甚真，言情尤摯。』

受業武安邦磐若謹識曰：『未趨與坐，而問去路悠然。』

長沮桀溺耦而耕

十畝閒閒處，幽人作耦耕。各將風雨好，並結水雲盟。蔡葉尋高隱，江山見古情。一犂春草濕，雙屐暮烟輕。管鮑空知己，巢由亦愛名。何如沮與溺，長謝魯諸生。

【注】

閒閒：《詩》：『十畝之間兮，桑者閒閒兮。』

蔡葉：兩地名，卽沮、溺耦耕處。

一犂：《古詩》：『一犂春雨足。』

雙屐：《說文》：『屩也。』《增韻》：『木屐也。』李白詩：『一雙金齒屐，兩足白如霜。』于鵠詩：『傳屐朝尋藥，分燈夜讀書。』

管鮑：《史記》：『管子曰：「生我者父母，知我者鮑子也。」』

巢由：《高士傳》：『堯時有隱人，年老，以樹爲巢，而寢其上，故人號之曰巢父。堯讓天下於許由，許由以告巢父，父曰：「汝何不隱汝形，藏汝光？非吾友也。」許由乃於潁水洗其耳，曰：「向聞污言，負吾友。」遂去，不相見。巢父方牽牛飲水，乃驅上流飲之，曰：「休污吾牛口。」』

【集評】

靜峯曰：『七、八何減溫、李。』

自記曰：『嘗見孔廟諸國，沮、溺皆年少無髭，想畫家必有所本也。逸韻高風，殆夙具耶！』

受業秦維峻識曰：『能爲隱士寫生，兼切「耦」字。』

止子路宿殺雞

古道相逢晚，悠悠日已西。老夫分半榻，寒舍在前溪。雲樹瞻烏止，柴門聽馬嘶。尋師君憶鳳，愛客我烹雞。塒上三號滅，盤中五德齊。更闌頻剪燭，風雨正淒淒。

【注】

瞻烏：《詩》：『瞻烏爰止，于誰之屋。』

三號：《索隱》：『三號，三鳴也。言夜至，雞三鳴，則天曉。』

五德：《韓詩外傳》：『夫雞頭戴冠者，文也；足搏距者，武也；敵在前敢鬭者，勇也；見食相呼者，仁也；守夜不失時者，信也。』

剪燭：李義山詩：『何當共剪西窗燭，卻話巴山夜雨時。』

風雨：《詩》：『風雨淒淒，雞鳴喈喈。』

【集評】

靜峯曰：『三、四樸老如話，結尤虛妙。』

秦曉峯曰：『田家樂趣，宛然在目，覺茅季偉以草蔬飯客，猶稍殺風景也。』

李允之曰：『似兼王、孟、儲、韋之妙。』

綿蠻黃鳥

丘隅黃鳥止，雅奏自綿蠻。金翠明花外，笙簧滿樹間。飄飄飛乍隱，嚦嚦響仍還。柳浪藏身密，松風入韻間。鄉音操楚語，閨夢失遼關。斗酒雙柑在，高人未可攀。

【注】

金翠：《埤雅》：『倉庚，黃鸝也。毛黃色，羽及尾黑色相間。』

笙簧：李白詩：『暖入鶯簧舌漸調。』

楚語：蠻音也。韓文公《石鼎聯句詩序》：『喉中又作楚語。』

閨夢：《古詩》：『打起黃鶯兒，莫教枝上啼。啼時驚妾夢，不得到遼西。』

斗酒雙柑：《世說》：『戴顒春日攜雙柑斗酒，人問何之，答曰：「往聽黃鸝聲，砭此俗耳。」』

【集評】

靜峯曰：『通首綺麗。』

受業朱福綿謹識曰：『「柳浪」一聯，風神駘蕩。』

執柯以伐柯

伐柯柯不遠，但視己之柯。裊裊緣青壁，丁丁響綠蘿。運斤還自喜，倒柄更誰何。謾擬前薪嘆，寧同斷竹歌。短長隨手在，大小象形多。意匠頻垂顧，猶然費揣摩。

【注】

丁丁：《詩》：『伐木丁丁。』

運斤：《莊子》：『匠石運斤成風。』

自喜：《漢書》：『董賢美麗自喜。』

倒柄：《史記》：『倒持太阿之柄。』

誰何：賈誼《過秦論》：『擁利兵而誰何。』《注》：『言誰敢如何也。』

前薪：《漢·汲黯傳》：『陛下用羣臣如積薪耳，後來者居上。』

斷竹：《吴越春秋》：『陳音曰：「臣聞弩生於弓，弓生於彈，彈起於古之孝子，不忍見父母爲禽獸所食，故作彈以守之。歌云：斷竹，續竹；飛土，逐肉。」』

意匠：陸機《文賦》：『意司契而爲匠。』杜詩：『意匠慘淡經營中。』

【集評】

靜峯曰：『「前薪」、「斷竹」，刻畫入微。』

李元方曰：『題難措手，詩極匠心。』

武磐若曰：『語經百鍊，繞指能柔。』

麀鹿濯濯

浩蕩周王囿，伊尼亦自靈。山中來壽客，天上孕瑤星。繞麈風生座，鳴麛月滿庭。居然徵國瑞，豈止駐仙齡。有道麟遊野，無邪馬在坰。何如苹草裏，濯濯更忘形。

【注】

伊尼：梵書：『鹿名伊尼。』

壽客：《述異記》：『鹿千歲而蒼，又五百年而白，又五百年而玄。』

瑤星：運斗樞曰瑤，光散而爲鹿。

繞麈：《埤雅》：『麈似鹿而大，其尾辟塵，羣鹿隨之，視麈尾所轉而往，古之談者揮焉。』

鳴麛：麛，鹿子也。魏帝詩：『呦呦遊鹿，銜草鳴麛。』

國瑞：《瑞應圖》曰：『夫鹿者瑞獸，五色光輝，王者孝道則至。』

麟遊野：《禮記》注：『王者好生，麒麟遊其郊野。』

馬在坰：《魯頌》：『駉駉牡馬，在坰之野。……思無邪，思馬斯徂。』

苹草：《詩》：『呦呦鹿鳴，食野之苹。』

【集評】

静峯曰：『麟、馬一襯，落落大方。』

秦曉峯曰：『「繞塵」、「鳴轟」，妙切「麀鹿」。』

李元方曰：『工麗中有陣馬風檣之勢。』

緣木求魚

饞客臨淵羨，癡人集木求。不辭熊館宿，儻有鸛巢留。碩果非香餌，纖條異直鈎。攀援君自苦，濡呴爾何愁。呂望三千釣，任公五十牛。誰能甘寂寞，東海伴閒鷗。

【注】

臨淵：《董仲舒傳》：『臨淵羨魚，不如退而結網。』

集木：《詩》：『如集于木。』

熊館：《倦遊雜錄》：『熊跧伏之所，必在石巖枯木中，山民謂之熊館。』

鸛巢：《聞見錄》：『鸛有長水石，故能巢畜魚而水不涸。』

濡呴：呴，同『呴』，香句切。《莊子》：『魚相呴以濕，相濡以沫，不如相忘於江湖。』

三千釣：李白《梁甫吟》：『朝歌屠叟辭棘津，八十西來釣渭濱。……廣張三千六百釣，風期暗與文王親。』蕭士贇曰：『十年，三千六百日，故曰三千六百釣。太公八十釣於渭，九十乃遇文王，是十年矣。』

五十牛：《莊子》：『任公子爲大鈎巨緇，五十犗以爲餌，蹲乎會稽，投竿東海，旦旦而釣，期年不得魚。已而大魚食之，牽巨鉤，錎沒而下，鶩揚而奮鬐，白波若山，海水震蕩，聲侔鬼神，憚赫千里。任公子得若魚，離而腊之，自制河以東，蒼梧以北，莫不厭若魚者。』王起《任公子釣魚賦》：『何以爲餌，五十其牛。』犗，居拜切，音戒。凡畜强健者曰犗。錎，吐刀切，音滔，函也。〔一〕

【集評】

靜峯曰：『「鸛巢」句，匪夷所思，得未曾有。』

曉峯曰：『呂望、任公及東海閒鷗等典，俱切齊國。』

李允之曰：『諧語俱饒雅趣。』

【校記】

〔一〕此注者誤以《玉篇》『錎』字音義注『錎』。

比其反也

齊客南遊楚，臨風悵别離。瀟湘一夜雨，鬢髮幾重絲。彈劍歌聲苦，揚鞭去影遲。鄉心隨海燕，土物是江蘺。八口拋生業，三年累故知。歸來如夢寐，腸斷倚門時。

【注】

瀟湘：楚二水名。『瀟湘夜雨』爲瀟湘八景之一。

海燕：齊界海，故見海燕而起鄉思，願與之俱歸也。

江蘺：楚香草也。《離騷》：『扈江蘺與辟芷兮，紉秋蘭以爲佩。』

如夢寐：杜詩：『夜闌更秉燭，相對如夢寐。』

【集評】

靜峯：『三、四居然太白。』

沈虹舟先生：『情景悽然，如讀《羌村》之作。』

丁鹿友曰：『「土物是江蘺」，較少陵「那無囊中帛」，更不及矣。此起下凍餒妻子，非閒筆也。』

鑽穴隙相窺

蘭氣飄書幌，鶯聲出繡帷。癡心憎粉壁，纖手奮金錐。謾擬匡衡鑿，聊同宋玉窺。儂甘呈半面，郎請熨雙眉。色授交睛喜，魂銷比目悲。拂墻花影動，韓壽爾爲誰。

【注】

蘭氣：《雞跖集》：『漢武帝宫人麗娟，吹氣若蘭。』

鶯聲：劉得仁詩：『御林聞有早鶯聲。』

匡衡鑿：《漢書》：『匡衡勤學，無燭，鄰舍有燭而光不逮，衡乃穿壁，引其光而讀之。』

宋玉窺：宋玉《登徒子好色賦》：『天下之佳人，莫如臣東家之子。此女登墻窺臣三年，臣未許也。』

半面：《南史·徐妃傳》：『妃知帝將至，必爲半面粧以俟。』

熨雙眉：人愁則眉蹙，熨雙眉，欲其展也。

交晴：鳥名，卽鵁鶄也。「色授」二字，出相如賦。

比目：《爾雅》：「東方有比目魚焉，不比不行，其名謂之鰈。」按：交晴、比目，皆借用耳。

韓壽：《晉史》：「韓壽美姿容，賈充女見而悅之，壽踰墻與之通。」韓文公「范蠡爾爲誰」，古有此句法也。

【集評】

靜峯曰：「工於發端，而兼能擇韻，遂覺致光、子華了不異人。」

秦曉峯曰：「『交晴』、『比目』，刻畫相窺入妙。」

李允之曰：「細意熨貼，裁縫無鍼線迹矣。」

舜發於畎畝之中

虞舜未升聞，悠悠鹿豕羣。于田龍在野，厥種鳥來耘。四嶽傳金語，三妃擁翠裙。重華光日月，復旦際風雲。追憶耕山淚，能忘陟位勤。巢由何足道，乃敢傲堯君。

【注】

鳥耘：《水經注》：「舜耕歷山，鳥爲之耘。」

四嶽：見《堯典》。

三妃：《檀弓》：「舜葬於蒼梧之野，蓋三妃未之從也。」《帝王世紀》：「舜長妃娥皇無子，次妃女英生商均，次妃癸比生二女。宵明，燭光。」

重華：《舜典》：「重華協於帝。」

復旦：《卿雲歌》：『日月光華，旦復旦兮。』

堯君：許由《箕山歌》：『河水流兮緣高山，甘瓜施兮葉綿蠻。高林肅兮相錯連，居此之處傲堯君。』

【集評】

靜峯曰：『光昌稱題。』

李元方曰：『後四總束有力，遂覺全神振動。』

傅說舉於版築之間

上帝賚良弼，高宗思大臣。旁求天下野，爰立夢中人。荷杵工方歇，從繩諫已陳。鹽梅調鼎鼐，箕尾列星辰。尚憶風占后，寧殊嶽降神。至今傅巖側，阿堵亦嶙峋。

【注】

帝賚：《書·說命》：『夢帝賚子良弼。』

旁求、爰立：《說命》：『乃審厥象，俾以形，旁求於天下，說築傅巖之野，惟肖，爰立作相。』

荷杵：《人物考》：『傅巖在北海之州，虞虢之界，通道所經，有間水壞道，當使胥靡刑人築護之。說賢而隱居，貧不能自給，乃代胥靡築之以供食。』

從繩：《說命》：『惟木從繩則正。』

鹽梅：《說命》：『若作和美，爾惟鹽梅。』

箕尾：《莊子》：『傅說乘東維，騎箕尾，而比於列星。』

風占后：《正義》云：『黄帝夢大風吹天下之塵垢皆去，帝寤而嘆曰：「風爲號令，執政者也。垢去后在也，天下豈有姓風名后者哉？於是依占而求之，得風后於海隅，登以爲相。」』

嶽降神：《詩》：『維嶽降神，生甫及申。』

【集評】

靜峯曰：『精湛雄渾，足爲傑作。』

武磐若曰：『「從繩」句，妙切「版築」。』

膠鬲舉於魚鹽之中

網結成龍氣，盤羞化虎形4。肉林多穢德，販市有芳馨。重以文王舉，登之暴主廷。剖奴皆正直，輔相暫留停。恥就三千列，甘依六七靈。日中期不至，甲子謾丁寧。

【注】

虎形：《周禮》注：『築鹽以爲虎形，謂之形鹽。』

文王舉：《史》：『膠鬲遭殷末之亂，鬻販魚鹽，文王舉之於殷。』

三千列：《泰誓》：『予有臣三千，惟一心。』

甲子、日中：《史》：『武王伐殷，殷使膠鬲候周師，曰：「將何之？」武王曰：「將之殷也。」膠鬲曰：「以何日至？」武王曰：「將以甲子日至殷郊。」膠鬲行。天雨日夜不休，武王疾行不輟，軍士皆諫，武王曰：「吾已令以甲子之期報其主矣，今甲子不至，是令膠鬲不信也，其主必殺之。吾疾行以救膠鬲之死也。」武王入殷，問膠鬲殷之所以亡。膠鬲對曰：「王欲知之，則請以日中爲期。」武王與周公旦明日早要期，則弗得也，武王怪之。周公曰：「此君子也。以其主惡，告王不忍爲也。若夫期而不當，言而不信，此殷之所以亡也。以此告王矣。」』

【集評】

靜峯曰：『逆起，又一格。』

張桐圃曰：『詩骨甚遒，兼能道膠鬲意中事。』

管夷吾舉於士

獄吏多無狀，奇才每不全。幸逃生竇戮，忽嘆死灰然。薰浴臨鈇鑕，冠裳會几筵。爽鳩成大國，《乘馬》著殘編。鮑子真知我，桓公信渴賢。向從施伯語，功烈究誰傳。

【注】

生竇：《左傳》：『乃殺子糾於生竇，召忽死之，管仲請囚。』

死灰然：《漢書·韓安國傳》：『安國坐法抵罪，獄吏田甲辱安國。安國曰：「死灰獨不復然乎？」曰：「然，吾卽溺之。」』

鈇鑕：鈇，莝斫刀也。又，戮人用椹質。

爽鳩：古爽鳩氏居齊地。

乘馬：書名。太史公曰：『吾讀管氏《牧民》、《山高》、《乘馬》。』

渴賢：高適詩：『才子方爲客，將軍正渴賢。』

施伯：《國語》：『施伯，魯之謀臣也，嘗請殺管仲而以其屍授齊。』

【集評】

靜峯曰：『「死灰」句，虛對妙，末更感慨無窮。』

受業李華春賓之謹識曰：『軒然而起，筆不留停。』

王蘭江曰：『返虛入渾，積健爲雄。』

孫叔敖舉於海

楚以孫叔相，得之南海頭。岐蛇彰隱德，牝馬礪清修。身已爲廉吏，魂寧戀寢丘。負薪悲愛子，抵掌歎賢優。蚡冒國安在，邯鄲碑正留。蒼茫烟水際，憑弔足千秋。

【注】

岐蛇：《列女傳》：『孫叔敖少出遊，見兩頭蛇。歸有憂色，其母問之，叔敖曰：「吾聞見兩頭蛇者死，兒今見之，恐不能事親也。」母曰：「蛇今安在？」叔敖曰：「吾恐他人之復見也，殺而埋之矣。」母曰：「子之陰德及人矣，無害也。」』

牝馬：《說苑》：『叔敖相楚，嘗乘棧車牝馬。』

廉吏：『優孟歌：「廉吏常苦貧。」謂叔敖也。』

寢丘：《呂氏春秋》：『叔敖將死，戒其子曰：「我死，王必封汝。楚、越間有寢丘者，其地不利，其名甚惡，楚人鬼而越人機，可長有者惟此。」』

負薪、抵掌：《史記·滑稽傳》：『楚相孫叔敖病且死，屬其子曰：「若貧困，往見優孟。」居數年，其子窮困負薪，往見優孟。孟卽爲孫叔敖衣冠，抵掌談語歲餘，像孫叔敖。楚王置酒，優孟前爲壽，莊王大驚，以爲孫叔敖復生也，欲以爲相。優孟曰：「楚相不足爲也。孫叔敖爲楚相，盡忠爲廉，楚得以霸。今死，其子貧困負薪，必如孫叔敖，不如自殺。」因歌云云。莊王乃召孫叔敖子，而封之寢丘。』

蚡冒：楚之先君。

邯鄲：期思縣孫叔敖碑，魏邯鄲淳所作也。

【集評】

靜峯曰：『「叔」、「得」字，俱宜平，不宜仄，有「南」字救之，遂爲拗體。』

朱福綿曰：『五、六一翻，足令孫叔首肯。』

百里奚舉於市

七十甘爲媵，孤臣遇可悲。臘虞增馬齒，貨楚減羊皮。坎軻真無狀，遭逢信有時。車鄰成霸業，春杵動遐思。老愧奉辰牡，貴忘烹伏雌。當年哀樂感，不獨二陵師。

【注】

臘虞：《左傳》：『宮之奇以其族行，曰：「虞不臘矣。」』

馬齒：《穀梁傳》：『荀息牽馬操璧而前曰：「前璧則猶是也，而馬齒加長矣。」』

羊皮：《史記》：『奚亡秦走宛，楚鄙人執之。繆公聞奚賢，欲重贖之，恐楚人不與，乃使人謂楚曰：「奚，吾媵臣也，請以五羖羊皮贖之。」楚遂與之。』

車鄰：《詩・秦風》：『有車鄰鄰。』

舂杵：《戰國策》：『五羖大夫死，舂者不相杵。』

辰牡：《詩・秦風》：『奉時辰牡。』《注》：『辰，時也。牡，獸之牡者也。』

烹伏雌：《風俗通》：『奚爲秦相，妻在秦，知之而未敢言。一日，奚坐堂上作樂，所賃浣婦自言知音，因援琴撫絃而歌曰：「百里奚，五羊皮。憶別時，烹伏雌，炊扊扅，今日富貴忘我爲。」奚愕然，問之，乃其故妻也。』

哀樂感：二陵之役，奚子孟明與西乞術、白乙丙俱爲晉獲，後秦霸西戎，孟明力也。

【集評】

靜峯曰：『沉鬱頓挫，不獨對待天然。』

秦曉峯曰：『運典無痕，都由意勝。』

武磐若曰：『「老愧奉辰牡，貴忘烹伏雌」，「奉」、「貴」字宜平而仄，則「烹」字勢不得不平，此即拗體。』

李允之曰：『六首論古有識，可與上下數千年，豈止三家村學究宜奉爲程式哉！』

松花道人自記曰：『尤西堂先生好爲遊戲之文，其《四書》題詩，尤爲三家學究之所傳誦。然要之皆七言律，與試帖無當也。今功令以詩取士，府州縣小試，亦皆用之，則引導童蒙，宜莫如五言六韻之四書詩矣。予舌耕之暇，戲爲此體，凡得二十首。抽黃媲白，僅可博鄉里小兒之一笑。然壯夫飽食終日，而用心止此，亦可以自愧其雕蟲已。』

四書詩注跋〔一〕

楊芳燦

詩非昉於唐，而唐之詩爲獨工，當時之流傳爲獨遠。名卿才士，一篇甫成，不但英儁奉爲準格，卽下而委巷、旗亭，外而雞林、鯷海，莫不口耳相傳，夸飾光價。蓋一代風會所趨，爲之者工而傳之者遠，固其宜也。我國家以經義取士，而聲韻之學並重，俾學者優游於風雅之林，漸漬於溫柔之教，鼓之舞之，盛矣美矣。顧士人束髮受書攻帖括者，人握隋璣，家藏和璧，間有富於百篇、窘於八韻者，豈視詩與文爲兩途，而才力未能兼及歟？

洮陽吳松厓先生工爲詩歌，名重海内，暇日常拈四子書題，爲五言試體詩一卷，以説理之精，悟諧聲之妙，莖英迭奏，宫羽相和，數典則璧合珠聯，抒辭則日光玉潔，俾學者知雜服博依，理惟一貫，和聲依永，事有同原，非惟誘掖雋流，於以宣揚雅化。

余同年友李元方作令粤西，見坊塾間爭購是本，觀其流播之遠，益信其裁製之工也。元方因與武君磐若注釋而付之梓，爲讀者啓其祕鑰，益其咫聞，舉一隅以見三，比衆竅而吹萬。由是而上窺《雅》、《頌》，旁涉《詩》、《騷》，溯五際之根源，採百家之華實，其爲裨益，豈淺鮮哉？嘗檢唐人試帖，有『行不由徑』、『風乎舞雩』諸題，則此體亦非創自先生，其宜今宜古，有典有則，更可知也。昔張衡、左思之賦，孫綽以爲『五經鼓吹』，則是詩也，以爲四氏之筌簧，誰曰不宜？

乾隆五十六年十月十八日，梁溪後學楊芳燦蓉裳跋。

【校記】

〔一〕底本無此跋，據《四書課童詩》補。

松花庵雜稿

沅州雜詠

沅州雜詠序

江　炯

吴沅州之在延齡花圃也，非僧非道，有詩有酒。嘗步沈韻上下平，集古唐句得五七律如干，而屬余序之。讀竟，客耶宦耶，心緒茫茫，其情一揆，載賡楚調，識諸簡端，曰：『沅水縠兮桃花，濯湘醴兮天涯。羌踟躕兮五馬，洞庭波兮帆下。繞碧樹兮流鶯，客曷爲兮楚城。履虎尾兮涉蒼冰，今或免兮兢兢。鬢絲兮心織，退之啼兮子美泣，古又唐兮諧金石。吁嗟結字兮穩且匀，徑須赤手兮縛麒麟。』

敷原江炯乙帆，旃蒙年蒲月上澣。

沅州雜詠

沅州雜詠集古五律三十首

一東

奉義至江漢，摘蘭沅水東。感時歌蟋蟀，酌酒勸梧桐。下筆成三賦，停車對兩童。誰知倦遊者，雪鬢別關中。

江淹　范雲　曹攄　徐陵　江總　王褒　謝朓　何遜

二冬

沅水桃花色，西堤別葛龔。時查雪亭辭去。可憐將可念，何去復何從。寶帳三千所，金城十二重。太平無以報，萬壽獻堯鐘。

陰鏗　庾信　劉孝威　江總　鮑照　王融　陳後主　庾肩吾

三江

羈旅無儔匹，單情何時雙。青山繡芳質，紅葉影飛缸。會舞紛瑤席，交疏結綺窗。思君如流水，百丈注懸淙。

何遜　包明月　何從事　簡文帝　謝朓　《十九首》　徐幹　沈約

四支

楊柳非花樹，攀條恨久離。寶珠分水相，舞袖寫風枝。舊邸成三徑，高談玩四時。故鄉有書信，積念發狂癡。

梁元帝　劉邈　梁太子昭明　簡文帝　孫萬壽　江淹　何遜《古詩》

五微

留滯淹三楚，離琴手自揮。看花言可折，臨水送將歸。玉柱調新曲，金鞭背落暉。湘醽徒有酌，秋葉下山飛。

梁元帝　江總　簡文帝　郭遐周　梁元帝　沈炯　江淹　庾肩吾

六魚

抱影守空廬，他鄉念索居。蘆花霜外白，楊柳月中疎。苑育能鳴鶴，池遊被控魚。顧言稅逸駕，拂雪就園蔬。

左思　王褒　江總　蕭慤　梅陶　陰鏗　謝脁　庾信

七虞

五馬立踟躕，神仙志不符。驚風飄白日，烈火樹紅芙。古今詩止此一韻。方宅十餘畝，長松一兩株。窮愁方汗簡，誰謂古今殊。

《陌上桑》　阮籍　曹植　王融　陶潛　庾信　庾信　謝靈運

八齊

楚關帶秦隴，合沓與雲齊。路有三千別，花飛一倍低。簷暄巢幕燕，鼓逐伺潮雞。多謝悠悠子，那能惜馬蹄。

江淹　謝朓　庾信　庾信　邢邵　梁元帝　簡文帝　薛道衡

九佳

燕雀戲藩柴，依人鳥入懷。秋風吹廣陌，夜雨滴空堦。卽翫翫有竭，修心心自齊。如何當路子，疑我與時乖。

曹植　庾信　沈約　何遜　謝惠連　江總　阮籍　陶潛

十灰

隴右五岐路，春從何處來。不能效沮溺，還覺賤鄒枚。水照柳初碧，風輕桃欲開。仙人騎白鹿，相見在蓬萊。

吴均　吴均　王粲　王冑　梁簡文　鮑照　《古樂府》　吴均

十一真

棄置罷官去，淒涼予向秦。落花承步履，舞鶴散堦塵。晚愛東皋逸，空嗟北郭貧。義心多苦調，思與爾爲鄰。

鮑照　庾信　徐陵　簡文帝　王融　王融　顔延之　陶潛

十二文

僕本寒鄉士，終非沮溺羣。未窮激楚樂，還作入山雲。閬苑秋光暮，華池物色曛。安知霸陵下，猶有故將軍。

鮑照　朱异　虞羲　簡文帝　庾肩吾　何遜　梁元帝　庾信

十三元

五馬光長陌，思歸想石門。落暉隱窮巷，流水繞孤村。歲月好已積，風潮難具論。請迴俗士駕，倚仗牧鷄豚。《一統志》：『石門山在臨洮府蘭州西南。』

顧野王　陰鏗　何胥　隋煬帝　陶潛　謝靈運　孔稚珪　鮑照

十四寒

少小去鄉邑，身游廊廟端。吹臺望鳷鵲，甬道入鴛鸞。飲酒不得足，食梅常苦酸。逆愁歸舊里，風月隴頭寒。

曹植　梁武帝　周弘正　徐悱　陶潛　鮑照　周弘正　薛道衡

十五删

攀崖照石鏡，素鬢改朱顏。落日懸秋浦，行雲思故山。一觴雖獨進，千載乃相關。但使丹砂就，蓬萊在腳間。

鮑照　謝靈運　劉顯　張協　陶潛　陶潛　梁武帝　太真夫人

一先

洞庭晚風急，客子憶秦川。劍拔蛟將出，山高馬不前。雲霞成異色，桑柘起寒烟。且對一壺酒，焉知隱與仙。

梁元帝　徐陵　薛道衡　陸機　謝朓　胡師耽　周弘讓

二蕭

旅泊依村樹，風絲亂百條。翠山方靄靄，文酒易陶陶。道士封君達，仙人王子喬。雲螭非我駕，自得是逍遥。

梁元帝　簡文　江淹　沈炯　庾信　《十九首》　郭璞　陳後主

三肴

寂寂桑榆晚，盲風正折膠。佳人美清夜，芳俎列嘉肴。阮籍長思酒，桓譚不賣交。誰知我疲病，無遇始觀爻。

劉孝綽　庾信　陶潛　孔欣　庾信　吴均　楊素　庾信

四豪

青袍似青草，春草似青袍。生事本瀾漫，幽居猶鬱陶。王倪逢齧缺，若士避盧敖。别有仙雲起，誰當出羽毛。

《古詩》　何遜　鮑照　謝靈運　庾信　庾信　蕭詮　何遜

五歌

窮巷可張羅，寧須趙李過。野花開石鏡，新月動金波。丹灶風烟歇，青松意氣多。安知慕歸客，腸斷隴頭歌。

何遜　簡文帝　孔德紹　庾信　庾信　吴均　謝朓　王褒

六麻

神皋開隴右，仙掌入烟霞。遥想山中店，休尋海上槎。烹鮮止貪競，樹道慕高華。離鶴將雲散，裁書路已賒。

簡文帝　顧野王　庾信　陳後主　謝脁　鮑照　祖孫登　朱記室

七陽

攜手上河梁，春風滿路香。看梅復看柳，相憶莫相忘。羹飯一時熟，江山千里長。老夫有所愛，清芷在沅湘。

李陵　庾信　王淑英婦　桃葉《古詩》王融　陶潛　江淹

八庚

學宦兩無成，蕭踈野趣生。遊蜂花上食，好鳥葉間鳴。風度谷餘響，雲穿天半晴。神交疲夢寐，知向隴西行。

孫萬壽　謝惠連　謝脁　謝脁　孔德紹　簡文　沈約　簡文帝

九青

今日良宴會，得親君子庭。羣公邀郭解，中婦訓劉伶。織竹能爲象，裁金巧作星。貧交欲有贈，荊實剖丹瓶。

《十九首》蔡邕　戴暠　李德林　簡文　簡文　王胄　沈約

十蒸

有客常同止，獨行如履冰。時過馬鳴院，贈我鵠文綾。歲月將欲暮，薪芻前見陵。山中芳杜若，聊以寄親朋。

陶潛　無名氏　劉孝綽　謝惠連　陶潛　鮑照　虞羲　何遜

十一尤

作賦且登樓，秦人望隴頭。年來空自老，別日欲成秋。鳥散餘花落，螢飄碎火流。洞庭張樂地，天際識歸舟。

梁元帝　庾信　荀濟　江總　謝朓　庾信　謝朓　謝朓

十二侵

楚客奏歸音，幽蘭入雅琴。風篁兩蕭瑟，絃酒共棲尋。違志似如昨，嗟行方至今。長當從此別，乘鹿去山林。

柳惲　元行恭　王融　謝莊　謝靈運　謝朓　李陵　梁元帝

十三覃

舊宅青山遠，春歸洛水南。行從三鳥食，永滅六塵貪。鶯語吟修竹，鵾飛愛綠潭。自憐公府步，桑葉復催蠶。

鄭公超　姚翻　劉峻　孔燾　孫綽　吴均　賀徹　吴孜

十四鹽

秋月始纖纖，佳人懶織縑。不才勉自竭，無故坐相嫌。孤竹調陽管，餘花落鏡奩。湘沅有蘭芷，上客酒須添。

劉孝綽　簡文帝　張衡　何子朗　庾信　蕭子雲　王融　魏收

十五咸

落葉在楚水，歲寒霜雪嚴。惟安萊蕪甑，未鑿武陵巖。粲粲三珠樹，迢迢萬里帆。懷歸欲乘電，寧計路巉嵒。『萊』有去聲。今武陵辰溪水際石巖，有呀然若洞戶者，卽漢馬伏波將軍避暑壺頭時所鑿。

江淹　謝瞻　吳均　周捨　陶潛　謝靈運　謝脁　沈約

沅州雜詠集唐七律三十首

一東

酷探騷雅愧無功，健思潛搜海嶽空。對酒已成千里客，登船忽挂一帆風。溪浮箬葉添醅綠，露冷蓮房墜粉紅。他日期君何處好，十洲三島逐仙翁。

李山甫　韋應物　盧綸　吳融　許渾　杜甫　盧仝　李中

二冬

一路瀟湘景氣濃，蘋洲北望楚山重。莫思身外無窮事，欲買雲中若個峯。秋水纔添四五尺，家書頻寄兩三封。閒來長得留侯癖，歲暮相期向赤松。

元稹　皎然　杜甫　劉長卿　杜甫　楊淩　陳陶　李德裕

三江

幽人獨坐鶴成雙，筆陣書魔兩未降。寧學陶潛空嗜酒，笑論黃霸舊爲邦。門通碧樹開金鎖，花浸春醪挹石缸。離别苦多相見少，暗風吹雨入寒窗。

馬戴　殷文圭　錢起　錢起　杜牧　陸龜蒙　權德輿　元稹

四支

八角紅亭蔭綠池，沅署有擁嵐亭。青山常對卷簾時。斜汀藻動魚先覺，深樹雲來鳥不知。未以綵毫還郭璞，卻將歸信寄袁師。呂衡州詩：『豈料殷勤洮水上，卻將歸信託袁師。』臨洮，正予家也。秦川楚塞烟波隔，黄菊殘花欲待誰。

徐夤　劉長卿　李郢　錢起　李羣玉　呂温　劉滄　劉長卿

五微

家住寒塘獨掩扉，人知太守字玄暉。秋聲暗促河聲急，黄鳥時兼白鳥飛。解佩空憐鄭交甫，焚香願見陸探微。隴頭流水關山月，來歲如今歸未歸。

劉長卿　劉禹錫　吴融　杜甫　李康成　棲蟾　盧弼　杜甫

六魚

五字新題思有餘，相招多是秀才書。況當霽景涼風後，長傍青山綠水居。榮路脱身終自得，閒情入骨若爲除。東行萬里堪乘興，教斲瓊花喂白驢。

白居易　齊己　白居易　李羣玉　温庭筠　高駢　杜甫　曹唐

七虞

事事顛狂老漸無，詩篇轉覺足工夫。萬枝破鼻團香雪，一片冰心在玉壺。新水亂侵青草路，春山仍展綠雲圖。從今結子三千歲〔一〕，愛說蟠桃似甕麤。

元稹　張籍　溫庭筠　王昌齡　雍陶　楊巨源　神龍大臣　貫休

【校記】

〔一〕『從今』句，出自唐徐彦伯《侍宴桃花園》，見《全唐詩》卷七十六。

八齊

久客將歸問路蹊，宦情鄉思共悽悽。誰能載酒開金盞，懶更揚鞭聳翠蜺。山月不知人事變，露珠猶綴野花迷。可憐楊柳傷心樹，依舊烟籠十里堤。

劉長卿　柳宗元　杜甫　司空圖　殷陶　溫庭筠　劉庭芝　韋莊

九佳

庭竹移陰就小齋，仙郎杯杓爲誰排。得錢祇擬還書鋪，泛酒偏能浣旅懷。蜂簇野花吟細韻，狖爭山果落空階。卻看妻子愁何在，寒色臨門笑語諧。

李紳　白居易　張籍　司空圖　韋莊　貫休　杜甫　廣宣

十灰

水碧沙明兩岸苔，遥傳太守向東來。春臨柳谷鶯先覺，瘴近衡峯雁卻迴。百二山河雄上國，三千歌舞宿層臺。不辭萬里長爲客，自有西征作賦才。

錢起　戴叔倫　陸龜蒙　許渾　劉禹錫　許渾　杜甫　孫逖

十一真

老鶴風標不可親，三千鷗鷺讓精神。正當海晏河清日，偏逐山行水宿人。吳嶽曉光連翠巘，渭城朝雨浥輕塵。五陵年少如相問，君向瀟湘我向秦。時張敘伯初至芷江。

白居易　齊己　薛逢　皇甫冉　李商隱　王維　吳融　鄭谷

十二文

水水山山盡是雲，南行直入鷓鴣羣。壺觴須就陶彭澤，賦詠思齊鄭廣文。寶蓋雕鞍金絡馬，粉霞紅綬藕絲裙。孤帆夜別瀟湘雨，林下高人待使君。

汪遵　李益　劉長卿　鄭谷　駱賓王　李賀　許渾　陳羽

十三元

萋萋芳草憶王孫，閒夜分明結夢魂。舊業已荒青靄徑，殘烟猶傍綠楊村。更無新燕來巢屋，卻有鄰人爲鎖門。迴首可憐歌舞地，落花流水恨空存。

趙光遠　權德輿　鄭谷　雍陶　朱慶餘　吳融　杜甫　曹唐

十四寒

老夫臥穩朝慵起，得句勝於得好官。已領烟霞光野徑，漫勞車馬駐江干。黃鶯久住渾相識，白鷺羣飛太劇乾。舊里若爲歸去好，憑君傳語報平安。

杜甫　鄭谷　朱景玄　杜甫　戎昱　杜甫　韋莊　岑參

十五刪

繚繞洮河出古關，依然松下屋三間。胷中壯氣猶須遣，世上浮名好是閒。客舍不離青雀舫，暮雲遙斷碧雞山。皇恩若許歸田去，萬丈丹梯尚可攀。

權德輿　戴叔倫　白居易　岑參　韓翃　許渾　柳宗元　杜甫

一先

領郡慚當潦倒年，家貧已用賣琴錢。鷺翹皓雪臨汀岸，燕蹴飛花落舞筵。臥晚不曾抛好夜，草深從使翳貪泉。誰人得似張公子，尚有雲心在鶴前。

白居易　來鵬　劉兼　杜甫　薛能　皮日休　杜牧　元稹

二蕭

彭澤初歸酒一瓢，柳垂寒砌露千條。春城月出人皆醉，香印風吹字半銷。石瀨雲溪深寂寂，碧桃紅杏對摇摇。仙山不屬分符客，惆悵迴車上野橋。

許渾　温庭筠　岑參　許渾　權德輿　齊己　柳宗元　羊士諤

三肴

堦瑩青莎棟剪茅，帶風棋閣竹相敲。卸篆後，寓延齡花圃。自知白髮非春事，卻憶朱方是樂郊。時方卜遊吳越。簾户每宜通乳燕，綵絲誰惜懼長蛟。金章紫綬看如夢，懶惰無心作解嘲。

章孝標　李洞　杜甫　劉禹錫　杜甫　李商隱　白居易　杜甫

四豪

青雀舟隨白鷺濤，舼稜金碧照山高。沅通滇、黔大路。三湘衰鬢逢秋色，一斗霜鱗换濁醪。日往月來何草草，雨松風竹莫騷騷。柴門流水依然在，不用傷心嘆二毛。

嚴維　杜牧　盧綸　皮日休　薛逢　韋莊　韓翃　呂温

五歌

青桂榮枯託薜蘿，秋風葉下洞庭波。深知身在情長在，卻恐閒多病亦多。非道非僧非俗吏，有詩有酒有高歌。流光易去懽難得，拭淚看花奈老何。

李紳　溫庭筠　李商隱　韓偓　白居易　司空圖　鮑防　顧況

六麻

江上朝霞換暮霞，十年抛擲故園花。折芳遠寄三春草，奉使虚隨八月槎。幸以薄才當客次，應須美酒送生涯。前程漸覺風光好，雲到何方不是家。

李中　薛能　皇甫冉　杜甫　何元上　杜甫　王轂　元稹

七陽

綵旗雙引到沅湘，笑指東溟飲興長。已恨流鶯欺謝客，免令仙犬吠劉郎。波飄菰米沉雲黑，秋颯梧桐覆井黄。多病所須惟藥物，退休便是養生方。

劉禹錫　曹唐　溫庭筠　曹唐　杜甫　岑參　杜甫　司空圖

八庚

湖南遠去有餘情，第宅清閒且獨行。直以慵疏招物議，不勞鐘鼓報新晴。烟凝積水龍蛇蟄，雪點遥峯草木榮。五馬舊曾諳小徑，再看庭石悟前生。沅署花石，皆吾手植。

錢起　劉禹錫　柳宗元　杜甫　盧綸　翁洮　杜甫　李涉

九青

落花飛絮繞風亭，公退時時見畫屏。瘦竹彈烟遮板閣，嫩苔如水沒金瓶。家無憂累身無事，井有香泉樹有靈。便挂孤帆從此去，一聲長嘯萬山青。

王周　方干　秦韜玉　貫休　白居易　劉禹錫　慎氏　曹唐

十蒸

長守林泉亦未能，利門名路兩何憑。雁飛螢度愁難歇，水去雲迴恨不勝。一頃豆花三頃竹，千年積雪萬年冰。相逢盡道休官好，更在瑤臺十二層。

李昌符　杜荀鶴　宋之問　李商隱　許諢　崔珏　靈澈　李商隱

十一尤

萬里身同不繫舟，牂牁水向郡前流。桃芳李豔年年發，卭竹紗巾處處遊。官滿便尋垂釣侶，天晴共上望鄉樓。隴山鸚鵡能言語，好與裁書謝白鷗。

魚玄機　柳宗元　司空圖　徐鼎臣　來鵬　李益　岑參　陸龜蒙

十二侵

楚峯迴雁好歸音，知己蕭條信陸沉。萬里秋風吹錦水，沅屬麻陽，亦稱錦江。孤舟微月對楓林。芝童解說壺中事，樵客容看化後金。欲就麻姑買滄海，蟠桃花裏醉人參。

胡宿　許渾　杜甫　王昌齡　盧綸　皮日休　李商隱　章孝標

十三覃

洞庭雲水瀟湘雨，詩手難題畫手慙。時撰《瀟湘八景》詩成。欲向何門趿珠履，便來茲地結茅庵。異花奇竹分明看，世路風波子細諳。忽憶故人天際去，斷腸春色在江南。

黃滔　崔魯　杜甫　胡曾　施肩吾　白居易　白居易　韋莊

十四鹽

欹枕高堂捲畫簾，兒孫閑弄雪霜髯。細推物理須行樂，甘取窮愁不用占。蕙帶又聞寬沈約，綵毫何必夢江淹。可憐五馬風流地，問俗方知太守廉。

劉兼　李洞　杜甫　皮日休　陸龜蒙　劉兼　劉禹錫　韋莊

十五咸

柘枝一曲試春衫，梅福官銜改舊銜。綠圃空階雲冉冉，野花香徑鳥喃喃。河邊淑氣迎芳草，天外斜陽帶遠帆。人道青山歸去好，鹿皮巾下雪髟髟。

白居易　周樸　貫休　貫休　孫逖　溫庭筠　杜牧　皮日休

松花庵雜稿

瀟湘八景

序

江　炯

松翁幾載楚州，一麾領郡。香凝燕寢，字織龍梭。劉郎競羨詩豪，成瑨還誇坐嘯。何止悟任棠之薤，政有可觀；匪僅登庾亮之樓，興復不淺也。緊夫八景，企彼三湘。肇端董北苑之圖，踵事米南宫之詠。長沙建築，寰宇傳喧。故珍藏記自宋雍熙，追荊駕范；而摘集詢於孔毅父，泣杜啼韓。乃撚斷莖髭，竟別開生面。神施鬼設，有裁雲縫月之工；水到渠成，愛棘句鈎章之玅。得諸心而應諸手，石亦戛而金亦敲。衡嶽逢場，洞庭張樂。青藜尚爾，當年鋟甲稿之編；黄絹云何，此日署乙帆之諾。敷原江炯拜撰。

序

周大澍

松厓吴先生守沅郡二年，既謝政，取瀟湘八景，集古、唐人句分賦之，其間五言七言、古體近體，莫不冥搜真宰，漱潤羣芳。噫！奇矣。且夫詩緣情而綺靡，情觸景以纏綿。沅有芷兮澧有蘭，屈子所爲沉淪放逐，離憂而不自已者也。況一麾出守，未竟厥施，齟齬於上官，局促於文案，浮沉於吏議，自非蟬蛻寵榮，一視得失，惡能無悒悒於中者耶？今讀八景諸詩，夷猶淡折，曠如奧如，和以天倪，動與古化，庶幾不以物喜，不以己悲者焉。如是，奚翅八景而已，雖舉吾目中之景，無非吾意中之詩；即舉天下古今之詩，無非吾目中之景。粒粟藏大千世界，芥子容廣大須彌，視此矣。

先生罷郡五年，澍始獲見於蘭山講席，紅顴修髯，望若神仙，此豈無得而能然歟？澍，湘人也，既重賢守之流風，並誌桑梓之恭敬，謹拜手稽首跋之。用附子美《岳陽》，昌黎《禹碑》，子厚《西山》、《南池》諸詩之例，以補楚風而徵詩史焉。

乾隆丙午上巳，治長沙後學周大澍。

瀟湘八景五言古詩

今海内十室之邑，一畝之宫，凡好事者，靡不有八景矣。然而瀟湘之八景，則欲七之九之，而實不可也。景詩始見米南宫，而後之作者，諸體略備。予暇覽楚志，忽有闕生，因集句以續貂焉。

瀟湘夜雨

客從遠方來，夕宿瀟湘沚。蕭蕭江雨聲，屬聽空流水。楚襄遊夢去，别有仙雲起。風月隴頭寒，何時到故里。

蔡邕　曹植　何遜　楊素　魏收　蕭詮　薛道衡　《古詩》

又

言發瀟湘渚，摘蘭沅水東。愁霖貫秋序，波卷洞庭風。息舟候香埠，滅燭聽歸鴻。何以慰吾懷，樽中酒不空。

王僧孺　范雲　江淹　王胄　江總　謝朓　陶潛　孔融

洞庭秋月

大江流日夜，但感別經時。秋月揚明輝，依稀見蛾眉。霧裾結雲裳，蕩漾不可期。洞庭有歸客，徙倚徒相思。

謝朓　《古詩》　顧愷之　王筠　蘇彦　江淹　柳惲　徐幹

又

秋至明月圓，澄江靜如練。洞庭空波瀾，俯仰流英眄。姮娥揚妙音，遺響入雲漢。寄與隴頭人，因風託方便。

江淹　謝朓　謝靈運　謝朓　郭璞　陸機　陸凱　桃葉

遠浦歸帆

新洲花如織，聊訪狎鷗渚。望遠使人愁，佳期悵何許。蕭條急帆流，落日懸秋浦。二載期歸旋，何因附行旅。

梁武帝　沈約　沈約　謝朓　何遜　劉顯　謝靈運　柳惲

又

西北有高樓，珠簾新上鈎。不知誰家子，竟日闌干頭。風起洞庭險，水還江漢流。落帆依暝浦，天際識歸舟。

《古詩》　庾肩吾　宋子侯　《西洲曲》　楊素　謝朓　何遜　謝朓

平沙落雁

朝雁鳴雲中，逍遥順風翔。舉翅萬里餘，參差見南湘。白沙澹無際，羅列自成行。願爲比翼鳥，高飛還故鄉。

曹植　阮籍　曹操　江淹　謝朓《古歌》　曹植　《古詩》

又

衡陽旅雁歸，十十將五五。野岸平沙合，鳴儔嘯匹侶。秋風吹木葉，飛雨淒寒序。客子憶秦川，欣公歸其楚。

劉孝綽《古飛鵠行》　何遜　曹植　王褒　楊素　徐陵　曹操

烟寺晚鐘

裹糧杖輕策，始入香山路。山際見來烟，白日隱寒樹。洞庭晚風急，隔嶺鐘聲度。談謔有名僧，深心託毫素。

謝靈運　何處士　吴均　江淹　梁元帝　庾信　劉孝綽　顔延之

又

高僧迹共遠，白社了可依。日暮碧雲合，鐘鳴猶未歸。連山眇烟霧，衆鳥相與飛。空想山南寺，緇塵染素衣。

江總　江總　鮑照　鮑照　鮑照　陶潛　何遜　謝朓

漁村夕照

曖曖遠人村，竹竿何嫋嫋。魚潭見酒船，落照參差好。仕子彯華纓，仙童唱清道。誰憐漁丈人，鬢髮終以皓。

陶潛　卓文君　庾信　簡文帝　鮑照　蘇彦　鮑機　張載

又

漁父知世患，風潮難具論。羡魚當結網，流水繞孤村。楓林曖似畫，晚見朝日暾。且對一壺酒，無令孤願言。

阮籍　謝靈運　左思　隋煬帝　任昉　謝靈運　庾信　謝靈運

山市晴嵐

清霧霽岳陽，水底看山樹。嵐氣陰不極，空濛如薄霧。林芳翠幕懸，浦狹村烟度。有客告將離，塵飛三市路。

顔延之　蕭慤　江淹　謝脁　簡文帝　簡文帝　吴均　張正見

又

臺笠聚東菑，遙遙沮溺心。南市數錢歸，舊穀猶儲今。寒霧開白日，夕曛嵐氣陰。雲霞成異色，山水有清音。

謝脁　陶潛　顧野王　陶潛　謝脁　謝靈運　謝脁　左思

江天暮雪

湛湛長江水，奄奄竟良月。天暮遠山青，鶴毛飄亂雪。悠揚詎堪把，在目皓已潔。想見山阿人，郊扉常晝閉。

阮籍　陶潛　何遜　庾信　吴均　陶潛　謝靈運　顔延之

又

鳥歸息舟楫，楚客心悠哉。雲煦江上花，似從崦嵫來。山河散瓊蕊，剪綵作春梅〔一〕。弭棹阻風雪，陶然寄一杯。

謝靈運　江淹　江淹　《古八變歌》　楊素　宗懔　江淹　薛道衡

【校記】

〔一〕春梅，《初學記》卷三宗懔《早春》詩作「新梅」。

瀟湘八景七言古詩

瀟湘夜雨

家本秦人今在楚，風號沙宿瀟湘浦。江楓漁火對愁眠，灘響忽高何處雨。蓑笠雙童傍酒船，孤燈急管復奔湍。子規夜啼山竹裂，只在蘆花淺水邊。

劉長卿　李白　張繼　吴融　秦系　杜甫　杜甫　司空曙

洞庭秋月

桂葉刷風桂墜子，洞庭明月一千里。不知何處弔湘君，水似晴天天似水。此時驪龍亦吐珠，散點烟霞勝畫圖。我寄愁心與明月，朗吟飛過洞庭湖。

李賀　李賀　李白　李涉　杜甫　歐陽詹　李白　呂巖

遠浦歸帆

門前流水江陵道，帆去帆來風浩渺。南浦登樓不見君，綠頭江鴨眠沙草。極浦蒼蒼遠樹微，湘江暮雨鷓鴣飛。請君試問東流水，來歲如今歸未歸。

李賀　鄭谷　李白　溫庭筠　劉長卿　孟遲　李白　杜甫

平沙落雁

一聲何處送書雁，況解銜蘆避弓箭。雲飛水宿向瀟湘，汀上白沙看不見。千里書迴碧樹秋，楚天涼雨在孤舟。嵇康懶慢仍耽酒，目送歸鴻不得遊。

杜甫　鄭谷　許渾　張若虛　許渾　李端　蘇廣文　趙嘏

烟寺晚鐘

鶴氅人從衡嶽至，春風無限瀟湘意。孤舟晚泊就人烟，山響疎鐘何處寺。松寺曾同一鶴棲，遺懷多擬碧雲題。陶潛見社無妨醉，寒夜歸村月照溪。

齊己　柳宗元　孫逖　熊皎　杜牧　齊己　皮日休　韓偓

漁村夕照

白沙翠竹江村暮，猶有漁人數家住。山頭落日半輪明，飢鷺不驚收釣處。隔籬呼取盡餘盃，漁弟漁兄喜到來。漁女漁兒掃風葉，還將明月送君迴。

杜甫　許棠　杜甫　錢起　杜甫　李夢符　齊己　丁仙芝

山市晴嵐

寒輕市上山烟碧，詩手難題畫手慙。霽色浦川明水驛，夕陽綵翠忽成嵐。停車坐愛楓林晚，正值萬株紅葉滿。晴雲似絮惹低空，迴首夕嵐山翠遠。

杜甫　崔櫓　劉滄　王維　杜牧　韓愈　杜牧　李紳

江天暮雪

猿聲啾啾雁聲苦，鄉思綿綿楚辭古。江上微吟見雪花，荻花忽旋楊花舞。北風吹雪暮蕭蕭，濕久飛遲半欲高。漁翁暝踏孤舟立，一斗霜鱗換濁醪。

長孫佐輔　劉商　僧大易　盧綸　武元衡　杜甫　杜甫　皮日休

瀟湘八景五言律詩

瀟湘夜雨

蘆落晚風起，瀟湘生夜愁。海雲迷驛道，江雨暗山樓。淼漫烟波闊，夤緣浦嶼幽。孤燈然客夢，相伴賴沙鷗。

劉禹錫　柳宗元　李白　杜甫　李嶠　白居易　岑參　孟浩然

洞庭秋月

楚客秋多興，風烟望五津。湖連張樂地，月照渡江人。水路疑霜雪，陰崖若鬼神。洞庭波渺渺，何處弔靈均。

郎士元　王勃　李白　盧綸　杜甫　沈佺期　劉長卿　顧況

遠浦歸帆

極浦明殘雨，江帆次第來。神交作賦客，吟斷望鄉臺。水國踰千里，離心重一杯。宦遊成楚老，借問幾時回。

鄭谷　盧綸　杜甫　李商隱　李德裕　崔峒　劉長卿　岑參

平沙落雁

湖雁雙雙起，微涼散橘洲。雖無賓主意，各有稻粱謀。地闊平沙岸，山空碧水流。鄉書何處達，又值一年秋。

杜甫　李嶼　丘爲　杜甫　杜甫　李白　王灣　李賀

烟寺晚鐘

沙西林杪寺，樓勢出江烟。遠樹帶行客，山鐘搖暮天。雲溪花淡淡，石瀨月涓涓。五馬何時到，門參第四禪〔一〕。

喻凫　李白　王維　王昌齡　杜甫　杜甫　杜甫　杜甫

【校記】

〔一〕『門參』句，《杜詩詳注》卷十九作『門求七祖禪』。

漁村夕照

古戍懸魚網，江村八九家。夕陽開返照，鄰界認蘆花。白浪催人老，青溪隱路賒。談空對樵叟，雲水是生涯。

章八元　杜甫　孟浩然　劉威　李咸用　駱賓王　孟浩然　温庭筠

山市晴嵐

江市戎戎暗，秋晴著物光。湖山入閭井，嵐翠撲衣裳。地富魚爲米，花飄酒亦香。釣朋樵叟在，輕醉不成鄉。

杜甫　唐彦謙　錢起　杜牧　田澄　姚合　鄭谷　唐彦謙

江天暮雪

大雪天地閉，湘帆淩暮雲。劍寒空有氣，舟重竟無聞。翻動龍蛇窟，輕霑鳥獸羣。江湖深更白，盡付酒醺醺。

韋應物　許渾　劉長卿　杜甫　杜甫　杜甫　杜甫　張賁

瀟湘八景七言律詩

瀟湘夜雨

爲覓瀟湘幽隱處，湖嵐林靄共溟濛。雷聲忽送千峯雨，巫峽長吹萬里風。新水亂侵青草路，曉霞初疊赤城宫。遊人一夜頭堪白，未就丹砂愧葛洪。

殷堯藩　鄭良士　杜甫　杜甫　雍陶　薛濤　杜牧　杜甫

洞庭秋月

入楚豈忘看淚竹，地分南北任流萍。雲横秦嶺家何在，月到君山酒半醒。楓葉蘆花秋瑟瑟，紫槽紅撥夜丁丁。呂仙祠下寒砧急，能使春心滿洞庭。

郎士元　杜甫　韓愈　鄭遨　白居易　許渾　戴叔倫　賈至

遠浦歸帆

青楓獨映摇前浦，坐見千峯雪浪堆。去雁數行天際没，孤帆一片日邊來。雲生岸谷秋陰合，山入江亭罨畫開。鄉信漸稀人漸老，爲君扶病上高臺。

李嘉祐　元稹　韋莊　李白　羅隱　秦韜玉　許諢　劉禹錫

平沙落雁

野水浮雲處處愁，楚雲湘水憶同遊。浪生湓浦千層雪，雁下平沙萬里秋。菰黍正肥魚正美，碧天如鏡月如鈎。秦中驛使無消息，好與裁書謝白鷗。

朱放　趙嘏　來鵠〔一〕　翁綬　溫庭筠　溫庭筠　杜甫　陸龜蒙

【校記】

〔一〕來鵠，底本作『來鵬』，據《全唐詩》改。

烟寺晚鐘

客路晚依紅樹宿，露濃烟重草萋萋。雲藏野寺分金利，竹映寒苔上石梯。月色更添春色好，鐘聲還與鼓聲齊。巫山不見廬山遠，一曲長歌楚水西。

許渾　溫庭筠　陸龜蒙　溫庭筠　賈至　宣宗　杜甫　顧況

漁村夕照

漁父幽居卽舊基，綠潭紅樹影參差。正當海晏河清日，又到金虀玉鱠時。雨細風輕烟草軟，山高水闊夕陽遲。停車坐愛楓林晚，强擬晴天理釣絲。

錢起　李涉　薛逢　皮日休　薛昭藴　韓偓　杜牧　杜甫

山市晴嵐

白石先生多在市，千家山郭靜朝暉。林花著雨胭脂濕，仙嶠浮空島嶼微。無質易迷三里霧，如羅堪剪六銖衣。夕嵐明滅江帆小，莫爲輕陰便擬歸。

曹鄴　杜甫　杜甫　李白　李商隱　徐夤　李紳　張旭

江天暮雪

江上彈冠見雪花，烟村霜樹欲棲鴉。愁看北渚三湘遠，冷壓南山萬仞斜。積水長天隨遠客，狐裘獸炭酌流霞。越人翠被今何夕，襟袖誰能認六葩。

戴叔倫　白居易　王維　李建勳　皇甫冉　李白　顧況　李咸用

瀟湘八景七言絶句

瀟湘夜雨

楓樹猿聲報夜秋，騷人遥駐木蘭舟。低迴似恨横塘雨，添作瀟湘萬里流。

司空曙　柳宗元　温庭筠　張謂

洞庭秋月

西風吹老洞庭波，楓岸紛紛落葉多。今夜孤舟行近遠，月明只自聽漁歌。

唐温如　賈至　皇甫冉　郎士元

遠浦歸帆

極浦遥山合翠微，鴛鴦鸂鶒總雙飛。孤帆遠影碧空盡，借問行人歸不歸。

皇甫冉　徐夤　李白　無名氏

平沙落雁

適看鴻雁岳陽迴，水碧沙明兩岸苔。鄉信爲憑誰寄去，蘆花風起夜潮來。

關盼盼　錢起　楊凝　許渾

烟寺晚鐘

暮天沙鳥自西東，九點秋烟黛色空。雲外有時逢寺宿，鐘聲何處雨濛濛。

劉滄　曹唐　崔峒　楊憑

漁村夕照

潮落空江網罟收，人家舊在白蘋洲。村南斜日閒迴首，山自青青水自流。

李郢　韓翃　司空圖　唐彦謙

山市晴嵐

江村亥日長爲市，紅影飄來翠影微。門外晚晴秋色老，家家扶得醉人歸。

張籍　吴融　雍陶　張演

江天暮雪

洞庭波冷曉侵雲，水闊江天兩不分。日暮孤舟何處泊，北風吹雁雪紛紛。

李商隱　雍陶　孟浩然　高適

瀟湘八景五言絶句

瀟湘夜雨

李商隱　楊淩　司空曙　馬戴

水色瀟湘闊，逢灘卽滯留。孤燈寒照雨，人在木蘭舟。

洞庭秋月

李白　杜甫　宋之問　錢起

水國秋風夜，樓船過洞庭。不愁明月盡，江上數峯青。

遠浦歸帆

錢起　耿湋　李賀　劉采春

浦口秋山曙，風帆去渺然。誰家紅淚客，錯認幾人船。

平沙落雁

孤客親僮僕，行行楚水濆。烟霄有兄弟，沙上自爲羣。

王維　貫休　齊己　李白

烟寺晚鐘

兜率知名寺，烟霞嶂幾重。蒼蒼竹林暮，風送出山鐘。

杜甫　杜甫　王昌齡　錢起

漁村夕照

紅葉江村夕，人家到漸幽。汀烟輕冉冉，返照媚漁舟。

竇鞏　奚賈　杜甫　鄭谷

山市晴嵐

山縣早休市，白雲翁欲歸。夕嵐無處所，空翠濕人衣。

杜甫　清遠道士　王維　王維

江天暮雪

山暝聽猿愁，帆高賣酒樓。野梅江上晚，雪壓釣魚舟。

孟浩然　虛中　溫庭筠　廖融

題瀟湘八景集句後七古四首

年海籌

松花道人搴杜若，罷郡夜向瀟湘泊。西望鄉關烟水深，紛紛木葉洞庭落。一別秦川又幾秋，閒雲野鶴海天遊。誰知爲探驪龍頷，摘出明珠立蜃樓。

八景詩成擅天巧，南宮北苑亦驚倒。先生衹自寫襟懷，不覺筆端聚百寶。裁雲縫月針線無，織成紫鳳兼天吳。疑是君山風雨夜，鮫人捧出洞庭湖。

開遍梅花三萬頃，隴頭人老懷菊井。一聲長嘯蝴蝶飛，鶴唳猿啼春夢醒。獨向江湖駕小船，使君今日真神仙。茫茫海嶽詩兼畫，錯認虬翁是米顛。

宦海無邊歸計好，黄粱夢斷邯鄲道。彈罷瑤琴風月清，尚戀美人與香草。莫言八景屬瀟湘，只在先生錦繡腸。九嶷七澤都遊遍，迴首蓬壺日月長。

乾隆戊申秋日，長安年景鶴海籌稿。

跋

丁　甡

董北苑有《瀟湘圖》，未著八景。宋復古寫八景卷，爲雍熙僧所藏，其八景之權輿乎？嗣是米南宮父子及馬遙父，競爲斯圖，兼繫以詩。故自宋中葉，長沙築八景之臺，而隨處效顰，八景幾遍於天下。

松厓吳郡伯自臨沅郡，百廢具興，嘗於署中池畔，構狎鷗之亭，公餘嘯詠，集『瀟湘八景』各體詩一卷，搖毫擲簡，運化天然，格老調高，味之不盡。第以詩論，已爲前此詠八景者所未及，矧集句耶？牲，楚人也，每一雒誦，覺衡嶽洞庭，別開生面，而詩中有畫，尤恨不令宋元諸公見之。

乾隆四十四年十二月八日，後學丁牲跋。

松花道人韻史

韻史序

胡德琳

一部十七史，從何處説起？況二十二史乎？宋、元諸儒所撰《史學提要》、《歷代蒙求》，皆四字爲句，以便兒童誦習，然不過敘一朝之治亂大綱而已。惟唐李瀚之《蒙求》詩，就紀傳中摘取其事，琢爲偶句，並以便詞章之取資，而《五行志》怪異者不與焉。

洮水吳信辰明府博覽羣籍，兼長於詩。關中自李天生、孫豹人諸公而後，明府乃繼起者也，所著《松花庵詩草》，卓然可傳。暇日又取史傳逸事，爲三字韻語，凡習見者不與焉，非特童子便習，即施之酒邊花下，以作談柄，亦無不宜。至其古樸之氣，雖史游《急就篇》不能過也。同人慫恿，將以付梓，屬余題其首。然此特玄豹之一斑耳，他日巨製鴻篇，裒然成集，與孫、李諸公並垂不朽，余又將拭目俟之。

書巢胡德琳。

韻史序〔二〕

袁祖志

吳信辰先生，臨洮之詩人也。先大父撰《隨園詩話》，時各省之投詩者，纍至麻集，汗牛充棟，至顔其齋曰『詩世界』，每以甘肅一省闕如爲憾。後得先生之詩，一再稱之，以爲足補生平之憾。蓋欽遲之實甚也。余生也晚，其《松花庵詩草》未由展讀，今讀其三言《韻史》，宏通博雅，窺見一斑。原序一篇，即余族姑丈胡書巢觀察所撰，文字因緣，一展卷焉，殊令人低徊神往於無既云。是爲序。

光緒四年冬十月，錢塘翔甫袁祖志。

【校記】

〔一〕底本無此序，據《嘯園叢書》本補。

韻史凡例

一、三言古今間作，如『梧宮秋，吳王愁』及崔寔《四民月令》『三月昏』二章，《月令注》『蜻蜓鳴』，又《水經注》『射的白』等皆是，而成集者絕無。蓋長言詠歎，固不徒以減字爲工也。予暇日詠古，偶拈及此，以四五七言，前人無體不精，創此以博藝林一粲云。

一、是編用事，務取生新。崑山片玉，桂林一枝，寧使人恨其少，不使人厭其多也。故凡平平無奇及習見者，悉置之。

一、唐宋小說，每令覽者神怡。是編取材皆本正史，不敢經《山海》而誌《齊諧》也。至咎徵冥契，必有關儆戒者始收之；其誨盜誨淫，而千古猶稱佳話者，皆所不錄。

一、蘇子美《漢書》下酒，東坡强客說鬼，皆千古韻事，亦申生訴帝、呂后戟腋之類也。是書旁搜曲引，雖山精水怪，木魅花妖，不妨奔赴腕下，二蘇若在，故應絕倒。

一、禪家云：『我不愛祖師禪，只愛祖師不與我說破。』作詩文而必自注，是嚼飯與人喫也。書中稍隱僻者，止撮其梗概，或曰見某書，博古之士自可遊觀而得焉。若載酒云亭，則吾豈敢！

一、予性素懶，尤苦作字，一切文稿，皆倩人書。茲則斗酒百篇，不過千二百字，卽叉手擊鉢，亦不愁十吏腕脫也。

一、是編於奇異事，往往鋪敘多而斷制少。然是非得失，具在其中。其事蹟稍熟者，則微加議論，如頰上添毫。

一、予首撰此體，恐少見多怪，貽笑方家。尚望海內名公，和而傳之，果其所見略同，何妨後來之居上耶？

一、是編脫稿後，遠近索觀者多，因付梓以代手抄，其實僅畫家之粉本耳。點鐵成金，是所望於能手。

清代詩人別集叢刊
杜桂萍 主編

吳鎮集彙校集評

下

冉耀斌 輯校

人民文學出版社

松花道人韻史

倉頡

結繩遠，文字成。夜哭鬼，太俗生。

湘妃

蒼梧淚，竹成斑。風騷祖，在湘山。

大費

烈山澤，平水土。鳥獸馴，賜玉女。

【眉批】

即伯益也，見《秦本紀》。

商武乙

革囊血，仰射天。殷其雷，已填填。

周穆王

騎八駿，赴瑶池。白鵠血，進一巵。

【眉批】白鵠血，出《列子》。

秦文公

青牛祠，黄蛇畤。寶夫人，乃雌雉。

潁考叔

爭車憾，注螯弧。猳犬鷄，詛子都。

【眉批】以下《左傳》。

齊襄公

豕人立，踵雄狐。薨車鬼，有靈無。

成得臣

戰而戲，敗城濮。匪河神，愛瓊玉。

介葛盧

生三犧，皆已用。牛云然，問而信。

晉文公

柩出絳，聲如牛。西師淚，二陵秋。

夏父弗忌

新鬼大，故鬼小。焚汝棺，烟裊裊。

【眉批】弗忌爲宗伯，而躋僖於閔上，後死，其棺中烟自出，天罰之也。

蛇異

十七蛇，出泉宮。數其數，如先公。

晉殺秦諜

獲秦諜，尸絳市。六日蘇，亦異矣。

魏顆

死老人，能結草。蜃炭灰，又黄鳥。

晉景公

夢大厲，不食新。禮良醫，殉小臣。

【眉批】

宋文公用人殉。

魏絳

虎豹皮，請和戎。金石樂，賞大功。

齊莊公

拊楹歌，步遲遲。八勇士，殲一𨯬〔一〕。

【校記】

〔一〕𨯬，底本作『嫠』，據史實及韻脚改。

聲伯

涉洹水，食瓊瑰。夢而泣，珠盈懷。

【眉批】初，聲伯夢涉洹水，或與己瓊瑰，食之，泣而爲瓊瑰，盈其懷，懼不敢占也，後三年，言之而卒。

宋芮司徒女

赤毛女，來堤下。饋左師，有錦馬。

【眉批】左師，向戌也。

子産

老黄熊，求晉祀。淯淵龍，何不祭。

郯子來朝

見郯子，問官日。孔聖人，二十七。

【眉批】

杜《注》作『二十八』。

陰不佞

寶珪沉，浮河湄。賣則石，乃獻之。

郗莊公

怒瓶水，爲便旋。爐炭災，潔使然。

渾良夫

昆吾虚，瓜綿綿。披髮鬼，亦可憐。

吳王夫差

佩玉蘂，臣則無。溺人笑，一簞珠。

曹伯陽

社宮夢，振鐸哀。姑少待，白雁來。

【**眉批**】

以下《史記》。

秦始皇

三神山，海漫漫。僊真詩，入歌絃。

季札

魚腸隱，湛盧飛。挂樹劍，有光輝。

屈子

楚天秋，半風雨。山鬼外，與誰語。

趙主父

夢中人，顏如茗。叢臺月，照孟姚。

漢薄后

美人笑，帝子憐。蒼龍種，四百年。

尹邢二夫人

慧婕妤，望娙娥。低頭泣，損横波。

鈎弋夫人

手藏鈎，棺藏履。通靈臺，青鳥至。

神君

神君下，風肅然。霍將軍，正少年。

田横

薤上露，何漙漙。五百人，欲畫難。

陸賈

使南越，乘斑騅。山覆錦，陸郎歸。

霍去病

驃騎冢，像祁連。李將軍，死誰憐。

司馬相如

酒壚旁，人汎汎。王吉難，矧狗監。

又

慧女子，解琴心。淩雲賞，大知音。

武帝

既聞喜，又獲嘉。兩縣名，合自誇。

【眉批】以下《漢書》。

湫淵

朝那水，湛不流。閟靈怪，善女湫。

【眉批】《郊祀志》。

石良

盜入門，持兵矢。格殺之，狗而已。

【眉批】《五行志》。

樂人竇公

盲老公，作琴仙。壽一百，八十年。

【眉批】《藝文志》。

臨江王榮

臨江工，車軸折。燕啣土，人悲咽。

江都易王建

易王建，淫且虐。人畜交，以爲樂。

王褒

宫中人，誦《洞簫》。碧雞祀，路迢迢。

賈捐之

君房筆，妙天下。準《過秦》，珠崖罷。

【眉批】誼曾孫。

會稽二太守

會稽守，朱與莊。晝錦遊，俱故鄉。

【眉批】朱買臣、莊助。

館陶公主

賣珠兒，穿緑幘。主人翁，何避客。

【眉批】《東方朔傳》。

蘇武

羝不乳，雁能飛。通國母，怨鄉歸。

楊惲

田南山，一頃豆。痛奇才，酷似舅。

陳萬年

語半夜，僵屏風。教儿諂，苦煩公。

楊王孫

因裸葬，古今傳。作石椁，笑三年。

張敞

章臺街，好走馬。畫春山，更風雅。

梅福

九江春，烟水暮。棄微官，遂仙去。

陳遵

瓶居井，愧鴟夷。轄投井，何急爲。

鄧通

黄頭郎，吾爾憐。銅山在，且鑄錢。

董賢

斷袖恩，不可諼。堯禪舜，胡戲言。

李夫人

坐而步，是耶非。帷中望，夢中歸。

王莽

王子喬，皇叔祖。白頭公，笑迎汝。

和帝

生龍眼，與荔支。唐伯游，諫罷之。

【眉批】以下《後漢書》。

靈帝

進賢冠，著弄狗。駕六飛，四驢走。

人化黿

江中黿，黄氏母。簪銀釵，猶在首。

【眉批】

《五行志》。

菊水

飲菊潭，多壽考。七十者，猶爲夭。

【眉批】

《郡國志》。

粉水

巴子國，古塗山。出粉水，膏紅顔。

弔烏山

鳳死處，萬鳥啼。雉雀弔，倍酸斯。

馬援

飛鳶跕，憶少游。大蛇靈，寄壺頭。

陰子方

竈神見，祀黃羊。微管仲，世亦昌。

【眉批】《陰識傳》。陰氏世祀管仲，謂之相君。

張楷

三里霧，乃作賊。五里霧，行不得。

【眉批】

楷字公超。

楊喬

癡楊郎，空貌美。將乘龍，不食死。

楚元王英

浮屠法，最先學。笑金龜，與玉鶴。

仲長統

《樂志論》，杳難期。如君言，樂者誰。

龐參

水一盂，薤一本。抱孫人，待予忖。

崔瑗

並日食，供賓饗。士大夫，何足養。

【眉批】

瑗好賓客，或言太奢，瑗怒曰：『吾並日而食，以供賓客，而反以獲譏，士大夫不足養如此。』然性不能改，奉祿盡於賓饗也。

楊震

雀啣環，鸖啣鱣。一丈烏，又喪前。

張衡

地動儀，繼渾天。八龍機，妙不傳。

【眉批】以此見今人雖巧，終不能過古人。

茅容

雞供母，客草蔬。剪髮人，彼何如。

蔡倫

蔡侯紙，代竹縑。中書君，憶蒙恬。

戴憑

戴侍中，解經通。奪坐席，五十重。

甄宇

甄博士，取瘦羊。羊雖瘦，名譽彰。

王延壽

王文考，夢不祥。天祗許，賦靈光。

李充

說奇士，甘於肉。强啖我，壞人腹。

許楊

鴻郤陂，惱蒼天。何壞我，濯龍淵。

【眉批】

《傳》中翟方進事。

王喬

鳧舄飛，玉棺下。緱山笙，待鶴駕。

費長房

札葛陂，魅涕流。東海君，又陽侯。

【眉批】東海君見葛陂君，因淫其夫人，長房劾繫之三年。

又

社公馬，妖貍騎。赦汝罪，趣還之。

劉根

反縛鬼，亡父祖。拗太守，聊戲汝。

廩君

乘土船，射監神。化百虎，祠以人。

焦先

瓜牛廬，焦先居。臥雪中，迥自如。

【眉批】《魏志》。

曹子建

天人歎，出邯鄲。終焉志，在魚山。

嵇叔夜

毌丘儉，諸葛誕。人琴亡，廣陵散。

【眉批】用唐韓皋意。

周宣

殿瓦墜，化鴛鴦。金帶枕，嗟舐糠。

諸葛孔明

瑯琊人，懷鄉土。望泰山，吟《梁甫》。

【眉批】《蜀志》。孔明父爲泰山丞。

鄭泉

陶家側，好葬吾。百歲後，化酒壺。

【眉批】《吳志》。

李衡

成都桑，八百株。何似君，千木奴。

二喬

天不壽，孫與周。兩紅顔，俱白頭。

趙達

酒一斛，鹿三斤。知君術，聊試君。

鄧喜

人頭來，食懸肉。射中之，聲繞屋。

【眉批】
《五行志》。以下《晉書》。

韓尸尸

異香偷，頗風流。韓尸尸，螟蛉愁。

犬孽

土中犬，名地狼。忽而吠，類不祥。

【眉批】
『地狼』，出《尸子》。

鶴穴老人

鶴穴翁，驅青牛。易而乘，入涇流。

玉馬

方丈雪，獨消融。嗟玉馬，口齒空。

石崇

斬美人，勸飲酒。墜樓哀，空迴首。

羊祜

桑樹裏，探金環。墮淚碑，在峴山。

杜預

老虬精，稱武庫。癭何如，狗頭瓠。

【眉批】

吳人知預病瘦，以瓠繫狗頭示之。

衛玠

羊車過，殊從容。江東兒，看殺儂。

張華

張壯武，賦鷦鷯。恨不鑒，海鳧毛。

王濟

解馬性，好驢鳴。駁牛割，太不情。

王澄

攀樹巢，探鵲鷇。鐵馬鞭，不相救。

劉伶

幕者天，席者地。醉荷鍤，殊多事。

謝鯤

黄衣人，呼幼輿。斷鹿胛，怪乃除。

畢卓

左酒杯，右蟹螯。佳吏部，醉鄰槽。

陸機

黄耳犬，寄家書。華亭鶴，恨何如。

陸雲

世無孔，誰鑄顔。王輔嗣，在人間。

【眉批】周浚謂人曰：『陸士龍，今之顔子也。』

劉柳

我所讀，惟《老子》。卿務多，書簏耳。

【眉批】柳嘲傅迪。

王導

中書病，勿復憂。飽食去，笑蔣侯。

【眉批】

導子悅疾篤，導憂甚，忽見一人形狀甚偉，被甲持刀，曰：『僕蔣侯也，來爲公兒請命，公勿復憂。』因求食，遂噉數升，食畢，勃然謂導曰：『中書患非可救者。』遂不見。悅亦隕絶。

陶侃

龍挂壁，鶴銜天。八州督，豈偶然。

【眉批】

龍挂壁，網梭事。鶴銜天，弔客事。

又

八翼夢，或有之。非常志，告誰知。

溫嶠

玉鏡臺，姑女笑。牛渚妖，嗔犀照。

郭璞

靈鼉怪，詩雋豪。日中數，不可逃。

王坦之

幽明事，罪福真。先死者，報生人。

又

修道德，濟神明。金石語，度三生。

【眉批】坦之與沙門竺法師甚厚，共論幽明報應，便要先死者當報其事。後經年，師忽來云：『貧道已死，罪福皆不虛，惟當勤修道德，以升濟神明耳。』言迄不見，坦子尋亦卒。

祖台之

廿五字，畢君傳。志怪書，今誰見。

【眉批】
畢君傳，『傳』字去聲。

謝安

東山志，夢中迷。十六里，見白鷄。

王羲之

以野鶩，换好鵝。庾征西，應呵呵。

顧和

遇貴人，方擇蝨。王景略，堪甲乙。

袁山松

行路難，涕汍瀾。三絕唱，繼羊桓。

又

每出遊，唱挽歌。君不樂，奈愁何。

張駿

酒泉山，即崑崙。祠王母，玉堂存。

【眉批】

駿聽馬岌言，立王母祠於酒泉南山。

鄒湛

甄叔仲，枯骨春。寧不憶，峴山人。

【眉批】湛數見一人，自稱甄舒仲，久乃悟，曰：『此謂予舍西土瓦中人也。』乃尋得骨骸而葬之，後鬼來謝。

張翰

周小史，日方中。鱸魚膾，感秋風。

夏統

激浩歌，作水戲。較丹珠，尤奇異。

劉驎之

石困開，暴水阻。桃花源，迷紅雨。

陶淡

習辟穀，結茅屋。誰與伴，一白鹿。

陶淵明

二萬錢，送酒家。當九日，但菊花。

隗炤

視吾版，償吾金。君善《易》，胡沈吟。

【眉批】

炤善《易》，臨終，書版授其妻曰：「後五年，有詔使來，姓龔，負吾金，以此版索之。」至期，妻齎版詣使者，使者惘然。乃取蓍筮，卦成，曰：「妙哉隗生！吾不負金，賢夫藏金待太平，知吾善《易》耳。金有五百斤，盛以青甕，埋在堂屋下，去壁一尺，入地九尺。」掘之，果然。

韋逞母宋氏

宣文君，立講壇。隔絳紗，授《周官》。

苻堅《載紀》

風鶴唳，阨魚羊。壯陰鬼，刺姚萇。

宋殷貴妃以下《宋書》，參《南史》

帷中見，宛如真。何所擬，李夫人。

王懿

王仲德，渡暴水。像白狼，作童子。

徐羡之

開風亭，起月觀。湯惠休，時遊玩。

蕭思話

松石間，坐彈琴。銀鐘酒，賞清音。

【眉批】文帝使思話鼓琴，因賜以銀鐘酒，曰：『相賞有松石間意。』

齊建安王

建安王，南豫州。金色魚，獻一頭。

【眉批】《五行志》。以下《齊書》，參《南史》。

文惠太子

孔雀毛，織成裘。金翠光，過雉頭。

鬱林王妻何氏

楊婆兒，好少年。莫枉殺，使儂憐。

【眉批】謂楊珉也，本傳作『好年少』。

王戬

小褚公，献彤廷。蟬雀扇，風泠泠。

庾杲之

庾郎貧，風采逸。食鮭菜，二十七。

魚復侯子響

魚復侯，賜姓蛸。父子恩，感猿跳。

南郡王子夏

金翅鳥，搏小龍。龍兒夢，果大凶。

【眉批】

世祖七歲子亦爲蕭鸞所殺，世祖小字龍兒。

夏侯亶

夏侯妓，簾作衣。肉屏風，笑汝肥。

何點

何居士，娶少妻。築別室，乃孤棲。

何孕

瑞室頌，煩鍾嶸。紅色鶴，作鷗盟。

周顒

葵與蓼，韭兼菘。倒薤書，戲菜蟲。

【眉批】王儉問顒山中何所食，曰：『赤米白鹽，緑葵紫蓼。』文惠太子問顒菜味孰勝，曰：『春初早韭，秋末晚菘。』何孕胤以倒薤書换顒題茅齋壁，顒笑而不與。

沈彬

賦枯魚，擬窮鳥。人蝦蟇，已蝨蚤。

張融

白鷺扇，玉纖纖。賦大海，豈無鹽。

徐秋夫

徐秋夫，真醫聖。針芻人，愈鬼病。

【眉批】附融傳。

虞悰

黄頷臛，笑豫章。醒酒鮓，獻祕方。

梁武帝紀

浮鵠女，年三百。渡海來，獻紅席。

【眉批】浮鵠，山名。山有紅鳥，居草下，以草爲席，故云紅席，詢鳥狀則鸞也。以下《梁書》，參《南史》。

梁元帝

帝子兮，降北渚。目眇眇，何愁予。

又

天門山，獲野人。三日死，不可馴。

郗皇后

銀鹿盧，灌妒龍。露井殿，兩情鍾。

【眉批】化蟒，見《南史》，蟒作龍。

沈約

巴陵王，斷汝舌。奏赤章，將誰雪。

【眉批】

《與元帝書》。

衡山王恭

仰屋梁，苦著書。風與月，笑人愚。

羊玄保

羊玄保，棋第三。賭宣城，殊不慙。

陶弘景

三層樓，松風至。感幽冥，作夢記。

蕭綜

聽鐘鳴，悲落葉。東昏兒，真淒絕。

何遜

均不均，遜不遜。朱异異，臺城困。

任昉

彥昇死，有西華。何不憶，綠沉瓜。

康絢

壽陽堰，忽奔壞。人頭魚，雜百怪。

【眉批】淮水壞堰，水中怪物隨流而下，或人頭魚身，或龍形馬首，殊類詭狀，不可勝名。

何遠

煑隻鵝，信君廉。一語妄，謝一縑。

沈麟士

織簾翁，居成市。賦黑蝶，八十矣。

【眉批】以下《陳書》。

後主叔寶

歌玉樹，與金釵。煑鸝留，音益哀。

【眉批】

後主有《黄鸝留》、《金釵垂》等曲，今止傳《玉樹後庭花》。

虞寄

瑞雨色，如寶珠。觀卿頌，虞不愚。

馬樞

雙白燕，何翩翩。巢庭樹，三十年。

王固

昆明罟，娱南賓。施佛呪，無一鱗。

徐陵

五色雲，化爲鳳。石麒麟，天上送。

張譏

玉麈尾，易松枝。賴周四，助君師。

【眉批】

譏登講座，每絀其師周弘正，弘正弟弘直輒代答之〔一〕，譏曰：『四兄欲急難乎？』曰：『我自助君師耳。』

【校記】

〔一〕弘直，底本作『弘讓』，據《陳書》卷三十三改。

孫瑒

舫中池，植芰荷。載賓佐，醉江波。

魏孝文

鴛鴦孤，悲不勝。感仁主，罷名鷹。

【眉批】以下《北魏書》。

武靈胡太后

賜布絹，任負取。崇傷腰，融折股。

【眉批】崇者，陳留公李崇；融者，章武王融，皆以所負過多故也。時人爲之語曰：『陳留章武，傷腰折股。貪人敗類，穢我明主。』

李預

餐玉屑，七十枚。耽酒色，終衰頹。

段暉

泰山兒，作同志。贈木馬，騰空逝。《段承根傳》。

夏侯夬

鬼入帷，夜飲酒。憶弟言，何相毆。

【眉批】鬼擊怖者，其兄止之。

奚康生

鞭虎像，取豹舌。祟兩兒，竟夭折。

【眉批】虎石虎豹，西門豹。

楊大眼

潘將軍，乃女子。如李全，有楊氏。

【眉批】大眼妻潘氏。

盧景裕

默而誦，《觀音經》。剉刀折，乃免刑。

【眉批】傳中一人，今世傳《高王觀音經》。

鄭儼

辟陽寵，宿禁中。每休沐，隨閹童。

【眉批】恐其與妻接也。

文皇后乙弗氏

麥積崖，鑿石龕。訣别恨，付瞿曇。

溫子昇

食敝襦，死足矜。一片石，在韓陵。

裴安祖

繡衣人，能謝君。恨不殺，鷹將軍。

【眉批】繡衣人，所救雉也。

龜茲

養孔雀，如雞鶩。國王家，至千數。

大月支

月支人，至中國。鑄琉璃，成五色。

【眉批】此中國有琉璃之始。

北齊神武

拓跋魏，分東西。黑黄蟻，周與齊。

又

臂白鷹，逐赤兔。識大家，乃盲嫗。

【眉批】以下《北齊書》，參《南史》。

琅琊王儼

白蛇出，龍子敗。和士開，殺殊快。

崔瞻

攜七客，真名士。請子鵝，寧異是。

元韶

男嬪御，赤拓跋。求瓦全，愧玉鉢。

【眉批】高洋問韶曰：『漢光武何故中興？』曰：『爲誅諸劉不盡。』於是元魏子孫皆死，韶亦絕食而卒。韶有衣鉢，相傳西域鬼作。

又

漳魚腹，人爪甲。嬰兒槊，用君法。

【眉批】北魏攻劉宋，嬰兒投空中，承之以槊，高洋之誅元氏亦然。

徐之才

識蛤精，辨人瘤。不可醫，在中冓。

魏收

驚蛺蝶，鬭獮猴。入梁館，吳婢愁。

祖珽

祖僕射，慣作賊。金叵羅，髻中得。

權會

二鬼逢，牽驢去。誦《易經》，乃得路。

李廣

身中人，辭君去。苦精神，因何故。

周文帝

沙苑柳，旌武功。嗟黑獺，真英雄。

【眉批】

以下《北周書》，參《北史》。

楊忠

八柱國，龍門獵。狹猛虎，拔其舌。

【眉批】

隋祖。

賀拔勝

見南鳥，思報梁。雙梟中，拜周王。

韋敻

河東酒，日一斗。逍遥公，快樂否。

獨孤信

獨孤郎，帽微側。欲效顰，那可得。

申徽

楊四知，晝寢處。清水亭，題詩去。

【眉批】廉吏。

陸通

孝魚泉，日供膳。嗟姜詩，今再見。

王褒　庾信

《燕歌行》，調悽切。《哀江南》，聲斷絕。

鄭偉

吃逐鹿，問牧兒。兒亦吃，誤殺之。

【眉批】偉口吃。

劉璠

病居家，作《雪賦》。謝惠連，難獨步。

龜孽《五行志》

魅宫人，乃神守。斫以刀，落床走。

【眉批】以下《隋書》。

魚怪

赴齋翁，白魚變。剖其腹，得秔飯。

莫氏兒

旱疫鬼，眼在頭。作絳帽，母何憂。

僧化蛇

相州僧，化爲蛇。尾繞樹，餘袈裟。

宣華夫人

金蛇駝，獻夫人。同心結，反傷神。

【眉批】

夫人卒後，帝作《神傷賦》。

史萬歲

勝我者，過此碑。萬歲後，孔明知。

【眉批】

歲後征南夷，見《諸葛亮紀功碑》，曰：『歲後之後，勝我者過此。』

盧思道

《鳴蟬篇》，《孤鴻賦》。八米郎，堪獨步。

薛道衡

南客韻，蚓投魚。名下士，本無虛。

又

花前思，發何早。隨意緑，嗟庭草。

樊子蓋

積翠亭，賜金盃。斷頭鬼，有時來。

【眉批】樊性嗜殺。

辛公義

獲黃銀，輸內帑。金石音，空中響。

辛彥之

有功德，住天堂。修玉斧，聲鏘鏘。

劉臻

訪儀同，誤還家。咄吾子，亦來耶。

杜正玄

《白鸚鵡》，下筆成。真秀才，繼禰衡。

【眉批】杜作《白鸚鵡賦》。

唐高祖本紀

劉殺鬼，名已奇。孟噉鬼，解人頤。

【眉批】劉，北齊刺史；孟，戴州刺史。以下《唐書》。

武后

冊太后，號先天。猶龍母，應驩然。

【眉批】《禮樂志》。光宅元年，追尊老子母爲先天太后。

荔支香

李三郎，新曲奏。《荔支香》，梅花瘦。

【眉批】《荔支香》，曲名。梅花瘦，謂梅妃也。

甘蟲

人面鳥，自名甘。怒而飛，綠毵毵。

鷹化鵝

鷹化鵝，弗能游。武臣弱，示爽鳩。

宣州雷

雷墮地，若豬形。咋赤蛇，雨冥冥。

寧晉縣龜殺蛇

蛇數萬，聚棠祠。溺而死，待三龜。

玄宗王皇后

《翠羽帳》，擬《長門》。紫半臂，愴心魂。

【眉批】

王譓作《翠羽帳賦》。

滕王元嬰

履抵面，麻穿錢。蛺蝶圖，何翩翩。

【眉批】崔簡妻鄭氏以履抵元嬰之面。

漢中王瑀

琵聲多，琶聲少。臥吹笛，更了了。

【眉批】瑀知音律。

建寧王倓

黄臺瓜，子離離。喪輴動，待《挽詞》。

【眉批】《挽詞》，李泌作。

朱粲

噉人賊，菊潭奔。笑醉客，似糟豚。

尉遲敬德

雲母粉，强服食。尉遲杯，乃本色。

【眉批】尉遲杯，大杯也，宋詞名。

秦叔寶

黄金瓶，賜武衛。創血枯，仍精鋭。

殷崇龜

珠與翠，不堪分。《荔支圖》，寫贈君。

【眉批】曾官南海，親友有求者，但寫《荔支圖》與之。

薛元敬

小記室，難親疎。三鳳凰，愛鵷雛。

崔湜

端門路，野風秋。嗟蠆虺，愧《海鷗》。

【眉批】崔附炎日，或作《海鷗賦》以諷，而終不悛。

閻立本

畫異鳥，波上游。丹青相，亦風流。

【眉批】

時謂右相，馳譽丹青。

張昌宗

簫聲起，鶴徘徊。勿仙去，五王來。

張嘉貞

美男子，拜婁豬。請上簾，意何如。

【眉批】

武后引見嘉貞，以簾自障，嘉貞奏：『天威咫尺，若隔雲霧，臣恐君臣之道未盡。』后曰：『善。』詔上簾。

韋皋

蜀道難，今何易。兩英雄，分美刺。

【眉批】陸暢作《蜀道易》，以美韋皋。

吴湊

種榆處，易以槐。蔭行人，綠滿街。

徐浩

八體書，若怒猊。五色鴿，賦尤奇。

柳公權

購柳書，洵無價。笑銀盃，乃羽化。

杜悰

喪禁臠，服三年。杖而期，今始然。

【眉批】舊例，駙馬皆爲公主斬衰三年。

柳子厚

鵝之山，柳之水。桂團團，神在此。

韓文公

屢報罷，仍上書。盲宰相，愧鱷魚。

王績

兄授書，弟飲酒。官三升，私五斗。

又

養鳧雁，蒔藥草。案頭書，《易》、《莊》、《老》。

又

杜康祠，焦革配。比劉伶，堪一隊。

【眉批】

績著《醉鄉記》，以次《酒德頌》。

王勃

白牛溪，教授尊。三珠樹，在兒孫。

【眉批】

白牛溪，文中子隱處。

昭宗

紇干雀，凍安之。斷人腸，三柳枝。

吐蕃

青稞者，麥之屬。稞從禾，無皮穀。

訶陵

白鸚鵡，獻唐帝。十紅毛，首達翅。

天竺

稍割牛，血甚美。或不割，輒困死。

【眉批】飲血者壽五百歲，牛壽亦如之。

拂菻

綠毛鳥，狀如鵝。食有毒，輒鳴呵。

【眉批】菻，音廩，古大秦也。

環王

白鸚鵡，兼五色。數訴寒，詔還國。

【眉批】本林邑也。

晉王李克用

百年歌，奏三垂。置酒處，感奇兒。

【眉批】以下《五代史》。

唐莊宗

翡翠盤，賜亞子。討賊粱，快三矢。

漢隱帝

宥鸜鵒，因食蝗。郭雀兒，已高翔。

莊宗后劉氏

劉山人，謁皇后。奮黄鬚，遭擊掊。

明宗王淑妃

餅家女，花見羞。一盂飯，愴難留。

【眉批】妃小名花見羞。

元行欽

萬勝鎮，强徘徊。君臣淚，灑愁臺。

劉延朗

太白神，乃崔浩。瞽者談，何所考。

孫晟

詩道士，居廬山。賈島佛，挂壁間。

韓建

齊雲樓，望京師。菩薩蠻，愴三詞。

【眉批】《傳》中昭宗事。

康福

咄錦衾，何爛兮。沙陀種，安得奚。

【眉批】沙陀自稱貴種，福武人，誤以『兮』爲『奚』而怒，『奚』謂奚契丹也。

張筠

擁厚貲，稱地仙。勝庸奴，但守錢。

馬孕孫

三不開，佛佞汝。生無言，死能語。

王建　高從誨

賊王八，侈四靈。高賴子，謝五經。

錢鏐

衣錦山，衣錦城。錦將軍，樹亦榮。

閩王鏻

九龍帳，貯歸郎。春燕子，涴雕梁。

【眉批】

春燕子，謂婢春燕。

劉旻

匪黄騮，爾幾殆。此將軍，宜自在。

【眉批】旻戰敗而逃回，封所乘黄騮馬爲自在將軍。

韓熙載

五柳公，不可干。試一使，秦弱蘭。

遼聖宗

玉盆灣，金鱗躍。萬魚燈，雙溪照。

又

名花發，幸長春。賜牡丹，遍近臣。

【眉批】
長春，宮名。以下《遼史》。

興宗

黄花山，風肅肅。日射熊，三十六。

義宗

醫毋閭，望海堂。誰藏書，東丹王。

又

獵雪騎，千鹿圖。小泰伯，畫尤殊。

宣懿蕭皇后

宣懿后，賦十香。吞月蓂，掩清光。

春捺鉢

海東青，決雲際。刺鴛錐，早握伺。

夏捺鉢

吐兒山，近子河。金蓮色，映綠波。

【眉批】

《營衛志》，卽行在也。

湯城淀

湯城淀，野花香。旱金開，又青囊。

【眉批】

從《五代史·契丹傳》收入。

陳昭袞

嗟壯士，捉虎耳。騎上山，乃殺死。

王鼎

王虛中，臥榻飛。天上去，俄復歸。

【眉批】《文學傳》：『鼎嘗憩於庭，俄有暴風，舉臥榻空中，鼎無懼色，但覺枕榻俱高，乃曰：「吾中朝正士，邪無干正，可徐置之。」須臾，榻復故處，風遂止。』

宋徽宗以下《宋史》

稱金仙，諸佛是。餘菩薩，改大士。

雞禍《五行志》

鷄頭人，高丈餘。當白晝，見郊墟。

雄州黿蛇

黿如錢，蛇如筋。妖與祥，銀奩貯。

武寧縣龍鬬

二龍鬬，復塘村。墜大珠，如車輪。

崑山石工

山壓人，出而喜。俄微噤，化石矣。

【眉批】

紹熙元年，崑山縣石工採石而山壓。三年六月，他工採石鄰山，聞其聲呼，相應答如平生，其家鑿石出之，見其妻，喜曰：『久閉乍風，肌膚如裂。』俄頃，聲微，噤不語，化爲石人。

周漢國公主（理宗女）

九頭鳥，大如箕。集砧石，鳳樓悲。

楊洪裕（子廷璋傳）

貂裘陂，二石雁。北嶽遺，忽不見。

辛仲甫

多種樹，夏可休。補闕柳，遍彭州。

王延澤

闢小園，樂琴酒。牡丹詩，至千首。

王欽若

黄鶴樓，光煒煒。生癯相，冠五鬼。

陳堯佐

鱷食兒，網得之。繼韓公，亦一奇。

楊礪

每一題，數十詩。迂狀元，人笑之。

【眉批】
礪文繁無法，制誥迂怪，見者哂之。

孫沔

風流事，屢遭彈。醉人心，白牡丹。

【眉批】
白牡丹，人名，沔一見與狎者。

聶冠卿 先世好道

水龍號，夕鷄飛。古磚書，同所歸。

【眉批】
初，冠卿弟世卿監延豐倉，掘地得古磚，有隸書，可辨者云：『昭王大丞相聶。』又云：『公先世餌霞棲雲，高尚不仕。』又云：『水龍夜號，夕雞駭飛。』其年九月十二日卒，壽五十有五。冠卿始見而惡之，後校所卒歲月及其享年，無少異者。

燕肅

蓮花漏，海潮圖。枯竹木，畫尤殊。

陳希亮

緋衣鬼，行火災。禁訛言，不復來。

狄遵度父棐傳

杜少陵，時入夢。未見詩，爲君誦。

蔡襄

蠣種礎，石梁固。七百里，松滿路。

沈遼

樂秋浦，築雲巢。友蘇黄，比謝陶。

【眉批】

王荆公贈詩云：『風流謝安石，瀟灑陶淵明。』遼徙池州，喜曰：『使我自擇，不過爾爾。』

李大臨《傳》中事

貢丹砂，化雙雉。鬪山谷，飛不起。

陶翰

山溪間，雙鯉戲。龍且鬪，雷雨至。

蘇過東坡子

小峨眉，小斜川。蘇小坡，繼髯仙。

江公望

逐白鷴，不肯去。刻杖頭，直名著。

王居正

胡桃文，鵓鴿色。炭何有，費民力。

王居安

《八夕詩》，古來少。傳故實，續乞巧。

余玠

二冉至，意閒閒。爲君畫，釣魚山。

包恢

殺活佛，禁邪巫。沈妖妓，化爲狐。

李延平

考亭師，氣超越。如冰壺，映秋月。

聶崇義

我三耳，君二心。善戲謔，傳儒林。

【眉批】
二心，嘲郭忠恕。

梅堯臣

宛陵詩，織弓衣。窮乃工，是耶非。

石延年

彈頭花，壁上吐。芙蓉城，倩卿主。

劉潛

相對飲，石與劉。二仙人，在酒樓。

【眉批】
石曼卿。

錢惟演

風流守，錢王孫。賞雪妓，送龍門。

陳搏

蓮峯下，卧千春。好酒友，呂逸人。

【眉批】呂洞賓。

种放

山中相，頗風流。雲溪醉，乃自侯。

辛棄疾

笠離人，青兕相。墓頭聲，夜悽愴。

南漢劉鋹

司銓選，内太師。用大臣，先閹之。

【眉批】

龔澄樞。

金始祖

聘老女，用青牛。貞不字，六十秋。

【眉批】

生二男，爲完顏之祖。以下《金史》。

世宗

墮驢人，遇翠華。憫汝醉，送還家。

又

莫妄射，兔懷孕。仁及物，小堯舜。

又

殺馬禁，庇騲騮。憫勞犧，鹿代牛。

【眉批】

當時亦未盡行。

海陵

貯衾褥，待劉妃。嗟大定，一戎衣。

【眉批】

劉妃，見《梁琉傳》。

熙州水異

紅袍郎，乘白馬。六蟾蜍，隨水下。

【眉批】

《五行志》。初，於水面見一蒼龍，良久而沒。次日，見金龍，一爪承一嬰兒，兒爲龍所戲，略無懼色，三日如故。又見一人，乘白馬，紅袍金帶，如少年官狀，馬前有六蟾蜍，凡三時乃沒。郡人競往觀之。熙州，即今狄道。

神兵

神兵過，海陵南。促汝死，謾耽耽。

【眉批】

正隆六年八月，臨潢府聞空中車馬聲，仰視，見風雲杳靄，神鬼兵甲蔽天，自北而南，仍有語促行者。未幾，海陵南征，世宗即位。

貞獻郡王廟

蒼頡例，祀賢臣。罷葉魯，祠谷神。

【眉批】谷神葉、魯二人，創女真文字者。

內族合周

合參政，好作詩。括粟榜，變雀兒。

【眉批】周好作詩，人采其俚語，以爲戲笑，常自草括粟榜文云：『雀無翅兒不飛，蛇無頭兒不行。』以『而』作『兒』，掾史知之，不敢易也。京城目之曰『雀兒參政』。

王若虛

崔立碑，不可作。黄峴峯，死足樂。

李汾

李長源，作書寫。睨羣公，誦左馬。

元好問

《中州集》，野史亭。不仕元，炳日星。

元太宗以下《元史》

罰妒婦，乘騎牛。河東獅，爾應愁。

永興縣雷《五行志》

永興雷，擊糧房。朱書背，示琴堂。

【眉批】

至正三年事。其朱書云：『有旱卻言無旱，無災卻道有災。未庸殲厥渠魁，且擊庭前小吏。』

石笑

南山石，笑而開。大都火，佛身來。

雨毛

老君髯，菩薩線。彰德雨，曾未見。

【眉批】

老君髯，白者；菩薩線，綠者。

監壇神《祭祀志》

漢關公，威儀肅。監佛壇，三百六。

世祖弘吉剌皇后

益前簷，製比甲。千古人，以爲法。

【眉批】前簷，帽簷。比甲，衣名。

和林山

神光降，繞樹枝。樹瘿裂，生五兒。

【眉批】《巴而朮阿而忒的斤傳》。

岳柱

金釧在，酒堪沽。何誤畫，剪髮圖。

【眉批】

柱八歲，觀何澄《陶母剪髮圖》，指陶母手中金釧，詰之曰：『金釧可易酒，何用剪髮爲也？』何大驚，卽易之。

燕鐵木兒

鴛鴦會，見麗人。貴異物，乃家珍。

小雲石海涯

梁山濼，遇漁翁。蘆花被，臥西風。

耶律楚材

治弓匠，氣不平。匠天下，在儒生。

【眉批】

夏人常八斤，以造弓見知於帝，每自矜曰：『國家方用武，耶律儒者何足用哉？』楚材曰：『治弓尚須用弓匠，治天下者，可不用治天下匠耶？』帝聞之，甚喜。

李洞

山東李，稱才子。高青丘，云如是。

【眉批】青丘詩：『翰林才子山東李。』

石明三

報母仇，殺五虎。死如生，牢執斧。

察罕

靴擲鴞，有蛇墜。匪惡禽，喜神至。

常熟二龍

黑白龍，作紅雨。二十舟，空中舉。

【眉批】

《五行志》。以下《明史》。二十舟，爲龍所吸。

海鹽縣海馬

萬海馬，岸上遊。一巨者，高如樓。

借屍復生

司牡丹，身化土。袁馬頭，屍借汝。

【眉批】

司牡丹，龍門婦人，死已三年。袁馬頭，人名。

水酒

龍目井，化醇醪。汲者醉，笑醨糟。

【眉批】

隆慶年事。

雞怪

雞雛怪，啼啾啾。人其形，猴其頭。

朝天女戶

鼎潮哀，銀海錮。痛朝天，有女戶。

【眉批】

見《郭嬪傳》，皆殉難妃家，賜錦衣世襲者，然則英宗遺詔罷殉葬，真聖主矣。

甯獻王權

一囊雲，買廬山。臞仙子，勝劉安。

王艮

王敬止，鴆已吞。胡光大，方視豚。

黄觀妻翁氏

清淮月，照貞魂。血影石，今尚存。

周新

廉吏死，乃爲神。嗟嶺外，有斯人。

張昺

伐大樹，叱妖神。空巢裏，出婦人。

劉吉

三紙糊，六泥塑。劉棉花，彈不去。

【眉批】

時稱『紙糊三閣老，泥塑六尚書』。

王越

威寧海，雪漫漫。賞小校，賜雙鬟。

王來

小道童，充樂舞。思榛苓，慰庠序。

【眉批】來官新建教諭，時寧王以諸生充樂舞，來請易以道士。諸王府設樂舞生，始此。

李東陽

公毋倦，力疾書。方設客，可無魚。

【眉批】東陽家居，頗以潤筆自給。一日，夫人方進紙墨，東陽有倦色，夫人笑曰：『今日設客，可使案無魚菜耶？』

袁煒

丹山鳳，洛水龜。醮死貓，又龍獅。

【眉批】
煒作西苑聯云：『洛水靈龜三獻瑞，陽九數，陰九數，九九八十一數，數數還歸三教道，道中羣推元始天尊一誠有感；丹山彩鳳兩吉祥，雄六聲，雌六聲，六六三十六聲，聲聲直透九重天，天上共祝當今皇上萬壽無疆。』又，帝畜一貓死，煒醮詞有『化獅作龍』等語。

劉麟

苕溪隱，共優遊。歸而倦，上神樓。

葉宗人

蛇訴狀，得死人。銀魚臘，感周新。

【眉批】
葉宗人，錢塘知縣，時呼爲『錢塘一葉清』。周新伺宗人出，潛入其家，見廚中惟銀魚臘一裹，新歎息，持少許去。

王源

高巍巍，除怪碑。石骷髏，爾何爲。

【眉批】湖州西湖山上，有大石爲怪，源鑿得石骷髏，怪遂息，乃琢爲碑，大書『潮州知府王源除怪石』。

王冕

梅花星，畫梅翁。梅道人，韻略同。

【眉批】梅道人，指吳仲圭。

張簡

賦醉樵，冠高楊。黄金餅，爛生光。

袁凱

袁白雁，騎黑牛。入畫圖，亦風流。

李空同名夢陽，慶陽人

渡彭蠡，鞭水神。壽寧侯，爾何嗔。

康海

膺滂釋，嵇阮閒。琵琶聲，滿康山。

王九思

中山狼，堪髮指。繹交情，非康李。

唐寅

桃花塢，醉春風。詩雖率，畫猶工。

花雲妾

蘆花洲，鳳嫋嫋。送孤兒，有雷老。

王履

華山松，畫家無。烟雲繞，四十圖。

韓貞女

從征女，其姓韓。千載後，又木蘭。

招遠孝女

殛巨蟒，有雷公。求汝父，在腹中。

【眉批】父出蟒腹，其屍猶全。

秦良玉

石砫女，請長纓。左良玉，不如卿。

題跋

吳綬詔

集腋鎔金幾費思，蠻箋百幅寫烏絲。天公自古耽佳麗，留入吳髯三字詩。

松花庵裏靜忘機，束筍詩多信手揮。巧簇天孫雲錦段，未須惆悵織弓衣。

綺歲香名吳與胡靜庵，高瞻李杜欲爲徒。雪山千尺龍門駛，酬唱年來似昔無。

虞寄一篇珠作雨，徐陵五色鳳爲雲。眼中才子相知日，漫惜先生得廣文。靜庵與信辰詩有『可惜先生得廣文』句，二君倘不爲廣文，予未由讀其詩、識其人也，故反用之。

信辰學博示近所爲《韻史》詩，因書其後，不足當一粲也。淡人吳綬詔草。

松花庵韻史跋

葛元煦

三言之詩，古今傳者絕少，洮水吳信辰明府以博雅之奇才，創新奇之著作，編成詩史，誘掖童蒙，誠爲罕見。潤州包曉村明經藏有原稿，郵囑付梓，以廣流傳。受而讀之，覺琢句鍊字，了無痕跡，雖屬詩人之遊戲，實資閱者之見聞，爰爲重加校對，亟付手民，固不獨成童舞勺之流所宜取而吟哦也。時在光緒四年冬十月，仁和葛元煦理齋氏識。

【校記】

〔一〕底本無此跋，據《嘯園叢書》本補。

聲調譜　八病說

松花庵聲調譜及八病說序

吳　鎮

趙秋谷先生有《聲調譜》，然乃古詩之聲調，非律詩之聲調也。律詩聲調最宜知，而初學多茫然，則此譜不得不作矣。東陽『八病』，初亦論古詩耳，今專以繩律，使之聲調和諧，詎不妙哉？至於宛陵《注》，洵爲後學之指南，而其說尚簡略。予引而伸之，兼參以臆見，是也非也，安得起休文、聖俞而細論之？

乾隆五十三年六月初六日，吳鎮自序。

聲調譜

五律仄起不入韻

登兖州城樓　　杜　甫

東郡趨庭日，『東』字可仄，『趨』字必平，凡單句不入韻者皆然。南樓縱目初。『南』字必平，最有關係。浮雲連海岱，平野入青徐。孤嶂秦碑在，荒城魯殿餘。「荒」字必平。從來多古意，臨眺獨躊躇。

五律仄起入韻

觀獵　王維

風勁角弓鳴，「角」字必仄，餘與不入韻者同。將軍獵渭城。「將」字必平，或不得已而用仄，則「獵」字必改平聲。草枯鷹眼疾，雪盡馬蹄輕。忽過新豐市，還歸細柳營。「還」字必平。回看射鵰處，千里暮雲平。「鵰」字宜仄而平，以「射」字宜平而仄也，此係單拗句法。

五律平起不入韻

山居秋暝　王維

空山新雨後，「空」字可仄，「新」字必平。天氣晚來秋。「天」字可仄，「晚」字斷不可平。明月松間照，清泉石上流。「清」字必平。竹喧歸浣女，蓮動下漁舟。隨意春芳歇，王孫自可留。「王」字必平。

五律平起入韻

題玄武禪師屋壁　杜甫

何年顧虎頭，『顧』字仄，則『何』字必平；若『顧』字改平，則『何』字亦可仄。滿壁畫瀛洲。赤日石林氣，青天江海流。『石』字宜平，而拗爲仄，則『江』字必拗爲平，以救『石』字。錫飛常近鶴，杯渡不驚鷗。似得廬山路，真隨惠遠遊。『真』字必平。

附　五律拗體

春宮怨　杜荀鶴

早被嬋娟誤，此仄起不入韻者，如『誤』字入韻，則『嬋』字必改仄聲，平起者倣此。欲粧臨鏡慵。『欲』字宜平而仄，則『臨』字自宜仄而平。承恩不在貌，『不在貌』三字俱仄，如老杜『須爲下殿走』、『蟬聲集古寺』、『誰憐一片影』之類是也。然『不』字亦有平聲用者。教妾若爲容。風暖鳥聲碎，日高花影重。『鳥』字本宜平而仄，則『花』字自宜仄而平。非『花』字平，則『日』字斷不可仄用。年年越溪女，此句與『回看射鵰處』、『紅顔棄軒冕』、『清新庾開府』之類同。相憶採芙蓉。

附　摘單拗句法

贈孟浩然　李白

紅顔棄軒冕，「軒」字宜仄而平，以「棄」字宜平而仄也，此係正格，與雙拗者不同。白首卧松雲。如「松」字改仄，「卧」字改平，則斷不可。

春日憶李白　杜甫

清新庾開府，「開」字宜仄而平，「庾」字宜平而仄。俊逸鮑參軍。

附　摘雙拗句法

擣衣　杜甫

已近苦寒月，「苦」字拗。況經長別心。「長」字拗。非「長」字平，則「況」字不可仄用。

遣意　杜甫

一徑野花落，「野」字拗。孤村春水生。「春」字拗。「春」字既平，則「孤」字仄用亦可。

天末懷李白　杜甫

鴻雁幾時到，江湖秋水多。「幾」字、「秋」字同上。

題破山寺後院　常建

山光悅鳥性，下三字俱仄。潭影空人心。下三字俱平。此亦拗體正格，但場屋不可用。

裴司士員司户見尋　孟浩然

落日池上酌，清風松下來。「日」字、「上」字、「下」字俱仄，以有「池」字、「松」字二平聲救之也。此亦拗體正格，但場屋則不可用。

歸嵩山作　王維

流水如有意，暮禽相與還。以「如」、「相」二平聲救「水」、「有」、「暮」、「與」四仄聲，與孟句同。

終南望餘雪此係唐人試帖，今場屋不可輕用　祖詠

林表明霽色，城中增暮寒。「表」、「霽」、「暮」俱仄，「明」、「增」俱平，與上同。七言如許渾「野蠶成繭桑柘盡，溪鳥引雛蒲稗深」之類，亦同此句法也。

送遠　杜甫

草木歲月晚，關河霜雪清。四平一仄，賴「霜」字一平聲能救上五仄字。此亦拗體一格，但場屋則不可用。

五排仄起不入韻

省試湘靈鼓瑟　錢起

善鼓雲和瑟，常聞帝子靈。『常』字必平。馮夷空自舞，楚客不堪聽。苦調凄金石，清音入杳冥。『清』字必平。蒼梧來怨慕，白芷動芳馨。流水傳湘浦，悲風過洞庭。『悲』字必平。曲終人不見，江上數峯青。

五排仄起入韻

積雪爲小山　劉昚虛

飛雪伴春還，春庭曉自閑。『春』字必平。虛心應任道，遇賞遂成山。峯小形全秀，巖虛勢莫攀。『巖』字必平。以幽能皎潔，謂近可循環。孤影臨冰鏡，寒光對玉顔。『寒』字必平。不隨遲日盡，留顧歲華間。

五排平起不入韻

送李太守赴上洛　　王維

商山包楚鄧，積翠靄沉沉。驛路飛泉灑，關門落照深。『關』字必平。野花開古戍，行客響空林。板屋春多雨，山城晝欲陰。『山』字必平。丹泉通虢略，白羽抵荊岑。若見西山爽，應知黃綺心。『黃』字宜仄，平用亦可。

五排平起入韻

清明宴司勳劉郎中別業　　祖詠

田家復近臣，行樂不違親。霽日園林好，清明烟火新。『烟』字宜仄，平用亦可。『烟』字既平，則『清』字亦可拗爲仄。以文常會友，惟德自成鄰。池照窗陰晚，杯香藥味春。『杯』字必平。簷前花覆地，竹外鳥窺人。何必桃源裏，深居作隱淪。『深』字必平。

附　五排拗體

題玉山村叟壁平起者倣此　錢起

谷口好泉石，「好」字拗。居人能陸沉。「能」字拗。牛羊下山小，「下」、「山」字單拗。烟火隔雲深。一徑入溪色，「入」字拗。數家連竹陰。「連」字拗，非「連」字平，則「數」字斷不可仄。藏虹辭晚雨，驚隼落殘禽。涉趣皆流目，將歸羡在林。「將」字必平。卻思黄綬事，辜負紫芝心。

五絶仄起不入韻

八陣圖　杜甫

功蓋三分國，名成八陣圖。「名」字必平。江流石不轉，「石不轉」微拗，然「不」字亦可平用。遺恨失吞吳。

五絕仄起入韻

春怨　　金昌緒

打起黃鶯兒，「黃」字微拗，一作「喚婢打鶯兒」。莫教枝上啼。「莫」字宜平而仄，則「枝」字宜仄而平。啼時驚妾夢，不得到遼西。

五絕平起不入韻

玉階怨　　李白

玉階生白露，夜久侵羅襪。卻下水晶簾，玲瓏望秋月。「望」字仄，則「秋」字可平。此雖仄韻，然實近體。

五絕平起入韻

婕妤怨　　皇甫冉

花枝出建章，「花」字必平。鳳管發昭陽。借問承恩者，雙蛾幾許長？「雙」字必平，與首句同。

七律仄起不入韻

奉和聖製從蓬萊向興慶閣道中留春雨中春望之作應制　王維

渭水自縈秦塞曲，『曲』字仄，則『秦』字必平。黄山舊遶漢宫斜。鑾輿迥出仙門柳，『仙』字必平。閣道迴看上苑花。『迴』字必平。若拗體，則『迴』字可仄，而『上』字可平矣。雲裏帝城雙鳳闕，雨中春樹萬人家。爲乘陽氣行時令，不是宸遊玩物華。『宸』字必平。

七律仄起入韻

秋興　杜甫

夔府孤城落日斜，『孤』字必平，斷不可仄。每依南斗望京華。聽猿實下三聲淚，奉使虛隨八月查〔一〕。『虛』字必平。畫省香爐違伏枕，山樓粉堞隱悲笳。請看石上藤蘿月，已映洲前蘆荻花。『洲』字必平，『蘆』字可仄。若拗體，則『蘆』字既平，而『洲』字亦可仄矣。

【校記】

〔一〕查，《杜詩詳注》卷十七作『槎』。

七律平起不入韻

酬嚴司空別後見寄　武元衡

金貂再入三公府，玉帳連封萬戶侯。『連』字必平。簾捲青山巫峽曉，烟開碧樹渚宮秋。劉琨坐嘯風清塞，謝朓裁詩月滿樓。『裁』字必平，最關係。白雪調高歌不得，美人南望翠蛾愁。

七律平起入韻

秋興　杜甫

昆明池水漢時功，武帝旌旗在眼中。『旌』字必平。織女機絲虛夜月，石鯨鱗甲動秋風。波漂菰米沉雲黑，露冷蓮房墜粉紅。『蓮』字必平。關塞極天惟鳥道，江湖滿地一漁翁。

附　七律拗體

長安秋夕　趙嘏

雲物淒清拂曙流，漢家宮闕動高秋。殘星幾點雁橫塞，『雁』字拗。長笛一聲人倚樓。『人』字拗。非『人』字平，則『一』字不可仄用。紫豔半開籬菊靜，紅衣落盡渚蓮愁。鱸魚正美不歸去，『不』字拗。空戴南冠學楚囚。

白帝城最高樓　杜甫

城尖徑昃旌旆愁，此句調響在一『旌』字。獨立縹緲之飛樓。上四字仄，則下三字宜平。峽坼雲霾龍虎臥，江清日抱黿鼉游。此二句賴一『黿』字平聲，遂成拗體。扶桑西枝封斷石，上五字平，下二字仄。弱水東影隨長流。『水』、『影』俱仄，則下三字宜平。杖藜嘆世者誰子，『者』字拗。泣血迸空迴白頭。『迴』字拗。

附　摘單拗句法

秋興　杜甫

西望瑤池降王母，『降』字宜平而仄，『王』字宜仄而平，讀之令人不覺此天籟自然之妙。東來紫氣滿函關。

詠懷古跡　杜甫

伯仲之間見伊呂，『見』、『伊』二字，同上『降』、『王』。指揮若定失蕭曹。

長洲懷古　劉滄

千年事往人何在，半夜月明潮自來。此出句不拗而對句拗者，『月』字宜平而仄，『潮』字宜仄而平。

附　摘雙拗句法

蜀相　杜甫

映堦碧草自春色，『自』字拗。隔葉黃鸝空好音。『空』字拗。『空』字既平，則『黃』字亦可仄用。

淩歊臺　許渾

湘潭雲盡暮烟出，「暮」字拗。巴蜀雪消春水來。「春」字拗，「雪」字不妨仄用。

咸陽城西樓晚眺　許渾

溪雲初起日沉閣，「日」字拗。山雨欲來風滿樓。「風」字拗，「欲」字可仄用。

漁父　張志和

秋山入簾翠滴滴，「山」、「簾」俱平，下三字俱仄。野艇倚檻雲依依。「艇」、「檻」俱仄，下三字俱平。

暮春　杜甫

沙上草閣柳新闇，五字仄，二字平。城邊野池蓮欲紅。五字平，二字仄。

暮歸　杜甫

客子入門月皎皎，「月」字拗。誰家擣練風淒淒。「風」字拗。

七絕仄起不入韻

九月九日憶山東兄弟　王維

獨在異鄉爲異客，「爲」字必平。每逢佳節倍思親。「倍」字必仄。遥知兄弟登高處，「登」字必平。遍插茱萸少一人。「茱」字必平。

七絕仄起入韻

春宮曲　王昌齡

昨夜風開露井桃，『風』字必平，『露』字亦可平，然不若仄字之響。未央前殿月輪高。平陽歌舞新承寵，『新』字必平。簾外春寒賜錦袍。『春』字必平。

七絕平起不入韻

江南逢李龜年　杜甫

岐王宅裏尋常見，『尋』字必平。崔九堂前幾度聞〔一〕。『幾』字亦可作平，然不若仄字之響。正是江南好風景，『好』、『風』單拗。落花時節又逢君。

【校記】

〔一〕聞，底本作『來』，據《杜詩詳注》卷二十三改。

七絕平起入韻

聞王昌齡左遷龍標遙有此寄　李白

楊花落盡子規啼，聞道龍標過五溪。『龍』字必平。我寄愁心與明月，『與』、『明』單拗。隨風直到夜郎西。

平聲用白圈○，仄聲用黑圈●，平聲必不可易者用雙白圈○○，仄聲必不可易者用雙黑圈●●，凡可平可仄者無圈。

凡五言第三字俱以平仄平仄聯下，如『明月松間照，「松」字平。清泉石上流。「石」字仄』、『草枯鷹眼疾，「鷹」字平。雪盡馬蹄輕。「馬」字仄』之類是也。唯首句入韻者，其第三字可仄。如『何年顧虎頭。「顧」字仄』、『風勁角弓鳴。「角」字仄』之類是也。至拗體之第三字則出者可仄，而對者可平。如『一徑野花落。「野」字仄』、『孤樹春水生。「春」字平』之類是也。

五言凡對句之平仄者，其第一句必平，斷不可仄。如『清泉石上流。「清」字必平』、『南樓縱目初。「南」字必平』之類是也。對句之仄平者，其第一字平仄皆可用。如『天氣晚來秋。「天」字用仄也可』、『雪盡馬蹄輕。「雪」字用平亦可』之類是也。大約仄可換平，平斷不可換仄，第三字同此。如對句之平仄者係拗體，則第一字之平亦可仄，而第三字之仄者反可平矣。如『日高花影重。「日」字反仄，「花」字反平』、『況經長別心。「況」字反仄，「長」字反平』之類是也。

七言出對第一字俱不論平仄，第三字與五言第一字同例。凡對句第三字，仄者可平，如『山樓粉堞隱悲笳。「粉」字可以換平』之類是也。平者必不可仄，如『謝朓裁詩月滿樓。「裁」字必不可換仄』之類是也。王阮亭先生云：『律詩正要辨一三五。俗云「一三五不論」，怪誕之極。』余此書專爲初學而設，故當平當仄處，不憚繁瑣言之，閲者鑒余之苦心可也。

五言拗體，如『風暖鳥聲碎，日高花影重』、『一徑入溪色，數家連竹陰』之類，對待整齊，尚可用於場屋。其他如『山光悅鳥性，潭影空人心』、『草木歲月晚，關河霜雪清』之類，則不衫不履，斷不可用於試帖矣。然亦有自然之音節，不可不知。至七言拗體，則神明變化，不一其格，學者須熟讀老杜及山谷之詩，自有悟入，茲不暇遍錄也。

乾隆甲申榴月，吳鎮識。

梅聖俞續金鍼詩格

八病說

八病者，一曰平頭。第一字不得與第六字同聲，第二字不得與第七字同聲。詩曰：『今日良宴會，歡樂難具陳。』『今』與『歡』同聲，『日』與『樂』同聲。一曰謂句首二字並是平聲是犯。古詩：『朝雲晦初景，丹池晚飛雪。飄披聚還散，吹揚凝且滅。』

愚按：休文八病，本爲古詩而設。其言同聲者，謂同平聲，同上去入聲也。然執此而繩詩，『今』、『歡』且爲平頭，則漢魏至梁悉無詩矣，豈通論乎？惟用之於律，而且易同聲爲同韻，乃爲是耳。如『明月松間照，清泉石上流』、『雲物三光裏，君臣一氣中』，平頭者僅見此一聯，餘犯之者亦少。『日』、『樂』同入聲，在古詩或有之，至律詩第二字則出平對仄，出仄對平，尚何平頭之慮乎？惟易『日』爲平聲之『家』，易『樂』爲仄聲之『嫁』，『馬』、『把』、『駕』、『亞』亦然。如後之正紐云云者，則大不可耳。『朝雲』、『丹池』、『飄披』、『吹揚』等字，亦復如是。但當以平對仄，以仄對平，兼防正紐，斯卽可耳。

二曰上尾。第五字不得與第十字同聲。詩曰：『西北有高樓，上與浮雲齊。』『樓』與『齊』同聲。一曰古詩：『蕩子到娼家，秋庭夜月華。桂華侵雲長，輕光逐漢斜。』內『家』字與『華』字同聲，是韻卽不妨。若側聲是同上去入，卽是犯也。

愚按：此病可統攝入大韻中，『樓』、『齊』二字，在古詩原不爲病，至於律，則斷斷無犯之者矣。『蕩子到娼家，秋庭夜月華』，亦復何病？惟『桂華』，『華』字乃心腹之憂耳。如：『一鳩啼午寂，雙燕話春愁。』『鳩』犯『愁』；『一花開楚國，雙燕入盧家。』『花』犯『華』、『家』；『宿世謬詞客，前身應畫師。』『詞』犯『師』。若此之類，則斷斷不可爲訓也。七言之犯者，亦復如是。

三曰蜂腰。第二字不得與第五字同聲，所以兩頭大中心小，似蜂腰之形。詩曰：『遠與君別者，乃至雁門關。』『與』字並『者』字同聲。一曰古詩：『徐步金門旦，言尋上苑春。』

愚按：『與』、『者』俱上聲，『步』、『旦』俱去聲，似亦無妨，然細諷則調終不諧。如『行到水窮處』『到』、『處』皆去，『玉袖淩風並』『袖』、『並』皆去，唐人若此者甚多，然兩上兩入者則又少矣，能避此當更妙也。七言之『百年地僻柴門迥』『僻』、『迥』皆上，『謝安不倦登臨費』『倦』、『費』皆去，『殊方日落玄猿哭』『落』、『哭』皆入，亦復如是。

四曰鶴膝。第五字不得與十五字同聲，所以兩頭細中心粗，似鶴膝之形。詩曰：『新裂齊紈素，皎潔如霜雪。裁爲合歡扇，團團似明月。』『素』與『扇』同聲。一曰古詩：『陟野看陽春，登樓望初柳。綠池始沾裳，弱葉未映綬。』言『春』與『裳』同是平聲，故曰犯，上去入亦然。『池』疑作『汁』。

愚按：『陽春』、『沾裳』，在古詩亦未爲病，更與律詩無干，此可存而不論。惟『素』、『扇』二字於律詩最爲吃緊。李天生熟精杜詩，言其七律出句凡末字同上去入者，必隔別用之。及朱竹垞與李武曾寒夜背誦，其不符者僅八首耳，後證以宋元舊本暨《文苑英華》，則八首詩中並無一犯者焉。竹垞《與查德尹書》言此義前賢未發，出天生之獨見。然猶未詳其原於鶴膝也。今附朱書於後。

五曰大韻。爲重疊相犯也。如五言詩以『新』字爲韻者，九字内更著『津』字、『人』字等爲大韻也。詩曰：『胡姬年十五，春日獨當壚。』『胡』與『壚』同聲也。一曰謂二句中字與第十字同聲是犯。古詩：『端坐苦愁思，攬衣起西遊。』『愁』與『遊』是犯也。

愚按：此病在古詩無妨，在律詩最爲緊要，不論上句下句、五言七言，皆不可犯。雖細檢唐詩，犯者亦復不少，究不得舍其所長而專師其故犯大韻也。休文卽無此論，今日固當議及之。

唐詩對待中多不敢用『東』、『風』字，避大韻也。若崔國輔之『豫遊皆汗漫，齊楚卽崆峒』，白居易之『遙憐峯窈窕，不隔竹蒙籠』，王損之之『依稀沉極浦，想像在中流』，吴融之『已吟何遜恨，還賦屈平情』，及七言中許渾之『湯師閣上留詩別，杜叟橋邊載酒還』，徐凝之『海燕解憐頻睥睨，胡蜂未識更徘徊』，如此之類，則以病對病，反無病矣。『怨人東風芳草多』，曾見劉滄一句。

此病最易避，而犯者每有難色，是無勇也。

六曰小韻。除上十字中，自有韻者是也。詩曰：『客子已乖離，那宜遠相送。』『子』、『已』、『離』、『宜』字是也。一曰九字中用『明』字，又用『清』字，是犯。古詩：『薄帷鑑明月，清風吹我襟。』

愚按：此病太微細，似可通融。如『四更山吐月，殘夜水明樓。』『更』、『明』小韻。『柳塘春水漫，花塢夕陽遲。』『塘』、『陽』小韻。『古樹老連石，急泉清露沙。』『泉』、『連』、『樹』、『露』皆小韻。若此之類，詩句既佳，讀者亦復不覺。且『樹』、『泉』、『連』、『露』分綴上下，似猶以病還病也。然而留心者兼能迴避，則又未嘗不是。

七曰旁紐。一句中已有『月』字，不得著『元』、『阮』、『願』字，此雙聲，卽旁紐也。詩曰：『丈夫且安坐，梁塵將欲起。』『丈』、『梁』之類，卽爲犯耳。一曰十字中用『田』、『賓』字，又用『寅』、『延』等字，是犯。古詩：『田夫亦知禮，寅賓延上座。』

愚按：此病於聲調之虛實陰陽最有關係，不第如宛陵所注『丈』、『梁』、『田』、『延』、『寅』、『賓』等字也。然而此等字，亦在其中。能悟此病，則聲調自高。

梅注『丈』、『梁』二字，猶屬疊韻正紐，必如溫飛卿『棲息銷心象，簷楹溢豔陽』，斯爲旁紐耳，此病攝入雙聲中。『田』、『延』宜歸小韻；『寅』、『賓』二字，亦當攝入疊韻中，不得謂之旁紐也。

八曰正紐。如『壬』、『衽』、『任』、『人』四字爲一紐。一句中已有『壬』字，更不得著『任』、『衽』字。詩曰：『我本漢家女，來嫁單于庭。』是一紐之內，名正雙聲。一曰十字中有『元』字，又有『阮』、『願』、『月』字，是犯。古詩：『我本良家子，來嫁單于庭。』『家』與『嫁』乃犯也。

愚按：此病卽推廣大韻而言之。『家』、『嫁』且犯，則『馬』、『把』、『駕』、『亞』等字，無論出句對句，皆不宜用『麻』字韻矣，況『花』、『斜』、『沙』、『賒』乎？此病犯者頗多，然不檢點，終與犯大韻者無異。

梅注初段引『我本漢家女』云云，又引『良家子』云云，豈此外遂無二句耶？如『白也詩無敵，飄然思不羣』，『思』爲去聲，卽與『家』、『嫁』略同也。石崇詩：『我本漢家子，將適單于庭。』

詩病有八，總不外雙聲疊韻。雙聲稍難知，而亦不易犯；疊韻最易犯，而亦不難知。爲今之計，但避大韻，已能免俗，餘如鍾記室所云：『口吻調利，斯爲足矣。』

再如疊韻、正紐之類，皆能以病對病，則尤妙。

以上八病畢。

四聲始於周顒，八病出於沈約，詩之妙如斯而已乎！ 然不通聲病，終難言詩，初學者，當心領於荃蹄之外也。

皮日休《雜體詩序》曰：『《詩》云「蝃蝀在東」，又云「鴛鴦在梁」，雙聲起於此也。』

愚按：『蝃蝀』、『鴦梁』宜歸疊韻，『蝀東』亦可謂疊韻之雙聲，如『互護』之類是也。

陸龜蒙《詩序》曰：『疊韻起自梁時，如「後牖有朽柳」，武帝句也；「梁王長康强」，劉孝綽句也，自後用此體作爲小詩者多矣。』

《蔡寬夫詩話》曰：『自唐以來，雙聲不復用，而疊韻間有。杜子美「卑枝低結子，接葉暗巢鶯」、白樂天「戶大嫌甜酒，才高笑小詩」之類，皆因其語意所到，輒成就之，要不以是爲工也。陸龜蒙輩遂以皆用一音，引「後牖有朽柳」、「梁王長康强」爲始於梁武帝，不知復何所據。所謂蜂腰、鶴膝者，蓋又出於雙聲之變，若五字首尾皆濁音，而中一字清，卽謂蜂腰；若首尾皆清音，而中一字濁，卽爲鶴膝，尤可笑也。』

愚按：蜂腰、鶴膝，蔡氏所謂可笑者，恐亦有說，但首尾濁而中一字清，首尾清而中一字濁，如何安插？惜未指出某人某句耳。或謂張平子詩『邂逅承際會』爲以濁夾清，傅休奕詩『徽音冠青雲』爲以清夾濁，平爲清，仄爲濁也，然其說總難通。

《南史·謝莊傳》曰：『王玄謨問莊何者爲雙聲，何者爲疊韻。答曰：「『互護』爲雙聲，『磝碻』

爲疊韻。」』

愚按：『互護』雖曰雙聲，亦歸疊韻，必如旁紐、正紐，斯爲雙聲耳。

《學林新編》云：『雙聲者，同音而不同韻也；疊韻者，同音而又同韻也。若「彷彿」、「熠燿」、「騏驥」、「慷慨」、「咿喔」、「霡霂」皆雙聲也；若「侏儒」、「童蒙」、「崆峒」、「巃嵸」、「螳螂」、「滴瀝」皆疊韻也。」』

愚按：此說最透。

《廣韻》曰：『章灼』、『良略』是雙聲，『灼略』、『章良』是疊韻。又『汀剔』、『靈歷』是雙聲，『剔歷』、『汀靈』是疊韻。

愚按：此說更爲直捷了當。

李羣玉詩『方穿詰曲崎嶇路』，用雙聲也；『又聽鈎輈格磔聲』，用疊韻也。

雙聲詩　王融

園蘅眩紅蘤，湖荇燡黃華。回鶴橫淮翰，遠越合雲霞。

疊韻　山中吟　陸龜蒙

瓊英輕明生，石脈滴瀝碧。玄鉛仙偏憐，白幘客亦惜。

雙聲　溪上思　前人

溪空惟容雲，木密不隕雨。迎漁隱映間，安問謳鴉櫓。

疊韻　吴宫詞二首　前人

膚愉吳都姝，眷戀便殿宴。逡巡新春人，轉面見戰箭。

紅櫳通東風，翠珥醉易墜。平明兵盈城，棄置遂至地。

疊韻　山中吟　皮日休

穿烟泉潺湲，觸竹犢觳觫。荒篁香牆匡，熟鹿伏屋曲。

雙聲　溪上思　前人

疏杉低通灘，冷鷺立亂浪。草彩欲夷猶，雲容空澹蕩。

疊韻　吳宫詞二首　前人

侵深尋嶔岑，勢厲衛睥睨。荒王將鄉亡，細麗蔽袂逝。

枍栺替製曳，康莊傷荒涼。主虜部伍苦，嬙亡房廊香。

愚按：以上皆遊戲之詩，學者但悟雙聲、疊韻，不必疲精費力而故效此體也。

附　與查德尹編修書　朱彝尊

比得書，知校勘《全唐詩》業已開局。近聞足下先取杜少陵作，審其字義異同，去箋釋之紛論而歸於一是，甚善。然有道焉。

蒙竊聞諸昔者吾友富平李天生之論矣：『少陵自詡「晚節漸於詩律細」，何言乎細？凡五七言近體，唐賢落韻共一紐者不連用，夫人而然。至於一三五七句用仄字上去入三聲，少陵必隔別用之，莫有疊出者，他人不爾也。』蒙聞是言，尚未深信。退與李十九武曾共宿京師逆旅，挑燈擁被，互誦少陵七律，中惟八首與天生所言不符。其一《鄭駙馬宅宴洞中》云：『主家陰洞細烟霧，留客夏簟青琅玕。春酒杯濃琥珀薄入，冰漿盌碧瑪瑙寒。誤疑茅堂過江麓入，已入風磴霾雲端。自是秦樓壓鄭谷入，時聞雜佩聲珊珊。』疊用三入聲字。其一《江村》云：『清江一曲抱村流，長夏江村事事幽。自去自來梁上燕，相親相近水中鷗。老妻畫紙爲棋局入，稚子敲針作釣鈎。多病所須惟藥物入，微軀此外復何求？』疊用二入聲字。其一《秋興》云：『昆明池水漢時功，武帝旌旗在眼中。織女機絲虚夜月入，石鯨鱗甲動秋風。波漂菰米沉雲黑入，露冷蓮房墜粉紅。關塞極天惟鳥道，江湖滿地一漁翁。』疊用二入聲字。其一《江上值水》云：『爲人性僻耽佳句去，語不驚人死不休。老去詩篇渾漫興去，春來花鳥莫深愁。新添水檻供垂釣去，故著浮槎替入舟。焉得思如陶謝手，令渠述作與同遊。』疊用三去聲字。其一《鄭縣亭子》云：『鄭縣亭子澗之濱，戶牖憑高發興新。雲斷嶽蓮臨大路去，天晴宮柳暗長春。巢邊野雀羣欺燕去，花底山蜂遠趁人。更欲題詩滿青竹，晚來幽獨轉傷神。』疊用二去聲字。其一《至日遣興》云：『去歲茲辰奉御牀，五更三點入鵷行。欲知趨走傷心地去，正想氤氳滿眼香。無路從容陪語笑去，有時顛倒著衣裳。何人錯憶窮愁日，愁日愁隨一線長。』疊用二去聲字。其一《卜居》云：『浣花溪水水西頭，主人爲卜林塘幽。已知出郭少塵事去，更有澄江銷客愁。無數蜻蜓齊上下去，一雙鸂鶒對沉浮。東行萬里堪乘興去，須向山陰入小舟。』疊用三去聲字。其一《秋盡》云：『秋盡東行且未迴，茅齋近在少城隈。籬邊老卻陶潛菊入，江上徒逢袁紹杯。雪嶺獨看西日落入，劍門猶阻北人来。不辭萬里長爲客入，懷抱何時得好開。』疊用三入聲字。此八詩者，識於懷不忘。久而覩宋元舊雕本暨《文苑英華》證之，則『過江麓』作『出江底』，『江』不當言『麓』，作『底』良是；『多病』句作『賴有故人分祿米』；『夜月』作『月夜』；『漫興』作『漫與』；『大路』作『大道』；『語笑』作『笑語』；『上下』作『下上』；『西日落』作『西日下』。合之天生所云，八詩無一犯者。

由是推之，『七月六日苦炎熱』，下文第三句不應用『蠍』字，作『苦炎蒸』者是也。『謝安不倦登臨賞』，下文第七句不應用『府』字，作『登臨費』者是也。循此説以勘五言，雖長律百韻，諸本字義之異，可審擇而正之。第恐聞之時人，必有訕其無關重轻者，然此義昔賢所未發，出天生之獨見，善不可沒也，足下能聽信否乎？

附　笠翁詩韻例言一則

李　漁

四曰畫格辨音。沈韻所列之字，不以類從，如『一東』之中，『公』、『宮』同音，而不相聯屬，中以『融』、『熊』、『窮』、『風』等字間之，頗覺未便。自唐禮部頒韻，始以同聲爲類，依類为序。至宋《韻會》，又加七音分切，定爲字之先後。予謂七音太微，不若同聲之顯，且便於詩家，故依唐禮部式。所謂『便於詩家』者，亦自有説。如起句用一『風』字，次句之韻必須另換一音，如『東』、『中』、『蒙』、『同』等字，始覺溜亮。若不分別字音，謬謂凡屬『一東』韻内之字無不可用，隨手拈來。或用一『豐』字及『楓』字，『豐』、『楓』與『風』字義別而韻則同，兩句一韻，讀之便覺粘口。此亦詩家之大忌也。雖前人未嘗犯此，然未有明言以告世者。予特揭而出之，以裨初學。今分別其音，各爲一格。首句用此，則次句別入一格，必不復於此內求之，豈非至便？若中間已隔一音，後來再用者，則與首句相同而無害矣。此亦爲初學者言，慮其執一以致誤也。

愚按：此在八病外，然其説不可不遵。如第二句末字爲『風』，第四句末字亦不可用『豊』、『楓』；第四句末字爲『風』，第六句末字亦不可用『豊』、『楓』，六、八句末字亦然，總宜用他字隔別也。

八病説跋

李華春

《八病説》諷誦再三，所謂雙聲、疊韻者，今乃能了然於心，至其中議論，多前人所未發，衣被騷壇，功不在宛陵以下也。

受業李華春實之。

松厓文稿

松厓文稿序

楊芳燦

松厓先生以詩名海內，其流傳者，膾炙人口久矣。今出其古文示余，雄深奥衍，自成一家。間作六朝駢體，亦復清真流走，古藻離披。先生謙然自下，不欲以文名。余謂太白、少陵、摩詰，咸有文集，與詩並傳，雖文名稍以詩掩，而其佳處，有韓、柳諸大家所不能到者。此中消息，惟識微者知之耳。因汰其應酬之作，釐爲一卷，麗而則，雋而雅，其詩人之文歟！

乾隆丙午夷則月，梁溪後學楊芳燦拜讀。

擬陸士衡上張壯武牋

機再拜明公閣下。竊機承祖父之勳，少典牙門將軍。水龍東驚，蒙聖主拔諸菰蒲，實出望外。入洛以來，郎知公博物洽聞，古今無比。兼之虚懷吐握，延攬孤寒。夫延平之劍，特頑鐵耳，一經賞識，遂騰紫氣於斗牛。況機固江東人面者，獨無踴躍之心哉？舍弟雲賦性疏狂，人厭其笑。蒙公以片席接之，遂與日下鳴鶴，同作千秋佳話。此猶石鼓無聲，待公而始鳴也。

今海内昇平，夔龍接踵，盈滿之戒，公自知之。然雲閣棲遲，鷦鷯已賦，靜以待之，靡不善矣。僕有《文賦》、《樂府》，凡若干首，俟黄耳攜至，當獻諸公。機再拜。

有舉孝廉者，黄中丞試以此題，其人不能成一字。或謔之云：『某孝廉惜墨如金，廉則有之，惜乎孝未之聞也。』一時傳以爲笑。予時肄業書院，因戲代爲之。然中丞嘉孝廉之樸行，仍檄地方官獎其門閭。此數十年前事也。松厓自記。

【集評】

姚雪門曰：『自是晉人吐屬，不特爲張、陸具數家珍已也。』

張鶴泉曰：『俊逸清新，絶似魏晉人機趣。』

烏鼠同穴辨古學試牘

按：烏鼠同穴，是一山而四字名者。《禹貢》『導山』條內：『西傾、朱圉、烏鼠。』此舉偏名。蓋與西傾、朱圉列舉，不得不摘二字名之也。『導水』條內：『導渭，自烏鼠同穴。』此舉全名。蓋單言『烏鼠同穴』，則可以備舉四字名也。孔氏《尚書傳》曰：『烏鼠共爲雌雄。』張氏《地理志》：『不相牝牡。』其所以注『烏鼠』異也，其所以注『烏鼠同穴』則一也。《爾雅》：『烏鼠同穴，其烏名鵌，其鼠名鼵。』《山海經·西山經》有烏鼠同穴之山。郭璞注二書，皆云：『烏常在外，鼠常在内，共穴而居，故山以是得名。』又有烏大鼠小之説。《通志》：『首陽西南，有烏鼠同穴山，渭水所出。今臨洮渭源縣，即漢首陽，其地有烏鼠同穴山。』凡此皆經文傳記可證可據者，然則烏鼠同穴之爲一山明矣。而或者必欲別而二之，以『烏鼠』與『同穴』爲兩山。不惟使此山一山兩名，且使渭水一水兩出，不亦鑿而無據乎？爲此説者，其亦少見多怪，以爲四字不可名山也。然則岍、岐皆山，王屋、底柱皆山，而烏鼠同穴豈非一山歟？變而推之，則職方氏之醫無閭，《春秋傳》之華不注，以及《山海經》之錞于毋逢、猗天蘇門，皆不可以爲山？《國語》之雲連徒洲、《山海經》之思士不妻、思女不夫，皆不可以爲國爲藪？而必析之爲二，離之爲三，然後可耶？故『烏鼠同穴』之可一而不可二也，昭昭矣。然或稱『烏鼠同穴』，或稱『烏鼠』，而必不可單稱『同穴』者，此又何以故也？蓋言『烏鼠』，則『同穴』之義見；言『同穴』，則『烏鼠』之義不見。

【集評】

官清溪先生曰：『筆勢刻峭，如一則異書。而考辨之詳晰，且不足道。』

姚雪門曰：『奥衍縱横，筆意從昌黎《諱辨》得來。』

自記曰：『予年十七，蒙學使周雨甘先生，歲入郡庠。年二十，蒙學使嵩茂永先生，歲科俱考第一，獲充拔貢。嗣是凡學使考古，予必與焉，而試卷悉無落者。乾隆己巳夏，學使官清溪先生案臨蘭棚，予適肄業書院，因復與考。時先生合六屬生童及書院秀異者，約三百人，扃門而試。其命題則有《皋蘭山賦》、《積石歌》、《候馬亭歌》、《鳥鼠同穴辨》、《洩湖峽銘》、《雙忠贊》、《紅泥巖寶志遺跡記》、《紅葉當階翻》五排共八首。其全做完卷者，惟予及皋蘭劉渭卿二人而已。案發，予第一，劉次之，餘皆以乙等發落。賦未限韻，亦不拘古律，予以騷體爲之。先生大加歎賞。其總批云：「亦有登眾山淩絕頂之概。『老魚跳波瘦蛟舞』，筆之險勁似之。」今歌載詩中，而賦稿遺失。録此《辨》與《贊》、《銘》，聊以誌知己之感云。劉名佩璜，精醫而工詩。詩人胡靜庵（名釴，秦安拔貢，後官高臺教諭）嘗贈以「萬言揮禿穎，八口繫空囊」之句。人謂確評。今先生及胡、劉二友，久經化去，而予年亦七十，追憶少時之叉手擊缽，恍如夢矣。惟學宦兩無所成，殊有愧諸公之期許耳。』

洩湖峽銘峽在河州

大夏之湖，黿鼉所國。萬斛泉來，蓄之深黑。雙崖如門，一瀉而北。斷若斧痕，得匪神力。茲峽不開，滔天曷極。禹功萬古，永懷明德。

【集評】

張鶴泉曰：『鬼斧神斤，獨開天梯石棧。』

雙忠贊雙忠者，張兑溪萬紀、鄒蘭谷應龍也，俱祀狄道超然臺

鈐山學究，老而作賊。眇孽東樓，口稱詔敕。椒山批鱗，碧血霜色。誰其繼之，鄒張競力。侃侃給諫，鷹鸇鎩翼。蘭谷正音，罪人斯得。白虹貫日，乾坤不側。青瑣兩人，千秋遺直。

【集評】

鶴泉曰：『勁氣横空，雙管齊下，起結尤見奇峭。』

同里後學吴鎮謹識曰：『按兑溪救椒山事，《疏》載郡志，惜《史》逸之。而椒山《送張兑溪給諫出守廬州》詩有「九死爲親焚諫草，百僚忌爾著時名」之句。今保定椒山祠堂附祀諸公内，亦列張舜卿先生木主。舜卿，兑溪之子也。由觸怒分宜，故　麾出守，而旋遭廢斥云。後嚴事敗，凡九徵而不起。具載墓碑及本傳中。《椒山集》「兑」誤作「對」，想獄中不暇檢點耳。』

打虎任四傳

打虎任四者，渭源農夫也，而家實居狄道。父死於虎，四乃習爲鳥鎗，誓殺百虎以報父讎。凡捕虎

必結隊，鎗發，則二人持叉以御，或連發，否則能隨烟起處攫人也。四初與人偕，後則隻身往跡虎，每遇之，則一鎗立斃，蓋得其要害云。

四本殺虎以復讎，久而成業，秦隴獵人爭師之。每鄰邑有虎暴，必來迎四，四偕其門人往，虎無不得者。收其牙皮，歲足代耕，而厚謝者，或至得一虎而錢數十緡，謂之命價，諸獵徒無不求假焉。俗云：『活虎之睫毫，能照人畜本相。』四嘗鎗虎倒地，氣猶茀然怒貌，出《莊子》，遽拔其毫以照人，竟了無所見，乃知俗言妄矣。

四自少至老，計所殺已九十九虎，而不能滿百，乃裹糧入深山，結巢以俟。忽一虎咆哮至，鎗不及發，四幾爲所噬，俄而雲霧晦冥，若有神人呵虎去，兼責四過殺者。乃歸而焚香瀝酒，告其父靈，並戒兒孫弟子，世世勿復與虎讎也，遂溘然寢虎皮而逝。事在康熙、雍正間，至今狄、渭士夫，猶有談打虎任四者。

【集評】

張鶴泉曰：『睫毫一段妙，不能滿百及再勿殺虎，更妙！　此法從《史記》得來。』

姚雪門曰：『事奇，文亦奇，筆力直逼柳州。』

處士王君順傳

皋蘭有處士曰王君順者，歿數十年矣。今予乃聞其軼事，因追爲之傳。

君順名鴻孝，少以家貧學賈，然暇則就人問字，久而不懈，遂博覽羣書。性勤儉，凡經營三十餘年，始有田數十畝，梨棗數百株。是時長子某、次子某俱補縣學生，食餼；少子理，亦能繼賈業。君順遂盡舉家事而付之曰：『吾老矣，安能日日爲若等馬牛乎？』於是登華嶽，上嵺山，探幽窮阻，屐跡遍南北。所遇名勝，必倩良工繪圖以歸，而自爲說其後。又好藏書，所積幾充棟。旁及琴棋、丹青諸玩，皆各得其旨趣。凡與君順交者，咸謂君順韻士也。

君順自奉儉約，而能拯窮困。嘗獨遊河濱，見一他鄉少年將投水者，急止而詢之，則爲主庫者收得債百金，而不幸遺失。君順惻然良久曰：『勿憂也。』遂引至酒肆，自爲立百金券授之，曰：『我家在某處，明日持券來，吾償汝矣。』少年愕然，不敢受。喻之意，乃涕泣而袖之。詰旦，少年至。君順持券示諸子姪曰：『此吾故人子也，久負其債，當速償。』諸子姪皆奉命唯唯。少年遂受金，拜謝而去。及君順歿後數年，前少年復至，則泣拜祠堂，備還前金，而具言其故。諸子姪恍然，乃知向券之所由來也。

君順年八十，卒。郭觀察朝祚嘗題其小照，稱曰『隱君』，而王合陽太守特表其閭曰『孝友傳家』，今其子孫世寶之。

松厓居士曰：『余少遊名山多矣，顧尤獨愛太華、武當，謂奇秀非他比，及觀處士所自跋山圖，抑何其不約而同也！然處士一布衣，乃能裹糧杖策，徧探天下奇勝。而予東至齊魯，未登岱；南游楚，未登衡山。仕宦之羈人，固不如漁樵哉！』

【集評】

江乙帆曰：『付券一段，惻惻感人，而結尤閒遠。』

張鶴泉曰：『筆意高遠，敘事亦見洗刷，是半山學史公而得其潔者。』

姚雪門曰：『王君出色處，在立券付金一事，傳中亦極力摹寫。而前路只閒閒敘次，至贊語卻專就好遊發論，絕不照顧付金事，是神明於龍門之法者，外人未許問津。』

丁星樹曰：『頓束處，味美於回。』

高竹園遊府行樂圖引元龍，深州武進士，工詩善書

蓋聞謝傅功成，不改東山之志；孔公客滿，時傾北海之尊。既對景以興懷，宜及時而爲樂。我尺翁戎伯者，係分渤海，妙常侍之詩篇；家近房山，擅尚書之圖畫。一麾出守，宦吳越烟水之鄉；千里折衝，馭秦隴熊羆之士。西傾山古，虎節春遊；北斗星高，龍刀夜帶。爰以臨戎之暇，偶爲行樂之圖。綠竹成林，金魚作隊。石堪挂笏，泉可濯纓。唱《白雪》之高歌，壯心不已；看《黄庭》之細字，老眼無花。僕洮水迂儒，隴山狂客。開老梅之塢，竊比仲圭；入細柳之營，乃逢季迪。敬爲小引，敢告同人。附滹水之禽魚，傳焉必久；聆蘇門之鸞鳳，和者其誰？

【集評】

高竹園曰：『字字貼切，得未曾有。』

祭馬雲飛先生文

嗚呼！瀼瀼者，白露耶；燦燦者，黄花耶。攜酒入門，景物無恙，而三壺齋主人，忽忽已作古人矣。嗚呼哀哉！某等與公相交不一，有數年交者，有二三十年交者，有自孩提以至没齒交者。要之皆愛公敬公，而望公之貴且壽，不意公之遽逝者也，然竟不起。悲夫！

公髫年遊泮，弱冠而食餼，屢試冠軍，學使者每器重之。嘗兩赴秋闈不遇，遂乃優遊醉鄉，以歲薦食於家。嗚呼！其命然也！公飲酒不拘朝暮，尤不擇冷暖醇漓，舉杯便盡，若灌漏卮。或四座起舞翩躚，雄辯蜂起，公則不見不聞，默然獨醉。既醉，則出户便旋，不辭而去。嗚呼！公其有酒德者歟！公於今年之六月，接司訓保安之命。捧檄而喜，竟赴玉樓，人或以不及赴任爲憾。然苜蓿寒官，迢迢二千里外，與其沉痾道路而旅櫬他鄉，何如偃仰首丘而從容正寢之爲樂乎？嗚呼！公亦可以無憾矣。公有弟某，未讀書而能知大義，經營喪事，悉能盡禮；撫養公妻子，尤無毫髮之虞。地下修文，公更可以瞑目。但念某等，相從半世，不忍分離。今日薄虞淵，山陽笛起，問黄公之酒壚，能勿過車而腹痛哉？絜酒之奠，聊抒寸忱。公其如生前，豪飲爲快。嗚呼哀哉，尚饗！

【集評】

張鶴泉曰：『筆致瀟灑，獨往獨來，坡仙得意之作。』

姚雪門曰：『祭文不用韻，自是變體。必須如昔人所云「句句是哭聲者」爲妙。然曾聞前輩言：「昌黎《祭十二郎文》亦有韻。」則此體唐以前固未嘗破也。』

自記曰：『按《文選》祭文，悉有韻者。但前人亦不盡拘，如魏武《祀橋太尉文》、王右軍《祭墓文》，皆無韻也。今偶一用之可耳。』

楊山夫詩序

往余薄游姑汾，獲交詩人襄陽楊山夫，具言其友浮山張荊圃者，三晉之君子也。余因重山夫，而想見荊圃之爲人。近需次京師，始與荊圃相見，如平生歡，而山夫已爲古人矣。

山夫隱而貧，荊圃仕而顯，其出處不同，而嗜山水則同；山夫典衣而醉，荊圃列鼎而食，其豐嗇不同，而其喜交遊則同；山夫之詩清刻而堅瘦，荊圃之詩爽朗而高華，其格調不同，而其近風雅則同。余因重荊圃，而益重山夫之爲人與其詩也。

山夫既歿，荊圃之子菊坡，卽山夫弟子也，遣人具賻往弔，兼取其師之遺稿而歸。今荊圃詳加訂正，梓而行之，亦足慰良友於泉下矣。憶余贈山夫詩，有『水木爲廬舍，詩文作子孫』之句，山夫頗加歎賞。今荊圃表彰其遺詩，是西華葛帔，不勞廣論於絕交也。其可以悲也夫！其可以感也夫！

【集評】

姚雪門曰：『「文章有神交有道」，於斯文見之。作者、梓者、序者，俱可以傳矣！』

劉戒亭詩序

三原劉九畹先生方撰次全秦之詩爲《二南遺音》，而嗣君源深乃以所作詩，屬余校定。蓋不以過庭之異聞封域責善，信源深之多師以爲師也。

夫作詩之根本，繫乎性靈。源深生五陵豪俠之區，歷隨父之蜀、之晉。凡名山大川、草木禽魚及晦明風雨可以喜笑怒駡者，悉舉而羅之於詩。微論其詩之工拙也，卽其性靈之超詣，已翛然獨遠矣。世嘗謂樸鈍者不文，而浮華者無行。源深渾沌未鑿，淵淵浩浩，望之者幾疑爲無懷、葛天之民，而吟風弄月，獨能撚鬚不倦，賢者固不可測哉！

源深詩頗多，余删而存者僅十之一。然如五言之『桃花山店火，柳絮石橋烟』、『白雲家遠近，黄葉路高低』、『入門泉乍響，過夏日猶長』、『風月滄江路，鶯花古絳春』，七言之『司寇峩冠撑日月，仙人孤掌弄雲霓』、『戎馬間關行路遠，杜鵑憔悴寄愁深』、『夕陽有影寒鳥集，老樹無花倦蝶愁』、『攜酒每尋殘雪寺，思家獨上夕陽樓』，卽置之《二南遺音》，寧有愧色耶？使由是耽思旁訊不懈，而及於古，又誰得而限之？九畹雖雅不欲其子驟以詩鳴，然山玉川珠，光輝自遠，一家之寶，當與天下共之矣。

【集評】

姚雪門曰：『推本庭訓，正爲作者擡高身分，然篇中摘句，皆卓然可傳。』

節録王西莊鳴盛《戒亭詩序》：『三秦詩派，本朝稱盛，如李天生、王幼華、王山史、孫豹人，蓋未易更僕數矣。予宦遊南北，於洮陽得吴子信辰詩，歎其絶倫。歸田後復得劉子源深詩，益知三秦詩派之盛也。』

自記曰：『按西莊素未識予，而傾倒如是，洵神交之李邕、王翰也。因錄之以誌感。』

三餘齋詩序

乾隆戊辰，山左牛真谷師主講蘭山書院，一時才俊雲集，而皋蘭人文尤盛。其能詩者，黄西圃建中孝廉而外，羣推『兩江』。『兩江』者，一爲幼則爲式，一卽右章得符也。後真谷返魯，右章及幼則皆由孝廉先後選廣文，而右章司訓華陰，幼則亦司訓武功，後補邠州學正。幼則嘗寄右章詩，有『共知手筆無高下，卻笑頭銜亦弟兄』之句，余嘗讀而絶倒，復歎二君以高才分擁寒氊，未竟所學。迨至昨歲之冬，而右章訃音竟至洮陽矣。悲夫！右章家素裕，因仕而貧。余嘗哭以詩云：『江子修文竟不還，白雲迢遞阻河關。希夷蜕處留殘弈，只合將身葬華山。』蓋恐麥舟乏助，而旅櫬之難歸也。及予今夏游蘭，則右章業已返葬。而嗣君舟復出其《三餘齋詩》，屬予校定，余益讀而悲之。右章嗜酒而耽弈，其爲詩，初不經意。既鐸華陰，課士暇，枕藉風騷，兼以名嶽當軒，蕩胷豁目，日事吟哦，遂臻妙境。今其詩安雅和平，味之不盡，有識者自能欣賞，不待予言之數數也。

嗟乎！友朋聚散之難，忽忽如夢。憶予庚子冬自楚旋秦，道經嶽廟，右章盛設酒饌，遍霑妻孥。酒酣耳熱，談及三十年前同學時事，其豪爽猶夫昔也。今西圃墓草久宿，而右章已作古人，余離索情殷，雖欲委運頹心，而悠然自忘其老，豈可得哉？

作此序成，並寄幼則，陶復陶穴之間，當有臨風而歎者矣！右章詩稿外，又有《華山記》，古致歷落，後之修山志者，自能採之，茲亦不復贅云。

【集評】

姚雪門曰：『情真故深，如衛洗馬言愁，憔悴婉篤。』

晚翠軒詩序

柏崖王子立夫自遼州至皋蘭，出其《晚翠軒詩》，而求序於余。余讀之，喟然而嘆。嘆立夫之殫心風雅，爲不可及，而英雄失路，桑梓關情，正不徒以閉門覓句爭名譽於詞壇也。立夫世家皋蘭，其高祖太守合陽公以工書名世。祖佩可先生由經魁牧遼，貧不能歸。父比部文幼公復卒於遼，今遂爲遼州人矣。

立夫讀祖父之書，爲名諸生，因屢科落解，家貧母老，遂援例就一官，分發直隸，旋以憂返。其歷仕途之坎坷若是，宜乎於風雅一道有所未遑。今觀其詩，抑何其如黄河之水，汪洋曲折，而滔滔不能已也！

立夫詩甚多，而未能割愛。魚目既雜，或反混珠。意者直諒多聞之友寥寥，或知之而不敢盡言歟！予與立夫同郡世好，義難慫恿，因爲刪存十一，而略爲校定。今摘其合作，雖置之唐人中，無愧色矣。夫古人之文，與年俱進，而不以名位之高下增減聲華。立夫年今五十矣，氣力尚强，正值高達夫學詩之日，使由此忘其故我，而更造精微，彼李頎之新鄉、常建之盱眙、孟郊之溧陽，雖官職微末，曾何損於詩人？况立夫高才雅度，更可自致於青雲乎。立夫勉之哉！官不必大，惟其稱；詩不必多，惟其工。他日所積既厚，可以光祖先而傳奕禩。遼州人曰：『是吾立夫之詩也。』蘭州人亦曰：『是吾立夫之詩也。』予倘及見，當更爲君序之。

【集評】

周湘泉曰：『融渾凝練，是龍門非半山也。』

蘿月山房詩序

洮陽詩社，由來最久，興而廢，廢而復興，乘除隨時，然倡和者卒未嘗絶。憶三十年前，予與諸同人重聯詩社，一州才俊翕然趨風，史君聯及其一也。

聯及聰穎好學，遊泮後，即以高等食餼，然於舉子業初不經意，顧獨好詩，而落筆尤敏捷。每拈題分韻，其詩先成，同社之人皆重之。後以中年嗜酒，未竟其業，並所作亦多散失，今所存《蘿月山房稿》僅二十餘首耳，然此足不朽矣。聯及年逾半百而卒，予時遠宦湖湘，訃音初至，即札其家人，搜求遺草。今所存詩，蓋其子緯世、綸世得於家中破簏者。吁，可悲哉！

夫古人之詩，疲精耗力，嘔血撚鬚，而卒淹没者，何可勝數！非必溷中之投，盡遭妒忌，或者糊窗覆瓿，其子弟亦有過焉。今《蘿月詩》數章，其二子猶幸而得之，此較平生之良田美宅及金玉古玩，尤堪繫戀。父歿而不忍讀父之書，豈其然哉？《蘿月詩》雖無多，然諸體粗備，予略爲評點，而序以流傳。是非徒一家之言，而實吾洮詩社之光也，知音者其共賞之。

【集評】

張桐圃曰：『詩社之興，最有功於風雅，即此可推。』

李坦庵詩序

吾州李實之孝廉，以高才逸氣枕藉風騷，嘗出其《坦庵詩稿》，就正於予。予受而讀之，則和平安雅，如其爲人；寫景攄情，悉脱凡近。吁，君其李氏中詩人之一哉！

蓋自仙風指樹，下逮有唐，隴西姑臧之裔以詩鳴者，不可勝數。而白仙、賀鬼，尤爲千古之無雙。即近代之獻吉、本朝之天生，亦絶無而僅有者也。實之溯宗風以爲家學，則麓山、洮水行將樹北地、頻陽之幟。老夫耄矣，青眼高歌，非吾子而復誰望哉！

夫詩無盡境，而久則愈工。故古人晚年論定，輒自悔其少作。實之年方英妙，有此基地，而更造於精微，則寸心得失，他日自能知之。姑留此贅言，以當傳世之先聲可也。

【集評】

張桐圃曰：『空處著筆，包涵愈遠。』

草舍吟集句序

吾弟握之業醫而嗜詩，其《集唐》約三百餘篇，乃先出其《草舍吟》五七言律各三十首，而問序於予。握之誠好事哉！

夫詩之道與醫通，文煩意晦，卽八病之在膏肓；緒密思深，卽六脈之分尺寸。至於集句，則籠貯參苓，囊收芝朮，方不必自己出，而加減調劑，變化從心，誠於此體而三折肱，其於醫也，思過半矣。

握之詩頗略有法。今觀其《草舍吟》，脈絡分明，精神團結。雖寓言仙釋，而句挾刀圭，時露自謔之趣，閱者亦可以絕倒已。抑古之名醫多矣，然能詩者恆不數見。曩皋蘭劉渭卿工詩而精醫，秦安胡靜庵贈以詩曰：『萬言揮禿穎，八口繫空囊。』予嘗讀而壯之。今二友墓草皆宿，而於吾弟復見之，詎不快哉！然則審音之君子，觀於集句，而握之之詩可知；卽握之之醫，亦略可想見云。

【集評】

張鶴泉曰：『起法雙立，中間單入，而「詩之道與醫通」串合，絕無牽强。通篇結構，亦精嚴得法。』

雪門曰：『自成丘壑，正復循覽無窮，非垤山勺水之比。』

敦古堂集句序

清溪潘子家貧而嗜詩，嘗出其《集唐》四卷，就正於予。予讀之，瞿然而驚，躍然而喜。吁，潘子何其富哉！蓋詩必窮而後工，而集句之難，尤非枵腹者能辦。今潘子所集，興趣則雲蒸霞蔚，屬對則玉戛金舂，氣韻聯絡，無迹可尋，且多多益善，如木難火齊，充牣巾箱。潘子良富矣哉！夫集句，權輿於宋，而大盛於今。以予所見，如黃䜭堂之《香屑》、李適園之《倷鯖》，最爲傑出。潘子生長邊陲，而閉門覓句，足繼兩賢，何其用力之勤也！抑潘氏古多詩人，然安仁乾沒於石友，邠老附驥於蘇公，潘子不事干求，而自能表見。以彼方此，此爲難矣。然則潘子真大富哉！尚其固守緘縢，勿使單詞斷句，醉而墮渺莽之鄉。一一鶴聲，予將求假焉。

【集評】

門人李兆甲謹識曰：『機連體輕，可方文境。』

張玉崖集句序

洮陽積書之家，舊推唐泉張氏。至位北先生名逢壬者，尤好聚古人詩，故其詩多可傳。今文孫玉崖，又以工集句焜耀詞壇，猗歟盛哉！

夫作詩之根本，才與學而已。才賦於天，不能增減；學則經史子集，皆宜鑽研。今第讀詩而作詩，故無所爲詩也。然未讀詩而作詩，詎反有詩乎？又況於集句耶？

玉崖，寒士也。守先人之破籠，頗能薈萃諸家，而成一家之言。故凡漢魏六朝唐宋之佳句，靡不漁獵。今其所集，媲黄儷白，若出天然；寫景言情，悉如自作，何其得心而應手乎！以此自娱，良足豪矣。

近洮陽集句者，玉崖而外，惟潘生清溪及吾弟握之耳。二子之集句，吾嘗序之矣。今於玉崖復云云者，誠以集句則必多讀詩，多讀詩則必多積書。意者遺金滿籯，或不如短簡殘編之汗牛而充棟乎？教子弟者，其知之。唐泉，一名古泉。其東有玉井峯，玉崖之號，意取諸此云。

【集評】

雪門曰：『因集句而推本積書，且以爲教子弟者勸，自是名言。此爲有用之文。』

張鶴泉古文序

往余出守偏沅，頗覽楚南之勝。水有洞庭，而山則衡嶽，足極天下之大觀。顧屈、宋遠矣，欲求一騷客文士與山水配者，而猝不可得。非楚之南少人而多石也，簿領匆匆，延訪未暇耳。閱至今烟晨月夕，夢寐間猶若逢所想見者。張子鶴泉，湘潭之名進士也。簪纓累世，蔚爲詩書之城。今歲揀發來甘，予始見其古文。吁，是何洞庭衡嶽，湧現筆端，而一行作吏，山水與之偕來也！余老戀瀟湘，今怳若再遊矣。

鶴泉之文，理足而能以意勝。筆力拗折，極嵂屼洄漩之致。大篇則猊怒鵬騫，小品亦寒花瘦石。昔柳子參屈以致幽，參馬以著潔，以鶴泉方之，潔非不足，而幽則有餘矣。寸心自知，鶴泉其然予言否耶？

憶予罷郡後，自楚旋秦，嘗得句云：『衡山寶氣淩朱雀，湘浦文心迸紫蘭。』彼時漫無所指，特泛語耳。今持以贈鶴泉，不亦可乎哉！

【集評】

鶴泉曰：『筆墨淡遠，烘托之中，自見雲月。妙甚！』

送江乙帆歸南康序

乙帆先生，西江之老宿也。由甲等鄉科，挑發甘省。嘗委署崇信、高臺、鎮番三縣，皆有去思。需次五年，竟改授教職而歸。宦遊不遂，人皆惜之，而余獨爲乙帆喜。

蓋乙帆工文嗜學，雖在客邸，手不離書，凡問奇者，皆應接不倦。以此作吏，似若枘鑿不相入。惟一氈蕭散，乃可淬礪其文章，以致不朽耳。昔人云：『宰相有政事之煩，神仙無利祿之養，惟詞林能兼之。』然上界真人，猶多官府，玉堂視草，拘束難工，實不若苜蓿闌干，反得以窮經史而化生徒也。

乙帆行矣，匡廬之山可爲筆架，彭蠡之水可爲硯池。他日著述既成，而因折梅之便，遙寄隴頭，余倘及見，尚將爲君序之。

【集評】

周湘泉曰：『結構謹嚴，而後幅一段妙論，尤發前賢未發。』

窗竹夜鳴秋賦 得窗字

有竹如簀，近余之窗。時當秋夜，韻發新腔。非迴風而故瑟瑟，無流水而亦淙淙。若斷若連，疑掀繡幕；自來自去，欲滅銀釭。隔簾聞淅瀝之聲，喁于迭唱；開戶見槎牙之影，劍戟爭摐。於是玉樹玲瓏，猶棲夢鶴；金鈴宛轉，已吠驚庬。監亦有光，堦下之流螢點點；曲寧寡和，天邊之鳴雁雙雙。漢有司竹監，故借用監亦有光。

學使將臨，諸生爭習律賦，其不能成章者，每多袖手。予因創爲此體，以誘掖之。一韻倘通，餘如破竹矣。然此實檃括全題，又與分梳一段者不同。自記。

又得竹字

宋玉悲秋，王猷愛竹。星帶窗櫺，風傳竽筑。蓋竹無俗韻，聲成而即音成；故人有閑情，晝卜而兼夜卜。茲也漏報一更，涼消三伏。既觀美箭箐箐，忽聽寒濤謖謖。金舂玉戛，悲涼同楚客之吟；月杵霜砧，淒切類杞妻之哭。何感慨而乃鳴，詎平安兮非福？於是中散深林，柴桑舊屋。壁上琴懸，燈前酒漉。聽焉而恍若有聞，攬之則仍不盈掬。然則清音入耳，此君誠天外之鳳鸞；華髮盈顛，我輩愧山中之麋鹿。

前用短句，後用長句。多用單句，少用偶句。初學者宜以此爲法。自記。

又得夜字

歲既華，春又夏；序當秋，晝復夜。瓊樹蟬喑，銀河鵲駕。爰有賓朋，同浮盃斝。既徙倚乎明窗，復徘徊於曲榭。忽聞窸窣之聲，迸出篔簹之罅。淅瀝兮簫摧，颼飀兮韻瀉。笙竽發籟，新聲都在千竿；戶牖成林，遠夢忽迴三舍。於是怨女愁吟，羈人悲咤。陋促織之啾啾，厭畢逋之啞啞。疏影則風枝雨葉，似素娥奔月之光來；高鳴則戛玉敲金，如青女爲霜之令下。然則淒淒切切，作賦者人皆稱吉水之歐；古古今今，題詩者誰不憶宣城之謝？

起法別，通篇不露『竹』字，又是一格。自記。

又得鳴字

李太白遊謝公亭，嘗得句曰：『窗竹夜鳴秋。』其夜假寐，忽夢三丈夫至。其一人曰：『我謝朓也，以君見懷，故至此。』一人曰：『我王徽之也，以君詠竹，故至此。』一人曰：『我宋玉也，以君悲秋，故至此。』於是主賓歡洽，展席飛觥，清風入座，涼月無聲。太白曰：『今夕之會佳矣。夫三君者，皆萬古之奇才也，請倣《楚辭》，而爲一韻之賦，可乎？』王曰：『僕與此君，狎有日矣，空宅吟嘯，倡和迭賡，今宵興盡，願畀宣城。』謝曰：『余見蘭臺，若小巫矣。《高唐》、《神女》，靈氣縱橫。大言具在，孰敢爭衡？』乃以屬宋玉。玉遂不辭，而作賦曰：『恢台運徂，屈金庚兮。玉壺漏水，夜丁丁兮。彼檀欒者，嶰谷生兮。近余窗櫺，發商聲兮。淒淒切切，若鳳笙兮。愴怳懭悢，萬古之情兮。月白風清，爾何不平兮。或似吾曹，各以能鳴兮。』

此合騷賦、文賦而爲之，然非考試所宜，姑備體耳。自記。

又得秋字

伊東南之美箭，傍西北之高樓。異疏桐之搖落，伴叢桂之淹留。爾其凉飈入夜，漏水傳籌。交疏結綺，逸韻鳴球。風雨如年，疑塒雞之咿喔；星河當戶，訝簷雀之啁啾。於是琴尊雅士，辭賦名流。香焚寶篆，茗泛金甌。爽籟高鳴，既大者爲宮，而細者爲羽；幽篁獨坐，亦煖然似春，而淒然似秋。籜兮籜兮，雜庭堦之蟋蟀；人耳人耳，實天地之蜉蝣。掃梁園臬臬之烟，誰爲青眼；灑湘浦斑斑之淚，我亦白頭。

「人耳人耳」四字，出《莊子》。自記。

【集評】

張桐圃曰：『五賦亦如數尺竹，皆有萬尺之勢。』

門人武安邦謹識曰：『清詞麗句，兼《九辯》之蒼凉，不獨戛玉敲金，爭唐人小賦之長短也。』

荃蹄說荃，依《莊子》，從草

荃取魚，蹄取兔。注曰：『荃，同筌，竹器也。』意蹄亦羅罦之類與？第以取物之具，得魚、兔而輒忘之，殊遠人情。按《莊子・外物篇》：『荃者，所以在魚，得魚而忘荃。蹄者，所以在兔，得兔而忘蹄。』玩兩『在』字，殆謂卽荃、蹄可得魚、兔之所在，非謂荃卽可以捕魚，蹄卽可以掩兔也。使荃、蹄可得魚、兔，則經年結網，可一得而遂忘之耶？再按《莊》『荃』字從草不從竹，《注》謂：『荃，香草，可以餌魚，卽魚所聚也。』斯言得之。今獵兔者於雪上見蹄跡，卽可得兔之所在，則謂蹄爲網罛之別名，他書亦無再見者矣。此二字本不足深辯，但未得《莊子》『在』字之意。雖欲忘言，不可得耳。若荃屬草，蹄爲跡，則得魚、兔者，固當忘之。

或曰：『荃者，積柴水中，使魚依而食。』此與香草意略近。或曰：『卽魚笱也。』然敝笱且難忘，況完好者？可聽人之逝我梁而發我笱乎？則相忘更難，而蹄不待言矣。或又曰：『如子言，得意者不當忘言耶？』曰：『能得意，斯可忘言矣。未得意而忘言，則獨觀大略，不求甚解。凡效顰者，悉能貽鹵莽之譏，夫荃、蹄且無，而魚、兔又何有哉？』

【集評】

張桐圃曰：『末歸勸學，乃一篇之骨也。』

姚雪門曰：『分櫛荃、蹄處，參差錯落，甚見筆力。』

星樹曰：『尺幅中無限烟波，似韓、柳小品。』

雨春軒詩序

泰和姚雪門先生爲西江名下士，天才卓越，自少時，已登大科，致清要。然先生益專心古學，而於詩法尤精。憶予作郡楚南，適先生以校士駐節偏沅。郊迎後，曾以詩贄，而先生亦報以瑤章。顧試事匆匆，未暇徐申款曲也。迨予蹩躠旋里，始悔冠古才人，生當並世，而交臂失之，從此雲泥暌隔，恐終身不復相見矣。

會今年夏，先生奉命秉臬吾甘。政事之餘，過訪荒齋，輒相與極論古今詩學源流得失。而先生將録其《雨春軒詩草》，遂以序見委。雨春軒者，先生直上書房時，皇十一子所題也。

先生詩無體不備，而古詩尤高於近體。五言胎息漢魏，而轉關於阮、左、鮑、謝諸家，至其得意之處，往往直逼子美、退之。七言則出入盛唐諸子，而一以杜、韓爲宗。至其縱横曲折，盤拗古宕，又神似髯仙、涪翁矣。

夫漢人重班固而輕崔駰，梁人嗤張率而服沈約，彼徒震驚其名望耳。若略其玄黄，則先生卽韜晦菰蒲，而其詩固已可傳，初不係乎今日之衮衮也。况乎山林臺閣，其體雖殊，而詩則均歸於清麗哉！若予者，西鄙之散人也，才力素淺，老誖及之，何能序？卽序，亦何足重？意者附李杜而傳名，或亦郭受、汪倫之幸乎！

【集評】

張桐圃曰：『此序足傳雪門，然雪門詩固足當之。』

陸杏村詩草跋

往予司鐸韓城，適陸子杏村亦官蒲城巡檢。蒲與韓相去遠，然杏村每有詩，輒郵寄予，一鱗片甲，多可傳者，特未窺全豹耳。

會今年夏，杏村罷官西遊，訪予於蘭山書院，乃盡得其所作而讀之。吁，是何才思之不羣，而遊覽之盡興也！古體格高，近體韻勝。而足跡所經，凡懷人弔古之作，下筆如雲蒸泉湧。夐哉杏村！唐有魯望，宋有務觀，君與之爲三矣。抑杏村抱關中廉吏也，僕僕河隴間，不得志，將謀南旋，視其囊，且無餘物。然上下數千年，縱横一萬里，盡在此《詩草》中，持以歸，示鄉人，不亦豪且侈乎！長洲茂苑之間，兹卽可當晝錦也。

【集評】

姚雪門曰：『全以韻勝。』

竹齋集句序

予自罷郡旋洮，鄉里兒童，胥皆長大。至於生平老友，率寥寥矣，而張翁竹齋猶巋然若魯靈光。予每與之飲酒談詩，意興輒覺不孤云。

竹齋少而潁敏，博覽羣書，計其一生心血，大半耗於帖括，然屢科落解，晚乃留意風騷，以自怡悅。今所存《竹齋集句》，蓋其閒暇時消遣之作，而季子若星繕寫成帙，求予爲序，意良美哉！

夫集句，肇於古而盛於今，倣效者幾遍天下，而吾洮人士，尤喜好之。雖方家視爲小巧，然此中有旨趣焉，淺嘗者不得而知也。翁集句各體略備，鏤金錯彩，對待天然，而陶寫性情，不因辭掩。今持以問世，高明者自有定評，不待予言之數數矣。

夫血氣既衰，君子戒得。若能耄而好學，則精神愈固。今翁年已七十矣，猶能涉獵漢魏、六代、三唐，推敲不倦。意者閉門覓句，其卽攝養之良方歟？若星昆弟，其寶之哉！此較而翁之良田美宅，尤當珍重，勿使他人洛誦，而張氏子孫反熟視若無睹也。

【集評】

丁星樹曰：『收處戒張氏子孫，頗饒古趣。』

張兌峯傳

張兌峯，名宣威，西寧人也。其家世襲指揮，至兌峯而廢，遂隱於醫。性至孝，父老而病蹇，兌峯朝負之出，而夕負之入，溷廁必與俱。有失職指揮王賓者，其父老友也，貧甚，兌峯每邀至家，與其父飲食談笑，或至累數月，終無倦意，蓋養志也。

兌峯家於鄉而醫於城，父歿，母老在家，饋問尤勤。每冬夏衣成，先以遺母，而以母舊衣衣其嫠姊之嫁鮑者，歲歲皆然，尤友愛。有堂姪曰英曰傑者，皆孱弱無能人也，惑婦言而求分爨，兑峯誨之不從，乃自留山田數畝，而盡以全業畀之，人皆感動，然家計亦由此蕭條矣。

兑峯本業醫以養生，然貧者多不受其謝，間有贏餘，輒以濟人，人咸呼爲張佛云。張本故家，罷職後，臧獲猶衆。兑峯曰：『吾一窮醫耳，力難汝豢，且無所役汝，何用汝世世子孫爲吾僕乎？願去者聽，不者悉歸宗復姓，與良人齊。』

兑峯年七十三而卒。卒之日，語其子達曰：『吾一生未蓄長物，無以遺汝，《功過格》、《感應篇》乃爲善之津梁，不可不三復也。』遂端坐，瞑目而逝。達字文通，以孝行顯，其事實載《西寧志》中。

松厓居士曰：『三代而下，有所爲而爲善，卽善人矣。談者輒謂《功過》、《感應》諸書涉異教，斯則信道之不篤也。兑峯家本寒醫，乃能力行善事。聞當西寧地震時，嗒然寂坐，若無見聞，殆亦有以自信者歟！今張氏門戶振振，賢能且迭出矣。然則陰騭傳家，兑峯豈欺我哉？』

【集評】

雪門曰：『看似零星，卻自一線串成。中間各段，或直敘竟住，或略用斷語作頓，皆參差有法。』

李槐堂傳

伏羌，古當亭也。山峭而雄，水清而駛。土著者每多豪俊，而諸生槐堂李子，近乃以敦行聞。槐堂名泮池，字聖澤，家臨清渭，而別業在其南門。前有古槐數株，陰濃茂蔚，因自號曰『槐堂』。其先八世祖名階號三澗者，由拔貢生仕明大足縣知縣，似續至今，書香不絕。父庠生克裕，字啓光，作人忠厚，邑稱長者。有子五人，槐堂其長也。弟慶韶、上選、上林，皆遊泮；如梅繼叔嗣，亦入貲爲國學生，皆仰承父師之教，然槐堂課誦之力居多。方啓翁臨終，語槐堂弟兄曰：『汝曹侍吾牀褥，勤且備矣。吾歿即速葬，慎勿停柩。至作人之法，則寧拙勿巧，寧厚勿薄，此外無所誨汝也。』槐堂涕泣受命，終身凜遵不敢忘。

槐堂善與人交，罕所齟齬。每親朋有斗酒隻雞之會，輒來相邀，槐堂亦欣然與之，往復不倦。坐無車公，而眾不樂，其槐堂之謂耶？初，邑人蔣姓者，因貧而私質其公產，族眾攻之，其人惶怖欲自盡，槐堂止而代爲贖之。有遠族子，因戲殺人。獄成，以一子聽贖，而貲無所出，槐堂助金如數，得還其家。又有許氏稚兒，貧鬻於人，而其父竟無嗣，槐堂亦代爲贖歸，俾延宗祀。凡此皆伏羌人之所傳，而邑令楊公蓉裳以爲其言不妄也。槐堂年五十卒。子兆甲，邑庠生，嘗從予游兆陽〔一〕，業儒。

松厓老人曰：『《禹貢》「導山」條內，西傾、朱圉，連比而書。似乎狄道、伏羌，風壤本自相接也。以予心儀槐堂，而其覼縷軼事，今乃得遍聞之，何其晚歟！槐堂性勤儉，乃善教子弟，皆恆人之事，未足異。獨歎其慨然尚義，能拔蔣、許二姓於水火之中，此王彥方、范希文之高情古誼，而槐堂家僅小康，乃能毅然爲之。噫！若斯人者，詎可多得也哉！』

【集評】

楊蓉裳曰：『質慤似曾南豐。』

受業李存中拜識曰：『敘次簡老，而論贊尤慷慨激昂，讀之令人生感。聞伏羌公濟橋，亦係槐堂獨立所建，先生另有長歌，載於詩稿，故傳中不復及云。』

【校記】

〔一〕兆陽，各本俱作『兆陽』，應爲『洮陽』，卽臨洮。

殉難訓導杜鳳山碑

積石爲九曲之橐籥，鍾靈毓秀，代出偉人。明莊毅王公之後，參議朱公名家仕者，以忠烈死闖難，具載《明史》。夫朱公深膺爵職，以死勤事，分所宜然。至於苜蓿寒儒，身未之官，而堂堂以身殉難如杜君鳳山者，抑又難矣。

君諱綵，字錦章，鳳山其別號也。少而好學，遊泮後，旋食餼，後以歲薦。至乾隆辛丑五月，部選南鄭縣訓導，而君已於三月二十一日遇難而死矣。嗚呼痛哉！蓋循化逆回倡亂，猝至河州，士民皆號泣登陴，從官守禦。旣而以衆寡不敵，兼黑夜霧雨交作，城遂陷。時走避者皆免，而君獨具衣冠，訣妻子，端坐家中。賊至，大罵不屈，遂身被三槍而死。君誠烈丈夫哉！

往余作令山東，壽張之亂，凡紳士死節者，悉蒙褒贈。今鳳山之忠義，寧有殊乎？而州府申司，爲新督李閣部所抑，惜哉！然寒儒臨難致身，而忠感郊庠，義留桑梓，君亦可以無憾矣。時同日死賊者，有廩生宋廣文、朱文遠，新生呂紹，皆君子之後進，而爲知州周公司城上犒士之錢糧者。君死數年後，子登瀛始礱墓石，余因爲記其大略，庶君子之赫赫大節，或與積石之名山，並傳不朽焉。

【集評】

王者蘭識曰：『杜君殺身成仁，得此可以瞑目矣。同難宋廣文，字鴻儒；朱文遠，字翰仙；呂紹，字敬承，俱恂恂恭謹書生，而呂尤年少，視死如歸，皆可敬也。』

孔祠廊廡八箴祠在皋蘭半個川

孝箴

萬物化育，陰陽造形。烏哺羔乳，具有性靈。維昔先聖，行在《孝經》。奕世孫子，奈何不聽。

弟箴

維昆與季，同氣連枝。豈無他人，匪我塤篪。所求乎弟，至聖難之。婦言勿用，庶免睽離。

忠箴

諧聲會意，中心爲忠。事君以此，金石流通。我曹羣處，自謀各工。當如宗聖，首省吾躬。

信箴

人言爲信，犬言爲狺。尼山之門，詎有儀秦。天日指誓，忽若飆塵。車無輗軏，徒勞逡巡。

禮箴

禮範羣動，如金在鎔。藏身之固，此爲城墉。乃祖四勿，復聖所宗。當思相鼠，莫信猶龍。

義箴

義名正路，君子所由。集爲浩氣，天地充周。喻利者愚，怵害者柔。胡舍熊掌，而涎泥鰍？

廉箴

五兵之刃，其鋭爲廉。惟有棱角，乃無憎嫌。原生辭粟，仲子哇甘。古之矜也，亦可藥貪。

恥箴

恥之於人，亦大矣夫。失則跖子，得則舜徒。播間酒肉，涕泣漣如。勿以醉飽，驕爾妻孥。

【集評】

張鶴泉曰：『《八箴》質不近迂，奇不入澀，且取材多四子書，尤與題稱。』

西僧報本碑

紫霞閣西僧啥喇者，俗姓衛，緇黄中孝義人也。自幼出家，靡所繫戀。惟此一抔黄土，乃其父母之佳城。啥喇身既爲僧，猶能展墓，恐一旦寂滅，樵採莫禁，故師弟議建此碑，欲使空門眷屬，歲歲清明拜掃云。嗟乎！佛不忘親，人宜報本。觀啥喇之用心，知盂蘭之教遠矣。烏哺羔乳，此卽度脱之梯航。衆高足世世遵之，卽劫灰飛盡，此碑毋相忘也。

【集評】

李實之曰：『小品文亦關人心世道。』

重修接引殿記

蘭城西南隅之接引殿，相傳建自明肅藩，景泰五年曾重修之。今碑文剝落，不可讀矣。殿歷年既久，日就傾頹。邑令丁君霖蒲偶然隨喜，忽有感焉，因捐金二百，廓舊制而復新之。

夫佛以法接引人，謂財施者劣，法施者勝。然未有人吝財施，而佛反樂以法施者，則接引之因緣，或即在布金之地歟？斯舉也，不勞一役一民，亦不募一絲一粟，發願隨心，遂成善果。予因爲之記。而繫以辭曰：

我佛度脱，周遍十方。三車既駕，火宅清凉。不接不引，彼岸茫茫。誰接誰引，視爾心王。自接自引，各有梯航。法尚可捨，何況毫芒？

【集評】

張桐圃曰：「寥寥數語，居然暮鼓晨鐘。」

無水亭說

沅州龍津橋，毁而復成，因建亭於其上。時予罷郡歸矣，沅人走使襄樊，追予舟而請名，予爲題曰『無水亭』。蓋無者，此橋下之水名也。橋因水建，則此亭當名曰『無水』。或從水爲『潕』，贅矣。橋路通黔滇，觀無水之額者，或多所怪，然得其名義，亦可了然。且無水暴發，歲與橋爭，予倣無錫之例，而以無水厭之。此亭一成，龍津橋不復毀矣。

乾隆庚子九日，自江陵舟中題。

【集評】

丁星樹曰：「短峭似柳州山水諸記。」

松花庵逸草自序

（已見《松花庵集·松花庵逸草》卷首，此略）

【集評】

姚雪門曰：「逸而峭。」

星樹曰：「節短韻長，入漢魏人小品，當無以辨。」

王芍坡先生吟鞭勝稿序

天之下，地之上，皆詩境也。然聲教所阻，則謳歌遂闕焉。若夫聲教遠矣，殊方絕域，睹記皆新，而乘軺持節者，於其山林水土、民風物產之類，未能吟咏其萬一。雖步窮豎亥，跡越張騫，於太平曾何點綴？ 此登高作賦者，乃可以爲大夫也。

新疆爲金天之奥區，自漢迄明，羈縻而已，及至我聖朝，悉成編户。此誠千古所希逢，亦寧非文教覃敷之景運，將欲令崑崙、月窟之左右，盡變爲風雅之乾坤乎？則新疆不可無詩，而作新疆之詩者，尤不易。夫蘇武穹廬，僅得李陵之三首；宋纖石壁，祗留馬岌之一章。道之云遠，至者其誰？今欲使騷人墨客，裹三萬里之糧，而往題五七言之句，不亦難乎？此吾於芍坡先生之《吟鞭勝稿》，竊歎其空前絶後，而言人之所未言也。信乎，其必傳哉！

先生以江左宿儒，通籍最久，一官而成一集，殆有家風。此稿則自入甘以來，歷乾隆癸卯、甲辰、乙巳、丙午四年，于役之作耳。然據鞍弔古，乘傳懷人，閲歷之奇境盡，而詞章之能事亦盡矣。自西而東，則由秦隴三輔、中州，以達帝畿；自東而西，則由玉門、安西，以至喀什噶爾、葉爾羌。其内地之詩，經前人所題詠者，先生獨開生面；至新疆回部之詩，則古所未有者，而今忽有之，以採民風，以宣聖化，是非徒雨雪楊柳，感行道之遲遲也。予老矣，讀先生之詩，如遊天外，又何必頓羲和之轡，振夸父之策，而更尋吟鞭之所勝乎？是爲序。

【集評】

王芍坡曰：『魄力沉雄，波瀾壯闊，韓潮蘇海，兼擅其長矣。』

王芍坡先生丑辰紀事詩序

色目人之來中國，蓋自元時，《元史》及《明史》俱可考。非唐所留之花門也。唐回鶻功成尚主，滿載而歸，並無留中國者。其教僻而信者堅，雖染華風，終不能化。近江左回人，有深讀儒書者，嘗著《天方性理》、《天方典禮》等書，以張其教，然義猶平實，總欲使種人敬天爲善而已，非有舛乖悠謬之説，令其犯上而作亂也。惟甘省回人，禁子弟，弗使讀書，故不知禮法者，往往恣睢生事，雖草薙禽獮，固亦情理之當然。然其妄可誅，其愚則可憫矣。

當國朝初定鼎時，甘州回匪米喇印、丁國棟等，蓋嘗煽亂，迨大兵一出，旋卽掃除，乃優遊耕鑿，至一百三四十年之久。忽有華林、石峯兩次之殲，螳臂當車，禍皆自取。然而其啓釁之由及善後之策，與夫元戎應變之機宜、戰士擒生之形狀，逖聽者弗悉也。則野乘之略，或不如詩史之詳。觀察芍坡翁者，詩人也。磨盾草檄之暇，一切公憤，盡入謳吟。復恐長言之不足也，而自爲之注。今辛丑、甲辰二稿，令讀者如在華林、石峯，而親見羣兇之駢戮，豈不快哉！第始而快者，既而淒然。蓋芍翁意旨，深恨其自外生成，遂無可解免耳。然詩則固可傳矣。

抑予更有感者。夫元代詩人，如馬祖常伯庸、丁鶴年孝子，皆色目人也，而伯庸實籍吾狄道。今狄道回民，最馴良矣。華林、石峯之役，從無一人與亂者。試持此詩歸，而細爲之講貫，則蠢茲兩變，足戒千秋。翁豈僅以詩教教回人哉！

【集評】

王芍坡曰：『樸實老當，言之有物。』

愛菊堂詩序

老友毛子鳴周，恢奇古怪人也。生平率意徑行，落落寡偶。遊泮後，舍舉業而學詩，竚興成章，時復毁棄。今所著《愛菊堂詩草》，蓋其子姪所録，而余爲删而存之者也。

夫詩以言情，然情所關生，半緣閲歷。鳴周生長臨洮，足未出數百里外，此其遊覽者隘；硯田糊口，終身作落寞書生，此其倡和者又稀。以常而論，於何得詩？然而掉頭苦吟，時獲佳句，則以其薰習所染，坐卧難忘，故長言永嘆，遂如清風發籟，而好鳥變音。此無論詩之工拙也，卽其閒情逸致，固已翛然遠矣。況乎本色之清拔，貌景攄情，尤迴脱尋常之蹊徑耶？抑鳴周晚益疏狂，於富厚有力之人，多所齟齬。顧與二三老友，殊拳拳焉。聞其溘然將化，而猶待余之詩來，是可感已。嗟乎！處囊之錐，君能脱穎；挂樹之劍，予實啣悲。今校定此詩，或可慰故人於泉下哉！

附　臨終自挽詩

毛啓鳳

六十謝人世，吾今殊快哉。但求蟬蛻速，不學鳥鳴哀。薤露晞朝景，松風響夜臺。未知吴太守，何日寄詩來？時信辰自沅州解組將歸。

【集評】

受業門人武安邦識曰：『嗚翁，予蒙師也，讀松厓師序，輒憶初負笈時，其耳提面命，猶恍如昨日云。』

與袁簡齋先生書

久聞高名，有如山斗。祇緣南北途遥，未能把晤，計私心抱憾者，五十年矣。昨王柏崖使來，獲讀《隨園詩話》，始知老先生淩踔千古，猶能採及葑菲，何幸如之！何感如之！謝謝！惟是詩中訛字頗多，尚須改正。昔北齊邢子才喜思誤書，今先生同字子才，暇日思之，想亦以爲甚適。此卽可入《詩話》，爲騷壇增一故實已。

僕自髫齔，已好爲詩。苦因學淺才疎，未能有得。今將拙作彙呈，望高明指點，速有以化我也。僕又接柏崖書，言老先生年已七十六七，而僕年亦七十一矣。吴越之遊，今生恐不能卜。意者蓟子訓銅駝陌上，或握手一笑耳。然《隨園全集》要不可以不讀，祈遥頒一部足矣。方春鶯飛草長，江南處處爭迓神仙。惟頤養安恬，是所翹企。

再狄道先輩，有張康侯、牧公及前安定縣令許鐵堂者，皆真正詩人也。僕爲刻其遺稿，而貴門人楊君蓉裳曾加校訂焉。表彰前賢，此係吾曹之要事，不但如並世之裒裒者，尚可聽其浮沉也。今寄來三種，想高人雅鑒，必能識曲聽真，廣爲流傳，不亦快哉！

使乎臨去，涉筆匆匆。附爲阿遲世兄寄來毛纓一頭、絨挂料一匹，附冀查收，兼請金安不一。

【集評】

蓉裳曰：『文情樸摯，而神采仍復奕奕，在唐人中頗似劉復愚。』

芙蓉山館文鈔序

自太極生兩儀，而天地人物無不有偶，文章亦若是矣。水濕火燥，雲龍風虎，文於《易》；覯閔受侮，山臻隰苓，文於《詩》；肇州封山，滿損謙益，文於《書》，皆偶之端也。東漢而後，遂漸成駢體矣。沿至陳隋，或氣不足以舉其辭，千手一律，氣象萎薾。幸昌黎韓氏起而反之，反之誠是也。然不學者樂其易爲，則空疏之散行，弊復與堆積等。故升庵楊氏謂『假漢魏易，真六朝難』，非過言也！顧自駢體化爲四六，其弊滋甚。蓋胷無萬卷，徒檢類書，屬對雖工，終同稗販。則品騭者，但當論其文之奇不奇，不當論其文之偶不偶也。

梁溪楊子蓉裳，不作今人之詩者也。天才秀發，有如雲蒸泉湧。而又以其餘力，溢爲排比之文，今《芙蓉山館雜著》是也。既兼徐、庾之長，復運韓、蘇之氣。春饒草樹，而山富烟霞。雖不欲傳，其可得乎？第篇章浩瀚，採擇良難，余因鈔三十餘通，付之剞劂。此文出，而蓉裳之詩可想見矣。如有人焉，拘體格以分軒輊，則請强迴筆端，而試與之角。吾恐其赤手倉皇，或如捕龍蛇而搏虎豹也。

【集評】

後學楊芳燦拜讀曰：『識見卓犖，波瀾壯闊，真柳子所謂「捕龍蛇，搏虎豹」者。惟揄揚過當，循分難安，荊玉抵鵲，恐輕用重寶耳。』

牽絲草序

劉越石之詩，盧子諒能酬之；梅聖俞之詩，謝景初能次之。風雅之交，毗連姻婭，斯亦儒林之韻事矣。然得失在寸心，終無假借。

內姪李子元方，少年能詩者也。多師爲師，蓋嘗問道於予，而予殊無以益之。近歷宰陽朔、賀縣，旋以憂歸，乃出其《牽絲詩草》，而求序於予。意殆不在嘘張，而在商榷哉！蓋陽、賀僻處粵西，去隴頭八千餘里。元方隨其所歷，而山川古蹟，悉入謳吟，則其詩之領異標新，而脱棄凡近也固宜。

夫前人之論詩詳矣，約而言之，則近騷者詩高，近文者詩卑。唐宋之關，實分於此。元方勉之哉！遊覽多，則詩之境界寬；推敲久，則詩之格律細；別擇嚴，則詩之門戶真。其流傳必遠矣。彼登高作賦者，乃可以爲大夫，則授之以政而能達，固《葩經》之教也。然則《牽絲》之草，其元方之羔雁乎？一官而成一集，予日望之。

【集評】

秦維岳謹識曰：『元方詩學，得力於松翁者多，故序中純是指點，所謂不相假借也。』

楊芳燦曰：「一起已得驪珠，餘皆中流自在。」

王蘭生曰：「不度金針，和盤托出。」

雪庭和尚塔誌銘

皋蘭廣福寺，有雪庭和尚者，化去十五年矣。近其二世弟子普綾、普紳、普納，將建塔於龕，而求余爲誌且銘之。余嘗涉獵三藏，了無所得，於空門文字，未敢多作。然高普綾等之義不忘師，而心能念祖，可感發於吾徒也。因撮其大略如左。

雪公，法號寂敏。幼披剃嘉福寺，爲含潤法師高足。後以衆迎請，移居廣福。又嘗問法於關西之龜峯，雲遊四方，而仍卓錫蘭郡，不忘本也。其弟子照晰者，亦皋蘭人，嘗與雪公募化修寺，極土木金碧之觀，人皆讚歎。後雪公於乾隆三十六年示寂，至乾隆四十二年，而其徒照晰亦返西方矣。普綾三衆，卽照晰之弟子也。照晰臨化，懇懇以祖碑爲屬，今六載而其願始果，可以爲難矣。銘曰：

秦隴靈秀，實鍾天都。寶誌之後，代有圓蒲。雪公習禪，龍象齊驅。一葦西去，留此浮屠。我聞佛法，妙有皆無。大地如泡，塔胡爲乎。嗟茲七級，成自其徒。義不忘本，吾感僧雛。

【集評】

張鶴泉曰：「著墨無多，不落禪寂詮諦，而銘詞尤高潔可誦。」

風騷補編序

乾隆壬戌之歲，予從常熟盛仲圭先師肄業蘭山書院。時課業讀本，有前元中丞所刻《經訓約編》、《詩賦約編》，共十八册。其《經訓約編》，係師手自刊定；而《詩賦約編》，則中丞館友葉生之所選也。葉自負甚高，凡所去取，遺珠頗多。師嘗欲增補成編，然卒未果。歲月如流，今去師五十年矣。適予亦謬以非才，主講蘭山。每讀前編，終嫌缺略。夫《楚辭》，詩賦之淵源也，而前編不載。至漢魏六朝，及唐人之名篇，則漏遺者尤難枚舉。爲浮圖而不合其尖，是亦纂輯者之憾也。

會乾隆己酉，昆明周公眉亭觀察吾甘，繙閲前書，意與余合，因出貲添刻二册，名之曰《風騷補編》。兹刻成，而前編差覺完善矣。時偕予校訂者，則有丁君星樹。星樹眼高而心虚，凡所商榷，務要於當。書成之後，遂與眉亭公同赴安徽云。

初，眉亭公憫書院士子之額窄，甫下車，即捐贈膏火二十名，其他一切栽培，情文備至。今去廿三載，音問暌疏，然諸生每披《補編》，輒念公之高情古誼，意惘惘俱南也。

【集評】

艾立凡曰：『簡明老當。』

投籤階石賦以階石籤聲鏘然警聽爲韻

在昔陳朝武帝，起無尺寸之階。逢時吐氣，待旦殷懷。收枕戈之梁士，屏響屧之吳娃。以能遠承溈汭，近撫江淮。彈高士之凶鴞，未容棘萃；逐蕭公之疲鹿，不用蕉埋。洎乎世祖乘乾，閹人告夕。爰以更籌，俾從階擲。殆欲雖休勿休，遂同擊石拊石。木魚已静，是何物而紛若投梭；鐵馬方喑，倏有聲而砉如裂帛。蓋求驚惕其心神，寧敢宴安於牀簀。但見清風謖謖，明月纖纖。方扃畫閣，旋下珠簾。皎皎玉壺，既滴丁東之漏；沉沉銀箭，還投次第之籤。朝既盈而既昌，疑深紫禁；夜未央而未艾，快失黑甜。幸丹墀之乍響，知華版之頻添。於是籤從殿發，投亦僕更。始聞磔磔，繼覺硜硜。蓋石本星凝，然難計周天之數；而階非土擁，寧遂銷擲地之聲。既而精魂爽，寤思清。杜元凱之睡蛇早出，魏伯超之夢蝶先驚。況茲令辟，敢肆閒情？

且夫臨川踐祚，民隱夙詳。早朝晏罷，無已大康。聆石籤之戛擊，宛節奏之鏗鏘。替戾搖風，非鈴鳴於同泰；噌吰叩月，豈鐘發於景陽。則奇響之非絲非竹，卽虛衷之無怠無荒。信清明其志氣，詎顛倒其衣裳。特是宫幃之地，偃息所便。寐方熟矣，誰則蘧然？非戰場而音同畫角，豈宴會而韻叶朱絃。翻令報曉雞人，辭綺窗而欲臥；踐更虎旅，退文砌而愁眠。六代之君有此，千秋之史當傳。故石頭彎救日之弓，霸勳稍亞；而京口倚決雲之劍，王氣猶延。

彼夫中主孱君，偷閑樂静。雖際時艱，徒愁夜永。舉燭而不知書，銜杯而空勸影。雖設錢王圓枕，或厭聞鷃口之鳴；卽鋪唐帝大衾，又誰作鶴宵之警。然則聆茲枯木，真有遺音；何妨循彼空階，亦生猛省。至於玉樹詩成，金釵曲應。堆床腳之表章，粘井眉之泥濘。不惟臨春結綺，蕩作勞薪；兼使虎踞龍盤，委同破甑。從此金陵野草，家家皆白露沾衣；鉄甕寒潮，處處悉蒼苔滿徑。斯由後嗣之沉昏，夫豈前王之留贈？賦代悲歌，人宜傾聽。

【集評】

王蘭江曰：『感慨淋漓，如讀《蕪城賦》。貼切陳事，法律極精，而組織天然，何啻七襄雲錦？』

張桐圃曰：『妙用陳朝故事，包括全神。以武帝起，以後主終，三百年金陵王氣，盡於此賦矣。大奇！大奇！』

自記曰：『此擬周蓮塘學憲歲試蘭州童生考古之作。時三兒承禧、姪孫槐幸皆遊泮，其試卷詩賦，亦蒙刻《關中校士錄》。今並附於後，用以鼓舞兒曹，俾勿負名公之奬勵也。』

附　投籤階石賦

歲試蘭州古學童生一名　吳　槐

稽英風於哲后，溯軼事於江淮。觸戰鑾爭，樹皆巢燕；星移棋易，井半鳴蛙。露布晨飛，刺閨不絕；羽書夜發，禁闥常排〔一〕。當虎旅之環棲，忽傳聲於竹箭；倣雞人之報曉，弄逸響於瑤階。

當夫露浥螭坳，月臨鴟脊。鈎銀院壁，香欲塗椒；界水房櫳，影看橫柏。沉沉魚鑰，應無排闥之人；耿耿星河，誰報當關之客。縱典籤之是職，未敢升階；因待旦之云遙，爰爲投石。由是聲聞邃閣，響達重簷。麾森黃仗，鄉破黑甜。低轉玉繩，音同虬漏；傳從絳幘，震動湘簾。倘若斜飛，類玉壺之箭發；　相因繼至，等海屋之籌添。　原非醉入華胥，誰拋醒石；　或者夢馳遠道，人贈郵籤。　乍紛淆乎鐵馬，漸戛雜乎銅鉦。　棨戟森嚴，非關斗擊；　闌干靜悄，唯見參横。　遥從綺井穿過，影連螳螹；　近向蓬池疊處，韻續鼉更。　投不因時，異銅壺之水滴；　聞堪警惰，恍清夜之鐘聲。

是時齊方跋扈，魏正披猖。　潮打空城，心如擣鹿；　山圍故國，臂欲搪螳。　炊劍淅矛，方戰競於腋寢；　臥薪嘗膽，寧偃息於柔鄉。　所以結綺臨春，總貽謀之未善；　蚌盤瓦器，豈作法之多涼。　恐神昏於夢夢，假音送兮鏘鏘。　爾乃儆同號渙，捷勝言傳。　拂豹尾而錚然，似聞鏘珮；　繞獸鐶而鏗爾，疑按冰絃。　斷帶而燈還可續，欹枕而木亦同圓。　比嘷旦之條狼，鞭曾似否；　擬隔花之吠犬，鈴不其然。　志氣如神，靈臺猛省。　或慮哀鴻集野，旱潦三時；　或值戰馬飛江，烽烟四境。　或蠟書來告密之章，或墨敕有非常之請。　故砰訇奏響，甲乙之次第攸分；　且緩急因時，亥子之循環無梗。　奚必若碧牙白玉，特爲芸編蠹簡之標；　亦惟藉木札竹頭，用作鶴唳風聲之警。　由是章奏宵搜，訏謨辰定。　詰朝畫策，謀必出於萬全；　此夜持籌，慮已操乎百勝。　洵一鳴之驚人，恍同聲而相應。　豈獨銅虬滴瀝，子興而問夜如何；　玉佩趨蹌，不寢而因風細聽。

【集評】

《關中校士録》評曰：『制局整暇，屬詞雅切。中間切陳文帝時事抒寫一段，筆力開張，英姿颯爽，有金鐵皆鳴之勢。』

【校記】

〔一〕排，底本漫漶，據宣統本補。

附　賦得碧愛新晴後得新字　歲入狄道州學第九名　吴承禧

遠岫風光碧，高齋霽色新。蝃蝀收汗漫，翡翠集嶙峋。省直傳觀雨，郊遊待浥塵。窗横螺髻黛，杯映鴨頭春。麗日初延景，清風最可人。厭聞泥滑滑，快覩石粼粼。花重紅猶濕，苔深緑正勻。香山詩有畫，吟賞趁芳辰。

【集評】

《校士録》評曰：『寫「碧」字如繪。』

附　賦得拔茅連茹得茅字　科試狄道州學二等第十五名　吴承禧

聖世同升慶，求賢擬拔茅。欣瞻黄葦岸，忽露白雲梢。民事勤豳索，王供待楚包。批根芳已擷，連理彙寧拋。用重須三脊，占貞玩二爻。敢言菅蒯棄，聊卜地天交。佩韍原堪羨，彈冠詎可嘲。菁莪兼棫樸，佇看滿皇郊。

【集評】

《校士録》評曰：『工秀。程《傳》以三陽相連而進推之，乃別茅之根，非本茅之根也。「連理」二字主此意。』

附　賦得惜分陰得分字

科入狄道州學第十二名　吴　槐

冉冉光陰度，人須愛惜殷。將陶如較禹，彼寸我宜分。秬黍誰先累，膏油自續焚。星盤聊起算，圭表卽增勤。曖曖桑榆景，悠悠鹿豕羣。何能抛白日，總欲致青雲。浩嘆蜉蝣促，常懷蟋蟀勤。榜蒲真玩愒，遊戲莫紛紛。

【集評】

《校士錄》評曰：『三、四妙語天成。』

松厓文稿次編

吴松厓文稿次編序

王曾翼

嘗讀《松厓文稿初編》，而歎其肆力於古者深也。楊蓉裳刺史《序》，其略曰：松厓以詩名海内，久已膾炙人口。今讀其古文，又復雄深奥衍，自成一家。比之太白、少陵、摩詰諸公，謂文集可與詩並傳，洵不誣已。顧篇帙無多，數番易盡，譬若全鼎之一臠，未足厭人咀嚼也。會今年春，復以《次編》示余，始知向之所示《初編》，特其嚆矢耳。

夫古人精進之學，多在晚年，所謂『庾信文章老更成』也。今松厓年七十餘矣，而主講蘭山，披吟不倦，從兹著作等身，與年俱進，沾丐藝林者，正未有艾矣。是編也，又烏足盡名山不朽之業耶？爰綴數言以復之。

乾隆辛亥春仲，銅里弟王曾翼拜手謹序。

松厓文稿次編

重修魏文貞公祠堂記

唐司空魏鄭公以直諫爲貞觀名臣，功德既遠，報祀宜虔，而建祠洮陽，則自前明始。據《魏氏族譜》言：成化時，有知縣魏守大者，卽公後裔，而今洮陽魏氏之始祖也。下車後，曾建小祠於西街安積寺之南，以便時謁。後歿而家不能歸，因籍狄道至今，後世常奉祀不絕云。祠久而圮，明末及國初嘗再重修之。今年逾四百，魏氏戶口益蕃，而衣冠彌盛。式廓祖廟，因亦情理時勢之當然也。祠舊材腐朽，今徹其梁柱以爲門坊，而别爲正室三楹，東、西廊各三楹。階下雜植花木，用以妥神靈而伸孝享。魏氏子孫，可謂盡心也已！予既爲《記》，而復繫以辭曰：

侃侃鄭公，著績李唐。《十思》可味，一鑑難忘。淩烟畫像，面如栗黄。靈祠展謁，今在洮陽。榱題壯麗，金碧輝煌。入門起肅，正色寒芒。仆碑既竪，搢笏猶藏。千秋萬世，用比甘棠。

【集評】

張桐圃曰：『《記》簡而該，繫辭尤爲雅切。』

自記曰：『是祠前後翻修者，明末有廩生魏巽蒙等，本朝康熙壬申有廩生魏擢等，兹之鳩工，則生員魏斐、監生魏肇文、武生魏德，及城鄉遠近魏氏子孫，具載祠碑，故《記》中不復贅云。』

代祭姚雪門觀察文

嗚呼！歲遘龍蛇，劫殃麟鳳。隴水冰寒，蘭山霧凍。愴賢哲之云亡，忽形神之若夢。仰日光而悠悠易逝，莫繫以繩；問天道而默默難言，空圓似甕。嗚呼哀哉！

惟公係分虞舜，家住泰和。彭蠡澤遠，匡廬靈多。髫年而彰令望，壯歲而掇巍科。視草綸扉，則學士如牆而聚睹；徵文壠碣，則貴人採石而先磨。嗚呼賢哉！

既而受命九重，衡文三楚。博採楩楠，兼收蘭杜。鍾、譚之僞體悉裁，屈、宋之逸才俱取。高秋拄笏，哦詩開岣嶁之雲；涼夜推篷，把酒聽瀟湘之雨。嗚呼壯哉！

夫政事文章，本無異旨。然儒林循吏，各有適宜。公才兼備，聖主夙知。故由郡守，旋涖監司。三晉雲山，放衙而悉歸俯仰；五陵裘馬，行部則共頌委蛇。嗚呼難哉！

甘省極邊，新疆初闢。民命所關，提刑是責。公擁麾幢，兼巡郵驛。人鮮覆盆，馬忘銜軛。用能使河西父老，就紅日於雙春；隴右兒童，戴青天於三尺。嗚呼信哉！

至若雍涼鎖鑰，連率所操。相臣秉鉞，予始代庖。守專制之一方，難辭重任；獲周咨之五善，實賴賢僚。公聰明而正直，匪攀援而上交。譬大川之共涉，須舟子之卬招。嗚呼幸哉！

夫何今歲戊申，月冬日酉。二豎匿形，三彭騰口。衛叔實之體本臞，顏子淵之年不壽。公旣蛻支離身，予如失左右手。嗚呼惜哉！

且夫羣生蠢動，大化遷流。冥靈雖久，終等蜉蝣。公秩登三品，名滿九州。杜工部之詩，李邕早識；王右軍之字，庾翼先留。人生如此，抑又何求？嗚呼然哉！

惟是北闕雲高，西江道遠。不見諸郎，空餘小阮。風喧木塔，嘆旅櫬之疇依；月照香爐，悵銘旌之未返。屬在同寅，傷情詎淺。茲者官師悲悼，士庶號呼。羊叔子之碑尚存，淚流不盡；李衛公之柩將去，夢感非虛。謹陳菲奠，聊當生芻。惟公靈爽，鑒我唏噓。嗚呼哀哉！尚饗。

【集評】

李實之曰：『興哀知己，遂如顏光祿誄陶，極其思致。』

復福嘉勇公中堂啓

竊鎮隴右迂儒，楚南俗吏，猥承拔擢，俾訓生徒。既廩空縻，坐費鱣堂之日；皋比浪擁，難追鹿洞之塵。昨因大靖臺氛，偶集前人古句。學同獺祭，本無成見於胷中；詩比蠅鳴，豈有餘音於竅外？乃蒙褒奬，不啻頻仍；自顧菲葑，實增悚愧。來札有『律古精嚴，天衣無縫，雖白狼朱鷺，遜此喬皇』等語。

恭惟公中堂，方召勳高，范韓望重。揚帆截海，路經九千里而遙；畫像淩烟，功在二十人之上。宜乎煌煌天語，貫星斗而製長言；屬屬民情，具餐漿而迎大旆也。鎮夙叨知遇之深，倍切瞻依之戀。今翹榮喜，附繳華謙。才異飢鷹，不願飛揚於別處；智慚老馬，更期剪拂於來年。

【集評】

鄭慎徽曰：『簡勁清真，脱盡駢偶之迹。』

達生編跋

《達生編》辭簡理周，最有功於濟世。皋蘭爲西陲省會，惜是書獨闕焉。徐子砥齋者，世世習醫，得秋夫之神妙，嘗與胡君輯五、潘君德元、李君映白等二三寒畯，同刊斯編，意良美哉！古人云：『爲人子者，不可不知醫。』予謂爲人父母者，不可不知《達生編》。然而父知之，尤不如其母知之。果也平時講貫，婦女習聞，而大家賢媛復能轉相告語，則廣裙釵之識見，卽可助天地之生成化導之功，詎在作者、刊者之下歟？

【集評】

李允之曰：『歸重婦女上，要言不煩。』

九華亭跋

皋蘭王君錦如，嘗以乾隆丁未之重九，飲余於舍後之小亭。時綠竹丹楓，映帶左右，洋菊數十本，爛熳階前，洵秋色之佳處也！酒酣後，錦如請名其亭，予因顔之曰『九華』。夫陶翁素愛重九，而當白衣未至，有『空服九華』之語。以今方古，其樂或過之矣。座中李允之孝廉頗以爲然，因賦詩而紀之。

【集評】

李允之曰：『瘦石寒花，綽有幽致。』

壽宋南坡序紹仁，字元長，靖遠人

乾隆十有三年，予從山左牛真谷先師肄業蘭山書院。時兩河才俊雲集，講貫切磋，與予締交殆遍，而相視莫逆者，則推宋二南坡。南坡生少予數月，嘗以弟畜之。迨庚午秋，同舉鄉試，公車北上，復與之俱，風餐水宿，未嘗一日相離也。

後予與南坡累科不第，間關十餘年，始先後挑選廣文，而予鐸韓城，南坡鐸白水，同在左馮一郡。每逢校士，隔歲輒一相見焉。既而南坡以憂去，服闋後，補授階州學正，適予自沅州罷郡旋洮，而南坡由武都赴省，曾便道止宿予家。酒闌燈灺，談及書院同學時事，輒忽忽如夢中，蓋距真谷主講日，又三十餘年矣。

嗣是南坡赴京謁選，筮得閩之永福令。蒞任甫三月，卽引疾歸，急流勇退，人皆賢之。而復嘆其生平抱負，未彰施於鳴琴也。嗟乎！南坡歸矣。夫烏蘭之山，雄峻甲於河隴，鍾靈毓秀，代出偉人。卽大蘆諸宋，亦多以汗馬之勳，晉階提鎮。然求其以文吏起家而身膺民社者，惟南坡一人耳。今纔綰墨綬，旋卽抽簪，何其難進而易退乎！抑別有不得已於胷次者歟？雖然，宦海茫茫，升沉無定，使南坡眷戀銅符，不能知止，則戴星出入，雖亦臣子報效之常，然而南坡老矣，風塵趨走，諒非所長。吾恐桃塢梅溪，未必能坐嘯而雍容也。今也歸去來兮，較陶公尚遲九日。吾爲南坡幸，詎爲南坡惜哉！

南坡爲明經篤翁之仲子，與其昆弟四人皆敦孝友，鄰里鄉黨，咸仰德風。兹之歸也，二子一孫，悉能紆紫拖青，以當舞綵。然而屈指春秋，已忽忽六十有八矣。會嘉平之十二日，爲南坡覽揆之辰，適予亦謬以非才，主講蘭山書院，靖邑親友，祝嘏者乞言焉。然而予亦老矣，詞無枝葉，惟縷述交情，以博南坡之一笑。南坡把酒而讀之，真谷雖仙，髯兄猶在，當迴想青燈夜雨時也。

【集評】

姚雪門曰：『文生於情，極迴翔往復之致。』

崔安人徵壽詩引

張君通侯，湟中之孝義人也。嘗求予文，以壽其母崔安人。祝嘏後，親友爭爲詩歌，以當頌禱。蓋嘉安人之賢，而兼感其子之孝，姑以予文爲嚆矢耳。

夫壽詩，古人所尠，以予所見，惟王無功之於李徵君，蘇東坡之於張安道而已。況在閨閤，尤難下筆。間有作者，不過敷衍家常，略塗金粉。真宰弗存，翩其反矣。今通侯裒集諸作，將欲付梓，度其揄揚美善，或未足以盡安人，然而闡發幽光，卽堪不朽，則謂諸君之詩，因安人而傳可也。雖然，繩樞甕牖，豈無列女賢媛？苟非有文人才士，爲之抒其鬱而豔其奇，則亦同淡烟微雲，終歸烏有已耳。故斑管所垂，莫非題詠，則謂安人之令淑，因諸君之詩而傳也，亦何不可？抑吾觀通侯，恍然武諸生也〔一〕。一家昆仲，皆爲爪士，以代尸饔。今也舞綵稱觴，遂欲賡《南陔》、《白華》之雅。信哉，非此母不能生此子！觀諸郎之孝，愈足見安人之賢矣。通侯勉乎哉！剪髮名彰，則交遊日進，而倡和益多。姑刊此詩，以爲徵詩之嚆矢可也。

【集評】

姚雪門曰：『人以詩傳，真足增文人之重。』

李允之曰：『善於擒縱，一氣呵成。』

【校記】

〔一〕恍，底本作『洸』，據宣統本改。

范烈婦香姐傳

烈婦范香姐，會寧縣儒家女也。祖明經樟，以尚義好客，有聞於時。父紹泗，亦明經，生二子及香姐烈婦，然祖父鍾愛烈婦，尤過於兒郎。烈婦幼聰慧，年十餘歲，其祖父爲談《古列女傳》，如曹娥、緹縈等事，輒眼酸出涕。稍長，習女紅，頗臻精妙。家有園亭，爲枝陽之冠。每花時，妯娌娣姒，咸日涉焉，烈婦獨不往也，曰：『女子當刺繡成花耳，何必戲逐蝶蜂，自荒針黹？』迨年十九，適邑庠張生世甲，孝而且賢，舅姑稱之。比作婦數年，鄰里從未聞其笑語也。後世甲不幸遘疾卒，烈婦撫棺號慟，誓以身殉。兩家親眷，勸諭百端，且慰以爲夫繼嗣事。烈婦泫然曰：『夫有後，兒益瞑目矣，親老孤孱，自有伯叔在也。』因仰天大哭，絕而復甦。越三日，竟嘔血絕粒，多吞苦杏仁而死。枝陽之人，無不哀傷。

時邑令李公某聞而義之，尋以石峯挽餉，未及申聞。後逾六年，邑令石公德麟始援例詳請旌表，而兼爲作傳。予嘉石之意，而病其辭之枝也，爰撮其要而直書之。近聞烈婦嫂和氏殉其夫生員世弼，亦吞苦杏仁而死，殆學於烈婦者也，然愈慘矣。

【集評】

門人李兆甲識曰：『敘次明潔，末更得《史記》消納法。』

張建瑤廬墓記

張建瑤，字西池，狄道人也。少因貧廢書，遂服賈以養其親。及家漸裕，納粟入國學，將以慰父母桑榆之望。既而父卒，母猶健，建瑤身係獨子，念母老而已亦有年也，汲汲顧景，求所以娛母者無不至。家有後園，廣栽花竹，母樂而安之，晨羞夕膳，胥就此焉，適志承歡，足代斑衣之舞也。

後其母年九十卒，建瑤竭心力以供喪具，人皆稱之。然哀毀過度，漸不支矣。建瑤卜窀穸北郊，母既葬，因廬其旁，逾三月，忽心動，乃留同伴者三人守墓，而身暫還家。迨夜半，三人者皆鼾睡矣，建瑤忽至廬，蹴三人曰：『起！起！君等寒乎？吾甚感也。』三人者怪而問之曰：『君來何速？且城門之啓何早耶？』建瑤不答，長吁出廬外，忽焉不知所往。三人者毛髮俱豎，且驚且懼，且疑之。詰旦，使一人進城告建瑤。比入門，聞號咷，則建瑤已早卒矣。

蓋建瑤歸家後，卽設酒脯以祭其母，已，與其子友端同餕餘矣，忽困頓，遂不起。問其屬纊之時，正墓門慰勞三人之時也。吁，異哉！三人者，王長福、賈來世、苟加喜，皆傭助守廬而傳說於人人者。此乾隆五十四年十一月十六日夜半事也。

松厓老人曰：『建瑤性好花木，轉垛接枝，頗得其妙。蓋雖居市井，而閒情逸致，有足多者。至於死不忘親，而精誠所聚，遂示現於幽明人鬼之關，可謂奇矣。彼孟筍、姜魚，生前孝感，似未若建瑤之孤魂悽愴，而月暗風悲，猶依依於抔土也。』

【集評】

門人武安邦識曰：『事奇可傳，然非此筆力，亦寫不出。』

養蜂說題吳紫堂傳後

會寧李進士少溪，嘗作《吳孝廉紫堂傳》，其末云：『紫堂營別墅，栽花種竹，園有蜂數十窠，而歲弗取其蜜，曰：「吾不忍其泣釜中也。夫蠶與蜂，俱有功於人。然蠶待飼而蜂自食，蠶坐績而蜂遠採，是蜂尤勞於蠶也。且君臣之義，本於性生，功成而見烹，尤爲可憫。」』

讀紫堂之傳，於予心有戚戚焉。憶前知陵縣時，因踏勘，憩一村圃。圃中花樹下，有蜂數窠。問主人：『割蜜則傷蜂乎？』對曰：『不傷也，但以烟熏蜂，使稍離蜜，割留其半，卽可兩全，且來年蜂盛，更獲蜜無窮也。』予大喜，因題其壁云：『桑柘緑陰重，雞肥社酒醲。愛伊風俗好，割蜜不傷蜂。』今附於此説，以告邊地之養蜂者。少溪名玩蓮，紫堂名錫綬，皆予故人也，久經謝世，追憶愴然。

【集評】

王錦如曰：『仁人之言，其利物溥。』

翻刻寸耕鈔略序

天以善生人，人宜以善承天。四子、五經，皆勸人爲善之書也。顧聖言悠遠，知德者希。其餘載籍棼如，難以推擇。今欲令嚮善之人，家奉一編，而清通簡要，可以終身行之，歷世寶之，不綦難哉！《寸耕鈔略》者，富春陳徵又先生之所編次，而吴趨黄君樸齋之所重梓也。其辭約而該，其意曲而暢。蓋嘗薈萃先哲之格言，分類而臚列之，其有裨於人心世道，非淺鮮也。惜其書刊於東南，未能遍傳河隴。意者陳公之後，不能復見一黄君歟？吾友張通侯者，湟中之武生也。嘗遊燕趙，得是書而珍之。歸以告其母崔安人，安人喜，卽出奩金百兩，俾通侯翻刻以傳。吁，張氏母子，可謂好善也已！夫《陰騭》、《感應》諸書，隨處發雕，然求其平易近人，而能激發天良者，莫如此《鈔略》矣。

予年老昏忘，度不能窺四子、五經之奥，然得是書而讀之，則修道德而濟神明，或亦偃仰桑榆之一助乎？豚蹄祝切，願天下嚮善者同耕耘此寸田也。

【集評】

門人王廷璨識曰：『序亦簡要清通，有關世道。』

自記曰：『黄君嘗與予同官楚北，今通侯翻刻此書，可謂先得我心矣。』

吴敬亭詩序栻

湟中，古鄯善也。山險峻而水清寒，物産民風胥帶洪濛之氣。近數十年來，武備雄於五涼，而甲科蔚起，亦埒中原，第求一詩人，而卒不易見也。意者紅崖、青海之靈秀，尚鬱而未洩耶！

吾宗敬亭孝廉，𥕞伯之詩人也。家貧力學，有『中林蘭蕙』之稱。嘗以舌耕，兩就軍門之辟，書答百函，咄嗟立辦，人謂劉穆之之敏捷不能過也。顧尤雅好爲詩，而篋笥所藏，已戢戢如束筍。

夫唐人學古，各有源流。山水之詩以韻勝，二謝是也；邊塞之詩以氣勝，鮑照、吴均是也。然明遠、叔庠，要皆身在東南，而懸摹西北之景況。若使其生長邊陲，而親見疾風、驚沙、飛雪之狀，則其詩之悲壯雄奇，又當何如耶？然則敬亭一生之所居遊，固皆邊塞之真詩也，則其骨力清剛，而感激豪宕也固宜。雖然，敬亭遭際昇平，熙熙皞皞，凡從軍、乘障、弔古、閨怨之作，胥無所用之，則刻畫山水，庶足怡情。而或謂邊塞之山水無可流連，亦甚非通論矣。夫大野蒼茫，歌傳《敕勒》；鄧林蓊鬱，銘在酒泉。敬亭目前之所遇，固皆山水詩也。豈必遠臨碣石，遥賦天台，而後謂之題詠哉？然則敬亭之詩，非徒湟中之詩也。身在戟門，更望勿荒鉛槧。彼浣花依僕射而句益工，青藤客梅林而名愈遠，窮固未嘗負詩人也，況敬亭壯心不已，更能自致於青雲乎？

【集評】李允之曰：『史稱吳均文體清拔有古氣，今吳序吳詩，體卽近之，何奇妙耶！』

重修毗盧閣記

普覺寺之東偏，有毗盧閣焉，乃明潘海虞先生之所題也。上塑臥佛，及神靈羽衛，頗極詭異。迨詳睇由來，諸天雨泣，四眾悲哀，當是世尊垂涅槃之遺教，不知者遂以爲睡佛耳。閣久而圮，信士魏肇文、馬騰雲等募化新之。迄今法像清癯，嗒然就枕，更不煩阿㝹樓馱，觀察眾心，而白其無疑矣。善哉！善哉！

斯閣與普覺寺全工，以乾隆戊申三月起，己酉九月止。修閣之外，復建詩偈各二坊，又鑄鐘一口。募化之不足者，肇文、騰雲分任之，寺之工於是始完也。

【集評】伊澣亭口：『佛經中遺教最平實，此姑微開其端。』

陳氏族譜跋

余於乾隆甲申，曾序《陳氏族譜》，迄今又二十年矣。會陳君爾謀歸自塞北，酒闌話舊，復取前《序》閲之，命意立言，似無溢美。惟憶作序之時，宛如昨日。今爾謀蒼髯，予亦衰老，是則可嘆息耳。爾謀以孝義見推鄉里，斯譜既成，欲付梓而力未能，心嘗抱歉。予謂滄桑變易，雖金石不無銷毁，但使陳氏族人，多寫數通而珍藏之，即堪垂後。豈必禍棗災梨，然後謂之流傳哉！

【集評】

張桐圃曰：『族譜非孤行之書，且歲有增益，但裝潢完好足矣，此可爲無力者修譜式也。』

附　狄道州續志

陳翰猷，字爾謀，乃元廉訪使福之裔孫也。少奇貧，當除夕、元旦，至不能爲親具一饗。後親歿而家漸小康，反哺悲深，遂終身不沾肉味。楊學使嗣曾嘗旌其閭曰『至性感人』。翰猷曾建祖祠，修家譜，供貧族子讀書，其尤貧者，至代完其婚嫁。迨卒後，子幼而家仍蕭然，賴其叔耆賓名有應者，教之成立焉。

上營任氏始祖墓誌銘

北距州城九十里，有村落焉，襟空同而帶好水，是曰上營。上營者，蓋明代蘭衛兵屯之所，今改歸狄道，化壁壘而爲桑麻，其景象非復昔矣。營宅幽而面阻，土著者約數百餘家，而任姓之後人實居其半。往者經歷任君公輔，及其弟太學生佐輔，皆予友也。每言其始祖墓在大墟，欲求爲誌，而予馳逐宦埸，雖許之而未就，迄今中心抱歉者計三十年。會今年六月，有八世孫永歌、正諄、正山、玉富暨九世孫楨、杞、桂等，始能展墓礱石，而余乃爲之誌。

蓋舉三百年之荒榛宿草，一旦而廓清之，且先河後海，原委了然，從此佳城鬱鬱，過大墟者，皆知爲任氏之首丘矣。而子孫拜掃，倍切瞻依，其有功於先人後裔非淺鮮也。惜乎！始祖以下，名字弗詳，今可指者，惟是昭穆之五代、伯仲之七支而已。銘曰：

柳林之谷，好水洋洋。居人繡錯，廬舍相望。上營大墟，任氏發祥。魚鱗冢簇，馬鬣封長。蟬聯五世，蔓衍七房。貞珉既立，奕葉彌昌。彦升宅穸，乃近東陽。千秋此地，金石流光。墓與沈氏墓鄰。

【集評】

門人俞衡文謹識曰：『誌婉而銘腴，詳略得法。』

庠生武象翁誄並序

翁名昭功，字象德，後易名殿元。少美風姿，工書翰，以文童應試不利，急於功名，遂發憤入武庠，嘗與虎闈者數次，乃竟以諸生終。悲夫！翁賦性剛直，所生五子，胥凜義方，而其長子安邦，績學能文，尤爲洮士之冠冕。翁嘗令數從予遊，師弟之情，倍深浹洽，非徒尋常函丈課一帖括而訓一屬對也。會戊申仲春，翁以疾捐館，年六十有一矣。旋於三月二十日，葬北郊之祖塋。時予適在蘭山書院，訃音既至，爲之憮然。而安邦諸門人，哀其師《蓼莪》之慟，走使致書，求予誄以光泉壤，予固義不能辭也，敬爲誄曰：

桓桓武姓，顯自李唐。隱惟攸緒，仕則伯蒼。翁承詩禮，馳譽洮陽。風標秀逸，氣骨清剛。易文而武，乃掇芹香。弧矢之志，本在西方。六十一年，城野倘佯。不忮不求，亦足以臧。所生男子，五桂聯芳。文孫穎異，歡笑稱觴。戊申花月，少微熸芒。古泉咽石，嶽麓飛霜。再世桃李，依依門墻。曝牲灑酒，祖道淒涼。魚鱗次冢，馬鬣封堂。吾與之誄，山高水長。

【集評】

門人王澤鴻謹識曰：『含毫邈然，不煩言而已足。』

文母張節婦誄並序

故儒童文汝謙，聰慧人也，苗而不秀，人咸惜之。方卒時，其妻張氏年二十三，家貧守節，紡績以飼其孤子亨邦、漢邦，後皆成立。汝謙胞弟鏡，中年喪偶而無子，止遺二女，張以次子漢邦繼叔，撫二女若己出。至其上事雙親，則生養死葬，悉能盡禮焉，節孝之名，載於志乘矣。今年二月廿六日，壽終內寢。時予適主講蘭山書院，而親友楊君文錦等，走使致書，求予爲誄，予固義不能辭也，敬爲誄曰：

文氏之先，派本清流。道傳石室，畫妙洋州。子孫奕世，土著洮陬。東門之內，枝葉蕃稠。汝謙吉士，爰得好逑。天河大姓，壼範和柔。昊天不弔，玉樹先秋。髧彼兩髦，志矢《柏舟》。雙雛卵翼，待哺啾啾。羽毛既長，母亦白頭。高堂奉養，夕膳晨羞。南陔行處，厥草油油。撫二姪女，更極綢繆。女工嫁具，靡不咸周。熊丸藥在，鸞鏡塵浮。榮登志乘，金石同流。歲當己酉，賓婺光幽。柳車將駕，親戚銜愁。通衢舞鶴，吉兆眠牛。存吾此誄，萬一名留。

【集評】

門人徐貞元謹識曰：『序極清真，誄尤精湛。』

文母陳孺人墓誌銘

庠生文汝箴葬其母陳孺人逾一紀矣，近乃磨礱墓石，而求余誌及銘，且曰：『先孺人苦節，凡不肖怦怦於中者，他人莫能言也，顧及公尚健，而慰亡母於重泉。』余感而諾之，因誌其大略焉。

孺人係出名門，夙嫻姆教。甫及笄，適文翁牧庵必謙，鹿車既挽，相敬如賓，而孝事雙親，尤能盡禮。後牧庵捐館，時孺人年三十六矣，而孤子銘方小弱，卽汝箴也。餘二幼女及家中數口，皆嗷嗷待哺，其勢孔棘。孺人則健持門戶，左支右絀，凡其殯葬舅姑而婚嫁子女者，靡不周到，然艱難亦備歷矣。既而汝箴遵母訓，讀書遊泮，親友議爲孺人具呈請旌。第以寡居時年過三旬，格於例，不果。然至今鄉里，率皆稱文節婦云。

嗟乎！士君子砥行立名，尚有早暮，況巾幗乎？夫伯姬待姆於衰年，敬姜論勞於晚歲，古賢媛之卓然不朽者，祇取其德耳、才耳、苦節耳、有功於宗祏後嗣耳，豈必盡桃李之芳春，然後標松筠之勁節哉？孺人卒年七十三歲，計柏舟矢志者，復三十七年。汝箴後膺鄉飲僎賓，孫國幹，州庠生，嘗從予遊，以某年月日葬孺人於北郊之祖塋。銘曰：

北郊之冢草離離，上有踈桐挺孫枝，孤鵏吟兮我心悲。

【集評】

門人武安邦識曰：『議論奇快，得未曾有。』

代祭蕭母張孺人文蕭生聲和之妻

嗚呼！劫轉風輪，陽迴日轂。雪映傳柑，雷驚爆竹。感時撫事，傷心慘目。壼範云遙，猿哀鵑哭。恭惟孺人，係出名門。天河大姓，秉性慈溫。二銘牖在，百忍堂存。徽音嗣雅，順德從坤。年甫十七，幽姿婉孌。既適所天，鹿車宛轉。冀缺餉賓，樂羊機勉。孝事舅姑，晨羞夕膳。夫子家貧，困廩常虛。蘭陵之裔，素好讀書。羹多藜莧，佩少瓊琚。賴茲内助，長者迴車。中歲以來，家增食指。匱乏爲憂，劬勞頓起。躬操杵臼，僮鬻餅餌。八口完全，四鄰贊美。其教二子，長子嗣何，業賈；次子繼何，太學。尤有義方。克勤克儉，無怠無荒。其訓諸女，亦如兒郎。吾曹姻婭，忝荷榮光。天佑賢媛，得未曾有。膝下芝蘭，金昆玉友。虎觀蜚聲，熊丸啓後。諸孫奕奕，稱觴獻壽。庚戌孟陬，寶婺熠輝。瑤臺月暗，蓬島雲飛。六親感嘆，三黨歔欷。敬姜已逝，顧復誰依。清明之節，送終禮備。蒿里初歌，佳城將閉。馬鬣封高，魚鱗冢次。言念淑人，洵堪隕涕。茫茫理數，難問蒼旻。孟光辭世，奉倩傷神。洮流浩渺，嶽麓嶙峋。生芻絮酒，微悃聊伸。嗚呼哀哉！尚饗。

【集評】

門人吳興謙謹識曰：『懇切之作，不煩藻繪。』

壽侯明弼序

烏鼠爲天下之名山，鍾靈毓秀，實繁有徒，而錚錚有聲者，厥惟侯氏。侯氏世業農桑，自荀若先生以高才食餼，有聞於時。而其嗣君明弼，尤能克振其家聲，卽今之羣爲稱觴獻壽者也。

君少爲乃翁所愛，年甫十齡，卽援例入國學，不幸逾一載而遂失所怙。斯時也，君既無兄弟，且少善鄰，而高堂朱孺人，年亦耄矣，家事倥傯，幾不能支。君身丁艱苦，既勤且儉，家道益康，人謂侯氏有子矣。

君自奉儉約，而性好施予。當乾隆三十八年，渭源饑饉。君捐粟三百餘石以助官粥，邑令張公贈『古道是敦』之額，以旌其門。後至四十五年，小南川復遭冰雹，佃戶債逋甚多，君哀而焚其券。其他行義類如此。天佑善人，家餘大慶。所生四子，焜耀門庭。長子瑞，庠生；次子璉，業儒；三子璋，武庠生；四子瑜，亦業儒。諸孫穎異，皆彬彬雅雅，不愧其家風。斯固君教誨之力，抑亦冥冥之福報也。

會今年九月朔，值君五十有五之初度。諸親友牽牲製錦，令瑞乞予文爲壽，意良美哉！昔揚子雲閉門著述，惟弟子侯芭獨得其旨。然當其作《法言》也，蜀富人賫錢千萬，求載於書，而子雲不聽。吾意此富人必非真能好義者也。假使侯芭之父，亦願挂名於簡端，彼子雲寧不樂從耶？今瑞能問字於余，而求爲其父祝嘏，余又烏能卻之？雖然，頌禱者，常詞也；砥礪者，切言也。吾願君益懋其德，而更訓誡其子孫。俾他日繩繩振振，足以增首山渭水之光，則余之爲斯序也，不更無溢美乎哉！

【集評】

張鶴泉曰：『有後侯芭一段，便不可廢，此文中爭勝處也。』

宋氏始祖墓碑

皋蘭宋氏，其先河南南陽府唐縣人也。始祖指揮公，明初以武功膺世職，後隨肅莊王至蘭，遂家焉。傳十餘世，咸襲指揮，兼以百戶爲守禦。踰淮弗化，而遷地能良。簪金藉綺，人皆榮之。然皆恪守憲綱，垂爲家法，能於職而亢於宗，皋蘭閥閱，遂推宋氏矣。

明社既屋，世職遂廢，然宋氏積累既深，停蓄愈盛。至我聖朝，而人文蔚起，以學行著者，往往而見。南宮失位，而竇在詩書；東陵去侯，而瓜延俎豆。宋氏子孫，寧可量哉！顧自始祖公至今，垂四百餘年矣。代歷數傳，係分二派，其在城者，爲大宗；居黄峪溝者，則小宗也。雲仍棋布，實繁有徒。儻紀載無徵，後或忘昭穆之爲誰何矣。二阮此貧而彼富，情可相通；三羅同姓而殊宗，義難强合。此建碑之所由來也。嗟乎！《葛藟》之詠，謂他人昆；《黄鳥》之歌，復我邦族。觀於宋氏墓碑，孝友之心，能不油然而生乎？宋氏墓在大坪，若堂之封，羣瞻片石。予因爲述其祖德，而兼及其世次。要使崇韜身貴，不能誤拜汾陽；方慶支遥，亦可符占淮水耳。

【集評】

門人宋楡英謹識曰：『氣足舉辭，愈排而愈疎宕。』

門人宋朝標謹識曰：『俊偉光明，足壯寒門氣色。』

李公遠夫婦墓誌銘

翁諱澤，字公遠，皋蘭處士善章公之長子也。仙仍習隱，分族姓於猶龍；士乃兼商，取榮華於結駟。年十四，從父之湟中，經營貿易，而正直公平，人咸謂遠翁長者也。陶朱公之嗣續，甘苦曾同；曹丘生之稱揚，聲名豈假？然翁恂恂自守，未敢以富厚驕人。

翁素孝友，當其服事太翁，垂老不忘孺慕。至待二弟，則吹塤吹篪，和氣洋溢焉。一株椿老，同竇氏之芬芳；三樹荊榮，笑田家之憔悴。門庭之內，人無間言矣。且性好施予，故鄉黨尤敬且感焉。韓伯休之藥價，口不二言；魯子敬之囷糧，手惟一指。以古方今，寧有愧歟？

顧予之重翁，尤不僅此。蓋翁有二子，延齡，例貢生；毓采，歲貢生。孫九人，長鈞，廩膳生；長發，增廣生；長培，國學生；長芳，庠生，餘業儒。曾孫三人，尚幼。一堂濟濟，捧杖皆勤；四世融融，含飴最樂。然而翁之教誨曲成，則已至矣。萬石家風，卽倉卒而不忘恭敬；三羅門第，雖潦倒而不廢詩書。宜乎桂子蘭孫，至今而愈昌熾也哉！

翁享年七十而卒。妻劉孺人者，亦名門之賢媛也。佐夫正內，四鄰欽挽鹿高蹤；教子承先，五夜咀丸熊苦味。後年七十六而卒，與翁先後同葬於薛王坪。海枯石爛，羣瞻馬鬣之封；地久天長，共叶牛眠之兆。銘曰：

佳城鬱鬱南山址，白楊蕭蕭朔風起。吁嗟遠翁今在此，千秋有穀詒孫子。

【集評】

自記曰：『駢體與四六稍殊，此與上篇皆駢體也。』

馬讓洲詩序

予曩讀姚雪門先生詩，即知有詩人馬讓洲者，然未見其詩。後晤楊子蓉裳，見所爲《讓洲詩跋》，益心異之。蓋二公皆深於詩者，當不浪譽讓洲，然讓洲之詩終未見。會今秋，王芍坡先生以讓洲詩屬序。夫芍坡，固又深於詩者也。諸公所見，寧有異同，第使予人云亦云，將何以謝芍坡？且讓洲亦豈悦慫恿者耶？因維誦再三，乃敢略言其概。

蓋讓洲古詩堅卓，近體清研，骨以格高，情緣韻勝。今摘其合作，足追古人。餘稍涉流易者，直汰之可矣。夫古人隱於今者多詩材，河陽之花、彭澤之秫、羅浮之梅、秋浦之月，其大較也。讓洲家千巖萬壑之間，足跡半天下。近復作宰二曲，二曲固關中山水窟也。鳴琴之暇，嘯詠尤宜。顧乃參佐戟門，酬恩知己。彼高、岑胥由幕府起家，而詩名益著。方之讓洲，讓洲又何讓焉？然則髯參短簿，要不足以盡君才，而又豈與劍南、青藤爭石湖、梅林之寶座哉！

予西鄙老傖，弁言滋愧。今者雪門已矣，芍坡、蓉裳或愛我而忘其醜，持示江東，恐不堪見張子布耳。

【集評】

王芍坡曰：『簡樸高古，不蔓不支。』

王蘭江曰：『無一浮詞剩語，而筆力拗折，層層俱到，如造淩雲臺，銖兩悉稱也。』

門人李存中謹識曰：『前段謹嚴，後極抑揚頓挫。憶在雪門先生署，曾晤讓洲。今雪翁已化，讀此序，爲之悽然。』

張桐圃曰：『讓洲，會稽名士，故序引務觀、文長，最爲精切。』

律古續稿自序

（已見《松花庵集·松花庵律古續稿》卷首，此略）

【集評】

李賓之曰：『純是虛心，原非好事。』

看花圖自序

牡丹，殿春花也。洮陽地冷，四月乃開。富貴之來，何其暮耶？予松花庵中，手栽數種，頗異尋常。顧自念少而遊學，壯而仕宦，近復主講蘭山，凡歲看此花者，十不能二三焉。豈富貴在天，而名花亦復如是歟？

會今年四月，皋蘭韻友趙懷亭，爲予作一《看花圖》，人謂形容酷肖。將賦詩而紀之，因綴數舊作於圖末，以當小引。噫！予年已七十，豈能久看花者？玩茲圖也，鄉思彌殷，請與牡丹約，來歲花前，甘心痛飲，當先爲老人開也。

【集評】

張桐圃曰：『物外閒情，文中逸品。』

張杞軒墓表

余嘗三至烏蘭，即聞有張杞軒者，蘆塘之佳士也。近在金城，始晤其四兄錦泉，則杞軒已爲古人矣。愛而不見，爲之愴然。既而錦泉出其自爲《杞軒墓誌》，復求余表其新阡，余益讀而悲之。杞軒諱思聖，太學逸亭翁第五子也。逸翁有隱德，詳載邑乘，梁靜峯太史曾表其墓。遠溯先河，茲不贅矣。蓋逸翁有子八人，思通，庠生，早逝；思敏，武生；思哲，亦早逝；思睿，庠生，即錦泉也，皆杞軒之兄；餘思友，太學生，及思明、思遠皆杞軒之弟，一堂濟濟，輝映後先。而逸翁獨奇杞軒，以爲可任家事。意其高才遠識，洵有足多者歟？

性穎悟，少與錦泉同遊泮，旋補增廣生。後因經理農商，遂廢舉業。然家道之興，實自杞軒始。尤孝友，當逸翁之歿，日夜哭泣，目爲之昏。母老多疾，躬親湯藥者，十餘年如一日。其事二兄尤謹，而當錦泉病劇，嘗焚香籲天，求減算以益兄年。已而錦泉病癒，人皆異之。其友愛諸弟姪胥視此。治家嚴而有恩，感及臧獲。至於建祠堂、置祭田、構學舍、延名師，凡承先而裕後者，皆杞軒一人任之，錦泉兄弟但供手唯唯耳。

杞軒好讀性理，兼閲道藏，種竹栽花，頗脩然有出塵想。喜作書，嘗倣松雪、香光。間以其餘閒，旁及卜筮星相，而於醫道尤精。有求診者，隨手立愈，然未嘗受人一錢，以故名重公卿間。

惜乎！體素清臞，以昨歲六月廿三日卒，七月十五日卜葬祖塋之右，享年五十有一。元配馬氏，繼娶王氏，奮威將軍曾孫女；繼娶吴氏，都閫公第三女，俱先杞軒卒。子某，亦早卒；次子宗貽、女祿兒尚幼。

嗟乎！杞軒已矣，錦泉今尚健也，他日者，予將策蹇北遊，登米峽之山，而過雙龍之寺，鹿門雞黍，感嘆何如？今墓門片石，雖不足以盡杞軒，然杞軒宛在矣。他若蝶夢蘧蘧，或超仙界，則事涉恍惚，予不敢言之也。杞軒感異夢而卒，見《墓誌》。

【集評】

楊蓉裳曰：『敘次井然，結尤澹遠。』

李母劉孺人墓誌銘

乾隆己酉三月六日，内兄李封翁南若之妻劉孺人卒，年五十有九矣。時長子苞初選廣西陽朔縣知縣，次子莊亦隨兄任，道遠訃遲，故久而未葬。迨庚戌五月，苞與莊始能踉蹌旋里，將以十月十九日窆孺人於北郊之祖塋，而求予爲誌及銘。

蓋孺人母魏氏，卽予先母恭人之胞妹，其身於予爲姨妹，而予妻李恭人又其夫南若之胞妹也。兩世懿親，非内言不出者比，因誌其大略焉。

孺人爲故庠生劉公宏謀之女，淑婉性成，兼嫻姆教。自適南若，雞鳴戒旦，夫婦相敬如賓。而孝事翁姑，和睦妯娌，戚黨胥稱其賢。李故巨族，同爨者約數十百人，賴孺人内助雍容，不聞詬誶，故南若以老明經授徒家塾，而無纖芥之縈懷者，雖由其昆弟友恭、兒孫醇謹，然孺人襄贊之力居多。

孺人生七子，長苞，字元方，由選貢中鄉科，由廣文升邑令，由陽朔調羅城，能於其職，上憲器之；次茌、次薦，俱廩生；次莢，庠生，早卒；次芊、萱、芍，俱業儒。女二，一適太學孫承統，一適庠生張棻。孫振新、作新、標新、丕新，亦俱業儒。濟濟一堂，皆充閭之望也。

嗟乎！毛義捧檄，溫嶠絕裾，終天之恨，在古已然。然孺人夙明大義，則移忠作孝，固可無憾於生前。況乎躬垂屬纊，而餘子悉環侍床幃，則烏養私情，更何抱歉於身後哉？孺人前受貤封，在子苞秉鐸崇信時。兹者魚軒雉服之加贈，例及重泉，則墓碣生金，亦不在繁文之雕繢已。銘曰：

秦粤之間關兮，潘輿不能導也。幽明之阻隔兮，萊舞不能效也。礱片石於南山兮，疊見龍光之耀也。膺追錫於北闕兮，固亦熊丸之報也。

【集評】

門人王廷理謹識曰：『以捧檄之情，慰倚門之望，幽明上下，俱可灑然。』

門人王澤鴻謹識曰：『誌如峯斷雲連，而銘尤簡括，非徒敘潘楊世親已也。』

李少溪進士傳略

李玩蓮，字青蕖，會寧人也。家近邑北之八眼泉，山水清幽，因自號曰『少溪』，或亦稱『西麓』云。其先世業儒，至少溪而顯，然終不仕。

初，乃翁爾華者，名諸生也。少溪以父爲師，而盡得其家學，遂中乾隆壬辰進士，蓋百餘年來枝陽所僅見者。少溪初謁選，以歸班縣令，需次於家。迨臨截取時，以親老，力求終養，後遂優遊林下，家食終身。或曰：『少溪樂閒靜者也。家有田園，頗能自給，故不仕。』或曰：『少溪知止足者也。書生之願，登科已畢，故不仕。』或曰：『少溪量才力者也。民社之寄，懼弗能勝，故不仕。』或曰：『少溪戀庭闈者也。父母既歿，誰爲祿養，故不仕。』之數説者，於少溪之意旨，吾未知其果有合耶。然少溪之逸韻高風，要堪不朽。

嗟乎！仕以行義，君子之常。第士或汲汲求官，而一行作吏，究亦無所短長。以視少溪之蕭然物外，詎不賢哉？鶴在野而聲聞，鴻漸逵而儀吉。宜乎秦山隴水，人人心有一少溪也！

【集評】

張桐圃曰：『寫高士不多著墨，然仍避實擊虚，得鏡花水月之妙。』

秦王川石青洞記

金城、允吾之界，有曠野焉。周圍約八百里，其名曰『秦王川』，川名不可考。或曰：『薛舉竊據時所名也。』或曰：『秦王平仁杲後，遣兵略地至此，故名之。』然歲遠無徵，姑存其名可矣。川有洞，呀然，窪然，内産石青，居人呼爲『石青洞』。川敞洞幽，時形靈怪。每清曉，輒見城郭樓臺、人馬旌旗之狀，若海市然，土著者不以爲異也。噫！以斯幻方登州，則彼水此陸，此尤奇矣。惜予足藹蘭山，未得一往觀焉。而文章其變態也，因遥爲之記，以俟好奇如東坡者。

【集評】

李允之曰：『此異人知，然傳自今始。』

壽陳母史孺人文

予老以舌耕，謬主蘭山講席，金城諸友，來往者實繁有徒，而明經陳子東村，尤爲莫逆。論文而外，間及家常，因以知其母史孺人之賢，然終未得其詳也。會庚戌十月既望，爲孺人設帨之辰，時年六十有七矣。東村之親友，相與登堂舉觶，而求予文爲壽。予義不能卻，因覼縷詢其始末，而犅陳大略焉。

孺人，故家女也。年十八，適陳翁爾丹，以孝順聞於鄉里，閲八載而夫卒。孺人呼天搶地，義不獨生。念前母所生四子，未盡成立，而已出四子，尚皆稚幼，而靡所瞻依也，遂乃飲冰茹蘗，撫養諸孤。計伶仃守節者，歷三十年，乃蒙建坊旌表。初，爾丹翁在日，以貨殖爲生，歿後日漸式微，而食口益蕃，人莫不爲陳氏危。賴孺人左支右詘，督長男以營賈業，率子婦以課女紅，家乃小康，後遂饒裕。今廬舍田園，生貲略備，人以爲陳氏之福報使然，抑知皆孺人勤儉之所致乎？

孺人教諸子，各因其材。能讀書者，弗令其逐末也。方仲君佐虞未入庠時，人多勸其習商，幸孺人不可，乃止，而東村初就學，其句讀皆孺人口授。子孫振振，固其宜矣。長元慶，太學生；次秉明，承胞伯嗣；次元愷，即佐虞也，由歲貢生官漢中府訓導；次元熙，太學生；次元功、元勳、元慧，俱業農服賈；次元善，即東村也，由歲貢生肄業成均，報滿，需次廣文。女二，俱適名族。融融洩洩，歡聚一堂，雖中年哀樂，少有參差。然而三子承家，十七孫悉能跨灶，孺人可以無憾矣。

然則今日之壽，余何言哉？夫孟筍姜魚，非日供之肴膳也；柳丸歐荻，非習見之提撕也。曹史韋經、蔡琴謝絮，非尋常閨閫之所企及，而金母玉妃、麻姑毛女，又非人間婦女之可比倫也。然則今日之壽，予何言哉？無已，則惟舉孺人之貞心苦節以當祝嘏，庶陳氏子孫知其太夫人之卓然不朽者，別有千古，而海屋添籌，正方來而未艾也。

【集評】

李允之曰：『末段掃盡陳言，而波瀾愈闊，此無中生有法也。』

黄母彭節婦誄並序

皋蘭友人黄君寶葬其母節婦彭太君，已十五年矣。近乃求余爲誄，以寫慕思。夫予與君寶，交匪形骸，且夙聞太君之賢，有異尋常巾幗，義固不能辭也。因撮其大略，用以闡發幽光。

太君，舊家女也。幸庵之裔，世爲清門。凡閨閣之英，悉嫻懿教。年十七，適黄太翁玉章，雞鳴戒旦，夫婦相敬如賓。逾八載而太翁歿，時太君年二十有四矣。先是，翁前娶曹太君，生子起綖、起纁，太君身生子起縉、起紘。起綖字君度，起紘即君寶也。四孤嗷嗷，其勢孔棘。太君堅貞矢志，勤苦持家，八口之需，出於十指，尤能教誨諸郎，略無厚薄，故起綖、起紘咸以豪俠尚義，名動四方，而起纁、起縉亦能勤賈業、興家計，皆太君一人之力也。後乾隆四十八年，以節孝蒙旌表建坊，而《皋蘭縣志》遂得援例特書，人謂太君頗不愧云。

初，黄氏世管陕甘塘務，餼稟所入，半供賓客。當君度之任陕塘也，太君切誨之曰：『汝性好結交，吾不汝禁。但交百庸人，不如交一才士；交百熱客，不如交一寒儒也。』君度奉命惟謹。故凡鄉會試之經西安者，率以君度爲東道主，而時有緩急，亦必設法周之。後君寶分理甘塘，亦師此意。人謂難兄難弟，好客略同，而不知非此母固不能有此子也。吁，可不謂賢哉！

太君卒年六十七，葬西川七里河馮家莊之新塋。今君度及其三弟，亦相繼卒。捧此誄而流涕者，惟君寶與其二兄耳。誄曰：

黃氏之先，焜耀簡編。憲因德著，滔以詩傳。徽州舊族，奕世綿延。後從肅邸，遂籍蘭泉。玉章豪士，膠續絕絃。豕韋之後，厥氏同籛。懿茲內助，婦順攸全。鹿車既挽，舉室稱賢。云胡不幸，遽殞所天。《柏舟》矢志，五十餘年。殘機月照，斷杵風連。卵翼諸雛，一一飛翾。聖恩高厚，旌奬貞堅。煌煌綽楔，金石雕鐫。古今壼範，斑管昭宣。榮分志乘，又何憾焉？維母生平，志在光前。賓來供饌，幾剪髮鬋。以此垂訓，曾無間然。兒郎奉命，不忘不愆。皇皇者華，郵驛所便。往來君子，誰不周旋。吁嗟母兮，今已長眠。登堂之拜，徒切拳拳。悠悠西川，墓表新阡。存吾此誄，以代涕漣。

【集評】

李允之曰：『中間寫賢母誨子一段，懇切感人，而文亦蒼老。』

李氏家譜跋

臯蘭李允之孝廉，敦行工文，虛懷善下，嘗出其《家譜》示余，蓋手訂也。其世係則詳而明，圖誌則簡而該。凡於前賢譜訓，有資敬宗收族者，尤兢兢三致意焉。吁！允之之用心，良善矣哉！

李氏舊籍楚鄂，前明洪武時，以武功遠宦臯蘭，遂成土著，今四百餘年矣。歲月久而支派蕃，微茲譜也，尊卑親疏，其將奚考焉？

抑又有可感者。李氏自徙臯蘭後，凡兩大支，其長房者諱德，次房者諱儀，允之卽德公之後也。儀公之後，散居蘭郡，昭穆既遠，漸同路人。今允之合而譜之，其有功於先人後嗣也，詎淺鮮歟？嗟乎！

桓山之四鳥雖分，襄水之二龍終合。繹斯譜也，同氣連枝，誰不興感？豈止鑑而鳩李氏之宗乎？

【集評】

受業李存中識曰：『仁義之人，其言藹如。』

壽趙振翁序

蓋聞彭鏗斟雉，以八百歲爲春秋；曼倩偷桃，歷三千年之日月。他若蘇耽仙去，化縞鶴而徘徊；薊子雲遊，摩銅人而慨嘆。斯皆東皇注籍，南極添籌。然而事涉杳冥，跡同夢幻。譬之龜毛兔角，不可以追尋；蛟室蜃樓，空存於想像。求其可嘉可樂，市隱而分槃澗之閒；引養引恬，陸行而享神仙之福。若振翁者，其庶幾乎！

原夫趙氏之先，與秦共祖。幽王之世，仕晉爲臣。夏烈冬溫，既稱揚於二日；懷清履潔，復寄託於一琴。且也讀半部之書，經綸具足；寶連城之璧，光耀爭傳。允矣姓冠百家，羣推天水；宜乎支垂萬葉，更茂金城哉！

翁籍本華亭，來從肅邸。踰淮不化，遷地能良。遠祖游泮水者三人，賢媛矢《柏舟》者二代。門庭奕奕，俱業詩書；子弟恂恂，各沿弓冶。翁弱齡喪怙，早歲食貧。仰嘆俯嗟，難飲河以充鼴腹；左支右詘，遂登壟以覓蠅頭。雖不忮不求，祇安本分；而克勤克儉，間致贏餘。卒能奉頒白之孀親，春生鶴髮；倡糟糠之賢配，旦戒雞鳴。今家計日豐，生貲歲裕。陶朱公之致富，可散貧交；端木氏之鬻財，能通幣聘。固合人稱長者，榮比封君哉！顧荊玉隋珠，猶能力致；而鄭蘭燕桂，詎可强求？

翁仲子爾聰，簪金藉綺，名列成均。而猶子爾珍、爾明，或重鄉評，或光銓冊。嫡孫國福，沐雨櫛風，力操家政。而姪孫積福、遐福，亦登虎榜，亦業螢窗。四世雍雍，一堂濟濟。答問安而點頷，課正字而焚膏。斯誠堂構之希逢，抑亦桑榆之真樂也。

會今歲八月之十四，值太翁七旬之餘三。庭舍懸弧，賓朋舉觶。欲乞言以爲壽，遂問道而及予。君子陶陶，當此登堂而禮拜；老夫灌灌，有何出色之文章。然而事足表章，義難緘默。請爲諧語，用代祝釐。夫植杖而耘耔，則難爲頤養；據鞍而顧盼，又强與服戎。若荷鍤而移山，則疲勞過於負戴；覆輪而觀井，又恐怖近於兒童。翁不仕不農，亦仙亦隱。仲長統之樂志，無願不酬；馬少遊之言懷，有求具足。況乎清風吹客，時傾綠蟻之尊；驟雨留人，能設黃雞之饌。衰遲得此，愉快何如！

今序屬中秋，月臨幾望。睹蟾光之皎潔，禱鶴算之綿延。雙塔雲開，我擬登高還作賦；五泉花發，翁其隨喜更稱觴。

【集評】

受業李存中識曰：『題本尋常蹊徑，賴多設間架，遂若別有仙源。』

上營沈氏祖塋碑

蘭之南、狄之北，有名山曰馬啣。馬啣者，以其形似二馬之啣轡，故有大石馬、小石馬之稱，其實即古之空同也。山之麓有村落，曰上營及下營，蓋勝國時蘭衛分屯之所。今田田宅宅，化刁斗而爲鉏耰，其遺跡不可考矣。營泉甘而土肥，居民星羅棋布，至於桑麻相望，廬舍比連，有聚族至二百餘家，而歷年至四百餘載者，則首推百戶之沈氏。

沈氏者，其先浙江台州府寧海縣人也。始祖武章公，明初以軍功世授江南蘇州府吳縣指揮，後從肅莊王徙襲蘭州中衛指揮，世管五營，遂成土著。今上營之大墟，雙冢巋然，卽公與其長子之佳城也。相傳公精醫而兼能畫，意其文采風流有足多者。然而河山晢改，譜牒無存。凡子孫所記憶，僅得生平之髣髴耳。惜哉！

公有子四人，孫數人，以次相傳，世爲百戶。後有七世孫名貴者，至國朝順治二年，曾襲世職，旣而遵例汰裁，沈氏遂爲編戶矣。然後人世守祖業，亦無播遷而蕩析者。

公墓久不治。會今年夏，有庠生嶧者，卽貴公之七世孫也，奉其父叔之遺命，與族人永宏、守齊、秉德等，公議修塋，兼求墓誌。余因爲述其大略，將使過馬啣者，知荒烟蔓草中，亦有倜儻之偉人，詎不快哉！

五營一帶，舊屬蘭廳，後歸狄道。今本州冊籍，猶存百戶之里名。百戶者，沈百戶也。

【集評】

李允之曰：『起超，結尤有韻。』

二楊翁合傳略

楊理，字性天，富平人也。先世自山西洪洞，徙居富平之西鄉，今其地名曰大楊村，遂成土著。曾祖心田，仕壺關縣典史，潔己愛民，後卒於官。祖蕙芝，性至孝，勤於耕讀。父自玠，以養親故，輟書就吏，鄉里稱長者。生二子，長卽理也，次名琠。

理少而好學，嘗嬰目疾，其父諭令改業，因由成均學幕，後遂名動公卿間。旣而嘆曰：『人生世上，不能自致通顯，而俯仰隨人，如桔槔然，非長策也。』遂辭歸田里，以詩書訓子姪。耕山弋水，若將終身焉。後年四十八卒。

琠，字純玉，少習儒業，中迫家計，亦由太學生與兄理同游幕府，時以『二難』目之。性尤孝友，六親三黨，殆無間言。而於堂從之貧而孤者，飲食教誨，不啻同生，遵兄理之命也。琠產本中人，而性好施予。乾隆己亥，歲饑，嘗捐粟百石以助施粥。其他行義類如此。後年五十八卒。卒之前，琠自營葬地，令與兄理墓毗連。今松楸交蔭，人謂猶棣蕚聯芳云。

松厓老人曰：『二楊所爲，皆庸行也。然俗薄友于，有貨財者，輒私妻子，雖同胞或不顧，況堂從之孤嫠乎？二楊家僅小康，乃能解衣推食，沾匄其旁支，詎不賢哉？予因合爲小傳，庶幾《葛藟》、《黄鳥》，感動者當有同心也。』

【集評】

受業李存中敬識曰：『分合照應，真得太史公合傳之神，而論亦婉摯。』

會寧吳達叔詩序

枝陽有及門吳生與謙者，持其曾祖達叔翁之詩一卷，而求序於予，時翁歿已二十餘年矣。按《墓誌》，翁諱中相，字達叔，少而至孝，嘗割肱以療其親。及長，以服賈廢書，銖積錙累，遂入貲爲國學生。蓋翁恂謹贍家人也，孳孳謀生，兼且周旋世故，宜若於風雅一道，有所未遑。今讀其詩，抑何其閒情逸致之有餘，而不染市井之塵氛也！

予嘗謂詩者，乾坤之清氣，肺腑之靈機也。得其趣者，雖學有淺深，工與拙半，然卽可以免俗矣。故不學詩者，凡飲酒看花，遊山玩水，若無一而可焉。然則翁之詩，翁之性情也，卽翁之聲音笑貌也。吾未見翁，而恍若覿面矣。翁屐齒未越秦隴，然近處所經，如崆峒、馬鹿諸名勝，皆能登峯造極，而題詠與俱，闤闠中乃有斯人而有斯詩也，賢者固不可測哉！翁年八十三歲而卒，意其容與謳吟，卽爲攝養。惜乎卷帙散亡，僅存此寥寥一卷。然吉光片羽，故不貴多。此卽足光家乘矣，與謙其寶之哉！少陵之詩，源出必簡，爾曹能繼翁詩而光大之，是則予之所望，而亦乃祖乃父之所厚望也夫。

【集評】

受業魏公翼識曰：『通篇修潔，然巖壑具在其中。』

孔母王孺人墓誌銘

皋蘭孔生春華，介友人胡輯五，求誌其曾祖妣王孺人之墓，時孺人歿近百年矣。閱《行狀》，爲之惻然，因誌其略如左。

孺人，農家女也。少適孔翁守魁，有山田數十畝，夫婦同耕。生三子，長應睿，次應足，次應賓，皆從父力農者。及翁卒而家漸窘，應賓乃西遊塞外，寄食金廠。久之，遂淘沙揀金以養親，而兼餬八口。諺謂『淘金者不富』，言難得也。然應賓竟用是爲生，每匱輒繼，殆若有天幸云。會有誣其淘金爲行竊者，多所揶揄，語侵孺人。孺人女流也，憤不能平，乃號泣登石崖，仰天誓曰：『上天有靈，鑒在子孫。』遂投崖而死。時三子聞而奔救，已無及矣，因葬於近崖之灣門。後二十餘年，應賓子耀福，因於大溝修牧牢，掘地得金，家遂頓富。兼能分其所有，廣濟孤寒，人皆以感耀福者，念孺人也。

耀福生子五人，有孫十五人，曾孫四十人，玄孫以下復數十人。五世一堂，蕃衍幾盈千指。人皆爲孺人歎異，謂『鑒在子孫』之誓，上天果有靈也。銘曰：

誣爾之子殃爾身，瞑爾之目在後人。金乎金乎，前者或忌，而後者誰嗔？

【集評】

門人李生華謹識曰：『誌甚悽慘，銘尤感歎無窮。』

門人武安邦識曰：『能爲幽冥吐氣，真有關世道之文。』

雪舫詩鈔序

武威張桐圃者，予之忘年友也。弱冠登科，嘗由部署歷典廬陵、宜都、荆州三郡，而旋以外艱歸。逾服闋，將補官矣，乃縱游隴、秦、梁、宋、吴、越、楚、蜀，凡山川古蹟、民風物産，一一皆繫之以詩，閲歷既多，而詞章之能事亦盡矣，今《雪舫詩鈔》是也。予讀之，殊有感焉。憶二十年前，予數上公車，時桐圃已官民部。每花朝月夕，輒邀予飲酒邸中，娓娓談詩，浹旬不倦。今一轉盼間，而予既白頭，桐圃亦非少壯，是可慨也。所幸者詩隨年進，而集以官成，是則吾之厚望於桐圃耳。

《雪舫詩》情摯而景真，格高而韻勝。摘其合作，雖古人奚讓焉。夫五涼古工詩者，陳則陰鏗，而唐則李益。桐圃具此才力，而更造精微，何妨子堅、君虞之後，復有一桐圃耶？昔少陵呼衛八處士爲小友，而賓詩弗傳，使遇桐圃，杜更不倦倦乎？

若予遲暮昏忘，此序何足重桐圃，而乃反藉以廁名，老而附驥，何幸如之！且使讀《雪舫詩》者，採明珠而拾翠羽，猶想見孫伯符初渡江時也。

【集評】

後學張翽謹識曰：『簡老之作，詞無枝葉，而俯仰興懷，令人味之不盡，衹愧千鈞之弩，爲鼷鼠發機耳。』

特眉叔曰：『消納處得古文之祕，一落庸手，便費無數筆墨矣。』

王壹齋曰：『一結更韻，足爲桐圃傳神。』

答袁簡齋先生書節録

暮春之杪，忽接瑤函，萬里神交，恍如覿面。再披柏崖手札，知杖履優遊，興復不淺，益爲之欣慰也。承惠駢體古文及遊山尺牘各種，隨風咳唾，皆成珠玉，諷誦之餘，覺雲氣花香，飛來紙上，佩服佩服！《初夕告存》詩，自譽自嘲，亦狂亦達，將來屬和成編，豈非千秋佳話哉？

僕少讀二氏之書，頗費鑽研，但今年七十二矣，而晝夜之道，總未了然。捧讀佳章，不覺怦怦心動，敬和十章，兼呈三稿，以備推敲，見大敵怯而自以爲惑，理固然也。惟高明嚴加去取，改存三四首足矣。噫！生當並世，而把晤仍難，白首相望，未知明年各作何狀。似此書隔歲而始一達，意者天或憐吾二贅，而更留不盡之桑榆乎？

蓉裳現任靈州知州，寄書已到，指日當有回音。星樹久與周方伯同赴安徽，乃於明師處杳無音問，殊可異也。耑此佈候起居，兼詢阿遲學業及韻友霞裳雅況。霞裳若有報章，僕當遙賦《停雲》，不必形容之入夢也。臨穎情思惘惘，與雁信俱南，至於千秋事業，則尺牘不能盡矣。

附　簡齋札

袁　枚

文人之生於世也，天必媒之使相悅，介之使相通，亦不知其所以然而然也。僕與先生年俱老矣，相隔之路亦甚遠矣。以常情測之，無幾相見，無信可通，此必然之勢也。不意前歲遼州王柏崖來作少尉，讀其詩，驚銜官中有屈、宋，問其淵源，云得宗師於先生，因此又得讀先生之詩，新妙奇警，奪人目光。因憶生平編纂《詩話》，十五省中獨甘肅無詩，如《國風》之遺吳越，心常缺然。忽得先生以補之，豈非周亞夫之兵，從天而下哉？聲應氣求，天之所相，非偶然也。

柏崖近又以尊札及全集見示，如飢十日而得太牢，窮晝夜餔啜之而不能卽休焉。所指誤刻之字，都已剗改。《虞美人》詩亦已補全。惟所云新刻三詩人之詩，只寄有二張，而無許鐵堂，想封信時偶爾遺失耶？又大集中見星樹、蓉裳兩弟子具得廁名其後，誠何幸也！但未知蓉裳現官何方？有信一函，望爲交付。又尊作有送星樹旋里詩，何至今猶未歸來耶？便中並希示知。蒙賜阿遲羢絨雨纓，謝謝！袁枚頓首。

【集評】

艾立凡曰：『兩詩翁萬里神交，存二書，俱堪千古。』

石田詩鈔序

梁溪楊子蓉裳，海內之詩人也。論詩道廣，凡人有片長，輒歎賞不置。然眼高心細，非其至者，卒亦無溢辭焉。近以其友石午橋之《石田詩鈔》並己所爲序，自靈武走使寄予。予諷誦再三，嘆午橋以奇才蹭蹬，作客四方，殆造物欲昌其詩，而故使之縱覽名山大川，以發洩其藴蓄歟？窮乃工詩，不必感士之不遇矣。

蓋午橋，雲間之秀雋也。五茸、三泖之靈氣，萃於筆端。嘗以飢軀，捉刀幕府，足跡所經，遍歷秦、晉、梁、宋、吳、楚、黔、滇。雖因人而作遠遊，然到處皆有留題，人爭傳誦。使其幸而膺一命綰半通，吾恐其匏繫官司，反不能如今日之閒情逸致流溢於詞章矣。大丈夫事業殊途，要當自有千古。吾爲午橋喜，豈爲午橋惜哉？

抑聞午橋有舊雨之招，嘗擬蜀遊而不果，意錦江、玉壘之烟華，不當供其嘯傲耶？是又不然。夫子美幕嚴，務觀幕范，兩公固皆帥蜀，而賓主俱工詩，故能有針芥之投，喁于之唱。使非其人也，而杜卽湖南，陸亦山陰矣。然則略官位而論交情，今日之蓉裳，卽午橋之季鷹也、致能也。蓉裳之序午橋詩曰：『雄深而蒼秀，清峭而纏綿。』反復全詩，此二語盡之矣。午橋試遍傳有識，當少異同，老夫何贅焉？兹聊述其梗概，以復午橋，想蓉裳不我胡盧也。

【集評】

艾立凡曰：『清婉中有廉悍之氣。』

門人武安邦識曰：『清切之作，全以意勝。』

楊蓉裳荔裳合刻詩序

從古詩人多矣，而兄弟齊名者殊少。然曠世而一逢，則亦可數計焉。彼士衡、士龍，孟陽、景陽，夐乎尚已。第讀張氏之詩，則兄不如弟；而讀陸氏之詩，則弟又不如兄。求其壎箎迭奏，花萼聯輝，手筆略同，而才情亦不相下者，其惟梁溪二楊乎？

蓋蓉裳久官甘省，與予論詩，嘗有水乳之合。後因蓉裳而識荔裳，則聲應氣求，亦同針芥。不圖疲暮獲見『二難』，殆亦老夫之幸與！蓉裳之詩，清空而華贍；荔裳之詩，幽秀而端凝。舉六代三唐之奇勝萃於一門，求之近人，殆絕無而僅有乎？今雲間石子午橋，乃精選而合刻之，左把浮丘之袖，而右拍洪崖之肩，咳唾隨風皆珠玉矣。

憶昨歲之冬，荔裳隨節相西征，因復與予相見，而河橋分手，猶拳拳索予之贈詩。則今茲之合刻，予固樂觀其成，而豈可以千秋之奇賞，獨委諸午橋一良友哉？

抑予聞二楊之三弟蘿裳，亦詩人也，年甫弱冠，而氣已無前，充其所造，恐蓉裳、荔裳難爲兄耳。後生可畏，來者難誣。吾願蓉裳、荔裳鎔今鑄古，精益求精，勿待阿奴火攻，而始各堅其壁壘也。是爲序。

【集評】

蓉裳曰：『簡古高雅，方軌歐、曾。』

艾立凡曰：『寓切磋於揄揚，結尤妙遠，此古人之贈言也。』

松花庵續集

松花庵續集　松花道人稗珠

風聲木《洞冥記》

西那之木，上棲黄鵠。風吹花珠，泠泠如玉。

吉雲五露仝上

吉雲之草，千頃猗猗。上有甘露，五色離披。

白石先生《神仙傳》

隱遯仙人，不樂天上。煮石爲糧，雲根供養。

又仝上

上界仙人，愁多官府。不求聞達，丹臺巢許。

葵經仝上

麻姑鳥爪，背癢思爬。仙人之鞭，豈妄得耶。

陰長生詩仝上

貪生得生，抑又何求。奔馳索死，笑爾蜉蝣。

柳歸舜《續玄怪錄》

君山鸚鵡，妙達文心。誰言江薛，見笑靈禽。

【眉批】

謂總與道衡。

元藏機《杜陽編》

桃花之酒，沉醉滄洲。金莖可戴，恨爾不留。

【眉批】

『金莖』，花名。

梯仙國《博異志》

紫花如盤，綵蝶如扇。仙梯難攀，從井乃見。

司馬子微本傳

金剪成書，白雲作記。何以賜卿，寶琴花帔。

僕僕先生《異聞集》

僕僕先生，姓僕名僕。杜杜崔崔，仙人之屬。

許宣平《續仙傳》

竹杖花瓢，負薪沽酒。壁上仙詩，青蓮點首。

馬自然仝上

公扶風馬，僕風馬牛。仙人宰相，莫溯源流。

【眉批】

宰相馬植。

李清《集異記》

雲門山頂，下與仙通。誰其來者，青州染工。

燭夜花《纂異記·嵩嶽嫁女》

丹花瓶似，綠葉盃同。中藏仙酒，挹注何窮。

陳復休《仙傳拾遺》

巴南酒妓，敢侮仙客。使爾紅頰，鬚生數尺。

女丸《女仙傳》

女丸當壚，乃遇神仙。《素書》五卷，質爾酒錢。

女國《梁四公記》

女國有六，分占荒區。猿蛇鬼屬，各從其夫。

徐鐵臼《還冤記》

霜摧桃李，落花隕子。鐵臼擣殘，鐵杵當死。

【眉批】繼母兒名鐵杵，欲以擣鐵臼也。鐵臼《鬼歌》云：『桃李花，嚴霜落奈何。桃李子，嚴霜落早已。』似自悼不得成長也。聲甚悽慘，後卒祟鐵杵至死。

張衡畫郭氏《異物志》

醜獸潭伏，懼寫其真。潛以足指，貌出駭神。

【眉批】
駭神，獸名。

并州士族《顔氏家訓》

惡詩虚讚，大喜椎牛。不疑猾客，翻怨好逑。

公羊傳《笑林》

客謁邑宰，隨口唯阿。《公羊》素習，誰殺陳佗。

氾人《異聞集》

鮫室之姝，諷誦《楚辭》。綵舡歌舞，電掣雲馳。

崔汾《酉陽雜俎》

風月良宵，狂生可叱。赤綆入喉，釣之而出。

三史王生《纂異記》

三史鯫生，敢譏漢祖。不溺而冠，姑令摑汝。

陳阿登《靈怪録》

墓頭貞鬼，陳女阿登。箜篌寫怨，斷汝葛藤。

【眉批】

女不欲與丈夫同宿，呼鄰家女自伴，夜彈箜篌，歌云『連綿葛上藤，一緩復一絙。汝欲知我姓，姓陳名阿登』云云。

甄沖《幽明録》

社公求壻，先遣社郎。鰥生苦拒，幾爲虎倀。

劉佗《續搜神記》

饞鬼竊食，遇毒而終。劉遁藥鬼，與此略同。

【眉批】
劉遁事，見《廣五行志》。

劉道錫《幽明録》

有人見鬼，寄居桑裏。戲戟其室，云鬼死矣。

木客《南廣記》

木客送葬，歌哭如人。或來觀禮，酒肉留賓。

王瑶東鄰《述異記》

庾家詐鬼，云惟畏錢。須臾阿堵，便擲數千。

長孫紹祖《志怪錄》

鬼徵吉夢，與郎唱酬。仍以小婢，配其蒼頭。

蕭摩侯《五行記》

羣鬼入門，槍旗明滅。燒羖羊角，其妖遂絶。

趙佐《廣異記》

阿房烟冷，繡嶺苔封。觀人奏妓，哀哉祖龍。

常夷《廣異記》

朱异從子，細話梁陳。冥中長史，喜薦才人。

鄭望《玄怪錄》

王氏夫人，屬買粉黛。籧篨三娘，纏頭安在。

陸喬《宣室志》

陸生月夜，遇沈東陽。酒邀僕射，詩命青箱。

【眉批】約不飲酒，因邀范雲。青箱，約子，先約卒。

又仝上

臺城感舊，今體何妨。六朝如夢，西邸難忘。

鄭馴《河東記》

鷹兒鶻子，撒豆之驄。翩翩僕馬，泉路相從。

【眉批】友人李道古遇之，死已數月矣。鷹、鶻，俑也。

李潯《劇談録》

小吏慢神，禁人酹酒。罰爾長昏，酌以大斗。

鬼葬《洽聞記》

鬼葬之山，羣鬼造棺。借人斧鑿，七日當還。

馬燧《傳異記》

北平逃難，幾飽夜叉。胡氏二姊，神耶仙耶。

成德器《瀟湘錄》

成生求酒，五石而醉。樂哉樂哉，自損德器。

【眉批】

『德器』，酒甕。

李主簿妻《逸史》

神留豔婦，幸遇仙師。登山人廟，戒爾狂雌。

【眉批】

『仙師』，葉法善也。

和神國《玄怪記》

和神之國，山頂皆平。清泉迸下，花木長榮。

又仝上

穀不勞耕，生大瓠兮。絲不勞蠶，生大樹兮。

樹夾雷《神仙感遇傳》

雷殛乖龍，爲樹所夾。匪鋸而出，神威困乏。

陳鸞鳳《傳奇》

桓桓陳生，後來周處。雷公虐人，斷其左股。

菭奴甥女《冥音錄》

冥中之音，慧鬼所錄。紅窗影兮，妙冠十曲。

謝諤《稽神錄》

細珠六十，夢掬入口。後得佳詩，六十餘首。

寶廚新書《大業拾遺》

秋風螢苑，夜月雷塘。江山易擲，書籍難忘。

姜皎《酉陽雜俎》

袖手美人，疑其枝指。隨拉而僵，乃枯骸耳。

紇干狐尾《廣五行記》

狐尾戲妻，幾遭斧斫。叩頭流血，怪爾輕薄。

顧邵《志怪》

廬君博學，夜講《春秋》。續燒《左傳》，怖不能留。

馮漸《宣室志》

當今制鬼，無過漸耳。鬼死爲聻，疑出於此。

【眉批】漸有道術，人稱之云云，遂多以『聻』字書門焉。

麻陽村人《廣異記》

講《易》者誰，河上仙翁。輔嗣小王，罰作門童。

【眉批】『小王』，出《南史·陸倕傳》。

薊子訓《神仙傳》

二十三家，同迎薊子。並時而過，人皆歡喜。

盧李二生《逸史》

笠篌細書，天然奇遇。天際歸舟，雲中江樹。

張去逸《紀聞》

勿驚僕射，勿驚司空。勿驚太尉，靈哉豐隆。

鄭仁凱《朝野僉載》

鴷巢取子，擇遣門夫。竊其脱屣，以賞小奴。

相州王叟《原化記》

鮮肥入口，夜夢不祥。神人責汝，妄破軍糧。

朱遵《新津縣圖經》

喪元而戰，摸頸乃知。花卿賈雍，後亦如之。

鮮于叔明《太平廣記》

劍南節度，好食蟠蝨。捲餅而啖，涎咽喉嚨。

【眉批】

卽臭蝨也。

王羲之羊欣《筆陣圖》

《黄庭》寫訖，空中嗟吁。卿書感我，而況人乎。

【眉批】

神自稱爲『天台文人』。

𨰅願《文樞竟要》

渴虹飲釜，輂酒灌之。吐金滿器，償汝麴資。

珊瑚《述異記》

珊瑚之宫，珊瑚之市。珊瑚婦人，柯葉尤美。

破木有肉《稽神録》

或破大木，中有豬肉。稱之五觔，如煮初熟。

醉草《文樞竟要》

崑崙之墟，異草生焉。食其一實，醉三百年。

彭侯《搜神記》

樹中有物，名曰彭侯。狗身人面，味敵珍羞。

許漢陽《博異志》

夜明之宫，紅花半吐。仙鳥一鳴，美人下舞。

老蛟《通幽記》

水中美女，媚拉少年。解衣共浴，遽裹蛟涎。

李徵《宣室志》

李生化虎，猶記詩文。故人繕寫，傳我兒孫。

枷虎《玉堂閒話》

獵人造械，施于穽眉。虎頭纔出，合而釘之。

絳州僧《廣五行記》

噎食之蟲，汝莫驕兮。飲以靛水，自然消兮。

同昌公主《杜陽編》

紅琉璃盤，盛夜光珠。中堂照耀，以鬬樗蒲。

寧王《酉陽雜俎》

莫氏嬌女，出諸櫃中。快爾雙禿，身碎狂熊。

李懷遠《朝野僉載》

食侍官食，云出太子。須臾吐訖，臭黄薤耳。

袁德師《嘉話録》

前人之業，後人遞收。婁師德園，袁德師樓。

胡趲《玉堂閒話》

飼驢後院，客歎主賢。圍棊逐日，拽磑經年。

葛氏婦仝上

葛氏之婦，媚禱天齊。三郎魅汝，遂以爲妻。

謝邈之《齊諧記》

嫠母將嫁，義感亡兒。《凱風》不怨，彼何人斯。

【眉批】李佐文事相類，出《集異記》。

王瑗之仝上

蔡公之後，復有伯喈。中郎仙去，鬼亦大佳。

【眉批】鬼云中郎在天上作仙人。

富陽人《述異記》

蟹簖材頭，猴身人面。問姓不言，臨焚而嘆。

區敬之仝上

怪呼阿舅，守尸而哭。須臾啖之，盡其皮肉。

梁清《太平廣記》

潑鬼能詩，字擬二王。孔雀樓上，鳳鼓喤喤。

【眉批】
鬼自稱『孔修之』，嘗歌云：『坐儂孔雀樓，遥聞鳳凰鼓。下我鄒山頭，仿佛見梁魯。』

王騁之《法苑珠林》

佳人就窆，空中憤激。何不輓歌，令我寂寂。

睦仁蒨《冥報録》

飲食之神，臨湖長史。賓緣睦岑，餔啜而已。

祖价《會昌解頤録》

詩不精切，何由動人？山家寂寂，嘆爾無鄰。

【眉批】

前二句，商山書生鬼語。書生詩云：『家住驛北路，百里無四鄰。往來不相問，寂寂山家春。』

蘊都詩《河東記》

蓮花娘子，感想傷懷。鳩槃夜至，以汝爲齋。

楊貞《纂異記》

石樓烟冷，巧遇紅裳。何由鑿壁，分爾餘光。

【眉批】「月斜石樓冷」，又「烟滅石樓空」，皆紅裳女子詩也。

費忠《廣異記》

費老化虎，合食費忠。失皮乞命，伎倆何窮。

蛇丘《方中記》

東海沮洳，厥惟蛇丘。或有異者，蛇身人頭。

綠蛇《顧渚山記》

綠蛇不螫，好栖樹間。宛如鞶帶，三尺縈環。

苗耽《玉泉子》

賤僦空棺，沿途載汝。是何靈柩，而乃言語。

李哲《通幽記》

瓦衣之怪，動引詩書。韓大猛二，姦細當除。

王濛《名畫記》

仲祖工畫，不減其書。因逢酒肉，徧畫輀車。

鮔父《異苑》

鮔父有祠，鮑君有廟。聖琵琶兮，寧無靈效。

【眉批】
次句《抱朴子》，後二句《原化記》。

賣藥翁《續仙傳》

賣藥之翁，其藥難留。有錢不買，作土饅頭。

仲小小《玉堂閒話》

臨洮獵人，曰仲小小。大獲野牛，三州皆飽。

【眉批】
一號仲野牛。秦、成、階。

李德《搜神記》

殯鬼見形，食肉飲酒。醉而遭擒，乃一老狗。

梁文仝上

高山老怪，托體神明。引髯而出，作殺羊聲。

【眉批】

怪自稱『高山君』。

洮陽二鹿《博異記》

斑鹿如錦，白鹿如霜。神人二馬，容與洮陽。

張蚩子《北夢瑣言》

蛇神獰惡，廟食梓潼。托生僞蜀，頑逆遘凶。

【眉批】

王建世子元膺。

劉聿唐永徽中，萊州人

絕壁取鷹，縋巢緪卸。乃臂六雛，穿雲而下。

細鳥《洞冥記》

玉籠蟬鳥，其大如蠅。美人衣袖，愛幸常徵。

海中人魚《洽聞記》

人魚可嬲，人道似之。海濱鰥寡，多以蓄池。

蛙僧《宣室志》

檀越病暑，請浴玄陰。合聲而噪，聽我梵音。

【眉批】

『玄陰』，池名。

女蠻國《杜陽雜編》

頭絡被體，危髻金冠。倡優製曲，曰《菩薩蠻》。

蹄羌國《博物志》

蹄羌之國，毛脛自鞭。日行百里，若馬驢然。

又仝上

悠悠六合，利索名韁。自鞭而走，誰不蹄羌。

齊推女《玄怪錄》

虐哉吳芮，偉矣田生。膠魂續命，具體而輕。

鹽官張氏《廣古今五行記》

風吹美味，酒肉盈盤。黄袍人至，與爾同餐。

田騷仝上

緋衣小兒，狀似猿猴。爾家何在，曰在樹頭。

鄧差仝上

富翁菲食，見笑窮人。怒而烹鵝，哽骨亡身。

安陽王氏仝上

王氏金寶，走覓趙虞。折鐺亦爾，跛足而趨。

【眉批】

黄衣者金，白衣者銀，青衣者錢，皆問趙虞家遠近而去。黄衣、青衣去後，復見一跛脚人負薪而出，亦問趙虞家。王氏忿極，命奴擊而仆地，則家中折脚鐺也。後遂大貧。

王惠照仝上

妖憑木兒，需索酒食。業已焚燒，重刻何益。

秦州人《朝野僉載》

路遇青衣，拉與俱歸。閉門遭啗，大鳥晨飛。

南鄭縣尉孫旻《記聞》

美人素面，笑出柱中。拜祈而隱，言之則凶。

李約《三水小牘》

李約負鬼，棒束而趨。天明欲下，柩板哀呼。

【眉批】

有老人夜行，求約背負，既登背，知其鬼也，乃以哥舒棒束之而趨。天將曉，老人數請下，約曰：『何相侮而見登？何相憚而欲舍？』老人窘急。忽有物墜地，乃敗柩板耳。

馬舉《稽神錄》

有物升榻，擊以鐵椎。夜令伴汝，幾殺吾兒。

宋洵《聞奇錄》

宋三郎來，石門忽開。美人呼汝，一去難回。

欽䲹《山海經》

祖江既死，爰戮欽䲹。瑤谿赤岸，大鶚襹褷。

郭嗌《茅亭客話》

龍爲雉服，見戹於鷹。俄而雷雨，變化飛騰。

野叉國《嶺表錄異》

野叉食人，弩殪其二。下寨防之，餘亦不至。

小人國仝上

小人裸體，大如嬰兒。海舡糧盡，捕而烹之。

李易安詞《嫏嬛記》

翩翩清照，詞學專家。夫君低首，人瘦黃花。

【眉批】趙明誠嘗得詞五十闋，雜易安作一首以示陸德夫。陸曰：『只三句佳：「莫道不消魂，簾卷西風，人似黃花瘦」。』正易安《醉花陰》詞也。

蜂《傳燈錄》

急蜂投窗，求出不已。世界空闊，何鑽故紙。

賈耽《江行雜錄》

牛在帽笥，牛在鵲巢。迹而得之，乃服靈爻。

【眉批】『牛在帽笥』，桑國師語；『牛在鵲巢』，耽作卦，云云。

蕭至忠《玄怪錄》

玄冥告殺，嚴四垂憐。賄風媚雪，鳥獸皆全。

鬼車《續博物志》

郝氏祠佛，夜降鬼車。低昂九首，翼廣丈餘。

揚雄《西京雜記》

吃儒作夢，白鳳翩翩。無爲自苦，玄故難傳。

蔡邕《商芸小記》

中郎會議，常詘司徒。芝蘭當路，蕭艾同鋤。

【眉批】

司徒，王允。

陳仲弓《蔡伯喈碑文》

官不必久，德盛卽傳。聞喜半歲，太丘一年。

管輅《別傳》

《孝經》、《詩》、《論》，足爲三公。《易》不可教，師力爲窮。

歸登《北夢瑣言》

尚書食肉，封其殘者。浴而人窺，乃巨黿也。

王儉仝上

五色花簟，白團扇此。王摛麗事，勝何憲此。

【眉批】

儉嘗使賓客隸事多者賞之，惟何憲爲勝，乃賞以五花簟、白團扇。摛後至，儉以所隸示之，曰：『卿能奪之乎？』摛操筆便成，乃命左右抽憲簟，手自掣扇，登車而去。『麗事』，《南史》作『隸事』。

劉晏《明皇雜錄》

諸字正兮，朋字獨難。王大娘兮，試詠戴竿。

羅隱《北夢瑣言》

我脚夾筆，足敵朝官。黄紙欲下，及汝良難。

魯妙典《集仙錄》

《黄庭》熟誦，能召元神。空山獨坐，如衛十人。

敬君《説苑》

畫士思妻，偶寫其真。齊王觀貌，奪爾佳人。

黄花寺壁林登《博物志》

畫壁之鬼，魅人子女。沃以煎湯，其跡如洗。

劉殺鬼《名畫記》

劉君工畫，鬬雀如生。鬼不中殺，笑爾成名。

【眉批】

殺鬼，官北齊梁州刺史。

曹元理《西京雜記》

鹿脯數臠，供客如斯。蒸豘一頭，算而出之。

崔曙《酉陽雜俎》

泰山老師，前身共憶。曙後一星，可勝太息。

晉平公《古文瑣語》

貍身狐尾，首陽之神。霍山飲酒，澮上逢君。

張安《瀟湘錄》

浮生子亡，魂謁州牧。自稱其德，竟立祠屋。

衛庭訓《集異記》

酒徒好酹，醉感梓桐。有弟如此，何憂困窮。

【眉批】

神呼庭訓爲兄。

韋秀莊仝上

河伯不仁，侵我城隍。强弩射之，白氣銷亡。

南纘《玄怪録》

同州督郵，一鬼一人。亡妻見宥，慰爾同寅。

李伯禽《通幽記》

太白佳兒，願婚神女。蔡侍郎來，東床幸許。

沈聿《集異記》

鬼追沈聿，惶懼而逃。櫻桃佳句，幸遇生曹。

【眉批】侍郎張謂，聿之祖舅。

臨淮將《廣異記》

巨手入窗，句求餘肉。結繩彄之，變爲枝木。

柳藏經《乾饌子》

枯柳之心，中藏典籍。諱其所無，厥惟《周易》。

胡馥之《幽明録》

婦死而交，其體微暖。十月生兒，名曰靈産。

劉根《神仙傳》

神欲人生，屍欲人死。逐爾讒賊，勿居屋裏。

陽平謫仙《仙傳拾遺》

洞天所治，必有仙民。一如郡縣，瓜剖豆分。

崔希真《原化記》

松花之酒，能使味醇。葛三仙畫，雪裏傳神。

緱仙姑《墉城集仙錄》

青鳥頂紅，飛來自語。南嶽夫人，使我伴汝。

蔣武《傳奇》

猩猩代請，往射長蛇。感恩十象，各獻紅牙。

佛圖澄《高僧傳》

二石兇殘，師來何意。借修羅刀，以作佛事。

蟆子《元稹詩序》

蟆子蚊類，噆人成瘡。所懼者何，柏烟麝香。

浮塵子仝上

浮塵尤毒，穴於蟒甲。似蟆而微，攻用前法。

獨肝牛《酉陽雜俎》

蛇灌瘦牛，則成獨肝。李希烈兮，勉爾加餐。

【眉批】

按，牛能以鼻汲蛇，非盡由人灌也。李希烈食獨牛肝而死。

老彭王弼《論語注》

竊比老彭，信而好古。老是老聃，彭爲彭祖。

旁不肯《夢溪筆談》

蚢蚄蟲兮，稼之賊兮。旁不肯兮，鉗而食兮。

【眉批】

蟲名似狗蝎。

黄庭帖《東觀餘論》

右軍卒後，《黄庭》乃出。唐人不知，以爲真筆。

【眉批】

右軍卒於晉穆帝昇平五年，《黄庭》出於晉哀帝興寧二年。

冰兒《水經注引》

江神取婦，蜀守殺之。後生子者，多名冰兒。

女鳥仝上

飛夜遊女，或以爲婦。後生二女，衣羽而去。

【眉批】一名夜行遊女，一名姑獲鳥。

海鷗《宣室志》

翩翩海鷗，能辟蛟螭。欲知其用，請試南陂。

李湯《戎幕閒談》

龜山惡浪，鎖拽支祈。禹功萬古，神異誰知。

謝非《搜神記》

天帝使者，野廟經過。大言自壯，噤爾黿鼉。

鶴民國《窮神祕苑》

三寸小人，啾啾飲食。三五十步，便爲一國。

婆彌爛國《酉陽雜俎》

山猿暴稼，歲以兵攻。每殺數萬，巢穴難窮。

東陽《夜怪録》

子不語怪，人當學詩。空山雪夜，此樂誰知。

鎖林峽《名山記》

臨洮之南，峽曰鎖林。奇峰聳峭，古木蕭森。

鼠怪《稽神録》

今宵雜坐，對酒當歌。白老將至，奈何奈何。

郭恩《管輅别傳》

君雖好道，苦少天才。鳥鳴之候，何必學哉。

樹夾雷神《神仙感遇錄》

雷殛乖龍，夾於破樹。用鋸出之，慙謝而去。

劉猛將軍《怡菴雜錄》

天曹猛將，旗幟順昌。景定四年，封爾驅蝗。

韋栗《廣異記》

窮官鬼女，遂其生性。買以紙錢，得金花鏡。

浚儀王氏仝上

醉而入冢，忽登柏堂。不逢岳母，幾葬裴郎。

鄭望《玄怪録》

籧篨三娘，不久淹兮。爲君暫唱，《阿鵲鹽》兮。

趙瑜《稽神録》

祈死明經，乃遇判官。桐葉之方，傳巴豆丸。

党公別業《隴蜀餘聞》

牡丹樵獻，墨色金絲。雲迷棧道，仙種難移。

角端仝上

瓦屋之山，僧養角端。虎豹斂跡，人得平安。

巫山神女《東還記程》

巫娥佐禹，蔓草留碑。癡人説夢，幾毀靈祠。

【眉批】明某川撫奏毀淫祠，神女亦在毀中。有川東道某執典籍以爭之，乃復立祠焉。

秋風鳥《粵西偶記》

小魚化鳥，卽罹罦罿。未生毛羽，憐爾秋風。

野婆仝上

雌獸求合，輒負健夫。聚鄰而罵，歸爾艾豭。

博白縣猿仝上

異猿五色，或拖金絲。桃紅梅綠，種種皆奇。

猿酒仝上

猿穴有酒，多至數石。百花之津，以待樵客。

【眉批】平樂等府。

獨角獸《坤輿外紀》

獨角銳甚，能觸獅王。著樹胃角，反受其殃。

長吻鵲仝上

長吻之鵲，空明如紙。中國不知，誤以爲鬼。

仁魚仝上

仁魚排難，有似魯連。聊城見屠，海豚何愆。

【眉批】西國取海豚，嘗取仁魚爲招，每呼『仁魚入網』卽入，海豚亦與之俱矣。豚入盡，復呼『仁魚出網』，而海豚悉羅焉。似鱷而尤悍，仁魚能制之。

剌瓦而多魚仝上

人遠則哭，人近則噬。發假慈悲，真堪破涕。

跳月《峒溪纖志》

女裙男袴，錦帶圍腰。籠來笙往，雞羽飄飄。

又仝上

姸者負姸，媸者負媸。無人負者，涕泣而歸。

琥珀案《觚賸》

琥珀之案，嵌以水晶。金魚碧藻，游泳空明。

雲蟲仝上

小蟲吐气，化而爲雲。亦如飛雹，爬沙能軍。

筍根穉子仝上

小人三寸，來往竹根。少陵博物，杜撰難論。

兔仝上

視月而孕，得土而生。『土』訛爲『吐』，誤載《論衡》。

水鴉兒仝上

黄鶯愁濕，晛晼枝頭。晴同歌鳳，雨類啼鳩。

坡陀金蝦蟆仝上

天皇煮藥，穿地置爐。金蟆躍出，武字朱書。

【眉批】
杜蓋詠實事，見《瀟湘録》。

荔根屏仝上

荔根屏畫，鐵幹離奇。宛如梅影，寒雀爭枝。

相思子仝上

中林蘭蕙，秀發千春。翩翩園次，紅豆詞人。

【眉批】
吳園次嘗有詞云：『把酒祝春風，種出雙紅豆。』時目爲『紅豆詞人』。

綠瓢仝上

猓玀老蜕，名曰綠瓢。尾長爪利，虎犀奔逃。

牛皋墓《湖壖雜記》

老將勇甚，敢穢墓田。牧童牛角，分擲山巔。

宋徽宗《板橋雜記》

燕山紅杏，不礙多情。師師立傳，在五國城。

白鸚鵡《見聞録》

雪衣娘子，能誦詩篇。《阿房宫賦》，羡汝蠕蠕。

虎異仝上

黠虎化人，云虎能捕。徒賺酒肉，醉飽而去。

琉球詩學《曠園雜志》

琉球三寺，瘦梅工詩。《白雲》全集，半雜來儀。

【眉批】

『瘦梅』，僧名。《白雲集》，元僧英所作，國人鏤板譯行，集多明初張羽詩。

墳内奏樂仝上

墳中演劇，夜不能闌。試鳴金鼓，乃在松間。

震澤龍鬭仝上

震澤三龍，大戰於淵。雜以雷雨，風浪接天。

【眉批】

康熙戊申三月，黑、白、金色各一。

山樂官《甌江逸志》

雁山有鳥，厥名樂官。泠泠簫管，聲在樹間。

綠鳩《嶺南雜記》

黄魚出水，化爲綠鳩。網之輒得，用供常饈。

白蟻仝上

粵中白蟻，性能食銀。物而不化，尚待陶甄。

【眉批】併蟻鎔之，復得原銀，但數微耗耳。

犼《述異記》

犼戰蛟龍，風雷作勢。敗二殺三，身亦困斃。

【眉批】三蛟二龍，敗蛟一龍一，殺龍一蛟二。

五指山《述異記》

五指之山，靈秀所纏。三國徐庶，白日升天。

【眉批】康熙三十五年事。

古辭《言鯖》

積石如玉，列松如翠。郎豔獨絕，世無其二。

【眉批】全錄古詩。

鴿《鴿經》

鴿類所珍，花辨色純。其聲醒脾，有益於人。

又仝上

鴿須日浴，疾乃不生。金盆泛泛，毛羽鮮明。

雹鬼《黄山雜事》，幕友楊德儀云

雹鬼收禾，风雷作勢。扁嘴三爺，遭銃而斃。

唐幻真先生語《陰騭文注》

減食節慾，可以長生。斯言有味，吾將奉行。

曹國舅《讀書紀數略》

曹彬之子，親屬椒房。辭榮得道，從吕純陽。

五加皮《本草》，兼王綸《醫論》

浸酒最宜，惟五加皮。輕身明目，令人有兒。

牡丹《羣芳譜》

喜燥惡濕，宜寒畏熱。欲養牡丹，此爲祕訣。

花閻王鶴峯州人語

花中閻王，鶴峯刺史。灌溉過勤，牡丹多死。

中庸《孔叢子》

子思十六，卽作《中庸》。妙哉欒朔，宋館相逢。

第八觀《無量經》

華座想成，人聞恰恰。凫雁鴛鴦，皆能說法。

觀音登科《楞嚴合轍注》

觀音登科，康了勢至。誰作考官，文殊師利。

罵佛《四十二章經》

人來罵我，有順無違。只愁璧謝，還自持歸。

苦無量仝上

爲道亦苦，不爲亦苦。生老病死，一一尋汝。

人命仝上

人命何在，在呼吸間。沙門爲道，安可偷閒。

爲道仝上

拔愛欲根，如摘懸珠。一一摘之，久而自無。

禪定涅槃仝上

視求禪定，如須彌柱。視求涅槃，如晝夜寤。

三老五叟蔡伯喈《月令問答》

三老五更，更義無取。傳寫之訛，更當從叟。

【眉批】今或写『嫂』字为『婹』，皆以『叟』字为『更』也。

蜾蠃參陶弘景及諸家語

螟蛉有子，蜾蠃負歸。教誨爾子，式食庶幾。

【眉批】蜾蠃之負青虫，蓋留爲其子糧耳，拆窠視之，皆然。

千歲蝮《本草綱目》

蝮蛇齧人，即上樹枝。聽聞哭聲，而後去之。

【眉批】此蛇齧人，即跳上木，作聲云『斫木斫木』者，不可救也。若云『博叔博叔』者，猶可急治之。又垂頭潛聽，俟聞人哭声乃去。

人面蛇《江湖紀聞》

人面之蛇，呼人名姓。若有蜈蚣，可以救命。

文中子好酒《中說》

夫子之室，其酒不絕。東皋五斗，似猶有節。

【眉批】前二句，《中說》原文。

曲阿酒《梁武帝輿駕東行記》

海神聘女，女拒招訶。撥船覆酒，流入曲阿。

【眉批】有覆舡山、酒罌山、南次高驪山。傳云：『昔有高驪國女來東海，神乘舡致酒，禮聘之，女不肯。海神撥舡覆酒，流入曲阿，故曲阿酒美也。』

六觀《金剛》四句偈

夢幻泡影，及如露電。六觀既成，真空自現。

吳錫綬李玩蓮《紫堂孝廉傳》

汶陽孝廉，仁心爲質。園蜂百窠，不取其蜜。

【眉批】

錫綬嘗曰：『吾不忍其泣釜中也。』

墓誌《六一文集》

墓誌從儉，硃書二磚。合而埋之，可以千年。

【眉批】

近皋蘭華林遭回變掘墓，後人乃知之。

李宗古《夢溪筆談》

零陵居士，禽鸟爲緣。鷓鴣鸜鵒，樂爾餘年。

【眉批】

黄山谷爲詠其馴鷓鴣。

搜神記《宋書》

沮渠蒙遜，求《搜神記》。司徒王弘，寫之而寄。

萬年公主江陰唐觀《延州筆記》

公主卒後，潘岳誄之。累敘其德，是爲誄辭。

【眉批】《玉臺新詠序》曰：『萬年公主，非無累德之辭。』累德之辭，卽誄也。

聶政《聊齋志異》

懷慶潞王，敢奪民妻。墓門劍叱，老貜頭低。

金生仝上

霞姑遺婢，飛闍五通。亂本既絶，木落山空。

西僧仝上

西僧東遊，云佛在此。慕西方者，亦復如是。

孫子楚仝上

枝指如何，匪斧不克。取妻如何，匪癡不得。

又

翩翩鸚鵡，飛去飛來。佳人感義，繡履爲媒。

田子成仝上

洞庭溺鬼，父子相逢。欲知葬處，十蘆成叢。

人妖仝上

狡童女裝，擇色漁獵。猝遇馬生，閹爲男妾。

藥僧仝上

嫪毐非人，而汝何貪。多吞藥物，與股爲三。

狐嫁女仝上

老狐嫁女，冢宰爲賓。金杯羽化，留畀主人。

嬌娜仝上

俊狐館客，嬌女通靈。紅丸舌度，威霽雷霆。

酒友仝上

狐爲酒友，瓶罄當酬。車生灑脱，錢滿杖頭。

巧娘仝上

傅郎天閹，得藥陽生。鬼妻狐女，誰不卿卿。

伏狐仝上

偉陽壯藥，能斃牝狐。金輪老媼，笑爾區區。

三仙仝上

三仙者誰，蟹蛇蝦蟆。爲君擬墨，月殿攀花。

嘉平公子仝上

淒風冷雨，獨嘯幽窗。何以遺妾，花菽生江。

又

鬼自惡穢，何待郎儺。猶恨昔者，手汚吾靴。

翩翩仝上

翩翩花城，餐葉衣雲。佳兒佳婦，全畀羅君。

余德仝上

水晶之瓶，粉花如蝶。擊鼓催花，酒籌羅列。

花姑子仝上

安生賸麞，巧遇花姑。云何巨蟒，自取焚如。

西湖主仝上

陳郎鶩鱸，詩甗紅巾。龍宮作贅，何術分身。

蓮花公主仝上

才人桂府，君子蓮花。雖遭虺警，仍護蜂衙。

仙人島仝上

王郎傲睨，陡遇雙雲。誰言名士，見窘紅裙。

【眉批】

姊芳雲，妹綠雲。

宦娘仝上

慧鬼學琴，報君如玉。莫惜餘春，黄花漸綠。

神女仝上

米生獻壽，誤入神衙。印鈐既得，還爾珠花。

小謝仝上

陶生鬼帳，二女學書。頑碑沒字，人而不如。

鳳仙仝上

今夕何夕，見此涼人。破窗風雪，度曲傷神。

又

壻貧見薄，狐女懷慙。勉郎力學，鏡影纖纖。

公孫夏仝上

錢能通神，赫赫貲郎。不逢壯繆，幾作城隍。

桓侯仝上

千里之馬，合獻神靈。酒筵把握，客臂爲青。

棋鬼仝上

劣哉棋鬼，有輸無贏。鳳樓作記，癖誤三生。

郭生仝上

郭生課藝，以狐爲師。先笑後咷，怪汝狂癡。

長亭仝上

鬼憑狐女，禳之而痊。虐爾佳壻，老狐何顛。

會吃飯《明道雜誌》

三世仕宦，方會吃飯。精要不繁，錢公筵宴。

杜陵秋胡《西京雜記》

杜陵秋胡，能通《尚書》。有擇壻者，疑其相如。

河厓之蛇《薛文清集》

河厓之蛇，垂樹取食。身重樹摧，久而墜溺。

劉商《全唐詩》小傳

劉商詩畫，具體輞川。棄官訪道，服藥成仙。

【眉批】

劉遇廣陵道士，道士贈詩云：『無事到揚州，相攜上酒樓。藥囊爲贈別，千載更何求。』

西遊藍本《觀音經注》

三藏西遊，惡鬼阻路。及誦《心經》，忽而散去。

佛字同粥成化《御製壇經序》

佛時仔肩，周頌有之。佛爲粥訓，義可無疑。

芝麻油《景岳全書》

芝麻之油，能解諸毒。淨鍋熬之，先以炒肉。

【眉批】

再用清水煮之，愈妙。

漱齒《金丹全書》

漱齒之法，日不如夜。垢穢刮除，永不凋謝。

西廂《會真六幻》

五種《西廂》，董王關李。陸生天池，聊復爾爾。

【眉批】

會真六幻者，元才子《會真記》、董解元《西廂記》、王實甫《西廂記》、關漢卿《續西廂記》、李日華《南西廂記》、陸天池《南西廂記》。按，李、陸之《西廂》便於登場，文不及前人也。

榆陸璣《疏》

隰有六駁，乃梓榆也。樹皮青白，望如駁馬。

李及之《見聞録》

李賓客家，菜開蓮花。花中趺坐，各一釋迦。

錢文兩面《漢書》

錢之爲文，陽獨陰幕。字兒漫兒，俗呼都錯。

【眉批】

《漢書》：烏弋國「其錢獨文爲人頭，幕爲騎馬」；安息國「亦以銀爲錢，獨爲王面，幕爲夫人面」。按，正面獨文，今俗呼爲「字兒」；反面幕，今俗呼爲「漫兒」。「漫」蓋「幕」之誤也。

寫真所忌《輟耕録》

正襟危坐，倩人寫真。譬如泥塑，安得風神。

醉翁亭記《古文冷品》

《醉翁亭記》，句皆用『也』。《孫子·行軍》，是所本者。

【眉批】

《行軍》，篇名，卽『夜呼者，恐也』全篇。

窺井生子《正易心法注》

女子男服，照影井眉。坎陽所感，可以生兒。

宰予晝寢《齊東野語》引侯白《論語注》及昌黎《論語筆解》

宰予晝寢，『晝』當作『畫』。朽木糞牆，畫亦何益。

【眉批】

侯白者，隋人也。

安門之法《宅經》

門大内小，宅家忌之。宅大門小，是乃所宜。

堂花《齊東野語》

溫室作坎，冬養堂花。硫黄牛溲，灌溉頻加。

【眉批】

『堂』，一作『塘』。即今溫牡丹之類，非唐花也。

涕替叶韻仝上

《離騷》艱字，叶費安排。易移涕替，上下音諧。

【眉批】

予向刻《風騷補編》，曾有是說，今得此益釋然矣。

種榆《齊民要術》

種榆隴畔，五穀多妨。須求薄地，兼近北牆。

雞雛仝上

雞雛初生，勿遽飲水。否則傷臍，爛腸而死。

【眉批】

二十日外，方可與水。

鵝鴨仝上

養鵝之法，三雌一雄。養鴨之法，五雌一雄。

又仝上

鵝鴨之雛，須漸入水。久停水中，冷徹亦死。

【眉批】其臍未合，略與雞同。

又仝上

鵝鴨之雛，浴須清水。若飲濁流，鼻塞亦死。

鴨肥多子仝上

雌鴨肥者，日能二卵。食如不足，則當間斷。

【眉批】養雞亦然，多蓄不如多食。

什邡縣人王翰復生《酉陽雜俎續集》

人天所重，惟《金剛經》。日持七遍，可返幽冥。

【眉批】
翰欲寫《法華經》、《金光明經》，冥中皆曰不可。

六波羅蜜《法華經》

布施持戒，忍辱精進。禪定智慧，六度宜認。

【眉批】
一名六度。

四無量心《金剛經啓請》

眷索愛語，菩薩金剛。慈悲喜捨，四智圓光。

中國佛經偏用三塵中之一《楞嚴合轍注》

此方根鈍，經用三塵。色聲與法，足了宿因。

尹師魯悟禪解脱《夢溪筆談》

進退兩忘，尹公已悟。訣别希文，死何恐怖。

【眉批】

『進退兩忘』，僧語也。師魯已卒，范文正哭之甚哀。師魯忽舉頭曰：『死生常理也，希文豈不達此？』乃揖希文，復逝。俄頃，又舉頭顧希文曰：『亦無鬼神，亦無恐怖。』言訖，遂長往。

方虚谷賣文《癸辛雜識》

每作詩序，索銀五錢。或悔而閧，幾至揮拳。

陳曙死非其罪《揮麈後録》

狄青征賊，陳曙先誅。桂人廟祀，信爾無辜。

【眉批】青既破賊，桂人爲曙立廟，祀之惟謹。後東坡亦言：『故崇儀使陳侯忠勇蓋世，死非其罪。廟食西路，威靈肅然。』似青之殺曙，本欲立威，故不得不借曙頭耳，然幸而成功，故史美之。

蘇幕遮《揮麈前録》

高昌婦人，多戴油帽。名蘇幕遮，遂入詞調。

牝雞之晨松厓自驗

牝雞久曠，則自司晨。家何以索，其主不仁。

【眉批】

如健婦持門戶也，鴨尤可憫。今幽閉婢妾者，宜罰作此牝雞。

詩法《輟耕錄》引趙松雪語

多用虛字，詩必不好。唐以下事，用亦宜少。

【眉批】

按，李空同亦主此論，而後人或非之，故去《風》、《雅》日遠。

番禺村女《稽神錄》

番禺村女，乃嫁雷神。歸寧設宴，辭其孀親。

林昌業仝上

衙推餉鬼，豐腆如客。後爲礱穀，至五十石。

潘囊仝上

鬼值改葬，云將移居。篋箱什器，收拾無餘。

漁山樵水宋濂《竹溪逸民傳》

竹溪逸民，漁山樵水。薪魚有無，志不在此。

謝端《搜神後記》

甕中螺女，爲具烹炊。張三之說，似乎可疑。

沙門竺曇遂仝上

清溪小姑，乃贅少僧。後聞梵唄，悲不自勝。

【眉批】
曇遂年二十餘，白皙端正。

張寬《搜神記》

有二老翁，訟爭山地。然本二蛇，殊覺多事。

狄希仝上

狄希造酒，玄石飲焉。纔傾一盞，竟醉三年。

【眉批】
希，中山人，此卽中山酒也。

蛇異仝上

巨蛇羣遊，六時乃過。尾上小兒，紅旗戲簸。

【眉批】
自辰至酉。

沙門竺慧熾《異苑》

生不斷肉，落惡鬼獄。背鎸三犬，以示羣禿。

庾紹之《冥祥記》

茱萸之氣，鬼皆畏惡。以此酒來，置杯而去。

楊烈婦傳《李習之集》

楊烈婦者，李侃之妻。稱李烈婦，便非文題。

【眉批】
烈婦者，縣令李侃之妻也，理合稱『楊烈婦』，如稱爲『李烈婦楊氏』，便非文法矣。

像讚《文選序》

美終誄發，圖像讚興。無圖而讚，焉所依憑。

朱淑真乩《湖壖雜記》

唾玉噴珠，非蘇非李。嘆息三生，春光似水。

穩帖《稿簡贅筆》

齊梁樂府，多採方言。用之穩帖，雖俗可傳。

程珦《宋史·道學傳》

從姊貧寡，迎歸養給。訓其諸甥，皆能成立。

【眉批】

按，雍正十一年，平郡王福彭奏繼祖母瓜爾佳氏歸母家〔一〕，守節三十餘年，上命迎歸奉養，仍加恩旌表。是婦女無依者，俱可就養母家。今刻薄小人膜視其姑姊妹之貧，或反以大婦歸爲不祥矣。

【校記】

〔一〕福彭，底本被鏟掉，據《雍正上諭内閣》卷一百三十二補。

記事珠《開元遺事》

記事之珠，聊以自娛。古人所有，我不可無。

沈休文贊

文從三易，詩準四聲。惜哉佐命，減爾高名。

醫樹《松花庵雜記》

果樹生蟲，蠹存乾葉。冬不留籜，罥絲自絕。

插菊仝上

三伏插菊，坼取旁枝。避暘就雨，踰月根滋。

六郎面仝上

六郎面菊，幹忌獨芽。摘去其頂，歧枝皆花。

謝蘿村郎中語王掞

責無旁貸，權不下移。蘿村之言，可以爲師。

齊子愷悌《爾雅》

愷悌發也，《爾雅·釋言》。郭注舍毛，獨用鄭箋。

【眉批】
《注》：『發，發行也。』《毛傳》云：『豈弟，言文姜於是樂易然。』鄭箋云：『豈弟，猶言「發夕」也。』

居居究究仝上

居居究究，釋訓惡也。《毛傳》因之，當不誤也。

【眉批】
郭注：『皆相憎惡。』《毛傳》云：『皆懷惡不相親比之貌。』

鬼之爲言歸也仝上

鬼名歸人，出自《尸子》。視死如歸，如字贅矣。

五方仝上

南鶇東鰈，邛邛負蟨。軹首之蛇，越王約髮。

寡婦之笱《爾雅疏》

曲梁曰罶，嫠婦之笱。縱逸魴鰥，《詩》人所醜。

跋

右《稗珠》一卷，先君主講蘭山時閒中所撰也。間考楊升庵《譚苑醍醐》云：『予嘗愛晉、宋人以韻語紀物產，如郭璞《爾雅贊》、《山海經贊》、王微《藥草贊》之類，皆質而工，其原出於《逸周書》「火浣布」數語。』禧謹按，先君此編，多剌取稗史中恢奇可喜之事，敘以四言韻語，每條不過十六字，簡而能該，足當匡鼎說《詩》，而酒筵揮麈，尤與風花雪月爲宜，以視景純、景玄諸公之書，其體格殆相伯仲。稿久藏篋笥，今得運倅李元方表兄付梓以行，亦如韓文待李漢而傳乎。工既竟，因牍述其顛末，與舊刻《韻史》並以質世之博雅者。

嘉慶丙子十月上澣，男承禧謹識。

松花庵續集　松厓文稿三編

松厓文稿三編序

郭　楷

有意爲文而文古，文古矣，人未必古也；無意爲文而文古，不獨其文古也，性情風氣靡不古矣。規孟賁之目，不可以爲勇；效西子之顰，不可以爲悦；倣子雲、相如之辭，而遂可以爲文哉？蓋古貌者，古心之蠹也。楷讀先師松厓先生文，輒嗒焉忘其爲文，如與先生笑語於一室，性情風氣，無不逼肖。此豈有意擬爲如此之文耶？蓋其高簡真粹之氣，隨在皆是，偶觸於文，而不知其所以然也。

夫有古人之人，而後有古人之文。楷猶及見先生之人，而親炙其門，故所得於先生之文如此。今之小生晚學，不及見先生矣，尚其讀先生之文，如見先生之人哉！先生文行世已久，兹《三編》續刻，乃先生少子小松所補輯。小松學古文，一如先生，亦庶幾乎能爲古人者。

嘉慶庚辰蒲月，受業武威郭楷拜撰。

松厓文稿三編

北五臺山賦並序

予以乾隆壬午夏，司鐸華原，會州牧汪公編次州志將成，閱藝文類，他作皆備，而賦獨缺焉，公因囑予爲《北五臺山賦》。臺別於長安之五臺，故曰北。舊傳孫思邈隱此，其古蹟未詳他書，而予又未歷覽其勝，然重違公命，不敢辭也。昔孫興公遙賦天台，雖文體高妙，而語多假借。予之爲此賦也，指情貌景，姑卽所見聞者，標舉一二，後有作者，此堪覆瓿矣。

猗西極之雄古今而壯天地兮，實四海之奧區；維祋祤之襟涇渭而帶漆沮兮，亦三輔之名都。矗金精之元氣兮，胚靈阜於坤輿。峙五臺之嶽嶽兮，洵仙隱之所居。勢嶙峋以秀發兮，氣蟠結而鬱如。出東門而遙望兮，恍金碧之畫圖。當黑獺之造邦兮，茲高人實棲隱。六茹輔而下賁兮，鳳欲飄飄而遠引。出仁術以濟時兮，嗟沉疴之可憫。羌身潛而道彰兮，暢玄風於虛牝。屬貞觀之龍飛兮，迴萬乘之轥軔。六龍下而雷動兮，咨考槃之肥遯。繄賢士如珠玉兮，能輝山而媚川。宜斯臺之崒兀兮，乃軒舉於中天。分巨靈之孤掌兮，抵五指而連駢。宵挂石門之明月兮，曉弄金鎖之晴烟。磬玉泠泠而流韻兮，寶鑑熒熒而高懸。固天作之仙窟兮，經勝蹟而益傳。惟命名之各殊兮，有齊天與瑞應。起雲西接昇仙兮，顯化嵯峨而爭勝。紫氣騰尹師之澗兮，白雲封呂仙之洞。粉墨霽藍關之晴雪兮，丹青老黃粱之大夢。嗟妙手之無名兮，又疇辨夫元宋。幸擘窠之大書兮，恍雞羣之鸞鳳。欲訪紫雲之老人兮，悵林塘其誰接踵。

厥北有洞穴兮，謂龍力之所通。黝然而閟黑兮，其源殆不可以窮。或篝火以深入兮，背佝僂而若弓。忽中怖而自止兮，愁假道於蛇蟲。前手號而始出兮，恍青天之發矇。撫獸鈴而喘喙兮，憩物外之高風。洞前石坊扁曰『物外高風』。倚醉翁之巨石兮，舉癭樽以相屬。俯洗藥之清池兮，挹沆瀣而盈掬。攀薜蘿之樛轕兮，韻天籟之竿筑。溯靜明與淩虛兮，循石磴而紆曲。雖信美而非吾土兮，已快心而娛目。胡白鳥之爲祟兮，乃見憎於雪木。李雪木僑寓五臺，作《蚊祟賦》。

他若三真五祖兮，宮觀輝煌。牛鬼蛇神兮，簇列蜂房。飯蜀僧以杞菊兮，遺唐帝以雄黃。猛虎代驟而負藥兮，老龍護腦而傳方。或細人取而自有兮，終碎魄於雷硠。斯固可存而不論兮，任羽士之宣揚。且夫清涼之山舊稱五臺兮，乃文殊之淨土。懸聖燈於中夜兮，飛雪霜於盛暑。伊秦晉之間關兮，終裹糧而愁苦。

終南之山亦有五臺兮，宅陸海之幽阻。俯渼陂之琉璃兮，聽藍橋之玉杵。雖側身而南望兮，畏咆熊而鬬虎。惟茲山之嶔崟兮，洵華原之屏藩。既豁達而軒敞兮，亦不僻而不偏。朝採藥於崇岡兮，暮拾翠於仙壇。老梅兮紅萼雪吐，古檜兮青柯霜堅。枳殼離披兮，登垣而獻瑞；柏紋夭矯兮，簇繡而生妍。粲草木之靈異兮，堪把玩而流連。更何俟窈冥而尋千歲之芝兮，縹緲而求十丈之蓮。爾若時方二月兮，花鼓賽社。百戲駢闐兮，士女遊冶。集蛇時之行人兮，萃雕陰之遊者。降九嵕之風雲兮，聚五陵之裘馬。翩然披髮兮，欻真人之來下。悲化鶴之依然兮，嗟時人之已寡。惟漆沮之潺湲兮，尚晝夜而不舍。步五臺而逍遙兮，應下矚而涕灑。

亂曰：三鶉之精，在華原兮。奄有五臺，孕靈仙兮。登高作賦，古無傳兮。揮毫抽思，愧名山兮。

【集評】

海寧鍾麟書曰：『山本蕭條，賦能斐亹，朝擬題而夕脫稿，可以爲難矣。』

皋蘭山賦

粤西極之雄古今而壯天地兮，據四海之上游；惟蘭山之宅中而控外兮，實險隘而寡儔。矗金精之顥氣兮，乃胚胎此高丘。羌虎爪而執鉞兮，儼然白日絕頂而坐蓐收。昔漢世之勤遠略兮，屯萬騎於山陬。胡笳捲霜而警夜兮，隴笛按月而吹秋。鼓喧闐而雷動兮，鞭卓指而泉流。張兩掖而勒八部兮，忽飆舉而雲浮。走老上於龍庭兮，殲骨都於涼州。追遺蹟於千年兮，惟見野花叢草斑斑然戰血之痕留。

及聖世之昇平兮，邊馬牧而不收。茲山謐其鎮靜兮，產芝蕙而孕琳球。野雉迎人兮，馴鹿呦呦。朱鷺含丹而翔集兮，白狼負玉而夷猶。仙人弭節兮，隱士棲休。共含和於日月兮，又何妨耕田鑿井任壯士之白頭。彼二華之孤峻兮，僅以聚汗漫之冕旒。緊太白之森嚴兮，六月懍乎其颼飀。矧吳嶽之僻遠兮，回中之仙又不可求。未若茲山之可戰而可守兮，亦可耕而可耰。況乎其俶儻與荒怪兮，飛五泉之雪練而蔭萬木之繁稠。及其靈蹤與奇跡兮，又四時飛空同之玄鶴而繫函關之青牛。

紛吾幼陟此崔巍兮，莽古思之悠悠。既登臨而慷慨兮，亦抑鬱而自愁。壯嫖姚之鏖戰兮，拾遺鏃於殘髏。緬營平之方略兮，挫燒當之虎彪。願及時之未晏兮，投刀筆而封侯。作長城於萬里兮，永保障乎雍州。

【集評】

官清溪先生曰：『壯浪高厲，如見霍、趙諸將，武服勁裝。』

男承禧謹識曰：『此稿久佚，偶從友人處得之，因敬刊以爲模楷云。』

重修耀州東嶽廟記〔一〕

東嶽爲天帝之子，主召人魂，自漢以來有此説。見《風俗通》及《博物志》。凡含生負性之屬，靡不踵趨而尸祝之。然而三公禮鉅，岱祀尤隆。自軒皇虞后而降，非大聖人不封禪，非天子不柴望，非封内之諸候不敢祭也，況庶人乎？迨趙宋祥符，其天子以天書符瑞，思修金泥玉檢之蹤，而泰嶽行祠，遂遍海内矣。夫以觸石膚寸之神靈，不崇朝而遍雨天下，意其肸蠁所感。普天率土，無不淪洽，豈必驅奉高之馬，登梁父之壇，然後謂之岱宗哉？

耀之有東嶽也，創自宋。州人姚氏後，其子孫拓而大之。歷金元有明，以至本朝，踵華起廢，代有其人。今斷碣殘碑，蓋猶可考而知云。廟據建瓴之勢，高敞軒豁，二水五臺，流峙左右。觀其雲物之美，宛如圖畫，殆亦造化之鍾神秀，而英爽可以憑依者。顧星霜既久，日漸傾圮，風雨蝕而鼠雀耗，甚非所以妥神靈而崇報祀也。

乾隆乙卯，刺史旌德汪公，以越公神明之裔，來牧華原。下車後，趨謁神祠，即欲重修嶽廟，顧以案牘紛如，未暇也。踰三載，政通人和，百廢俱興，乃始捐俸鳩工，州人翕然佽助之，廟貌及獻殿焕然一新，時當辛巳中秋矣。

《傳》曰：『聖王先成民，而後致力於神。』《易》曰：『聖人以神道設教，而天下服矣。』以予聞汪公之蒞耀也，清倉糧，設膏火，修志乘，建學祠，種種善政，無不綱舉目張，而嶽廟之修，尤所亟亟者，非徒邀景福於神靈，侈觀瞻於道路也。誠以小民之畏冥，責倍甚於官法。今以赫聲濯靈之岱宗，而廟貌聿修，洋洋如在，將使六里之父老兒童，緣畏生敬，緣敬生悟，則睦婣任卹之思，可以油然而生。是舉也，其亦因人情而利導之也夫。

【校記】

〔一〕乾隆二十七年刊《續耀州志》卷九『藝文志』題爲《刺史汪公重修東嶽廟記》，署名本朝州學正吴鎮撰。

楊氏家譜序

洮陽楊氏，相傳天水宗族。當金正隆時，其始祖趙元廣徙居狄道，遂易姓楊。二世祖得寧僅存其名。歷六世祖惠，以火居道士世其家，當明之初，官渭源陰陽訓術。七世祖泰，字太和，别號龍原居士，亦習道教，官臨洮府陰陽正術焉。泰生子六人。長曰亨，官雲南提舉。亨子佐，官崇寧教諭。次曰盛，有子三人，孫五人，曾孫十一人。三曰志術，生子淩漢，孫啓東，郡庠生。四曰志仁，羽士。五曰志譽，生子淩雲，孫啓先。六曰志聰，號南埜，官永昌教授。子淩霄，封奉直大夫；淩奎，官山西芮城訓導；淩璧，羽士。孫啓充，由舉人官戸部員外郎；啓元、啓允，俱邑庠生。曾孫行簡，郡庠生；行恕，字本忠，號嶽麓，由天啓壬戌進士，官翰林庶常，人稱才子。以上稍顯者始錄，而其餘子孫則俱載龍原公墓碑之陰云。

迄我聖朝，而楊氏戸口益蕃，書香漸替。今嶽麓《溫玉亭詩草》亦歸破簏，更誰問家乘之有無乎？羽士太雲者，芮城司訓之玄孫也，不蓄室家，而一瓢一笠，翛然物外，嘗於栽花調鶴之間，訂修族譜，而求序於予。吁，異哉！戸部之前，曾無戸部；翰林之後，寧有翰林？今也雲水黄冠，乃能歸根復命，而不忘其本支，是可敬也，亦可感也！予故樂得而弁其端。

【集評】

受業李苞謹識曰：『洗盡序譜套語，乃有此奇異之文。』

板屋吟小序

猶子洵可，名簡默，州庠生。素好吟詩。其所著《竹雨軒詩草》，業已梓行，而詩人楊蓉裳、李坦庵序之，張鶴泉跋之矣，茲復出其《板屋吟》而求序於予。風雅之熏習，何其老而不衰哉！

夫詩有三言、四言、六言、七言之句，而五言適得天地之中，若欲調四聲而研八病，則未遑五古五絕，先宜工五律矣。《板屋吟》與《竹雨軒詩》同皆五律也，好勝者或議其祇工一體，然即此一體，而責備求全，則盡善盡美，雖白頭不能窮其妙。詩果可傳，其在多乎？顧此詩雖少，而猶不能盡工，予爲删其淺易者，而存其清新者，約四十首。花前月下，把酒而諷誦之，亦足豪矣。倘由此而更深造焉，彼劉文房、姚武功及永嘉四靈之後，安知爾非又一人耶？予日望之，爾其勉旃！

乾隆五十七年正月初四日，叔松厓老人撰。

附　寄吴洵可三首〔一〕　　楊芳燦

其一

詩人耽静境，結屋傍寒林。雲岫古今色，風泉朝暮音。忘言謝高鳥，有託對孤琴。采采黄花晚，空山霜雪深。

其二

春色到邊徼，風和晝愔愔。千枝姚冶花，百轉間關禽。虚庭少諍詞，隱几耽清吟。把君一卷詩，泠然滌煩襟。

其三

玄冰瑩玉壺，朱絃絙瑶琴。長懷開美度，千里勞寸心。烟灌阻遐眺，雲巒對孤斟。勝抱托毫素，臨風貽賞音。

【集評】

嘉慶庚辰正月朔四日李苞記曰：『洵可作古已久，今讀此序此詩，益令我想慕其爲人。』

【校記】

〔一〕底本題作《寄吴洵可二首》，實爲三首。

秦中覽古草序

雍州，詩藪也。《二南》無論已，卽《秦風》之《蒹葭》，識者謂其風神縹渺，在《三百篇》中當爲第一。毘陵趙殿颺語。迨至漢唐，益多古蹟，更僕難數矣。顧見諸題咏者，類皆名滿天下之人，而非常鄉曲之士所能揚扢其萬一也。夫海内詩家，今多遠祖少陵，近師北地。兩公固皆秦產，而所爲秦中之詩，終少於他方，遊覽多而桑梓反遺，鶉野龍山，能勿惆悵也耶？

樊川賀子懋堂，吾鄉詩人之翹楚也，著作盈囊，而先梓其《秦中覽古草》以問世，何其與予有同心哉！第予於秦中古蹟，間有留題，比於涉猎。今懋堂據所經歷，而刻畫山川，流連往昔，已得其十之六七，雒誦再三，烏得不妒且美歟？昔何大復視學秦中，嘗有句云：『水多龍臥處，山有鳳來時。』予每讀而壯之。今老矣，濟勝乏具，度不能身歷懋堂之所經而遍和其詩，惟捧吟《覽古》之草，以當臥遊焉可也。

【集評】

受業周泰元謹識曰：『用典甚精，措詞尤潔。』

集古詩序集《四書》

有楚大夫於此，空空如也，述而不作，誦其詩，斐然成章，不啻若自其口出。或曰：『詩云詩云，如斯而已乎？』曰：『是也。古之人有行之者，當在宋也。信而好古，荊舒是懲介甫，率由舊章。』曰：『自孔氏毅父爲此詩者，百世之下，無若宋人然。今也集大成也者，吾不得而見之矣。毀瓦畫墁，山節藻梲，蓋有不知，而作之者古之人，古之人於我心有戚戚焉。少之時自以爲是，無所取材，文獻不足故也。及其壯也，博學於文，不知所以裁之，則不如無書。至於用力之久，根於心而後集，則取之左右逢其原。然而無有乎？爾斯已而已矣。如必自爲而後用之，則惑也。且古之君子，布在方策，後世有述焉，固所願也。鳳兮鳳兮，而不足以舉一羽。後死者德輶如毛，雖多，亦奚以爲？噫，吾老矣！虎豹之鞟，狐貉之厚，非擇而取之，何必改作？惟曰：「麻縷絲絮，絕長補短，以爲衣服，是之取爾。」』曰：『夫子之說，誠是也，如以辭而已矣。乞諸其鄰，若己有之，夫謂非具有而取之者，非與？』曰：『非也。君子成人之美，又尚論古之人，我於辭命，未能或之先也。故源源而來，不以人廢言，不以辭害志。《詩》可以興，可以觀，則拳拳服膺。曰某在斯，某在斯，久假而不歸，吾知免夫，可傳於後世，以俟君子。』

乾隆庚子七月，松厓老人書於湘江舟次。

【集評】

張桐圃曰：『組織自然，真如天衣無縫。』

芙蓉山館詩鈔序

寄寒花於隴上，誰是仲圭；求老鐵於雲間，乃逢孟載。幸托一尊之酒，得聯千古之交。斯誠藝苑之美譚，抑亦騷壇之樂事也。使君華陰貴胄，金匱名家。黄雀環尊，丹舄履迅。英年拔萃，冠南朝山水之鄉；壯歲服官，鄰北地枌榆之社。驚才風逸，麗藻霞騫。猗歟盛哉，敻乎尚已。憶當前載，同客省垣。曾有文鈔，屬予論次。顧第稱任彦昇之筆，或虞家令矜能；而細讀曾子固之編，終恐淵材遺恨。然則詩鈔之選，老夫其可已乎？原夫典謨風雅，古有專經；而著述詠吟，君能具美。屈幽宋豔，分香草於十洲；鮑俊庾清，簇名花於萬樹。固宜齊驅六代，方駕三唐者哉！況乎朱園鳴琴，賀蘭岸幘。劉越石臨圜舒嘯，榻起雄風；嚴季鷹對酒揮毫，筵開古雪。斯又詞人之豪傑，才子之神仙矣。僕洮水迂儒，蘭山老客。爭魏、邢之優劣，敢云月旦出自北人；賡蘇、李之唱酬，惟願榛苓傳於西土。聊爲短引，敬弁名篇。愧在盧前，雖係君家之奮語；請從隗始，姑容我輩之狂言。

【集評】

蓉裳曰：『字字皆珠玉也，所愧蕪製不克當耳。用沈東陽、彭淵材，典雅婉切，可謂工絕。』

壽王西園刺史序

山名嶽麓，分三鶉躔度之餘光；郡號洮陽，乃五馬迴翔之舊治。瓜分繡錯，合縣衛而成一州；棋布星羅，界蘭岷而爲四境。故理煩治劇，久涖者尚或以爲難；況撫字催科，甫臨者寧能得其要。求所謂及鋒而試，盤錯俱平；借箸以籌，紛紜悉化者，於我西園王公見之矣。

公以烏衣之世胄，爲金匱之名家。遠符淮水之繇辭，龍鸞當戶；近比太倉之著述，麟鳳名洲。早歲登科，英年通籍。奮庸樞部，文昌聯武庫之輝；奏事柏臺，風憲近月卿之座。分房而驪黄過眼，則冀北羣空；典試而珠貝投懷，則粵西賓聚。中緣吏議，復改曹郎。旋荷皇恩，榮陞外任。雄州視郡，知重臣不薄淮陽；膏雨隨車，喜廉吏忽來隴右。政事則提綱挈領，關防則弊絶風清。蠹胥則魑魅潛蹤，匪竊則鼠狐屏跡。抑桃花之春浪，則功在河堤；掇桂子之秋香，則化行書院。且也因材木之騰貴，而禁止豪商；懼賦斂之侵漁，而汰裁冗役。凡茲美政，悉本仁心。

夫公以愛子者愛民，則廿三里之童叟，盡荷栽培；人以壽公者壽國，則八百歲之春秋，皆歸頌禱矣。時當八月，辰值十三。聖壽齊天，喜下界神仙，亦添鶴算；臣心似水，願中秋兒女，共仰蟾光。僕西鄙寒儒，南荒俗吏。青蚨隱隱，未醵劉寵之一錢；紫鳳飄飄，擬綴丘遲之寸錦。謬爲駢體，聊達輿情。磨韞玉之高岡，銘功不盡；激凝珠之大水，流譽曷窮。

【集評】

李苞謹識曰：『西園先生名寬，無錫進士，其治狄道，可稱循吏。此序毫無溢美，勿作應酬文讀。』

許鐵堂先生後集跋

鐵堂許天玉先生，以閩海賢書，牽絲安定。罷官後，僑寓臨洮，故其遺詩頗多。甲戌歲，予從一老宿家，借鈔得《後集》八卷至二十卷。丙午春，又於定西孝廉安維岱處，借鈔得一卷至七卷，《後集》全矣。要皆王漁洋《感舊集》中所未載者。顧字畫錯訛，多不可辨，以意逆志，僅得十之七八。雖此外不無遺珠，然已足以傳鐵堂矣。嗟乎！予生後鐵堂約百餘年，使並時相見，而親爲之結襪撰杖，詎不快哉！鈔是詩竟，復嘆鐵堂老人之不及見我也。

【集評】

姚雪門曰：『鐵堂名重當時，而遺集乃藉吾松厓以傳。此舉此文，固不徒增地下知己之感。』

竹廬年譜跋

皋蘭宗弟漢喈，嘗飲予於其家，而示以《竹廬年譜》，乃其祖庠生士林公所自序也。字小如蠶頭，幾不可辨。伏而讀之，則畢生甘苦，具在其中。雖事涉纖悉，亦令閲者忘倦，慨然想見其爲人。至於作室綢繆，疲精耗力，而一花一木，皆出手自栽培，抑何其閒情所寄，復翛然於物外也！

夫《竹廬》，胷臆之言，不勞粉飾，然而承先啓後，略備於斯，擬諸顏氏之《家訓》、椒山公之《遺言》，雖筆墨懸殊，而其用心則一矣。

抑吴氏世業岐黄，至竹廬而名愈著。今譜中自序一則曰『醫道平平』，再則曰『醫道未通』，又何其不自貢高而虚懷若谷歟！然醫道本自高深，知其難者，或得其妙。推斯義也，耄而好學，吾於漢嗜老明經猶有厚望，而况青青之子矜乎？肯堂肯構，兒郎勉之，則謂《竹廬年譜》卽吴氏勸學之箴銘可也。

【集評】

受業李華春實之謹識曰：『筆致蕭疎，文情篤摯。』

李劍堂書課跋

劍堂别駕書，能兼各體。此册臨《天馬賦》，則筆力駸駸；其《三截句》，風神亦足。惟《大江東去》，言是倣涪翁作，而韻勝於骨，終與米近而黄遠耳。至《快雪時晴帖》，可補征西六紙，而《洛神十三行》，則流風迴雪，不減唾絨之巧矣。松雪《龍説》，亦復如是。末幅摹米尤佳，乃知海嶽精神，自在世間，彼欲作無米論者，特未見劍堂耳。

丙午秋日書，時階下黄花初吐。

【集評】

受業李苞謹識曰：『先生書法，雖不學米而近於米，跋云「海嶽精神，自在世間」，殆自道與！』

詅痴集跋

涇陽印周張公，予辛酉選貢同年也。高才博學，工爲韻語，摘其合作，不減唐人。然屢試秋闈不利，遂遠遊吳、越、楚、蜀以自娱。到處題詠，人皆傳誦。凡得詩若干首，名曰《浙柵集》。又編其生平所作者，名曰《詅癡集》。採崑山之玉，而折鄧林之枝，美不勝收，人皆歆羡。然印周竟以不得志，坎坷終身，惟精光不滅，徒能昌其詩耳。

會壬子杪秋，公之子鳳宣走使致書，求予删定其集，且題數語其後。蓋距公之沒，忽忽已三十餘年。而予學宦無成，久歸林下，亦復皤然老矣。憶乾隆壬午，予嘗司鐸華原，得印周寄《青柯除夕詩》，有『爾住忘憂館，予登避債臺』之句，予爲讀而絕倒。今二友墓木已拱，而予猶喘息人間，未免有情，誰能堪此？至於詩之高妙，則芊綿綺麗，婉而多風，諸序已能盡之，予又何贅焉。

【集評】

年姪南濟漢斗嵒謹識曰：『低徊俯仰，六一風神。』

西谷金石印譜跋

比部文幼王公，金城之名士也，寄籍遼州，宦游京邸，其詩文與書畫翛然出塵，而尤工於篆刻。近嗣君柏崖以所鐫印章見示，雄者如喬嶽大川，秀者如時花美女，奇者如怪蛟老魅，古者如斷劍焦琴。舉斯、冰不傳之祕，今於片石得之，匪特刀法之精能，抑亦天機之清妙也。予於此道，本無所解，欲爲弁言而不能，因跋其後，以代摩挲。然今南方能手多矣，使復有程穆倩者出焉，能勿把臂入林乎？柏崖其廣傳之，而仍善藏之。

【集評】

受業郭楷雪莊謹識曰：『簡勁。』

余子傑小傳

余翁啓雄，字子傑，恩貢，諱伯建。子鼎軒，公之長子也。少從父讀書東峪之山莊，學未成而力農。農復不能自贍，乃歸城中舊居，以製香爲業。今余氏紅香遠傳千里，洮陽鬻名香者數十家，皆不及也。以此家貲日厚，而仰事俯畜，頗能如意焉。

初，翁本儒家子，兒孫繞膝，常以書香之絕續爲憂。後長子璨、次子珮，皆能繼其賈業。而三子瑾字崑山者，少年游泮，兼以工八分書，有聞於時，皆翁爲之延師教誨，而供給不倦之力也。翁產本中人，而性好施予。有舅孫某者，客死金城，翁扶柩而歸葬，兼撫其遺孤。至於恤懿親、教子姪、修族譜、焚債券，種種美意，至今鄉里猶能言之。後年八十二歲，無疾而終。

松厓老人曰：『子傑長予十餘歲，老而好客，每有佳釀，輒招予共醉焉。嘗買地馬闌作小圃，以藝花竹，而令子孫讀書其中。憶昨歲之春，予與翁同飲於此，酒酣耳熱，友人劉文再請予爲文紀其事，而卒未果也。今翁墓草已宿，而予年亦七十有三，適其子璨、珮、瑾等復求予爲翁作傳，未免有情，書此以誌兩世之周旋也。』

【集評】

受業李苞謹識曰：『傳簡潔，贊尤情致纏綿。』

孫桐軒文學傳略

及門孫生孝增，少孤而能自立，嘗輯其父桐軒翁之軼事，而求予爲之小傳，以登家乘。予感其意，不能卻也，因牸舉大略焉。

翁諱熺，字映輝，桐轩其別號也。其始祖，本扬州江都人，明初因宦臨洮，遂成土著。今《州志》『明經門』內有父諱淑而子諱券祉者，卽翁之高祖、曾祖也。翁少而不羣，嘗從學於張巨川先生之門，後又從陳省一明經遊，皆深得其指授，而爲文清剛有法。然自弱冠采芹，遂訓蒙家塾以終其身。人皆惜其不遇，而翁循分安常，有以自樂，若不知老之將至也。翁品行高古，落落寡交，其授徒多有規條，門人敬畏，而脩贄之所入，弗計也，故從遊者衆。而孝廉魏學文、明經張開來界昆仲，皆出其門，其餘遊泮食餼者，又甚夥矣。

翁本寒士，而善治家，養親待客，頗若有餘，然自奉儉約，從未聞以絲毫緩急，有求於人。今郭外之田，足供饘粥，而自營學舍，花竹翛然，凡俯仰所需，一一皆自舌耕出，可不謂難哉！可不謂賢哉！翁年五十五而卒。後三年，子孝增始遊泮，旋以高等食餼，有聞於時。

松厓老人曰：『桐軒於予爲後進，頗能豪飲，而素未攻詩，故載酒問奇之日少。然予花朝月夕，往往心儀其爲人。今孝增從予學詩，而才氣駸駸，已升堂戶，謂非翁積學之報哉？士之子恆爲士，未足爲奇，而充閭跨灶，亦堪爲身後之榮也。』

【集評】

門人李華春謹識曰：『筆墨簡古，法度謹嚴，高人行徑，藉以永傳。』

李處士如玉行略

李處士國琭，字如玉，世居州城之西郊，後遷城內。處士少孤而家貧，無以爲業，遂廢讀書而習丹青，朝夕所需，稍能自給。久之，而技益精，名益重，所得畫貲，漸有贏餘矣。遂乃放浪麯蘖，日與文士交遊。雖所得亦緣手盡，然處士揮霍自如，初不以錙銖介意也。性孝友，有胞兄字爾榮者，老而落拓，處士事之如父，兼預營其衣衾棺椁。及其卒也，凡一切喪具，悉如素封焉，人爲感歎。洮陽畫手，本鮮師承，然處士以意爲之，凡點綴山林，剪裁花草，皆有生韻，以此求畫者日多，然未嘗以嗜酒而荒其生計也。處士生三子：唐賓、唐緒、唐爵，皆工畫，能世其業。而唐爵，字尊一，喜酒好客，尤有父風，人遂以老李三哥、小李三哥稱其喬梓，亦猶大李將軍、小李將軍之著名於李唐也。吁，壯哉！

初，處士當屬纊時，忽呼其子曰：『吾友張巨川、許明揚二先生來矣，可速迎之。』言訖而終。時二人没已數年，人謂處士之結納，頗無間於幽明也。

【集評】

受業李苞謹識曰：『遒勁而兼排宕之氣，合馬、班爲一手。』

方竹杖銘

直其正，方其義。有攸往，無不利。

爐銘

猗與新店，壯穆之宮。歲時伏臘，奔走村翁。太乙然火，飛廉鼓風。博山鑄巧，甲煎香融。惟神肸鑾，感而胥通。都梁艾納，日滿其中。炎炎漢鼎，猶傍孤忠。千秋鵲尾，光氣熊熊。

【集評】

後學馬士俊子千謹識曰：『《杖銘》古樸，《爐銘》典雅。』

答張佩青太史

暌違五載，想慕殊殷。昨接瑤函，恍如覿面矣。足下以玉堂仙吏，就館當亭，懸揣高懷，知非得已。但隴河人物，成就良難。今甫致清華，遽歸林下，似非長久之策也。機不可失，祈深思之。奉題玉照，原擬作一古詩，但題句本律，宜輕倩而不宜莊肅。今勉綴二絕，高人可以發一笑也。秋凉在即，附候金安。貴東明父臺及趙友懷亭，統希致意。再，僕有看花圖小照，亦係懷亭畫者，儻有餘閒，更祈遥賜佳章，以光暮景也。

【集評】

門人王光晟柏崖謹識曰：『婉摯。』

答馬雪嶠宮詹書

僕自歸田後，官場諸友，概懶通書，然一二素心如我雪嶠老哥者，則未嘗一日忘也。繼聞老哥致身通顯，榮晉宮詹，松茂而柏悦，實爲吾輩增光。貢禹彈冠，不足擬矣。前捧華箋，兼讀疊韻諸作，清新婉麗，如對唐人，曷勝欽佩！

近又於王涇州札内，稔知老哥辭榮引退林下，優遊人生，晚節得此已足，但未知把酒論文，復在何時耳。僕主講蘭山，已經八載，白頭教授，自覺意興索然，然上憲挽留，只得黽勉從事。今因鴻便，恭請金安，附呈新刻拙作二卷，尚冀指示瑕疵，以鼓桑榆衰氣，是所翹企。臨穎情思惘惘，並候回音不盡。

【集評】

後學陳含貞大亨識曰：『逐層裁答，著語不多，頗饒神韻。』

答王西沚先生書節錄

四十年前，即讀老先生之制藝，雖以分隔雲泥，未獲把晤，然仰止之心，未嘗忘也。昨蒙惠示手書，真如五色朶雲，從天而降。再讀詩箋，清新婉麗，足媲唐賢。惟晚歲失珠，爲之憮然不樂，未知跨灶文孫，尚有幾人，兼能慰晚景否也。所喜文昌之目，暗而復明，天殆佑護老先生，以留爲東南之靈光乎？

僕於詩道，亦頗留心，祇緣僻處邊方，未與海内高人時相唱和。今蒙老先生印正提撕，覺衰氣爲之一振，或能晚進，亦未可知。拙刻數種，在敝省雖爭刷印，但甘肅窵遠，終不若南方書賈，便於風行也。老先生聞望甲於東南，足以噓張才俊。今寄來二張康侯、牧公詩三冊，許鐵堂詩二冊，此係僕爲刊刻者，並祈鑒定。倘筆墨之暇，與僕《詩錄》中錫以華序，則更叨榮多矣。邊方無他土物，附呈姑羢雨纓，聊表獻芹之敬。伏冀哂存，順候近安不盡。

附　西沚札節錄

王鳴盛

久耳芳名，未由接晤，幸從三原劉戒亭處得讀佳章，驚才風逸，壯志烟高。祇覺咳唾九天，皆成珠玉，足以邈後淩前，洵推才子之最也。拙作卷帙繁多，先寄詩箋十幅，以博一粲。老先生汲古有素，想不止長於詩。卽以詩論，拔出輩流，奚翅霄壤！特寄此札，以致相慕之誠。弟字鳳喈，號禮堂，別號西莊，現屆七十，後改西沚，沚者，止水，取其不動也。弟王鳴盛頓首。辛亥臘月。

【集評】

受業李苞謹識曰：『讀贈答二書，仰見大雅君子，彼此心交之誼，非世俗標榜聲氣者可比。』

答袁簡齋先生書

今春三月望後，江南解緺官來，獲接老先生手書，魚雁迢迢，經年始達。再三捧讀，宛晤高人矣。承賜詩序，情真格老，足爲葑菲增光，但揄揚稍過，非所敢望，留俟千秋，或當有定論耳。感謝！感謝！寄來尊作全集，略觀大半，目爲之昏，才高學富，洵不朽之大業也。佩服！佩服！

張、許諸前輩詩，刻入《詩話》，似亦無難。老杜云：『不薄今人愛古人。』斯言允矣，祈再思之，勿如『文人之相輕』也。更聞老先生重遊天台、四明等處，濟勝之具，老而彌强，尤堪健羡。若僕囊處窮邊，今年亦七十有三矣，嘗戲題門聯云：『不願作官求飽飯，懶言名世望長生。』人皆笑之。然晝夜之道，本難猝知，先生固大有見解，而彭尺木進士之言，未可盡非。若彼此或有不測，先死者當報生人也。蓉裳現未上省，回書隨後即來。胡稚威名天游，山陰人四六之刻，宜若可行。耑此奉復，兼候金安不一。

【集評】

年姪龔景瀚海峯謹識曰：『簡老。「勿如文人相輕」等語，具見先生古道規勸之誠。』

代謝蠲免錢糧表

督臣某，題爲恭謝天恩事。乾隆年月日，奉上諭云云，欽此。茲據甘肅布政司使福，詳稱準蘭州等道，移據蘭州等府直隸州，詳據紳士某等呈稱。

欽惟我皇上，道同覆載，德並生成。暑雨祈寒，焜耀四時之玉燭；梯山航海，帡幪萬里之金甌。緣甘省土瘠民貧，故聖恩有加無已。舉所欠地丁正耗，與未完籽種口糧，並及秸芻，悉皆蠲免。綜前後七八年之數，豁粟金二百萬有餘。斯誠桑梓之榮懷，抑亦草茅所頌禱也。

某等略無芹獻，徒有葵傾。念隴河通省，額徵不敵中原之數縣；而撥運連年，軍餉幾縻國帑之三分。納賦少而逋賦偏多，自愧田皆下下；報恩難而受恩甚易，誰言氓盡蚩蚩。今也板屋宵眠，村鮮敲門之吏；褐衣歲擁，途皆挾纊之人。和風被而巷舞衢歌，化日長而耕雲犁雨。行見首山鳥鼠，亦追隨

《禹貢》而軒昂；渭水魚龍，更繼續《羲圖》而踴躍矣。所有下情，懇祈代奏，等情到司。

欽惟我皇上，撫綏方夏，軫念邊陲。前已因逆匪之殲，深仁疊沛；今復允守臣之告，大惠頻施。查惟正之供，夏后原存定制；而如傷之視，周王詎託空言。茲蠲數歲之逋租，實屬千秋之曠典。合平慶犖階而達首府，咸沾九曲恩波；由甘涼寧肅而訖新疆，共浥三危湛露。閭閻撲地，愧邊方之吏難副來宣；閶闔排雲，嘉瘠土之民真能嚮義。凡諸忱悃，謹即申詳，等情具詳到臣。

欽惟我皇上，惠周九有，澤被八埏。山河增百二之雄，天外之開疆更遠；貢賦減十千之取，民間之藏富益多。查甘省極邊，蓋藏甚少；小民積欠，完納維艱。幸九重大沛恩綸，則萬姓胥捐重負。雖耕田鑿井，久忘帝力之高深；而踐土食毛，倍切人心之愛戴。允矣一人有慶，賴先及於邊民；猗與萬壽無疆，會適逢乎豫祝。

臣仰乘德意，愧效涓毫；俯察輿情，欣隨舞蹈。從此崆峒麥熟，人人賡良耜之歌；漆沮魚肥，歲歲占豐年之夢矣。所詳民隱，理合上聞。爲此恭疏，具題。

【集評】

受業李苞謹識曰：『此等題難在莊重不佻，尤難在精切不浮，文乃盡善盡美。』

代謝頒賜欽定詩經樂譜表

伏以帝王治世之經，莫先於《禮》、《樂》；賢聖教人之法，首重乎《詩》、《書》。顧《詩》爲有韻之書，道通律呂；而《樂》即無形之禮，義達風謠。是以十五國之正變貞淫，具入延陵論贊；而《三百篇》之音容節奏，胥歸泗水絃歌。斯蓋依永而和聲，並非憑空而度曲也。迨摯襄而後，漸少師承。及秦漢以來，尤多怗懘。雖齊、魯、毛、韓之箋注，各有異同；而《英》、《咸》、《韶》、《濩》之源流，曾無授受。蓋學士通經，而弗詳器數；伶人執技，而未解文辭，則因《詩》教之不明，遂謂《樂經》之果缺矣。

欽惟我皇上，德齊天幬，化協風薰。日就月將，學探百王之祕；海涵地負，道該千聖之全。探六義之精微，聿修定譜；調八音而和叶，概屏新聲。夫辭賦之文，因時遞變；而聲音之道，與政相通。今茲以雅以南，悉合綴兆疾徐之節；從此歌商歌頌，罔非溫柔敦厚之人。徵爲事而角爲民，鼙乎鼓而軒乎舞。彼杜夔之四曲，直不妨擬以蛙聲；即束皙之六章，亦無勞添其蛇足矣。

臣才愧敦《詩》，學慚問《樂》。窮經有志，既少鄭玄、王肅之精勤；肄業無方，亦鮮荀勗、阮咸之穎悟。茲當玉塞，捧接金函。偷辭日之餘閒，諷吟敢懈；聆鈞天之異響，夢寐益虔。所有感激，踴躍下情。理合繕摺，恭謝天恩！謹奏。

【集評】

楊蓉裳曰：「析理則批郤導窾，遣詞則戛玉敲金。」

請河州于刺史啓

伏以堯封廣被，三邊稱天盡之頭；禹迹初經，九曲重河流之口。關山險峻，可保障，不可繭絲；

閭井駢闐，能悦安，斯能强教。是必羣黎之司命，乃爲邊徼之神君。恭維老父母大人，東國名儒，西陲仙吏。家傳隱德，奕葉高駟馬之門；代衍直聲，寰區播石灰之詠。暫時摄篆，已爲一路福星；數月代庖，忽沛三春膏雨。用能禮賢下士，抑且靖盗安民。就近輓輸，則百里渾忘跋涉；隨時採買，則一毫不見侵漁。此外仁聲，頗難枚舉；即兹美政，已足銘心。

某等報效無功，謳歌有志。蓄洩湖之水，擬惠澤而難如；磨積石之山，誌豐功而不盡。敬呈衣傘，用達芹暄。微物區區，寸心栩栩。錦袍爛熳，聊酬挾纊之恩；華蓋飄飖，不盡懸旌之望。伏願慈雲暫駐，愛日遥臨。俾萬戸盡得識韓，而一年復能借寇。則鎮邊樓上，秦雲偕隴樹争輝；而大夏湖旁，明月與清風長慣矣。某等曷勝踴躍瞻依之至，謹啓。

【集評】

受業李苞謹識曰：『確切精工，真咳唾皆成珠玉矣。』

賀福嘉勇公中堂啓

竊以羌匪倡狂，敢侵後藏；天威震疊，遠播殊方。所經鳥道蠶叢，如入無人之境；行見蠻烟蛋雨，胥成有日之天。恭惟公中堂，元老克猷，丈人占吉。懸車束馬，風霆馳萬仞之巔；矛淅劍炊，醪纊作三軍之氣。攻心而擒孟獲，免彼駢誅；續命以報盧循，容其自拔。從此藕絲孔内，難遁修羅；懸知柏樹枝頭，仍迎老裝。蓋仰體聖主好生之德，復大宣盛朝無外之威。嬰瓌、璗琫之珍，咸歸職貢；

僸佅、兜離之樂，附隸宮懸。金表聲馳，鐃歌捷奏。斯由建非常之偉略，故能成不世之奇功也。

某夙叨知遇之深，倍切瞻依之戀。念昨歲河橋送别，賞頒雲錦，猶貯篚筐；迄今冬棧道凱旋，教誨蘭言，益銘肺腑。但遥望北平之旆，末由迎拜馬前；而濫吹南郭之竽，竊願追隨人後。敬因便使，附達微忱；更仰慈暉，仍留炯鑒。某不勝臨稟翹企之至。

【集評】

受業李苞謹識曰：『喬皇典麗，亦復情深而文明。』

募修奎星閣疏

洮水流珠，墨浪卷西傾之雪；崑山韞玉，筆峯騰東壁之光。因人傑而地靈，鬱鬱百年，慨甲科之不作；本神道以設教，煌煌九野，仰文宿之遥臨。我洮陽當雍正壬子之秋，得閆公神明之宰。一行作吏，百廢具興。北海鯤鵬，争踴躍於搏三擊九；西陲桃李，競芳菲於紫萬紅千。爰於嶽麓之山，創建奎星之閣。峯當巽位，天風吹擲地之金；像對離明，海日照淩雲之筆。嗣後秋闈春苑，文武迭興；近今佩綬分符，簪纓繼起。朱衣神之暗點，固自有時；青烏家之微言，豈真無據？

顧自閣成之後，曾招守護之人。授宅三間，永奉祠前香火；給田一頃，常爲閣外屏藩。其給帖實蒙縣令劉公，而主持則有老農韓姓。迨歷年既久，佃戶多頑。鳩居鵲巢，廟主守不毛之地；鴟嚇鳳食，豪氓耕無税之田。租既豆剖而瓜分，閣亦風侵而雨蝕。此郡庠黄子所以據帖而明官，牧伯呼公因之追租而給簿也。

嗚呼！在天垂像，入廟告虔。神所憑依，未必有私於此地；而閣之傾毁，豈能無望於斯文。今有紳士某等，募化貲財，重修廟貌。洵哉盛舉，允矣鴻工。但文星爲寠儒寒士之尊神，未免銖錙悉算；奎閣無地獄刀山之變相，安能筐篚争輸。倘能捐阮宣子杖頭之百錢，便是揮金如土；捨陶淵明瓶内之餘粟，何難聚米爲山。成事因人，鳩工指日。行將斧月中之丹桂，以作棟梁；琢天上之白榆，而爲礎石。燦眉斗背，刻費如生；碧瓦朱甍，瞻依不盡。此日奎光朗照，五星聚玉井以騰輝；將來甲第雲聯，多士與蓮峯而競秀。謹明告於長者，願尅期而成之。

此予舊作也，近張玉崖抄以見示，因綴於文外之末云。乾隆辛亥三月十二日，松厓老人自記於蘭山書院。時膏雨初零，致足樂也。

重修五泉文昌宫募疏

恭惟帝君，象列九天，光連七曲。職掌文衡，管鑰圖畫之府；教垂陰騭，範圍血氣之倫。化身而孝友，見於風詩；訓士則箴規，傳於學校。允宜祭祀，周遍寰區。維西省之蘭城，蔚爲都會；而南山之桂殿，久妥神明。馨香分甘露之泉，歲薦春蘭秋菊；形勝接清暉之閣，時來霽月光風。匪徒壯一郡之觀瞻，實可供千秋之尸祝也。

前經劫運，小歷滄桑。遂使靈祠，頓成瓦礫。夫因凶頑之一燼，而缺獻饗者十年。迄今書帶生苔，筆峯仆地。遊人扼腕，過客傷心。彼夫釋子之宫，財神之殿，凡邀福者，皆更新之。獨於朗朗文星，寥寥舊址，聽其何亡何有，儼若不見不聞。豈神道亦可炎涼，而儒人皆成聾啞歟？兹有燕臺義俠，秦塞賢僑。手自揮金，心存引玉。而山僧募化，贊士趨蹌。衆廣文分割寒氊，凖擬添花上錦；羣措大合捐厚餼，真能聚米爲山。我卜此工，成當不日矣。至重樓之上，舊塑魁星；俟蕆事之餘，仍當補建。文堪行遠，不難脱隻履而到雲霄；筆足代耕，何礙收錠金而歸掌握。均宜點綴，並使輝煌。碧殿宏開，既仰神靈之默佑；朱衣暗點，奚疑科第之連登？

【集評】

受業李苞謹識曰：『精煉。「神道」二句，妙解人頤。』

皋蘭孔氏家廟文錄小引

巍哉先聖，德與天齊；逖矣後昆，家隨地遠。分曲阜千秋之制，留皋蘭半箇之川。堂構依然，蒸嘗略備。此由六經之道脉，散入百代之人心。非徒弓冶相傳，雞豚私祀已也。廟貌既新，額題日富。遂刊《文錄》，垂示來兹。夫溯周流之轍迹，則此所未經；而美盛德之形容，又説從何起。今也鼓星槎之墨浪，洙泗遙通；披霧宿之文巒，龜蒙宛在。將使兩楹夢奠，重分俎豆之光；四壁藏書，再奏金絲之韻。一辭莫贊，百爾姑聽。

【集評】

王蘭江曰：『精湛。』

孝行編詩文小引

金蛾簇簇，名山騰日月之光；玉燕翩翩，吉夢帶雲霞之氣。壯邊城之鎖鑰，地重湟中；溯大姓之源淵，星連天上。恭維張氏，代出良醫。迨至文通，羣稱孝子。杏林虎守，一枝分橋梓餘暉；芝圃龍耕，三秀備蘋蘩古味。事親竭力，治病因心。瀝血而頓豁兩眸，傷瘢則幾枯一臂。此方絕少，厥疾尋瘳。至於廬墓戚容，寢苫軼事，斯又可登圖畫，堪譜笙歌。弔鶴一雙，來昔見衝天遠翥；馴狼三五，至今聞據地哀嗥。宜乎名達九重，允矣芳流百代。迓旌閭之鳳詔，不在生前；萃錫類之鴻章，聊垂身後。

【集評】

受業李苞謹識曰：『千錘百鍊，作作有芒。』

代王蘭江工部祭吳古餘侍讀文

嗚呼！大化頻遷，浮生若寄；箕尾星遙，龍蛇歲值。愴模範之云亡，忽形神之交悴。雖彭殤修短，任吹萬之不同；而山木頽萎，嗟在三之何異。惟公延陵古裔，渤海英流。高風絕俗，爽氣淩秋。季重之才名既遠，叔庠之詩體兼遒。方靈谷之翟翬，文章殊顯；《吳處士詩序》，見《半山文集》。比中林之蘭蕙，氣味仍幽。公幼而能文，弱不好弄。自列膠庠，如遊空洞。用能屢試冠軍，不止一鳴驚衆。霜蹄蹙踏，羣皆讓千里之駒；風翮翱翔，誰不羨九霄之鳳？既而桂宮掇秀，杏苑搴芳。緗書金匱，視草玉堂。輦贄求文，則貴人捧若拱璧；揮毫對客，則學士觀如堵牆。覩文峯之高峻，信學海之汪洋。

乙巳之年，例當大考。藝苑鴻逵，詞林鳧藻。試倚馬之萬言，擢雕龍之三討。明大學士李東陽及簡討王九思等，皆有文名，京師爲之謠曰：『前有三老，後有三討。』公以前茅，坐參論道。鑾坡出入，官叨不次之榮；麟閣披吟，學探無窮之寶。於是九重錫命，俾其三晉衡文。公乃採風山隰，訪道河汾。椒聊貢實，杕杜呈芬。姑射峯高，探神人之冰雪；王官谷邃，羅詩客於烟雲。凡諸拔萃，足可空羣。無何造次聞艱，倉皇歸里。苫塊淒涼，柴形瘠毀。杜季良受弔，雖可分憂；高子羔居喪，終難見齒。意釋服於三週，或奪情而再起。然而慈親尚健，色養難虛。雖懷捧檄，仍念倚閭。公情殷曾釜，義薄溫裾。因祈終養，還賦遂初。曳五彩之衣裳，聊供萊舞；奉四時之甘旨，永導潘輿。高堂值此，愉快何如！

蓋公素擅詞華，尤工帖括。揣摩至於精微，神妙爭乎毫末。以故遠方賢俊，日造門闌。口授手批，蒙開翳豁。迄今華亭文士，猶沾笠澤之膏津；甫里詩人，尚守松陵之衣鉢。細檢參苓，誰非瓜葛。祖武生叨同里，分忝懿親；曾修贄脯，遂荷陶甄。公憫予碌碌，誨爾諄諄。碔砆就琢，樗櫟逢春。幸能通籍，劣附傳薪。方慚頑鐵非金，而書生乃有今日；何意浮生如夢，而夫子竟成古人。嗚呼哀哉！寧不傷神？且夫日過白駒，雲翻蒼狗。但具形骸，即成械杻。公過費心思，頓經血嘔。鏤揚雄之腸胃，吐鳳而飛； 耗李廣之精神，化人而走。惟遺教之尚留，信恩施之不朽。祖武久披書札，忽斷琴徽。以遊邊塞，未獲奮飛。渭樹江雲，愁過車而腹痛； 秦山吳水，願執紼而心違。惟是萱花尚馥，桂子方緋。異日之報容姑待，今生之情或庶幾。嗚呼！ 荒陸氏之莊，心喪徒切； 酹橋公之墓，血淚空揮。謹陳牲醴，聊達瞻依。靈其不昧，鑒我歔欷。嗚呼哀哉！ 尚饗。

【集評】

王芍坡曰：『纏綿悱惻之音，剛健婀娜之致。』

雨墨山房跋

雨墨山房者，内兄李南若昆仲之家塾也。居遠市井，座餘烟霞。花竹相參，禽魚自得。信乎不出門庭，足攬遊觀之勝也已。南若於筆墨之外，澹然一無所好。而下帷於此，永矢勿諼。視予之懷鉛握槧而奔走於四方者，其勞逸爲何如也！ 向風揮翰，爲之慨然！

乾隆乙酉端午日，松花道人題於海城客館。

【集評】

受業郭楷謹識曰：『夷猶頓宕，神似廬陵。』

受業安維岱魯瞻謹識曰：『簡遠有味。』

松花庵續集　松厓對聯

佛寺

廣矣人天世界，舉一毛端，建寶王刹，坐三塵裏，轉大法輪，況有金沙能布地；
通乎禪教機鋒，菁菁綠竹，莫匪真如，燦燦黃花，無非般若，自然鐵樹亦生春。

妙有本非無，唯貪嗔癡，一切魔根，方屬龜毛兔角；
真空原是色，舉經律論，許多佛語，悉如水月松風。

分舍利於諸天，光同日月；
聽迦陵於雙樹，音似笙簫。

月鏡高懸，慧眼光明同皎皎；
風幡微動，禪心安穩自如如。

禪門無住始爲禪，但十方國土莊嚴，何處非祇園精舍；
度世有緣皆可度，果一念人心迴向，此間卽慧海慈航。

禪家公案了無窮，但看水流花謝；
釋子機鋒談不盡，且聽鶴唳猿啼。

西方貝葉演真經，總不出戒定慧三條法律；
南海蓮花生妙相，也只消聞思修一味圓通。

鉢可藏龍，左右雙泉通性海；
錫能近鶴，高低萬樹墜天花。

西天花雨繽紛，何須龍女捧珠，三生供養；
南海仙雲縹緲，竚看鸚哥戴雪，萬里飛來。

天魔降後願皈依，羅刹鳩槃，盡向三生度脫；
古佛念來能攝受，觀音勢至，悉歸一味圓通。

寶鼎焚香，幻出西方貝葉；
古瓶汲水，供來南海蓮花。

西巖寺菩薩

西巖卽是西天，寶座青蓮臨水岸；
南浦遥通南海，淨瓶綠柳在沙堤。

色相出真空，眼界光明，震旦雲霞圍舍利；
聲聞歸妙有，耳根清淨，乾陀鐘鼓應迦陵。

送子觀音

八難悉消除，春滿西天妙樹；
十方皆敬仰，光生南海明珠。
白蓮座下發祥光，共羨石麟摩頂；

紫竹林中添瑞彩，羣瞻玉燕投懷。

送子娘娘

玉燕投懷，五夜慈雲來畫屋；
石麟摩頂，九天瑞日照雕梁。

菩薩

寶座生春，紫竹因空翻有色；
香臺說法，白鸚能悟漸無言。

布袋

布袋取來三界小，
米漿飲後萬緣空。

諸佛通用

心止在一爐香，神耶仙耶菩薩耶，誠恪自能有感；
理不墮三里霧，富者壽者多男者，積修何患無成。

韋陀

浩劫茫茫，法輪轉處佛心熱；
神威凜凜，寶杵揮時魔膽寒。

大悲閣

演西土之真經，三生盡度；
讀東坡之妙記，四大皆空。

禪僧

錫杖飛來雲作路；
金經讀處月爲燈。

三世燈光如指月；
一龕幡影任搖風。

室中貝葉空三藏；
座上蓮花現五臺。

輪神

法輪轉處尚輪迴，何日郵籤送了；
福報終時仍報應，此間賬簿登清。

護法

魔不必降，業障淨時魔障淨；
法無可護，報身空處法身空。

乾清寺輪神殿

分陽世旌功討罪之權，威宣震旦；
掌陰司福善禍淫之報，靈著乾清。

鐵鑄然燈佛

堅固法身寒鐵鑄；
光明世界古燈傳。

給孤龕　曲徑通幽

卓錫高僧遊物外；
布金長者在人間。

掣電機鋒隨口得；
拈花公案上顔知。

龍泉寺

象嶺象車來，挽象車須登象嶺；
龍泉龍樹在，訪龍樹先浴龍泉。

千手佛

一心念佛佛如來，鶴唳猿啼，都演出三生妙諦；

千手示人人不悟，龜毛兔角，直指開四大疑團。

佛寺

佛言三藐三菩提，禮此莊嚴，即可承三生度脫；
人貴一噴一醒豁，除他罣礙，何難證一味圓通。

毒龍潛性海，性海汪洋，看嗜殺樂盜貪淫一切魔王魔民魔眷屬，拔億萬年火坑，悉歸平等；
怖鴿繞香臺，香臺縹緲，喜過去未來見在十方善男善女善諸生，知五千卷文字，盡妙無言。

翠竹黃花皆佛性；　司空曙。
清池皓月照禪心。　李頎。

祖師　狄道北極觀，旁有哥舒翰石碣，殿前有古槐二株

麗日照金梁，歎石碣淩雲，秀色即分嵾嶽勝；
香風吹玉座，喜槐花滿地，濃陰猶帶榔梅春。

寶劍揮時魑魅藏，看一片神光脱水；
靈旗飄處龜蛇擁，聽九霄朔氣生風。

又

北極崇高，此地卽分嵾嶽勝；
東風淡蕩，何人堪寄榔梅春。

空中樓閣藏嵾嶽；
物外烟花現榔梅。

太上老君　猶龍化遠

覼縷五千言，道氣隨車三輔紫；
胎胚八十載，仙風指樹萬年青。

太平觀

小徑曲通蛇鱗，甲動時來畚鍤；

高峯雄似象鼻，牙張處見樓臺。

開妙徼之門，方知大道歸元始；
割清虛之府，自有神人告太平。

偷山中樵子之閒，弈旁柯爛；
存天際真人之想，筵上霞生。

九華觀

一氣化三清，寧俯就數椽矮屋；
九華通四海，請先看半畝方塘。

仙客揮毫，如對南華秋水；
遊人卻扇，自來北戶涼風。

藥銚丹爐，任野鶴千年化去；

天光雲影，看神魚一夜飛來。

天師

治鬼恃靈符，原非圯水橋邊先人書本；
降妖憑寶劍，真乃鉛山縣内後代家珍。

藥王

刀圭補覆載之偏，豈止道通仙道；
本草全飛潛之命，居然心是佛心。
調和草木之滋，道通仙道；
消除陰陽之患，心是佛心。

張仙　福庇嬰孩

玉壘著神靈，況有老泉曾祀像；
金丸祛恐怖，何妨季迪更題詩。

鍾離祖師

一朝棄甲成仙，自可掀髯超宇宙；
萬劫銜杯樂聖，何妨鼓腹醉乾坤。
一朝棄甲成仙，不用偏裨傳兩晉；
萬劫銜杯樂聖，聊將散漢著三唐。

純陽祖師

袖裏躍青蛇，萬里風雷隨一劍；

堦前下黄鶴，五泉雲水擬三湘。
樓中綠蟻千杯滿；
袖裏青蛇一劍寒。

劉伶

枕麯藉糟，何暇閉關仍頌酒；
幕天席地，休煩負鍤更隨車。

酒仙殿

花時酒，月時酒，風雲時亦酒，酒有低昂，還要酒中壓酒；
釀者仙，醉者仙，獻酬者皆仙，仙無差等，何須仙外尋仙。
混沌結糟丘，應許仙人方得道；
風流傳麯部，何妨醉客更題詩。

天地築糟丘，應許仙人方造酒；
古今傳麯部，何妨詩客更稱觴。

大地築糟丘，應許仙人得道；
名銜傳麯部，何妨酒客題詩。

杜康廟

飲以養陽，釀百味之菁華，神人胥醉；
酒能得道，餔六清之糟粕，世宙皆春。

玉皇樓　風簫泠澈

白玉成樓，老去難爲昌谷記；
紅雲捧硯，夢中聊作少霞書。

五祖七真張三丰

莊列道心來一炁；
宋元仙蹟著三丰。

財神

君子攸寧，自有彼蒼能造命；
善人是富，莫將阿堵擬通神。

點水無私，方合生財大道；
瓣香有感，不勞致富奇書。

韞玉涵珠，善賈固皆蒙樂利；
心耕筆織，寒儒亦可薦馨香。

三霄聖母

錦室春開，嶽麓香烟飄鴨篆；
珠簾暮捲，洮濱花霧繞魚軒。

常山大王神祠　精忠蓋國人謂卽趙子龍也，予因而實之

義膽大於身，陷陣摧鋒，在昔號常山虎將；
忠魂符所字，興雲降雨，至今冠洮水龍神。

寶鼎雲騰，疑作常山蛇勢動；
古橋浪吼，如聞漢水馬聲嘶。

關聖帝君　義高千古

蜀及吳魏偕亡，那得英雄興霸業；

神與乾坤並久，尚留忠義感人心。

春色滿桃園，三國英雄安在；
秋風吹菊圃，萬年俎豆常新。

漢臣忠義，感曹瞞患難周旋，何況張文遠千秋知己；
蜀志剛矜，笑陳壽神明驅使，且看羅貫中一部傳奇。

惠陵烟雨，涿郡風雷，在昔塤篪興一旅；
魏國山河，吳宮花草，於今鑾觸笑三分。

蜀乎魏乎吳乎，名留三國；
聖也神也佛也，道在一人。

常將腐鼠視孫曹，人謂目空一世；
若使臥龍非管樂，自當功蓋三分。

曲徑綠，猗猗竹葉曾傳曹館信；
繚園紅，灼灼桃花猶帶漢時春。

幔帳神壇

帷帳接神明，殿閣莊嚴隨處處；
雞豚伸報享，粢盛豐潔自年年。

陸地湧珠宮，八部風雷行宇宙；
雲衢鳴玉佩，九天雨露滿乾坤。

西鄉神廟

三叉水繞焚香處；
五粒松鳴奠酒時。

火祖廟元宵燈坊皋蘭西關

化茹毛飲血之腥羶，人間食熟；
開捫燭扣槃之障翳，天下光融。

鑽燧木先春，食德飲和，且自披星朝赤帝；
觀燈天不夜，衢歌巷舞，何妨捧日待黃人。

炎官熱屬鎮南方，赫赫祝融，先作金城保障；
火樹銀花照西郭，迢迢元夜，羣瞻玉塞輝光。

織神

改草衣卉服之觀，人間溫暖；
極錯彩鏤金之妙，天下文明。

杼柚功高，衣褐見《豳風》之詠；
筐筐道遠，織皮存《禹貢》之書。

狄道八位官神

靈怳杳冥，任南北西東風吹馬路；
嘉禾豐茂，看春秋冬夏花滿龍堂。

佩玉垂裳，都是《九歌》中離奇變相；
興雲布雨，居然《八蜡》外正直明神。

財神

君子攸寧，積玉堆金皆輻輳；
善人是富，春蘭秋菊自馨香。

莊王

演百戰之戲場，如承恨矢；
祐千班之箱主，勿上愁臺。

太白行宫

廟貌巍然，宛見金天執鉞；
祝釐紛若，如聞雪木讀書。

三霄聖母

帝德與天齊，尚賴坤元含萬物；
母儀幾月望，先憑震器驗三從。

風神

薰滿虞歌，解愠真侔君子德；
涼生楚賦，披襟誰數大王雄。
乍拂青蘋，卻笑泠泠隨列子；
輕吹白浪，不教滾滾怒陽侯。

張掖

簸揚沙磧雪皆消，刁刁可喜；
披拂天山花自舞，醋醋休嗔。

三官

道大若環無端，水在天兮天在地；

福來似鼎有足，一而再也再而三。
官列爲三，天地水相通，自然妙合；
道原於一，精氣神不散，即是虔求。

社公

雨順風調，花柳千村增氣象；
春祈秋報，雞豚兩社薦馨香。

馬銜山金龍大王廟

掣電追風雙石馬；
興雲降雨四金龍。

佛寺三官

但使貪嗔癡，勿留一點；
自然天地水，各與三多。

渭源鄉村三神廟

三聖憑依，雨澤遙生分水嶺；
百靈趨走，霞光先起牧雲坪。渭源有分水嶺、牧雲坪。

東嶽聖母　翊贊東皇

厚德協坤輿，縹緲金支光碧落；
慈仁依震器，琅鐺玉佩響青巒。

省城狄道城隍

臨川地界金城，喜此處香烟宛來桑梓；
幽主靈昭玉塞，願吾鄉寓客共薦蘋蘩。

蘭州城隍紀忠烈侯行宫

廟貌壯邊城，風馬雲旗，瞻仰尚依秦塞月；
忠魂飄左纛，春蘭秋菊，馨香猶繞漢時灰。

狄道城隍行宫

青雲開處見衣裳，喜曠野平蕪，忽成地府；
碧火巢中聞笑語，願羈魂旅魄，齊上春臺。

大殿前簷

民人社稷所關，風馬雲旗，信是無微不到；
正直聰明而壹，玉山珠水，自然有感卽通。

行宮頭門　靈貺肅然

社薦雞豚留永日；
旗翻熊虎待靈風。

雷祖

出地奮神威，不震不驚，隱隱阿香聞百里；
破山搜物怪，無冰無雹，離離彼黍慶千倉。

動險試經綸，何必人間愁失箸；

合章成噬嗑，豈真天上笑投壺。

痘神

神痘勻圓，喜個個金丹換骨；
天花消散，願家家玉樹成林。

保安營神廟　忠留古戍相傳爲宋時守邊殉難之將，敕封爲土神

邊城鼓角動秋風，宛唱死綏歌曲；
遺廟丹青明曉日，猶瞻按劍威靈。

此神捉生人魂魄，索余爲題匾聯，有康左司者，遂使人持幣來求。時乾隆癸丑三月事也，亦異矣哉！康名登甲，狄道武舉也。

張顯王　後漢元勳　涿郡名神

風雲衛主近蕭曹，嘆涿郡潛龍，功成一旅；
縞紵禮賢輕絳灌，羨耒陽雛鳳，名著三分。

雄猛讓一人，武善提戈文握管；
精英傳萬世，唐曾顯姓宋留名。

靈官　海藤靈蹟

浩氣横秋，天上威靈真不爽；
神光燭夜，人間鑒察更無私。

狄道城隍

大人十二俯長城，風馬雲旗，歎神靈之如故；

淳里廿三環古廟，玉山珠水，知報賽之無窮。

二郎

灌口威靈遠；
梅山意氣多。

文昌

朗朗輝光，占七曲星躔度數；
諄諄告語，盡一篇陰騭文章。

起拔地之神宫，聳翠流丹，七曲星躔臨九曲；
吐淩雲之士氣，聯珠綴玉，三秋桂籍煥千秋。

東壁輝煌，星彩照圖書之府；
南山薈蔚，天香飄蘭蕙之叢。

閣建北門

飛閣淩雲，可以壯北門鑰鎖；
文光射斗，居然分東壁圖書。

七曲星躔真氣象；
一篇陰騭大文章。

白塔山文昌宫

黄河九曲潤金城，歎墨浪瀠洄，潛通帝座；
白塔千層明玉塞，羡文峯突兀，上接星躔。

十字街魁文閣

聚日中貿易之民，肩摩轂擊；

開天上圖書之府，玉綴珠聯。

魁星

筆足代耕，不厭兼金歸掌握；
文能行遠，何妨隻履上雲霄。

黄金握處牢安腳；
綵筆揮時暗點頭。

行遠是文章，伸腳卽登天上路；
通神非貨賄，點頭何用暗中金。

錢可通神，未必見金頭卽點；
文能行遠，何妨提筆腳先伸。

白鏹熟觀同脫屣；

朱衣暗點在援毫。

東山魁星閣

奎閣近離明，海日照淩雲之筆；
星躔當巽位，天風吹擲地之金。

遠迎竹箭水三叉，文瀾蕩漾；
高並蓮花山五瓣，筆勢崢嶸。

關聖二郎

錦水斷蛟螭，威著神明賢父子；
桃園祭牛馬，義留手足舊君臣。

大纛鎮荊州，夜月微茫嘶赤兔；
靈旗飄灌口，秋風凜烈下黄鷹。

老君觀音關聖

禪宗道祖聖英雄，一誠有感；
赤兔青牛白鸚鵡，三教同歸。

菩薩關帝張仙

白蓮座下寶刀鳴，神皆解脱；
紫竹林中金彈起，仙亦慈悲。

孔子老君文昌

闕里風高，接函關之紫氣；
杏壇花發，覆桂籍之青雲。

關帝張仙三官祖師菩薩壽星

二教儒爲尊，慧劍慈航，總是春秋一部；
百祥天所賜，保嬰注算，依然福祿三星。

皐蘭半箇川孔廟

泠泠四壁竹絲音，不止德觀七世；
切切一庭詩禮訓，居然美備百官。

遷地能良，不用抱東方禮器；
處仁爲智，何妨成西土儒家。

數仞墻高，幸邊方堂構僅存，差免頹山之歎；
兩楹奠遠，羨後裔蘋蘩迭薦，猶餘飲水之風。

志在魯論，何處非其鄉黨；
書終秦誓，以能保我子孫。

居不求安，幸有數椽陳俎豆；
祭能如在，何妨二簋奉蒸嘗。

弓治西遷，補聖祖轍環不到；
松楸東望，類門人治任將歸。

坐奠兩楹，留夢裏頹山萎木；
身通六藝，法庭前立禮言詩。

文縣文王廟《志》稱此即羑里

歷月星不見之宵，明夷如故；
囚江漢未通之境，敬止彌昭。

蒙難觀爻，石徑蒺藜皆卦象；
拘幽作操，雲田柞棫亦琴材。

顏氏祠堂拜庭

馨香分郭外之田，夕膳晨羞，詎敢作拾塵野祭；『拾塵惑孔顏』，陸機句也。
展拜守家中之訓，左昭右穆，何須繙爭坐名書。《顏氏家訓》，之推所著。顏魯公有《爭坐位帖》。

陳氏祠堂椒山弟子

遵太丘弓冶之傳，三年無改；
玩敬仲卦爻之語，五世其昌。

紹廉訪之箕裘，德觀七世；
仰容城以山斗，教衍千秋。

文氏祠堂

堂構依然，潞國功勳千古重；

箕裘宛在，衡山書畫四方傳。

樊氏祠堂

薄稼圃而不爲，宜善會先師之意；

敬鬼神而仍遠，當恪遵乃祖之聞。

文縣呂氏祠堂原籍溧陽，祠前有白龍江，曾祖武昌知府

投金瀨畔祖功深，允宜黄鶴樓前春遊五馬；

種玉田邊家訓遠，何怪白龍江上代集三鱣。藍田呂氏有家訓，今文縣呂氏書香十二世，作廣文者有父子二人焉。

陽翟春秋傳月令；

新安堂構在雲田。

魏文貞公祠

述懷一詠古今傳，力掃陳隋舊習；
報國十思宗社仰，功高房杜元勳。

蕭氏祠堂

木本水源，昭穆衍蘭陵支派；
秋霜春露，蘋蘩分嶽麓馨香。

姜氏祠堂

撫匣劍囊琴，源源手澤；
薦春蘭秋菊，世世心香。

遵素堂

抉三傳之藩籬，人無異説；
衍五峯之支派，家有真傳。

萬壽聖節蘭州合城牌坊

八旬值八月之秋，祥生玉宇；
萬壽膺萬方之祝，慶洽金甌。
聖壽齊天，山阜岡陵非頌禱；
皇恩似海，江淮河漢任朝宗。
金粟繽紛，丹桂花開當北極；
珠盤磊落，碧桃子熟在西方。

絳闕雲高，蔭三千之世界；
丹臺日麗，照百二之山巔。

添籌下九曲之流，遥通海屋；
擊壤賡三多之頌，宛在華封。

八月月將圓，笑唐帝梯高，虚遊月殿；
二天天比健，看軒皇臺近，更挽天弧。

萬壽無疆，玉檢金泥留世世；
一人有慶，鸞歌鳳舞度年年。

碧落雲高，天降仙籌來海屋；
清秋月朗，人懷寶鏡上春臺。

普天率土盡謳歌，耽如雷鼓；
白叟黄童皆抃舞，妙勝霓裳。

鳳紀綿長，值少皞名官之日；
龜書奥衍，出天皇錫範之時。

履厚而安，鑿井耕田忘帝力；
負暄以獻，披星戴月見臣心。

報效本尋常，且幸瞻雲就日；
對揚真咫尺，何勞航海梯山。

祁連山上曉雲生，形猶北拱；
蒲類海邊秋浪起，性本東流。

濟濟冠裳，玉塞風霜清鹵簿；
喤喤鐘鼓，金天斧鉞靜班行。

方折玉，圓折珠，光騰九曲；
文露沉，武露布，瑞浥三危。

徵爲事，角爲民，都入鈞天之奏；
知者樂，仁者壽，合成率土之懽。

乃聖乃神乃武乃文，用敷錫厥庶民，九功惟敘；集《書經》。
自西自東自南自北，俾緝熙於純嘏，萬福攸聞。集《詩經》。

太華山留封禪地；
長庚星照祝釐壇。

奏牋擬使空同鶴；
貢物惟圖太華松。

壽勒制憲　日永春臺　鈴□春長

西天贊弧矢之辰，羡寶樹香聞，花生桀戟；公生於佛誕之後一日。
東壁開圖書之府，喜靈芝瑞兆，秀發冠裳。公修文昌宮，芝生梁上。

英英芝术秀三邊，願鵲尾焚香，雲繞西天一柱；
燦燦珠璣明九曲，喜魚鱗結屋，花添東海千籌。

恩光遥度海西頭，兼照河山百二；
喜氣直通天北極，先噓桃李三千。

壽王芍坡道憲　山斗春長

江鄉書寄隴頭梅，喜栽培紫萬紅千，同賡郢雪；
海屋籌銜天際鶴，願提挈擊三搏九，齊附嵩雪。

壽王西園刺史八月十三日

聖壽如天，喜下界神仙，亦添鶴算；
臣心似水，願中秋兒女，共仰蟾光。

聖壽十千，籌羨廉史瞻雲，同添鶴算；

中秋三五，夜看仙人步月，共舞霓裳。

壽彭翁　雉羹派遠

四月稱觴，值桂魄團圓，光臨三五；
九如獻頌，願椿齡茂蔚，壽過八千。

壽王晉庵　儒林老宿　緱鶴銜籌

樂趣在分甘，喜郭外田豐，五月食新，已熟延精之麥；
閒情堪卻老，羨樽前花豔，六旬祝嘏，恰開照眼之榴。

壽允吾康太學康乃心，號太乙

松峽綺筵開，喜籌滿六旬，太乙詞章添海屋；
桂宮金粟吐，羨觴稱八月，對山樂府續霓裳。

賀九月婚嫁

合二姓之懽，正值黄花釀酒；
訂百年之好，奚勞紅葉題詩。

鸞鏡光明，桂樹枝頭懸寶月；
鹿車宛轉，菊花叢裏過香風。

桂樹丹凝，鸞鏡影中留寶月；
菊花金綻，鹿車聲裏度香風。

春婚

中天日月蒼龍節；
大地笙簫彩鳳聲。

五月婚聯

鸞鏡光明，艾葉參差暾麗日；
鹿車宛轉，榴花婀娜鬬香風。

艾葉影飄鸞鏡日；
榴花香帶鹿車風。

婚聯

瑞雪飄飖，柳絮乍添鴛綺色；
和風淡蕩，梅花遙送雀屏香。

賀武磐若優貢

學富斯優，儲虎觀非常之國寶；

物稀則貢，分蟾宫不盡之天香。

匣劍囊琴，勿遠算循年資格；

簪金藉綺，且先沾稽古光榮。

賀趙清軒林下

北闕雲高，業以龍韜傳似續；

南山霧霽，還從豹隱變文章。

賀趙揮使新襲

年少承家，莫浪説一身之膽；

官閒勵業，且沉吟半部之書。

帶礪常新，允矣荷箕裘世業；

旌旗不變，猶然循琴鶴家風。

賀呂武舉

持竿尚父晚榮身，何如年富力强鷹揚及第；
擁盾阿蒙新刮目，竚看功成名遂虎變封侯。

國門懸秦相之書，千金著令；
射圃中溫侯之戟，一舉登科。

李姓雙入武庠

指樹播仙風，子子孫孫盡向猶龍分道德；
採芹需聖澤，兄兄弟弟都從正鵠射公侯。

鵠峙鸞停，萬里雲霄齊發軔；
蘭馨桂馥，一堂花萼共聯輝。

賀胡翁令孫中式

人間只有弄孫懽，喜萬里鷹揚，大新門第；
世上無如爲祖好，願千秋鶴算，共舉壺觴。

樂趣在含飴，況文孫登科及第；
榮光留跨灶，宜仙客把酒臨風。

賀狄母李孺人舉孫　珠照魚軒

指樹播仙風，尚有刑子光柱史；
望雲生孝感，且看貽厥繼梁公。

賀陳子機鄉飲

敬仲衍嘉祥，藉綺簪金，五世光符鳳卜；

太丘餘古範，吹笙鼓瑟，一鄉典重鹿鳴。

翽翽鳳毛光閥閲；
呦呦鹿韻合笙簧。

輓姚雪門觀察

西江家向夢中歸，莫值龍蛇悲嘆；
北闕恩從身後報，姑教箕尾淹留。

戛玉敲金，詩繼武功傳赤縣；
乘龍駕鶴，神隨平仲上青城。

叔夜云亡，一賦羣慚追向秀；
伯通已逝，五噫誰解重梁鴻。時在署中，代眾幕友。

輓秦翁庶常維岳之父

玉堂金馬振家聲，喜貴子歸來，足釋終天之恨；
艾葉荷花傳令節，嘆高人化去，爭招五日之魂。

代姜輓包

一世清閒，自堪追吾族之霜髯漁父；
三山瀟灑，何須怕君家之鐵面龍圖。

輓馬讓洲

名留隴樹秦雲外；
魂繞稽山鏡水間。

輓劉戒亭集杜

念我能書數字至；
似君須向古人求。

贈曹主事

紆青拖紫代斑衣，羨水部權尊，腰下金魚還作佩；
噴玉霏珠摛錦藻，喜石倉教遠，膝前繡虎又知名。

贈趙司獄

提牢最重關防，莫浪說一身之膽；
擊柝亦生學問，且閒看半部之書。

溺裏灰然，三浴三薰終物色；

廳前苔滿，一琴一鶴也風流。

贈文汝箴文學

千載經傳推石室；
一家文苑繼衡山。

仲圭年力隨梅老；
與可風神伴竹清。

贈渭源李明府時署狄道

識韓萬戶恐難如，喜清渭魚龍膏澤添流珠之水；
借寇一年寧易得，願首陽鳥鼠謳吟達韞玉之山。

城隍行宫戲臺狄道

扮楚相之衣冠，嘆世間出像姦雄，盡是千秋傀儡；
聽秦優之諧謔，想壇外觀場客鬼，都成一笑胡盧。

河神祠戲臺狄道

八神散處八方，八極周遊，風馬雲旗來水面；
五月適當五日，五音繁會，敲金戛玉動人心。
鏤月裁雲，譜一般古今佳話；
鶯簧蜨板，奏幾回山水清音。

端午藍關戲樓

屈大夫五日魂歸，楚人憐，秦人亦痛；

韓吏部一家仙去，道者信，儒者奚疑。

武廟戲樓　高唱入雲

鈞天迭奏八音，歎劉張異姓，壎篪並作英咸遺響；
古社羣看萬舞，笑吳魏同時，甲仗都如副末開場。

公館接李制憲

綸綍贊黄扉，陋蕭曹之相業；
旌旗飄紫塞，小韓范之威名。

日麗洮陽水次，魚龍迎使節；
風清隴首山中，熊虎拜軍麾。

報國有文章，勿浪傳秦時之長人十二；
折衝在樽俎，何須假漢代之甲士三千。

膏雨潤千郊，猶是郇公禾黍；
薰風吹四野，何須謝傅蒲葵。

虎節春遊隴阪，聚觀千父老；
熊旌夜指星文，遙動五諸侯。

大校場及箭廳

鵝鸛任參差，部伍分明，自有奇兵雄塞北；
虎熊當踴躍，韜鈐貫熟，行看大將出關西。

木石代儲胥，正正奇奇，八陣陰陽歸掌握；
風雲環壁壘，虛虛實實，六韜出入在心機。

虎頭骨相說班超，想豪儁傭書，頻思投筆；
猿臂聲名推李廣，願英雄習射，早卜封侯。

旌表節婦牌坊

大義分明，嘒彼小星光日月；
高坊磊落，淒其寒草化松筠。此係側室。

操勵冰霜，人自完連城之玉；楊趙氏。
光生碑碣，天應補暮夜之金。對用賈逵墓碑生金事。

節婦牌坊　節擬懷清　榮旌雙節

勁節挺參差，墳生八桂；
清香飄左右，池湧雙蓮。

一門矢志真雙節；
千古懷清又二臺。

蟾影挂寒梭，玉宇瓊樓，照見瑶臺古雪；
龍章鐫綽楔，赤文緑字，飛來碧海明霞。

李節母段孺人

軾廬高士著儀型，喜後人班誠傳箴，尚守南陽家法；
指樹仙君留道德，宜內壼韋經曹史，特興北地門風。

又

鳳詔降人間，萬里雲霞成五色；
魚軒遊地下，九泉金石慰三生。

吴明卿先生石坊興國州

日月壽文章，片石見嘉隆作者；
芝蘭香道路，餘風留江漢名家。

楊明經舊綽楔

虎觀横經，霽月光風真氣象；
鱣堂敷教，春蘭秋菊古馨香。

董元翁墓表　孝義堪風

繁露門高，君有陰功堪正誼；董仲舒著《春秋繁露》。
香光派遠，我無典冊愧徵銘。董其昌號香光居士。

朱氏墓柱

蘭臺雲散，楚天空萬里招魂，宛在青楓江上；
詞苑春歸，秦塞遠一家摛藻，尚餘紅杏枝頭。

又

從龍偉績焕前朝，帶水礪山，寂寂一抔客土；

救蟻陰功傳後世，紆青拖紫，悠悠萬卷書香。

旌表邢母侯孺人墳上石坊

宅相家風傳鉅鹿；漢侯芑，鉅鹿人。

儒林孝義感來禽。明邢子愿，著《來禽集》。

輓石淡村父母

夢裏二親歸，腸斷蓉城花萬樹；

柩前三黨弔，淚傾梓澤酒千鍾。

水遠山長，守道經傳留後裔；

風愁月慘，延年才調感同人。

代輓蕭母張孺人門人蕭遠聞之配

繐帳風寒失熊膽，爲丸之令母；
羅幃月暗憶雞鳴，戒旦之賢妻。

輓呼延太夫人

聲可斷腸，隴水波隨澧水遠；
碑堪墮淚，麓山石作峴山看。

輓李太母代門人，卽元方之母

姜績陶鮭留仕子；
韋經曹史感門徒。

輓劉太母

仙媛九十棄人間，歎翠竹金萱，春留奕禩；
弔客三千來冢上，看素車白馬，雪映衣冠。

松花庵續集　松花庵詩話

松花庵詩話序

李苞

松厓先師舊刻《松花庵詩草》、《遊草》、《逸草》、《蘭山詩草》、《律古》、《集唐》、《雜稿》、《韻史》、《聲病譜説》、《文稿》、《詩餘》共十二册，學者久奉爲圭臬。苞年來添刻《稗珠》、《對聯》、《制藝》、《試帖》暨《文稿三編》爲《續集》，而同里馬君子千復將《詩話》梓行，何其與予有同心耶！

夫詩話之作，盛於宋人，元明以來尤夥，國朝王阮亭、袁簡齋諸公所撰，亦海内風行。先師此編，崇論特識，得未曾有，而發微闡幽，具見憐才之盛意，洵堪與漁洋、隨園等編分道揚鑣，豈非藝林寶鑒哉？雖然，先師著作等身，此特其吉光片羽耳。搜羅遺稿，取次開雕，斯又私心所惓惓難忘者，姑識此以俟。

嘉慶庚辰孟春，受業李苞元方頓首拜撰。

松花庵詩話卷一

一

古詩：『客從北方來，欲到到交趾。遠行無他貨，惟有鳳凰子。』鍾伯敬評云：『「貨」字說得奇。』而不言「鳳凰子」爲何物。予謂蝴蝶一名鳳子，羅浮之大者翅如車輪，人有籠其雛而去者，雖萬里外仍歸羅浮。今客欲到交趾，正遠行之奇貨也。故下云：『久在籠中居，羽儀紛不理。放之飛翱翔，何時到故里。』

二

『江城五月落梅花』，人多以笛譜《落梅曲》解之。有楚人陳延言江城每至五月，則黄鶴樓下之水洄漩起漚，皆作朶朶梅花之狀，其他月則不然。予按，如此則謫仙之使事，直如化工肖物，且與黄鶴樓聞笛有不粘不脱之妙，姑存以質博雅之君子。

三

趙援字子正，狄道人。由增生效力閣供，授上海縣巡檢。嘗有句云：『柳鎖鶯魂烟萬井，花翻蝶夢鼓三更。』人謂其凄豔欲絶。後以補官歿於山西泰安驛，旅櫬蕭然，率成詩讖。

四

常熟盛仲圭先生主蘭山書院日，適有西河之慟，諸門人勸酒節哀，兼爲詩以慰之。皋蘭黄西圃建中得句云：『飲泣吞千榼，含酸笑一聲。』衆皆閣筆。

五

寧夏一幕客，有『九秋蓬上下，三戶杵高低』之句，人多稱之。予謂『上下』卽『高低』也，若易爲『蓬斷續』，則其語頓工。『九秋蓬斷續，三戶杵高低』，妙矣！牛真谷先生句『暗瀑去來響，疎風高下燈』，足以敵之。近狄道老生樊必遴遊蓮花山，亦有『鐘聲風上下，塔影月東西』，可以鼎足三雄。予常贈之詩云：『孤松居士老能詩，被褐高吟亦大奇。塔影鍾聲千古句，蓮花山下月明知。』孤松居士，樊生號也。

六

應城程拳時大中博學多才，尤工騷賦，句如『天光澄鷺羽，月色冷魚魂』，真名句也。然數奇不第，予嘗夢與程同廷試，覺而賦詩云：『應城才子老荊門，三戶文章賴爾存。奪得錦袍真不忝，只愁月色冷魚魂。』

七

王漁洋秋柳詩箋注，多不得其旨。襄陵楊山夫維棟嘗語予曰：『爲福王妃嬪作也。』

八

『紫閣峯陰入渼陂』，予游鄠縣，始知其義。蓋紫閣去渼陂六十里，峯陰雖高，安能入渼陂耶？杜蓋用倒點句法，謂昆吾、御宿之逶迤，自紫閣峯陰入於渼陂耳。作倒影看者，誤。

九

張曲江詩：『今我遊冥冥，弋者何所慕。』偶然趁韻耳，非不知『慕』字爲『篡』字也。沈歸愚宗伯引《法言》而駁曰：『誤「篡」爲「慕」，應自曲江始。』予謂《文選·范蔚宗逸民傳論》已作『慕』矣，豈始於曲江耶？

一〇

杜牧詩：『矯矯雲長勇，恂恂郤縠風』，然則或讀『長』字爲上聲者，誤矣。

一一

予丁卯出闈，與同人僦車涇陽，時陰雨連旬，夜不能寐，有扶乩請仙者，予令對『楓落吳江冷』，卽箕書『燕飛楚水秋』，旋足成一絕云：『行人多少事，寄與舊園樓。』

一二

『花逐下山風』，子堅句也；『雲逐度溪風』，少陵句也。二語各有其妙，而子堅爲優矣。

一三

嘗與李青峯南暉論詩，予謂今人作古詩，不患不古，而患不今，極今而自古矣。青峯喜拊予背曰：『此論得未曾有。』

一四

古詩：『誰能爲此器，公輸與魯班。』又《豔歌行》：『誰能刻鏤此，公輸與魯班。』意者輸、班兩人歟？

一五

有佞杜而嗤李者，予不暇與辨，但口占四語以答之，曰：『筆落驚風雨，詩成泣鬼神。斯言君不信，請問草堂人。』

一六

沈寓舟先生青崖深於經術，詩尤清婉。寓臯蘭日，予具束脩問業，有《詠楊花》詩云：『春去已旬餘，誰來報索居。多情惟柳絮，宛轉入吾廬。颺雪疑催鬢，因風欲坐裾。與君共漂泊，惆悵意何如。』又《詠向日葵》云：『滿院秋風斂嫩黄，扣槃捫燭望恩光。踆烏萬里誰知汝，猶自殷勤倚夕陽。』沈歸愚宗伯謂其工於用意，猶江潭之屈子也。

一七

曲阜顔懋僑以詩鳴齊魯間，嘗與關中屈悔翁論詩，屈爲奪氣。其初生時，父肇維夢徂徠山僧慧朗入室然。顔詩云：『未知後日誰成佛，盡説前身我是僧。』則聽者解頤。洵哉，復聖兒孫矣！顔嘗寄予《蕉園詩集》，未及閲，爲友人奪去，至今恨之。

一八

吾師牛真谷先生運震由秦安調允吾，後罷官，復由秦安旋里，士民泣送者相屬於道，因口占别之云：『使君五載别秦安，牛酒爭迎父老歡。歸路應攜鸜鵒去，畫堂猶作部民看。』又《題畫》云：『破墨似雲林，秋意森滿幅。石氣翻空青，古樹寒如束。草岸静無人，蕭蕭三兩竹。』古澹峭潔，韋柳風味也。

一九

仙人關，吴玠與吴璘敗金人之處也，題詠頗多。予獨喜秦安胡靜庵釴詩，云：『石勢倚雲屯，將軍鎖蜀門。弟兄同角犄，夷夏劃乾坤。雨洗雙崖血，風招百戰魂。更來千仞上，立馬望中原。』靜庵高才博學，與郃陽楊子安鸞，人稱『東楊西胡』云。

二〇

崔惠童詩『一月人生笑幾回』，蓋用《莊子·盜跖篇》語，俗本改爲『生人』，或改爲『主人』，不惟聲調難諧，而義理亦不通矣。

二一

張伯雨《種松》詩：『旁人莫笑千年計，萬一他時化鶴來。』詩誠佳矣，正以出自伯雨爲尤佳耳。

二二

東垣梁野石先生彬守蘭州日，於友人江幼則爲式處見予《弔任將軍歌》，擊節歎賞，遂蒙李邕、王翰之知。予最愛其《題桃花扇絶句》云：『青溪舊院盡垂楊，公子攀條引興長。一自昆明遭劫火，止餘弱柳似蕭娘。』

二三

蔚州閻葆和太守介年老而好詩，與予唱和頗多，句如『春花花如春，秋花花如秋』，亦稱獨造也。

二四

作詩以不見好處爲佳，此正庸人藏拙語。

二五

《迂齋詩話》：『世傳杜甫詩，天才也；李白詩，仙才也；李賀詩，鬼才也。』

二六

園亭花木之趣，詩人各有領會。『結廬在人境，而無車馬喧』，不可無此閒情。『羣木既羅戶，眾山亦當窗』，不可無此奢想。『經營上元始，斷手賓應年』，不可無此苦心。『來者復爲誰，空悲昔人有』，不可無此達觀。

二七

『北地近魏武，信陽似陳思』，此尤展成語，然實李、何之定評。

二八

李天生云：『各體俱工而不工五古，非詩人也。能工五古而各體不工，亦不害爲詩人。』此不刊之論也。予觀天生《漢詩評注》，眼高千古，猶怪其《受祺堂集》多載應酬之七律，何哉？

二九

王漁洋《論詩絕句》，初及李空同，後《精華錄》中刪去，意者因錢虞山蚍蜉撼樹，而欲助螳螂一臂之力乎？然其論徐迪功則曰：『文章烟月語原卑，一見空同迴自奇。』溯江河之源者，果能廢萬古之流耶？

三〇

《蒹葭》三章，乃十五國風中第一篇縹緲之作，此秦人之詩祖也。

三一

階州文縣杏花正月卽開，有王左司者，以解馬過臨洮，示予《元旦觀杏花》之作，予依韻和之云：『屠蘇飲罷意何長，散步青郊氣已揚。幾處人依雲下醉，文縣有雲下田。一林花向日邊芳。陰平近蜀多春色，隴坂連天半雪光。粉蝶遙隨珠勒馬，祇應戀爾筆生香。』詩雖浮淺，存之以供考據。

三二

御製《落葉詩》六首，臣工和者甚衆，强押『劉』字者多不穩，惟廬鳳道畢咸齋先生誼押『劉』字韻云：『楚客思方悲屈宋，宸章目欲短曹劉。』最爲大雅。又『極目寒烟澹欲無』，押『無』字亦妙。

三三

與俗人作詩，大是苦事；與俗人作詩而索其解，所謂苦中苦也。

三四

河州鎮邊樓極高，解大紳謫居日，嘗題詩云：『隴樹秦雲萬里秋，思親獨上鎮邊樓。幾年不見南來雁，真箇河州天盡頭。』後人和者甚衆，謂之秋樓頭韻。

三五

律詩先得首句，以下自如破竹，卽或苦思細改，亦有頭腦可尋。如先得中聯，而再填六句以足其數，便是死煞腔板矣，絕句亦然。

三六

《臨洮府志》載《仙詩》二首：『價重篇篇玉，聲傳字字金。江山爲我助，無日不高吟。』、『一夕玉皇詔，爲君功行成。分明五雲裏，拔宅上三清。』乃築城得之土中者。

三七

吾鄉張康侯先生晉，天才秀發，一時無兩。予僅録其《詠花》數小詩以當吉光片羽，云：『細葉翻雲緑，繁花綴粟黄。秋來徒結恨，香是可憐香。』（《丁香》）『冰骨香肌好，盈盈一水春。疎簾風月在，不解笑何人。』（《含笑》）『草木牽情甚，春來夜夜思。美人如不信，看取樹頭枝。』（《合歡》）『一叢新木筆，江上最先開。搦管東風裏，春愁寫不來。』（《辛夷》）『月照唐昌觀，泠泠刻玉寒。香風吹斷處，雙鶴下瑶壇。』（《玉蕊》）『豔豔垂嬌萼，微微散異香。愛他顔色好，花下理殘粧。』（《刺桐》）『捲簾不厭早，燒燭豈嫌遲。最愛輕紅暈，楊妃睡起時。』（《海棠》）『小院寒初退，天然深淺紅。徐熙雖解畫，不可畫春風。』（《山茶》）

三八

何大復詩：『花開爲誰好，花落不復掃。出户見春風，低頭怨芳草。』真風人語也。而吾鄉張牧公先生謙亦有《春閨曲》云：『天半結高樓，闌干臨大道。獨上望遼西，開簾見芳草。』其藴藉殆不減信陽矣。

三九

予於大竹旁雜植蘆葦，殊覺風枝雨葉，悉有此君風味。後讀姚合詩『無竹栽蘆看』，乃知古今人之好事，何必不同！

四〇

陶淵明工詩嗜酒，而《止酒》之詩不工，信乎男子樹蘭而不芳，無其情也。

四一

李長吉本色之詩，情理俱勝，不減太白。而好事者但學其牛鬼蛇神，遂成燈謎矣。

四二

楊鐵崖詩天才横逸，而村俗者甚多，如《漫興》詩『大婦當壚冠似瓠，小姑吃酒口如櫻』；《二喬圖》詩『兄弟不減骨肉親，喜作喬家兩嬌客』，又《淵明漉酒圖》詩『家貧不食檀公肉，肯食劉家天子祿』，皆所謂俗不可醫者。至其《小臨海曲》，則足稱絶調矣。又《海鄉竹枝歌》『顔面似墨雙脚頳，當官脱褌受黄荊』，雖寫風土，實爲粗惡。

四三

臨洮張逢壬字位北，曾以詩受太守許公聖朝之知。歿後五十年，予選其《世耕堂詩草》，得二十八首，序而刻之。句如『一竿秋釣月，雙屐曉耕烟』、『芳樹留雲宿，閒階許月侵』、『竹風迴紫燕，花雨囀黄鸝』、『青錦嶂開千佛洞，碧蓮花綻五臺雲』、『忽看花雨飛金刹，頓覺松風冷石牀』、『風急疎鐘來邃谷，月明清梵過横橋』，皆有中晚風味。予尤喜其《題蓮花山》一絶云：『千巖萬壑盡蒼松，天削蓮臺又幾重。界破洮岷青一片，花龕湧出妙高峯。』

四四

杜詩：『巢多眾鳥鬬，葉密鳴蟬稠。苦遭此物聒，孰謂吾廬幽。』此正反言其廬之幽耳。李將軍復射石而不入，妙合此意。

四五

李太白詩：『蜀僧抱緑綺，西下峨眉峯。爲我一揮手，如聽萬壑松。』諷誦之久，覺有松聲飛來几案。或謂萬壑松乃唐琴名，白玉軫足，宋宣和御府有之。予謂既言緑綺，不應重見琴名，當是白詩既傳而斵琴者，乃有萬壑松之號耳。

四六

閩南許天玉珌嘗僑寓洮陽，予從一老宿處鈔得遺詩八卷，因題其後三首云：『閩海詩人許鐵堂，雙松一曲妙漁洋。卻憐白首關山月，桃塢梅溪入夢長。』『蠶頭小楷擬瓊瑤，破楮烟侵已半消。讀罷臨風三嘆息，如君猶自老漁樵。』『丁卯風流化冷烟，老爲秦贅亦堪憐。當時誰作鶯花主，不與東山買墓田。』『鶯花主』三字，見宋人張仲宗詞。

四七

杜子美歷華、泰、衡三山，皆未登陟，但作望嶽詩，意其濟勝之具不及太白耳。予嘗遊太華絕頂，知其餘四嶽，亦不難登峯造極，特尚平願賒，時以爲恨。

四八

嵫陽董淑昌字景伯，著《蓮齋詩稿》一卷，如『家家植修竹，竹深便爲牆。流水既可通，烟火亦相望』，殊有古意，惜不可多得耳。

四九

俗稱『逃學』，其來已久。韋莊詩：『曾爲看花偷出郭，也因逃學暫登樓。』

五〇

錢牧齋駁李空同詩，每多瑣細可笑，如李《鄱陽》詩云：『太祖平陳日，樓船下此湖。』陳謂僞漢也。虞山駁之曰：『陳乃友諒之姓，非國號也。』此殆與兒童之見無異。夫『安劉滅項』、『大舉討曹』，古人已嘗言之，奚必定國號哉？

五一

錢宗伯《秋日雜詩》：『弦高爲鄭商，申公竊夏姬。豈如縛足雀，掣線還故枝。』心賞巫臣，不無犬子慕藺之意。未知河東夫人亦有雞皮三少之伎倆乎？讀此可爲一笑。

五二

杜詩：『君王問長卿。』『長』字，上聲也。金聖歎詩：『同時誰會薦長卿。』竟作平聲用矣。又吳梅村詩：『是非難免三長史。』皆誤以上聲之『長』爲平聲。

五三

韓昌黎謝絕剝啄，乃能束帶見李長吉，使五侯七貴之門，突來一通眉細爪之王符，恐臥而不起，反貽笑於雁門之太守矣。隴西少年行卷，妙有以威明況退之意。

五四

劉言史《贈成煉師》，詩云：『黄昏騎得下天龍，巡遍茅山數十峯。採芝卻到蓬萊上，花裏猶殘碧玉鐘。』陸放翁《遊仙詩》：『鳳舞鸞歌宴蕊宫，碧桃花下醉千鍾。紅塵謫滿重歸去，花未開殘宴未終。』二詩語意絕相似，而宋人反優於唐。白樂天詩：『帶花移牡丹。』吕溫詩：『四月帶花移芍藥。』是牡丹、芍藥皆可帶花移也。

五五

作詩不可多用虚字。

五六

太白《蜀道難》：『又聞子規啼夜月，愁空山。』以五字斷句亦可。

五七

梁人詩當以吳均爲第一，江淹、何遜皆不及也。

五八

郭代公《寶劍篇》：『正逢天下無風塵，幸得周防君子身』、『正意已足若删去，非直結交遊俠子』二句，似更遒健，不知明眼以爲何如？

五九

王龍標《青樓曲》：『白馬金鞍從武皇，旌旗十萬宿長楊。』此輩即羽林郎射鳥兒之類，正青樓之奇貨也。故下云：『樓頭小婦鳴箏坐，遙見飛塵入建章。』乃沈歸愚評云：『有敵愾執殳之意，爲女子占身分。』不知何指。

六〇

唐人試帖，有以『李都尉重陽日得蘇屬國書』命題者。按少卿《答蘇武書》，前賢亦或疑其僞作，但以此爲詩題，則鏡花水月，於理何礙？乃毛西河遂以此而嗤唐人之不學，可謂固矣。俗稱張玉皇亦自有出，徐孝穆詩：『張星舊在天河上，從來張姓本連天。』

六一

《藝苑雌黄》：『匈奴妻名閼氏，讀若「焉支」，言可愛如胭脂也。』錢昭度作《王昭君》詩云：『閼氏纔聞易妾名，歸期長似俟河清。』則誤讀『氏』爲『姓氏』之『氏』矣。予按孫豹人《詠史社》云：『秦幸亡，亡二世；漢幸存，存閼氏。』又孟津王鑨《大愚平城歌》云：『婁氏弗納，閼氏能出。』作去聲讀，皆误。

六二

番禺屈翁山、蒲坂吴天章二君，皆有仙才之目。屈才氣超逸，而功力不逮，故五律之外稍遜蓮洋。近山右劉光祿組曾刊吴全集，而瑕瑜兼收，閱者不無才多之恨。

六三

六朝《子夜》、《讀曲》等歌，唐人已不屑效顰，近代作者開口儂歡，令人欲嘔，豈非風雅之一厄乎？予少好此伎倆，今視之汗顙矣。

六四

秦安縣有石刻絕句四首，相傳是仙人手蹟。有友人搨一紙遺予，詩云：『挂鏡臺西挂玉龍，半山飛雪舞天風。寒雲直上三千尺，人道高歡避暑宮。』乃金王庭筠《遊黃華山》詩也。

六五

『魚沒浪痕圓』，僧晤清句也；『月入角聲圓』，明劉崇文句也；『雷聲入水圓』，譚元春句也；『風定鼓聲圓』，近屈復句也，皆善押『圓』字者。

六六

明劉崇文，楚澧人，自號洞衡子，嘗用唐人舊題而次其韻，作《擬唐詩》一千七百首，鵝池生宋登春刪存兩卷，序而刻之。句如『鳥翻殘樹影，蛩續暝簷聲』、『萬松時灑翠，一澗自流雲』、『鶴隨橋外屐，魚聽澗邊琴』、『鳥迴雲壑暝，浪捲海門虛』，七言如『劉安雞犬有仙骨，嬴女笙簫無俗音』、『人穿柳岸衣皆綠，鳥入花村語亦香』、『幾樹杏花雙劍雨，一聲杜宇九嶷烟』、『雁團林影沉沙浦，鷺擁山光過戍樓』、『避人黃鳥尋還見，對酒青山問不知』，皆饒中晚風味，異乎唐臨晉帖者也。

六七

孟襄陽宦情甚熱，詩中往往見之。摩詰則漏盡矣，然《鬱輪袍》夤緣於少日，《普施寺》拘迫於中年，司空見慣渾閒事矣，況加以學道之力耶？

六八

李太白詩：『陶令去彭澤，茫然元古心。大音自成曲，但奏無絃琴。』黃山谷詩：『南渡誠草草，長沙想艱難。松風自度曲，我琴不須彈。』二公妙處，正難軒輊。

六九

魏仲餘學文，予弟子也，年少登賢書，而不幸早卒。予哭以詩曰：『看花不及杏園春，梓里風光繫此身。地下修文天上記，古今多用少年人。』仲餘祖耆賓亞公、父處士東皋，皆恂恂長者，今其後且昌熾矣。

七十

馬繩武紹融，狄道布衣也，性酷好詩句，如『鳥雀寒棲樹，牛羊晚過橋』、『松風寒到榻，蘿月澹窺樽』、『江上楓疎人欲散，籬邊菊冷雁將歸』、『嵇琴待月橫牀冷，江管飛花落硯香』、『滿甕濁醪留客醉，環階老樹閲人忙』，皆有風致。又題《秋水閣》、《曉風樓》二絶句，亦頗清新，其詞曰：『高閣名秋水，遥情寄海涯。請君來座上，把酒誦《南華》。』（《秋水閣》）『楊柳葉颼颼，西風萬里秋。晨光兼浪影，縹緲上高樓。』（《曉風樓》）繩武卒後，子士傑、士俊求定其遺稿，予題二絶云：『市井勞勞六十秋，銜杯雅趣亦風流。百錢裁足惟吟咏，樂志真同古少游。』、『抔土茫茫夜月寒，伯牙古調爲誰彈？惟餘一卷偷閒草，留與兒孫世世看。』

七一

杜、韓七古魄力最大，然稍不善學之，卽入粗硬一派，惟李太白歌行及張、王樂府，讀之最能生人才思。

松花庵詩話卷二

一

李太白詩：『池花春映日，窗竹夜鳴秋。』『春』、『秋』字互見，正是此老疎於律處。又：『上云青天月，此云春映日。』『日』、『月』字亦嫌有礙，老杜則無此矣。

二

朱文公詩力高於理學諸公，故言之輒能鑿鑿。

三

大抵今人作詩，鋪敘處須據目前之所有，斷制處要爭紙上之所無。

四

荊公論詩，首少陵，次永叔，次退之、太白，亦執拗之見，不足爲準。若永叔不喜少陵，則性情所使，實有不可勉强者。

五

何大復《明月篇序》，謂『少陵七古遠於風人』，自是千古特識。

六

李太白、孟浩然五律，徐迪功專學之，故能純以氣格勝人。

七

晚唐譚用之《寄岐山林明府》詩云：『鸚鵡語中分百里，鳳凰聲裏過三年。』真新句也。

八

河州朱孝廉孔陽最喜杜子美文，以爲奇崛古拙，不作東漢以後語，人或謂其不工文，殆因詩掩之耳。

九

韓退之深於《頌》，柳子厚深於《騷》，細觀其詩自見。

一〇

《唐人試帖》載鄭谷《春草碧色》詩，謂遠在殷文珪之上，如『想得尋花徑，應迷拾翠人』，又如『天借初晴色，雲饒落日春』，皆可謂工於體物者。『初晴』，諸本誤作『新晴』。夫『新晴』一韻，已犯雙聲，且首句不云『萇弘血染新』乎？予妄改爲『初』字，想當然耳。

一一

李空同《過狄梁公祠》詩云：『鸚鵡夢中天地轉，太行山上旆旌遲。』〔一〕『鸚鵡』句極生新，惜對句不逮。若使予爲之，當云：『綠鳥夢中天地轉，白雲山外旆旌遲。』小家修飾邊幅，甘貽笑於大方也。

【校記】

〔一〕上，底本作『北』，據《空同集》卷三十二改。

一二

孟津王鑨子陶，别號大愚，覺斯公第三弟也。作詩好爲古險奇譎之體，而實不能工，然如《泥淖歌》云：『黄龍蹩躠污泥淖，君子憐之蝦蟆笑。徒有頷下火齊珠，眼底無恩可相報。』則沉鬱頓挫，不減古人。又《桃花曲》云：『桃花春正可，豔冶三五朵。果是有熱心，開來紅似火。』亦有情致。

一三

李太白：『狂風吹我心，西挂咸陽樹。』是千古奇創之句，然《東山》之詩，早以四字盡之，曰『我心西悲』也。

一四

老杜《簡薛華醉歌》云：『近來海内爲長句，汝與山東李白好。』傾倒如此，其詩可知。然華詩竟不傳，微杜則其名且腐矣，附驥尾而行顯，不信然哉！

一五

漢宋子侯《董嬌嬈》詩：『何時盛年去，歡愛永相忘。』設爲望盛年之去，正以見歡愛之難忘也，海枯石爛之意，以決絶語出之，妙甚。

一六

坡仙詩：『此生念念浮雲改，寄語長淮今好在。』乃暗用《楞嚴經》『波斯匿王，河無變遷』之意。

一七

律詩有隔句對者，如魚玄機『灼灼桃兼李，無妨國士尋。蒼蒼松與桂，仍羡世人欽』是也。又有隔句對調而不必對字者，如韋莊『前年送我曲江西，紅杏園中醉似泥。今日逢君越谿上，杜鵑花發鷓鴣啼』是也。

一八

『清新庾開府，俊逸鮑參軍』，兼二公之所長，古今豈有敵手？洵非太白不能當之。惟太白可以當之，恐太白猶未足以盡當之也。乃吴門徐子能謂杜有微詞，以爲清新不過如庾已耳，俊逸不過如鮑已耳。是固不知太白，抑豈真知老杜及庾、鮑者哉？『俊逸』之『逸』，即『馬逸』不能止之『逸』，謂明遠之才，其俊如健鶻，其逸如健馬，非畫家『逸品』之『逸』也。『逸品』之『逸』，評陶、韋一派，乃確與鮑不似。

一九

司空表聖論《詩品》極精，其自列所得佳句，尤妙在酸鹹之外，獨《馮燕歌》庸猥粗俗，反不如後人詞曲之可觀。

二〇

明高蘇門詩，亦雅潔可觀，而譽者至推爲明詩第一。予嘗從豔稱高詩者詢何篇可爲明詩第一，亦殊不能舉其辭也。

二一

黄崑圃先生叔琳，以康熙庚午舉順天鄉試，迨乾隆庚午新孝廉敘先後同年，羣來拜謁。先生《閱王文恭癸卯公宴詩步韻五首》，都下和者數百家，予亦與數焉。詩呈先生，大加歎賞，以爲瀟灑風逸，不愧作手。今·閱前詩，殊有愧前輩之期許也。先生詩云：『蕊榜新開敞盛筵，漫勞車馬問衰年。雀羅門巷羣相訝，鶴髮重聯桂籍仙。』『微名忝竊際時昌，弱植新莖接御香。老愧無聞同敝帚，何堪羣奉魯靈光。』『鹿鳴先後沐薪槱，髦譽聯翩結勝儔。老驥悲秋空伏櫪，天衢騁足讓驊騮。』『居處城南近日邊，科名發軔自庚年。小堂簪盍今猶昔，彷彿塵根與宿緣。』『聖政三朝親覩記，文章流別喜從新。衰翁縷述昇平事，舉似春明得意人。』予和云：『花外笙歌花下筵，攀花走馬憶當年。玉宮桂樹秋如昨，又見青洲集眾仙。』『烏府先生壽且昌，朝衣重染桂枝香。筆端紫氣高千尺，併作蓬萊日月光。』『翩翩玉筍沐薪槱，藉綺簪金更絕儔。老子興來殊不淺，肯教門外散驊騮。』『紅杏飄香近日邊，片時週甲換流年。龍華老友皆寥落，更與兒童結勝緣。』『束髮聞公望海塵，今來詩力老尤新。香山處處香風暖，可有梅花寄隴人。』

二二

豐城熊勵亭懋獎，能琴工畫，嘗以武都尉攝判洮陽，與予有詩酒之好。予嘗題其小照云：『詩翁高況寄瑤琴，短榻翛翛似竹林。莫倚松風翻舊曲，武都山水有清音。』『金桂飄香入硯池，龍湫烟景上烏絲。高人自是倪黃侶，可憶梅花老畫師。』『五絃聲在古囊閒，目送歸鴻亦等閒。悟得成連無限意，揮毫先貌海中山。』『仙吏琴書傍隴頭，公餘偃仰亦風流。豐城劍倚關山月，會見龍光射斗牛。』題竟，勵亭作《烟雨圖》二爲予潤筆。

二三

蕭山毛大可先生，詩中好用『剛』字，如『春風吹薄雪，剛度梁園時』、『出門逢小吏，剛向府中趨』、『金釵十二正相當，剛爲蛾眉十二雙』，如此之類甚多，此老博雅，未可易言，然古人作詩用『剛』字者殊少。

二四

羊名綿羊，羖攊另係一種，毛大可詩：『桑落餐綿羊。』

二五

『烏帽青鞋白鹿裘，山中甲子自春秋。呼兒點檢門前柳，莫遣飛花過石頭。』此元貢師泰《題淵明小像》詩也，或誤以爲建文臣袁敬所之作。

二六

李太白生平，如『力士脱靴』、『汾陽免死』，皆千古豔稱之事。然詩中曾無一字及之，乃知此老胷襟真如天空海闊。樓君卿徘徊五侯之門，得其一飲一食，而自以爲榮，對此奚啻霄壤哉！

二七

岳大將軍容齋西征時，有於營中夜扶乩者，仙至，則李太白也，《題降壇詩》云：『少陵老子詩無敵，攜我遠遊到鍋壁。長空萬里不見人，秋月蘆花兩寂寂。』凡沙漠無水草處，謂之鍋壁也。

二八

吴梅村先生詩：『不好詣人食客過，慣遲作答愛書來。』予近日不樂應酬，每誦二語，輒於安穩中得大自在。

二九

臺灣有異竹，咸陽殷公化行鎮守日作詩紀之，略云：『予跡半天下，未覩臺灣竹。仙露滋顔翠，遊雲摩頂禿。芒刺如爪牙，疎葉似簑服。霜雪雖不彫，哀鳴類人哭。』自注：羣竹交加，每風動，紐聲如哭。殷累官至軍門，有《清遠堂集》，潘次耕耒爲敘，至比之戚南塘云。句如『青山裏白云，點點翠微起』、『白髮添新鬢，青燈讀舊書』，皆有風致。而《巡閱行臺灣得勝篇》，尤可补臺誌之缺焉。公嫡孙王臣，與予爲拔貢同年，今任華陰學博。

三〇

王季木《漢王真龍項王虎》之作，本不成詩，而評家多豔稱之，真不可解。

三一

予於當亭蒲萬年上書篋中得《劍霜集》一卷，皆唐人七言集句，而組織自然，如天衣之無縫，乃黃岡王材任子重作也。

三二

『北伐生前烈，南枝死後忠』，明周詩以言《弔岳鄂王》句也，亦平平無奇語，而《列朝詩集小傳》至謂『此詩既出，過客遂無敢留題者』。

三三

有友人頗工山水，予請畫御製『客舍開窗數雁羣』之句，則慘淡經營，久之不就，曰：『七字已神妙秋毫，雖顧、陸復生，誰能肖之？』

三四

蒲城屈復悔翁作《書中乾蝴蝶》詩三十首，同時有慶陽康績者，亦次韻和之。康句如『近硯難餐池上露，開函猶趁紙邊風』、『金眼能窺學士帙，翠翎不上美人釵』、『冷疊霓裳羞向月，悄依雲葉悔辭花』、『殘帙藏來依粉蠹，輕綃臥處類冰蠶』，皆雕蟲之佳者。績字方陸，有拳勇，與安化曹最、李星漢齊名，號爲『慶陽三才』。

三五

杜詩『開林出遠山』五字，抵樂天《截樹詩》二十句。

三六

定州即古中山，有清風、明月二店，俗謂『清風明月夾定州』是也。吾友興安李松封五詩：『蛇龍盤上谷，風月入中山。』雖用俗事，實爲警策。李由選貢歷官湘潭令，老而好詩，所著有《耐村詩草》。

三七

河州張明經煦遊太華山，題詩頗多，予止憶得二首：『飛泉百道灑寒空，仄徑懸巖一線通。山鳥無聲人語絕，恰留半面聽松風。』（《擦耳山石》）『一生辜負此山情，今日方來結素盟。夢醒不知身在閣，天風吹落珮環聲。』（《玉女峯》）又：『留雲松不剪，愛月竹須刪。』亦張佳句也。

三八

陶彭澤始作鎮軍參軍，《經曲阿》詩云：『投策命晨裝，暫與園田疎。』謝康樂《過始寧墅》詩云：『揮手告鄉曲，三載期歸旋。』二公皆於仕進之時，寓林下之意，惜謝不能踐其言耳。

三九

己卯二月二十六夜，夢中得一聯云：『席地幕天，樂醉鄉之廣大；伐毛洗髓，悟詩道之精微。』覺而請友人王士希廣賢書之，且鋟於木。

四〇

傴師有王輔嗣冢，卽陸士龍投宿遇少年清談處也。王阮亭詩云：『鍾會齊名果是非，白楊孤冢暮烟微。如何一夕談名理，不救河橋誤陸機。』仝車同詩云：『半畝荒墳碧草春，交枝拗柏盡龍鱗。世間刺刺聽殊厭，才鬼清談最可人。』

四一

布衣與縉紳作緣，大是苦事。謝茂秦名冠七子，後卒不免擯斥，雖王、李輕絕貧賤，亦四溟之自取按劍耳。予嘗與顯者贈答，多不存稿，卽或人謂我偏，然士各有志矣。

四二

王漁洋詩：『子規聲斷處，山木雨來時。』情景俱妙。然『兩邊山木合，終日子規啼』，前賢已標此意矣，自出機杼，難哉！

四三

渭源縣馬鹿山，一名首陽，山上產白蕨，相傳卽夷、齊採薇處也。秦隴遊人，題詠頗多。吾鄉楊本忠先生，名行恕，別號嶽麓山人，明天啓時庻常。嘗題詩於其上，今僅錄數絕句，俾好古者有所考焉。『百重雲母城，萬鎰白玉郭。打疊半生勞，空山埋寂寞。』（《張內史石龕》）『東避懸旗慘，投荒西採薇。若云雷首是，不合近周畿。』（《首陽山》）『二老傷心處，歸周又避周。君臣千古義，飢餓此山丘。』（《夷齊祠》）『一洞藏千佛，千佛一佛是。迴首悟真空，一佛已多矣。』（《千佛洞》）『函谷何時過，流沙此地偏。獨憐無令尹，放卻五千言。』（《老君洞》）『曾提百萬兵，英雄竟何事。伏竄來空山，千秋留姓字。』（《石家庵》）『世上奔忙處，君同行腳僧。歸來擔方弛，仙骨已崚嶒。』（《貨郎洞》）

以下予作續貂：『峭壁俯山門，振衣趿芒履。天風吹鈴鐸，驚墜黑鷹子。』（《山門》）『西麓古香臺，靈光自耿耿。月明逢羽人，身作老楓影。』（《顯光臺》）『孤鶴唳烟海，遥投山客家。五峯雲散盡，湧出碧蓮花。』（《蓮峯》）『一徑類旋螺，萬松如叢矢。何時呼蟄龍，爲借天池水。』（《三臺》）『臨崖垂半足，蹋步入空廊。試拉堆金客，來看賣貨郎。』（《貨郎洞》）『瑤草落紛紛，茅庵寄白雲。丹光消劍氣，誰識故將軍。』（《石家庵》）『朝眠渭水雲，夕臥關山月。大地爲夢場，塵華自消歇。』（《睡佛洞》）

四四

白樂天七十致仕，猶自誇云：『達哉達哉白樂天。』乃知『少時共嗤笑，晚歲多因循』，責備常人，談何容易耶？

四五

牛真谷先生最愛高青丘『不出門幾日，我樹如此黄』之句，以爲得《十九首》之神理。

四六

戚价人曾遊狄道，《題洮水長橋》云：『蒼茫沙磧地，波湧大江潮。塵靖清流迴，溪喧渡馬驕。琅璈鳴水腹，鎖鑰帶山腰。惟此强人意，孤遊解寂寥。』《椒山書院和許侍御韻》云：『青蒲亮節痦同堂，大義河汾工笏裳。絕域皋比懸日月，幾番鱗逆勵風霜。於今馬市仍時夏，自古鴟夷共彼蒼。儼爾遺容提命在，千秋萇血碧朝陽。』

四七

《衛風》『及爾偕老，老使我怨』八字，妙不可言，較後世《長門賦》、《塘上行》，蘊藉奚啻百倍！又『乘彼垝垣，以望復關』，《注》以『復關』爲男子之字，然安知非男子所居之地乎？

四八

沈歸愚先生序沈寓舟詩，云：『詩家之患，在乎讀詩成詩，而不探其源。此猶鑄錢者憑仗廢銅，而不探銅於山，亦見泉流之立涸而已。』此誠不刊之論。

四九

虎阜歌舞之俗，世疑爲夫差所遺。沈寓舟獨以爲言子武城之雅化也。嘗作詩曰：『吳會多名勝，先尋短簿祠。山川清氣在，風月晉人知。錦繡文爲盛，絃歌俗自遺。我來弭櫓楫，緩步得神怡。』

五〇

方爾止有《姬人抱鴛圖》，『鴛』寓寃意，想卽小青之類。許天玉題詩云：『傾城遭妒事多同，縱殺紅顔策未工。留得抱鴛人不死，風流爭似畫圖中。』『香雲一片踏西陵，才子哀蟬淚莫勝。吟到梅花墳上黑，金剛諸呪石樓燈。』

五一

唐嚴休復爵里未詳，以《唐昌觀玉蕊花》二詩傳，同時元、白皆有和詩，然總不如嚴詩之佳也。休復詩云：『終日齋心禱玉宸，魂消目斷未逢真。不如滿樹瓊瑤蕊，笑對藏花洞裏人。』『羽車潛下玉龜山，塵世何由覩蕣顔。惟有無情枝上雪，好風吹綴綠雲鬟。』

五二

杜詩：『爾家最近魁三象，時論同歸尺五天。』用典精切，可謂入化。何大復詩：『去天惟尺五，隔歲一相逢。』雖曰大家近古，實爲對待不工。

五三

李子德因篤以『羣山萬壑赴荊門』爲老杜七言律第一，予謂當是明妃詠第一耳。

五四

崔魯《華清宮》詩：『門横金鎖悄無人，落日秋聲渭水濱。紅葉下山寒寂寂，濕雲如夢雨如塵。』『濕雲如夢』，生新極矣。明黄輝《巫峽道中雜歌》：『懸梯東折復西還，雙磴斜開碧玉關。不雨不雲天睡著，冷雲横出夢中山。』『夢中山』三字，尤爲奇妙。

五五

河州馬應龍，號雪峯，明正德辛未進士，歷官蜀臬。高麗上詩於朝，有『應龍文字實堪師』之句，惜其詩不傳。雪峯卒，彭幸庵爲撰墓誌，康對山銘之。

五六

《明詩綜》載劉錫名《荒庵夜泊》詩，有『木脱鴉如葉』之句，可謂生新，惜對句不逮。

五七

郭觀察恬庵朝祚工書，而勤於應酬，至老不倦，皋蘭酒樓飯館皆存真蹟，遂有『郭寫字』之謠。予嘗見其《贈謝篤生一絶》云：『涼州是我舊時遊，醉墨横斜到處留。君憶故人休悵惘，南園北寺壁間求。』則公之一生得意在書，宜不暇外慕而徙業矣。

五八

劉裕以篡弑得國，謝康樂食其禄，不如靖節遠矣。然屈翁山詩云：『司馬本爲先漢賊，寄奴真是楚玄孫。中興自可爲昭烈，薄伐曾經至太原。』此亦千古奇快之論。

五九

屈翁山《宣府弔古》詩云：『遼后宫臨鎮朔臺，明君祠傍拂雲堆。天寒鷹隼三關落，日暮牛羊四野來。幾日玉鑾榆木返，無邊毳幕上都開。遼東一臂連宣府，誰使寧王罷鎮回。』使李空同爲之，不過如此。

六〇

泗水施端教匪莪，國初任宣城訓導，好與名士倡和，常刻《宛遊贈言詩》至六集，可謂好事。然林茂之云：『秉鐸猶山縣，懸書又國門。』戚价人云：『學業窮偏勝，交遊癖未删。』方密之云：『青氊招客冷，白氎示雲深。』顧夢遊云：『座有名山時命駕，囊無餘俸日留賓。』施愚山云：『蝌蚪校殘人間字，鷫鸘典盡客銜尊。』釋能譯云：『石榴紅映半窗雲，攜手空山獨有君。』又序稱其《春江别曲集唐》至三千首，則殫心風雅，卓乎可傳，異乎遊大人以成名者也。

六一

孟浩然『微雲河漢』、王摩詰『明月松間』，俱盛唐化工之作。若『雞聲茅店月，人迹板橋霜』，詩非不工，但有衰世氣象。

六二

吴梅村《畫中九友歌》筆致崎嶔，不減少陵《飲中八仙》。

六三

諸葛武侯，本瑯琊人，而其父又爲泰山丞，故好爲《梁父吟》，斯亦土風之操也。

六四

近錢塘桑弢甫調元《嵩洛雜詩》：『二室春飛彩翠濃，幽巢未便覓雲松。騰空倚仗親兄弟，踏遍東西六十峯。』自注：『山中人呼杖爲親兄弟。』又：『鐵梁大小石縱橫，似步空廊屧有聲。世外多情一明月，直陪孤影到三更。』妙甚！

六五

邊地詩人傳者絶少，吾鄉潘義繩先生名光祖，明天啓乙丑進士，歷官山西道，祀名宦與蔡忠襄懋德同時，常纂修《廣輿涌志》，後忠襄子方炳增補，而另梓之，遂攘爲己作。予嘗於《明詩選略》見其《遊棲霞寺》詩云：『十年夢裏到名山，今日攜筇鬢未斑。作賦有僧應問字，參禪隨地可偷閒。江翻白浪帆輕過，寺入丹霞鳥倦還。坐臥此中堪避世，一瓢松下弄潺湲。』潘有《介亭詩草》。

六六

唐施肩吾慕神仙之跡，因隱豫章西山，其自序云：『二十年辛苦蘿烟松月之下，或時學龜息，飲而不食，腸胃無滓，形神益清，見天地六合之奥。』斯亦奇矣。予獨怪其風情未減，如《望夫詞》、《佳人覽鏡詞》、《少女詞》、《少婦遊春詞》、《贈女道士鄭玉華詞》，種種愛根，不能割斷，何哉？

六七

殷璠云岑參詩：『「長風吹白茅，野火燒枯桑」，可謂逸才。又「山風吹空林，颯颯如有人」，宜稱幽致也。』近王漁洋深悟此妙。

六八

戴叔倫《宫詞》頷聯云：『春風鸞鏡愁中影，明月羊車夢裏聲。』妙絶千古，後世惟青丘能之。

六九

西蜀詹包亞孝廉年已六十矣，數上公車不第，自言家有别業，名『梧竹居』，極林塘魚鳥之勝，今將歸老焉，作歌贈之曰：『帝城日出塵十丈，有客詣門頗疏宕。自言家住梧竹居，烟晨月夕景萬狀。憶昔君從公車來，故山猿鶴共惆悵。途次曾經萬里橋，白頭題柱心何壯。今年挾策戰棘闈，指日桂花開藜杖。猶作細字訊兒曹，梧耶竹耶應無恙。我亦隴西山水人，白鷗自解没浩蕩。策蹇行將過子雲，請君預設郫筒釀。』梁野石太守稱其古健，得杜神理。

松花庵詩話卷三

一

《老學庵筆記》：『國初尚《文選》，當時文人專意此書，至慶曆後，惡其陳腐，諸作者始一洗之。方其盛時，士子至爲之語云：「《文選》爛，秀才半。」』予謂此論亦自可存，但宋詩之不如唐，正係於此。今則非惡其陳腐，正苦其難讀耳，夫《文選》豈陳腐哉？

二

李獻吉《登嘯臺》詩：『陽翟看山二月回，蓬池登嘯九天開。晚立長風搖海色，東西日月照孤臺。』筆陣莽蒼，足空千古。

三

李太白《姑蘇十詠》，真假不必論，然詩亦不惡，坡眼自高，吠聲則不可。

四

宋人之詩，文與可遠在米海嶽之上，米詞亦多不傳，大抵精華半歸書畫。

五

東坡《咏雪詩》，取聲、色、氣、味、富、貴、勢、力數字，離爲八首，仍倣歐陽公體，不以鹽、玉、鶴、鷺爲比，不使皓、白、潔、素等字，予戲反其意而和之，觀者聊以共一笑也。

東坡詩曰：『石泉涷合竹無風，夜色沉沉萬境空。試向靜中閒側耳，隔窗撩亂撲春蟲。』（《聲》）『閒來披氅學王恭，姑射羣仙邂逅逢。只爲肌膚酷相似，繞庭無處覓行蹤。』（《色》）『半夜欺凌范叔袍，更兼風力助威豪。地爐火暖猶無奈，怪得山村酒價高。』（《氣》）『兒童龜手握輕明，漸碾鎗旗入鼎烹。擬欲爲之脩水記，惠山泉冷釀泉清。』（《味》）『天工呈瑞足人心，平地仙雲一尺深。此爲豐年報消息，滿田何止萬黄金。』（《富》）『海風吹浪去無邊，倏忽凝爲萬頃田。五月京塵渴人肺，不知價值幾多錢。』（《貴》）『高下斜横薄又濃，破窗疎戶苦相攻。莫言造物渾無意，好醜都來失舊容。』（《勢》）『萬石千鈞積累成，未應忽此一毫輕。寒松瘦竹本清勁，昨夜分明聞折聲。』（《力》）

予和云：『刮面寒風掠鬢絲，天花飛舞故遲遲。窗前一夜深如許，壓折琅玕總不知。』（《無聲》）『蕭森氣象畫難工，柳絮梨花迥不同。點綴江天如幻影，金烏一出見真空。』（《無色》）『纔墮人間便折磨，紛紛東郭履前多。朱門笑爾戚如許，只惹貧兒喚奈何。』（《無氣》）『羊羔美酒勝烹茶，學士風流笑黨家。但使輕明堪適口，道人應不咽梅花。』（《無味》）『擁篲衰翁苦自豪，階前堆積不知勞。紛紛奇貨難居汝，飛向洪爐抵一毛。』（《無富》）『上界星辰劍珮寒，羞教滕六溷衣冠。雲師火帝皆通譜，瑞葉何曾紀冷官。』（《無貴》）『扶桑日出水潺湲，冷色侵人一餉間。消盡狂花君不悟，明朝更請看冰山。』（《無勢》）『飄飄蕩蕩自天來，疑是狂風捲落梅。閉戶袁安高臥穩，幾曾譜得紙窗開。』（《無力》）

六

李永寧，明臨洮諸生也，母孕十二月而生，嘗遊磻溪，遇異人，授以仙術，因自號『磨月子』。後至嘉靖初，遺詩別其門人昆明趙鳴鵠等，遂採藥終南，不復返。予嘗和其詩云：『磨月先生愛磨月，磨成明月上丹臺。南山採藥多三秀，西苑燒香半五雷。明世宗崇道教，士大夫實有先啓其機者。此地青牛傳過去，狄道超然臺，相傳老子過此。何時白鶴見歸來。桑田滄海須臾事，回首人間信可哀。』

七

予少時讀史，最不平四皓安劉之事，嘗作詩云：『深谷紫芝秋，雲蹤何處遊？野雞功綺里，人彘怨留侯。』意雖激切，實與杜牧之『南軍不與爲左袒，四皓安劉是滅劉』同一公憤矣。然則定太子尤可言也，殺高皇類我之英兒，而留侯不聞諫阻，亦豈得無過哉？

八

隴西安敦庵而恭《題諸葛武侯祠》云：『魚鳥遠驚壽筆驛，鬼神常護定軍山。』可稱警策。

九

《寧夏志》載《峽口山詩》一絕頗佳：『青銅峽裏韋州路，十去從軍九不回。白骨似沙沙似雪，憑君莫上望鄉臺。』乃宋張舜民作也。

一〇

譚友夏評古詩云：『此首，唐人妙手尤費經營，況齊梁小兒乎？』夫齊梁之詩，雖若不及魏晉，然終高出唐人一格。且太白低首於宣城，少陵傾心於開府，似佳句者不棄陰鏗，擬能詩者必歸何遜，唐人妙手，尚不免俎豆齊梁，而可概目之爲『小兒』乎？昌黎云：『齊梁及陳隋，衆作等蟬噪。』此實過甚之言，而吠聲者曉曉，亦可哂已。

一一

三原李於示學李《詠秋海棠詩》，有『應是秋來思婦淚，西風吹作斷腸花』之句。憶予少年時，亦有一絕云：『晚粧猶帶睡餘春，無數秋花枉效顰。一葉西風千點淚，不知斷腸似何人。』意與李君略同，附記於此。

一二

朱竹垞《靜志居詩話》：『丘雲霄止山嘗與其友夜宿武夷山中，有怪倚門作人語曰：「同遊不樂乎？何臥之早也？」止山應之曰：「我載晨而遊，抱日而歌，汝不與吾同其樂，何爲昏夜而來也？」怪應曰：「我不能。」止山曰：「我亦不能。」怪嘆息而去。』予謂邀名士夜遊名山，此怪亦復不俗，況有二人同遊，何懼山鬼之伎倆乎？止山當月白風清而滅此高興，豈惟怪嘆息，予亦嘆息矣。

一三

狄道慈蔭寺有石筍一株，上鐫詩云：『何年古樹倒，化作琅玕玉。神工解天倪，遠致出羣谷。園亭春晝長，相娛饒卉木。娉婷立瘦姿，日暮倚修竹。空翠帶晴嵐，秀色真可掬。會有賞心人，忘言對幽獨。』末書『東麓』二字，背鐫『來風亭清玩』五字。東麓，明侍郎臨洮何文簡公賢之別號也。

一四

王摩詰《輞川集》每二十字，足當柳州一記。

一五

荷包牡丹題詠絕少，偶繙雪廬《花木百詠》，得《雪方曉報癡》詩云：『纍纍枝頭綴一行，卻非魏紫與姚黃。天工巧製紅羅錦，挂向風前散異香。』汪思迴《荊門》詩云：『春城花思沒階苔，錦繡荷包二月開。誰說牡丹形似我，賺人錯上綵繙臺。』後予遊河州，始見此花，亦得一絕云：『傾城花向馬嵬殘，無限春風解恨難。惟有香囊消不得，又含零雨挂雕欄。』

一六

律詩有一意到底者，亦一奇格。《明詩綜》載鄭昂《感懷》詩云：『王粲淒涼仍去國，杜陵老大竟飄蓬。荊州豈免依劉表，蜀道終須謁鄭公。三禮賦成追昔日，七哀詩罷起秋風。青青亦有江南草，鸚鵡洲邊恨不窮。』

一七

朱希真賦《月詞》：『插天翠柳，被何人、推上一輪明月。』賦《梅引》：『橫枝銷瘦一如無，但空裏、疎花數點。』俱佳甚。

一八

太白詩：『秋霖劚倒景。』『景』當作『井』。傅玄詩：『霖雨如倒井。』《編珠》：『「倒井」雨對「覆船」雲』。

一九

『雨滴瓊珠敲石棧，風吹玉笛響松關。』呂純陽《題武當山》句也。

二〇

王漁洋《秋柳》詩：『扶荔宮中花事盡，靈和殿裏昔人非。』『扶荔』、『靈和』屬對未工。不若許天玉和詩：『烟含駘蕩宮中影，風弄靈和殿上痕。』『駘蕩宮』見《三輔黃圖》。

二一

庚辰夏，予南游太和，館均州州署之桂香亭。閒揀破篋，得一絕句云：『容膝方床小石屏，夕陽花氣遍茅亭。不知門外山多少，但覺春來一片青。』乃襄陵徐儲餘甫詩也。餘甫甲戌歲以公車赴都，與予及錢塘孫龍光珠、應城程拳時大中、臨潼劉雲階升爲文酒之會，日夕過從。今一覩其詩，不勝離索之感云。

二二

陶淵明《飲酒詩序》真西漢人文章，妙甚！

二三

張牧公，康侯弟也，年十四，卽有詩成帙，爲三原孫豹人枝蔚所欣賞。初至兄署康侯時令丹徒，卽以能詩聞，時紳士以牧公年少，未之信也。會春日，諸名士邀飲板橋，請爲詩，牧公卽口占二絕云：『晴烟遠接瓜洲渡，細雨低迷揚子橋。薄暮孤舟下春水，鐘聲閒落大江潮。』又：『板橋東去是青溪，無數春鶯坐樹啼。欲聽江南楊柳曲，美人遥在杏花西。』衆乃服。牧公有《得樹齋詩草》，士林傳誦，後以選貢，早卒。

二四

予題張頑峯廣文小照，得《玉蝴蝶》一闋，云：『矍鑠頑峯老子，鹿原名宿，虎觀奇才。秉鐸西南天盡，直至龍堆。玩琴書、華顛任雪，鳴劍珮、壯志難灰。有心哉。畫中風景，還自徘徊。哈哈。七年報最，玉門柳色，纔送君來。抖擻寒氊代庖，隨處又空回。望桑榆、五陵漸近，誇桃李、十縣齊開。笑銜盃。且敲檀板，高唱輪臺。』君有《輪臺記》傳奇，曾歷署十任廣文。

二五

讀書以明理爲先，明理卽得道矣。○長生涅槃，俱在其中。

二六

『吳鹽勝雪』，用以食梅橙諸果，卽今之沙糖也。梁吳均詩亦云：『白酒甜鹽甘如乳。』北魏主賜崔浩『水晶鹽』，卽今冰糖。糖之名，至宋時始見於詩。

二七

鄧千江，臨洮人，詞爲金朝第一。今傳其獻張六太尉《望海潮》一首，陶九成所謂『近世之大曲』也。其詞曰：『雲雷天塹，金湯地險，名藩自古皋蘭。營屯繡錯，山形米聚，襟喉百二秦關。鏖戰血猶殷。見陣雲冷落，時有鵰盤。靜塞樓頭，曉月依舊月弓彎。看看定遠西還。有元戎閫令，上將齋壇。區脫晝空，兜鈴夕解，甘泉又報平安。吹笛虎牙間。且宴陪珠履，歌按雲鬟。招取英靈毅魄，長繞賀蘭山。』參錄《草堂詩馀》及朱竹垞《詞綜》。

二八

王漁洋《真州絕句》云：『揚州西去是真州，河水清清江水流。斜日估帆相次泊，笛聲遥起暮江樓。』『曉上江樓最上層，去帆婀娜意難勝。白沙亭下潮千尺，直送離心到秣陵。』此等詩不得不稱才子。又《茅山進香曲》云：『遙指三峯次第青，五雲深處擁雲軿。猿啼日暮神靈雨，知是茅君欲現形。』深邃高妙，何減唐賢！

二九

王摩詰《夷門歌》，不加議論，是唐人身分。

三〇

讀古人詩，要出十分力量；作自家詩，要出二十分力量。

三一

多讀詩文，則經傳必疎。此亦好學中之一病！

三二

小青詩：『百結迴腸寫淚痕，重來惟有舊朱門。夕陽一片桃花影，知是亭亭倩女魂。』雖是小説體，然何嘗不佳？

三三

明初四傑，高季迪第一，張來儀次之，楊孟載、徐幼文又次之。

三四

嚴滄浪論詩：『詩有別材，非關書也。』謂取材之博，眼前口頭，觸處皆是，不盡乞靈於故紙也。或訛爲『詩有別材，非關學也』，然則禍天下之人而爲白丁者，必此之言夫！

三五

王漁洋司廣陵日，許天玉公車過焉。王欲濟其匱乏，而適無一錢。張宜人解腕上條脱贈之，許作

《廣陵歲寒行》，略云：『淩晨公車將北指，出門茫茫向誰是。使君清名世所無，條脱雙遺寶光紫。蟲鬚鳥翼嵌烏絲，戧漆施鉛圖百子。此物自是內閨珍，廉吏傾囊至釵珥。』噫！一條脱幾何？而宜人義高，雜佩遂與俱傳，哀王孫而進食，洵不愧名士之好逑矣！天玉所著有《鐵堂詩草》，予已爲梓行。

三六

鐵堂由甘肅安定令罷官，流寓臨洮，嘗娶一老嫗，以備晨炊，王漁洋詩所謂『許生垂老作秦贅』也。

三七

鐵堂《臨洮寒食》詩云：『六時減飯護巢鴉，板屋安閒即是家。今日他鄉寒食好，幸無風雨送梨花。』含悽無限。

三八

鐵堂書法奇古，狄道舊家多有存者。觀其《顔平原厭次碑揭歌》云：『予年十五學公書，中道棄去徒欷歔。猶知酷愛《爭坐位》，行橐維揚歎子虛。』則知始學魯公，後乃隨意，自成一家耳。然鐵堂專門詩學，書蓋以餘力爲之。

三九

張牧公《寄鐵堂先生》詩云：『辭官猶自在邊州，誰識東陵是故侯。旅思幾年成白髮，閒身何日到滄洲。槃間越燕雙雙語，塞上秦山一一遊。但使高懷隨處遣，天涯淪落亦風流。』

四〇

高青丘《梅》詩：『雪滿山中高士臥。』朱竹垞謂似『松』詩，予曩亦疑之。近讀周美成《花犯》詠梅花詞，有：『更可惜、雪中高士，香篝薰素被。』乃知青丘用典之確，後賢不可妄議也。

四一

寫景之作，當以康樂爲祖，大抵儲、韋、王、孟，雖源出彭澤，而取筋骨處，究皆自謝客得之。

四二

鮑明遠樂府渾成，似在謝康樂上，山水之作則不及矣。

四三

《項斯詩注》：『嚴公通《老子》、《易》以成道。故詩云：「嚴君名不朽，道出二經中。」』

四四

太白山人，明有孫太初一元、本朝有李雪木柏二人，皆高士，然以詩而論，則雪木不如太初之到家。

四五

『風吹兩黄蝶，時繞山樓飛。』吳蓮洋佳句也。予尤愛其《答人一絕》云：『自小條南舊隱居，明星玉女對攤書。門前萬里崑崙水，千點桃花尺半魚。』

四六

趙秋谷與蓮洋最善，常恐其詩篇零落，故《懷舊詩》云：『虚疑玉溪底，匣劍藏芙蓉。終當沉鐵網，大索蛟龍宫。』四句亦佳。

四七

庚子九月初五日，公安舟中閱《荊州志》，至《第宅》一卷，有明雷實先名叔聞，官景東府同知《稚園詩》五首，歎其在《志》中甚爲難得，且結處皆有力，非深於杜者不能，非深於杜者亦不知也。次讀至《人物》、《文苑》類，观其自跋，知寸心得失，與予脗合。然起首總一機杼，使空同爲之，當不爾矣。五首中各有可易之字，予謬爲改正，未知雷老復起，以爲何如？其一云：『綠樹城南道，茅堂萬古情。江湖春漲瀾，松竹晚烟平。白髮慙高唱，「慙」，原作「驚」，「驚」入本韻，今改正。青山悵獨行。自無奇可問，日夕掩柴荊。』其二云：『野圃春烟外，衡茅翳短牆。柳含津市暖，花泛石泉香。一帙精靈聚，千秋氣色藏。昇平多歲月，從使老馮唐。「使」，原作「教」，「教」非去聲用者，今亦妄改之。』其三云：『楚雨開新霽，巫雲出遠峯。野情春浩蕩，幽興晚從容。柳外鶯啼懶，池邊鴨睡濃。物華良可愛，車馬日塵蹤。「華」，原作「情」，「情」字重，今並改「契」爲「愛」。』其四云：『沙色澹孤亭，嵐光晚更青。機心隨老盡，道氣入秋靈。鸝捲黃金羽，鵝翻白雪翎。漁翁耽暮醉，應笑大夫醒。「靈」，原作「寧」，「捲」原作「耀」，「鵝」原作「鶴」，今俱改正。』其五云：『江郭俯平沙，迢迢石徑斜。溪烟深帶柳，雲日澹籠鴉。彭澤惟收秫，青門合種瓜。杞人憂且釋，天際正紅霞。「青門」原作「東陵」，然此亦沒甚分別。』

四八

又明黃輝，字昭素，《咏寇萊公祠》云：『誰謂公不祀？祠堂尚此存。嶽蓮花眷屬，江竹筍兒孫。海瘴消歸路，溪毛引斷魂。憾無桃葉淚，重染弔湘痕。』此等詩非唐非宋，亦今日之不得不作者。○可除悶氣，便可稱詩。

四九

瀟湘八景，古今詠者多矣。予曾爲集句，且遍諸體焉。天下之人或有傳者，吳雲衣森以此卷七古爲第一，而王少林嵩高則以五古、五律爲最妙，二君皆深於詩者，予亦不能定之。

五〇

嚴滄浪云：『謝靈運之詩，無一篇不佳。』先師牛真谷極賞此語。

五一

楊鐵崖詩，俗人視之以爲奇，奇人視之以爲俗，正坐爲昌谷所縛耳。今之學昌谷者，又鐵崖之奴僕也。

五二

張敘百五典，涇陽舉人，令永明，有《荷塘詩集》。《西湖》云：『瘦筇幽屐自相隨，才説濃華便不宜。西子湖邊緣分好，初逢恰是淡粧時。』《書李空同詩集後》云：『披紛老筆正權奇，此意詞人豈盡知？徑把談詩笑蒙叟，如君學語祇嬰兒。』『未是拘虚井底鼃，從來江左擅清華。聞説南人輕北士，真心傾倒口聱牙』。《葉湘佩中翰屬鐫印章卻答二首》云：『鐵筆應教韻有餘，欲塗朱蠟重躊躇。年來兩手生荊棘，似此雕蟲技也疎。』『丹篆誰從夢見來，紛紛結撰費疑猜。知君自有通神筆，紙尾郇雲看幾回。』皆翛然拔俗。

五三

舍弟錠，字握之，業醫而嗜詩。所著《梅齋律古》、《草舍吟集唐》、《耳山堂詩草》，俱已付梓。句如：『夢回山鳥喚，詩就野花飛。』『剪竹雲生袖，彈琴月上衣。』『鐘聲雲際響，幡影月中寒。』〔一〕『步步入深竹，山山聞暗泉。』『松濤寒咽澗，山翠晚侵樓。』『漁舟待月回潭水，牧笛吹風下石巖。』『竹葉影侵黃菊酒，蘆花色映白蕉衫。』『人看秋水登層閣，鳥帶晴霞入亂山。』『綠顫沙堤楊葉雨，黃垂籬落菜花秋。』『板屋雞聲連夜雨，竹窗螢影雜秋燈。』『跡似紙鳶遊不定，夢同蕉鹿記難真。』『採藥慣隨巖上鹿，攜柑常聽樹頭鶯。』『豪吟一任詩爲祟，痛飲何妨醉似仙。』姚雪門廉訪謂其『五言出入王、孟，七言亦頡頏許渾、杜牧間』，殆非溢美。

【校記】

〔一〕鐘，底本作『錫』，據《耳山堂詩草》改。

五四

楊蓉裳刺史《宿寺口子》句云：『暮雲天末雁一繩，衰草坡頭羊數點。』新甚。

五五

門人康希正，字子中，河州諸生也。老而嗜詩，尤長於七絕。如《初夏大雪》云：『隴右高寒夏似秋，山窗風冷戀重裘。南人到此堪驚訝，六出花飛四月頭。』《南山積雪》云：『紅滿郊原綠滿川，悠悠淑氣暖生烟。當門卻羨南山好，萬仞銀屏卦碧天。』《杖頭繫酒》云：『茗罷方纔啓華門，爲尋林叟到雲根。杖頭莫笑青錢乏，自繫看山酒一樽。』又《山中聞鶯》云：『曲徑蒼苔鎖白雲，蓬蘆春去悵離羣。平生獨愛鶯聲好，卻怪山深四月聞。』用陸放翁意，大好。

五六

楊山夫七絕甚爲變化，《山塘》云：『欲倩黃筌寫水村，烏犍礪角犬迎門。無端霹靂三更雨，失卻南塘老樹根。』真坡公也。楊有《在山吟》兩卷，予曾序之。

五七

屈子《離騷》亦是自抒抑鬱，若欲開晤懷王，則與癡人説夢矣。

五八

山谷詩以名重而傳，然終無清風明月之致。

五九

門人王光晟柏崖，山西遼州籍，甘肅蘭州人。《江上》云：『幽人江上獨徘徊，雲水蒼茫晚櫂開。滿瓮香醪滿船菊，亂裝秋色過江來。』佳甚。

六〇

從姪簡默，字洵可，素工五律，句如：『春回芳樹晚，吟到小橋遲。』『一徑穿雲入，雙扉扣月開。』『犬迎攜酒客，鵲噪採花人。』『塔影烟中寺，雞聲雨外村。』『夢曾分駭鹿，飢擬學頑猱。』『野花沿路發，曲水抱村流。』『鶴影連沙静，猿聲帶月愁。』『旅愁孤驛酒，殘夢曉窗燈。』『霜冷秋村杵，山空晚寺鐘。』『旅館桃花雨，清樽竹葉春。』皆宛然王、孟格調也。所著有《竹雨軒詩草》暨《板屋吟》各一卷，楊蓉裳刺史曾爲序跋。

六一

明劉麟，字元瑞，《南坦讀書臺》詩：『盡洗侵輿竹，來聽轉壑泉。萬花齊映谷，五柳欲飛綿。弱子將迎婦，鄰翁許借錢。讀書臺下雨，種玉比藍田。』筆筆作意。

六二

長洲潘承松森千云：『杜子美夔州以後詩，黄魯直盛稱，朱子比之掃殘毫穎。』予謂朱子是。森千又云：『七言近體，夔州後尤工。』此又不可一例，予謂五律亦然。

六三

東坡云：『予文如萬斛源泉，隨地湧出。』今觀其全集，信不誣矣。

六四

明貝瓊《送王克讓員外赴陝西》詩：『白雪作花人面落，青山如鳳馬頭看。』不減高季迪『函關月落聽雞度，華嶽雲開立馬看』之聯。

六五

智遠，字悠也，狄道人，以刀筆爲生。嘗著《關中八景詩》，人稱其工。如『春雷忽動仙人掌，夜月輕梳玉女鬟』，亦警句也。

六六

明兵備道熊公師旦，詩人也。嘗題狄道龍泉寺云：『何年鉢取洞靈湫，結宇依雲向佛修。馴得鐵牛龍始擾，木天那在水波頭。』或不知『木天』之義者，訛爲『水天』，陋矣。

松花庵詩話跋

李華春

先師吳松厓先生所著詩古文，曩已梓行者，皆先生手自删訂，久經流播藝林矣。其《遺稿》並《雜著》數種，藏之篋衍。近年以來，季子小松纘承家學，恐其散佚也，仍加以編輯，次第雕鐫，如《稗珠》、《古文三編》、《對聯》、《制藝》、《試帖》是也。又有《詩話》三卷，近馬君子千讀而慕焉，謂先生論詩微旨，卽此得窺見一斑，真承學者刮膜之金篦，渡河之寶筏，遂付諸剞劂，氏意良美哉！子千敦孝友，喜吟詠，今觀此舉，亦可以知其爲人云。

嘉慶庚辰仲秋，受業李華春拜撰。

松花庵詩話跋

馬士俊

松翁先生以詩古文詞名重海内久矣，其遺集雖取次開雕，而鄴架所儲，尚戢戢如束筍。戊寅冬，嗣君小松文學以《詩話》一卷見示，俊捧讀數過，喜先嚴斷句零章，亦蒙採入，因假歸，授梓以公同好。昔王阮亭尚書論詩之語，雜見所著説部中，未有專書。後應寶崖吳公之請，乃撰《漁洋詩話》三卷，盛舉哉！今者松翁闡幽之旨，不異漁洋，而俊猥以菲才，亦獲附名簡末，謂非厚幸？刻旣竣，因綴數言，藉申景仰。時己卯三月朔三日也，後學馬士俊謹跋。

松花庵續集　松厓制義

齊之以禮有恥且格

禮與德俱，民斯化矣。夫禮所以濟德也，齊之以此，其恥且格也。又奚疑？今使盡人而不爲，非即先王可以不制禮。禮者，躬行之委，而治化之原也。道之以德，民其勸哉！雖然，尤不可以不齊也。均平者，經國之準式。而禮言恭，斯德言盛，不得薄經曲爲忠信之衰。晝一者，御世之科條，而出乎禮即入乎刑，豈可視章程爲粉飾之具？然則欲民有恥，匪禮何以哉？且夫禮之可以爲國也久矣。民未知恥，禮未行也；民徒知恥，禮不足也。羣倫莫不仰觀於上，而禮以化俗爲先；萬物莫不各即所安，而禮以養人爲本。齊之哉！德於是厚，亦於是始周也；德於是深，亦於是始顯也。民各藏其恥，有不激焉相勸者乎？乃起視當日之民，且蒸蒸然格矣。格之意，主於去非。其因恥而生者，其因禮而感焉者也。夫吉凶賓嘉，君上早納我於軌物之中。斯即强人以難，名殊甚美，況乎其德意之先流也？雎麟浹洽，而官禮流行，即或振作者不言功效，而民各有志，固將以革心革面而答至治之馨香。格之意，主乎至善。其較恥而進者，其感禮而深焉者也。夫喪祭冠婚，君相顯示人以高會之矩。斯即令反所好，事殊可風，況乎其德音之素著也？祓濯在深宮，而整齊歸象魏，即或當事者彌矢幾康，而人孰無良，行且以孚惠乎心而遵聖人之道路。是則禮以濟夫德，而羽籥管絃，威於斧鉞；格以生其恥，而潛移默化，捷於鼓鐘。齊之不可不以禮也，如是夫。

【集評】

牛真谷師曰：『意象渾洽，筆力精峭。』

衛聞一曰：『氣樸格老，先民矩度。』

薛補山曰：『取鎔經義，自鑄偉詞，千百迴讀之不厭。』

年姪南濟漢斗嵒謹識曰：『用法無痕。』

孟懿子問孝對曰無違

無違之旨遠，聖人復欲竟其説也。夫世禄之家，蓋有以不違爲違者矣。孟孫不再問，安得不於樊遲發之？春秋時，私家多一順子，卽公家少一逆臣。顧私家無順子而聖人憂，私家有順子而聖人仍懼，故垂訓不厭其詳焉。孟懿子，賢大夫也，忽而問孝。維時諸弟子皆不在旁，後轉相傳聞，乃知對懿子者，止以無違也。且夫無違之心易，無違之事難；無違之行庸，無違之道大。懿子乎，胡乃默而引去，不復有言？然則問所問而來者，果能不違所違而去耶？斯時也，懿子耳中之無違，轉而爲夫子意中之無違，然終慊焉未發也。居無何，而樊遲御焉。夫當懿子問孝時，我不知樊遲在側否耶。今也道左馳驅，忽然有感，不見懿子，如見懿子之問；既憶懿子，兼憶對懿子之言。爰告之曰：『孟孫問孝於我，我對曰：「無違。」』大抵違而孝，不可言也；不違而仍無解於不孝，更不可言也。夫子恐以孟孫之問誤三家，故誨不厭諄，遂曲借旁觀以行往教，違而不違，其孝大；不違而反不如其違，其不孝更大也。夫子恐以『無違』之對禍萬世，故言猶在耳。因復舉前説以示同人，不然，微樊遲之問，懿子豈能果不違哉？吾恐其不違乃違也。

【集評】

牛真谷師曰：『空靈簡要，一氣呵成。』

衛聞一曰：『循題布置，如風行水上，自然成文。』

薛補山曰：『言無枝葉。』

曰禮後乎曰起予者商也乾隆庚午鄉墨

會禮意者，開聖心矣。夫禮後者，聖人未發之意也。商能會此，起也何如？蓋先王緣人情以制禮，自禮行，而禮之自出遂渺而難尋。是故薄儀節爲詐僞者，過也；奉糟粕爲精華者，迂也。夫惟善學者，能有觸而頓悟其由來，斯先得我心，聖人亦起而不易，解《詩》而及繪素，後之義無窮，子之意豈復有盡哉？然而商也遠矣，悟在於禮矣。禮有禮之根柢，白采甘和，人人悉具，豈可事粉飾而漸郎於忠信之衰？禮有禮之菁英，《蒙》泉《剥》果，息息僅存，豈可務踵華而頓忘乎節文之本？禮後之歎，有以夫！且夫禮以文見，禮實以情生；禮以儀行，禮實以誠著。是殆夫子意中之所期，而商也早見及此乎？經曲之流衍也，古禮苦少，今禮苦多，此聖君賢相所當損益也。信如商也，會悟深矣。溯經曲者，由孫、子而問高、曾。子也未開禮之端，商也已竟禮之説。三代之英不遠，子固將穆然而懷大道之行。制作之微茫也，蔑禮禮存，假禮禮亡，此通人達士所爲嘆息也。信如商也，聰明至矣。論制作者，由枝葉而推原本。子也僅舉禮之似，商也已喻禮之精。一堂之語無多，子又將邈然而見先王之治。起予哉，孰謂禮之非後，而商故多一意外之思也。總之繁文競尚，而釋回增美。郁郁者有本，斯傳先進，夙從則原始要終；殷殷者無心，輒感商乎《禮》中人，安知非《詩》中人耶？

【集評】

湯稼堂座師曰：『吐屬名雋，風骨堅凝。』

李適園座師曰：『融液羣言，町畦獨闢。』

沈耕山房師曰：『短峭精確，居然名手。』

官清溪先生曰：『英雋高超，可以決勝。』

衞聞一曰：『刻峭雋永，絕似前輩名程。』

自記曰：『出場後，學使官清溪先生一見此文，決其必中，而中丞榕門陳公尤喜「古禮苦少」四語。葑菲之採，感且愧之矣。』

樂其可知也

樂有可知，可在樂也。夫可知在樂，兼在知樂者也。太師其然乎否？子若曰：『聲律之學，今且息矣。學士習聲而不依律，伶人按律而未諧聲。然則樂遂不可知耶？』自我思之，樂原於天，竽籟之由來遠矣。子大夫生當明備，豈徒考器數於宮懸？樂作於聖，擊拊之相感多矣。士君子縱少參稽，豈遂讓聰明於鳥獸？意者其大可知也。知貴由粗而探精，彼其通微合漠，而與百神六帝相遊者，我不敢知矣。顧按譜索音，豈遂無術，而顧聽其澌散矣乎？傾而聽焉，太和之氣，在人間矣。天聲殷宇宙，吾與若直以耳目留之，安在人心不通天籟？知貴由本而及末，彼其執籥秉翟，而以小伶下士從事者，又不足知矣。顧依永和聲，豈曰小道，而顧夷諸籩豆已乎？靜而求焉，邃初之奏，在今日矣。古調涉微茫，吾與若直以精神契之，何必古聖不傳今人？且樂由外感者也。外感者仍於內藏，故風水亦具宮商，而導滯宣幽，況聚五方之竹絲匏土？樂又由心生者也。心生者還以耳受，故歌泣亦饒節奏，而倫清序美，況合六代之磬管笙鏞？吾任其知樂，任其可想，子嘗肄業及之也。

【集評】

牛真谷師曰：『節短韻長，幾於無義不備。』

衛聞一曰：『精言妙意，瀹而彌旨。』

薛補山曰：『古樂皆詩也，先生妙於詩，故能深言樂理。』

南斗嵒曰：『只「可知在樂」一語，衍成千古名論，音節鏗鏘，如夢之帝所，聞鈞天廣樂，其聲動心。』

惡不仁者其爲仁矣

嚴所惡以成仁，可觀其所爲矣。夫人而不惡不仁，其爲仁可知也。是可卽所惡，以觀其所爲已。且人而能潔清自矢，必有愧恥之良。顧惡不屑爲，而善亦不敢爲。雖有探湯之美意，其中未必有也。夫理欲分兩途，而危微繫一念。觀潔清之操者，又烏得不於其姱修乎？好仁而無以尚，其爲仁者可知矣。試言夫惡不仁者。惡之情因仁而生，而不仁者，仁之敵也。多一功，不如少一過，則祓濯者，不宜存道心而遽恕人心。惡之氣由爲仁而奮，而不仁者，爲仁之蠹也。敗細行，卽能累大德，則憤激者，豈可絶罔念而並忘克念？則試觀其爲仁，論懋勉之專功，曰明曰旦，確有可憑，而從惡如崩之懼，獨介於隱微，是爲仁之功實，而惡不仁之功猶虛也。夫虛者難實，又焉知惡不仁者之果無慙德也耶？然而既已惡之矣，爲一息之仁，卽以定終身之惡，則虛者皆實。而寸心之克治，可參諸夙夜之潛修。語天良之取數，不雜不漓，道凝於一，而去疾務盡之思，迭形於日用，是爲仁之數合，而惡不仁之數尚分也。夫分者難合，又焉知惡不仁者之果非矯情也耶？然而既已惡之矣，爲全體之仁，卽以徵泛應之惡，則分者皆合。而内念之滌清，可驗於當躬之砥礪。客感客形，絶於吾之所惡，實絶於吾之所爲。惡不仁之情逆，而爲仁之情順，能順所以能逆也。天精天粹，全於吾之所爲，實全於吾之所惡。爲仁者利用益，而惡不仁者利用損，損之卽以益之也。迨觀於不仁之弗加，而惡不仁之量始全也已。

【集評】

劉柄也曰：『還他兩句題面，正以如無下文爲妙。』

衛聞一曰：『刻畫入微，西江的派。』

薛補山曰：『實理足則虚神自合，不屑屑鈎鎖法也。中後虚實分合、順逆損益等字法，更爲精確可傳。』

人之過也 一節

過與過分，過與仁合也。夫人每概視過而遠求仁，抑知過之所在，仁之所在也，匪黨曷觀焉？且士君子最不幸而過，亦最幸而著其過。過者，天下之所分爭，而一心之所獨見也。何則？人不過，則人可疑。故非有可非，刺有可刺，而賢智者時或類乎庸愚。過因人，則過宜辨。故悔均一悔，尤均一尤，而刻薄者終難同於忠厚。人之過也，各於其黨。甚矣！過固不可以概論也。且夫過之事艱，過之迹隱，過之勢迫，過之心勞。君子曰：『此其中有仁在。』仁在匹夫匹婦者，仁小而過亦小也。污辱非性情所愛，而致此有由，過者曾不自覺。夫其不知過而過，固仁之所見端也，而可泣可歌，其人實有鬼神共鑒之隱。仁在大聖大賢者，過大而仁更大也。事變非臣子所知，而出之無奈，過者終不敢辭。夫其明知過而過，固仁之所蘊結也，而共見共仰，其人自有日月不蔽之光。觀過知仁。甚矣，人之過果不可以概論也。天下無人不相竊附，而引人於過，則貪夫不爭。知人者，所貴有别類分門之見。小人於仁，有時襲取，而過中有仁，則聖人不易。論世者，安可無闡幽微顯之才？不然，天下豈有無過之人哉？

【集評】

牛真谷師曰：『簡要清通，深於史學。』

衛聞一口：『該括簡潔，少許勝人多許，而雋永處逼真章、羅。』

薛補山曰：『刻峭中具闔肆之觀，此之謂鍊。』

昔者吾友嘗從事於斯矣

追良友於在昔，人與學俱存也。夫曾子所思者，顏子也。從事於斯，猶可想見。言念昔者，傷如之何！嘗謂最難堪者，朋友存歿之感，而學問中之綢繆，歿者齎志，存者愈難忘情矣。善問者若無若虛，而復犯而不校，斯何如之心也哉？而從事於斯者誰歟？同堂孰忘砥礪，而學不如新，人不如故。何由披宿草於九原？知己豈論存亡，而命一何短，情一何長已。若樹高風於百世，昔者吾友，承善誘之傳，既體之於在前在後；思好學之有，復括之以不貳不遷。嘗知斯之不可緩圖也，而剛健之力以生；抑知斯之不可驟期也，而沉潛之學以繼。從事於易，復從事於難，有先後，無缺略也；從事於鉅，復從事於細，有緩急，無遺失也。蓬蒿之居諸幾何，生不希仁歸於天下，死豈求論定於人間，而耿耿此心，凡所爲欲從而末由者，固已揭於日月；朋儕之情思何限，克復者幸免三月之違，切磋者遺恨百身之贖，而茫茫斯世，求所謂見進而未止者，則已邈若山河。卓哉！吾友平日之從事於斯者何樂也？而生前不覺，一追憶，始爲惘然。惜哉！吾友向時之從事於斯者安在哉？而地下有知，想敏皇，當復更甚。今日者，陋巷依然，簞瓢如故。追維吾友，已成古人，復欲一步一趨，而與吾友共從事於斯焉，豈可得乎？悠悠者天，殊令我夢寐中有一昔者在也。

【集評】

薛補山曰：『情生文，文生情，文通《別賦》、《恨賦》，於今得替。』

衛聞一曰：『水到渠成，文家化境，直登慶歷之堂矣。』

立於禮成於樂

立與成交致，深於禮樂者也。夫禮樂之益大矣，立於此，成於此，寧獨《詩》之可興哉？昔先王設禮樂以化天下，其立教嘗在《風》、《雅》前，而見功卽在性情後。故游移駁雜者，均不足與於斯，興於《詩》矣。學將强立不反，以底於大成也。雖然，立與成，豈易言哉？大抵身立難，道立尤難，故有主之天，倚聰明不如倚規矩；藝成貴，德成尤貴，故無欲之性，任造作不如任陶鎔。是非禮樂，不爲功。禮主於中，其服而習之者，常薈萃《南》、《雅》之精華。顧約性情，卽所以固筋骸也。孰止吾官而匪僻除？孰嚴吾氣而朋從去？堅持者殆亦不知所從來。識者曰：『是殆經曲中之骨力已。』樂主於和，其絃而歌之者，多參互《象》、《勺》之譜調。顧習聲容，卽所以凝道德也。孰爲吾勉而造詣純？孰爲吾修而躬行粹？涵鎔者亦難專指其得力。識者曰：『是殆鐘鼓内之功能已。』性何以貞？情何以定？官骸何以强固而精明？禮立於中立之地，而建極者卽取之以藏身。故繁重委曲之中，不勞夾輔。仁何以精？義何以熟？道德何以自然而適中？樂成於大成之人，而陶情者卽因之以復性。故優柔平中之化，不待息游。敦至詣於吾性吾命之交，收大效於無體無聲之會，合諸《詩》教，學其全哉！

【集評】

牛真谷師曰：『卓鍊堅凝，居然老手。』

衞聞一曰：『精悍堅實，風格獨峻。』

薛補山曰：『根柢經術，直似李安溪。』

許莪溪曰：『清真樸茂，復之彌深。』

李元方曰：『言有根柢，俗儒無從道其隻字。』

唐虞之際於斯爲盛

古才盛今，惟其際也。夫唐虞迄周，不特才難，而際實難也。際乃盛斯，斯其盛哉！嘗謂自中天以至昭代，人造世者，世盛；世造人者，人愈盛。何也？難其際也。吾因才難之語，而穆然有懷於斯。莪樸早植根於同姓，而父兄臣其子弟，遂以萃十五世之風雲；龍鬣半結網於有商，而師傅效厥趨蹌，遂以分八百國之帶礪。猗歟盛哉！顧斯之才雖盛，而斯之際未隆，其惟唐虞乎！帝摯尸位以前，我不知三代之祖聚耶？散耶？由唐至虞，都俞奇矣。爭天地於水火龍蛇，其功甚創；協謀猷於鬼神龜筮，其氣仍祥。降至於斯，後先疏附，殆亦千載一逢矣。藉非帝績重熙，孰復及王猷之允塞也哉？文命祇承而後，我不知兩世之勳存耶？沒耶？至虞承唐，經緯大矣。十六字惕厲憂勤，君臣統此學問；二百年圖迴輾轉，日月老其功名。下至於斯，宣猷效力，洵非二代所及矣。苟非光華復旦，詎不偉會朝之清明也哉？嗟哉！斯也公族公姓，不能筐篚而貢天王，即聯屬其父子，而復斷續其君臣。意者師師濟濟，天固獨厚唐虞乎？然而斯亦正自不薄矣。惜哉！斯也文子文孫，不獲揖讓而遊帝陛，千載可以溯危微，而一廷無所爲授受。意者繼繼承承，運固獨豐唐虞乎？然而斯亦正自不嗇矣。顧無如又弱一个，何哉？

【集評】

牛真谷師曰：『古老而精闢，便是勝技。』

衛聞一曰：『意致淋漓，無語不耐十日思。』

薛補山曰：『「石破天驚逗秋雨」，文境似之。』

南斗嵒曰：『神氣抑揚，備極斟酌，自是才大心細。』

受業李華春實之謹識曰：『精悍無匹。』

豈不爾思

詩人以思自解，若易視其思焉。夫不思，則亦已矣。詩人殆有難於所謂爾者，而姑以思自解乎？

且人逢有情之人，而僅以一情慙謝之，已足傷矣。況以情之所獨鍾，而並欲自誣之而自諱之耶？吾今者見《唐棣》，如見爾矣。爾可望而不可親，名葩相對，如爾在焉。爾不在吾目，乃在吾心矣。爾可遭而不可致，嘉卉當前，恍遇爾焉。爾不以形遇，直以神遇矣。甚矣，吾之爾思也！大抵思必有先慰我者，而後可慰爾。乃既爾思矣，曾不異不爾思者之無事其纏綿也。於是乎人之視我，遂亦羣然共笑曰：『不爾思。』思必有不負爾者，而乃不負思。乃既爾思矣，曾不若不爾思者之反少一惆悵也。於是乎卽爾之於我，想亦悽然相怨曰：『不爾思。』夫謂我果不爾思，天高地下，誰與訴此思者？幸哉！猶有爾也，庶幾或諒我之思乎？使我真不爾思，風淒雨苦，誰當任此思者？惜哉！既有爾也，猶不能恕我之思乎？向以爲思可貫金石，何況於爾？今而知宇宙間無可奈何之事，更有出於思之外者，爾不爲爾思者曲原之，豈不誣也？向以爲思可通鬼神，何況於爾？今而知古今來不可斷絶之憂，卽有藏於思之中者，爾不爲爾思者遙信之，豈不悲也？何爲而爾思？又何爲而不爾思？夫人兮自有美子，誰則爲不爾思者？鑒天日之盟，卽不信其爾思，何遽信其不爾思？忖予者豈無他人，爾自爲不爾思者，想參商之故，豈不爾思？

【集評】

衛聞一曰：『「不爾思」三字連讀，方與下文吻合，他作只是當面話相思耳。』

薛補山曰：『理如剝蕉心，味如食諫果。』

南斗嵒曰：『文凡四層，只如一股，開口便有下句在，卻就本位摩挲，絲毫不溢，應是嘉魚後身。』

然則師愈與子曰過猶不及

以過爲愈，其失等矣。夫過似乎愈也，知其與不及者相猶，而師可見云。今夫人與人不甚相遠也，狃角材之常見，而不要於至當之歸，則於人見其有餘，正於道見其不足。抑知不足於道，卽其未能有餘於人者也。師也過，商也不及。師乎師乎！殆過其所不當過，而非謂卽過乎商之不及也。然而子貢則已重視師矣，曰：『然則師愈與？』雖有高明，不廢沉潛。然懋勉之途，柔者難而剛者易，則分量宜有參差。在彼謹飭，卽此奮迅。然粹精之域，勇者少而懦者多，則才力不無軒輊。師愈之問，維子貢固明知師之不能賢於商也，而特不敢易視其過也與？且夫過之心大，過之事難，過之才高，過之氣餒。吾黨爭傳勇邁，而已見其前，斯人見其卻，決驟中斷無豪傑之士；奇才競誇聰明，而少失於妄，卽大失於庸，汎濫者實皆畏葸之徒。師乎師乎！果其過而不留，則當過者之倀倀前路，卽爲不及者之依依半途，而迂迴適等。師乎師乎！但使過而知返，則當過者改轅更駕之時，安知非不及者振策遄征之地，而歸宿將同。然則師之愈，我不敢知也，知過猶不及而已矣。雖然，學不中立，士貴晚成。使師而果愈焉，必不過矣；使商而能自反其不及焉，不知師又將何以愈之矣。

【集評】

衛聞一曰：『筆如利刃，斬釘削鐵，置之章、羅集中，幾無以辨。』

李南若曰：『曲折如意，奇快非常。』

衞卓少曰：『簡峭精鍊。』

南斗嵒曰：『掃卻談理家陳悶語，只明白指點，而題藴已迸出銀瓶，是其識解獨至處。』

子張問明

好高者而問明，恐求明於明之外也。夫明之量，不可誣也。子張問之，殆有自見以爲明者歟？蓋聖門多賢，而堂堂乎張獨以才高意廣，見推於吾黨。夫欲爲難能之事，當先存辨惑之心。考其生平，蓋嘗得力於問明焉。且夫明亦何常之有？此身一小天地，含生者誰不分皎日之光，顧自以爲明，則不明矣。明之局不可定，而馳荒者往往守矜氣以爲靈機也。方寸有大權衡，涉世者爭欲察秋毫之末，顧以明示人，則明盡矣。明之真不可假，而務外者往往以鈎深文其淺見也。然則子張之問，豈可少哉？顧吾謂明不可不問，而子張之於明，則尤有難焉者。物情之靡定也，以是爲非，以非爲是。不學無術之徒，其昏昏者無論已。第古今來不乏多所見聞之士，而一核其徑寸之虚靈，則焉能爲有？焉能爲亡？明固不可以疑殆蒙也。張也言尤行悔之寡，不知砥礪者若何，則障翳其明者雖除，而藻鑑其明者猶未至也，故問之以審夫有定之衡焉。人心之多蔽也，爾必我詐，我必爾虞。椎魯不文之士，其憒憒者無論已。第古今來不乏習於容止之才，而一窺其逢人之情狀，則既欲其生，又欲其死，明又不能以威儀攝也。張也忠信篤敬之行，既已書紳者有素，則明之根本雖未深，而明之體段亦略具也，故問之以求夫無蔽之歸焉。且夫明之量，周乎前後者也。與其求明於天際，不如求明於目前。張也所問不泛，則汶汶者非明，而察察者亦非明也。有一日之問，可獲終身之明，則先生教我，尤當切於十世之可知。抑明之神，通乎物我者也。明未見於千里之外，明早見於一室之內。張也所問不煩，則索隱者不爲明，而平情者乃爲明也。有一人之問，可定千古之明，則弟子擇言，竊願附諸『四惡』之何謂。然而明自有其真矣。

【集評】

衛聞一曰：『語無泛涉，筆有餘姸。』

薛補山曰：『紆餘卓犖，使人之意也消。』

楊茂園曰：『貼切子張，筆筆清穩。』

南斗嵒曰：『以「遠」字爲靈蛇珠，全神湧現紙上，妙在問前說，故絕不侵占。至其敷詞真切，正蘇長公所云：「千錘百鍊，只鍊得當。」用語卓然可傳。』

片言可以折　無宿諾

賢者服人，惟其素也。夫獄之折，固有折於片言前者，故觀於所諾，而其可愈見。且夫獄也者，先王設之以治在下者之不信也，亦卽可以徵在上者之信。子路之在魯也，墮費治蒲，人不敢欺。非不敢欺，不能欺也；亦非不能欺，不忍欺也。夫子曰：『此其才可小用之折獄，而其效可立決於片言。』且夫獄之折也，難矣。匪雀也而角，匪鼠也而牙，吾懼其有遁情也；兔胡爲而爰，雉胡爲而離，吾懼其有佚罰也。由也當此，人累讞而不足，此一詰而有餘；人摘伏而甚勞，此輸乎而恐後。卓哉！片言居要，由何修而能若是？且夫子路，非區區與天下之士爭才力於鈞金束矢之間也，即嘉石肺石，亦非必仲氏子身習而厲其全神者也。蓋嘗觀其有聞斯行，告過則喜，平日之治其身也，如治獄然。既非上下其手，豈敢吐茹其言？方欲雷電其章，寧不金石其語？久要難期，寧愆造次；味爽思踐，何論平生。知諾之無宿，而片言折獄，亦何怪乎其可也哉？嗟乎！士師三黜，司寇出走，魯之爲獄，蓋可知矣。世家食言而肥，匹夫輕諾而俠，意當時之赴愬者，每恨不逢子路也。

【集評】

牛真谷師曰：『跌宕自如，引人入勝。』

鄭雨屏曰：『慮周而藻密，鍾鍊處尤見老法。』

陳非穎曰：『著重所以折處，使全章筋脈流通，色正芒寒，精采百倍。』

衞聞一曰：『節短韻長，古文中酷似半山。』

薛補山曰：『弓燥手柔，操縱如意，是謂文成法立。』

南斗喦曰：『精到不刊。此可作先生治行論，至今湘沅人士具能道之。』

男承禧謹識曰：『此文刻入《培元集》。』

富哉言乎　合下節

富聖言者，徵諸古焉。夫言不與仁天下者相關，未富也。舜湯具在，尚何疑哉？且立言無與於天下者，聖人弗取焉。聖人者，一言而造後世之福者也。卽一言而見先王之治，反是者，烏乎取？舉錯明而枉者直，子何幸而得此言乎？言有淺而深者，所答不必僅如所問，而天德王道，盡在其中；言有約而該者，今人不必遠求古人，而聖帝明王，莫違其範。富哉子言！殆爲有天下者言之乎。且夫有天下之難，亦難於仁天下耳。仁隱於衆，不仁隱於仁，孰爲選之，則亦孰爲遠之，而若舜若湯，則固子之所謂舉直而錯枉者也。問舜之天下，有容不仁者乎？皋陶舉而不仁者自遠耳。五服五章，五刑五用，卽令舜自言其仁天下之機，當亦止如是而已矣。而子也辭文旨遠，若爲代抉其廣運之神也者。問湯之天下，其容不仁也，有異於舜也乎？伊尹舉而不仁者始遠耳。德懋懋官，功懋懋賞，卽令湯自言其遠不仁之術，當亦止如是而已矣。而子也詞簡意該，若爲直指其表正之風也者。甚矣，其富也！帝王之神理密移，而精明不懈。前不始於舜，後不終於湯。由子言而約之，卽謂千古之帝載王猷，皆一心之遏惡揚善可也。今古之治法遞變，而彰癉常存。何世無皋陶？何世無伊尹？由子言而廣之，卽謂萬世之一道同風，皆三代之表宅殊里可也。子誠知其富，豈僅斤斤言知也耶！

【集評】

牛真谷師曰：『高朗警卓，短幅勝境。』

衞聞一曰：『氣舒以暢，味美於回。』

薛補山曰：『毫髮無遺憾，波瀾獨老成。』

辭達而已矣

聖人定修辭之準，難其達也。夫達者，辭之極致也，而庸贅乎？是以聖人難之。且自語言文字興，而天下遂多事矣。要之，增飾者多，而減損者愈多。何也？其意晦也。則試與天下言辭，人必有藴蓄於辭之先者，而口與心謀，乃能不鬱湮於辭之後；人必有寄托於辭之外者，而言不盡意，但求無凝滯於辭之中。甚矣哉，達之難也！而世之務采色，夸聲音者，且曰：『辭也，辭也。』嗟乎！是烏知所謂辭者哉？辭以經世，則取其高而切。夫唐、虞、夏、商、周，辭各異矣。渾噩之絲綸，其鋪張萬不如後世，而經天緯地，兩間之日月常新，其辭内之精神傳也。夫君子之爲辭也，亦使傳其精神而已矣。辭以載道，則欲其簡而文。夫《易》、《詩》、《書》、《禮》、《樂》，辭所祖矣。聖神之著作，其姸麗或不及經生，而布帛菽粟，萬古之江河不廢，其辭内之性情著也。夫君子之爲辭也，亦使著其性情而已矣。蓋文章歷經營慘淡，乃可了然於心目之間，則其達也，能深而始淺；才氣必簡要清通，乃能曲暢其輯懌之致，則其達也，似易而實難。吾不厭人之有餘於辭也，正慮其不足於達也；亦不禁人之盡心於辭也，惟願其併力於達也。不然，務采色，夸聲音，以悦人，其辭必不達。辭既不達，又焉用辭爲哉！

【集評】

衛聞一曰：『深刻雋永，雅與題稱。』

薛補山曰：『此題名作如林，自有此文，後來皆爲閣筆。』

宋元長曰：『醒快如此文，方可當一「達」字。』

梁靜峯曰：『雅健雄深，函蓋一切。』

君子有三戒　一章

觀君子之三戒，所以制血氣也。夫人少壯至老，而皆爲血氣所使。由於不知戒也，敻哉君子乎！且造物生人，靈者性也，頑者形也。有物焉，嗜欲凴之，而義理還能制之，厥名曰血氣。君子知血氣之不可耗也，而厚以培之，則葆持者在終身；君子知血氣之不可任也，而强以窒之，則省惕者隨當境，於是有三戒焉。戒必爭乎其先，少耶，壯耶，老耶，及時各有所傷，而逾時已不暇悔，君子能勿凜凜歟？戒必舉乎其重，色耶，鬬耶，得耶，易時則還相笑，而當時每不自知，君子能勿惺惺歟？夫快心適意之端，古人比之酖毒，而迷者爭趨，一似方寸內有物以凴之也。少而癡，壯而嗔，老而貪，若狂若惑，直隨血氣之盈虛消長，以屢變其性情，是道心反聽命於人心也。君子乎，危微之機，不在是乎？損身喪德之行，清夜亦生悔悟，而當前甚暱，一似寤寐中有祟以蠱之也。色溺志，鬬賊身，得敗節，乃獸乃禽，直隨血氣之强弱剛柔，以迭更其面貌，是克念反授權於罔念也。君子乎，聖狂之界，不在是乎？戒之哉！嗜欲深者天機淺，損於私自益於理，君子所以抑血氣之過也。戒之哉！敬義立而德不孤，逆於人乃順於天，君子所以濟血氣之窮也。夫如是，而未定者始定矣，方剛者果剛矣，既衰者不衰矣。甚矣！君子之三戒，所以制血氣也。

【集評】

衞聞一曰：『奥幽刻雋，兼大力、文止之長。』

薛補山曰：『精理名言，有芒作作。』

張溫如曰：『著眼血氣，方與尋常勸世文不同。』

李元方曰：『奇警。』

君子之過也　仰之

惟君子不有其過，惟君子可以有過矣。夫食，亦日月之過也，皆見皆仰。君子乎，何必不過哉？嘗謂物必不明而乃有過，亦惟至明者，萬物樂得以過歸之。故明明有過矣，而偶爾之失，能使天下諒之，而終於無過。非天下之能明於其過，而其過自能明於天下也。大抵人至君子，宜乎無過矣。雖然，君子而無過，誰則可過者？去私存理者，君子之學。顧私與理相對而過生，理與理相持而過亦見。君子能久無過，不能暫無過也。因時制事者，君子之心。顧時與事相值而過不得不生，時與時相磨而過亦不得不盡。君子能偶有過，不能常有過也。今夫懸象著明，莫大乎日月矣。光於六合，貞於萬古，詎不盛哉？然而暈珥時形，朓朒迭見，其過也，人見之；其更也，人仰之，曾何傷於日月乎？而君子之過，實如之。和光渾俗，僅以資鬼蜮之藏身，鄉願者無過，而世道乃有江河日下之憂。此非無過也，其陰險不令人窺耳。君子磊落光明，其過足以駭天下，而天下皆信之。故刺有可刺，非有可非，而勢迫時窮，猶巋然抱一眚之慙，而不沒兩間之正氣。曲謹小廉，僅以供鄉黨之自好，拘墟者無過，而人心愈有委靡不振之勢。此非無過也，其瑣細不足相藥耳。君子遺大投艱，其過相通於萬物，而萬物終賴之。故質之在旁，臨之在上，而陽愆陰伏，猶卓然據千人之指，而益昭百世之清光。或謂謹小慎微，君子豈宜有過者？不知求晦蒙之隙，而生平止此數端，則幽獨之精白，無愧聖賢，況乎不遠而復，固將還本體之清明也哉？或謂潛移默化，君子豈易見過者？不知經剝蝕之餘，而羣倫可以共信，則心事之光明，益昭天壤，況乎逝而不留，終能保方寸之瑩潔也哉？維過何病，過然後見君子。

【集評】

牛真谷師曰：『冰雪淨聰明，雷霆走精鋭。』

衛聞一曰：『鑱刻奥異，矯矯乎天、崇之遺。』

薛補山曰：『精確處，高於大士。』

如切如磋者　自修也

釋君子之學修，見知行之全功焉。夫道學自修，君子未必自信，而切磋琢磨，詩人早擬諸形容矣。嘗謂古人之用功，至精密矣。必欲使他人口能言之，而心並能解之，毋乃淺甚。然而精密之功，則正無不可言，無不可解也。《詩》美君子，而繼之以『如切如磋，如琢如磨』，何哉？大抵君子以心入理，而批隙導窾，要必先其易而後其難；君子以理去私，而刮垢磨光，要必存其精而化其滓。今夫學之不可已也，明矣。離而析之欲其通，融而會之欲其久。洵有以我無厚，入彼有間者乎？而切磋者實如之。不切而磋，其學躁；切而不磋，其學膚；切磋並用，其學雜。幸哉！九十五載之考究研析，時時淬礪於新硎也。判天人之界，肯綮不必其嘗；剖義理之微，毫髮不留其憾。微乎危乎，卽令君子自道其學，亦如是而已矣。今夫修之無所底也，明矣。去私者必除其根，造理者必要其極。豈曰瑕不掩瑜，瑜不掩瑕也乎？而琢磨者實如之。先磨而琢，修之始；既琢復磨，修之繼；琢磨交深，修之終。幸哉！監史瞽御之朝夕儆箴，人人各具一他山也。以克念敵罔念，相反者務挫其堅；以道心化人心，相攻者還以其族。恍兮惚兮，卽令君子自言其修，亦如是而已矣。知以啓其行，而悅心研慮，夙夜可以有錯礲；精以濟其密，而欲淨理全，寸心何必無圭璧？然而君子之功，猶不止此。

【集評】

衛聞一曰：『淡永之作，時手亦不能道其隻字。』

楊茂園曰：『理趣精深，筆鋒廉悍。』

南斗喦曰：『處處就切磋琢磨寫出，學、修不肯一字落空，是題之難在此。』

李元方曰：『選詞按部，風致更永。』

受業秦維岳曉峯謹識曰：『名貴。』

恐懼乎其所不聞

不聞亦式，君子尤密於所慎矣。夫惟恐懼在聞前，斯能周於不聞後也。此君子之用心，較戒慎益密歟？嘗思帝謂無聲，而人能以心寫之，則心有其聲矣。顧心有聲，而心復能遊於無聲之表，則內聽爲聰，固有無聲而若有聲者，烏可以怠心持之耶？君子既戒慎乎其所不睹矣，試更觀於其聞。睹之數主乎出，而聞主乎入，以爲虛而能受，而戲渝將之，則蕩耳者亦無異乎其亂目也；睹之機要於前，而聞要於後，以爲過而不留，而澹漠置之，則黜聰者亦無異乎其墮明也。乃君子則以其恐懼者怵之於未聞之先，卽以其恐懼者達之於不聞之所。聽言藐藐，亦小人恣睢之狀耳。君子從善如響，夫何所容其恐，何所容其懼也？顧恐懼不因聞而始生，亦豈因不聞而遽止？且亦思夫不聞之所，誰則爲我寬譬而曲慰者乎？一室孤坐，師保卽臨，則聞者人聞，而不聞者自聞矣。夫窈窈冥冥之中，果默然哉？天聲殷宇宙，而真氣亦遂滿於空虛，則惟君子之所惕厲者精耳。震來虩虩，亦修士嚴翼之情耳。君子非禮勿聽，夫何所用其恐，何所用其懼也？顧恐懼宜因聞而有所增，不宜因不聞而有所減。且亦思夫不聞之所，我猶待誰耳提而面命也乎？萬籟寂然，冰淵自凜，則聞者一聞，而不聞者百聞矣。夫怳兮惚兮之際，其遻然耶？寤寐有鼓鐘，而衾影亦忽生其龜鑒，則惟君子之所寅畏者至耳。誠不欲借警於屬垣而小心翼翼，暗室時若有風雷；亦不必矯托於紸纊而終日乾乾，謦欬可以通神鬼。君子體道之心，又如此。

【集評】

衞聞一曰：「刻峭幽細，大力耶？文止耶？大士耶？合而出之，自成一家。」

南斗嵒曰：「中間粹語，可補注疏。」

受業郭楷雪莊謹識曰：「空靈真至，酷似水心。」

序事所以辨賢也

賢見於事，以序之者辨之也。甚矣！事不同，而賢亦各異也。以序爲辨，賢其見哉！昔我周之初，馮翼孝德，悉如其才；疏附後先，各任其使。美哉賢乎，何其大小優絀之胥辨也！而不知濟濟蹌蹌見於對越駿奔之間者，尤有異。序爵尚矣，更觀序事。罔非臣子，疇不以有事爲榮，然以爲荷龍光，而卽可以詒燕翼，則鳴鳳何必在於朝陽？越在趨蹌，疇敢以不賢自棄，然以之供使令，而卽可以見謀猷，則玄黿無俟勞乎昆侖。惟賢具在，以是辨之。賢莫大於德，而德以敬恪爲主。夫風愆致儆，凡事非不兢兢，而此日之酬接神明，乃真敬恪也。序之哉！室事交乎戶，孰爲欽承；堂事交乎階，孰敢隕越。殷殷然合羆虎龍彲之佐，而考察無遺，則在廟之雍肅，無異於在朝矣。賢莫重於才，而才以報效爲長。夫明作有功，他事非不翼翼，而此日之奏格馨香，乃真報效也。序之哉！內事與外事，各不相蒙；始事與終事，各不相越。凜凜乎會菁莪棫樸之英，而甄別不爽，則治幽之材器，卽可以治明矣。夫是以祝鮐陳卣之際，有大賢焉，而躬桓蒲穀，亦且下而從簡在之條；執籩奉瓚之間，有小賢焉，而煇胞翟閽，亦且進而與明揚之數。且也事在同姓，則剪桐錫鬯，賢固可告九廟而不爲私；事在異姓，則膚敏祼將，賢亦可對百司而不爲愧。然則事可不序乎？

【集評】

沈耕山房師曰：『喬皇典麗，有聲有光。』

衛聞一曰：『人所應有盡有，筆力尤似胡思泉。』

薛補山曰：『簡鍊。』

非我也兵也

以殺人之具謝人，狡而愚矣。夫兵能殺人，而殺人者究非兵也。以爲非我，豈不愚哉？揣刺人者之意，謂天下有萬不可解之冤，要皆誤加之者耳。夫冤至於人爲人殺，冤已甚矣；而不知殺人之人，其冤尤甚。卽如今日之事，殃人之身者，我也；戕人之命者，我也；士師司寇之所裂眦而切齒者，亦我也，將以我蔽其獄而償其生乎？而不知皆非也。睚眦之下，各具勝心。我之本無意於殺人，猶人之本無意於殺我也。而利刃當前，有代職其咎者矣。死亡之途，各有定數。我之不能辭爲殺人，猶人之不能辭爲我殺也。而銛鋒在握，有自伏其辜者矣。兵也。兵於百器最爲凶，磨礪以須，視剸割爲本分，而一長偶試，遂令主人冒不義之名。藉非然者，我徒手而來，安知人不全身而退也哉？兵於五行主乎剋，什襲以藏，或鏘鳴於風雨，而兩賢相遭，遂令受者抱無言之苦。藉非然者，我授人以柄，安知人不攖我以鋒也哉？或者神物有知，亦欲借垂斃之軀殼而釁其血，故劍室之內，金神動焉。是我之呼天籲地，而恨不訟之於秋官者也。卽云國法不爽，亦難强無罪之編氓而加之辟，故屬鏤之下，哀魂在焉。是我之披肝瀝胆，而可以大白於重泉者也。酷哉，兵也！既假我之手而殃人，復因人之故而累我。人雖瞑目，我能甘心乎？幸哉，兵也！但知咎人之無狀，莫肯怪器之不祥。爾爲兔爰，我爲雉離乎？此殺人者之狡也，然亦愚矣，而罪歲者何以異是？

【集評】

衞聞一曰：『俗題運以書笥，神極，奇極，小品能手。』

薛補山曰：『小品妙手，韓非子所稱「棘刺之端，能爲母猴」者也。』

受業周泰元謹識曰：『心花怒發，百變不窮。』

其心曰

大賢有誅心之論，誅其不言之隱也。夫心不可見，而齊人不言之隱，孟子則有以揣測之矣。且人臣之事君也，事之以心而已，豈事之以言乎？顧逐面從之惡態，口舌難爭；而伸腹誹之嚴誅，肺肝如見。是故言外有心，而心內復有言也。仁義之美，齊人知之，而美不美之分，亦決之於心耳。心有是非，尤不可無忠愛。夫不知其美，而齊人之心可謂有心而無心；明知其美，而齊人之心可謂無心而有心矣。心有靖共，尤不可無獻納。夫言而不知其美，齊人之心，尚不失區區負暄之心；知其美而不言，齊人之心，遂無異悠悠行路之心矣。間嘗卽其心而曲體支吾之意，又試如其心而設爲寬解之詞。慷慨而批逆鱗，此中何有？亦曰『惟有赤心耳』。顧始也心與心相期，而人聞鳴鳳；繼也心與心相語，而自等寒蟬。緘默者含意未伸，然其方寸之端倪已畢露矣。他人有心，予忖度之，則試探隱微而備責模稜，模稜者固亦有說。拜獻而陳嘉謨，所學不負，正曰『不負初心耳』。顧心以有所祕惜而既令出者易倦，心以有所鄙夷而更使受者難堪。旁觀者窺見至隱，彼其幽獨之躊躇愈昭著矣。士各有心，毋相强也，則試披胷臆而細詢唯諾，唯諾者何患無辭？論深阻之性情，有如城府，似其心不敢告人。然而讜論空存，居官者未嘗儆於有位；微衷可指，誅意者早已聽於無聲，則在宥之揶揄，儼若自爲結者而自爲解者。鮮誠懇之意念，徒竊冠裳，似其心不堪自問。然而容悅者閱世漸深，則默坐之揣摩益熟；淡漠者拒人已甚，則獨居之量度尤工，而無形之睥睨，何妨姑妄言之而姑妄聽之。其心曰。

【集評】

衞聞一曰：『小題大做，實不礙虛，真神品也。』

薛補山曰：『燃溫嶠之犀，可燭鬼怪，妙在思銳而詞圓。』

楊茂園曰：『摘伏抉隱，色正芒寒，是爲霹靂手。』

獨居三年

居不厭獨，若忘其又三年也。夫三年之居，亦云久矣，況又獨居乎？甚矣，子貢之難也！嘗謂離羣索居，在朋友聚散之情，猶且難堪，而況師弟存歿之感乎？惟是墓草三宿，心喪盡釋。當斯時也，宜不能以終日矣，而子貢不然。吾想其築室於場也，僅營半畝之宮，而抔土既乾，無復聞登堂之謦欬；追憶兩楹之夢，而寸心如結，何由睹曳杖之逍遙，則其居之也難，而況獨居乎？況於三年乎？然而子貢則有異。念平昔一堂之上，今人與居焉耳。而今者夫子已爲古矣，呼不聞，望不見，既不能與泰山梁木重起人間，而惟是冢畔流連，如親炙其琴書劍佩，則耿耿予懷，三年直如一日也。而獨居者，或亦忘其寂寥矣。念人生百歲之後，歸於其居焉耳。而今者賜猶塊然存也，冬之夜，夏之日，方恨不如季路、顏回相從地下，而惟是墓門嘯嘆，空寄托於野火飛燐，則悠悠我思，三年遂成千古也。而獨居者，愈以深其眷慕矣。夫是以松檜堪材，獨居之淚灑之；衣冠漸蠹，獨居之手澤之，則如疑如慕者，此三年。日月冉冉，獨居之恨長焉；風雨淒淒，獨居之心慘焉，則自歌自泣者，此三年。夫前之三年，雖無師而猶有友，則愁苦尚能分；今之三年，人皆去而我獨留，則悲哀誰與助？曰歸曰歸，子貢之心，豈得已哉！

【集評】

薛補山曰：『變徵之音，讀之覺茫茫千古，百端交集也。』

衛聞一曰：『纏綿悱惻，文情欲絕。』

自記曰：『助皇后悲哀，出《史記》。』

西子

越有尤物，天下無美人矣，夫西子亦何足道？第以美論，天下豈有二西子哉？且古今之人衆矣，女子能傳，則非女子者可愧；美人不朽，則恃美人者必多。試爲天下言西子。山川之靈氣，不盡鍾於鬚眉。一西子也，朝爲越溪女，而暮作吳宮妃，則嬌態居然絕世。枕席之女戎，實遠過乎介冑。一西子也，成句踐之名，而沼夫差之國，則冶容不止傾城。世之豔西子者多矣，夫西子誠可豔也。傳者一西子，慕者百西子，所以里婦效顰，一若忘己之非西子也者。世之妒西子者亦多矣，夫西子誠宜妒也。千古止有一西子，一時豈容二西子，所以宮娃響屧，一若怨天之生西子也者。傷哉！越國之無春也，西子去矣。向使苧蘿花草長伴玉人，四海之內，誰復知有西子者乎？西子能標亭亭之質，故其功立。不然，浣紗而老紅顔，西子當與村氓俱腐矣。惜哉！梧宮之遽秋也，西子殉矣。向使傾國蛾眉不沉鐵網，千載而下，誰則憑弔西子者乎？西子能全皎皎之節，故其名成。不然，衣錦而還故鄉，西子亦與功狗同烹矣。蘭可紉也，桂可襲也。過館娃者，驚西子於胡天胡帝，而六宮鬱鬱，尚覺脂粉之污人。風爲裳歟，水爲珮歟。遊笠澤者，想西子於若有若亡，而一水盈盈，豈有珠玉之在側？既生西子，更無西子，不能没西子之長，豈能諱西子之短？舉一西子，知衆西子，卽使有西子之所有，亦當無西子之所無。不潔之蒙，誰能堪之？

【集評】

衞聞一曰：『描畫極妍，卻不是西子賦，大文，奇文。』

李南若曰：『吞吐下文，其顰難效。』

南斗嵒曰：『濃處隸事，澹處傳神，小品中之大觀也。』

李元方曰：『新雋。』

趙孟之所貴　既醉以酒

貴人者卽能賤人，心醉者宜繹《詩》矣。夫趙孟之所貴，果可恃乎？知其能賤之，而既醉之《詩》，洵爲浹洽已。且自世卿執政，而餔糟啜醨者，靡不中心如醉矣。卒之榮耀難久恃，反不如其獨醒時也。夫升沉之數，當道能操；而歡洽之情，聖人弗禁。然則趨下風於私室，不如歌《湛露》於夫家矣。人之所貴非良貴，斯言也，諷訓乎《詩》、《書》者或知之，而沉湎於富貴者，未必知也。不見夫趙孟之所貴乎？秉三晉之鈞，憑權藉寵，霑滴瀝者如醉醇醪矣，然而不可久也。君以此始，亦以此終。錫鞶帶而遭褫者，趙孟亦難爲之庇，所謂先笑而後號也。居六卿之長，附勢趨炎，望恩波者如醉狂藥矣，然而有時悔也。自我得之，自我失之。受軒冕而若驚者，趙孟亦無如之何，所謂朝三而暮四也。若是者何也？則以趙孟能賤之故。且夫趙孟，亦猶人耳，其力能貴人而復賤之，既難收麯蘖鹽梅之效，亦迥異笙簧酒醴之榮。今試與之近天子之光，入先王之廟，而觀其所爲。燕衎和樂，以洽羣下之情者，宜何如心醉也？《大雅》之詩不云乎『既醉以酒』？酒以成禮，其爲物薄，而用可重也。夫趙孟之先，有以飲酒而興靈公之甲者，想曾孫維主，無用此機警耳。醉矣哉！人有貴賤，而既醉者各安其分。貴賤辨矣，又何妨不醉無歸乎？酒以合懽，其數有節，而情無量也。夫趙孟之後，有以飲酒而來智伯之辱者，想公尸嘉告斷，無此號呶耳。醉矣哉！人無貴賤，而既醉者各洽其心。貴賤忘矣，又何患醉而不出乎？嗟乎！行葦勿踐，而桐葉遂封，意其爲趙孟始祖之君者，當亦洗爵奠斝，而歡然詠歌於既醉之詩也。迨至貴賤之權操之趙孟，而俱酒且廢爲家人，又況尋常之忽貴忽賤者哉？人有干趙孟者乎？吾姑與之言醉酒。

【集評】

衞聞一曰：『運以書卷，映帶天然。此題此文，得未曾有，卓然大家。』

薛補山曰：『題本無情，而錦心繡口，自然組織成文，因趙孟想出俱酒，奇妙絶倫。』

南斗嵒曰：『才大者於理或疎，此則毫髪無遺憾矣。』

受業李存中允之謹識曰：『俊逸清新，枵腹獺祭，兩家皆應頫首。』

此則滑釐所不識也

時人不識偃武之説，固宜其不悦矣。夫滑釐之識幾何，而能識孟子不戰之意乎？然則其不悦也，又何怪焉？若謂當今之世，魯弱齊强，此志士日夜痛心者也。誠得如滑釐者數輩，致果鼓儳，剪滅此而朝食，道雖非古，差强人意耳，而夫子乃有『一戰勝齊，遂有南陽，然且不可』之語。此言聞於齊之君臣，或以爲戲，或以爲真，亦未必感夫子之盛德。而滑釐誼關桑梓，懼其煽浮議而動人心。此言傳於魯之臣庶，半以爲迂，半以爲懦，亦未必笑夫子之不情。而滑釐躬任鉞旄，又恐其惑游詞而作敵氣。則且爲之説曰：『齊與魯，世交也，股肱夾輔，盟府載之。然齊數虐魯，而魯弗以一矢加，其若好還何。且齊何爲者也？陳氏卜鳳凰之飛，而舊齊可簒，豈魯人法鷹鸇之逐，而新齊獨不可吞乎？』滑釐誠不識此是非耳。則又爲之説曰：『齊與魯，與國也，脣齒相依，諺語有之。然齊日偪魯，而魯常以三舍避，其若包羞何。且齊亦易與耳。燕人市千金之死馬，尚可戕齊之君王，豈魯國收二卵之干城，而不可取齊之土地乎？』滑釐誠不識此利害耳。且滑釐非識今而不識古者也。徐偃好仁而滅於楚，宋襄假義而敗於泓。卽夫子私淑仲尼，而鄆、讙、龜陰之田，齊能歸則魯能受，亦何至如今日之不情？抑滑釐非識己而不識彼者也。沬劌云：『亡肉食，不宜坐視。忌、臏猶在，鄰封豈得高眠？』卽小人才非尚父，而韜略陰符之術，師其祖還殃其民，亦豈遽爲人心之不忿？是故戰陣之妙，滑釐則識之；攻取之方，滑釐則識之；虛實生死之機，滑釐則識之。今迂遠若此，懦怯若此，不近人情若此，此則滑釐所不識也。

【集評】

衞聞一曰：『取資於經籍，範裁於天、崇，透切明快，自成一家。』

薛補山曰：『妙若粲花，隸事皆切齊魯，更妙。』

使有菽粟如水火

菽粟至足，使之有者，聖人也。夫菽粟亦難有矣，況如水火乎？然而使之有者，固聖人也。夫何難？今夫有物於此，功十倍於水火，而係民之生活尤急，厥名曰菽粟。是故治天下者，治菽粟而已矣。聖人曰：『吾爲天下謀，是物亦宜至足也。』則不可以不有。語農事之拮据，水以耕，火以耨，是水火者，固菽粟之母也。而既得其母，還致其子，誠不可與蒙茸草木共榮落於春秋。論穀食之調劑，水其燥，火其濕，是水火者，又菽粟之佐也。而易視其佐，重視其君，亦不得與供貢珠魚爭寡多於筐篚。是有使之之法在。使之不開其源者爲妄使，妄使者，其菽粟能有而不能多。夫水潛於泉，不濬之則不瀉；火寄於木，不鑽之則不然。聖人師其道而使之，崇墉比櫛，要使天下愛菽粟，而終若不甚愛菽粟焉。使之不節其流者爲虛使，虛使者，其菽粟能有而不能久。夫莫潤於水，而澤有時涸；莫熯於火，而薪有時窮。聖人因其勢而使之，遺秉滯穗，要使天下不甚愛菽粟，乃爲聖人之大愛菽粟焉。且夫有人之有者，人亦有其有，而聖人意中之菽粟，將使人分而有之，所以斯萬斯千，斷不同於塵涓之勞，螢燭之助；人各有其有，然後不獨有其有，而聖人宇内之菽粟，又將使人合而有之，所以餘三餘九，又何異乎？川之方至，燎之方揚，既而菽粟果足焉，而仁遂遍於天下。

【集評】

石伯可曰：『清切雋永，翛然拔俗。』

衞聞一曰：『意雋辭妍，居然玉茗。』

孟子曰尚志曰何謂尚志

以志爲事，宜知所尚之謂矣。夫尚志者，必有所謂也。孟子言之，王子疑之。士之事，不見於志乎？在《蠱》之上九有曰：『不事王侯，高尚其事。』夫高尚其事，卽高尚其志也。志之所在，王侯不可得而臣。卽王侯之子弟，亦不可得而喻知此意也。可以知士矣，王子墊以何事疑士也？豈知士各有志哉？從來無事之士，卽非有志之士。夫樂泉石而嗜烟霞，士亦甚無事矣，而性分既少仔肩，將使紈綺之小兒亦輕韋布。抑多事之士，亦非真能有志之士。夫朝叩關而夕掃門，士亦太多事矣，而襟懷不存高致，竊恐膏粱之子弟亦笑儒冠。然而孟子固深知士之有志者也。公卿大夫之道，既不得行；農工商賈之業，亦不屑就。士乎士乎，亦惟浩浩落落，以自伸其方寸而已矣。故曰：『尚志。』然而王子固不知志之爲尚者也。守先待後，既類虛士之虛聲；入孝出弟，亦屬生人之庸行。士兮士兮，不過介介硜硜，以自立其名字而已矣。故曰：『何謂尚志？』雞鳴狗盜之徒，知有志者，能復幾人？而尚志之士，若獨有其千古，則其事甚奇。夫知其奇而不知其何謂奇，安知洗耳、沉淵不爲庸人藉口耶？故孟子開尚志之端，而王子遂欲竟尚志之説，則觀儒行者，正可卽章甫逢掖之貌而切指其性情。炙轂雕龍之輩，降其志者，始能自達。而尚志之士，甘不字於十年，則其事又甚難。夫知其難而不知其何謂難，安知衡門泌水不爲逋客藏身耶？故孟子標尚志之名，而王子遂能核尚志之實，則論人品者，更可於居今稽古之餘而徐窺其意氣。是故由尚志而繹之，澡身浴德，不降不辱，巖巖大儒，可謂孤行天地者矣；由何謂尚志而繹之，引繩批根，咨諏咨詢，翩翩公子，亦非不辨菽麥者矣。

【集評】

張溍如曰：『用八股正格，純乎大家。』

衛聞一曰：『格變而法正，意密而氣疎，卓然天、崇大家手筆。』

薛補山曰：『中權俶儻，在陶庵、正希之間。』

秦曉峯曰：『遒勁。』

松花庵續集　松厓制義次編

君子懷德

君子善懷，安於德也。夫德得於己而仍懷之，君子殆將安焉乎？且學者心集於道，道然後集厥躬。道未來而心已往矣，而豈知惟道既集，其心愈親切而不能忘。今夫君子者，成德之名。德固君子事也，曾何足爲君子異？雖然，彼其於德也，深矣！斯邁斯征，久淹日月，而啓新者，適逢其故，每不勝係戀之思。此心此理，未阻山河，而在己者，若寄於人，恆極其流連之致。懷哉懷哉，君子宜之。或若啓而若翼，造物恆有依依不舍之情。天懷君子而賦以德，意念深矣。君子奉若維殷，敢不以人心答帝謂乎？德順而受懷以鼓歌，德反而承懷以惕厲。肫肫乎情所注，莫非性所安，而寤寐之相依，君子足以立命矣。溯先覺與先知，前聖已有脉脉相通之致。人懷君子而貺以德，纏綿至矣。君子效法不懈，敢不以深思凜大謨乎？德暫而貞懷在一息，德久而化懷在百年。翼翼乎履而信，故能思而順，而神明之所貫，君子可以藏身矣。吾懷也有涯，而德也無涯。君子既日與孜孜矣，則道義可以壽性情。天能嗇吾德，不能嗇吾懷。君子既息之深深矣，則精神可以奪氣化。異哉君子！德所同也，懷所獨也，而隱微中之天精天粹，胥奠厥居？夐哉君子！德至溥也，懷至精也，而神明外之客感客形，孰搖其主？惟德具在。微君子，吾誰與歸？

【集評】

南斗嵒曰：　精心抒妙理，淳意發高文。

一簞食　三句

觀大賢食飲之器，與所在俱陋矣。夫一簞一瓢，食飲之陋可知也。觀於陋巷，而所在不更可知乎？且甚哉，賢人之難爲也！禮義可以悦心而不能悦口，道德可以潤身而不能潤屋。歷形困況，有足異者。吾言回之賢，試觀之於所食所飲，更觀之於其所在。上古土缶而汙樽，固其常耳。居今備物雖艱，豈饘粥遂不擇精良之器？匹夫繩樞而甕牖，非得已也。儒者數椽足庇，豈誦絃遂不托爽塏之居？乃一言所食，則一簞是；一言所飲，則一瓢是。簞乎瓢乎，回生托之以爲命，而寂寞蕭條，此外别無長物。雖用，物不假哉！而觀其器，知其味，不食肉者數月，非虚語矣。且觀其所在，則陋巷是。巷兮巷兮，回之聚族恆於斯，而湫隘囂塵，不足以留車轍。雖居，無求安哉！而適其門，窺其户，郭内之田四十，無完宅矣。彼蒼生萬物，以供蒸民口體之需，而賢士之際遇，若或嗇之。觀一簞而食，可知矣；觀一瓢而飲，可知矣；觀陋巷而在，可知矣。澹與泊相遭，莫解終身之困。貧也，非病也。而眷言吾黨，真足侶納履之原思。庸流厚一人，以極生人溫飽之趣，而賢人之自奉，不敢過焉。雖一簞而猶然食也，雖一瓢而猶然飲也，雖陋巷而猶然在也。時與勢交迫，遂爲日用之奉。天乎，抑命乎？而邈想高風，誰則爲帶索之榮叟？嗟乎！忘三月之味，如對羹牆，簞瓢足娛，非所謂心齋也耶？營一畝之宮，聊蔽風雨，陋巷可居，非所謂坐忘也耶？然而人則難堪矣。

【集評】

歐陽蘭畦曰：『胸次爽豁，筆底空靈。「卻下水晶簾，玲瓏望秋月」，誰如此英英清澈？』

李元方曰：『雅飭真切，卓然可傳。』

朝與天下大夫言　一節辛酉拔貢卷

記聖人在朝之言，於上下見其各中焉。夫非酌乎大夫而後言，乃言焉，而自宜於上下者也。侃侃誾誾，不於朝而可想乎？且聖人立言之準，無在或失其人，而其大者，尤詳於殿陛班聯之際。蓋有位不一，其所以事我敷陳者，要必肖其人以爲吐茹。斯天顔之威赫，未凜咫尺；而嘉謨之柔剛，如經錙銖焉。知此而可觀孔子於朝。夫朝之時，何時哉？東方明矣，雲日猶隔九重也；北闕開矣，威儀已肅百官也。蹌蹌躋躋，既盈咸警於雞鳴；是是非非，捫舌疇甘於蠖屈。當斯時也，言之烏容已哉！顧朝之有言，貴得其當；而言之所與，必視其人。蓋嘗觀其所言矣，可有與可也，亦否有與否。雖衆口鑠金，而方正之辭不挫，侃侃如也。問：『何以無曲無回而若是乎？』曰：『與下大夫則然。』又嘗觀其所言矣，無所爲拂也，亦無所爲徇。雖溫其如玉，而確厲之論自堅，誾誾如也。問：『何以不亢不卑而若是乎？』曰：『與上大夫則然。』黨同伐異之儔，每思私相唱和以爲暱，而聖人無是心也。覩茲同僚，而經國有謟，體野有謀，殆必有愷切者矣。言之合者無所隱，言之違者無所諱，言之疑似者無所遷就而模稜。舉朝常國是之大，而辨之不敢稍屈。豈曰我皵子佩，僅以挾聲氣已乎？縱不必以激切者傷寅恭之雅，而議論之餘，早若對之以秋陽喬嶽。孤情傲物之流，偏欲自立圭角以爲異，而聖人亦無是意也。顧彼大臣，而振飭之諏，張弛之度，殆必有和藹者矣。將其言者婉其辭，抒其言者舒其貌，受其言者樂其易直而和平。舉昌明篤摯之談，而達之不涉於率。岂曰面折廷諍，僅以峻丰采已乎？縱不必以雷同者樹附會之旌，而嚴正之内，又若參之以冬日春風。苟可敦和衷，似無妨於下大夫，而致其藹吉，卒之同官，且深牀下之巽，則頹委之氣，必無以復振於大臣。子不必豫設一下大夫之心，而喉舌之下，莫盡剛直之形容，則於下不阿，而於上自信。其不亢。既不鄰偪僭，亦何妨於上大夫，而矢其徑直，卒之公輔，且侈天際之翔，則嚴嗃之辭，必無以相協於同寅。子不必虛懸一上大夫之意，而闡發之際，不覺道氣之迎人，則上交不諂，而下交益信。其不瀆。要之，爲下爲上，與之者惟握一理以相爲抵；侃侃誾誾，言之者能妙萬物而不自知。欲知聖人，盍於朝覲之乎？

【集評】

學使嵩茂永先生曰：『盛世元音，足以鼓吹休明。』

男承禧謹識：『此先君年甫弱冠作。』

春服既成　詠而歸

服與時衷，遂無趣不稱其服也。夫春服之成，點與童冠共之矣。風浴詠歸，樂可既乎？點若曰：『最苦者，組綬之勞人；最樂者，詠游之適志。』點也，竊有思焉。今日者，春云暮矣。雖然，春固未嘗歸也。是故人春、地春、景物春，卽點之性情行止，無乎不春。而吾服適成，單袷者，取材最易，既匪與金章紫綬爭文采於兵農、禮樂之場；絺紵者，著體不勞，猶思與勝友良朋共披拂於化日光天之下。惟彼冠者，與彼童子，皆共此春者也。或五六人，或六七人，皆同此服者也。既已是婁是曳，豈忘以遨以遊。有沂水焉，則浴之。『新沐者必彈冠，新浴者必振衣』。點也，何暇作此俗態乎？有舞雩焉，則風之。既披襟以豁爾，亦揮袖而泠然。點也，豈仍志在流水乎？朋儕之會心不遠，山林之引興最長。斯時也，誠暢懷滿志，不計其將歸也。俄聞聲自童冠來者，既風既浴，云胡不歸；曰歸曰歸，何必不詠？惟此五六人、六七人，行歌相答，而沂水潺潺，悠然送客。迴顧舞雩之風篁蕭瑟，亦若飄飄而吹此春服也。童冠無異人，沂雩無異境，詠歸無異情，真趣當前，安問煌煌之黼黻，何必不童冠？何必不風浴？何必不詠歸？同人於野，詎誇楚楚之衣裳？點蓋甚難忘此春服之既成也。

【集評】

南斗嵒曰：『機法兼到，波趣橫生。』

李元方曰：『局緊機圓，隆、萬佳構。』

子適衛　庶矣哉

聖人志在用衛，觸目而但見其庶也。夫衛不庶，其何能國？適焉而歎，冉有將無共此情乎？嘗謂聖賢者，時人之耳目也。故車轍所至，億兆環焉。所慮者，國承凋敝之後，而生齒寥寥，雖用世情殷，將忍與終古耳。而衛不然。衛當煬竈之時，而國無政；衛自渡河以後，而國尚有民。驅馬悠悠，誰致『樂郊』之詠？衛承康叔、武公之化，而君子多；衛被通工惠商之澤，而細民亦不少。瞻烏爰止，時徵戶籍之蕃。夫衛實有庶，庶實需吾夫子一日者。秣馬膏車，載足民之高弟；肩摩轂擊，慨待治之蒼黎。爰指御者而告之曰：『求，有覩於是者乎？彼何幸斯若斯之庶也！』念衛民之留貽者，亦孔艱矣。有昔日之庶，乃有今日之庶也。當盤庚之播遷，薵洪濤而不散；及受辛之污染，飽糟粕而猶存。今何幸而林林者，宛在目前耶！沬土依然，淇泉無恙，攬轡而思澄清，天庶之歟，抑人庶之歟？計衛民之完聚者，亦可慨矣。有一日之庶，當權百年之庶也。滎澤稱兵，既殲使鶴之祖父；楚丘卜景，暫完幕燕之室家。茲何幸而總總者，遍周道左耶！梓桐鬱鬱，靈雨淒淒，憑軾而懷康濟，君庶之歟，抑民自庶之歟？嗟哉！夫子此一適也，莫殫莫究，久需此庶矣。乃斯人吾與，夙殷兄弟之邦；世莫宗予，誰任□師之寄。庶其如子，何哉？而徘徊淇澳，能勿矢慷慨於期月三年？幸哉！冉有此一僕也，多材多藝，思用此庶矣。乃氓也蚩蚩，若望恩而待澤；我之碌碌，空歷塊而過都。求其如庶，何哉？而容與桑田，詎忘廣經綸於千室百乘？既庶之問，有以也夫。

【集評】

南斗嵒曰：『切衛發議，藻不妄抒。』

有教無類

有所以化其類者，而教無容隘矣。夫教，所以化其類也。既教矣，而復有類在，焉用教哉？今使盡天下而道德一、風俗同也，卽先王之禮、樂、刑、政俱可不庸。夫匡直輔翼，所以化天下萬有不齊之數，而後君師之權重，而或者猶存畛域，此其量亦不弘矣。然則君子之教，殆因人之類而有乎？類與類聚而善惡形，教之者必有區焉。若果其無類也，不應因人而各以教施也。類與類分而薰蕕判，教之者實無區焉。若果已有教也，不應於人而猶有類在也。則常原教者之初心，而知類在教外，不在教中；又常究教者之全量，而知類在教前，不在教後。是故有因其類而教焉者矣。取其長，去其短，君子斷不敢混淆以枉天下之材。而瑜瑕當前，但濯磨而未聞檢擇，則大細總歸於曲成。亦有反其類而教之者矣。矯其弊，救其偏，君子亦不勝別白以盡萬物之命。而韋絃易用，雖鄭重而不忍分明，則楛良均入於陶鑄。蓋方欲陳常時夏，而此疆爾界，方寸中早設町畦，則拘墟之胸襟，已不堪爲授受。尚期傳道將來，而別戶分門，並世者已生軒輊，則孤行之意氣，誰復敢列門牆？是故教因類而有，類因教而無，天地之憾，以聖賢平之，宇宙所以無棄材也；教自無而有，類自有而無，氣稟之偏，以提命化之，吾道所以有同歸也。離明之照，不遺遼敻；時雨之浸，不棄磽确。彼天下之有類者，皆天下之無教者也。

【集評】

牛真谷師曰：『《翼注》謂「有個教，便無個類」，「有」、「無」二字相應，本此發明，義無泛設，而開合往復，屈曲如意，未許淺學問津。』

南斗嵒曰：『胸有智珠，筆無塵壒。』

惠則足以使人

能行惠者，徵於使人焉。夫使人之不足，則惠之不足耳。曾謂惠可飾乎？且世有仁人，但欲逸天下耳，豈欲勞天下哉？然而天下卒無不效其指臂之用，則以天下之仁人，卽天下之惠人也。惠爲人之所心慕，分人以惠，則人之心輸矣。心輸者，力自歸之。惠爲人之所情感，與人以惠，則人之情乎矣。情乎者，勢自趨之。而謂不足以使人乎？大抵末世之令民，不無劫制之術，然而人之供其使，而卒不願其使者，道不足也。夫威權不足以使人，而解衣推食，遂有以妙鼓舞之機，則惠固非煦嫗之惠矣。英主之御衆，亦勤駕馭之方，然而人之爲其使，而卒不樂其使者，理不足也。夫籠絡不足以使人，而强教悅安，遂有以善揮霍之用，則惠又非噢咻之惠矣。蓋卽有不樂邀結之人，未有不樂顧復之人。惠者，父母之德，而君師以至愛成之，則驅指倍於神靈。卽有不愛慷慨之人，未有不愛公溥之人。惠者，英雄之資，而聖賢以實心赴之，則奔走捷於影響。是故豆區釜鍾，行假惠者，猶可以結人心，而真惠者可知；簞食壺漿，行小惠者，猶可以得人力，而大惠者又可知。然而仁人之行惠，非有求於使人也，亦還以使之足，不足驗其惠之若何而已矣。

【集評】

牛真谷師曰：『信手拈來，頭頭是道。』

吳超西曰：『穎雋。』

孫仲山曰：『簡鍊。○收處鞭辟近裏，方是教顯孫氏語。』

南斗喦曰：『擷或問語類之，精華而成文，八面玲瓏。』

古之矜也廉

廉以成其矜，矜則古矣。夫矜者共矜，何妨廉者自廉乎？此古之矜而疾者。嘗謂狂者之心，浩浩焉，落落焉，不知有我，安問我之所挾持者？即其玩世不恭，頹然自放，亦復胸次悠然，不肯自設一奇節想。而古之矜者不然。夫矜亦一疾也。矜在於古，豈無致疾之由？然矜既在古矣，古人亦矜，當有能矜之本。其矜也，其廉歟；其廉也，其古歟。天下滑稽之輩，多喜圓而惡方。方者，廉之象也。廉主辨而不主隨。而古者沾沾自喜，總令其體位不全，而風骨自勵，則其矜也，廉而不劌矣。天下塌茸之流，多趨鈍而避鋭。鋭者，廉之氣也。廉可驚而不可狎。而古者硜硜自守，即令其英剛易挫，而節操難摧，則其矜也，廉而能完矣。且夫幸人之無，而誇己之有，惟矜者似乎不情。然不近人情，亦復不徇己欲，則峭隘中之鄭重分明，惟古者能伸遠志耳。守我之是，而忘人之非，惟矜者庶乎無怨。然不令人怨，亦復不令人親，則淡漠内之端嚴孤介，惟古者自勵獨行耳。使有聖人而化此矜，磨礱去其圭角，浸潤著以光晶，將使廉者不徒廉焉。然而刻意勵行，古人固無如此矜，何也？但令後人而師此廉，去模稜兩可之談，化礪砥方隅之見，又將使矜者不復矜焉。吾知毁方合瓦，矜亦不獨擅其名於古矣。乃今之矜也，則何如哉？

【集評】

南斗喦曰：『廉悍之筆，英鋭之神，必如此文，始於題事不負。』

李元方曰：『峭勁。』

長沮桀溺耦而耕孔子過之

隱士耕而聖人過，耕者藉過者而傳也。夫耦耕之樂，沮、溺不能與孔子共也。微孔子過，後世詎知有長沮、桀溺乎？且宇宙之人，農夫之數以億萬計，隱士之數以一二計，聖人之數以曠世一生計，故農夫不足傳也。農夫而實隱士，斯農夫傳，隱士亦不足傳也。隱士而遇聖人，斯隱士亦傳。楚、蔡之間，類多隱士，『鳳兮』一歌，狂接輿之過孔子，而非孔子之過接輿也，乃魯《論》連類而書。又有長沮、桀溺，耦而耕之一事。夫長沮、桀溺胡爲者哉？既不留姓氏於人間，而往而不返，陷而不出，則顧名思義，沮與溺殆有陸沉之意乎？相與結金蘭於隴畔，而行與子旋，行與子逝，則同力合作，沮與溺殆有偕隱之思乎？然則其耦而耕也，雲山舒嘯，既予唱而汝和；風雨關情，亦我笠而子戴。維沮與溺，亦若此中樂趣，不足爲外人道也。彼孔子胡爲過之哉？且孔子固不耕而食者也。稷、契耦於帝世，孔子不能過而參都俞之班；周、召耦於王朝，孔子不能過而與後先之數。今乃於寬閒寂寞之濱，忽逢此匿跡銷聲之士，是旦暮遇之也。嗟乎！許由不聞買箕山以招巢父，而沮、溺同耕；太公不聞就北海以晤夷、齊，而孔子獨過。天殆假孔子一過，而使千古有沮、溺乎？抑殆假孔子一過，而使萬世無沮、溺乎？其使千古有沮、溺，奈何黄、農、虞、夏，何代無隱逸之高人？而湮没者卒不少也。使長沮不遇孔子，名亦沮矣；使桀溺不遇孔子，名亦溺矣。乃自大聖人車馬偶經，而老農老圃，惟荷鋤而竊高士之風，則過者不留，耕者不朽，而千古之上，始有一長沮，有一桀溺矣。且使萬世無沮、溺，奈何主、伯、亞、旅，何處無力作之田父？而肥遯者不可訓也。使人人而盡如長沮，則不沮者亦沮矣；使人人而盡如桀溺，則不溺者亦溺矣。乃自吾夫子虎兕所率，而先知先覺，遂釋耒而切斯民之任，則耕者共逸，過者獨勞，而萬世之後，乃無二長沮，無二桀溺矣。微仲氏子，誰則爲問津者？

【集評】

南斗喦曰：『記事小題耳，乃發出如許絶大議論，才人學人，均應歛手。』

李元方：『古老堅峭。』

博學而篤志切問而近思

分類以用心，斯善用心也。夫學、志、問、思，致知事也。博而篤，切而近，斯乃善哉！且吾儒有始功焉，爲學，爲志，爲問，爲思，如是而已矣。四者誤用其心，與不用其心者等。請爲善用心者揆其方。孰有人而不學者乎？人不學，曷克有志？而學非可拘於墟也。苻龍苞馬，造物嘗示人以至大之文章；禹鼎湯盤，先王曾遺我以不磨之器數。竟吾學者，當合千古以上、千古以下，而見其淵通。博矣，可不謂學古有獲者乎？而未也。夫取材過富，而氣盈者，或衰於半途；延攬無窮，而願奢者，或眩於歧路。君子又不咎其學而咎其志矣。篤之篤之，吾於神明宥密之區，尚無真宰，何論載籍之繁賾也？無分其志，乃凝於神，誰則如是之博學而篤志者？孰有學而不問者乎？人不問，無所用思，而問不必騖於荒也。雖有明師益友，不能就迂闊而爲大叩之鳴；果其浮氣矜情，何暇向高明而敦先民之請？善吾問者，當舍六合之內、六合之外，而詳求論議。切矣，可不謂好問則裕者乎？而未也。夫至道時聞，而取於人，不知裁於己；微言日進，而入於耳，亦復紛於心。君子又不咎其問而咎其思矣。思之思之，吾於耳目手足之故，尚多不解，何況芻蕘之紛紜也？擬議既精，鬼神將告，誰則如是之切問而近思者？

【集評】

牛真谷師曰：『筆意空曠，不作理境腐語。』

南斗嶨：『高老，似隆、萬人文字。』

李元方：『氣機流貫。』

上焉者　四句 辛未會試薦卷

善必徵而始信從，難乎其爲上矣。夫上焉者，皆昔之王天下者也，必待有徵而始信從。雖曰善也，今安在乎？且夫一代之治，百代之制備焉；前世之法，後世之人守焉。夫監成憲者無愆，而遵先王者有數。此其故，殆非蚩蚩編氓之過也已。有三重而寡過，民其信而從之哉！雖然，昔之王天下者，皆今之上焉者也。上之名也，以昭代也。微論黃熊之嫡子、玄鳥之雲孫，等而上之，卽龍師火帝、鳥官人皇，何者非上？卽何者非善乎？則聖作明述，後人之考據宜精。善之歸也，以古制也。微論東婁尚守玄龜、西洛猶存白馬，沿而上之，卽譽子軒孫、陶仍虞系，何者非善？卽何者不當從乎？則遠紹旁搜，前聖之經綸始見。然而民有薄其簡略者矣，猶豫無憑，罔堪確守。由不信，故不從也。且有疑其迂闊者矣，典章旣遠，莫辨精詳。由無徵，故不信也。而吾於此，竊爲上焉者慨，兼爲斯民慮也。居叔、季而想前聖之制作，制作幾費經營矣。忠胡爲而質？質胡爲而文？鼎盤所以抱無言之恨也。夫以上之議禮議法，方謂後來者，無復居上矣。曾改革幾何，而河山能綿其帶礪者，日月曾不能壽其文章。則撫茲善也，窮原探本，學士能無動《蒙》泉《剝》果之思？執法物而求後世之知識，知識且遜古賢矣。耳目少所見，卽性情多所怪，文獻不能待後死之求也。夫以民之遵道遵路，方謂旣往者，今日可徵矣。乃典型日遠，而君與相創垂於當日者，子與孫無由尋繹於將來。則覩此善也，世遠年湮，識者能無發麥秀黍離之感夫？是以創制顯庸，當日之民，固皆信而從之者，而無如其已爲上也；好學深思，今日之士，或有善而徵之者，而特難以概諸民也。上者如此，下者可知。

【集評】

牛真谷师曰：『新警。』

衛闻一曰：『言簡意該，故是老手。』

驅飛廉於海隅而戮之

周王誅亂臣，務在必得焉。夫飛廉至海隅，亦云遠矣。驅而戮之，此武周之本意也。夫從古亡國之臣，或以便佞幸，或以桀驁幸。二者得一，可以亂天下，而兼之者莫如紂之飛廉。蓋崇虎負淫酗之氣，而利口非其所長；費仲擅捷給之才，而强力在所不取。廉也以力事君，因讒破國。今赤烏流而蒼兕濟，固宜身伏司敗，與奄君同著丹書矣。而乃潛遊澤國，竄伏水鄉，得毋謂新天子號令不暇問諸海濱哉？乃武周則有驅之之法在。苟屬魚龍之窟，似可任其投荒。然而紂爲萃淵藪，海非逋逃主也。故雖健步絕倫，而王法必追於無地。既矢鷹鸇之逐，宜止出諸要地。然而海不擇細流，周必懲元惡也。故任巧言傾世，而天刑必令其無辭。蒼茫者，烟水也歟哉，而天綱雖疎，嘆淩波之無術；赫濯者，君威也歟哉，而石棺未就，欲函首而不能。吾聞伯夷避紂，居北海之濱矣；太公避紂，居東海之濱矣。避紂者兼避飛廉也。乃昔也征途悵望，莫留二老之歸；今也水國澄清，不縱一兇之去。海隅之人，何其先憂而後樂也！是故法風雨之疾以爲驅，而魑魅雖潛，畢竟身無葬地；本雷霆之威以行戮，而鯨鯢既仆，自然水不揚波。此武周之本意也夫！

【集評】

牛真谷師曰：『痛快淋漓，精光閃爍。此亦天地英華所聚，不得以時藝目之。』

立賢無方文王視民如傷

立賢以乂民，商王之心猶周王也。蓋必野無遺賢，而後民遂其生。然則立之無方，非卽如傷之意乎？且自維嶽降神，而芸芸者遂生受治之思，亦可知賢之於民，未嘗分而二之也。諮訪博而町畦悉泯，煦嫗至而軫恤彌殷。自非聖人，其孰能與於斯乎？湯之所執，既在中矣。庶幾哉！心源接於嬀后，而能用其中於民矣乎？雖然，亦思其於賢則何如耶？方爲億兆起疲癃，而於鳩房吝，笙瑟疏，附其何屬矣？湯惟知其必需者，而急爲之備。故有懷彼美，弗忘旟在都而旄在郊。方爲九圍之內善調劑，而於一德之外，鮮縶維綏，乂其無人矣。湯惟權其至切者，而悉爲之羅。故英異在前，必思拔其茅而連其茹。其立也，殆無方乎？懋賞懋官，久與蒼生之待命同殷也。而收納之際，尤必破乎常格焉。賢在貴者歟，則閥閱不棄也；賢在賤者歟，則衡泌可取也。一似舉窮達之眾，渾而齊之，而畛域皆忘。三宅三俊，久與編氓之待哺同切也。而選擇之餘，尤必軼乎常制焉。賢而大者歟，則棟隆可採也；賢而小者歟，則葑菲不遺也。一似合優絀之才，聚而納之，而長短悉萃。立賢如此，將見以之遂民生而理財得士，以之復民性而敷教有官。幸哉！湯之民也。其永躋康樂乎？顧賢才出而恬養既引，强教悅安，固沐休和於景亳；□□奏而噢咻益切，菁莪棫樸，猶深怙冒□□豊。以觀文王，其視民如傷乎？如燬與歌，久已遭荼毒而莫告，而一語於西土之照臨，斯危者亦安。乃他人視之，則袵席也；文王視之，則水火也。故內麟趾，外鷹揚，方且率多士以解斮脛之苦。而冬祁寒，夏暑雨，警心怵象，不僅同解網之仁。孔邇懷歸，久已樂美利而無垠，而一入於卑服之康田，則安者亦危。故以民自視，則仁壽也；以文王視民，則兵革也。所以卜龍螭，兆熊羆，方且合思皇以慰赬尾之勞。而爲奔走，爲後先，保乂調燮，不僅類聘莘之典。要之，國無賢則民莫治，故湯之慮之也周；國無民則賢虛拘，故文之愛之也至。然則文之存心，非卽湯之存心也哉？

【集評】

學使嵩茂永先生曰：『截搭易落纖巧，文獨出以正大；易入粗俚，文獨出以典雅。庚子山云：「文異水而湧泉，筆非秋而垂露。」堪爲此文持贈。』

其文　竊取之矣

文以載事，而義歸聖人矣。夫史能有其文，而義則闕如也。孔子獨取之，故《春秋》遂爲史中之經。嘗謂編年紀月，聖人非有意與天下同；微顯闡幽，聖人豈立心與天下異？惟其體如是，則不得不從乎同；識如是，則不得不獨爲異耳。《春秋》之事，則齊桓、晉文矣。試進而論其文。文載本國之事者恆詳，而載列國之事者恆簡。簡者能詳，則提綱挈領，斷不同於野乘之龐雜。吾想一千八百國之煌煌竹帛，蓋有父兄子弟，相繼而成一書者。而《春秋》之起例發凡，亦如是而已矣。文載一代之事者多核，而載歷代之事者多訛。訛者能核，則條舉目張，乃不等於齊諧之浮誕。吾想二百四十年之縷縷王綱，蓋有筆臣柱史，目擊而戒百世者。而《春秋》之比事屬辭，亦如是而已矣。且夫國之有史也，非徒區區珥筆從卜祝羣吏之後，務采色，矜博雅也。亦將有以善善惡惡，俾亂臣賊子見之而屏息攝志也。南、董往矣，古道猶存；游、夏在焉，一辭莫贊。其文載其事，其義貫其文。非孔子之責，而誰責哉？乃孔子則曰：『其義，則吾竊取之矣。』義莫大乎正名定分，則取其正大而光明也。王人何以先盟？天王何以下狩？孔子於文内見其事，而卽於文外寓其義。故筆則筆，削則削，而匹夫秉鉞，儼然成千秋性命之書。義莫大乎彰善癉惡，則取其委婉而纏綿也。雖小國必書其爵，雖王者不稱其天。孔子與史同者，文中之事；而時與史異者，文中之義。故罪我者罪，知我者知，而韋布有權，穆然見三代是非之直。不然，覽其文，猶他國之史耳，何以爲史中之經也哉？

【集評】

南斗嵒曰：『融洽高渾，有得意疾書之樂。』

李元方曰：『負聲有力，振彩欲飛。』

舜之居深山 一章 辛未會試薦卷

虞帝無異人，異之於善也。夫舜，惟人與人同，故其契善獨與人異。深山中有是野人乎？嘗謂人之中有聖人焉，聖人異甚。雖然，聖人未嘗異也。聖人未嘗與人異，而人自不能與聖人同。謂夫聖人者，百物之天地而萬善之山藪也，舜之所居者是已。夫就舜以觀舜，僅一舜也；就所居以觀舜，得兩舜矣。分舜以觀舜，僅半舜也；合所居以觀舜，有全舜矣。維深山爲鴻蒙既闢之真境，斯善之藪也，而不見有善，但見有木石，見有鹿豕。維野人爲混沌未鑿之真人，斯舜之徒也，而不見有舜，但舜居與居，舜遊與遊。深山也，木石也，鹿豕也，野人也，舜也，一而已矣，有以異乎？雖然，舜則異甚。蓋舜所不異人者，物我之忘機；而舜所異人者，嘉懿之入告。舜所不異人者，耕田鑿井之羣；而舜所異人者，好問察言之隱。蓋嘗於及其聞一善言、見一善行觀之，而知其果有異於深山之野人也。且夫善言善行，微特虞廷之爲俞爲賛，悉涵廣大之規；卽野人之不識不知，亦具真樸之氣。推而廣之，深山無物，是爲善境；木石無情，亦有善機；鹿豕無知，皆含善性。何在非居遊，卽何在非聞見，卽何在非言行，卽何在非善也。惟舜之善，與人之善合，故不迎；惟人之善，與舜之善契，故亦不距。若決江河，沛然莫禦。異哉！深山中有是野人乎？乃知舜之與木石居也，與善居也，非木石也；與鹿豕遊也，與善遊也，非鹿豕也。惟舜本一善爲措施，故他日亮采徵庸，而野人之樸，漸散於朝廷；惟舜挾萬善以遨遊，故他日飯糗茹草，而深山之中，陰留一天地。雖然，問之野人，野人不知；叩之深山，深山無言。信乎，聖人異甚也！

【集評】

牛真谷師曰：『筆意頗似南華。』

薛補山曰：『峭厲。』

松花庵續集　松厓試帖

松厓試帖序

李苞

松厓先生以著作鴻材，未登館閣，因之試帖詩絕少。偶有作者，多係爲人代作，故一題有二三首者，多至十數首者，其中不無複句，原非自家存稿也。苞近在山左，得利津進士李巨濤制義數冊，有名《課徒草》者，有名《應酬集》者。夫制義，非詩也，而何名爲應酬？以朋徒將《四書》中極難之題，求作文以爲程式，且藉以開心思故耳。然則松厓《四書詩》，即《課徒草》也；《松厓試帖》，即《應酬集》也。苞鹽務之暇，讀此詩，謹識於後。

道光元年九月念一日，受業李苞拜譔。

松厓試帖

陰晴衆壑殊

衆壑判陰晴，終南萬里橫。霧深堪隱豹，日麗喜遷鶯。谷水隨高下，天光異晦明。翠嵐看不定，紫氣鬱難平。幾處藏舟穩，何人採藥行。欲尋投宿處，隔岸晚烟生。

採菊東籬下

閑情栗里翁，採菊小籬東。嫋嫋黄金摘，蕭蕭素髮同。花明三徑露，香散一園風。冷豔真盈把，霜苞尚幾叢。蝶尋秋色裏，蜂送夕陽中。更有南山好，悠然望不窮。

月照冰池

皓月弦初滿，寒池凍已凝。恍疑銀漢水，飛注玉壺冰。疋練光無定，方諸影不勝。抱珠龍正寐，擣藥兔先升。毫髮歸瑩鑑，空明比大乘。蟾蜍居井底，雲路想騫騰。

學乃身之寶

求學功無已，懸知寶在身。寸心爲篋笥，滿腹見精神。共羨桓榮富，翻憐猗頓貧。自然成國器，不待數家珍。特達由中出，深藏取次陳。雖同懷璧客，難示採珠人。何處蒐羅遍，當躬指點頻。珊瑚歸鐵網，獻納敢逡巡。

其二

至寶藏身固，吾今指所之。但能勤向學，焉用巧居奇。咳唾霏珠玉，言談重鼎彝。不貪羞子罕，非病薄原思。盈缶中孚易，追章大雅詩。探囊空摸索，發冢亦支離。孟氏戒三勿，白公吟四雖。多文以爲富，持此告貧兒。

窗竹夜鳴秋

此君中夜嘯，蕭瑟滿虛窗。月滉參差影，風吹斷續腔。畫簷無嶰谷，清簟有湘江。白雁聲相應，青鸞尾自摐。幾家聽玉漏，何處掩銀釭。繞樹驚棲鵲，眠雲惹吠尨。金鐘響蒿葉，翠羽噪梅椿。對此增難寐，悲秋氣已降。

鵰鶚在秋天

征鳥歷清秋，橫空鵰鶚遊。勁風生劍翮，殺氣入星眸。擘浪黃金立，翻雲皂蓋流。喜懷朝鳳志，慚伍落鵰儔。累百真難及，無雙豈易求。孔融方薦士，李廣未封侯。野曠羣飛少，霜寒自獵優。杜公思義鶻，作賦意悠悠。

山泉落滄江

立馬望山泉，滄江在眼前。奇峯飛白練，幽韻鼓朱絃。電轉明三峽，紅垂飲九天。桃花添錦浪，石乳瀉文漣。鷗鷺晴初集，蛟龍晝未眠。細流爭吐納，雙折隱方圓。雲暗湘妃竹，沙高楚客船。朝宗知不遠，槎泛斗牛邊。

其二

水濟滄江水，高山落暗泉。千峯飛素練，七澤漾紅蓮。玉蝀疑斜挂，銀河似倒懸。浮花飄片片，轉石響濺濺。雁鶩香洲集，蛟龍□晝眠。望洋添大勢，舍筏悟真詮。白靜沉牛璧，青流飲馬錢。朝宗知不遠，海日照澄鮮。

遠岸富喬木

蒼然兩岸遥，厥木富維喬。茂蔚垂雷雨，杈枒動斗杓。孤桐羞獨立，八桂耻先凋。隔澗飛紅葉，連村暗緑條。晝陰田鼓競，春霽酒旗飄。鶯語來幽谷，人烟過小橋。深林棲鸑鷟，全樹借鷦鷯。王國需楨幹，工師不待要。

石根青楓林

巑岏怪石根，楓樹一林青。骨露山常瘦，顔酡葉尚醒。米顛留笏拄，杜牧愛車停。奇狀堪遥拜，清音合倒聽。崚嶒仙丈趾，縹緲羽人形。猿坐連朝臂，鵶翻動夕翎。秦魂返關塞，楚些望江汀。惓戀丹宸切，飄香想漢庭。

雲水照方塘

春水瀉方塘，閒雲送午凉。緑波環四畔，清影照中央。妙悦鳶魚性，陰涵蕙芷香。驪珠驚散彩，荷鏡喜生光。空翠看沉璧，遊絲想釣璜。草縈添活潑，花落點文章。鳳沼恩波遠，龍池惠澤長。侍臣還鵠立，染翰賦鴛鴦。

其二

雲水照方塘，遊人樂未央。四圍皆柳色，一派是荷香。動靜天機在，飛沉道趣長。春容看上下，變化合陰陽。駘蕩琉璃影，空明綺繡光。儵魚殊自得，鷗鳥莫高翔。鼓枻環洲島，乘槎望海洋。恩波靈沼滿，涓滴感無疆。

花邊行自遲

三徑通幽處，招尋路轉賒。非關學緩步，自是愛名花。梅擬巡簷索，蘭從繞戶遮。暖烟留蝶夢，香雨靜蜂衙。徙倚光風遠，徘徊麗日斜。乍來分曉色，欲去戀晴霞。暗綠迎鳩杖，飛紅點雁沙。堯階頻拜手，蓂莢正生芽。

其二

乍轉迢迢路，忻看樹樹花。閒情當麗日，緩步愛明霞。宿雨紅初綻，朝烟綠半斜。那堪驚鶴夢，未許散蜂衙。把酒懷三徑，吟詩憶八叉。香生九節杖，春傍五雲車。宛轉聽鶯語，從容踏雁沙。玉堂風色好，會許拾仙葩。

其三

上苑風光曉，欣看樹樹花。尋芳情不厭，緩步樂無涯。曲徑輕雲繞，方塘暮靄遮。香塵染衣袂，玉蕊拂行車。蝶倦初尋夢，蜂閒自散衙。苔痕雙屐失，竹翠一欄賒。層緑堆幽砌，疎紅綴晚葩。卻嫌金谷裏，遊賞誤烟霞。

層臺俯風渚

風渚傍層臺，登臨實快哉。雙虹橋下指，一鑑水中開。鼓枻歌相答，淩波舞自迴。春光真澹沲，雲影共徘徊。雅憶垂堂語，還欽作賦才。濠魚知汝樂，洲鳥勿吾猜。蘭茝堪級襲，蒹葭好溯洄。暗香隨畫舫，載酒定誰來。

揮翰綺繡揚

柔翰偶然揮，爭看綺繡飛。筆端生杼柚，筒外起光輝。花入江郎夢，香飄竇氏機。唾絨摸古格，濯錦爛晴暉。黼黻光丹陛，絲綸伴紫薇。漫愁鮫室妒，卻哂鳳梭稀。倚馬雄心在，雕蟲壯志非。玉堂如視草，無縫比天衣。

臨川視萬里

萬里水浮天，平臨視大川。清兮原委見，逝者古今然。溟渤環身外，蓬萊峙目前。曝腮看鯉化，怒翼想鵬騫。汪濊恩無極，朝宗勢所便。雲生秦帝島，查作漢臣船。破浪心常切，摶風力已堅。凡魚何足羡，一釣六鰲連。

迴風吹早秋

萬里迴風至，翼然吹早秋。銀床聞淅淅，玉宇覺颼颼。漸看千巖肅，難爲一葉留。涼生鸜鵒谷，巧入鳳凰樓。商律調夷則，金威厲蓐收。楓林宜日晚，桂樹想山幽。粲粲黄花發，泠泠白露稠。西成知有慶，歌舞遍田疇。

臨軒望山閣

山閣遥相待，幽人倚素軒。徘徊臨敞豁，彷彿聽潺湲。坐挹翠嵐色，焉知車馬喧。石呈新結構，雲破古籬藩。目擊探靈窟，神遊謝短轅。遠之則有望，欲辨已忘言。巖隱桂花發，樓居芝草蕃。此中藹軸在，風味更難諼。

其二

遠山山上閣，森秀比霞騫。對景呈奇色，披圖倚小軒。迷離懷霧豹，恍惚聽林猿。隱士樓臺出，仙人窟宅尊。浦雲飛桂棟，巖日照松門。欲往非無路，遙看自弗諼。丹青空點綴，車馬謝攀援。借問幽棲者，桃花幾樹繁。

其三

兀坐看山閣，清光到小軒。仙人不可見，幽境已難諼。苔蘚成金碧，藤蘿繞戶垣。月明歸倦鶴，風急嘯寒猿。石廩雲霞出，芝田雨露繁。遠觀真有色，靜聽本無喧。小李將軍畫，迂倪處士園。未知玄豹隱，俗客幾攀援。

其四

朗朗青山裏，遥遥畫閣掀。香茅爲棟宇，怪石是籬樊。搔首空惆悵，凝眸載笑言。此間聊覧眺，他日好攀援。土木功何假，仙靈力未煩。雲迷燒藥灶，風裊護花旛。大隱堪居市，奇人每灌園。未知高卧者，曾亦見吾軒。

其五

縹緲仙人閣，攀躋未易言。那知金碧畫，遥對水雲軒。目擊奇皆領，神遊道不煩。棲居真豁達，室遠恨偏反。漫蠟遊仙屐，徒迴下澤轅。月巖虛皎潔，風樹久潺湲。鳳鳥翔千仞，羝羊觸一籓。何時數椽約，十宅近靈源。

其六

奇峯堪立馬，阿閣擬巢鵷。不待移珠履，飛來擁翠軒。春鶯遷畫棟，仙犬吠籬桓。雲構生佳氣，風櫺想道言。黃花甘谷滿，丹桂小山蕃。浪說樓居好，兼知市隱喧。艮岑秋石散，繡嶺暮霞翻。禾若靈臺上，遊觀自弗諼。

其七

阿閣當苔徑，宸居在玉軒。夔龍環左右，巢許憶山樊。遠望情何極，神遊道不煩。崆峒遙待問，槃澗已難諼。虛牖風雲入，空廊日月騫。九苞翔桂棟，獨角守松垣。半領通佳氣，高齋想道言。懸知三聘幣，迢遞指丘園。

其八

山翠飛書案，幽人啓素軒。空中見樓閣，塵外息輪轅。紅葉醉秋色，綠蘿明曉暾。神遊情不厭，目擊道斯存。自得林泉賞，何勞跋涉煩。雲霞來臥榻，金碧照衡門。桂樹仙人宅，桃花隱士源。懸知丹鳳詔，指日到丘樊。

其九

仙家愛樓閣，奇景對窗軒。遠望應如在，沉吟那復論。石扉雲乍掩，風牖雨難昏。命駕空千里，從遊待一樽。伊人知不遠，俗客更何言。劉阮還夫婦，羊求自友昆。小山招隱士，芳草憶王孫。未若青鸞影，飄飄日到門。

其十

遥遥山閣見，豁達賴高軒。自得登臨趣，何勞車馬煩。棟留雲過影，窗散月來痕。拔宅淮王遠，登樓謝客尊。松篁虚水石，金碧爛朝昏。二仲還師友，三茅自弟昆。裁書思附鶴，命駕恐驚猿。坐臥逢邁軸，幽人信弗諼。

其十一

突兀看飛閣，逍遥坐素軒。飄飄丹嶂裏，隱隱綠蘿翻。大隱知何在，幽居信弗諼。谷雲開戶合，山雨捲簾吞。笙引緱峯鶴，窗馴蜀峽猿。高齋羞謝朓，虚榻陋陳蕃。命駕懷空切，遊仙道自尊。誰將天上樂，傾瀉到衡門。

其十二

捲幔看山閣，晴嵐到小軒。翬文照鸞鶴，蜃氣訝魚黿。棟宇松濤入，丹青畫彩賁。簷應無怖鴿，庭豈有懸狟。坐臥堪遊目，逍遥待舉跟。落成驚鳥革，卜築想龜焞。塔影穿雲腹，泉聲動石根。此中仙隱在，欲辨已忘言。

水始冰

秋水天根落，逢冬始作冰。鴉啼金井凍，梅伴玉壺澄。北陸寒方至，東風解未能。堆盤輕縠在，呵硯古香凝。月碾珠胎影，風翻貝甲稜。千蹄飛不渡，九尾聽何曾。極浦膠烟艇，孤灘罷雪罾。焉知洗心者，履薄自兢兢。

雉入大水爲蜃

淮海寒初至，華蟲老共悲。爰爰辭狡兔，撇撇逐靈龜。綺繡淩波蜕，樓臺傍日垂。水光成變化，雲氣助嘘吹。異體文章在，分形介胄隨。蛟龍空自蟄，鷹隼謾相窺。性耿應忘我，涎飛卻擬誰。迴思當陸處，鬭狠竟何爲？

五嶺梅花發

大庾冬無雪，爭看十月梅。飄飄當路發，點點擬寒開。東閣香猶待，南枝暖自催。春隨五仙至，花送陸郎回。樓上從三弄，風前且一杯。縞衣尋古夢，鐵骨想清才。翡翠鳴珠樹，桄榔映玉苔。未知逢驛使，誰寄隴頭來。

烹茶鶴避烟

綠霧起茶鐺，忘機老鶴驚。花間如有覿，林下忽潛行。謾擬焚琴煮，聊當警露鳴。槍旗君自鬬，水火我何爭。裊裊香烟結，飄飄健影横。翩翻天際雪，吭引洞中笙。陸羽多佳趣，林逋少俗情。相期七椀後，同聽九皋聲。

學詩如學仙

詩有長生術，繁蕪盡可芟。騷壇增磊落，仙路比嶄嵌。四傑果能伍，三彭那懼讒。伐毛方拔俗，换骨乃超凡。黄絹初捫碣，丹臺已署銜。奇方留玉軸，祕訣在瑶函。嶺外逢蘇軾，人間見吕巖。棗梨何足壽，蓬島待鐫劖。

艾虎

剪綵像於菟，蒙將艾葉俱。不勞牽葦索，端可代桃符。火炙能禳毒，風從懶負嵎。三年求幸得，五日製寧殊。銀綬光疑染，金刀厭恐誣。氣堪吞水蜮，威豈假城狐。好客田公子，遊仙楚大夫。大人同變化，文采耀寰區。

其二

靈艾逢端午，人當貴藥需。忽然驚白額，宛爾傍青蒲。求詎三年得，威從五日俱。光華同印綬，功效等星符。薈蔚疑生翼，葳蕤任捋鬚。洵堪醫鬼瘧，良可配神荼。角黍自今古，朮羹終有無。何如香草外，瞥見小於菟。

高文一何綺

鴻文如麗綺，新濯蜀江濤。司馬聲華重，元龍意氣豪。奇光騰繡虎，大力掣金鰲。追琢循佳製，珠璣發彩毫。掞天推學士，摛藻屬詞曹。黼黻明霞爛，絲綸瑞日高。織成鸚鵡賦，分得鳳凰毛。補袞丹心在，行看賜錦袍。

雲門吼瀑泉

古澹雲門景，聲塵本寂然。偶來看瀑布，忽訝吼飛泉。玉蝀晴光落，金鯨猛氣宣。乍驚雙鷺下，還聒五龍眠。組練空中色，笙鏞靜裏禪。勢從山溜轉，音借海潮傳。工部珊瑚筆，將軍霹靂弦。珠璣穿百琲，好句共澄鮮。

華嶽

白帝開蓮萼，青冥鑄翠翹。三峯飛地骨，一掌出雲腰。雷動蒼龍脊，霞明玉女髻。藕船凝沆瀣，雪練挂瓊瑶。石有仙翁博，松餘隱士瓢。雁迴聲嚦嚦，鳳去影飄飄。雙屐凌丹障，孤笻叩碧霄。寧知王景略，絃誦雜漁樵。

拔茅連茹

鉅典收才俊，連登類拔茅。幾家成白屋，隨處擢青郊。幸備豳民採，還容楚貢包。偶吟純束句，如玩彙征爻。盡取嫌滋蔓，同升笑繫匏。仍疑化荃蕙，卻似載芻茭。象協風雲會，占符天地交。堯鐘多湛露，縮酒莫輕抛。

其二

泰運當掄秀，旁求類拔茅。庀材占九象，連茹卜三爻。似化荃兼蕙，如粘漆與膠。彙征初得吉，藉用漫相抛。亟亟升豳屋，英英入楚包。生階同諫草，蔓野豈懸匏。棫樸應叢發，菁莪亦漸苞。蒲輪今後見，宛在浚之郊。

美言不文

欲識言之美，惟求理不誣。文辭雖爛熳，意旨戒榛蕪。漫效輪轅飾，當探菽粟腴。璞完終韞玉，櫝買莫還珠。物序存爻象，經綸重典謨。菁華藏亹亹，枝葉笑區區。但得薪傳祕，方知稗販粗。沉吟揚子語，吃口信鴻儒。

玉芝亭詩草

玉芝堂詩草

玉芝亭詩草序

牛運震

（已見《松花庵詩草》卷首，此略）

玉芝堂詩草

善哉行〔一〕

秋氣滿庭，主人不樂。請具壺觴，延召髡朔。酒酣樂奏，客起擇言。主人再拜，問客胡然？呦呦鳴鹿，徘徊堂下。感子厚恩，不思原野。人生碌碌，識時則賢。雲龍泥蟠，各全其天。北邙送客，東門牽犬。讀書學仙，惜哉俱晚。今夕何夕，座列貂蟬。願崇明德，嬉戲千年。

【校記】

〔一〕此詩《松花庵集》未收錄，李苞《洮陽詩集》收入吳鎮祖父吳伯裔名下。

短歌行〔一〕

肅肅秋風，吹我裳衣。凡百君子，願知我哀。一解。

有黑者鷗，集於竹林。雖則抱醜，憐彼直心。二解。

當暑而裘，當寒而葛。用物不時，何資生活。三解。

翩翩黃葉，辭彼故枝。我心逾邁，日月其馳。四解。
君子固窮，小人懷惠。灼灼舜華，不如松桂。五解。
志士立言，毀譽隨之。千秋萬歲，何與我爲。六解。

【校記】

〔一〕此詩《松花庵集》未收録，李苞《洮陽詩集》收入吴鎮父吴秉元名下。

古怨詞

一車不三輪，一劍不兩鞘。夫壻從何來，學得别人笑。

古意

昨過望夫山，石人對儂語。悔不化青驪，萬里同風雨。

春思

（已見《松花庵詩草·大堤曲》，此略）

子夜歌二首

懽來白馬迎，懽歸白馬送。載去意中人，金鞍不覺重。

儂有白團扇，秋來不忍棄。持贈郎懷袖，郎可似儂意。

讀曲歌二首

懽坐衆人中，儂來不敢顧。風飄白練裙，不見青絲屨。

向晨禱青天，昨夜殘香在。願郎變初心，不爲旁人愛。

落葉曲

（已見《松花庵逸草·落葉曲》，此略）

采蓮曲

（已見《松花庵詩草·采蓮曲》，此略）

夜夜曲

（已見《松花庵逸草·夜夜曲》，此略）

隔簾曲

有馨者蘭兮，翳彼烟蘿。匪山匪水兮，如繡簾何！

相逢行

相逢杯酒裏，日暮欲何之？落葉飛相逐，依依能幾時。

薤露

白日不暫停，百年如奔馬。況復秋風中，不少紅顔者。北邙多黯色，蕭然滿松櫝。生時好絃歌，啼鳥今啞啞。茫茫一片月，狐鼠自成社。借問同心人，誰來泣墓下。

烏夜啼

延秋白烏啼啞啞，壯士攬衣淚盈把。綠雲一夕變銀霜，人與烏白誰上下。長安多少要路津，何人跣步借麒麟。蒼茫古道天色惡，風吹黄葉欲埋人。

夢中曲

（已見《松花庵詩草・夢中曲》，此略）

懊惱曲

（已見《松花庵詩草·懊惱曲》，此略）

落花怨

封家女子笑暘谷，一夕春光無面目。翠樓幾處涴粧人，同聲齊向東風哭。落花飛去尚有枝，五湖何地葬西施。垂簾不語拂明鏡，綠雲空繞鬟中絲。

青樓曲〔一〕

儂家蘭室玉爲牀，桃花映戶柳覆牆。青樓百尺照初日，憑欄瞥見雙鴛鴦。鴛鴦浴春水，雙浴還雙起。安得郎金賤如土，千秋萬歲供歌舞。

【校記】

〔一〕此詩《松花庵集》未收錄，李苞《洮陽詩集》收入吳鎮祖父吳伯裔名下。

前有一樽酒行

盤有嘉魚樽有醴，主人見客顏色喜。竹郎祠外草萋萋，昨日少年今日死。夜臺一去無冬春，北邙孤月如車輪。髑髏起立欲拱揖，西風蕭瑟愁殺人。

蛺蝶行〔一〕

蛺蝶遊南園，不知身細微。遭逢雙燕子，飄逐過花飛。燕子隔花語，蛺蝶隔花泣。同是花間生，相逼何太急。燕子燕子須回顧，有人挾彈春風路。

【校記】

〔一〕此詩《松花庵集》未收録，李苞《洮陽詩集》收入吴鎮祖父吴伯裔名下，題爲《蛺蝶》。

擬北齊無愁曲

（已見《松花庵詩草·補高齊無愁曲》，此略）

阿干歌

（已見《松花庵詩草·阿干歌》，此略）

楊白花

（已見《松花庵詩草·楊白花》，此略）

燈花詞

孤燈結好花，夜夜彈不盡。曾爲遠人占，如何多失信。

春草吟

多情生小砌，隨意上閒庭。安得王孫眼，年年如此青。

田家行

田家春酒熟，瓦缶湛清輝。何處無芳草，王孫若欲歸。

擬怨歌行

百川走日夜，溟渤無溢波。君恩如雨露，難言一人多。憶昔曾承寵，驕妒心所訶。新人今妒故，奈此故人何。故亦何可忘，新亦何可棄。倘鑒篋中秋，敢希掌上地。

山居懷人〔一〕

久爲山中人，不識山中路。翠微結茅廬，認取雙松樹。茲境良已殊，故人在何處？欲及春酒熟，攜爾同淹寓。薜荔挽裳衣，不使下山去。

【校記】

〔一〕此詩《松花庵集》未收錄，李苞《洮陽詩集》收入吳鎮祖父吳伯裔名下。

菊〔一〕

嫋嫋籬邊菊，高莖撐寒露。苟遇賞花人，底用愁日暮。蛺蝶臥南園，夢中曾不悟。冷砌無嫣香，秋風向何處。

【校記】

〔一〕此詩《松花庵集》未收錄，李苞《洮陽詩集》收入吴鎮祖父吴伯裔名下。

謁葛衣公祠祠在平番，以華亭包節配

（已見《松花庵遊草·葛衣公祠》，此略）

昨歲

昨歲朝那盜，潢池敢弄兵。雷霆春乍肅，魑魅晝當清。虎繞中丞節，熊飛左相旌。相傳殲首惡，出入費經營。

允吾别空山堂諸同學

纔罷離筵酒已醒，春風一曲短長亭。遥憐今夜三更雨，茅店芸窗各自聽。

客中七夕

十載短長亭，蕭騷醉未醒。他鄉逢七夕，孤客望雙星。月冷蛸蛛網，雲高烏鵲翎。誰家紅袖子，含笑掩金屏。

奉慰真谷夫子時已解組

空同門下客，千里一黄生。負笈來何暮，投簪事已成。宦情邊月冷，歸夢海雲輕。好去玄亭上，經營萬古名。

孤燕〔一〕

孤燕歸何晚，空梁塵漸深。春秋遊子況，來去故人心。掠影穿花徑，啣泥度柳陰。烏衣門第改，漂泊到如今。

【校記】

〔一〕此詩《松花庵集》未收錄，李苞《洮陽詩集》收入吳鎮祖父吳伯裔名下。

夢孫二仲山

（已見《松花庵詩草·夢孫二仲山》，此略）

雨中坐桃花庵聞笛〔一〕

微雨晝濛濛，東園飛小紅。一聲何處笛，遥落萬花中。余亦能高唱，《陽關》無與同。天邊不可寄，惆悵滿春風。

【校記】

〔一〕此詩《松花庵集》未收錄，李苞《洮陽詩集》收入吳鎮父吳秉元名下，題爲《雨中坐園亭聞笛》。

寄臨潼劉升雲階 時寓洮西門外

旅舍蕭條秋滿空，破窗風雨面寒松。知君昨夜還家夢，愁殺西山寺裏鐘。

送劉雲階東歸

（已見《松花庵逸草·送劉雲階東歸》，此略）

懷徐二尚友

澹雲微雨阻狂歌，子野憑誰喚奈何。別後懷君秋葉末，松山明月夢中多。

落花

桃花庵裏草青青，一枕秋風不可聽。蛺蝶尚尋前日夢，那知紅素已飄零。

望夫石〔一〕

空山一片石，髣髴嬋娟狀。風雨晝冥冥，行子盡惆悵。槀砧今萬里，新心多異向。爲人已不歸，化石更何望。

【校記】

〔一〕此詩《松花庵集》未收録，李苞《洮陽詩集》收入吴鎮父吴秉元名下。

挂劍臺歌

泗州城外一抔土，傳是徐君之墓臺。臺前大樹懸寶劍，蛟龍夜泣松楸哀。句吴公子不忘故，臨風再拜辭丘墓。慷慨解鞘挂寒柯，淒然淚下如秋露。人生瞑目即長眠，英魂何處揮龍泉。祇爲丈夫貴心許，不惜青鋒地下看。延陵棄國猶腐鼠，一劍區區安足數。君不見魚腸入地湛盧飛，世間神物本無主。

候馬亭歌

（已見《松花庵詩草·候馬亭歌》，此略）

任將軍歌

西南小醜干天怒，將軍駐師金川路。萬仞山城鳥度難，督師催我上天去。男兒當死敵，寧能自詣簿。飛礮如雨鼓聲咽，令旗不倒頸血注。嗟哉將軍今死苗，五原之績薄雲霄。偏裨痛哭昭忠祠，鐵馬琱戈風蕭蕭。

呈太守梁公

大鵬海上來，六月不敢懈。斗室有知音，誰言宇宙隘。倒屣心所慚，贈公以不拜。

春遊

（已見《松花庵詩草·春愁》，此略）

蛺蝶

蛺蝶閃金衣，飄然弄遠暉。如何花下見，只似夢中飛。驚豔春無力，尋香夜不歸。南園千萬樹，惆悵欲誰依。

【校記】

〔一〕此詩《松花庵集》未收録，李苞《洮陽詩集》收入吴鎮父吴秉元名下。

送别

（已見《松花庵詩草·送别》，此略）

積石歌官學使院試

（已見《松花庵詩草·積石歌》，此略）

初秋遊後五泉〔一〕

金飈扇素節，花語滿幽谷。選勝陟巖阿，迴車傍澗曲。草秋滋秀色，松老含青緑。淙淙亂石中，飛泉時斷續。良朋舉瑶觴，雅愛各相屬。好鳥非笙簧，清音自然足。剡桐悲化遷，題碣感年促。嘉會復幾時，華髮將滿目。悠悠白雲叢，上有古仙躅。將子出烟蘿，爲予駕麋鹿。

【校記】

〔一〕此詩《松花庵集》未收録，李苞《洮陽詩集》收入吳鎮祖父吳伯裔名下。

登樓

（已見《松花庵詩草·登樓》，此略）

秋夜懷胡靜庵

故人天水去，音信久茫茫。靜夜復如此，幽懷那可忘。鳥啼山寂寂，月冷桂蒼蒼。蕭索誰當□，秋聲夢裏長。

懷齊子方水

南繡園中野鳥啼，春烟如夢繞紅梨。此時把酒情何限，別後尋花路已迷。微雨斜風雙塔外，澹雲明月五泉西。牢騷欲舞劉琨劍，愁聽迢迢午夜雞。

贈隴西史君筆

有客相逢笑展書，殷勤贈我一雙魚。乍聆名氏心先醉，況有文章錦不如。深院花香鶯語後，古城風冷雁來初。隴頭無限金閨月，應爲王孫照索居。

贈宋同學紹仁

昔君識我長安市，分手雲山又幾年。夢裏形容今若此，尊前談笑故依然。東鄰杏綻三春雨，南浦楓疎八月天。彩筆風流真絕代，逢人愁唱《郢中篇》。

送人

（已見《松花庵詩草·送人》，此略）

秦安張子渭北告歸索詩走筆贈之

（已見《松花庵逸草·送張渭北歸秦安》，此略）

送胡後溪歸秦安

（已見《松花庵逸草·送胡後溪歸秦安》，此略）

秋夜聽仲山鼓琴

（已見《松花庵詩草·秋夜聽琴》，此略）

夜宴曲擬長吉

（已見《松花庵詩草·夜宴曲擬長吉》，此略）

秋海棠

（已見《松花庵詩草·秋海棠》，此略）

寄懷野石梁公二首

別後復何事，經年徒釣竿。狂宜知己少，貧覺傍人難。恆嶽雲常起，洮溪月更寒。鍾期不可再，古調爲誰彈。

客舍秋風裏，迢迢接素書。頹唐予更甚，蕭索子何如。歲晚砧聲急，天寒雁影疎。歸田應有作，萬一寄衡廬。

客舍遇李三

碧桃花下憶同遊，徹夜笙歌醉未休。今日相逢如夢裏，蕭蕭紅葉又深秋。

喜舍弟鐸至臯蘭漫賦三首

客舍誰相訊，經旬雪掩門。飢寒吾倖免，骨肉爾能敦。舊業書千帙，他鄉酒一尊。脊令無限意，惆悵不堪論。

別爾經三月，朝朝望水湄。如何諸父病，不報遠人知。鳳嶺空霜雪，龍山且歲時。蕭條紫荊樹，愁見發南枝。

洮水偶然別，蘭山今又寒。癡雛聞起立，老母喜平安。落月窺孤枕，屯雲傍古壇。艱難當歲暮，仗爾勸加餐。

擬古二首

歡如巫山雲，隨意作陰陽。面儂使儂喜，背儂使儂傷。

（第二首已見《松花庵詩草·擬古二首》之第一首，此略）

清明曲擬長吉〔一〕

翠第珠幰誰家子，修螺捲愁愁不已。漫拭淚眼向東風，陌上桃花笑欲死。陸郎魂作蝴蝶飛，紙灰欲占何人衣。行行奠酒莫歸去，玉簫聲在白楊樹。

【校記】

〔一〕此詩《松花庵集》未收録，李苞《洮陽詩集》收入吴鎮祖父吴伯裔名下。

寄安化孫明府

病酒經旬臥古城，片函誰寄故人情。忽傳郁郅神明宰，尚憶高陽落拓生。候馬亭南春水立，野狐川北暮雲横。思君此際愁無限，況聽寥寥旅雁聲。

行路難

南山石上百尺松，雪霜糾結成虬龍。下有千歲之靈犬，上有雙棲之古禽。蒼皮黛色人所驚，丁丁樵斧忽相從。松柏作材值一死，卻憐舜華幾日紅。君不見雞皮鶴髮滿長道，南威嫫母同一老。君不見昔日張陳結交時，謂言刎頸不復疑。一朝釁起片言下，操戈按劍相誅夷。人生知己真難遇，安得黄金鑄鍾期。不見南山石，水滴石猶穿。今我與子願同死，那得生前相棄捐。

（第三首已見《松花庵詩草·鞠歌行》，此略）

（第四首已見《松花庵詩草·故鄉行》，此略）

集外詩詞文輯佚

集外詩詞文輯佚

詩

商山懷古

深谷紫芝秋，雲蹤何處遊。野雞功綺里，人彘怨留侯。（《松厓詩録》）

贈孤松居士樊必遴〔一〕

孤松居士老能詩，被褐高吟亦大奇。塔影鐘聲千古句，蓮花山下月明知。

【校記】

〔一〕此詩至《和东坡詠雪詩》，原詩均無題，題目爲編者所加。

夢與程拳時大中同廷試覺而賦詩

應城才子老荊門，三戶文章賴爾存。奪得錦袍真不忝，只愁月色冷魚魂。程有句云：『天光澄鷺羽，月色冷魚魂。』

丁卯涇陽雨夜扶乩請仙絶句

楓落吳江冷，燕飛楚水秋。乩仙對句。行人多少事，寄與舊園樓。

有佞杜而嗤李者予不暇與辨但口占四語以答之

筆落驚風雨，詩成泣鬼神。斯言君不信，請問草堂人。

和王左司元旦觀杏花

屠蘇飲罷意何長，散步青郊氣已揚。幾處人依雲下醉，文縣有雲下田。一林花向日邊芳。陰平近蜀

多春色，隴坂連天半雪光。粉蝶遙隨珠勒馬，祇應戀爾筆生香。（以上録自《松花庵詩話》卷一）

和黄昆圃先生

花外笙歌花下筵，攀花走馬憶當年。玉宫桂樹秋如昨，又見青洲集衆仙。
烏府先生壽且昌，朝衣重染桂枝香。筆端紫氣高千尺，併作蓬萊日月光。
翩翩玉筍沐薪楢，藉綺簪金更絶儔。老子興來殊不淺，肯教門外散驊騮。
紅杏飄香近日邊，片時週甲换流年。龍華老友皆寥落，更與兒童結勝緣。
束髮聞公望海塵，今來詩力老尤新。香山處處香風暖，可有梅花寄隴人。

馬鹿山

蓮峯

孤鶴唳烟海，遥投山客家。五峯雲散盡，湧出碧蓮花。

三臺

一徑類旋螺，萬松如叢矢。何時呼蟄龍，爲借天池水。

貨郎洞

臨崖垂半足，跼步入空廊。試拉堆金客，來看賣貨郎。

石家庵

瑶草落紛紛，茅庵寄白雲。丹光消劍氣，誰識故將軍。

睡佛洞

朝眠渭水雲，夕臥關山月。大地爲夢場，塵華自消歇。

西蜀詹包亞孝廉年已六十矣數上公車不第自言家有別業名梧竹居極林塘魚鳥之勝今將歸老焉作歌贈之

帝城日出塵十丈，有客詣門頗疏宕。自言家住梧竹居，烟晨月夕景萬狀。憶昔君從公車來，故山猿鶴共惆悵。途次曾經萬里橋，白頭題柱心何壯。今年挾策戰棘闈，指日桂花開藜杖。猶作細字訊兒曹，梧耶竹耶應無恙。我亦隴西山水人，白鷗自解没浩蕩。策蹇行將過子雲，請君預設郫筒釀。（以上録自《松花庵詩話》卷二）

和東坡詠雪詩

東坡《詠雪詩》，取聲、色、氣、味、富、貴、勢、力數字，釐爲八首，仍倣歐陽公體，不以鹽、玉、鶴、鷺爲比，不使皓、白、潔、素等字，予戲反其意而和之。

無聲

刮面寒風掠鬢絲，天花飛舞故遲遲。窗前一夜深如許，壓折琅玕總不知。

無色

蕭森氣象畫難工，柳絮梨花迥不同。點綴江天如幻影，金烏一出見真空。

無氣

纔墮人間便折磨，紛紛東郭履前多。朱門笑爾威如許，只惹貧兒喚奈何。

無味

羊羔美酒勝烹茶，學士風流笑黨家。但使輕明堪適口，道人應不咽梅花。

無富

擁篲衰翁苦自豪，階前堆積不知勞。紛紛奇貨難居汝，飛向洪爐抵一毛。

無貴

上界星辰劍珮寒，休教滕六溷衣冠。雲師火帝皆通譜，瑞葉何曾紀冷官。

無勢

扶桑日出水潺湲，冷色侵人一餉間。消盡狂花君不悟，明朝更請看冰山。

無力

飄飄蕩蕩自天來，疑是狂風捲落梅。閉戶袁安高臥穩，幾曾撲得紙窗開。（《松花庵詩話》卷三）

螭頭杖二首辛丑

螭頭杖子節縱横，入手風隨兩腋生。近日百錢非易挂，無官聊遂一身輕。
龍鍾之竹戀龍鍾，長伴尋花問柳蹤。多少英雄顛末路，扶歸應羨一枝筇。

謝徐秋潭戎伯饋鴨二首

家鶩自呼名，褵褷八翼並。泳遊隨物性，饋贈感人情。漫比籠鵝去，還疑刻鵠成。陂塘誰借汝，得食且休爭。
咫尺卻波在，飛飛去總難。先生能減膳，中使莫抛丸。朔氣騰雕鶚，春風集鳳鸞。何由化雙舄，同上舊雲端。

河陽縣

萬古河陽縣，流官等積薪。一從種花後，今尚説安仁。

金谷園

衛尉本英雄，交遊氣概同。不然劉越石，肯在衆人中？

北邙山

北邙一片土，憑弔總徒然。對此當爲樂，松風勝管絃。

織錦巷

織錦真佳巷，機聲静夜聞。至今題詠者，誰敢作《迴文》？

題寒雀爭枝圖

九萬雲程未可求，逍遥隨處且閒遊。從今悟得枋榆穩，不信鯤鵬勝鷽鳩。（以上録自《洮陽詩集》卷五）

白樂天祠

淡語總清真，庸兒枉效顰。元劉慚大敵，何況後來人。（錢坫《（乾隆）韓城縣志》卷十四）

臨川閣詩

天寶鶯花過眼秋，居然飛閣俯清流。雲霾浪打千年久，應待唐人化鶴遊。
永寧橋下浪花平，人在長虹背上行。十二松舟雙鐵纜，恨無杯酒祀梁城。
翠緑生烟曉不開，沙堤楊柳管公栽。中間再著桃花樹，便自湖山□裏來。
老衲忘機晝掩關，羣喧銷息耳根閒。龍祠□岸風吹雨，又送殘鐘到暮山。
寶鼎山前古釣磯，鴛鴦終日浴紅衣。郎行只愛隨流水，莫遇桃花便不歸。（陳士楨《（道光）蘭州府志》卷二）

南川里八景

塔寺松風

日近西山塔影長，松間月映玲瓏光。風前歷歷菓交戰，寺裏陰陰人歇涼。吹動枝稍驚鶴夢，飄來氣味散花香。千層翠靄俄翻浪，遠送梵音出佛堂。

牧山晚笛

疊疊重重滿月情，志書應列此山名。幾羣烈馬俄狂性，聚夥牧童賽曲聲。日晚笛吹十八拍，坡前草壯三千牲。野人遙指雲深處，老幼同歡共太平。

馬阪霧雨

陰陰地氣接雲生，霧鎖晨朝晚半晴。山塵不起土肥潤，野草長含珠露明。雨後牧羊童鼓腹，坡前射獵馬鑾鳴。蕭蕭濕衣莫覺曉，遙聞海水出源聲。

露骨積雪

生成傲骨永如斯，露出堂堂太白姿。遙望山巔頻積雪，登臨路徑猶嶇崎。盤桓聳石拖寒霧，磊落雄峯捲潔池。不改千秋樸素態，常留後世共稱奇。

石堡春耕

梅花先綻柳芽萌，老圃老農籌勸耕。石堡臨川春暖早，肥田播種日正新。惠風緩緩和羣物，淑氣溫溫佈滿程。地壯猶依山水力，永斯樂業安太平。

燈盞元宵

滿耳喧聲近路旁，連村夜火雜星光。燈棚歷歷元宵節，蠟燭輝煌歌舞場。踴躍花童來戲賞，慈悲寶座永如常。依山擺列太平盞，老幼同歡進廟香。

烏鴉晚朝

村邊綠樹窠烏鴉，因賴地靈多物華。堪賞常常見反哺，不知晚晚朝誰家。羣飛卻有衝霄志，夥宿惟聞依柳呀。擇木良會得其所，歸巢總在日西斜。

河堤柳浪

河堤鬱茂樹千枝，可似先年五柳姿。對戶含烟拔地起，疊層捲浪任風吹。萌芽綻出金黃色，嫩葉生成綠彩眉。條絮纖纖如自動，株頭有語是鶯啼。（以上陳鴻寶《渭源縣志》卷九）

馬啣山玉篇

馬啣古時生古玉，山玉欲出山□初。洮水之硯石鸜鵒斑點鸚鵡，阿誰潛報波斯胡，轟然輦緡買空谷。山中居民亦大黠，百千聚徒來簇簇。揚鍤直入深五丈，白雲古胎瀉寒麓。小者或如盂盤狀，大者或似車輪覆。重購不辨瓊與瑛，往往碔砆獲售鬻。金城官長得聞之，索取或欲行鞭朴。逾日復傳上官採，下令止民民不服。我聞《禹貢》古雍州，球琳琅玕篚相屬。竊懷固爲匹夫罪，自獻寧匪山靈辱。況今聖人貴用物，黄金視土珠視粟。爾曹競此夫何爲？恐有珍怪生淫毒。吁嗟此玉亦碌碌，猶使求者車連轂。焉知下有照乘之偉人，十年獨抱荊山哭。（呼延華國修、吳鎮纂《狄道州志》卷十一，乾隆二十六年刊本）

惠民橋歌

自昔疏鑿通帝世，大開普渡垂恩惠。曾駕黿鼉運石梁，更逐蛟龍欣利濟。此後紼纚繫楊舟，徒扛輿梁别王制。況兹湟水向東流，河如帶兮山如礪。翻濤鼓浪舟難設，急湍回波橋易敝。橋敝難通民，此橋創造自何辰？一帶長虹臨海甸，半輪明月度江春。中流砥柱從今立，利涉何必再問津？但愧我非題柱客，至今猶慕濟川人。平沙瘦石皆成路，恩波還與水爭新。迄今河水澄清碧海遥，知是湟流第一橋。君不見平平蕩蕩皆王道，民樂康莊政治昭。（鄧承偉修、來維禮纂《西寧府續志》卷十）

詞

玉蝴蝶

題張頑峯廣文小照

矍爍頑峯老子，鹿原名宿，虎觀奇才。秉鐸西南天盡，直至龍堆。玩琴書，華顛任雪；鳴劍珮，壯志難灰。有心哉，畫中風景，還自徘徊。　哈哈。七年報最，玉門柳色，纔送君來。抖擻寒氈，代庖隨處又空回。望桑榆，五陵漸近；誇桃李，十縣齊開。笑銜盃，且敲檀板，高唱《輪臺》。君有《輪臺記》傳

奇，曾歷署十任廣文。（《松花庵詩話》卷三）

文

牧伯呼延公設復洮陽書院碑記

洮陽之有書院，自明忠愍楊公始，迄今垂二百年。生徒散落，學田半遭欺隱，超然之臺僅存古蹟矣。前牧蓬萊張公乃於城内立書院，而以廢縣學宫當之。後數載而廢，師生僑居，教讀若傳舍然，有心者每爲之扼腕。乾隆乙亥，州牧長白松公復議建書院於署東之忠愍祠。祠卽雍正時賢守新安李公改廢衛署以祀椒山先生者也。會松公陞任去，其工遂止，僅成講堂三楹耳。

今我使君呼延公之來牧也，諸廢遞興，善政具舉。而甫下車，首以書院爲兢兢，曰：『余幼讀《椒山集》，而知洮之有書院與學田也。余近閲《臨洮志》，而知椒山公之前後復有學田，而半爲姦滑所侵沒也。夫學田猶可徐復，而書院則不可以緩圖。第東山遠弗便，而署東之祠，固亦超然之貳也。今卽李、松二公之所建而增廓之，夫寧非椒山之意乎？』於是工庀材，吏計費，屬紳衿王子綸如等經始，於壬午三月至十月而落成，得講堂三楹，齋舍二十六楹。又葺故鐘樓爲閈閎，而坊、而顔之，而門、而堂、而室奕奕然也。於是選生童俊秀者三十餘人，聘北地孝廉雲壑胡君爲之師。公又親履四野，清查學田，收其所入之數，以充師生膏火，有不足者，則捐俸濟之。豐其餼而嚴其約，弦誦之聲，洋洋四達，風教不減超然矣。

嗟乎！狄道自漢唐以至有明，代有偉人，彪炳史册。乃近今數十年，非無儁異之才，而奮志甲科者，曾不一見，幾疑洮水隴山之靈氣鬱而不伸。今幸矣！椒山之後，復有我公。後先書院，俱堪不朽。諸生既雍容揖讓於其間，可不争自濯磨，以副我公之期望也哉！

是舉也，凡修理捐費五百金，束儀膏火，復捐三百金。今學田業得若干畝，新修城鄉廛肆共若干間，其租稅另載碑碣，而未清者，尚待查覆云。公諱華國，字炳文，長安名進士。綸如，名言，恩貢生。牛子聯斗、黄子鏞、張子鵬，俱庠生，例書名。（呼延華國修、吴鎮纂《狄道州志》卷十二，乾隆二十六年刊本）

重修超然臺書院碑記

東去狄道城二里許，爲嶽麓山。山之麓有臺，三面壁立，而其上如砥。登之，則臨川百里，瞭若指掌。洮水瀠洄，宛在足下，故謂之超然臺。臺之名由來久矣，而創立學舍，濬發山靈，使超然之名大著，則自椒山楊公始。方公之尉吾狄也，退食之暇，挂笏於斯臺而異之，因建超然書院於其上，而延洮士誦讀其中。殆公去，旋以直諫死，而此臺遂爲公祠矣。臺既攬一郡之勝，而祠之規模復與之埒，其上爲道統祠，乃公自建，以祀堯、舜、禹、湯、文、武、周公、孔子者也。其次，則公祠塑像其内，而以雙忠祠配食。雙忠者，兑溪張公、蘭谷鄒公也。昔爲木主，今皆塑像。其下有講堂學舍，約大小三十餘間，踵事增華，繼者益盛。余嘗遊謁保定、白河諸祠，而其土木碑碣，猶未及超然臺之鉅麗也。桐鄉遺愛，識者忘歸，不其然歟？顧歷年既久，風雨蝕而鼠雀耗，戶牖牆垣，不無損壞，過者傷之。

昨年癸丑，賢刺史田公慨然發願，倡興此役，而闔州紳衿士庶翕然從之，共捐銀六百兩，徹底重修者，揖見亭十楹；三省、四勿齋，共十楹；講堂前牌坊，昔一間，今三間。翻瓦者，大殿、兩廊廡、祠路、牌坊、道統祠地磚。又恩貢生李尚賢於揖見亭屏扇，書前明進士張兌溪《超然臺書院記》其上，庶來謁者一覽此文，而當日端委，如在目前矣。至齋舍、牌坊、匾額，悉仍其舊。

是役也，工起於癸丑夏五月，告竣於冬十月，物料價值，匠作工食，悉照民間，並無虧短，其堅固當倍於別工也。至田公敦請管工者十二人而食宿山上，督理者生員竇世德、監生孫承統，工書趙朝贊，此人尤爲勞心云，餘皆輪流，其飲饌均皆自備。迨功起，而超然之勝益著。登是臺者，丹心浩氣，足以立懦而廉頑，豈徒流連古蹟，供騷人之憑弔也哉？抑余更有慨焉者。昔公之建書院也，蓋嘗典衣賣馬，鬻孺人之釵釧以置學田，誠欲使狄之人士，世世弦誦於斯臺，而不屑以鐵面剛腸感後學而求報祀也。今桃李雍容之地，幸不爲狂驅叫嘯之區。修公之祠，而更成公之志，不能無望於當道之賢人君子。（聯瑛修、李鏡清纂《狄道州續志》卷十一，宣統刻本）

恭祝張母崔安人壽序

《詩》詠鵲巢，吉士多同心之喜；《禮》榮翟茀，淑人有齊體之稱。第合巹本屬天緣，而宜家尤資內助。所以孟光行處，門闌石臼皆香；道韞吟時，庭砌雪花欲舞。苟芳徽遙垂奕禩，必美譽先播鄰封。振古如兹，於今再見。

恭惟張太母崔安人者，系本博陵，族蕃鄗善。白蜺授藥，王僑嬰茀而承戈；黄鶴題詩，李白登樓而輟翰。間生賢媛，亦邁常人。太母幼秉淑姿，夙嫻懿教，既披鸞鏡，旋挽鹿車。爰有所天張太翁者，負熊豹之英風，爲弓裘之世胄。青雲著姓，家連天上之星；黄石遺書，學本橋邊之履。一堂積善，百忍垂銘。之子于歸，門楣愈盛。太母之事椿萱也則以孝，其待妯娌也則以和，且也勤以佐其夫，嚴以訓其子。冀妻饁餉，則恭敬如賓；孟母擇鄰，則觀摩益善。他若小姑待嫁，竭力而具粧奩；老僕遭疫，盡心以調藥餌。詢哉室中之賢相，允矣閫内之完人。

無何大帥專征，良人遠戍，訛言忽至，舉室靡寧。太母健持門户，勤奉朝昏。春烏集秦氏之庭，聲喧大樹；秋雁寄蘇公之信，影斷高天。幸征夫一歲而歸，然貞婦三生已誓。凡此金閨節義，宜增斑管光輝。天佑吉人，家餘大慶。所生令子，皆列戎行。投筆班超，盡羡虎頭之相；彎弓李廣，爭誇猿臂之能。行將萬里封侯，豈使六親失所？太母恩周骨肉，義感孤煢。既取少而推多，遂始離而終合。培田真之樹，枝葉皆榮；分許武之金，錙銖不吝。斯在鬚眉，猶難能也；況於巾幗，詎易得乎？

兹值季春之十三，正當花甲之七九。牽牲製錦，客無不源源而來；走使乞言，僕詎能默默而已？謹陳大略，聊發幽光。激青海之波瀾，流芳不盡；鐫紅崖之碑碣，誌美無窮。是爲序。

乾隆丙午季春，前知湖南沅州府事、今蘭山書院院長洮陽吴鎮拜撰。（吴鎮編、唐璉書《萱暉錄》，乾隆五十二年稿本）

附錄

附録一　吳松厓年譜

民國年間靜寧王文煥有《吳松厓年譜》，收入上海書店《民國叢書》第四編，本譜卽在其基礎上增益之。

先生世系、名字詳吳承福等述、楊芳燦撰《皇清誥授朝議大夫湖南沅州府知府顯考松厓府君行略》、李華春《皇清誥授朝議大夫湖南沅州府知府吳松厓先生傳略》中。

謹按：公祖籍甘肅會寧，其始祖吳君愛於萬曆九年（一五八一）遷居狄道（今甘肅臨洮）。世業詩書，多隱德。祖父吳伯裔，字次侯，郡增生，配亢太恭人。父吳秉元，字乾一，郡廩生，配魏太恭人。叔父吳秉謙，字子益，郡庠生。

呼延華國《（乾隆）狄道州志》卷九：『吳伯裔，字次侯，郡增生，與弟伯襲相友愛。伯裔家貧力學，而伯襲服賈以贍其兄，晨夕不離，至於沒齒，鄉里以爲難。』

呼延華國《（乾隆）狄道州志》卷十：『廩生吳秉元妻魏氏，庠生魏宗制之女也。秉元有儁才，病酒卒，子鎮方幼，氏年二十八，矢志柏舟，教子爲知名士，事姑元氏，尤以孝聞，後年六十四卒。』

呼延華國《（乾隆）狄道州志》卷九：『吳秉謙，字子益，童年入庠，非義理之書不讀。其性剛直而好施，鄉人多敬之。嘗有無賴而酗酒者，狠鬭不可解，聞秉謙至，則惶愧而退，其感人類如此。』

康熙六十年辛丑（一七二一）四月二十二日子时，先生生於狄道州洮陽鎮菊巷舊第

先生初名昌，後因慕元代吴鎮之爲人，故改名爲鎮，字信辰，一字士安，號松厓，又稱松花道人。先生《松花庵歌》：『元代嘉興有吴鎮，其庵自署以梅花。梅花道人妙《易》理，豈止畫苑雄三家。我去道人五百載，姓同仍愧錫名嘉。相如慕藺亦偶爾，安石擬謝焉足誇。』

李華春《皇清誥授朝議大夫湖南沅州府知府吴松厓先生傳略》（以下簡稱《傳略》）：『康熙辛丑，先生生於菊巷舊第。將誕之夕，母夢浚井，得明珠一枚，拭之，光輝滿室，以告其父，父曰：「昌吾宗者，其此子乎！」故先生初名昌。』

吴承福等述、楊芳燦撰《皇清誥授朝議大夫湖南沅州府知府顯考松厓府君行略》（以下簡稱《行略》）：『府君生而穎異，豐頤廣顙，兩腋下有硃砂痣數十。』

按：先生於何年改名，於史無考，暫繫於此。

狄道，漢置爲隴西郡，唐臨州，宋熙州，尋改熙河路，金改臨洮府，清改狄道州，民國改縣，十七年又改名臨洮，今爲臨洮縣。

雍正六年戊申（一七二八），七歲

先生父乾一公卒。

按：吴承福等述、楊芳燦撰《行略》：『幼失怙，賴大母魏太恭人親授經義，並延師課讀，得不廢學。』先生父親究竟去世於哪一年，現無從稽考，暫依王文焕之説。

雍正十一年癸丑（一七三三），十二歲

先生此年開始作詩。牛運震成進士。

李華春《傳略》：『年十二，解聲律，讀書五行齊下，黨塾有神童之目。』

牛運震《玉芝亭詩草序》：『鎮年十二能作詩，年二十六學於余，年三十而能焚詩。』

蔣致中《牛空山先生年譜》：『（牛運震）癸丑捷南宮。舅氏楊名寀、友人董淑昌同榜成進士。』

雍正十三年乙卯（一七三五），十四歲

胡鉽、楊鸞拔貢。

楊鸞《胡靜庵墓誌銘》：『秦安胡靜庵（鉽），以乙卯選拔，與余同出交河王夫子（蘭生）之門。』

乾隆元年丙辰（一七三六），十五歲

十月，乾隆令舉博學鴻詞。屈復、牛運震、袁枚、劉紹攽等被薦，屈復不應徵，餘皆不第。劉紹攽任四川什邡知縣。

王濬師《隨園先生年譜》：『冬，試鴻詞科，報罷，落魄無歸，皈高怡園先生（景蕃）家三月有餘。』

《清史稿·牛運震傳》：『牛運震，字階平，山東滋陽人。雍正十一年進士。乾隆元年，召試博學鴻詞，不遇。』

《碑傳集·關中人文傳》：『劉紹攽，字繼貢……雍正中，陝西巡撫碩色薦之於朝，以諸生授四川什邡知縣。』楊鸞《寄劉繼貢》自注：『丙辰，繼貢特簡四川使用。與余同歸。』（《邈雲樓詩集》卷一）

乾隆三年戊午（一七三八），十七歲

先生入府學。

吳承福等述、楊芳燦撰《行略》：『十七蒙學使雨甘周公補臨洮府學生。』李華春《傳略》：『十七補臨洮府學弟子員。』自記：『予年十七，蒙學使周雨甘先生歲入郡庠。』

按：周澍，字雨甘，號西坪，浙江錢塘人。雍正八年庚戌一甲一名進士，授修撰。曾爲《康熙字典》總校刊。充湖南、江南考官，提督陝西學政，公允有聲。於書無所不窺，今古文兼諸家所長，詩宗盛唐，別出機杼。

乾隆四年己未(一七三九),十八歲

袁枚、沈德潛、楊鸞成進士。

王濬師《隨園先生年譜》(乾隆四年):『會試,成進士,改翰林院庶吉士。』

《清史稿·沈德潛傳》:『沈德潛,字確士,江南長洲人。乾隆元年,舉博學鴻詞,試未入選。四年,成進士,改庶吉士,年六十七矣。』

《清史列傳·楊鸞傳》:『楊鸞,字子安,陝西潼關人。乾隆四年進士。』

乾隆六年辛酉(一七四一),二十歲

先生爲拔貢生,《鳥鼠同穴辨》自記:『年二十蒙學使嵩茂永先生歲科舉俱第一,獲充拔貢。』備受陳弘謀、尹繼善、沈青崖等名士推重。先生對他們的知遇之恩也念念不忘,時常形諸題詠。如《漫興》、《拜别尹制台宫保》。《擬五君詠·沈寓舟副使》自注:『公寓臯蘭日,予時弱冠,方以明經謁選,公曰:「子不讀書萬卷,而遽求一官乎?」予遂幡然作傳世想。』沈青崖有《古詩一首贈吴信辰兼以勗之》。

吴承福等述、楊芳燦撰《行略》:『二十蒙學使永茂嵩公,由廪生選拔貢生。其後學使每試蘭郡古學,必冠其軍,名譽日起。』

李華春《傳略》:『二十由廪生充乾隆辛酉拔貢,其後學使每試蘭郡古學,必冠軍,由是名譽日起。如陳榕門中丞、尹望山宫保、沈寓舟副使,莫不待以國士,期之遠大。』

按:陳弘謀,字汝諮,號榕門,廣西臨桂人。雍正元年進士,官至大學士,謚文恭。與袁枚、尹繼善等人交好,喜提攜後進,所薦人才如大名道陳法、通政司雷鋐、荆南道屠嘉正,皆深得民望。

尹繼善，章佳氏，字元長，號望山。滿洲鑲黃旗人。清康熙朝重臣尹泰之子。雍正元年甲辰恩科進士榜眼及第，任翰林院編修。歷任江蘇巡撫、雲貴、川陝、江南等地總督，後累官至文華殿大學士兼軍機大臣。有《尹文端公詩集》。

沈青崖，字艮思，浙江秀水人。雍正癸卯舉人。曾官甘肅提學副使、河南開歸道。著有《寓舟詩集》。曾主持修纂《陝西通志》。

乾隆七年壬戌（一七四二），二十一歲

先生肄業於蘭山書院。時常熟盛元珍先生主蘭山講席。

按：盛元珍，字仲圭，生卒年不詳，江蘇常熟人。乾隆七年主講蘭山書院，編印《十三經》、《詩賦續編》及《蘭山課業經訓約編》等。

乾隆十一年丙寅（一七四六），二十五歲

先生閒居臨洮讀書。先生十二歲即能作詩，但自二十歲拔貢後，經沈青崖勸告，『遂幡然作傳世想』，当是先生認真作詩的開始。《玉芝亭詩草》所存詩作應該是先生二十歲至二十八歲的作品，除了能確定其創作年代的詩歌，其他的早期詩作均繫於此。有《善哉行》、《短歌行》、《古怨詞》、《古意》、《春思》、《子夜歌二首》、《讀曲歌二首》、《落葉曲》、《採蓮曲》、《夜夜曲》、《隔簾曲》、《相逢行》、《烏夜啼》、《夢中曲》、《懊惱曲》、《落花怨》、《青樓曲》、《前有一樽酒行》、《蛺蝶行》、《擬北齊無愁曲》、《阿干歌》、《楊白花》、《燈花詞》、《春草吟》、《田家行》、《擬怨歌行》、《山居懷人》、《菊》等。

乾隆十二年丁卯（一七四七），二十六歲

先生此年曾參加鄉試，試後至涇陽，曾扶乩爲詩。從山左牛運震遊於平番，復從學於蘭山書院。

牛運震《玉芝亭詩草序》：『鎮年十二能作詩，年二十六學於余。』先生有《允吾別空山堂諸同學》、《奉慰真谷夫子（時已解組）》、《謁葛衣公祠》。去年固原兵變，守營參將任舉平叛有功，先生有《昨歲》紀之。

吳承福等述、楊芳燦撰《行略》：『聞平番牛真谷先生山左名宿也，遂往從遊，復周旋於蘭山書院。』

李華春《傳略》：『時山左牛真谷先生主講蘭山書院，先生負笈從遊，又與諸名士相切劘，而先生踔厲風發，卓犖不羈，儕輩中尤推傑出。』

《清史列傳・吳鎮傳》：『少不羈，家本素封，嘗發憤負笈，求師四方。滋陽牛運震留之署中，學業益進。』

按：牛運震，字階平，號真谷，又號空山堂主人。山東滋陽人。雍正十一年進士。雍正十三年，舉博學鴻詞，報罷。歷官甘肅秦安、徽縣、平番知縣。後被劾免官，主講蘭山書院。性好金石，精經術，工文章。著有《空山堂文集》十二卷，《讀史糾謬》十五卷，《空山堂易解》四卷，《春秋傳》十二卷，《金石圖》二卷。

任舉，山西大同人。雍正二年武進士。累遷固原提標左營游擊，署城守營參將。乾隆十一年十二月，固原兵變，任舉招營兵未變者平叛，手刃十餘人，擒四十餘人，變兵潰，以功擢中軍參將。十二年，命征金川，隸總督張廣泗軍。十三年，署重慶鎮總兵。六月己巳，任舉攻石城，中埋伏而亡。

乾隆十三年戊辰（一七四八），二十七歲

先生仍肄業蘭山書院。牛運震講學蘭山書院，一時從學者甚眾，著名者如胡釴、孫俌、趙思清、黃建中、劉楷、宋紹仁、江爲式、江得符等。先生與蘭山書院同學交往密切，情好日篤，贈答之作頗多。有《寄臨潼劉升雲階（時寓洮西門外）》、《送劉雲階東歸》、《贈宋同學紹仁》、《懷齊子方水》、《贈隴西史君筆》、《送人》、《送張渭北歸秦安》等。與吳紹詩及其子吳壇相識，備受吳紹詩賞識及資助，有《二南

觀察伯屢贈贐金走筆馳謝》。《擬五君詠·吴蟻園恭定(紹詩)》自注：『公嘗謂予律詩不如古詩，古詩不如樂府。』六月，總兵任舉隨張廣泗征金川，戰歿，先生有《任將軍歌》哀之。牛運震亦有《任將軍歌》、《金川恨》紀其事。初秋，與牛運震及同學遊後五泉，有《初秋遊後五泉》。胡釴歸秦安，有《送胡後溪歸秦安》、《秋夜懷胡静庵》。孫俌善彈琴，有《秋夜聽仲山鼓琴》、《夢孫二仲山》。此年有《挂劍臺歌》、《望夫石》、《夜宴曲擬長吉》、《秋海棠》、《客中七夕》、《雨中坐桃花庵聞笛》、《孤燕》、《落花》等。

牛運震《皋蘭書院同學録序》：『皇帝乾隆十四年，余自平番罷官，主書院講政。維時，從遊肄業者七十又四人。其第則選貢諸生，及應童子試者；其籍則東至空同，西極流沙，凡八府、三州之人士咸在焉；其年則少者自成童以上，長者年擬其師也。』

趙爾巽等《清史稿》卷三一一：『(乾隆十三年)六月己巳，(任)舉與攀龍、開中合攻石城，城堅甚。我師方力攻，賊三百餘自西南林内出，舉督兵與戰，被創；戰益力，槍復中要害，遂卒。攀龍入林殺賊，以其屍還。』

按：王譜將《送劉雲階東歸》、《送胡後溪歸秦安》、《送張渭北歸秦安》等詩繫於乾隆十五年吴鎮等人鄉試結束後。但這些詩被收入《玉芝亭詩草》，《玉芝亭詩草》刊刻於乾隆十四年，可見這些詩都作於蘭山書院時。

胡釴，字鼎臣，號静庵，甘肅秦安人。明代著名文學家胡纘宗之後裔。雍正十三年選貢，秦安知縣牛運震聘爲隴川書院山長。乾隆三十一年選爲高臺訓導，五年後告歸。旋卒。有《静庵詩集》。

宋紹仁，字元長，號南坡。甘肅靖遠人。乾隆庚午科舉人，官陜西同州府白水縣訓導，後任階州學正。有《宋南坡詩》。

孫俌，字仲山，武威人。乾隆二十三年任翁源縣知縣，彰善癉惡，政治肅清，倡捐修學，建議修志，皆屬地方切務。上憲嘉其賢能，提調陽江劇邑。

趙思清，宜川縣人。乾隆三年舉人，候選知縣。

黄建中，字西圃，皋蘭人，乾隆二十五年恩科舉人。

江爲式，字幼則，皋蘭人。乾隆十八年舉人，官邠州學正。

江得符，字右章，號鏡軒，蘭州人。乾隆二十五年舉人。乾隆三十四年被聘爲酒泉書院山長。乾隆三十七年任華陰訓導。被當地人譽爲『造士有方，約束有條』的學官。乾隆四十七年三月卒於華陰縣學。江得符能詩善文，有《三餘齋文集》、《三餘齋詩草》各一卷。

劉升，字雲階，陝西臨潼人。曾與吴鎮同學於蘭山書院牛運震門下，乾隆二十八年進士。

吴紹詩，字二南，山東海豐人。諸生。雍正二年，以品行才猷授七品京官。乾隆初，累遷至郎中，外擢甘肅鞏昌知府，遷陝西督糧道。歷任貴州督糧道、雲南按察使、甘肅按察使、布政使，擢刑部侍郎、江西巡撫、刑部尚書、禮部尚書。曾纂修《大清律例》。

吴壇，字紫庭，號椒堂，山東海豐人。紹詩子。乾隆二十六年進士，授刑部主事，再遷郎中。歷任江蘇按察使、布政使、江蘇巡撫、刑部侍郎。著《大清律例通考》三十九卷。

乾隆十四年己巳（一七四九），二十八歲

先生仍肄業蘭山書院，弟吴鐸自臨洮至蘭州，有《喜舍弟鐸至皋蘭漫賦三首》。夏，先生歲試名列第一。《鳥鼠同穴辨》自記：『乾隆己巳夏，學使官清溪先生案臨蘭棚，予適肄業書院，因復與考。時則合六屬生童及書院秀異者約三百人扃門而試。其命題則有《皋蘭山賦》、《積石歌》、《候馬亭歌》、《鳥鼠同穴辨》、《洩湖峽銘》、《雙忠贊》、《紅泥巖寶志遺跡》、《紅葉當階翻》（五排）共八首。其全做完卷者，爲予及皋蘭劉渭卿二人而已。案發，予第一，劉次之……賦未限韻，亦不拘古律，予以騷體爲之……其總批云：「有登眾山淩絕頂之概。『老魚跳波瘦蛟舞』，筆之勁險似之。」……賦稿遺失。』先生《玉芝亭詩草》刊刻於蘭山書院，牛運震爲作《玉芝亭詩草序》。先生祖母亢孺人七十一歲大壽，牛運震爲作《吳孺人壽序》。與蘭州知府閻介年相識，有《寄九宮山人》、《和閻靜翁題真谷詩後》。閻介年有《和松花道人夢遊海中山題巖上詩元韻》、《答吳信辰》、《奉和吳信辰見懷元韻》、《奉答吳信辰雨中看桃花見懷之作》等詩酬答。山左詩人顏懋僑曾寄先生《蕉園詩集》，惜被友人持去。此年有《擬古二首》、《清明曲擬長吉》、《寄安化孫明府》、《行路難》、《登樓》等。

按：劉佩璜，字渭卿，皋蘭人。工詩，善醫術。曾編有傳奇《揀沙金》。閻介年，字葆和，號靜存，直隸蔚州人，進士。乾隆十四年任蘭州知府。有《九宮山人詩選》。

乾隆十五年庚午（一七五〇），二十九歲

秋，恩師牛運震東歸，先生等書院弟子適逢鄉試，送之壩橋。先生有《壩橋歌送真谷先生旋里》贈別恩師，牛運震亦賦《壩橋別門人吳鎮》答之。先生中舉，主考官爲湯聘，副考官爲李友棠。先生因《弔任將軍歌》見賞於蘭州知府梁彬。有《呈太守梁公》、《送梁野翁由允吾之任湟中》、《寄懷野石梁公二首》。其《擬五君詠·梁野石太守彬》自注：『翁每戒予勿作縣令，今撫字力殫，時生感愧，故人之知我深矣。』冬，先生赴京會試，與前輩畢誼、黃叔琳相識。有《和黃昆圃先生公宴詩》。畢誼副使爲湯聘之恩師，先生謁見後，對他分外賞識。先生有《上畢咸齋誼先生》。其《五君詠·畢婁村副使誼》自注：『余初謁婁村翁，翁卽以巨觥見屬云：「昔余見座師，首飲此觥，後爾師稼堂見余亦然，今與爾爲三矣。」』

牛運震《蘭省東歸記》：『乾隆庚午六月二十日，余自蘭州東歸。書院門人多赴西安應試。王建等十餘人餞送華林寺……渡渭，至西安。皋蘭書院門人孫倩等三十餘人迎至西關，吴鎮等十人來店，同飲食，伴夜，頗不寂寞……時日已薄暮，别諸生走馬疾馳。吴鎮自壩橋久候不到，卻回，投詩一首。卽於馬上占一首，贈之。』

李華春《傳略》：『庚午舉於鄉，八試禮闈，而六薦未售。』

李友棠《松花庵集唐序》：『余庚午典秦試，舉吴子信辰，榜發，知爲關隴名下士。』

陳士楨等《（道光）蘭州府志》：『吴鎮，字信辰，狄道人。舉乾隆十五年鄉試。』

《清史列傳·文苑傳》記載吴鎮中乾隆三十三年舉人，誤。

法式善《清祕述聞》卷六：『乾隆十五年庚午科鄉試。陝西考官刑科給事中湯聘，字稼堂，浙江仁和人。丙辰進士，編修。李友棠，字西華，江西臨川人。乙丑進士。題曰「禮後乎？商也。序事所以一句，使有菽粟二句。」解元趙文重，正寧人。』

按：湯聘，字莘來，號稼堂，浙江仁和人。乾隆丙辰進士。歷任吏部郎中、陝西道御史、户科給事中、刑科掌印給事中、湖南布政使、湖北巡撫等職。乾隆庚午任陝西鄉試主考官。著有《稼堂漫存稿》。

李友棠，字召伯，號適園，又號西華，江西臨川人。乾隆丙辰領鄉薦，乙丑成進士。由翰林擢充《三禮義疏》、《續文獻通考》兩館纂修官。歷任福建道監察御史，庚午典試陝西，曾任臺灣巡撫。

畢誼，字元復，號咸齋，婁縣人。康熙戊戌進士。曾任户部主事、江南道御史、禮科給事中、兵科給事中、軍機處行走等職。有《槐蔭軒詩稿》。

梁彬，直隸真定人，廕生。乾隆十年任蘭州府知府。

黄叔琳，字宏猷，號昆圃，順天大興人。康熙辛未探花，授編修，累遷侍講，歷任山東學政、鴻臚寺少卿、通政司參議、太常寺卿、刑部右侍郎、吏部侍郎、山東布政使、甘肅提督。著有《史通訓故補》、《文心雕龍輯注》、《觀北易鈔》、《詩經統説》等。

沈德潛《清詩别裁集》卷十七：『黄叔琳，字昆圃，直隸宛平人。康熙辛未賜進士第三人，官至吏部侍郎。昆圃先生愛才如渴，聞人一長，必稱揚之，使之成名，蓋宰相心事也。年十九登第後，庚午、辛未諸舉人進士兩詣其第，稱後同年宴會，誠熙朝盛事云。』

南宫鼎，字德宇，甘肅永昌縣人。乾隆十五年舉人，十六年成進士，二十年任鳳翔府訓導。爲人耿直，淡於仕途，性嗜酒，終因酒卒。有子三人，濟川，歲貢生；濟漢，乾隆四十五年進士；濟楫，副貢生。詩文載於地方誌的有《鐘鼓樓記》、《胡雅齋先生傳後》等文，以及《永昌懷古》、《新城行》、《水泉行》、《城南行》等詩。

朱湘，字洞川，靈州人，乾隆庚午舉人，知巴東縣事。

乾隆十六年辛未（一七五一），三十歲

先生在京參加會試，不第。在京師曾會牛運震，其《空山堂師遠寄長歌一首以代短札》云：『明年日下忽相見，荊高酒市傾千甌。』先生離京時作《漁人》詩一首，告别留京諸同年。又有集唐七律詩《下第》。胡釴在家鄉，有《對月有懷士安》、《有懷士安》詩懷念吴鎮。先生返鄉，齊大勇調任固原提督，過蘭州，邀請先生飲於僧舍。先生《贈齊軍門養浩》自注：『七月兵至臨洮，邀予飲於僧舍……齊之知予，蓋由陳榕門中丞爲之説項也。』爲廕生張璠妻劉氏作《洮水清》詩。

呼延華國《（乾隆）狄道州志》卷十：『廕生張璠妻劉氏，皋蘭人，宿松令劉泰女也。貞節不妄言笑，善事翁姑。乾隆十六年隨夫探親臨汾，夫病卒，扶櫬歸葬，後吞金，不死，復自經，皆爲家人所救。乃勉言笑，索酒食，家人謂不死矣，防之稍疏，遂乘間投繯死。乾隆二十一年旌表。』

按：齊大勇，字養浩，又字鳳函，直隸昌黎人。庚戌武狀元。乾隆十六年六月任甘州府總兵，七月調補固原提督，官至湖廣提督。

乾隆十七年壬申（一七五二），三十一歲

先生重聯洮陽詩社，鄉人愛好風雅者皆加入。洮陽詩社成員頗多，詩作亦復不少。詩社中又以史進第、毛啓鳳、張克念、馬紹融、吴錠、康希正、李華春、潘性敏等人最爲特出，備受吴鎮青睞。李苞曾編選《洮陽詩鈔》，保存了許多詩人的作品，是比較珍貴的地方文獻。

吴鎮《蘿月山房詩序》：『洮陽詩社，由來最久，興而廢，廢而復興，乘除隨時，然倡和者卒未嘗絕。憶三十年前余與諸同人重聯詩社，一州才俊翕然趨風，史君聯及其一也。』

按：吴鎮此序爲罷官回鄉後所作，此時其已六十歲左右，逆推三十年，當爲吴鎮三十歲左右時重聯詩社。這時吴鎮會試失敗，又未有機會做官，在家閒居讀書，重聯詩社正有可能。

史進第，字聯及，狄道人。乾隆歲貢生。有《蘿月山房詩稿》一卷。

毛啓鳳，字鳴周，狄道州庠生。有《愛菊堂詩草》。

張克念，字善作，號竹齋，狄道州庠生。有《玉崖集句》。子若星，字雪崖，亦有詩名。

康希正，字子中，狄道人。有《蚓齋詩草》。

馬紹融，字繩武，狄道人。幼家貧輟學，曾以小商販謀生。曾入洮陽詩社，刻苦作詩，時有佳句，深得吴鎮好評。又通繪畫，詩中頗具畫意。有《偷閒吟》一卷。

吴錠，字握之，吴鎮弟。有《耳山堂詩草》、《草舍吟集唐》、《梅齋律古》。

李華春，字實之，狄道人。乾隆丁酉舉人，仕清澗訓導、富平教諭。有《坦庵詩集》、《客青草》、《綠雲吟舫唱和集》。

潘性敏，字鈍庵，號清溪，州增生，有《清溪詩草》及《鈍古堂集句》。

乾隆十八年癸酉（一七五三），三十二歲

先生在家鄉讀書，準備來年會試。曾游覽渭源的馬鹿山，有《題五竹寺》及《馬鹿山》詩八首。

乾隆十九年甲戌（一七五四），三十三歲

先生赴京會試，不第。在京與徐儲、孫珠、程大中、劉升、詹包亞等舉子相識，爲文酒之會，日夕過從，曾有《西蜀詹包亞孝廉，年已六十矣，數上公車不第，自言家有別業，名梧竹居，極林塘魚鳥之勝，今將歸老焉，作歌贈之》、《夢與程拳時大中同廷試，覺而賦詩》。過山西，有《故關》等詩，曾會牛運震，其《空山堂師遠寄長歌一首以代短札》云：『甲戌之歲歷古晉，狐突臺畔還相求。社燕春鴻暫相值，金烏玉兔誰能留？文章未博半囊粟，意氣空傳百尺樓。郢人未死匠石去，東望梁父白人頭。』牛運震有《七言古歌贈門人吳信辰》。岳鍾琪卒，先生有《輓威信公岳容齋》詩。楊鸞任湖南醴陵知縣。

按：岳鍾琪，字東美，號容齋。先世爲湯陰人，遷蘭州，著籍臨洮衛。鍾琪康熙時以先鋒從皇子允禵征西藏，因功擢四川提督。雍正元年以參贊大臣從年羹堯討青海番。任甘肅提督，兼巡撫。尋授陝甘總督，加太子太傅。乾隆初放歸，居成都。乾隆十三年詔起四川提督，督師平金川事，加太子少保、兵部尚書。著有《薑園集》、《蛩吟集》等。

程大中，字拳時，號是庵，應城人。乾隆丁丑進士。曾任蘄州學正、清溪知縣。有《在山堂集》、《四書逸箋》。

李瀚章、裕祿等編纂《（光緒）湖南通志》卷一百二十三《職官志》十四：『醴陵縣知縣。楊鸞，陝西潼關進士，十九年署。有傳。』

乾隆二十年乙亥（一七五五），三十四歲

先生家居讀書，曾至蘭州，與蘭州分巡道王太岳相識，有《上王觀察介子》四首，王太岳有《與吳松厓》書信一封。與馬用觀相識，有集唐七律《杨茂園、馬顒若同過寓齋小飲》、《送马顒若之任安定》。

按：王太岳，字基平，號介子，直隸定興人。乾隆壬戌進士，授檢討，由侍讀出補甘肅平慶道，遷湖南按察使，調雲南布政使，坐事落職，命充四庫館總纂官。最善駢文，清剛簡直。有《清虚山房集》。

陳士楨等《（道光）蘭州府志》卷七《官師志上》：『蘭州分巡道。王太岳，直隸定興縣人，（乾隆）二十年任。』

馬用觀，字顒若，陝西扶風人，舉人，乾隆十八年任鄠縣教諭，陞廣東定安知縣。

乾隆二十二年丁丑（一七五七），三十六歲

先生先後喪子喪妻，備受打擊。有《悼亡婦史孺人》、《哀殤》。友人南德宇病逝，先生有詩哀之。

按：吳鎮曾先後有兩任夫人。李華春《傳略》：『元配史恭人，繼配李恭人。』史夫人去世之年無從稽考，因王譜繫於此年，暫仍舊，待詳考。

南德宇卒於何年，史志不詳，先生集唐七律《哀南進士德宇》有『蝴蝶夢中家萬里，鳳凰聲裏過三年』，注云：『鳳翔教授。』可見南德宇卒於任所，上任三年，按《鳳翔府志》記載，南德宇乾隆二十年到任，此年剛滿三年。

乾隆二十三年戊寅（一七五八），三十七歲

恩師牛運震去世，先生有《哭牛真谷師》、《夢真谷師作》哀之。讀許珌詩稿，有《讀許鐵堂詩藁三首》。此年有《鏡花疊韻十首》。

乾隆二十四年己卯（一七五九），三十八歲

先生在家閒居。哈薩克入貢馬匹，有《哈薩克入貢》詩紀之。

傅恆《平定準噶爾方略》正編卷七十：『（乾隆二十四年）三等侍衛納蘭圖等以護送哈薩克入貢馬匹進京，賜納蘭圖、蘇朱克圖巴圖魯號，賞銀一百兩，隨明瑞前往軍營，其吉林前鋒珠爾薩等四人遣回遊牧。』

乾隆二十五年庚辰（一七六〇），三十九歲

先生赴都大挑，列名二等，遂南遊江漢。經過河南湯陰，瞻拜岳廟，有《湯陰岳廟》詩。至潁谷，拜潁考叔祠，有《潁谷》詩。過內鄉屈原岡，有《屈原岡》詩。至襄陽，有《襄陽晚泊》、《襄陽雜詠》六首。有《懷程拳時》詩寄友人程大中，程有《得臨洮吳信辰書》一詩寄懷。船夫甚愛先生攜帶火鐮，遂慷慨解贈，有《火鐮曲贈舟人》。至均州，館州署之桂香亭，得徐儲詩一首。游武當山，有《武當山作》六首。歸途至馬嵬坡，有《馬嵬》詩。過臨潼，懷念房師沈逢舜，有《過臨潼有懷沈耕山房師》。返鄉後有五言集古詩《下第後南遊江漢而歸》。與署狄道州知州陶國幹相識，其《題陶芥亭刺史行樂圖》自注：『時由岷州修理狄道城工。』與熊懋獎相識，有《題熊勵亭小照》。曾至臨夏看牡丹花，途中有《安遠坡望白石山》、《陡石關望終南》、《看花河州，而牡丹不能遽開，因題胡氏園壁二首》。此年有《法雲寺》、《山子石（皋蘭）》等。

吳承福等述、楊芳燦撰《行略》：『庚辰赴都大挑，列名二等，遂南遊江漢而歸。』

呼延華國《（乾隆）狄道州志》卷一：『狄道城……乾隆十二年知州管孫翼奉文估修河，復故道，城垣無水患矣。乾隆二十五年，署狄道州沈元振、陶國幹奉旨補築西城，乃始完善。』

按：陶國幹，字柱賢，號芥亭，蕪湖人。乾隆四十八年舉人。曾任岷州知州，署狄道知州。熊懋獎，字特欽，號勵亭，瓘山人。援例選甘肅階州典史，屢膺卓薦，歷皋蘭縣丞、巴陵溆浦知縣、桂陽州、澧州同知。所至有惠政，後陞永綏廳同知、權辰州、沅州知府。督運閩省軍米，以勞瘁卒於長沙。懋獎無書不讀，長於經濟，治

劇盜，畫兵政，悉有方略。所著有《聞聞錄》、《西行紀略》、《易意數學輯要》、《地理要言》等書。

乾隆二十六年辛巳（一七六一），四十歲

春，先生入都會試。臨夏友人潘懷瑾來洮陽送別，有《潘生行贈懷瑾》。至京，下榻梁濟瀍寓所，有《梁靜峯郎中下榻夜作》。梁濟瀍爲作《松花庵雜稿四書六韻序》。與吳壇重逢。吳壇《松花庵詩草序》：『憶辛巳春，余與信兄同試禮闈，朝夕倡和，縱談千古。』下第後就選，有集唐絶句《下第後就選作》。還鄉，友人劉斯和任安西知府，先生爲作《題安西太守劉雪峯風穴訪僧圖》。劉紹攽任蘭山書院山長，不久歸鄉。楊鸞游隴右，賦詩懷之。楊鸞《懷友》自注：『劉繼貢爲臯蘭山長，時已歸矣。』

王慶雲《熙朝紀政》：『乾隆二十六年……高宗皇太后七旬大慶，特開恩科會試。』

按：梁濟瀍，字靜峯，臯蘭人。乾隆十年進士，任翰林院編修，刑部雲南司郎中。乾隆三十年主講蘭山書院。錄朱熹《白鹿洞學規》刻卧碑，立於文仁堂中，以約束學生。蘭州知府丹徒王文治曾書『士仰昌黎同北斗，人方永叔是洪河』贈梁。

劉斯和，字雪峯，河南郟縣人。乾隆四年進士。歷任山西渾源、甘肅秦州、甘州知州，乾隆二十六年調任安西知府。學有根柢，詩文見重於時。有《庸寓齋詩集》。

乾隆二十七年壬午（一七六二），四十一歲

先生任耀州學正。作《北五臺山賦並序》、《重修耀州東嶽廟記》。重陽節作《浪淘沙·耀州九日》，感慨冷官生涯的岑寂。呼延華國復建洮陽書院，先生爲作《牧伯呼延公設復洮陽書院碑記》。此年有《耀州蕭司訓思歸陰平，詩以留之》、《戲效金翅鳥王歌》、《成冠文饋鴨感賦》、《盆草吟》、《食兔偶

作》、《西魏延昌宮主法器歌》、《松花庵歌》等。

吴承福等述、楊芳燦撰《行略》：『庚辰赴都大挑，列名二等，遂南遊江漢而歸。後選授陝西耀州學正，樽酒論文，待生徒如子弟。』

李華春《傳略》：『庚辰由大挑授陝西耀州學正。日與諸弟子樽酒論文，雍雍如也。』

按：王文焕《吴松厓先生年譜》載先生任耀州學正爲乾隆二十五年。但鍾研齋《（乾隆）續耀州志》卷之五『學正』載：『吴鎮，字信辰，號松華（崖）。狄道舉人。乾隆二十七年至。』由此可見先生任耀州學正爲乾隆二十七年。李華春《傳略》及王文焕《吴松厓先生年譜》皆誤。

乾隆二十八年癸未（一七六三），四十二歲

先生仍作耀州學正。與鍾麟書相識，有《題鍾研齋麟書詩後》。秋，先生母魏太恭人去世，丁憂回鄉。其《題鍾研齋麟書詩後》自注：『先妣以是月卒，詩遂成讖。』與劉紹攽相會於蘭山書院，劉爲作《松花庵詩草跋》，稱贊先生與胡釴爲『西州騷壇執牛耳者』。先生有《蘭山書院别劉九畹先生》、《答劉九畹惜予存詩太少》。劉紹攽編成《二南遺音》，選先生詩多首。胡釴有詩寄懷先生、劉紹攽，有《懷吴信辰三首》、《懷劉九畹先生三首》。其《懷劉九畹先生三首》自注：『先生選輯國朝秦人詩，以孫豹人、李子德二公爲前茅，吴信辰爲後勁，而强以予附之，名其集曰《二南遺音》。』先生應狄道知府呼延華國聘修州志，又作《募修魁星閣疏》。友人劉升成進士後即去世，先生有《劉雲階甫成進士而殁，詩以哭之》。此年有《飲馬長城窟行》、《題哥舒翰紀功碑》、《磨月子詩》等。

李華春《傳略》：『庚辰由大挑授陝西耀州學正……旋丁魏太恭人憂，扶櫬歸里。』

按：吴鎮服闋後，補韓城教諭，秩滿膺薦剡入都，住都門韓城會館，時在乾隆壬辰七月（見《集唐絶句跋》）。由是可推知吴鎮丁憂當在是年秋天。

李華春《傳略》：『時州牧呼延公請修州志若干卷，條理秩如，甘省推爲名志。』呼延華國《（乾隆）狄道州志序》有『乾隆二十八年歲在癸未秋八月上澣賜進士出身奉直大夫知狄道州事長安呼延華國題』字樣，可知修州志在此年。王文焕《吴松厓年譜》記作乾隆二十九年，也能講通。

劉紹攽，字繼貢，號九畹，陝西三原人。雍正拔貢，陝西巡撫碩色薦之於朝，朝考第一。歷任四川什邡、南充、曲陽、山西太原知縣。曾主講蘭山書院，學生多有所成。著有《周易詳説》、《書考辨》、《春秋筆削微旨》、《春秋通論》、《衛道編》、《四書凝道録》、《學韻紀要》、《九畹古文》、《九畹續集》、《三原縣志》、《關中人文傳》、《二南遺音》等。

鍾麟書，字學洙，號研齋，浙江海寧人。丁卯舉人，乾隆二十年任雒南縣知縣。

乾隆二十九年甲申（一七六四），四十三歲

先生家居讀書，著《聲調譜》成，書中有『甲申榴月吴鎮識』字樣。此年嶺南有何仕芳者，與妻顔佩環赴保定省親，仕芳爲盜所傷，佩環扶柩至保定，殉節觸棺而死，一時傳爲異事。先生有《顔佩環詩（乾隆甲申年事）》紀之。定州友人王鳴珂任西和知縣，專程來訪先生，有《贈西和王敬儀》詩六首。此年有《夢與一巨公談甚款洽云是宋司馬君實覺而肅然有作》、《奮威將軍王進寶畫像歌》等。

按：王鳴珂，字敬儀，直隸定州人，拔貢生。乾隆二十九年任西和知縣，有詩才，曾在西和建上祿書院，重修奎星閣、關帝廟、昌裕公祠等，頗爲縣人尊敬。

乾隆三十年乙酉（一七六五），四十四歲

此年先生因家貧而就館海城，有《海城客館疏理小畦漫賦》、《海剌都曲》、《杏花》等。爲内兄李尚德家塾作《雨墨山房跋》。

吳承福等述、楊芳燦撰《行略》：「嗣因家貧，就館海城。」

吳鎮《雨墨山房跋》：「乾隆乙酉端午日，松花道人題於海城客館。」

乾隆三十一年丙戌（一七六六），四十五歲

先生服闋，補授韓城教諭。學使吳綬詔案臨陝西，對吳鎮、劉紹攽、胡釴品題並重。先生有《四言呈吳澹人學使》、《送吳澹人學使》等詩感激知遇之恩。其《四言呈吳澹人學使》：「我友九畹，著書鹿原。靜庵離索，遠宦祁連。雖從隗始，敢在盧前。因公品題，濫竽兩賢。」吳綬詔爲作《松花庵韻史題跋》。吳鎮、胡釴、楊鸞、劉紹攽並稱「關中四傑」。

吳承福等述、楊芳燦撰《行略》：「服闋，補授韓城教諭。其循循善誘，亦如在耀州時。故兩邑人謂：「自府君秉鐸以來，士習文風，蒸蒸日上。」」

吳綬詔《靜庵詩集序》：「僕從九畹（劉君紹攽），初慕兩賢。何意梗蓬，適逢蘭蕙。徑訪公超之市，曾招季重於白樓。」自注云：「丙戌春，按同州，見吳信辰。」

李華春《傳略》：「（吳鎮）嘗與潼關楊子安、三原劉九畹、秦安胡靜庵稱爲「關中四傑」云。」

按：吳綬詔，字澹人，歙縣人。乾隆戊辰進士。曾任翰林院編修、山東道御史、工科給事中、甘肅學政、奉天府丞，官至通政使。主持甘肅學政期間，嚴禁冒名代作諸弊，以端士習，酌撥府學員額以示均平，士風翕然爲之一變。

乾隆三十二年丁亥（一七六七），四十六歲

先生仍任韓城教諭。爲劉壬詩集作《戒亭詩草序》。胡釴在秦川試院，吳綬詔爲作《靜庵詩集序》。吳綬詔推薦胡釴任高臺訓導。先生有《寄胡靜庵》詩懷念好友胡釴。胡釴也有《對月有懷士安》、《有懷士安》、《讀士安詩》寄懷先生。

吴綬詔《静庵詩集序》：『乾隆丁亥秋八月，天都吴綬詔拜題於秦川試院之春風堂中。』

乾隆三十三年戊子（一七六八），四十七歲

先生仍任韓城教諭。與當地官員和名士歐陽永祺、孫宗夏等交往密切，有《樊太學邀遊横山》、《魏壺山送馴兔》、《菊友送六郎面兼求一絶》、《劉山翁送文杏花兼索一詩》、《王友益送牡丹》、《孫圖山指頭畫虎歌（宗夏）》、《闢山夜雪呈歐陽觀察蘭畦》。曾游覽陝西許多名勝，皆有題詠，如《漢太史公侍妾隨清娱歌》、《響水崖》、《歸雲洞》、《白太傅祠》、《讀五代史王建世家》、《唐張爲軼事後》、《叢林夜梵圖》、《北邙行》、《榴葉秋黄曲》、《米顛拜石圖》、《思歸引》、《元日試筆二首》、《草舍吟》、《亞媛詩》、《楊伯起祠》、《韓城竹枝詞二首》、《我憶臨洮好十首》等。在高陵道中曾寫詩憶及已故同鄉張翥，有《高陵道中憶故廣文張翰齋》。曾游姑汾，與襄陽楊維棟成摯友，有《姑汾道中寄楊山夫》、《西岳高臥圖同楊山夫》、《睡美人圖同楊山夫》、《山夫贈松石硯》，還有集古詩《大雪懷楊山夫》。楊鸞自湖南歸里。胡釴仍任高臺訓導，先生有集古古詩《寄胡静庵廣文》。與按察使宋弼相識，有《讀胡静庵、劉九畹詩，有懷宋蒙泉先生》。閲李汝愚畫和遺書，有《題李虎臣先生畫》和集唐七律《閲李虎臣先生遺書愴然有感》。弟子魏學文中舉。

吴鎮《楊山夫詩序》：『往余薄遊姑汾，獲交詩人襄陽楊山夫。』

楊鸞《胡釴墓誌銘》：『秦安胡静庵，以乙卯選拔，與余同出交河王夫子之門……戊子秋，余歸自湖南，静庵爲高臺學博。』

按：楊維棟，字山夫，襄陵人。諸生。善詩工畫。

孫宗夏，字圖山，浙江仁和人，鎮安籍。雍正四年武狀元。

歐陽永祺，字蘭畦。歷任江西按察使、陝西按察使、浙江布政使、廣東布政使。

張翥，字翰齋，父天成仕杭州稅使，翥隨侍讀書，其詩文遂大進。後以歲貢司訓高陵，卒於官。翥少遊吳越，有園亭花竹之好，而性特忭急，嘗夜臥得一佳聯，急起跨墻呼其鄰之爲剞劂者，鐫門扉而粉墨之，凡三易燭而就。其好事類如此。

李汝愚，字虎臣，康熙丙辰科武進士，任廣西柳州府提標都司，固守龍城，邊陲賴以寧謐。因力疾剿賊，卒於途，督府親爲致祭，贈明威將軍。品概峻整，有儒將風。

宋弼，字仲良，號蒙泉。德州人，乾隆十年進士，授翰林院編修，教習庶吉士，分纂《文獻通考》。弼性耿介，好直言，出爲鞏泰階道。伏羌、徽、禮等縣地震，親行勘賑，無一夫不被澤。乾隆三十一年四月調分巡甘肅兵備道，三十三年五月陞蘭州按察使，擢陝西按察使，治案牘夜以繼日，不假手於幕友。每出行，禁供應，御下以嚴，暇則採風土物產，以詩紀之。著有《蒙泉學詩草》、《宋蒙泉文集》、《聲調譜説》、《州乘餘聞》、《高苑縣志》、《山左明詩鈔》等。

魏學文，字仲餘，臨洮人，乾隆三十三年舉人，吳鎮弟子，不幸早卒。

乾隆三十四年己丑（一七六九），四十八歲

先生仍任韓城教諭。《松花庵律古》一書脱稿，韓城友人衛晞駿爲作《松花庵律古序》，先生有《寄衛卓少》詩。此年曾入京會試，與張翽、馬啓泰、張體乾、張道源、徐昆、王士棻、薛寧廷等名士相識。先生有《鄂國公祠四首和馬雪嶠太史》、《贈張桐圃主事》，还有集古古詩《張荊圃觀察邀賞菊屏，是日徐后山孝廉適過寓齋，留札而去，歸來得句，戲柬后山，兼呈荊老及令嗣菊坡》、《荊老酒筵話家山花木之勝，頗深鄉思》、《題張確齋登岱圖》、《贈張菊坡員外兼寄徐后山孝廉》、《贈張蔚齋郎中兼懷項飲棠詩

老》、《酒筵書懷呈王蘭圃郎中、李仁哉主事、劉玉署太常、李嶽望典教、王于庭大令、李槐東鹺使、張楚懷孝廉、李鼎三明經、薛嚴庵守府、秦漢昭少府》、《贈康若一、楊來青二明經》、《贈薛補山編修》。馬啓泰和先生《亞媛詩》。在京師有《慈仁寺觀王漁洋、許天玉所賦雙松》、《李少文贈傅青主先生墨蹟》。此年有《幽邃》、《續唐人光風亭夜宴妓有醉毆者》、《讀李洞詩》、《病猿效李才江》、《哭魏仲餘孝廉》、《衛氏姪送畫冊以詩謝而誨之》、《秋蟲》、《青騾曲》、《夢觀演〈墜樓記〉，其綠珠凴欄欲下，予懼，虛以手承之，樓上嘖嘖稱羡，似有悦己之感也》、《讀楚辭偶作》、《楊伯起祠》、《黄粱夢》、《讀徐武功湯陰岳廟碑有感》、《長安道》等。

按：衛晞駿，字卓少，陝西韓城人。乾隆十九年進士。歷儀徵、文昌、陵水三縣知縣，擢廣州府澳門同知。晞駿爲政務寬大，而所至嚴肅，盜賊屏迹。

張翽，字鳳揚，號桐圃，甘肅武威人。乾隆三十四年進士，授户部主事，累遷户部郎中。出爲江西吉安府知府，調湖北荊州府知府，護理荊宜施道，歷任宜昌府知府、鄖楊府知府、貴州鄉試副考官、湖南長沙府知府。著有《念初堂詩集》。

馬啓泰，號雪嶠，涇陽人。乾隆辛卯進士，任翰林院編修，充國史館武英殿纂修。蒙賜香囊瓜果，陞正詹事。以病告歸。

張體乾，字確齋，號荊圃，山西浮山人。刑部陝西清吏司員外郎，候補道台。茂德敦行，修文詞，而愛山水。有《東游紀略》二卷、《汾沁紀游》。張開東《白蒓詩集》卷十三有《輓刑部員外郎兼觀察使銜同宗荊圃公（有序）》。

張道源，字菊坡，體乾子，幼嗜詩書，工篆隸。弱冠負經濟才，入貲爲刑部員外郎，歷任南雄知州、廣州知州、糧道鹽運司、浙江紹台道、湖北漢黄德道，爲官清廉，執法嚴明，劉統勳、英廉、孫士毅、福康安皆奇其才。澳門民夷雜處，時唤夷因忿殺人，匿不交凶，將拒捕，撫軍圖公、制軍孫公將以大兵剿除之，乃請命二公曰：『以小忿而加之兵，是激之使亂也。亂而加之罪，是不教而殺也。且一夷有罪，羣夷何辜？盡置之死地，甚非朝廷懷柔遠人意。』遂輕舟抵澳，示以天朝恩，咸撫而諭之，夷人皆感泣，乃交凶，於是誅一夷而羣夷獲安。赴浙之日，軍民士庶餞送者不絶於道，尋以佐福公相剿平苗匪功，奉旨賞戴花翎。福公相嘗語諸司道曰：『張知府遇大事有卓識大力，吾實敬畏之。』

徐昆，字厚山，平陽府舉人。才美學富，任陽城教諭，立學規八條，皆修身經世之學課，文根六經，實實心訓，一時士風丕變。名宿詩歌倡和不絶，著作頗富，有《柳厓外編》。

王士棻，字蘭圃，陝西華州人。乾隆十九年進士，改庶吉士，散館授主事，陞刑部郎中，旋授刑部右侍郎，以事謫新疆。回京授刑部員外郎，授江蘇按察使，以失於糾參落職，擬謫軍臺，尋授刑部員外郎，卒。

薛寧廷，字補山，雒南人。乾隆癸酉舉人，丁丑進士，任翰林庶吉士。

乾隆三十五年庚寅（一七七〇），四十九歲

先生仍任韓城教諭。此年有先生罷官及染病的謠傳，有《近有二首》詩紀之。劉紹攽寄書先生勸戒酒，先生有《寄劉九畹》答之。冷官生涯，先生雖處之泰然，但心中隱有不平之意。其《陳介祺將選廣文，書來盛譽韓學之美，戲答其意》、《自題韓城詩後》、《撥悶》等詩皆有流露。先生幼女吳慶夭亡，當爲李夫人所出，有《哀幼女慶》哭之。此年有《答楊山夫病予存詩太多》、《九日壽菊》、《秋水圖》、《下榻圖》、《絳帳圖》、《相馬圖》等。

吳承福等述、楊芳燦撰《行略》：『繼配吾母李恭人，貤贈儒林郎諱炌公女……女三，皆早卒。』

按：吳鎮何時續娶李夫人，無資料可考，但李夫人家與吳鎮家族多有姻親關係。吳鎮《李母劉孺人墓誌銘》：『乾隆己酉三月六日，內兄李封翁南若之妻劉孺人卒，年五十有九矣。時長子芭初選廣西陽朔縣知縣，次子荘亦隨兄任，道遠訃遲，故久而未葬……蓋孺人母魏氏，卽予先母恭人之胞妹，其身於予爲姨妹，而予妻李恭人又其夫南若之胞

妹也。兩世懿親，非內言不出者，比因誌其大略焉。』

李苞《讀吴表弟小松〈松花庵記〉》詩自注：『松花庵，先姑丈吴沅州公之别業，公字信辰，號松花道人。』（《巴塘詩鈔》卷上）

李尚德，字南若，狄道州人。李苞父。郡增生。（呼延華國《（乾隆）狄道州志》纂修姓氏）

李苞，字元方，狄道州人。乾隆癸卯舉人。歷任桂林陽朔、賀縣知縣，山東鹽運司運同等官。李苞爲吴鎮姪子，又是其入室弟子。著有《敏齋詩草》、《巴塘詩鈔》。高伯雨《聽雨樓隨筆》卷二：『臨洮李元方苞以舉人爲桂林、陽朔令。入蜀，有《劍陽詩草》；在巴塘，有《巴塘詩鈔》。後爲山東濱濼分司，署在城外，前臨大河，後辟小園，官居多暇，觴詠自適，乃合前後集刻之爲《敏齋詩草》。吴松厓、楊蓉裳兩先生爲之序。《佛圖關》云：「崔嵬關勢鎮巴陵，傍有花宫時一登。欲問鈴聲作何語，世間誰是佛圖澄。」在巴塘，詩多詠邊方風景。自山東返蜀，因家焉。子清宴，號定波，援新例指捐四川通判。』

乾隆三十六年辛卯（一七七一），五十歲

先生仍任韓城教諭。《松花庵集唐》完稿。好友胡釴去世，先生有《挽胡静庵先生》，又有《夜半偶憶静庵，呼燈就枕上作三首》追憶好友。與和瑾泰交好，盡讀和氏藏書，有《贈和五懷玉》。有《寄高臺令成在中》詩寄友人成文，成亦有和詩。與陸錦雯相識，經常書信往來，探討詩藝。

楊鸞《胡釴墓誌銘》：『秦安胡静庵，以乙卯選拔……戊子秋，余歸自湖南，静庵爲高臺學博。始復手書往還。繼聞移疾歸……静庵已於五月二十八日捐館舍……静庵生於康熙四十八年九月初八日，距今辛卯歿時，年六十三歲耳。』

和瑾泰，字懷玉，滿洲正白旗人，駐防西安，家藏書最富，吴鎮曾説『和五談史如貫珠』。

陸錦雯，字醇高，自號杏村居士，嘉興人。山水師張鳴謙，有出藍之譽。詩文修潔，不樂仕進。有《湖東小草》。

乾隆三十七年壬辰(一七七二),五十一歲

先生韓城教諭秩滿,在陝甘總督勒爾謹、陝西布政使畢沅的推薦下,陞授山東濟南府陵縣知縣。七月,先生膺薦入都,住韓城會館。李友棠、陳鴻寶等友人曾爲其詩集作序。李友棠有《吴信辰廣文以律古詩就正寄答二首》。李悳舉爲作《松花庵律古詩跋》。臘月,先生始涖陵縣任。途中曾登崆峒山、華山,有《空同》、《華嶽》詩。此年有《自題韓城詩後》、《自題壬辰詩後》。

吴承福等述、楊芳燦撰《行略》:「壬辰俸滿,蒙制府文公、中丞勒公、方伯畢公以「品行端方,堪膺民社」保舉送部,引見,授山東濟南府陵縣知縣,居官處事,一以仁慈爲主。」

按:畢沅,字纕蘅,一字湘衡,號秋帆,又號弇山,自號靈巖山人,別號弇山畢公,江南鎮洋(今江蘇太倉)人。乾隆二十年以舉人補內閣中書,直軍機處。二十五年,成一甲一名進士,授翰林院修撰。歷任甘肅鞏秦階道、陝西按察使、陝西布政使、陝西巡撫、河南巡撫、湖廣總督兼署湖北巡撫。卒贈太子太保。畢沅少孤,資性穎悟,曾隨沈德潛、惠棟遊,學業益深邃。著有《靈巖山人詩集》。

勒爾謹,滿洲鑲白旗人,姓宜特墨氏。乾隆十年繙譯進士。歷任刑部主事、直隸天津道員、甘肅寧夏道員、山東按察使、陝西布政使、巡撫、陝甘總督。後因貽誤軍機,著革職,交由刑部治罪。議斬決,乾隆帝改爲斬監侯。不久,甘肅冒賑案發,乾隆帝大怒,賜令自盡,二子均發遣伊犁。

陳鴻寶,字衛叔,號實所,浙江仁和人。乾隆辛未進士,南巡,召試,欽賜舉人,由內閣侍讀考選江南道御史,轉刑科掌印給事中。

乾隆三十八年癸巳(一七七三),五十二歲

先生仍在陵縣任。曾踏勘一小村,見當地人養蜂,割蜜而不傷蜂,感而作《題村壁》。政事之暇,與當地官員和名士胡德琳、錢大琴、許承蒼、楊本立、薛寧廷、李中簡、莫元龍等經常詩歌唱和。《松花庵韻史》書成，胡德琳爲序。先生善醫術，上司曾命其爲錢大琴診病。有《題胡碧腴太守書巢圖》、《贈錢雙魚明府（大琴）》、《贈許莪溪明府（承蒼）》、《蔦蘿和楊茂園（本立）》、《贈薛太史補山（寧廷）》、《送劉一峯巡檢迴臺灣任》、《送馬漢沖司馬由濟南移兖州》、《花石歌上李文園學使（中簡）》、《題徐大中丞校獵圖》、《天涯芳草主人歌贈莫鄆城（元龍）》、《過孟淑之書館》、《張楚懷將遊維揚，以予禱雨日杜過陵署，是日大雨》。與張開東相識，有《贈五岳遊人張白蓴（開東）》、《送白蓴遊泰山》。先生還，遨遊山東許多名勝古跡，並一一形諸題詠，如《趵突泉》、《華不注》、《芙蓉街》、《笑客臺（平原君美人笑躄者處）》、《四女祠》、《謝茂秦故里》、《石鏡》等。臘月，王鳴盛爲劉壬作《戒庵詩草序》，盛贊「三秦詩派」及吴鎮詩作。

按：　胡德琳，字書巢，號碧腴，廣西臨桂人。乾隆壬申進士，由濟陽知縣調歷城，三十四年擢濟寧知州，陞東昌太守。

王鳴盛，字鳳喈，號禮堂，又號西莊，晚號西沚，江蘇嘉定人。乾隆十九年一甲二名進士，授翰林院編修。歷任侍讀學士、福建鄉試正考官、内閣學士、禮部侍郎、光禄寺卿。乾隆二十八年因母喪歸鄉，遂不再入仕。王鳴盛幼從長洲沈德潛學詩，後又從惠棟研習經義，遂通漢學。其時常州吴泰來、上海趙文哲、張熙純及鳴盛妹夫錢大昕，皆以博學工詩文著稱，而羣推鳴盛爲渠帥。曾刊刻《寶山十家詩》、《江浙十二家詩選》等，聲氣益廣，名望益隆。其經術、史學、詩古文辭均有成就。著有《尚書後案》、《十七史商榷》、《蛾術編》、《西沚居士集》、《西莊始存稿》等。

張開東，字賓暘，號白蓴，蒲圻人。諸生。官蘄水訓導。有《海岳集》、《白蓴詩集》。喻文鏊《考田詩話》：「白蓴坐隻輪車，遍遊五嶽，北踰朔漠，東眺滄溟。畢秋帆中丞題『海嶽遊人』四字贈之。」

李中簡，字廉衣，一字子静，號文園，直隸任丘人。清乾隆十三年進士，授編修，曾任山東學政、翰林院侍講學士。著有《嘉樹山房詩文集》。

錢大琴，字雙畦，浙江長興人。舉人，乾隆三十五年任德平知縣，考校公明，人不敢欺，捐置小學田租，纂修邑乘。

許承蒼，字雲士，江蘇武進人，進士，乾隆三十八年署任德平知縣，有風采，可畏愛，調歷城，陞臨清州。

馬遇，字漢沖，齊東人。貢生，官濟南府知府、兗州府知府。

莫元龍，鄆城人，进士。

乾隆三十九年甲午（一七七四），五十三歲

先生仍在陵縣任。八月，壽張人王倫起兵反，連陷堂邑、陽谷等地。陵縣離陽谷縣很近，情況也很危急，先生臨危不亂，鎮定自若，寫了許多悼念死事諸公之作，如《哀沈壽張齊義》、《哀陳堂邑枚及其弟武舉元樑》、《哀劉丞希壽》、《哀方尉光祀及其姪義》、《哀吴訓導瑮及其姪文秀僕王忠》、《某縣學博聞賊至，夫妻闔戶同縊，夫懸絕而甦，其妻竟死焉》。不久，王倫起義被清廷鎮壓。先生有《壽張賊警，喜官兵至》、《檻車行》紀之。先生憫念百姓之苦難，曾勸説上司不要牽連無辜，解救了很多人。秋，先生充鄉試同考官，經常和試院諸公唱和。如《和賀監祠》、《濟南考館和陸省堂（震）》、《呈吉渭崖太僕》、《次費道峯侍御（南英）》、《呈馬漢沖監試（遇）》、《月夜聞鶴》等。解元趙東周出其門。與長安穆㑇相識，有《贈穆虛村（㑇）》。

魏源《聖武記·乾隆臨清靖賊記》：『乾隆三十九年，兗州府壽張姦民王倫，以清水邪教……往來山東，號召無賴亡命，黨徒日益衆。羡臨清之富庶，又大兵方征金川……倡言有四十日大劫，從之者得免。壽張知縣沈齊義捕之，賊遂於八月二十日夜襲城，戕吏。賊先言破城日當有風雨，及期適應，衆益信。賊連陷堂邑，陷陽谷，皆劫掠棄城遁……時

上駐蹕熱河行宫，大學士舒赫德……命佩欽差大臣關防，由天津馳赴山東督師。命額駙那旺多爾濟、左都御史阿思哈，率健鋭火器營兵，又簡吉林索倫善射手五十爲選鋒，詔直隸總督周元理以兵防廣平大名界，而河道總督姚立德防東昌……舒赫德軍抵臨清，賊千餘北出牽官兵，而驍賊五六百陣舊城東門迎戰。舒赫德……以禁旅三百追賊北門外而自攻東門。賊敗竄城内，短兵巷戰……搜王倫於城中大宅，毁牆入，手擒之，爲十餘賊所奪，賊登樓縱火死。復殲巷戰女賊烏氏等數十，生擒其弟王朴，其黨樊偉、孟杰、王經隆等，檻送京師，誅其黨千餘……凡一月，賊平。」

法式善《清祕述聞》卷七：『乾隆三十九年甲午科鄉試。山東考官：太僕寺卿吉夢熊，字毅揚，江南丹陽人，壬申進士。御史費南英，字希文，浙江烏程人。癸未進士。「題『爲命裨諶』全章，『則可以贊』一句，『以追蠡曰　足哉』」。「恭賦『洙泗發源長』得『長』字」。解元趙東周，泰安人。』

按：　陸震，字省堂，浙江桐鄉人。舉人，乾隆三十九年任山東德平知縣。

穆㷡，字虚村，陝西長安人。乾隆二十四年舉人。

乾隆四十年乙未（一七七五），五十四歲

春，僕人王大卒於山東陵縣任所，先生有《葬從者王大淒然有作》。先生因記大功三次，赴熱河覲見乾隆皇帝，引見，賜進士，得候補分府，加三級。先生有《熱河紀恩》、《熱河道中贈人》。十月，先生陞任湖北興國州知州。卸陵縣任後，仍住陵縣客館，有《客館買菊》、《題秋水覓句圖》、《僧舍雙馴鴿》等。

沈淮《（光緒）陵縣志》卷十七《馬河通濟橋建修茶棚記》後有署名云：『賜進士文林郎知陵縣事，候補分府，加三級，紀録五次，記大功三次，狄道吴鎮。』

吴承福等述、楊芳燦撰《行略》：『乙未閏十月，蒙特旨簡放湖北興國州知州，丙申六月蒞任。』

李華春《傳略》：『嗣因捕獲鄰境大盜，乙未特授湖北興國州知州。』

乾隆四十一年丙申（一七七六），五十五歲

春，先生由陵縣啓程赴興國任。有《留別陵縣士民》、《沿路見梨花有感》。路經聊城、昆陽、襄陽、武昌、漢陽、荆州、黄州等地，皆有題詠，如《射書城》、《昆陽》、《夷門行》、《早發襄陽》、《黄鶴樓》、《鸚鵡洲》、《武昌西上阻雨》、《關聖廟》、《三閭祠》、《宋玉宅》、《巫山高》、《梁元帝祠》、《魯子敬祠》、《伯牙臺擬琴操》、《伯牙臺》、《赤壁》、《西江月·襄樊舟中作》、《臨江仙·詠舟中小鳴雞》、《玉蝴蝶·赤壁懷古》等。六月，始抵興國。先生涖任興國後，勵精圖治，清理積案，公正廉明，還曾爲鄰縣百姓昭雪冤案，深得百姓愛戴。又興辦學校，培養士風，敦勵後學。

吴承福等述、楊芳燦撰《行略》：『乙未閏十月，蒙特旨簡放湖北興國州知州，丙申六月涖任。』

乾隆四十二年丁酉（一七七七），五十六歲

先生仍在興國任。政事之暇，曾游覽湖北各地的名勝古跡，皆有題詠，如《甘興霸祠》、《武昌九日》、《武昌臬署後蛇山云有陳友諒冢》、《木蘭村》、《樊山》、《樊口》、《試劍石》、《西山》、《松風閣》、《菩薩泉》、《九曲亭》、《寒谿》、《鳳凰寺》、《題無無和尚木像》、《慈雲寺》、《漢口絶句》、《桃花夫人曲》、《宋太祖微時飲酒處》、《令尹子文祠》、《鸚鵡洲次太白韻》等。

先生與當地名士及同僚唐奎、王宸、何光晟、吴森、熊懋獎、徐傳毓、曾壺峯、楊璠、顧墨園、龍鐸等經常詩酒唱和，如《薛嘉魚贈小猢猻元統》、《贈冰谷上人》、《題畫竹送楊南園歸山西（璠）》、《題唐映南（奎）睡鹿圖》、《戲贈王柳東司馬（宸）》、《題瑞麥圖贈何曙亭明府（光晟）》、《題石門山圖次宗弟雲衣（森）原韻》、《鵲橋仙·戲慰雲衣亡金》、《海嶽雲峯歌贈熊勵亭（懋獎）》、《贈徐芝山別駕（傳毓）》、《伯牙臺送龍震升（鐸）歸中州》、《題曾壺峯踏花歸去圖》、《送曾壺峯歸閩》、《顧墨園司馬送盆梅》。友人黄建中去世，先生有《哀黄西圃同年》詩。内兄李尚德、友人許海歸秦，有《送李南若大舅歸里》、《送許對山歸里（海）》。先生還有《擬五君詠》懷念梁彬、畢誼、吴紹詩、牛運震、沈青崖等恩師。與陝西詩人張五典相識，張五典曾乞贈《松花庵詩草》，並和《韓城竹枝詞》。《荷塘詩集》有《寄興國吴信辰刺史乞〈松花庵詩草〉》、《松花道人詩『忍死待郎三十載，歸鞍馱得小妾來』可以怨矣，聊下轉語，不必以蛇足議之也》。楊鸞從友人張開東處知悉與吴鎮有『二安』之稱，有《讀白蓴二安詩奉柬》詩紀之。吴鎮有和楊鸞《緑蝶》、《黑蝶》、《黄蝶》、《紅蝶》、《白蝶》詩五首，還有集古詩《寄少華党古愚，兼懷楊子安前輩》、集唐七律《寄楊子安》，皆不能確定作期，暫繫於此。

六月，先生解餉赴京，十月旋署。在清苑，遇蘭州友人顧永中，有《清苑慰顧時庵》。先生赴京途中經過郾城、長垣、輝縣、陳留、新鄭、濬縣、順德、欒城、涿州、正定等地，一路上經過的名勝古跡皆有題詠。如《郾城旅館讀〈平淮西碑〉》、《楊再興墓》、《鶴城》、《齊王建故居》、《陳留弔蔡伯喈》、《鄭子產祠》、《濬縣弔盧次楩》、《豫讓橋歌》、《趙子龍祠》、《張翼德祠》、《辣君祠》、《定州》等。先生進京之後，友人張五典曾有《聞信辰刺史使都下》詩懷念。在京師，與友人施學濂、陳鴻寶相會，有《題施耦堂侍御寶石齋》、《和陳寶所給諫詠物四首》。先生宦海奔波多年，思鄉之情，時時縈繞心頭。其《武昌九日》、《客至》等思鄉之作卽作於此時。先生將任職陵縣後的詩作結爲《松花庵遊草》。

李鈞簡《邈雲樓文集序》：『先師少以才名，博極羣書，元本殫洽，尤以詩名於時。雍正乙卯拔萃成均，與蒲城王紫亭、三原劉繼貢、秦安胡静庵並以學行見賞於交河王振聲學使。其後關中稱詩者，莫不推「二安」之目，則與狄道吴士安齊名，海内皆企慕焉。』

吴承福等述、楊芳燦撰《行略》：『府君清廉自矢，於脂韋逢迎之習，心甚鄙之。丁酉委解京餉，或謂府君可以委曲求免。府君曰：「急病讓夷，春秋所予，身爲職官，何莫非分所當爲耶？」五月赴京，十月回任。途中得詩什甚多，殊陶然自得也。』

按：吴鎮《松花庵遊草序》：『今年六月，因解餉赴京，十月旋署……乾隆丁酉嘉平念二日，松厓吴鎮自序。』先生解餉赴京在六月，吴承福説五月，誤。

王宸，字蓬心，號柳東，著名畫家王原祁曾孫，畫法妙遠，所作山水，雖變家法而古厚有餘。乾隆四十八年爲永州府太守，曾爲歙縣程瑶田徵君作《説劍圖》。

施學濂，字大醇，號耦堂，浙江錢塘縣人。乾隆丙戌進士。由禮部員外郎考選山東道御史，轉兵科給事中，精鑒賞，辨周秦物絲毫不失，廣坐中踔厲風發，常屈其右，與陳鴻寶、沈世煒尤莫逆，晚年酒肉絲竹，日爲詩文，豪健逾昔。有《耦堂集杜》一卷、《耦堂詩鈔》一卷。

顧永中，號時庵，臯蘭人。乾隆二十四年己卯科舉人，官寧晉知縣。

張五典，字敘百，號荷塘，陝西涇陽人。乾隆二十五年舉人，官上元、攸縣知縣。工詩，兼善山水。有《荷塘詩集》。

吴森，字雲衣，江西南豐人。乾隆癸未進士，官廣濟、建始知縣。有《篘瀾詩草》。

何光晟，字曙亭，湖南人。舉人，乾隆三十六年襄陽府訓導，四十四年任孝感知縣。

徐傳毓，字芝山，崑山人。監生，乾隆四十五年任襄陽府通判。

龍鐸，字震升，中州人。舉人，曾任吴江縣知縣。

乾隆四十三年戊戌（一七七八），五十七歲

先生奉特旨由興國知州陞任湖南沅州府知府。其《武昌雜詩（時將之沅州任）》云：『微生屬多幸，官自聖人來（鎮歷陞皆蒙特旨）。』離開興國時，對興國百姓戀戀不捨，有《阿婆》詩紀之。中秋，在武昌，作《松花庵集唐詩跋》、《武昌雜詩（時將之沅州任）》。劉紹攽、楊鸞卒。先生有詩哀悼楊鸞。秋，先生赴沅州任，有詩詞紀旅況，如《巫山一段雲·守風戲作》、《沁園春·辰州舟中守歲（時方赴沅州任）》、《畫堂春·清明（時赴長沙，舟次辰谿作）》、《念奴嬌·馬伏波廟》、《鵲橋仙·芙蓉亭》等。芷、黔、麻三縣旱，穀價騰貴，道殣滿，先生諭芷邑士庶捐穀施粥，全活頗多。友人張五典寄《與吴沅州信辰二首》詩問候。

王夢祖《迂谷先生墓志銘》：『（楊鸞）先生生於康熙五十年正月二十一日未時，卒於乾隆四十三年正月十九日未時，享壽六十有七。』

王杏舒《戒亭詩草序》：『僕兩蒞三原，輒登九畹先生之堂，執經請業，願以困於吏事，領受未得時時……及戊戌秋，先生捐館，予往弔。』

張官五《（同治）湖南沅州府志》卷三十六：『乾隆四十三年，芷、黔、麻三縣旱，穀價騰貴，斗米七八錢，市無糶者，道殣滿。前太守吴鎮、邑令吴璜勸諭芷邑士庶捐穀施粥，男婦就食，日以萬計，全活頗多。』

乾隆四十四年己亥（一七七九），五十八歲

先生仍在沅州知府任，政簡刑輕，百姓安居，囹圄爲空，有《沅署隙地，向以府獄卒四人歲司灌園，予不喜溝塍之治而喜囹圄之空也，爰作詩以志幸》。曾重修沅州府知府署，沅署狎鷗亭成，有詩志喜。

有《明山石歌》贊美沅州明山五色石。與劉杰、江炯、丁甡、周大澍、姚頤、黄秉淳、裴宏泰、張玉輝、江汝楫等友人往來密切。有集唐七律《狎鷗亭花開招丁鹿友廣文小飲》、《謝池春·爲江汝楫題顧谿雲火筆水仙》。劉杰送斑竹烟管和龍井茶，先生有《竹香子·劉時軒司馬送斑竹烟管》、《茶瓶兒·劉時軒司馬送龍井茶》詠之。《瀟湘八景》集唐七律詩脱稿，友人江炯、丁甡、周大澍等爲之序。此年有《水仙花》、《杜鵑》、《題璇璣圖》、《雙雙燕·本意》、《減字木蘭花·送人》、《減字木蘭花·題畫》、《浣溪紗·水仙花》、《錦堂春·麻陽縣送錦雞》、《醜奴兒·詠鴿》等詩詞多首。

吴承福等述、楊芳燦撰《行略》：『己亥正月抵任，爲政力持大體，一切皆務利民。公餘嘯詠，頗有宣城治郡之風。』

張官五《(同治)湖南沅州府志》卷十一：『沅州府知府署，在城内北街，卽明知州署……乾隆三十六年知府眭朝棟、四十四年知府吴鎮、四十九年知府裴方皆曾重修。五十二年，知府張官五於西圃添置廊榭花木，可供遊息焉。』

按：姚頤，字震初，號雪門，江西泰和人。乾隆丙戌一甲二名進士，授編修。曾值上書房，與乾隆帝皇十一子交好。官至甘肅按察使。姚頤才高氣矜，發爲詩歌，多慷慨激壯之詞。有《雨春軒詩草》。

劉杰，字時軒，漢軍鑲白旗人。乾隆四十年任湖南永順府知府。善畫。張五典《荷塘詩集》有《劉時軒司馬水月秋舫圖》、《劉時軒太守索書水月秋舫詩》等。

丁甡，字鹿友，清泉人。解元。

江炯，字昱章，一字鑒亭，號乙帆，安徽歙縣舉人。曾任樂會縣令、萬州知州。乾隆四十二年署定安知縣，後爲甘肅高臺、鎮番知縣。以親老乞改教職，累爲瑞昌、弋陽、泰和教諭，遷撫州教授。襟懷沈毅，爲學務求根柢，殫心著述。有《鑒亭詩文集》二卷。

江汝楫，内江舉人，安鄉縣知縣。

乾隆四十五年庚子（一七八〇），五十九歲

春，先生因屬縣諱盜事，被劾罷官，衣篋盡爲繼任者所封，寄居民房，境况極爲窘促。朋友們都爲他鳴不平，並積極幫助他籌措歸鄉旅費。先生有《解組四首》、《協鎮黄穆園秉淳，海澄公之長子也，與予同城數月，誼如昆弟，比聞予解組難歸，至爲淚下。噫！如斯人者，於予今日豈易得哉？因感激而爲詩》、《裴把總宏泰者，芷江之異人也，夙有道術，志在濟人。昨聞予解組，屢見存慰，予感之而贈以詩》、《張潔亭經歷玉輝方爲余辦歸裝，忽接其母訃音，余悲之而贈以詩》、《苦熱寄丁鹿友》、《再寄鹿友》、《張荷塘内闔遣伻數送酒錢感而有作》等。《沅州雜詠》集古詩成，友人江炯爲序。七月，先生在湘江舟上作《集古詩序》。

冬，先生始啓程旋里。張五典有《吴信翁將之荊州，以移家見屬，用韻送行，即寬其意》送别。先生有五言律古詩《張荷塘離筵作》、《别張荷塘》贈别。先生至襄樊時，沅州士人遣人請題無水亭額。至漢口，有同鄉賈人某等，欲湊千金爲先生捐復，先生辭以精力不支，乃止。至武昌，遇友人王宸、王嵩高、謝逢泰，有五言律古詩《武昌别王柳東、王少林、謝西堂三司馬》。九月初五日，至公安，舟中閲《荊州志》。途中有《采桑子·戲詠旅況》、《臨江仙·贈别》、《江城子·辰龍關有石刻詩，竟剥蝕不能讀》、《長沙舟中》、《舟覆示家人四首》、《歸舟抵中坊，潘澹庵廣文邀飲其家，逾時始别》、《舟次黔陽，袁廣文率諸生醵錢送行，賦詩志感》、《龍陽洲見縶鶴而嘆之》、《慰鶴》等詩。先生途經華陰，遇蘭山書院同學江得符，曾與詩酒盤桓。在陜西有《昭陵懷古》、《金人捧露盤·本意》。先生過平涼涇州，有《回中》

詩。到蘭州後，不勝今昔之感，有《金城感懷》詩。至臨洮，李苞有《吳松厓姑丈自興國牧陞守沅州，旋歸林下，卽事呈七絕五章》爲先生鳴不平。弟子李存中中舉。

吳承福等述、楊芳燦撰《行略》：『然在官素風力，每以公事與大吏齟齬。庚子春，因所屬芷江縣諱盜爲竊，知府失察一案被劾。府君曰：「吾性本迂疏，久思田里，今得以微罪行爲幸。」解組後，貧不能歸。賴芷江新令張君荷塘及沅屬紳士，俱感府君仁厚，醵錢資助，僅能起程。』

李華春《傳略》：『庚子因屬縣諱盜事，詿誤被劾。蓋湖南某中丞夙嫉先生剛直故耳。先生曰：「吾久思田里，今得以微罪行爲幸。」解組時，不名一錢，迨歸，惟攜書畫數卷、沅石數方而已。』

按：據曾國荃《（光緒）湖南通志·職官志》載：『湖南巡撫……李湖，江西南昌進士，（乾隆）四十三年任。』又，《（光緒）湖南通志·名宦志》載：『李湖，南昌人。乾隆四十三年任湖南巡撫。』李華春《傳略》所言『湖南某中丞』，疑卽李湖。

張五典《龍津橋成併引》：『沅州城南，跨江爲木橋，路通黔滇，毀久矣。余修之，視舊制有加，高三丈，長五十餘丈，闊四丈，覆以瓦屋，置守橋者兩戶云。』其詩云：『穩放舲船撥畫橈，荊揚天永水程遙。回頭記取分明數，三楚西南第一橋。』

張官五《（同治）湖南沅州府志》卷三十六：『又黔陽城內火，芷江龍津橋火，燬梁八洞，焚斃一人，延燒店舍無數。麻陽亦饑，兵憲王公詳借衡穀糶賑之。』

按：黃秉淳，號穆園，福建漳州人。乾隆四十年任協鎮沅州副將。

王嵩高，字少林，江蘇寶應人。乾隆癸未進士，官至廣西平樂府知府。有《小樓詩集》八卷。

謝逢泰，字蒼崖，號西堂，江西南昌人，曾官州倅。有《寄居草》。

李存中，字允之，臯蘭人。乾隆四十五年庚子科舉人，官浪穹知縣。

乾隆四十六年辛丑（一七八一），六十歲

先生閒居臨洮，時有落寞之感，老友張克念時來飲酒談詩。友人宋紹仁自武都往蘭州，便道來訪。友人江炯歸南康，順路來訪，先生有《贈江明府乙帆》、《送江乙帆歸南康序》。先生曾至蘭州，與伏羌知縣楊芳燦相識，成爲詩友。爲富平楊理、楊琠作《二楊翁合傳略》、《題富平楊性翁（理）墓誌後》、《題楊純玉琠（性翁胞弟）夫婦合葬墓誌後》。制府勒爾謹送先生哈密瓜，先生有《勒制府送哈密瓜三首》，還有集古詩《題〈應真禮佛圖〉壽勒宜軒制憲》。

三月，循化蘇四十三回民起義，友人部選南鄭訓導河州杜采殉難，先生有《殉難訓導杜鳳山碑》。清廷派阿桂等領兵征剿。蘇楞泰從軍至臨洮，先生有《蘇秀崖副使高秋立馬圖歌》。秦維岳也有《題蘇秀崖觀察盤馬圖》。臨洮緊鄰河州，但史傳沒有記載臨洮戰況，從先生《王芍坡先生丑辰紀事詩序》所述看，臨洮受到的衝擊不大。友人張五典聽到回民起義的消息後，有《懷人詩十二首・吳信辰太守》詩懷念先生。與臨洮知縣王寬及其父王千仞相識，並同修洮河水壩。八月十三，有《壽王西園刺史序》。李存中北上會試，有《送李允之孝廉北上》。

楊芳燦《靜庵詩集序》：「余自辛丑歲識吳松厓先生於蘭山，定忘年之交，每過從必論詩。」

《清史稿・高宗本紀》：「四十六年春……壬寅，甘肅循化撒拉爾回匪蘇四十三等作亂，陷河州，命西安提督馬彪同勒爾謹剿之。癸卯，回匪犯蘭州，命阿桂往甘肅調度剿賊機宜。夏四月甲申朔，命尚書和珅、額駙拉旺多爾濟、領侍衛內大臣海蘭察，並巴圖魯侍衛等，赴甘肅剿賊。乙巳，命安徽巡撫農起往甘肅辦理軍需，宥李侍堯罪，賞三品頂戴赴

甘肅。己酉，甘肅官軍收復河州，仁和進援省城。』

《清史稿·阿桂傳》：『甘肅撒拉爾新教蘇四十三與老教仇殺，戕官吏。總督勒爾謹捕教首馬明心下獄，同教回民二千餘夜濟洮河犯蘭州，噪索明心。布政使王廷贊誅明心，賊愈熾。』

阿桂《蘭州紀略》卷一：『（乾隆四十六年）上諭：「此外如有應辦事件，阿桂、和珅亦可一面交辦，一面奏聞，並派司員內京察記名以道府用之海廣、李炤、豐紳、蘇楞泰、保年、景如柏前往甘省，交阿桂、和珅差遣委用。再，應用武職人員，現在派往之，乾清門侍衛等卽可酌量調派。」』

按：蘇楞泰，滿洲正白旗人，曾任候補員外郎、刑部員外郎、滿洲軍機章京、蘭州分巡道。

王寬，字笠人，號西園，江南金匱人。丙戌進士，歷官兵部武庫司主事、員外郎、職方司郎中、浙江道監察御史、武庫司主事、己亥科廣西副考官、甘肅狄道州知州、調署秦州。陳士楨等《（道光）蘭州府志》卷二《地理志下》：『四十七年，知州王寬同州舉人吴鎮等重修大壩以禦水。』陳士楨等《（道光）蘭州府志》卷七《官師志上》：『狄道縣知縣王寬，江蘇金匱進士，四十六年任，催科不差胥役，民亦無逋賦者。』

王千仞，字啓丹，晚號涵齋，江南金匱人。癸未進士。王寬之父。著《詩比義述》。朱珪《知足齋集》文集卷五《誥封朝議大夫王涵齋先生墓誌銘》：『案狀，公諱千仞，字啓丹，晚號涵齋……爲諸生有聲，諸鉅公皆待以國士，以經義教授弟子，尤長於《詩》，所著有《詩比義述》若干卷……侍御官甘肅，公就養，吟詠尤富……子寬，乾隆丙戌進士，歷官兵部武庫司主事、員外郎、職方司郎中、浙江道監察御史、武庫司主事，己亥科廣西副考官，甘肅狄道州知州、調署秦州。』

楊芳燦，字才叔，一字香叔，號蓉裳，江蘇金匱人。乾隆四十二年拔貢，應廷試，補甘肅伏羌知縣。乾隆四十九年，回民田五謀反，芳燦防禦有功，擢知靈州。入貲爲戶部員外郎，與修《會典》，後丁母憂歸。曾主講衢杭、關中、錦江書院。蓉裳詩學李商隱、李賀，工駢文，詞尤爲擅長。有《芙蓉山館全集》。

乾隆四十七年壬寅(一七八二),六十一歲

先生仍賦閒家居。王寬調任秦州,王千仞隨養,有詩贈先生。先生有《次王涵齋秦州元宵前一日立春苦寒之作》。王光晟來拜晤,爲之點定詩稿,有《答遼州王立夫》,王光晟亦有和詩。並爲其父王效通遺集作《西谷金石印譜跋》。友人江得符卒,有《挽江右章廣文》詩哀之。畢沅在西安,曾作《十二月十九日爲東坡先生生辰,集同人設祀於終南仙館,賦詩紀事,敬題文衡山畫像之後(并序)》,先生有《和畢秋帆中丞蘇文忠公壽讌詩》。此年有《佃農歌》、《老農》、《玉蘭畫眉圖爲雪槎沙彌作》。

按:王光晟,號柏崖,原籍皋蘭,寄籍遼州。貢生,善八分書。能詩文,喜吟詠。曾任直隸柏鄉典史、江寧典史。與袁枚、姚鼐游。著有《晚翠軒詩集》。袁枚《隨園詩話補遺》卷三:『乾隆庚戌,金陵風雅,於斯爲盛。吾鄉孫補山宫保爲總督,滄州李寧圃翰林爲知府,涇陽張荷塘孝廉宰上元,遼州王柏崖廪生爲典史,西江陶瑩明經爲茶引所大使,盱眙毛俟園孝廉爲上元廣文,隨園唱和,殆無虚日。』

乾隆四十八年癸卯(一七八三),六十二歲

先生仍賦閒家居。王曾翼從軍來甘,與吴鎮相識,成爲詩友,先生有《王芍坡先生吟鞭勝稿序》、《壽王芍坡先生》。先生夏天曾游蘭州,爲友人江得符詩集作序。溫常綬爲陜甘提學道,與先生再會於蘭山。其《上溫補山學憲》自注:『溫與予俱出牛真谷師之門。』王寬辭官終養,有《次韻送王西園刺史旋里終養》送别。曾游臨夏駱氏牡丹園,有《觀駱氏園牡丹》。此年有《鼠須筆》、《贈潘清溪(性敏)》、《贈司元長太學》、《戲題十美圖歌贈陳嘉言公子》。

按:王曾翼,字敬之,號芍坡,江蘇吴江人。乾隆二十五年進士。四十二年,由御史擢監司,出官隴右,兩度出嘉

峪關，曾到新疆。有《居易堂詩集》，分爲《吟鞭勝稿》、《西行雜詠》、《東行雜詠》、《西行續詠》四集。

溫常綬，字印侯，號少華，山西太谷人。乾隆己丑進士，官至戶科給事中。四十八年以檢討任陝甘學院提學道。有《尚書評》、《考工記集評》、《春秋三傳評》、《孟子評》、《杜詩評》、《義山詩評》、《論書輯解》等。

乾隆四十九年甲辰（一七八四），六十三歲

先生仍賦閒家居。四月，甘肅伏羌回民田五等起義，據石峯堡，襲擾通渭、伏羌、靜寧等地。友人楊芳燦爲伏羌知縣，率領軍民英勇抗擊。楊芳燦有《伏羌紀事詩百韻》。其入京朝覲，先生有《送楊明府蓉裳入覲集句》詩送之。

《清史稿·高宗本紀》：『四十九年……夏四月……丙午，甘肅新教回人田五等作亂，命李侍堯、剛塔剿之。』

《清史稿·李侍堯傳》：『蘇四十三亂既定，上屢諭侍堯密察新教回民。至是，鹽茶廳回田五等復爲亂，侍堯會固原提督剛塔捕田五。田五自戕，得其孥誅之。無何，田五之徒復攻靖遠。侍堯駐靖遠，令剛塔督兵往，亂久未定。上命大學士阿桂、尚書福康安視師。渭城陷，西安副都統明善戰死，賊據石峯堡。上責侍堯玩延怯懦，奪官，仍在軍效力督餉。侍堯旋督兵赴伏羌。』

《清史稿·俞金鼇傳》：『固原回李化玉與河州回田五糾衆爲亂，攻靖遠，金鼇與涼州副都統圖桑阿合軍討之，逐賊馬營街，固原提督剛塔亦以師來會，多所斬獲。土司楊宗業以土兵助戰，賊憑山設拒，土兵敗走，金鼇擊賊退。賊夜走石峯堡，糾會寧諸回，勢復張，副都統明善戰死。金鼇進次烏家坪，擊賊，斃頭人三，擒二十有九。轉戰至秦安土鼓山，賊敗竄蓮花城，師從之，至於雙峴，從總督李侍堯自中路進攻，敗之。福康安督兵剿石峯堡，令金鼇防底店護運道。』

《清史稿·楊芳燦傳》：『芳燦，字蓉裳……乾隆四十二年拔貢生。廷試得知縣，補甘肅之伏羌。回民田五反，縣民馬稱驤應之。未發，芳燦從稱驤甥馬映龍偵得，立捕斬之，因城守。賊奄至，以無應，解圍去……敘功，擢知靈州，顧

不樂外吏，入貲爲戶部員外郎。』

乾隆五十年乙巳（一七八五），六十四歲

陝甘總督福康安聘先生爲蘭山書院山長，先生有《福制府聘主蘭山書院造次言懷》。夏，吳森爲作《松花庵律古跋》。友人江秋崖卒於臨洮，有《挽江秋崖教授》。與分巡蘭州道陳淮、甘肅布政使浦霖相識，先生有《題陳藥洲觀察夢禪圖》、《送浦蘇亭中丞撫閩》。尹繼善子慶桂任陝甘總督，與先生往來密切，有《壽慶大司馬丹年》。爲友人宋紹仁作《壽宋南坡序》。讀查慎行《敬業堂詩集》，有《門神次查悔餘韻四首》。吳舒帷卒，先生代王曾翼子王祖武作《代王蘭江工部祭吳古餘侍讀文》。青海詩人吳栻至蘭山書院，以詩贄，先生大爲贊賞，成忘年交。此年有《薛王坪歌》、《誌公洞歌》、《題黃石舟花卉二首》、《懷毛鳴周文學》、《濡需歌》、《遊山吟》。

按：福康安，富察氏，字瑤林，號敬齋，滿洲鑲黃旗人。大學士傅恆第三子。歷任雲貴、陝甘、四川、閩浙、兩廣總督，官至武英殿大學士兼軍機大臣。先後平定甘肅回民田五起義、臺灣林爽文起義、廓爾喀、苗疆起事，累封一等嘉勇忠公。嘉慶元年追封嘉勇郡王，謚號文襄，配享太廟，入祀昭忠祠與賢良祠。《清史稿·福康安傳》：『（乾隆）四十九年，甘肅回田五等立新教，糾衆爲亂。授參贊大臣，從將軍阿桂討賊。旋授陝甘總督。師至隆德，田五之徒馬文熹出降。攻雙峴賊卡，賊拒戰，阿桂令海蘭察設伏，福康安往來督戰，殲賊數千，遂破石峯堡，擒其渠。以功，進封嘉勇侯。』

陳淮，字望之，號藥洲，河南商丘人。雍正拔貢。歷任韶州府知府、浙江鹽道、分巡蘭州道、甘肅按察使、湖北布政使、安徽按察使、貴州巡撫、江西巡撫。陳士槙等《（道光）蘭州府志》卷七《官師志》：『分巡蘭州道。陳淮，河南商丘，拔貢，五十年任。』

浦霖，字蒼巖，浙江嘉善人。乾隆三十一年進士，授戶部主事，再遷郎中。歷官湖北安襄鄖道、河南南汝光道、甘肅

布政使、陝西按察使、福建巡撫、湖南巡撫。因甘肅『冒賑案』獲罪誅。王先謙《東華續錄（乾隆朝）》乾隆一百二：『（乾隆五十年）秋七月己酉，調富勒渾爲兩廣總督，以雅德爲閩浙總督，浦霖爲福建巡撫……庚戌，陸燿以病解任，調浦霖爲湖南巡撫。』

慶桂，字樹齋，又字丹年，滿洲鑲黄旗人，尹繼善子。歷任軍機章京、軍機大臣、吏部左侍郎、盛京將軍、陝甘總督、工部尚書、刑部尚書、協辦大學士、軍機大臣。謚文恪。李元度《國朝先正事略》卷十六：『慶桂，字樹齋……五十年，署黑龍江將軍，會陝甘總督福康安奉命赴阿克蘇一帶安輯回衆，詔以公熟悉邊情，命以欽差大臣馳往甘肅，暫署總督印務。』

吳栻，字敬亭，號對山、怡雲道人、洗心道人，青海樂都碾伯鎮人。乾隆四十二年舉人，曾在青海、甘肅等地坐館教書，不慕榮利，獨嗜詩，苦吟不倦，與吳鎮、吳澄號稱『三吳』。有《吳敬亭詩文集》。

乾隆五十一年丙午（一七八六），六十五歲

先生仍主講蘭山書院。六月，楊芳燦爲選定《松花庵逸草》、《松花庵詩餘》。夏，曾游覽興隆山，有《棲雲山》、《興雲山》詩。初秋，楊芳燦爲選定《松花庵文稿》。友人周大澍至蘭州，爲作《松花庵雜稿詩跋》。天水友人胡端子請先生爲其父作《墓表》，先生作《胡蒼溪詩》追懷故友。陸錦雯至蘭州，爲作《陸杏村詩草跋》。爲馬鑅詩集作《馬讓洲詩序》。馬鑅送先生枸杞膏、紹興酒，有《謝馬讓洲明府送枸杞膏》、《再謝送紹興酒》。陳孝昇任永昌知府，至蘭州，與先生相識，有《玉蝴蝶·題陳雲巖山館聽鶯圖》。友人超然書院山長賈愈歸鄉，有《送賈恆喦歸武强》。冬，蘭州大雪，有《書院夜雪》、《和東坡詠雪詩》八首。年底，回鄉度歲，除夕夜在友人閆峻德家聚會，有《除夕大雪歌贈閆睦九》。此年有《送張學師歸鄘州》、《戲題柳毅傳書圖》、《皋蘭牡丹盛開，偶閲方方壺春晚客愁一絶，忽增惆悵，因次韻六

首》、《湟中四白狼行爲廬墓孝子張文通作》、《書李後主詞後》、《題顧溪雲火筆芙蓉翡翠》、《一叢花・五泉感舊》、《謝池春・爲江汝楫題顧谿雲火筆水仙》、《一叢花・題日暮倚修竹圖》、《憶少年・題桐陰倚石圖》、《醉太平・戲戒填詞作》、《虞美人・書李後主詞後》。弟子郭楷中舉。郭楷作《題張孝子傳後（松厓師〈湟中四白狼行〉爲其人作）》。

按：郭楷，字仲儀，號雪莊，甘肅武威人。乾隆五十一年舉人，六十年進士。曾爲河南原武知縣，旋歸。先後主講靈州奎文書院、涼州天梯書院。著有《夢雪草堂詩稿》等。

馬鍱，字讓洲，會稽人。官留壩同知。著《讓洲詩鈔》。

陳孝昇，字雲巖，海鹽人，舉人。歷任東川知府、永昌知縣、雲南布政使。

賈愈，字慕韓，號恆喦。武强人。善書畫，工篆籀。曾主講臨洮超然書院。

周大澍，字雨霖，號湘泉，長沙舉人。歷官武陵教諭、甘肅知縣，乾隆五十四年任常德府訓導，嘉慶八年任新化縣教諭。學識高邁，善詩古文，性最好客，士林翕然從之，爲時名人。嘗爲縣人鄧顯鶴題《蓬萊閣觀海圖》詩，博雅可誦。

乾隆五十二年丁未（一七八七），六十六歲

先生仍主講蘭山書院。春，張世法至蘭州，爲作《松花庵詩餘序》。友人姚頤任甘肅按察使，先生爲其詩集作序，有《雨春軒詩序》、《上姚雪門觀察四首》、《雪門先生餉哈密瓜二首》。與姚頤幕賓王芥亭相識，有《題王芥亭修竹吾廬圖》、《王芥亭四時花卉圖歌》。龔景瀚《澹靜齋詩文鈔》卷六有《王芥亭二兄在姚雪門先生幕垂三十年，是圖先生所命意也，未及題識，而先生棄世矣，芥亭出此示人，言及輒潸然涕下，余於先生亦有知己之感者也，爲書三絶》。與友人苟敏、李溥、王驥、李存中、武安邦等遊後

五泉，其《後五泉，偕楊復庵、周裕堂、李匯川、李濯清、苟毅齋、胡輯五、李誠齋、王錦如、李允之、武磐若、趙海如及龐柏亭羽士、妙徹上人同遊作》自注：『四十年前，曾侍牛真谷師及諸同門遊此，今諸君俱逝矣。』八月，乾隆任命福康安爲將軍前往臺灣鎮壓林爽文起義。丁珠從靈州罷官，至蘭州，有《送丁星樹南歸》。友人楊芳燦陞任靈州知府。此年有《義雞行》、《坐禪圖歌有序》、《看得春光到牡丹二首》、《丁宜園送酒四首》、《耳聾》、《再題棲雲山》、《再題興雲山》、《題武威林節婦傳後》、《張節婦詩》。

王先謙《東華續錄（乾隆朝）》卷一百五：『（乾隆五十二年）以姚頤爲甘肅按察使，原任湖南按察使。』

《清史稿·高宗本紀》（五十二年）：『八月，常青免，命福康安爲將軍，赴臺灣督辦軍務。』

《清史稿·福康安傳》：『五十二年，臺灣林爽文爲亂，命福康安爲將軍，而以海蘭察爲參贊大臣，督師討之。時諸羅被圍久，福建水師提督柴大紀堅守。上褒大紀，改諸羅爲嘉義，以旌其功。陸路提督蔡攀龍督兵赴援，圍未解。福康安師至，道新埤，援嘉義，與賊戰侖仔頂，克俾長等十餘莊。會日暮，雨大至，福康安令駐師土山巔，賊經山下，昏黑無所見，發銃仰擊。福康安戒諸軍士毋動。既曙，雨霽，海蘭察已自他道入，師與會，圍解。進一等嘉勇公，賜紅寶石帽頂、四團龍補服。』

楊芳燦《奎文書院碑記》：『乾隆丁未仲冬，余膺簡命來牧斯邑。』（周生俊主編《靈武文史資料》）

按：張世法，字平度，號鶴泉，湘潭人。乾隆癸未進士。歷任房山知縣、寧夏知縣、華亭知縣。有《雙樟園詩集》、《瞻麓堂文集》。唐仲冕《陶山詩錄》前錄卷下有《送張鶴泉明府之任甘肅（鶴泉名世法，湘潭人）》。

丁珠，字星樹，潛山人。乾隆庚寅舉人，官靈州知州，以事改靈璧訓導。著有《西溪詩草》。袁枚《隨園詩話》卷六：『隨園西有放生庵。余偶至其地，見僦居一寒士，衣敝履穿，几上有詩稿，題是《夏日雜吟》，云：「香焚寶鴨客吟哦，萬軸牙籤手遍摩。此事未知何日了，著書翻恨古人多。」余驚問姓名，曰：「丁珠，字貫如，懷寧人，訪親不值，流落於此。」因小有饋贈，勸其攻詩。作劄，薦與安慶太守鄭公時慶。鄭拔作府案首入學，次年卽舉鄉試。」

武安邦，字磐若，狄道人，乾隆五十九年順天榜舉人。

乾隆五十三年戊申（一七八八），六十七歲

先生仍主講蘭山書院。春，王光晟赴江寧典史任，先生有《送王柏崖就選》。王光晟至江寧後，獲袁枚賞識，袁枚又通過他知悉吳鎮，並將其詩採入《隨園詩話》。仲春，鄉人武象德卒，爲作《庠生武象翁誄并序》。林爽文起義失敗，先生有《臺灣平定喜而有作》五言集古詩八首，深得福康安贊賞，有《復福嘉勇公中堂啓》致謝。六月，《聲調譜》、《八病說》刻成。十月，點定長安年景鶴詩集，有《寄年海籌》。年景鶴爲作《題瀟湘八景集句後》七古四首。冬，友人姚頤卒，作《代祭姚雪門觀察文》、《挽姚雪門先生》。歲末回鄉，有《夜夢松花庵中花木盡枯，爲之惆悵，覺而幸其爲夢也》、《歲晚》詩。朝廷頒賜《欽定詩經樂譜》，作《代謝頒賜欽定詩經樂譜表》。此年有《余今年六十七歲矣，雒誦胥忘，便擬從頭讀起如兒童然，因戲用訓蒙詩意二首》、《王春暉先生詩示其孫錦如昆仲》、《丁宜園赴永平霖浦叔邸》、《題高青丘梅詩後》、《代次施太守（光輅）原韻二首》、《贈靖遠胡雲庵》、《贈卽墨楊叔平》、《贈伏羌宋侗夫》、《贈張錦泉》、《贈道士白雲鶴》、《贈唐介亭》、《壽崔孺人》、《題傅竹庵小照》、《夜夢賦詩不成，煩悶殊甚，覺而灑然，因作歌以自懺》、《折枝杏花二首》、《收書示兒子二首》、《牡丹》。

《清史稿·高宗本紀》（五十三年）：「二月甲午朔，獲林爽文，賞福康安、海蘭察御用佩囊，議敘將弁有差。」

按：袁枚，字子才，號簡齋，晚年自號仓山居士，錢塘人。乾隆四年進士，授翰林院庶吉士。曾任溧水、江浦、沭陽、江寧等地知縣，很得總督尹繼善賞識。曾在江寧購置隋氏廢園，改名「隨園」，築室定居，世稱隨園先生。袁枚是乾

隆、嘉慶時期代表詩人之一，與趙翼、蔣士銓合稱爲「乾隆三大家」。有《小倉山房詩文集》、《隨園詩話》、《子不語》、《新齊諧》等。

年景鶴，字海籌，西安人。乾隆四十二年舉人。有《雪堂詩集》。

乾隆五十四年己酉（一七八九），六十八歲

先生仍主講蘭山書院，有《己酉元日試筆》。《風騷補編》刊成，甘肅布政使周樽大力資助，丁珠參與校訂。春三月，内兄李尚德之妻劉孺人（卽李苞母）卒。爲李苞詩集《牽絲草》作序。四月，輯成《松花庵律古續稿》。九月，作《重修毗盧閣記》及《普覺寺重修工竣，諸檀越請紀以詩，漫成二首》。耀州門人梁楚翹奔母喪，過蘭州，作《耀州門人梁維材（楚翹）由内地學博西調奇台，近奔其母郭孺人喪，踉蹌過蘭，余因慰之以詩》。歲暮，楊芳燦在靈州，有《歲暮有懷吳松厓先生》。友人袁文揆辭官終養，有《擬初唐體一首，送袁適堂文揆別駕辭官終養兼壽其母夫人》。爲會寧進士李玩蓮作《李少溪進士傳略》。先生爲吳栻作《吳敬亭詩序》。此年有《秦王川石青洞記》、《陳子盎談河州牡丹之勝，悵然有作》、《書院訓士次陶移居二首韻》、《送張品懿遊江南二首》、《河神祠古柳和李實之孝廉四首》。

按：周樽，字眉亭，一字壽南，雲南昆明人。乾隆癸酉（一作己卯）舉人。歷官嘉善知縣、甘肅、安徽布政使。勤敏近情，體恤民隱。曾資助蘭山書院膏火，補修學舍。

李玩蓮，字青蕖，號少溪，自稱西麓，會寧人。乾隆壬辰進士。不樂仕進，中進士後卽隱居鄉閭，悠遊山水。

袁文揆，字時亮，號蘇亭。雲南保山人。乾隆四十二年貢生，官甘肅縣丞。有《時畬堂詩稿》、《滇南詩略》、《滇南文略》等。

乾隆五十五年庚戌(一七九〇),六十九歲

先生仍主講蘭山書院。春,致信袁枚,感謝己詩採入《隨園詩話》,並向袁枚推薦鄉先賢張晉、張謙及許珌之詩。有《與袁簡齋先生書》、《上袁簡齋先生兼寄王柏崖少府》、《賀王柏崖生子兼柬袁簡齋先生》。袁枚有《王尉柏崖生子》詩。吴承禧有《讀〈小倉山房詩文集〉寄懷袁簡齋先生》、《懷江寧王柏崖少府》。三月,《蘭山詩草》部分脱稿。楊芳燦從靈州來拜會,爲作《蘭山詩草序》、《吴松厓先生見示〈隨園詩話〉,因憶舊遊成轉韻六十四句,奉懷簡齋師並寄松厓》。四月,皋蘭趙沖谷爲先生作《看花圖》,有《看花圖自序》、《贈趙懷亭》詩。門人李兆甲作《題吴松厓師看花圖》,郭楷作《奉題松花庵師看花圖冊》。爲李兆甲父李泮池作《李槐堂傳》、《伏羌公濟橋歌示門人李兆甲》。五月,爲内兄李尚德之妻劉孺人作《李母劉孺人墓誌銘》。十月,爲陳東村母史孺人撰《壽陳母史孺人文》。冬,福康安征衛藏,楊芳燦二弟楊揆同行,至蘭州,與先生成知交,有《送楊荔裳中書揆從軍》四首。吴簡默亦有《送楊荔裳從軍》詩。友人孫俌、宋紹仁相繼下世,先生有《聞孫仲山俌、宋元長紹仁二同年相繼下世,感嘆有作》。此年有《犢沐子》、《擬古》、《白頭吟》、《盆池飲鳥》。門人秦維岳成進士。

吴鎮《看花圖自序》:『會今年四月,皋蘭韻友趙懷亭,爲予作《看花圖》,人謂形容畢肖……噫!予年已七十,豈能久看花者?玩兹圖也,鄉思彌殷,請與牡丹約,來歲花前,甘心痛飲。當先爲老人開也。』

按:先生此年當爲六十九,虚歲七十。

秦維岳,字覲東,號曉峯,蘭州人。乾隆四十八年舉人。入蘭山書院從吴鎮研習經史,學業大進。乾隆五十五年中進士,選翰林院庶吉士,散館,授國史館編修。與陽湖洪亮吉、階州邢澍爲同榜進士,常談經問學,互相砥礪,友情甚篤。

歷任督察院江南道御史、浙江道御史、兵科給事中、湖北鹽法道，並署布政使、按察使。嘉慶二十四年，母歿，回蘭守制，再未出仕。曾建議創建五泉書院，先後被聘爲蘭山、五泉書院山長。著有《聽雨山房詩鈔》一卷。

李兆甲，字遜乙，號椒園。其父李泮池爲著名鄉紳，熱心公益事業，曾修築公濟橋方便鄉人。李兆甲從吴鎮與楊芳燦學於蘭山書院，才華卓特，酷好吟詩論文。但屢試不第，久困場屋，遂絶意仕進，以教授生徒自娱。著有《椒園詩鈔》一卷。

趙沖谷，字懷亭，號耕烟散人，甘肅蘭州人。清代畫家，爲滿族畫家明福入室弟子。擅花鳥、人物、山水。

楊揆，字荔裳，江蘇金匱人。乾隆四十五年召試，賜舉人，授内閣中書。五十五年，充文淵閣檢閲，入軍機處行走。五十六年，隨福康安征衛藏。陞任内閣侍讀，不久授四川川北道、四川按察使。嘉慶二年，授甘肅布政使，四年，調四川布政使。楊揆與其兄芳燦有『二難』之稱，與袁枚、畢沅、孫星衍、洪亮吉、王昶等爲好友。所作駢體文，沉博絶麗，下筆千言。詩初學長慶體，所作多清華玩豔。出征衛藏之時，歷日月山、星宿海等奇觀異境，詩風爲之一變。有《藤花吟館詩文集》、《瓔珞香龕詞》、《衛藏紀聞》等。

乾隆五十六年辛亥（一七九一），七十歲

先生仍主講蘭山書院。《松厓文稿次編》脱稿，王曾翼爲之序。初夏，輯成《集古詩》，有《松花庵集古詩跋》。五月，張翽、張翙兄弟至蘭州，張翽爲《律古續稿》及《古詩絶句》作序。先生爲張翽詩集作《雪舫詩鈔序》，有《贈張桐圃太守翽》、《贈張九楚畹（翙）》。遊五泉山，曾賦《五泉感舊》詩志感，又作《重修五泉文昌宫募疏》。點定楊芳燦文稿，爲作《芙蓉山館文鈔序》。楊芳燦亦爲作《吴松厓詩集序》。六月，福康安平定衛藏，師還，賜福康安一等輕車都統，先生有《賀福嘉勇公中堂啓》。楊揆隨軍至蘭，與其兄合刻詩集，先生爲作《楊蓉裳、荔裳合刻詩序》。先生偶患脚氣，即欲歸里，而制府勒

公懇切相留。八月，福康安進京祝其母生辰。先生有《送福中堂入覲》詩送别。與陝甘學政周兆基相識，有《上周蓮塘學使四首》，其《腳氣連發戲爲拗體》自注：『時周蓮塘學使固請相見，辭之不得。』十二月，爲門生宋朝榞父母合葬作《宋育山明經夫婦合葬墓誌銘》、《宋母盧孺人墓誌銘》、《宋育山明經像贊》、《皋蘭宋氏墓碑銘》。南濟漢進京候選，先生有《送南匯東進士就選》。此年有《題劉生天台訪道圖》、《題田裕齋刺史相馬圖》、《再題賞菊圖》、《讀梁史有感》、《湯霞峯送洋菊》、《送朱肇卿太學赴紅城》。

按：吴鎮《送福中堂入覲》詩，王譜繫於乾隆五十二年，但亦不能確定。筆者遍考《清史列傳》、《清史稿》之《高宗本紀》、《福康安傳》等材料，查到福康安征臺灣時並未入京。《清史稿·高宗本紀》：『（乾隆五十六年）八月……己巳，命福康安來京祝其母生辰。』可知福康安征衛藏後纔入京，並從甘肅出發，與此詩内容相合，故繫於此年。

周兆基，字廉堂，號蓮塘，湖北江夏人。乾隆甲辰進士，選庶起士，授編修，充山西正考官，陝甘學政。嘉慶二年，陞國子監司業。歷遷少詹事、内閣學士、禮部侍郎、順天學政、工部侍郎、浙江鄉試正考官、刑部侍郎、吏部侍郎，陞工部尚書、會試正總裁、兵部尚書、禮部尚書。有《佩文詩韻釋要》。

南濟漢，字匯東，號斗嵒，永昌人。乾隆四十五年進士，五十七年知安福縣，多所興建，而民不擾。聽訟明允，姦猾屏迹。調慈利去，民爭餞送之。

乾隆五十七年壬子（一七九二），七十一歲

年初，先生在臨洮，正月初四，爲姪吴簡默《板屋吟詩草》作序。正月十五，有《元夕出門後戲作》。返蘭，仍主講蘭山書院。周兆基至安徽任，丁珠隨行，有《送周眉亭方伯之安徽任》、《代送眉亭方伯之安徽任》、《再送丁星樹旋里》。孟春，爲鄉人馬繩武作《題馬繩武〈偷閒吟〉并序》。暮春，接袁枚《答臨

洮吴信辰先生》書，有《答袁簡齋先生書》。袁枚曾作《除夕告存戲作七絶句》、《諸公輓章不至口號四首催之》，遍索友人和之。先生有《和袁簡齋先生除夕告存戲作十首》，還有《和簡齋代劉霞裳擬賦綠珠四首》。友人王友益送牡丹，作《王友益送牡丹》詩致謝，其《移栽牡丹》詩云：『七十年餘二，吾猶種牡丹。』（先生實歲七十一）。仲夏，楊芳燦爲先生選《蘭山課業松厓詩錄》並爲序，李芮、艾豫、孫良貴爲作《松厓詩錄跋》，吴江王祖武參校。中秋大雪，先生在臨洮，作《中秋大雪，壓折牡丹甚多，紀詩四首》。秋，袁枚爲作《松花庵詩集序》。先生爲友人張印周遺集作《詅癡集跋》。仲冬，王鳴盛爲作《松花庵詩集序》，並附信函問候，先生有《答王西沚先生書》致謝。爲楊芳燦友人石渠作《石田詩鈔序》。爲蘭州司訓崔夢庚父作《壽崔訥堂》詩并序。與陜西巡撫陸有仁交往密切，曾有《慰陸靜巖觀察失珠》、《陸靜巖觀察席上贈歌兒賈小丰》，陸有仁亦有和作。接王光晟書信，有《復王柏崖少府書》。此年有《食瓜後夜起飲酒作》、《陳子盎談河州牡丹之勝，悵然有作》、《牡丹》、《皋蘭牡丹盛開，偶閱方壺春晚客愁一絶，忽增惆悵，次韻六首》、《偶閲本草詠劉寄奴二首》、《書院卽事》等。

按：石渠，字午橋，婁縣人。諸生。奇才蹭蹬，客游，徧秦晉梁宋吴楚黔滇，工詩。楊芳燦謂其詩『雄深而蒼秀，清峭而纏綿』。畢沅嘗刻入《吴會英才集》。

陸有仁，字樂山，一字靜巖，仁和人。乾隆己丑進士，官陝西巡撫。

王祖武，字繩其，號蘭江，吴江人。王曾翼子。乾隆五十二年進士，官江西道御史。

孫良貴，字鄰初，湖南善化人。乾隆己未進士，由常德教授遷甘肅安化知縣。有政聲。生平博聞强識，有《邃古質疑》四十九篇、《麓門文續》二卷、《墨樵詩草》四卷。

李芮，字元伯，李苞弟。狄道州廪生。艾豫，字恆燦，固陽人。

乾隆五十八年癸丑（一七九三），七十二歲

先生仍主講蘭山書院。暮春，牡丹盛開，作《予自主講蘭山，不看家園牡丹者，又八年矣，兹值花期，憮然有作》。接袁枚書及詩序，並獲贈《袁枚全集》，有《答袁簡齋先生書》復之，極爲感謝。書中再次希望袁枚能將張晉、張謙兄弟及許珌詩歌選入《隨園詩話》，且指責袁枚有『文人相輕』之嫌。另外，袁枚和彭紹升關於生死問題的論爭，先生支持彭的觀點。袁枚得書後，曾作《答吴松厓太守》、《再答吴松厓太守》一一駁之，也導致二人友誼有了裂痕。夏，李溥雨中邀飲五泉山，作《李匯川雨中邀飲五泉二首》、《題李匯川溥小照》、《五泉燃燈寺》。與李存中等友人聚飲蘭州蓮花池，有《介休張賦翁招飲蓮花池作，示座中李允之（存中）、王榮山（嶸）、南谷（允中）諸友》。李存中赴京趕考，有《送李允之孝廉北上》。伊江阿從吐魯番領隊大臣任卸事，至蘭州，與先生相識，有《寄伊瀞亭都統》。翰林院檢討張綬請假歸里，就館伏羌，與先生相識，有《題張佩青太史荷淨納涼圖二首》、《答張佩青太史書》。友人馬啓泰來書問訊，有《答馬雪嶠宫詹書》。秋，先生得風痺疾，辭歸。十月，狄道重修超然臺書院竣工，先生爲作《重修超然臺書院碑記》。王曾翼有書問候，其亦以同年卒。先生《王芍坡先生書來問疾感而有作》自注：『作是詩後，方欲寄公而公已棄世矣，因存此以志知己之感。既痛逝者，行自念也。』讀阮元《楊椒山先生松筠庵記》，賦《讀阮侍郎京都〈楊椒山先生松筠庵記〉，知公已爲直隸都城隍，感作二首，用以快人心而彰直道也》。此年有《題王南谷允中畫山水》、《水車園》、

《照膽鏡二首》、《送南滙東進士就選》、《龐羽士新建山亭，予額之曰太虛》、《贈仲西軒》、《贈王滋蘭》、《贈陳太西明經》、《題紅水陳二尹佩之校獵圖》、《讀項羽傳二首》、《蟻鬬》、《題長恨歌二首》、《月夜望臯蘭山色如畫》。

吴承福等述、楊芳燦撰《行略》：「逮至癸丑秋，腳氣復作，兼患風痰，遂歸里調養。」

李華春《傳略》：「教授八年，於癸丑秋得風痺疾以歸。」

按：伊江阿，滿洲正白旗人，姓拜都氏，協辦大學士永貴之子，歷任理藩院筆帖式、兵部主事、員外郎中、刑部侍郎、吐魯番領隊大臣、山東巡撫。和寧《（嘉慶）三州輯略》卷二：「吐魯番歷任領隊大臣，伊江阿，滿洲正白旗人。乾隆五十四年四月任事，五十八年六月卸事。」

張綬，字佩青，號南坡，甘肅徽縣人。乾隆辛丑進士，欽點翰林院庶吉士，散館授職檢討，充《四庫全書》分校。嘉慶丁巳，擢授右春坊右贊善，上書房行走，署日講起居注官，充國史館纂修、文淵閣校理、侍讀學士。有《犁雨書屋古文集》、《犁雨書屋今文集》。

王允中，字南谷，蘭州人。工琴善畫，山水人物俱佳。亦精占卜。

乾隆五十九年甲寅（一七九四），七十三歲

先生在臨洮養病。爲友人余子傑作《余子傑小傳》。秦維岳主講蘭山書院，其《聽雨山房詩鈔》有《甲寅秋主講蘭山書院示諸生》。楊芳燦聘李華春主講奎文書院。李華春《綠雲吟舫倡和草》有《甲寅秋應楊蓉裳刺史之聘將至靈武登途寫懷》、《奎文書院述懷呈楊蓉裳刺史》。楊芳燦和詩有『松厓老尊宿，才望屹山峙。風流洛中社，月旦平輿里。相見每談詩，偶暇卽説士。里舍數才彥，誇君不去齒。』稱贊先生及李華春的詩才。朝廷蠲免甘肅等地錢糧，先生代總督作《代謝蠲免錢糧表》。

涂鴻儀輯《(道光)蘭州府志》卷五《田賦志》:『(乾隆)五十九年,奉上諭,蠲免天下歷年民欠。蘭州府屬計共銀八萬一千八百餘兩,糧二十萬四千餘石,草一萬七千餘束。』

乾隆六十年乙卯(一七九五),七十四歲

先生在臨洮養病。三月,袁枚八十大壽,先生三子吳承禧代父寫祝壽詩,收入袁枚《隨園八十壽言》。楊芳燦亦有《祝簡齋前輩詩》八首。暮春,先生疾漸愈,遂整裝欲赴金陵拜會袁枚。至分水嶺,有《分水嶺曲》。抵靈州,會楊芳燦、石渠。其《長夏江村圖》詩後自注:『時在靈武幕中。』先生在靈州還有《題石午橋渠友于花鳥圖》、《農家至樂圖》、《酌酒勸梧桐圖》詩。楊芳燦有《買陂塘·送吳松厓赴金陵》一詞送別。五月八日,先生至隨園拜訪袁枚,兩人盡釋前嫌,交談甚歡。王英志整理《袁枚日記》(十三)載:『(乾隆六十年五月)初八,粥後出門,與止原談瞿鄴亭家,極言湖南苗事。拜長、元二令,因迎督未見。見吳松厓,飲蔣莘家,極肴饌之美,有出意外。晚飲鳴鑾家,周蘭珍在坐,與松雲一樂。』五月十五日,吳鎮再次拜訪袁枚,袁枚烹豬頭待客。《袁枚日記》(十四)載:『不出門,烹豬頭享客。春圃、松厓、雲谷、又愷在座。』在袁枚的介紹下,先生與江南名士楊掄、張雲璈相識。張宏生主編《全清詞》(雍乾卷)有楊掄《念奴嬌·湯婆子,同張棫齋、吳松厓、嵇天眉賦》、張雲璈《高陽臺》(翠閣翔風)等詞。冬,在金陵,有《冬夜讀楞嚴作》。楊芳燦助李華春赴試禮闈,中進士。

按:楊掄,字方叔,號蓮趺,金匱人。乾隆四十三年進士,官天台知縣。有《春草軒詞》。張雲璈,字仲雅,號松晚,號復丁老人,錢塘人。乾隆庚寅舉人,官湖南湘潭知縣。有《簡松草堂詩集》、《蠟味小稿》、《歸艎草》、《知還草》、《復丁老人草》、《金牛湖漁唱》、《三影閣箏語》、《選學膠言》、《選藻》等。

嘉慶元年丙辰（一七九六），七十五歲

先生還鄉家居，有《伏枕草》。李華春任清澗訓導。楊芳燦爲李苞《敏齋詩草》作序。

嘉慶二年丁巳（一七九七），七十六歲

正月十三日申时，先生卒。三月初八日，葬於北郊祖塋。門人私謚『文惠先生』。李華春有《哭松厓夫子》八首。楊芳燦爲撰《誥授朝議大夫湖南沅州府知府吴松厓先生墓碑》，李華春爲撰《皇清誥授朝議大夫湖南沅州府知府吴松厓先生傳略》。先生初配史恭人，太學生諱讓公女；繼配李恭人，貤贈儒林郎諱炌公女。子三：承祖、承福，俱監生；承禧，州庠生。女三，皆早卒。孫二：榛、杞。孫女七。

李華春《傳略》：『至嘉慶丁巳卒，年七十七。先生素自比羅昭諫，而年適相符，亦一奇也。門人私謚曰「文惠先生」。』

王逸塘《今傳是樓詩話》：『狄道詩人吴松厓鎮，所著《松花庵詩草》，袁隨園、王西沚、楊蓉裳均極稱之。以清嘉慶丁巳卒，年七十七。松厓素自比羅昭諫，而年適相符，亦一奇也。』

按：羅隱，字昭諫，生於唐文宗太和七年（八三三），卒於後梁開平三年（九〇九），享年七十六歲。吴鎮此年亦七十六歲。《傳略》作七十七歲，爲虚歲。

吴承福，字綬之，號頤園，生卒年不詳。吴鎮次子。國子監生。工於詩。有《檜亭詩》。

吴承禧，字太鴻，號小松，生卒年不詳。吴鎮三子。少聰慧，爲廩生，亦能詩。有《見山樓詩草》。袁枚《隨園詩話補遺》卷十：『甘肅吴承禧有句云：「收心强學人端坐，改字頻忘墨倒磨。」又曰：「卻笑山居人懶甚，落花不掃待風來。」』楊芳燦《吴小松詩集序》：『臨洮吴松厓先生，儒林丈人，詞壇宿老。壯年出守，著次公之循聲；晚歲歸山，返

平子之初服……如我小松三兄者，斯其人也。蓋自金鈴墮地，即具夙根；異鳥入懷，彌耽慧業……時袁簡齋先生推風雅之宗，負人倫之鑒，君以詩贄，大相賞譽。美枚乘之生皋，喜肩吾之有信……横經北海之座，即蒙小友之呼；敝裾朗陵之門，忝附通家之好……所望秋駕學成，雲衢早騁，瓊葩得露，百卉斂華。威鳳鳴霄，凡禽結舌，蜚英聲於甲觀，答雅奏於鈞天。』（《楊芳燦集》文鈔卷三）

附録二　吳鎮傳記資料

吳孺人壽序

牛運震

余讀《晉書·陶侃傳》，載侃母截髮事，悲其志，以彼侃才行而仕郡，困於無津，至其母爲截髮餉客，亦足異矣。顧其志，衹以其子之仕進爲始終，殆於德行問學之助，未有覩其大者也。然至今稱賢母，風教不衰。余門人洮陽吳鎮以能詩從余遊，而余尤聞其王母亢孺人賢也。洮隴邊鄙地，詩學孤廢，而鎮獨好爲樂府古體，岸然自負，尤喜結交當代名人奇傑士，每有過客，則孺人汲汲供酒食恐不及。鎮負笈遨遊四方，之金城，之秦中，之京師，僕馬甚豪，往往與文人達者騁逐贈答，皆孺人給其行李資，且問其所遊，怡然志樂也。當是時，孺人勤儉爲家，佐其孫遊學結賓友，以詩鳴隴右，可謂賢明者哉！未知視古陶氏母截髮留賓者，篤摯深遠何如耳？

然余所以知鎮者，又不專以詩。鎮少孤，賴其母夫人節苦鞠養成人，鎮亦事母孝，内行修也，任真尚義，與人坦夷無城府。然而鎮之言曰：『此鎮之所以化於鎮王母之教之深者也。』然則孺人其以德行問學勖教厥孫，而不徒以仕進爲志望者邪？吾聞古人年臻大耋，而有賢能子孫，世以爲大慶。今孺人年七十有一矣，而鎮爲之孫屬，又從余遊，吾知鎮必有以報王母。

鎮告余，歲九月爲孺人設帨辰，吾將以鎮之能爲詩而知行義，及吾所以教鎮者，侑巵酒爲孺人壽，且祝且賀也。孺人賢母也，當必怡然受之。抑又聞之君子盛德容，貌若愚，然後器識深而行能固，吾觀鎮洸然侈大者也。又喜晉人任誕使氣，淩躐曹伍，得母非若王母教邪？鎮行歸矣，爲我爲若王母言：倘閨門庭幃之中，更誡鎮斂才氣，就崖檢，慎其所與遊，而益親鉅德長者，庶幾哉古賢母之以德行深沉勖其子者乎？則余請更進巵酒以爲孺人壽。（《空山堂文集》卷四，清嘉慶六年刻本）

哭松厓夫子

李華春

拜别疑如昨，依依臥榻前。九原真永訣，一疾竟沉綿。塞北愁羈客，洮西嘆逝川。無因傾絮酒，揮淚夕陽天。

凶聞傳尺素，開讀倍心驚。蝴蝶迷新夢，芙蓉返舊城。晚年因酒病，早歲以詩鳴。當代論風雅，何人更主盟？

昔解沅州組，歸來獨掩關。溪深鷗自静，松老鶴初還。杖履欣無恙，門牆識易攀。攜罇容問字，未忍棄愚頑。

政跡留齊楚，謳思去後長。掉頭歸梓里，駐足戀桐鄉。仁恕銘官閣，詩文作宦囊。江山經詠嘯，回首一茫茫。

化雨被臯蘭，傳經共識韓。先生宜俎豆，後進集衣冠。自得吟風樂，應忘立雪寒。至今秦隴上，多士仰騷壇。

海内推詞伯，高名孰與儔。袁宏吟泛渚，王粲賦登樓。謂袁簡齋、王西沚二先生。書劄頻來往，詩筒互唱酬。凋零嗟大雅，難繼舊風流。

别業在城南，高厓傍石潭。山中忘歲月，林下飽烟嵐。菊蕊飄深巷，松花滿舊庵。而今隨物化，海上住仙龕。公所居名菊巷，庵曰松花庵。

笛韻悲鄰舍，凄凉日影斜。空山泠猿鶴，凶歲遘龍蛇。起病無秦緩，招魂有楚些。草玄那敢預，門下愧侯芭。（李苞《洮陽詩集》卷八，清嘉慶三年刻本）

皇清誥授朝議大夫湖南沅州府知府顯考松厓府君行略

吴承福等述、楊芳燦撰

嗚呼！府君竟棄不孝承祖等而長逝耶！府君易簀前一日，呼不孝等於卧榻前，詔之曰：『吾生平居官立身，雖無瑰意琦行，而仁恕二字未敢頃刻或忘，今全受全歸，從先人於地下，幸矣。』又云：『一生無他嗜好，惟詩古文辭，結習所存，自少壯以至篤老，矻矻窮年，不自知其至猶未也。懸車以來，知交落落，惟靈州牧蓉裳楊公爲文字至契，所有著撰，皆共商確。吾殁，若求墓誌，非斯人不可。』不意言猶在耳，府君已棄世矣。嗚呼痛哉！

府君姓吴氏，諱鎮，字信辰，一字士安，號松厓，别號松花道人。先世會寧人，自始祖諱君愛公，遷於狄道，遂家焉。世業詩書，多隱德，四傳爲我曾大父次侯公，諱伯裔，郡增生，以府君官，貤贈奉直大夫、湖北興國州知州。曾大母亢太宜人，貤贈宜人。大父乾一公，諱秉元，郡廩生，誥贈朝議大夫。大母魏太恭人，誥贈恭人。大母節孝事，載州志。

府君生而穎異，豐頤廣顙，兩腋下有硃砂痣數十。幼失怙，賴大母魏太恭人親授經義，並延師課讀，得不廢學。年十二曉聲律，讀書五行俱下，黨塾有神童之目。十七蒙學使雨甘周公補臨洮府學生。二十蒙學使永茂嵩公，由廩生選拔貢生。其後學使每試蘭郡古學，必冠其軍，名譽日起。自少與三原劉九畹、潼關楊子安、秦安胡靜庵三先生，人稱『關中四傑』。然虛心善下，匹馬尋師，不憚千里。聞平番尹牛真谷先生，山左名宿也，遂往從遊，復周旋於蘭山書院。時尹望山宮保、黃丹厓制府、陳榕門中丞極爲推重延譽。

乾隆庚午舉於鄉，先後赴禮闈者八，而六薦未售。庚辰赴都大挑，列名二等，遂南遊江漢，而歸後，選授陝西耀州學正，樽酒論文，待生徒如子弟。旋丁魏太恭人憂，扶櫬回籍。州牧呼延公請府君修州志若干卷，條理秩如，甘省推爲名志。嗣因家貧，就館海城。服闋，補銓韓城教諭，其循循善誘，亦如在耀州時。故兩邑人謂：『自府君秉鐸以來，士習文風，蒸蒸日上。』壬辰俸滿，蒙制府文公、中丞勒公、方伯畢公以『品行端方，堪膺民社』保舉，送部引見，陞授山東濟南府陵縣知縣，居官處事，一以仁慈爲主。

甲午，壽張王倫作亂，良民多被迫脅株累。大府值軍務倥傯，凡所俘獲，遽令在營諸州縣，抉斷其筋。府君因解馬至夏津，亦預其事，惻然謂諸公曰：『此輩雖愚，其中豈無冤抑？』因細加詰問，果有良民被脅者。府君約諸公同白大府，咸有難色。遂獨抗詞申請，大府亦爲之動容，一時所活約三百餘人，共服爲仁者之勇。是時賊氛逼近，勢甚猖獗。府君神色自若，在營公事之暇，吟詩弔殉難諸公，音節慷慨，今俱存集中。非學問涵養，曷能致此？是秋，充鄉試同考官，得解元趙東周諸名士。吉渭厓、費道峯兩主試謂府君爲詞壇老宿，深相推挹焉。嗣因拿獲鄰境大盜，蒙徐大中丞奏聞，引見記名，著回任以同知題補。

乙未閏十月，蒙特旨簡放湖北興國州知州，丙申六月蒞任。興國接壤江右，民情健訟。又因前牧于公事多曠廢，遂致積牘塵封。府君振刷精神，應機剖斷，絕無留滯，卽遇大讞，惟善氣虛衷，務得其實，不輕事敲扑，後皆感府君之德，其習頓改。公餘尤加意學校，培養士風，爲前明吳明鄉先生建立石坊，表揚先哲，卽以敦勵後學云。先是，鄰封有年久未結之疑獄，寃民之子，屢控上官，終莫能雪。後復上控，上官委府君往鞫。府君蒸骨檢驗，立得其情，蓋爲鄉豪所殺，以自縊立案者。事白後，其子感府君之公直，割股肉，焚香，泣送百餘里始返。

府君清廉自矢，於脂韋逢迎之習，心甚鄙之。丁酉委解京餉，或謂府君可以委曲求免。府君曰：『急病讓夷，春秋所予，身爲職官，何莫非分所當爲耶？』五月赴京，十月回任。途中得詩什甚多，殊陶然自得也。戊戌閏六月，奉旨以知府特用，奏補沅州。方其將補沅州也，某方伯以府君歷任清苦，又得邊缺，意甚悵惜，府君慨然曰：『某以書生蒙主知，得至郡守，聖恩高厚，又何敢計缺之肥瘠耶？』方伯聞之，深加敬異。

己亥正月抵任，爲政力持大體，一切皆務利民。公餘嘯詠，頗有宣城治郡之風。然在官素風力，每以公事與大吏齟齬。庚子春，因所屬芷江縣諱盜爲竊，知府失察一案被劾。府君曰：『吾性本迂疏，久思田里，今得以微罪行爲幸。』解組後，貧不能歸。賴芷江新令張君荷塘及沅屬紳士，俱感府君仁厚，醵錢資助，僅能起程。至漢口，有同鄉賈人某等，欲湊千金爲府君捐復，府君辭以精力不支，乃止。臘月旋里，惟攜書畫數卷、沅石數方、襆被奚囊之外，蕭然無長物也。

府君豪於詩，自少遊學，壯遊宦，所經名山勝跡，必留題詠。歸田後，看花飲酒，益得享林泉之樂。每春秋佳日，與友人遨遊山水，蒼顏虬髯，角巾野服，天懷開朗，舉止真率，人亦忘其曾典大郡也。

乙巳，使相福公開府甘肅，聘主蘭山書院。蓋府君品學，素爲觀察王芍坡先生所重。觀察言之使相，故以禮幣招延。時使相位望隆赫，府君以師道自處，每見獨長揖，然使相亦因此愈加禮焉。在院八年，教人各因其材，初不拘一格，故諸生成就最多。如編修秦君維岳、進士郭君楷、主政周君泰元輩不下數十人，俱以文藝蜚聲壇苑，皆府君提倡之力也。

府君體素健，於辛亥夏偶患腳氣，卽欲歸里，而制府勒公懇切相留。逮至癸丑秋，腳氣復作，兼患風痰，遂歸里調養，而吟詠不廢，所著有《伏枕草》。今歲正月，病忽增劇，竟溘然長逝。此皆不孝等侍疾無狀，以致府君不起，搶地呼天，百身莫贖。嗚呼痛哉！

府君仁孝性成，雖年逾古稀，每憶及先大父母，輒追慕歔欷如孩提。然歷宦一十八年，從未增置田宅，惟以賑貧濟困爲生平大欲所存。故雖晚主蘭山，每歲暮還家，必出脩脯所餘，以贍親友之窮乏者，甚至解衣推食，務必周之而心始安。與人交，和平樂易，不施戟級，脱略苛禮。人謂有淵明、東坡之風範云。性嗜讀書，家藏萬卷，皆手加丹黄。所著《松花庵詩草》、《遊草》、《逸草》、《蘭山詩草》、《律古》、《集唐》、《雜稿》、《聲病譜》、《韻史》、《松厓文稿》及《制藝》，俱已梓行。尚有《稗珠》、《詩話》、《古唐詩選》諸稿藏於家。

府君居心謹厚，於文字中，從不喜苛論古今人，尤愛表彰前賢遺集，如安定令許鐵堂詩、丹徒令張戒庵兄弟詩，皆手爲訂定，鐫以行世。其抄輯而藏弆者，尚有十餘家。蓋樂善不倦，天性然也。其以古學倡導後進也，剴切詳明，故隴右騷壇日啓，一時海內耆碩，如袁簡齋、王西沚、姚雪門諸公，皆訂千秋詩文之契。

先是，牛真谷先生謂府君詩法力追《風》、《騷》，取裁於漢魏、三唐，又謂書法別有天趣，非隸非草，自成一家。熊勵亭司馬亦云：『書法竟是篆隸一變，老健藏鋒，細玩則神骨遒秀，飄飄若仙。』府君嘗曰：『愛吾詩者，海內衆矣。吾書雖拙劣，然愛之者，先師牛真谷先生，及楊解元啓聰、何太守德新、費侍御南英、李郎中家麟、熊司馬懋獎、某某，亦得十餘人。』諸公悉精於書法，非妄歎者，其遺貌而取神耶？茲不孝等追憶曩言，而不知涕之何從也。嗚呼痛哉！

府君生於康熙辛丑四月二十二日子時，卒於嘉慶丁巳正月十三日申時，享年七十有七。初配先妣史恭人，太學生諱讓公女；繼配吾母李恭人，貤贈儒林郎諱炌公女。子三：承祖、承福，俱監生；承禧，州庠生。女三，皆早卒。孫二：榛、杞，俱幼。孫女七。

府君爲人，不喜矜伐，凡生平隱德穆行，絕口不言，而不孝等又皆檮昧，未能詳悉舊事，茲聊就故老齒牙所及，與夙所親見者，和淚濡墨，謹誌萬一。仰冀大人先生俯賜哀誄傳贊，闡揚先德，以光泉壤，則不孝等世世子孫，感且不朽。

不孝孤子吴承福、祖、禧，泣血稽顙謹述，誥授奉直大夫甘肅靈州知州梁溪後學楊芳燦頓首拜填諱。（《皇清誥授朝議大夫湖南沅州府知府顯考松厓府君行略》，清嘉慶二年刻本）

誥授朝議大夫湖南沅州府知府吴松厓先生墓碑

楊芳燦

夫惠能及物者，方金石而彌壽；文足傳後者，比桂椒而信芳。有鸞鳳之采性，自異於鷹鸇；具騷雅之才識，早遠乎刀筆。是以倪寬本經義而奏獄詞，任延以儒術而飾吏治。文章政事，道本同原；循吏儒林，美能兼擅。如我松厓先生者，斯其人矣！

先生諱鎮，字信辰，號松厓，甘肅狄道人。韋少翁五世壙僚，氾稚春一門篤行，載在家牒，協於鄉評。先生幼秉異姿，弱遭偏露，未承過庭之訓，空留鑿楹之書。魏太恭人育而教之，燃糠照讀，截蒲作編，追涼蔭以移床，隨月光而升屋。子雲沉默，雅好玄言；春卿藴藉，深明經術。方聞日廣，時譽斯歸。十七補博士弟子員，辛酉選貢成均，老宿傾襟，儕流斂手。讀士衡之賦，君苗硯焚；見希逸之文，陽源筆閣。時山左名宿牛真谷先生作令平番，因從遊焉，傳細席之言，授禮堂之簡。河汾弟子，雅重薛收；東京學堂，獨尊庾乘。庚午舉於鄉。先後赴禮闈者八，而六薦未售。庚辰大挑二等，以教職用。初選耀州學正，再授韓城教諭。明山賓屢作學官，元行沖頗爲都講，含經味道，折芰燔枯，先生怡然自得也。

既迺幕府交推，剡章特薦，謂先生才足以膺緊望，德足以撫華離。引見授山東陵縣知縣，解巾赴郡，露冕班春；種桑百枝，拔薤一本。撤唐邕之簿，替羣吏唱名；稅顏斐之薪，爲諸生炙硯。竿牘稍閒，不忘緗素；撫綏有術，尤愛文儒。下教而子遠踵門，側席而龍丘備錄，民依若母，士奉爲師。甲午歲，壽張王倫作逆，先生解馬至夏津大府，飭在營諸州縣，窮治餘黨。先生察其迫脅株累者，請之大府，全活者數百人。楚獄無濫，賴寒朗之寬平；廣陵獲全，服張綱之膽勇。神犀自秉，光燭覆盆，亂羊既除，風清貫索。數其陰德，蓋非尠也。

嗣因獲鄰邑盜犯，保薦擢湖北興國州知州。先生乘小駟以巡鄉，衣布袍而問俗。洞知民隱，不發私書，電掃訟庭，曾無積牘。庚桑入楚，風移畏壘之民；子香治荊，德感枝江之虎。鄰邑民爲鄉豪所殺，以自縊立案。經其子上控，大府檄先生治之，虛衷訊鞫，悉得其情。正不必設鈎置距，鬬智翹明，卒能使孤弱氣伸，豪强膽落。神君之頌，旁邑同聲；循吏之稱，上官動色。委解京餉回任，即奉旨特擢湖南沅州府知府。歌傳于蔫，名記王丘，超越非因，歲遷除拜，悉從中出。先生潔清勵己，慈惠字人，但飲廉泉，不然官燭。吳祐之竹書兼兩，猶恐生疑；范岫之牙管一雙，尚嫌其費。美俗致中牟之雉，勸耕買渤海之牛，戶息懷甎，人皆挾槧。廣微之霖雨自足，房豹之井泉皆甘，古所稱良二千石者，先生足以當之矣。

嗣因失察屬縣，諱盜爲竊之案，竟議落職。邵公不肯錮吏，張叔未嘗按人，觀過知仁，士論韙之。或勸先生委蛇其道，冀復職者。先生曰：『吾精力就衰，久思田里，得以微罪行，幸矣！又何求乎？』聽鼓者方挽鄧攸，臥轍者爭留侯霸。而先生乃單車就道，襆被戒行，誦《樂志》之篇，尋《遂初》之賦。隱之裝儉，但有琴書；元亮園蕪，惟餘松菊。枕圖葄史，相羊翰墨之場；抱德煬和，韜晦丘園之跡。

登山蠟屐，對酒漉巾，縱釜甑生塵，樵蘇不爨，不以屑意也。

乙巳歲，使相福嘉勇公耳先生名，延主蘭山書院。投贄爲招，傾襟作禮，倒屣而迎亭伯，束帶而待潛夫。劉瓛立館，近依楊烈之橋；張楷傳經，卽號公超之市。青衿捧席，緇布横經，授以咫聞，振之醇聽。門下士如秦編修維岳、周主事泰元、郭進士楷，皆一時俊彦也。莫不掞張藻采，跨躡風雲，桃李之蹊既成，斗山之望益重。車盈問字之酒，人饋束脩之羊，被容接者若登龍門，邀品題者如附驥尾焉。

癸丑，養痾歸里，謝客閉關。士安風痺，不廢著書；伯業蕭衰，依然嗜學。無如凋年漸迫，宿疾難斟，雋識巢門，鵬驚集舍。孰賓孰主，邠卿開壽藏之圖；在辰在巳，康成受丹書之讖。以嘉慶二年丁巳正月十三日卒於家，年七十有七。

先生内行淳深，天懷夐朗，奉親如汝幼異，事長如庾叔褒。眷懷舊誼，逾分宅之郈成；篤念疏宗，過讓園之陰慶。彦輔名教之樂，叔寶情恕之譚，僚采樂其寬和，臧甬服其德量。史稱『長者』，《易·繫》『吉人』，先生之謂矣。加以夙耽著述，癖嗜詩騷，罩牢百家，貫串羣雅。伶倫吹律，而重敏經迭之辨必嚴；輪扁運斤，而甘苦疾徐之妙自得。情靈無擁，意象獨窺；烟雲卷舒，金石諧婉。所著《松厓詩文稿》、《律古》、《集唐》諸稿，俱已梓行，海内傳誦。雞林估舶，購白太傅之編；蠻徼弓衣，繡梅都官之句。豈僅士林馳譽，名輩推工而已哉？

子承祖、承福、承禧，共守青箱，能傳素業，夏侯之門有建，枚乘之後生皋。以是年三月初八日，葬先生於北郊祖塋。以先生易簀之時，曾有遺言，屬余志墓。胖兢奉命，連遝陳詞。芳燦早謁李膺，蒙呼小友；久欽蕭奮，願受專經。十載陪遊，曾荷牛心割炙；九原懷舊，難忘麈尾交談。敢染丹毫，備書穆行。陳仲弓之令範，紀以二碑；橋公祖之良謨，鐫之三鼎。銘曰：

淵哉若人，真想在襟。行不雕飾，恂恂德心。文筆高奇，思業湛深。射策東堂，聲蜚士林。沖懷月和，曠度春藹。初綰銅墨，遂要銀艾。屢書上考，百城推最。惠洽蒸黎，文而無害。難進自居，稚賓免官。爲法受黜，行心所安。馬失更喜，甑墮弗看。一丘一壑，俯仰自寬。上相推賢，講席幣聘。庶士傾風，衆流仰鏡。河懸待酌，鐘扣斯應。推獎風流，增益標勝。不猗不呰，乃昌其詩。鼇擲鯨呿，放爲偉詞。高穿溟涬，細窮毫釐。金鐀名山，千秋在斯。憶奉譚讌，舉觴相對。共索古歡，多識前載。靈幽體翳，曩遊不再。劉音永閟，徽言空佩。延之後起，玉溪小生。潯陽作誄，香山勒銘。巉巉樂石，鬱鬱佳城。敬遵古志，式揚令名。（《楊芳燦集·文鈔》卷七，人民文學出版社二〇一四年版）

吴松厓像贊

楊芳燦

蒼蒼松古，落落霞高。不修威儀，神骨自超。晚辭簪紱，獨解天弢。莋枕《墳》、《典》，抗希《風》、《騷》。孤鶴盤空，長鯨噴濤。出入百家，鬱爲詩豪。成風斲郢，忘機觀濠。千秋哲匠，我思臨洮。（吴鎮《松花庵集·詩草》卷首，清嘉慶十八年刻本）

皇清誥授朝議大夫湖南沅州府知府吳松厓先生傳略

李華春

先生姓吳氏，諱鎮，字信辰，一字士安，號松厓，别號松花道人。其先甘肅會寧人，自始祖諱君愛者，於萬曆九年始遷狄道，今爲狄道州人矣。世業詩書，多隱德。四傳自祖次侯公諱伯裔，郡增生，配亢太恭人；父乾一公諱秉元，郡廩生，配魏太恭人。康熙辛丑，先生生於菊巷舊第。將誕之夕，母夢浚井，得明珠一枚，拭之，光輝滿室，以告其父，父曰：『昌吾宗者，其此子乎！』故先生初名昌，天禀英絕。幼失怙，賴母魏太恭人口授經義，並延師課讀，得不廢學。年十二，解聲律，讀書五行齊下，黨塾有神童之目。十七補臨洮府學弟子員。二十由廩生充乾隆辛酉拔貢，其後學使每試蘭郡古學，必冠軍，由是名譽日起。如陳榕門中丞、尹望山宫保、沈寓舟副使，莫不待以國士，期之遠大。時山左牛真谷先生主講蘭山書院，先生負笈從遊，又與諸名士相切劘，而先生踔厲風發，卓犖不羈，儕輩中尤推傑出。

庚午舉於鄉，八試禮闈，而六薦未售。庚辰，由大挑授陝西耀州學正，日與諸弟子樽酒論文，雍雍如也。旋丁魏太恭人憂，扶櫬歸里。時州牧呼延公請修州志若干卷，條理秩如，甘省推爲名志。服闋，補授韓城教諭。俸滿，中丞勒公、方伯秋帆畢公連章保薦，陞授山東濟南府陵縣知縣，居官處事，一以仁慈爲主。充甲午鄉試同考官，解元趙東周出其門。當斯時，壽張王倫作亂，良民多被迫驅，凡所俘獲，大府悉令斷其足筋。先生解馬至軍營，惻然曰：『是中豈無寃抑乎？』倡同僚白諸大府，請訊，釋其無辜，一時全活者約三百餘人。時賊氛尚熾，人情洶懼，先生神色夷然，夜帳然官燭吟詩，弔死事諸公，已而就寢，鼻息如雷，共服爲仁者之勇。嗣因捕獲鄰境大盜，乙未特授湖北興國州知州。先生時益諳練政體，精神煥發，剖絕如流。先是，有鄰封民爲鄉豪所殺，有司以自縊立案，經其子屢訟莫能雪，上官委先生往鞫。先生依法檢訊，立得其情，置於法，遠近快之。

戊戌，奉特旨陞湖南沅州府知府。在任甫一年，百廢俱興，公餘詠嘯自如也。庚子，因屬縣諱盜事，詿誤被劾，蓋湖南某中丞夙嫉先生剛直故耳。先生曰：『吾久思田里，今得以微罪行爲幸。』解組時，不名一錢。迨歸，惟攜書畫數卷、沅石數方而已。

先生軀幹魁梧，高顴豐頤修髯，望而知爲偉人。生平博極羣書，兼深禪理。晚年詩律愈精，與袁簡齋、王西沚、姚雪門、王芍坡、楊蓉裳諸公彼此唱和，靡不傾心折服焉。乙巳，使相福嘉勇公主蘭山書院。其教人也，務崇實學，士多成立，如鹾使秦覲東維岳、主政周得初泰元、刺史李元方苞、進士郭仲儀楷，其尤著者也。教授八年，於癸丑秋得風痹疾以歸，至嘉慶丁巳卒，年七十七。先生素自比羅昭諫，而年適相符，亦一奇也。門人私謚曰『文惠先生』。所著有《松花庵詩草》、《遊草》、《逸草》、《蘭山詩草》、《詩餘》、《律古》、《集唐》、《四書六韻詩》、《沅州雜詠集句》、《瀟湘八景集句》、《韻史》、《聲調譜》、《八病說》、《松厓文稿》、《制藝》、《試帖》，已梓行；又有《稗珠》、《詩話》、《古唐詩選》諸稿藏於家。先生詩溯源《風》、《騷》、漢魏，根柢三唐，而出入於宋、元、明諸作者，以故精深雅健，樸老雄渾，卓然自成一家，其必傳無疑矣！古文簡潔謹嚴，不輕馳騁。書法非篆非隸，別有天趣。嘗與潼關楊子安、三原劉九畹、秦安胡靜庵稱爲『關中四傑』云。元配史恭人，繼配李恭人。子三人：長承祖，太學生，已卒；次承福，太學生；次承禧，州庠生，二君績學敦行，皆以能詩世其家。

敕授修職郎、借補清澗縣訓導受業李華春頓首拜撰。（《松花庵全集》卷首，清宣統二年重刻本）

吳鎮傳

陳士楨

吳鎮，字信辰，狄道人，舉乾隆十五年鄉試。初官耀州學正，俸滿，保薦得山東陵縣。值壽張王倫之亂，大府令凡有俘獲，皆先刖其足。鎮時在軍營，謂同僚曰：『此中豈無愚民被脅者？宜白於大府，先審而後罪之。』衆皆有難色，鎮獨以請大府，允之，所全活者凡三百餘人。擢興國知州。鄰邑有爲鄉豪所殺而以自縊立案者，其子久控不得直。上官以屬鎮，檢驗得實，獄乃定。後擢沅州知府，以失察屬縣盜案罷歸，至不能具行李。歸後，主講蘭山書院。時制府福康安素貴倨，鎮以賓師自處，每見長揖而已。鎮有文名，尤長於詩。所著有《松花庵詩草》、《蘭山詩草》、《松厓文稿》諸集行世。同里從其遊者，皆競學爲詩，一時風雅稱盛，而李苞爲顯。苞字元方，亦由舉人授學官，歷擢至山東鹽運同，著有《敏齋詩草》、《巴塘詩鈔》。（《蘭州府志》卷九《人物志》，清道光十三年刊本）

吳鎮傳

錢坫

吳鎮，字信辰，狄道州舉人，任韓學教諭。潛心嗜古，尤長於詩。天真爛漫，不修邊幅。客至，惟文與酒爲暢談。泊然寡營，可謂瀟灑出塵者歟！其爲集律、集古，如自己出，如天衣之無縫，遊其門者，受禪宏多矣。陞任山東陵縣知縣，尋知辰州（沅州）府。所著詩有《松花庵集》。（《韓城縣志》卷四《文官表》，清乾隆四十九年刻本）

吴鎮傳

劉紹攽

吴鎮，字信辰，一字士安，狄道舉人，由韓學教諭擢陵縣令。與胡釴稱『二傑』。有《松花庵集》。（《二南遺音》卷四，清同治十三年刻本）

吴鎮傳

吴鎮，字信辰，甘肅狄道州人。乾隆三十三年（編者按：應爲乾隆十五年）舉人，官至湖南沅州府知府。少不羈，家本素封，嘗發憤負笈，求師四方。滋陽牛運震留之署中，學業益進。比歸，生計蕩然，而詩名滿人間。始官山左，後調湖南，所至放浪山水，篇什愈多。三原劉紹攽謂其與建安、大曆諸子揖讓一堂。王鳴盛亦謂秦中詩派自孫枝蔚、李因篤、王又旦後，惟鎮爲絕倫云。著有《松花庵韻史》、《松厓詩録》。同時關中以詩鳴者，有楊鸞、胡釴。（《清史列傳》卷七十一《文苑傳》，中華書局一九八七年版）

吳鎮傳

安維峻

吳鎮，字信辰，狄道人。乾隆辛酉拔貢，庚午舉人，由大挑授陝西耀州學正，旋丁母憂歸。服闋，後補韓城教諭，俸滿，經布政使畢沅薦，陞授山東濟南府陵縣知縣。時壽張賊王倫作亂，良民多被迫脅，凡所俘獲，大府悉令斷其足筋。鎮下車至營，惻然曰：『此中豈無冤抑耶？』倡同僚白諸大府，請訊，釋其無罪，一時保全者約三百餘人。時賊氛尚熾，人情洶懼，鎮神色夷然，每夜秉燭吟詩，以弔死事諸公，已而就寢，鼻息如雷，共服爲仁者之勇。嗣因捕獲鄰境大盜，授湖南興國州知州，剖決如流。先是，有鄰封民爲鄉豪所殺，官以自縊立案，其子屢訟莫能伸，上官委鎮往鞫。鎮依法檢訊，立得其情，置於法，遠近快之。陞授沅州府知府，嗣以詿誤被劾，解組歸，惟攜書畫數卷、沅石數方而已。後主講蘭山書院，務崇實學，門下多所成就。生平博學，工於詩。著書見《藝文》目錄。（《甘肅全省新通志·人物志》卷六十四）

吳鎮傳

張維

吳鎮，字信辰，狄道人。年十二能詩，二十餘，事山左牛運震，詩益進。舉乾隆庚午舉人，仕爲韓城教諭，用薦，遷山東陵縣知縣。值壽張賊王倫作亂，脅從甚眾，俘獲者，吏輒嚴治之，斷其脛。鎮懼冤抑，訊釋無辜者三百餘人。時賊氛尚熾，人情洶洶，鎮坦夷自若。轉興國州知州，剖決如神。鄰縣民有爲人殺者，官以自縊定讞。其子屢訟之，上官令鎮往鞫，得情，置殺人者於法，遠近稱快。後爲沅州知府，以詿誤罷官。行裝惟書畫數卷、沅石數方而已。

鎮生平博學，善屬文，最邃於詩。精研聲病，嘗以趙秋谷《聲調譜》乃古詩聲調，不中於律詩，律詩聲調最易知，而學者多茫然；東陽『八病』，亦論古詩也，今以繩律，可使聲調和諧，至宛陵《注》，善矣，而其說尚簡略，遂作《聲調譜》及《八病說》。其論多前人所未發。後主講蘭山書院，務崇實學，多所成就。所著有《松厓文稿》、《蘭山詩草》、《松花庵詩草》、《遊草》、《雜稿》、《集唐》、《律古》，而《律古》尤爲其所創作。

鎮既工於詩，亦頗自負，每自云：『古期漢魏，近體期盛唐，合而衷諸三百篇，師其意，不師其體，唐以後蔑如也。』又有《韻史》、《稗珠》、《詩話》、《詩餘》、《試帖》、《制義》等，均刊行於世。（《甘肅人物志》卷十二，《西北師範大學學報》增刊，一九八八年版）

吳鎮傳

劉　誠

吳鎮（一七二一—一七九七），初名昌，字信辰、士安，號松厓，別號松花道人，又署龍門外史，甘肅狄道州（今臨洮）人。乾隆十五年（一七五〇）舉人，由大挑授陝西耀州學正，歷任山東陵縣知縣、湖南沅州府知府等。年十二，解聲律，五行齊下，蒙塾有神童之目。山左牛運震主講蘭山書院，從之遊，並學詩。博極羣書，兼通禪理。公餘，嘯詠自如。晚年被劾解組後，主講蘭山書院，以務察實學爲倡。子弟學詩，則令從《選》體入，以近代詩人爲不足學。古詩期與漢魏，近體期與盛唐合轍，師其意而不師其體，以此爲從事者示範。詩風深奥奇博，骨力堅蒼，爲袁枚等人所折服。著有《松花庵全集》十二卷，其中詩九卷、文二卷。生平事蹟見《清史列傳》卷七十一、李華春《清誥授朝議大夫湖南沅州府知府吴松厓先生傳略》、王文焕《吴松厓年譜》。（錢仲聯主編《中國文學家大辭典·清代卷》，中華書局一九九六年版）

附録三　吳鎮交游資料

古詩一首贈吳信辰兼以勗之

沈青崖

大雅江河趨，宇宙挽正始。四言衍爲五，逮夫七言止。上下三千年，悟此漸伸理。譬天有歲差，十二次遞徙。人雖思復古，古道日以靡。而況逐臭人，軟媚工站屣。翻新出淺語，歌詞雜下里。性情非其真，體亦失興比。花月貌徒妍，葩壇曾不齒。君能揖顏謝，更上溯蘇李。樸茂兼溫文，吟深自得旨。毋求聲調諧，勿畏俗言鄙。心鏡既澄明，筆端定清泚。昔賢説項斯，祇爲桂枝耳。卽奉賈島佛，亦緣場屋伎。吾今與子期，不徒霄漢詣。袖拂衡嶽雲，醉騎滄江鯉。飯顆縱瘦生，瓣香必炷此。拍肩建安人，俯視大曆子。詩境本高堅，才竭應卓爾。（《松厓詩録》附，清乾隆五十七年刻本）

移官酒泉留别吳信辰

閻介年

指日陽關道，何人並馬行。雲山真萬里，風雨夢三更。顧寵驚衰老，籌邊託聖明。休唱《渭城曲》，霜月酒泉清。

和松花道人夢遊海中山題巖上詩元韻　　閻介年

徐市樓船汗漫遊，祖龍空自老沙丘。鶴飛忽入蓬萊路，一夜題詩在上頭。
高情健筆逸滄洲，醉臥空明水一樓。借問仙人騎鯉去，何如詞客跨鯨遊。

答吳信辰　　閻介年

涼飆吹木末，白露照清池。邊地秋來早，山城月上遲。感時憐舊雨，把酒誦新詩。白社今寥落，宗風誰與持。
季子才名甚，深愁鬢欲華。情殷《枯樹賦》，腸斷海棠花。洮水秋猶漲，秦雲晚更斜。歸鴻漫嘐唳，遊子在天涯。

奉和吳信辰見懷元韻　　閻介年

殘年走馬傍三秦，一室清貧未買鄰。獨夜乍聞蟲在戶，邊城幾見雁來賓。莎廳客散愁花寐，彩筆香飄類酒醇。似子寧非天下士，相思慰我眼中人。

蕭蕭白露下瓜壺，塞上人家景不殊。短髮甘爲書裏蠹，長年空憶酒家胡。已看落葉愁張翰，漫賦秋風送左徒。君是恨人我逾甚，十年干禄謝侏儒。

送野石之官湟中次吴信辰韻

閻介年

隴上垂楊簸麯塵，東風纔度玉門春。可憐白首思歸客，芳草連天送遠人。十年共老關山月，再會同悲陌上塵。此日登高重回首，春城花滿巷無人。鳳林前路是湟中，湟水青唐古塞雄。騎馬如尋破羌壘，紅蕉領外有飛鴻。

奉答吴信辰雨中看桃花見懷之作

閻介年

碧桃花發杏花西，洮水東流渡欲迷。三十六鱗天上落，莎廳獨坐鳥空啼。天外柴門緑樹低，青袍黄卷愛幽棲。令狐老去交遊少，更向春風戀玉溪。（以上《九宫山人詩選》，清乾隆刻本）

答牛真谷先生書

劉　藻

貴門人吴生詩翛然絶俗，信相賞之非誣也，將來振北地之壇者，其此子乎？宜厚期之而切規之。（《松厓詩録》附，乾隆五十七年刻，節録）

壩橋留别門人吴鎮

牛運震

青門歸路悵風沙，秋野何人立暮霞。一騎飛來千古調，玄亭今日有侯芭。旗亭尊酒更無人，官道青青柳色匀。如子豈非天下士，秋風相送壩橋津。（《空山堂詩集》卷六，清嘉慶六年刻本）

與吴信辰書

牛運震

别後，汝作何狀想？詩當更進。今以新作寄汝，汝自有精鑒也。浙東胡稺威極擊節汝詩，其人天下士也，明年會試，可於京師訪之。年月日，自蒲州書院寄。（《松厓詩録》附，乾隆五十七年刻本，節録，題目爲編者所加）

望吴士安書不至

劉紹攽

伊人祇在溯洄間，雙鯉迢迢奕奕山。獨倚書窗聽暮雨，落花飛盡鳥飛還。（李元春《關中兩朝詩鈔補》卷三，清道光十二年刻本）

對月有懷士安

胡　釴

舊好肯相念，新詩無限情。寒禽分倦翮，古樹共秋聲。寄詩云：『倦翮感寒禽』，又『古樹秋聲滿』。承此素書切，豈惟華髪生。又云：『相望生華髮。』應憐余白首，老去意誰傾。（《静庵詩集》卷一，清嘉慶八年刻本）

有懷士安

胡　釴

相思渺渺溯烟波，卻恐萍蹤遂見過。少我廿年羞弟畜，輸君十倍妒才多。春風尚有花光在，星象其如劍氣何。也復飄零中歲後，淩雲壯志半銷磨。

再寄懷士安　　胡鈛

少日侯門厭酒杯，中年潦倒卧蒿萊。可憐名士但謀醉，豈有達官真愛才。隴樹重重愁外遠，洮雲片片望中開。窮交千里能相憶，何處相逢灑涕來。

讀士安詩　　胡鈛

一筆揮成五色雲，驚才狂態衆傳聞。不知後起誰繩武，可惜先生得廣文。曾向明星窺劍氣，也從清露接蘭芬。頭顱如許空相憶，餔啜皆佳有此君。

懷吴信辰三首　　胡鈛

顧盼已羣空，髯才實最雄。禮防疏阮籍，樂府愛曹公。早雪河源近，疏雲渭汭通。思君五千里，何以慰飄蓬。

會少別離多，遥遥更奈何。天空交夢想，歲暮一悲歌。華岳莎蘿徑，黄流竹箭波。高情符勝跡，念爾正吟哦。

不見新吟久，空看舊手書。夙懷長自切，古義久相與。天馬淩空健，雲鴻寄信疏。中年才更老，筆力復何如？

九月二十七日郊扉獨坐有懷士安

胡　鈜

急景三秋盡，新寒一月陰。野鴉啼暮色，虚館寄幽心。坐憶彼姝子，屏居於故林。此時多逸興，誰和短長吟。

蕭蕭鴻雁影，哀唳亦雙翔。與子皆窮鳥，分棲各異鄉。高雲西北去，遠歷塞垣長。一奏清商曲，臨風爲寄將。

幾載真愁别，前時忽見過。對床宵夜漏，分袂惜雲波。微雨渡頭歇，夕陽山外多。一鞭迷去影，悵望欲如何。

再下長安第，懸知興更高。昔曾言爾志，今詎拜卿曹。案上蠹魚冊，匣中龍雀刀。長吟時起舞，得此足人豪。（以上《静庵詩集》卷二，清嘉慶八年刻本）

讀白蓴二安詩奉柬

楊　鸞

不見西州吴士安，清名何幸接詞壇。也知衰白難同傳，付與他年野史看。（《邈雲樓集·邈雲四編》，

清乾隆道光間刻本）

答吳松厓太守

袁枚

來札以張、許二公詩未登《詩話》見憾，具見先生鄉情之重。但兩賢詩業已刻集，自然流傳，無藉鄙人表章。其詩格律清老，實有工夫；然皆唐人皮殼，無甚出色處，以故不甚動心，所謂『食肉不食馬肝，未爲不知味也』。且詩話與選詩不同：選則詩之平頭正臉者，受人之托，選之而已；詩話則必有幾句話頭，以配其詩。現在四方以詩來者，千人萬人，而專仗老翁一人爲之搜索枯腸，添造話頭，加此差徭，作何辦治？至於『文人相輕』之責，則先生誤矣！古來文人之所以相輕者，以同時爭名故也。枚雖不肖，必不爭名於國初前輩、八千里之外之人。而何以先生與枚同時，素無一面，才又絕奇，乃不敢相輕，苦搜其斷句零章登之集中，以爲光耀哉！可見文章一道，自有公評，父子不能濫收，仇讎不能割愛，先生能思之，必能諒之。

再，札中有取於彭尺木佞佛之言，尤非所望於賢者。彭之所以規我，先生之所以重彭者，不過爲『生死』二字尚未分明故耳。欲知生死，必歸佛法，然則佛法未入中國之前三千年中，堯、舜、孔、顏都是醉生夢死於世上者乎？孔子曰『死生有命』，孟子曰『夭壽不貳』，張子曰『存，吾順事；沒，吾寧守』。此數言，任他歷刼輪回，恐顛撲不破也。元人《就日錄》有言：『凡見理明之人，一切神鬼陰陽，皆不能惑，亦不敢犯。』先生何不將彼教誕語一掃而空之？近日士大夫年衰氣怯，惑此者甚多。僕不願宏通淵雅之儒，又從而附益之。凡有所慕於彼者，皆無所得於此故也。忝在相知，不敢不言之盡意。

再　　袁枚

僕道人之有死生，卽天之有晝夜也。其所以有晝有夜者，陰陽也；其所以有陰陽者，雖問天，天亦不能知也，任其自然而已。人之所以有死生者，命也；其所以命有長短者，氣數也；其所以有氣數者，雖問聖人，聖人亦不能知也，任其自然而已。如聖人能知之，則舜、禹必不野死；而泰山之頹，亦何待夢奠兩楹而後知之乎？若依佛家所云『生本無生，去來如一』，則顏淵夭折，夫子何必哭之慟？而子路問死，亦可將此類語答之矣！亦惟其不知，故卓然爲至聖，而服喪、教孝之書，所由起也。若夫預知死期，則東漢謝夷吾輩皆能之；而近日村夫野婦能預知死期者，亦頗不少。總而言之，知死亦死，不知死亦死。先生必欲知之，其殆將不死耶？（以上王英志主編《袁枚全集·小倉山房尺牘》卷七，江蘇古籍出版社一九九三年版）

寄楊蓉裳書　　袁枚

隨園老人枚拜手蓉裳世兄足下：

前年從秋帆先生處接信後，至今音耗杳然，未知現作何官？現臨何地？通魂交夢，無處追尋，幸刻下江寧王尉遞到臨洮吳信辰太守詩集，有足下與丁星樹二詩人跋語，方知吾門高弟，雖膺民社，終戀風騷，爲之喜而不寐。

老人今年七十有六矣，十年之中，東南山川殆將遊遍，都有吟詠以紀之，雖近黄昏，夕陽尚好。奈前秋得飧洩之疾，於今三年，服藥罔效。唐賈敦頤云：『良醫不治老。』其信然耶！伯玉知非之年，曾遇相士胡文炳，説我六十三而得子，七十六而考終。爾時不信其言，及後生子之期絲毫不爽，則今歲龍蛇之厄，亦似難逃，故作《自輓》一詩，催人作和四首，一時和者如雲。抄稿寄上，世兄作速和好寄來，『不可以當吾世而失諸侯』也。

星樹行蹤何若？近在何方？倘尚在隴西，祈將《輓詩》寄與之。令叔晚年迂闊愈甚，要不失爲古之○人，殁後爲作墓誌一篇，交與方叔明府，世兄曾見過否？

老人撰《隨園詩話》，採錄最富，十五省中只缺甘肅一省，近得信辰先生佳句以補之，真覺躊躇滿志。少陵所謂『文章有神交有道』，其言驗矣。更奇者，癸卯三月過貴池，見新修昭明太子廟，碑文古雅可愛，絶似六朝，署名『林夢鯉刺史撰』，心甚疑之，抄其稿置篋中，遍訪作者姓名，杳不可得。去年在蘇州，顧立方進士懷古文一卷求見，第一篇即《昭明太子碑》也。足下可記當年同立方來受業時乎？老眼無花，殊自負也。到河西後，必有幽、并老將之作，能寄我一讀否？藉便問訊起居，不備。甘肅可出鹿茸否？希爲留神，以此物治腹疾故耳。端午後五日。

又寄楊蓉裳書

袁　枚

枚再白蓉裳世兄足下：

前札已封，未寄，而貴門生聞君又持手書而至。知其在足下署中來，詢從前守伏羌一事，可喜可愕。擬倣梅村體爲足下紀之，而年衰才薄，尚未敢落筆也。昔鄧遜齋夫子常誇門下得一文一武：武爲阿廣庭相公，文則枚也。此所云文武尚屬兩人，而蓉裳以身兼之，猗歟盛哉！老人爲之喜而不寐。寄來新作，典麗風華，絕不爲簿領軍興所累，尤見大才人『左之右之，無不宜之』之妙。已題一律在《芙蓉山館文集》之前矣。

吳松厓屢索我全集，理應相寄，而苦於紙價太昂、嗜痂太衆。每倉山一集刷成，頃刻散盡。業已價增至五金一部，而購者不嫌其敝帚之享。當初刻集時，始願實不至此。今將近刻數種一齊寄上，以報烏竇之惠，或松厓處借與一觀，渠果賞鑑，當再寄上亦未遲也。所寄前賢張、許二公詩集，非不調老格高，而純是唐人皮殼，毫無新意，其才遠不及松厓與足下。且有詩無話，難以採錄，故已束之高閣矣。

八十衰翁尚能登高山，作小楷，故是佳話，然而夕陽雖好，紅不多時。奈何，奈何！附問近好，不備。承惠鹿茸甚佳，在南邊購求如此種道地者，絕不易得，便中望再寄一架來。七月七日。（以上楊芳燦《芙蓉山館師友尺牘》，清光緒十三年刻本）

松厓詩録跋

孫良貴

詩之根柢，在於聞道，然忌宋人道學派，又忌明末禪鋒派，此兩者不可向邇也。近日詞壇，又有三惡氣，一曰香奩氣，一曰小説氣，一曰紗帽氣。除此兩派三氣，方可入詩。君詩獨無此五者，其在於必傳乎？尚冀沙之汰之，無非珠玉矣。

麓門同學弟孫良貴跋。（《松厓詩録》卷末，清乾隆五十七年刻本）

與吴松龕崖

王太岳

風雨如此，未遂成行，走隸相探，云方閉閤高眠，清致可想。蕭齋秋色頗新，思與道侶支牀對話不棄，幸祇今見過，當爇香燒筍共晚餐也。（《清虚山房集》卷十一，清光緒刻本）

吴信辰廣文以律古詩就正寄答二首集句

李友棠

道因風雅存，五言全麗則。吴生遠擅場，百氏旁捃摭。博士官猶冷，奥學窮討賾。教化敷里廛，素卷堆瑶席。文墨將何求，揀珠去沙礫。非關故安排，終須煩剗畫。别後詩成帙，筆下調金石。手題遠緘寄，殷勤敘離隔。投我如振瓊，自矜有所得。變化未可量，不愧知音識。李白，姚合，杜甫，劉禹錫，白居易，岑參，韋應物，楊巨源，王昌齡，李白，杜甫，許渾，劉禹錫，竇常，白居易，孟浩然，白居易，韓愈，李羣玉，戴叔倫。

平生非作者，竹帛將何宣。冥搜企前哲，編爲一家言。遺詞必中律，讀書常閉門。已過知命歲，尚須勉其頑。祇有君同癖，狂詠驚四鄰。多慚一日長，宿昔契彌敦。淺劣見推許，門生從聯翩。識子用心苦，本是關西賢。雕鐫妙工倕，猥誦佳句新。悠然勞夢想，尺素安可論。儲光羲，李白，韋應物，白居易，杜甫，孟浩然，釋齊己，韓愈，陸龜蒙，白居易，李白，李白，韋應物，顧況，杜甫，白居易，韓愈，杜甫，權德輿，劉復。（《侯鯖集》卷一，清乾隆刻本）

贈吳松厓

荀檜齡

菊巷先生戀酒樽，中山市上閱朝昏。清秋風雨東籬滿，開盡黄花不出門。

與吳信辰遊河西

姜　芹

疏柳挂漁竿，蘆花一水寒。逢君不盡醉，何處可爲歡。疲駿騰毛骨，閒鷗刷羽翰。生涯各努力，白首重相看。（以上李苞《洮陽詩集》卷二，清嘉慶四年刻本）

松花庵池中金魚歌

史進第

松厓鑿池引清派，止水猶能作滂湃。中有文魚數十頭，跳躍波間起光怪。每當晴日初照時，鼓鬐揚鬣井之湄。日色錦鱗相映射，金屑萬點堆琉璃。有時晝晦蒼烟紫，風雷合沓喧不已。池中潑剌欲飛騰，擬將破波乘空起。我聞鯤鵬變化理，循環奇物豈久居。人間他日老仙乘霧去，要當騎汝淩三山。

同吴信辰何臨遠遊喇兒寺

毛啓鳳

躡石捫蘿入翠微，喇兒寺上扣柴扉。林深路逐鼪鼯轉，雲淨心隨鸛鶴飛。具酒僧雛能解事，聽琴樵子亦忘機。夕陽影外山鐘起，流水潺潺送客歸。（以上李苞《洮陽詩集》卷六，清嘉慶四年刻本）

與吴松厓書

龔孫枝

接見懷三章，知手揮天下，目中尚有斯人，何幸如之！何感如之！（《松厓詩錄》附，乾隆五十七年刻本，節錄，題目爲編者所加）

得臨洮吴信辰書信辰號松花道人，時客楚中

程大中

寂寞松花客，清才與世疏。孤舟三澨水，萬里一函書。夜雨寒江外，秋風落木初。迢迢南去雁，不得到君廬。（《在山堂集》卷十二，清道光十五年刻本）

松厓詩録序

王曾翼

曩在京師，耳熟臨洮吴信辰先生之名。戊戌來甘，始得《松花庵詩草》而讀之，乃歎名下洵無虚士。越歲己巳，節相福公聘主蘭山講席，因得挹先生之議論丰采，蓋恂恂篤行君子也。生平無他嗜好，獨覃精於詩，其得於天者優，又親承真谷牛先生之指授，而學力足以擴充之，其詩遂卓然成家。所著《松花庵詩草》、《遊草》、《逸草》、《蘭山詩草》，每一編出，海内詩人爭先覩之以爲快，懿乎傳世不朽之作矣。晚年詩律愈細，著《八病説》，闡前賢所未發，若有神解獨得者。近復於舊刻諸草中，選存十之五六，彙刊爲《松厓詩録》，殆如百鍊之金、千狐之腋，遊山陰則巖壑爭奇，入玄圃則琳琅盈目。在先生自謂愜心貴當，而讀者轉恨其割愛過多。然是編特擷諸刊之菁華耳。若先生之詩之工，固不盡於斯編也。又況《律古》、《集唐》、《沅湘》諸刻，標新領異，别張一軍，更有美不勝收者哉！余不能詩，雖幸密邇騷壇，顧以鞅掌風塵，杯酒論文之日甚少，殘膏賸馥，沾丐無由，序先生詩，彌用自媿云。

乾隆壬子夏五，吴江芍坡王曾翼序。（《松厓詩録》卷首，清乾隆五十七年刻本）

與吴松厓書

姚頤

案牘猥冗，未遑稍理静業，蠹簡閣束，渾如隔世矣。燈下偶暇，展誦大集，高古雄博，恍然如對唐以上人，當代老斲輪，非公誰屬？快讀之餘，不覺漏丁丁四五下也。（《松厓詩録》附，乾隆五十七年刻本，節録，題目爲編者所加）

寄興國吴信辰刺史乞松花庵詩草

張五典

西園詩叟張印周先生舊除壇，爲待西州吴士安。從乞一編長袖得，年深漸覺字迷漫。夏聲原有解人知，法部伊涼開寶詞。要把《遺音》重按取，風前郎詠二安詩。劉九畹輯《二南遺音》，選入者特多，又嘗並楊子安先生以「二安」稱之。

聞信辰刺史使都下

張五典

隨風曾唱渡江吟，空盡人間去住心。余以去夏北上，冬盡乃返長沙。君向滄浪歌短曲，一時並寄入拏音。

上都卻得幾時回？南過衡陽無雁來。雲水茫茫楚天闊，爭能問信傍寒梅。（以上《荷塘詩集》卷七，清乾隆刻本）

與吴沅州信辰二首　　張五典

江頭佇立看風旌，盼得樓船過洞庭。會面寒暄無幾語，倒囊詩筆及零星。爐烟冷淡殘仍續，簷雨潺湲響又停。舍館相鄰雙屐便，趁閒比夜對燈青。

談深雲霧氣如虹，每以憐才見大公。事到必傳甘苦盡，人逢真契死生同。論文已共西園老，張印周先生。並世猶慚華下翁。公詩：『並世未相見，吾慚楊子安。』我亦有懷拋不得，題襟問字廿年中。（《荷塘詩集》卷八，清乾隆刻本）

松花道人詩云忍死待郎三十載歸鞍馱得小妾來可以怨矣聊下轉語不必以蛇足議之也　　張五典

青裙縞袂鬓零秋，自嘆韶光似水流。但得歸來不相棄，憑君重作茂陵遊。（《荷塘詩集》卷九，清乾隆刻本）

書吴信翁集句瀟湘八景詩冊

張五典

都邑隨處分八景，紛紛描畫題新詩。一日見爲槃珠璧，虔州圖上説解頤。豈知小米與宋迪，瀟湘逼真親見之。若使儋耳北歸過湘表，不信坡老詩仍儱侗爲。松花庵主性好古，高臺走訪江之湄。嘉祐古跡摧風雨，銘换孤鶩同星移。巖壑光景都無恙，登臨神與古人期。眼前常語不當意，好句還摘古人詞。猶如雅集限用柏梁體，已往諸客吟魂俱攝追。人各五言七言遞相次，我爲把筆録寫入烏絲。舊穀春來出新米，臭腐著手翻神奇。格律冊子務盡態，獺祭不假書鱗差。鄒衍所談相如賦，言雖千萬源無岐。笑謝韓杜誰假借，明月自滿千家墀。

吴信翁將之荊州以移家見屬用韻送行卽寬其意

張五典

徑去休回顧，圖書寄敝齋。披緇消永晝，曝曬散空階。鼓枻閒成詠，登樓好放懷。合歡霜橘熟，八口會無乖。（以上《荷塘詩集》卷十，清乾隆刻本）

懷人詩十二首

張五典

吴信辰太守鎮，狄道人，自沅州罷歸，云將服餌作遠遊計。逆回蘇卌三爲寇，聞率鄉勇守堙者兼旬。

遺得瀟湘集句詩，流傳唱遍郢中兒。論年亦合還初服，仗義猶聞掣大旗。婚嫁即今應畢事，刀圭何日竟忘飢。果教揮扇能飛渡，問舊先從楚水湄。（《荷塘詩集》卷十一，清乾隆刻本）

讀松厓文稿吴敬亭詩序後

吴　栻

吾宗松厓先生，甘肅名士也。十二歲能詩。乾隆辛酉拔貢，庚午孝廉。初仕學博，歷任名邦，後保舉縣令，旋擢沅郡太守。先生性愛閒静，自率天真，除風雅外，不屑屑於細務，人目之爲簡傲，或笑其迂闊，以故不利於仕途，遂罷郡旋里。時福嘉勇公相總制三秦，雅重先生，聘主蘭山書院講席。憶先生拔貢時，予甫生一歲，暨予年十五六時，讀先生所刻詩，雄深蒼老，常歎同鄉豪士，並世作家，無從把晤，計私心抱憾者四十餘年矣。

乾隆乙巳歲，予客蘭城，適先生住書院，晉謁之後，以拙稿求政，過承獎勵，復爲改正字句。時先生年近七旬，予年四十餘，先生略分忘年，以弟呼之。越數載，予赴甘州蘇軍門幕府，因至省垣。時先生仍主書院，復得晤言。先生勸余刻詩，予固辭焉。予到甘州一載，先生爲予作《詩序》，郵寄甘泉，且以書勖予曰：『此序何足爲吾弟重，第念吾年髦矣，青眼高歌望吾子，非漫作玄晏也。』今先生已爲古人，讀此序且感且愧。嗚呼！老成凋謝，離索興懷，數年之間，物换星移，忽忽俱成往事矣，能勿因文而思其人哉？因略敘交誼，並誌作序之緣起云。時嘉慶四年冬，吴敬亭識並書，時年六旬。（吴景周注釋《吴敬亭詩文集》，甘肅聯大印務中心一九九八年）

念奴嬌

湯婆子同張棫齋吴松厓嵇天眉賦　　楊掄

何曾真箇，笑魂銷種種，冬烘頭腦。一片熱腸能耐冷，要比紅兒還小。倩爾温存，憐渠暖觸，也算横陳好。夜寒如許，春回斗帳偏早。縱令寶鴨斜偎，香篝細熨，位置嫌輕巧。不受人間烟火氣，穩重獨標風調。抵足爲歡，傾身相讓，同夢忘昏曉。問誰調護，從今與子偕老。（張宏生《全清詞》雍乾卷第十册，南京大學出版社二〇一二年版）

游五泉山和松花吴山長鎮韻　　沈峻

緑樹緣山石漱泉，一城烟景望蒼然。黄流未漲桃花水，漫説乘槎直到天。

曲廊小憩勝登臺，最愛茶香罷舉杯。繚白縈青山下路，遊人累席坐蒿萊。（《欣遇齋詩集》卷十二，清咸豐四年重刻本）

題松厓吴丈看花圖

龔景瀚

蒼松夭矯竹檀欒，亦有閒情看牡丹。富貴無常花易歇，不如時在畫中看。

十年歸隱臥烟霞，咫尺洮陽尚憶家。何似閩人作秦吏，八千里外夢梅花。閩不産牡丹，而梅花特盛。（《澹静齋詩鈔》卷六，清道光二十年恩錫堂刻本）

高陽臺

張雲璈

無錫楊蓮塘獲一蝶，甚大，繫之花下。翌日，又有一蝶來，大如之，似是其偶，憐其被縶，而留戀不去者。蓮塘感而釋之。吴松厓填此解紀其事，予亦次韻。

翠閣翔風，紅闌歇雨，年年金粉成衣。停倦翻驚，無端纖指擒伊。生來只向花間活，忽花間、隔斷雙飛。恨依依、輸卻游魚，蓮葉東西。　憐他一夕留連處，定拌將同繫，此念尤癡。豈料餘生，居然慰爾相思。主人自是多情客，莫重逢、去後無期。緑莎隄、咫尺仙源，歸路休迷。（張宏生《全清詞》雍乾卷第十二册，南京大學出版社二〇一二年版）

贈沅州吳信辰使君公有詩名

張翽

李杜傳衣在，於今復幾人。高才見夫子，騰步躡芳塵。賒遍洞庭月，吟殘湘渚春。風騷流政化，花草亦精神。（《念初堂詩集》卷一，清嘉慶刻本）

吳松厓姑丈自興國牧陞守沅州旋歸林下卽事呈七絶五章

李苞

三楚雄風自昔多，片帆高挂興如何。想公釃酒南行日，清浪灘頭拜伏波。

跨鶴那能十萬纏，勞心作郡未三年。定知五馬臨行日，尚欠沅江飲水錢。

行李無勞廄吏催，宦遊廿載至今回。競言江上清風好，兩袖何曾惹得來。

詩囊原與宦囊殊，句句琳琅字字珠。堪笑殷侯歸五嶺，贈人只寫荔枝圖。

吹來舊雨洗清塵，梓里風光處處新。花鳥知名應已久，更從林下認騷人。（《洮陽詩集》卷七，清嘉慶四年刻本）

同吴松厓姑丈遊王氏園看海棠花

李　苞

槐圃閒隨長者過，暖風巧入海棠窩。桃輸一笑晚粧絕，柳伴三眠春夢多。嘉種由來號西府，清詩端不讓東坡。松厓有海棠詩。最宜夜半燒銀燭，花欲留人人去何。（《敏齋詩草》卷上，清嘉慶二十二年刻本）

讀吳表弟小松松花庵記松花庵，先姑丈吳沅州公之別業。公字信辰，號松花道人

李　苞

松花道人已作古，菊巷巷北留花塢。季子詞壇號小松，不敢擅作松菊主。園中挺立五大夫，恍惚月下精靈聚。一花一石一禽魚，父之所愛愛如父。援筆作記示無忘，鄭重不啻承厥緒。嗚呼梓澤宴羣賢，安仁賦詩成讖語。平原花木空經營，種橘龍陽心亦苦。惟此小園同寢丘，已不與人人不取。約略佈置清且幽，冬日烹雪夏課雨。沅州太守多隱功，世當大啓爾門戶。君才亦不甘學圃，此間終非處士墅。（《巴塘詩鈔》卷上，清嘉慶二十二年刻本）

賀武磐若登北闈鄉榜

李　苞

道人院靜落松花，相與追隨夙願賒。余與磐若共師吴信辰先生，先生號松花道人。讓我十年先折桂，羨君八月亦乘槎。千金駿骨招豪傑，萬里龍媒産渥窪。今日風塵蒙剪拂，不須回憶困鹽車。（《敏齋詩草》卷上，清嘉慶二十二年刻本）

與吴松厓書

楊芳燦

細閲《詩録》，此真百鍊金、萬選錢也，在在處處，當有靈物護持，豈止絳帳門生捧手贊歎而已！過承謙退，命作喤引，即當屬稿，然恐萬力千氣，終未免管窺蠡酌。數日來，擬學左太沖門籬藩溷，皆著紙筆，祈先生假以時日，勿促之也。（《松厓詩録》附，清乾隆五十七年刻本，節録，題目爲編者所加）

松厓詩録序

楊芳燦

懿夫《車轔》、《駟驖》，秦聲列於《國風》；『整甲』、『辛餘』，西音傳於《樂府》。由來古調，半數伊涼；自昔才人，多生關隴。況乎西傾山古，岡巒險奥以爭奇；北斗星高，音韻沉雄而入妙。風土壯氣，篇章夏聲，爰生偉才，上媲羣雅。變化成一家之則，佃漁該百氏之全。宣揚鐘律，如金絲之引和；杼軸襟靈，似錦純之錯采。聲塵繼夫前哲，膏馥丐乎後人。吾於松厓先生見之矣。

先生幼卽恂通，長而敦敏。性非外飾，質任自然。强記則一覽無遺，鋭讀則五行俱下。張衡擅振奇之目，揚雲好深湛之思。少遊山左牛真谷先生之門，以一代之宗工，傳千秋之絶業。姚合受詩於太祝，薛收學賦於文中。卓冠時流，郁爲文棟。倜乎遠矣，良有由焉。遂乃射策乙科，觀光上國。周弘正堪爲博士，明山賓屢作學官。得以葄枕圖經，搜羅《墳》、《典》，尤工謠詠，惟嗜《詩》、《騷》。林靜山幽，文外應推獨絶；微雲疏雨，座中故是無雙。宜乎時譽歸高，才名邁等矣。

洎夫屢薦入官，一行作吏。牧方州於齊右，典大郡於荊南。登泰岱之高奇，攬衡巫之靈秀。鵲華秋色，沅澧春波。日觀云亭，既蕩胷而絶眥；楓江蘭浦，復極目而驚心。歷城尋詞客之遊蹤，夢渚弔騷人之遺跡。荒臺老樹，蒼茫覽古之思；早燕新鶯，棖觸離鄉之感。緒發而宮商應，翰動而綺繡飛。自我心極，爲之宰匠。謝宣城之治郡，篇什彌工；阮始平之在官，嘯歌不廢。斯真得江山之助，不徒乞烟墨之靈矣。既而罷官歸里，謝病杜門。仲長統吟《樂志》之詩，孫興公尋《遂初》之賦。得林霞之妙境，入風月之清關。近復講藝龍門，談經鹿洞。相從問字，每多好事之車；促坐論詩，大有入神之作。新情藻拔，逸氣霄飛。林嬉水宴，追摩詰之高吟；海立雲垂，耽少陵之佳句。連晨接夕，照軫充箱。古有云『身老而才壯，齒宿而意新』者，其先生之謂乎？兹乃更選名篇，傳爲別錄。綜羣言而取儁，奄衆妙以稱珍。傾崑采玉，卞和之璧連城；竭澥求珠，朱仲之璫四寸。含光宵練，受辟灌而增奇；翠玉明瑰，經濯磨而益貴。改回蟲濫，屏斥妖浮。洵足圭臬詞場，敦槃藝苑。共謀剞劂，以代傳鈔。先生命以斯編藏之講院，將使執經弟子，被光景而德彰；還贄儒生，窺奧藏而心喜。名山祕惜，靈物護持。瑤函蝌蚪，寧教鼠蠹銜殘；金薤琳琅，除是風雷取去。何必寄之禪刹，龕藏太傅之編；擲向江流，瓢貯山人之稿也哉！日者示之鉅制，惠以良書。定文已覺疑難，作序彌慚蕪穢。然而感風塵之物色，論交便已忘年；同文史之嬉娱，相見頻呼小友。謝公『初日』之評，出於鮑照；隱侯『雌霓』之句，賞自王筠。記知己遭逢之樂，遂古惟艱；覺名流謙退之風，去人未遠。執鞭有願，授簡何辭。乾隆壬子仲夏，梁溪後學楊芳燦才叔拜序。（《松厓詩録》卷首，清乾隆五十七年刻本）

歲暮有懷吴松厓先生

楊芳燦

晏歲苦短晷，斜暉藹微明。空烟淡欲無，新月霞外生。修夜羣動息，冬心抱孤清。燈影耿虚室，霜氣流前楹。林巒隔旅夢，簿領妨幽情。故人渺天末，相思聞雁聲。

吴松厓先生見示隨園詩話因憶舊遊成轉韻六十四句奉懷簡齋師並寄松厓

楊芳燦

松花庵中老尊宿，示我隨園書一軸。貝葉瀾翻《千佛經》，天華飛舞《羣真録》。收拾珠璣筆不停，孤寒攀附眼常青。名流譚讌耽風月，才子篇章主性靈。赫蹏小紙蠶眠字，亹亹玄言足佳致。花前燭底共論詩，記起隨園舊時事。隨園亭榭我曾遊，門繞崇岡枕碧流。散髻斜簪人澹蕩，茂林修竹境深幽。龍門身價高無量，才筆縱橫不相讓。入座齊傾北海樽，橫經並侍扶風帳。曲閣玲瓏洞戶連，嵰山紅雪蔚藍天。俱閣中小書室，以紅藍色玻璃爲窗，故名。清宵夢蝶聯藜榻，暖日聽鶯設綺筵。東冶城邊箏笛浦，曇首高歌鎮西舞。對客能繙白紵詞，當場競按紅牙譜。秋月春花樂未央，嗟余萬里走伊涼。離家始覺江南好，捧檄先愁隴阪長。十年一鄣乘邊徼，身世茫茫事難料。嬰城向栩陷重圍，卻敵劉琨仗清嘯。相思惆悵只吳吟，故國迢遙信使沈。篋底空留懷舊賦，天涯深負愛才心。側聞杖履烟霞外，文史依然供賞愛。天遣人間作歲星，靈光無恙巋然在。一別名園幾度春，卷中憐我困風塵。《詩話》云：『蓉裳、梅岑皆翰林才，而困於風塵俗吏，亦奇。陳梅岑名熙，爲鳩江司馬。』鶯花有主陪良會，猿鶴無言怨故人。他年倘遂抽簪計，烟月秦淮理歸櫂。衣鉢重來認本師，林園正好尋初地。朔塞棲遲宦興闌，夢中常看六朝山。先生老去頭如雪，弟子年來鬢亦斑。松厓詩老才名重，風雨蘭山一樽共。爲言相慕祇聞聲，不覺傾襟已通夢。《松花庵詩》爲人攜至隨園，已入《詩話》。文采風流此一時，名山著作繫人思。公真一代騷壇主，我愧千秋國士知。

（以上《楊芳燦集・詩鈔》卷五，人民文學出版社二〇一四年版）

買陂塘

楊芳燦

送吳松厓赴金陵

漸春深、飄烟碎雨，韶光陌上初暖。朝來露井香桃瘦，減了紅情一半。腸已斷。那更送、行人又到離亭畔。垂楊花岸。聽一兩三聲，陽關怨曲，珠淚已成穿。　香醪滿。且酌碧螺春盌。莫言離緒長短。軟風帖帖移帆影，一抹碧波天遠。尋廢苑。把金粉、前朝寫入生花管。郵筒想便。有雜體新詩，迴文小札，頻寄與儂看。（張宏生《全清詞》雍乾卷第十三册，南京大學出版社二〇一二年版）

答李實之孝廉

楊芳燦

唐代數詩人，盛推隴西李。青蓮信豪逸，昌谷亦瓌詭。君虞及才江，磊落相間起。最近主騷壇，健者空同子。盤根本通仙，孫枝秀無比。君也紹宗風，弱齡貫經史。藝圃郁奇芬，桂苑擷花蕊。共問孝廉船，名輩服精理。健翮暫淹留，軼足終奔駛。蚪鋒發硎試，虎觀側席俟。松厓老尊宿，才望屹山峙。風流洛中社，月旦平輿里。相見每談詩，偶暇卽說士。里舍數才彦，誇君不去齒。神交未通夢，高名早傾耳。願言達微贄，修士相見禮。此邦雖僻遠，人風頗清美。組帶青衿儔，鏘鏘而儗儗。學舍寬數弓，差足安硯几。皋比爲君設，待作司南指。惠來停君車，歡迎倒吾屣。清言似霏屑，逸翮如振綺。益信松厓翁，傾倒良有以。羌予墮風塵，彈指閲星紀。竿牘疲精神，嵬瑣殊可鄙。本自無他長，況久捐故技。烟墨遂生疏，不肯聽驅使。新詩感投贈，珠字光滿紙。百和雜蘭椒，五音合宫徵。每謂君家詩，高妙兼衆體。仙才與鬼才，後人强摹擬。君其廓堂構，遠證風騷旨。新知樂復樂，酬倡從此始。（李華春《綠雲吟舫倡和草》附，清嘉慶二十二年刻本）

題吴松厓小照

秦維岳

松欹老屋石嶙峋，鹿韭芳菲滿座春。想得竹欄風過處，香熏湮酒一樽醇。浮名久已謝塵埃，笑傲南窗亦壯哉。風月滿懷詩萬首，堯夫胷次謫仙才。（《聽雨山房詩鈔》，清嘉慶刻本）

贈周生倬雲陸生秀三兼示夔姪

楊揆

西陲詩格稱洮陽，陸生秀出能詞章。同時周生越中彦，東箭南金世希見。薄遊隴上年復年，健步欲度驊騮前。延津劍合光彩別，郤被吾家使君識。共喜褰衣郭瑀門，爭誇執卷崔儦室。郵籤向我數致辭，爲道二子才絕奇。今來載酒快覯面，照座朗朗瓊瑤姿。千言下筆氣豪縱，屹立長城撼難動。懷隋珠月有波，手裁天錦雲無縫。仲容弱冠把臂遊，清詞麗句爭雕鎪。扃扉吟嘯意自得，丹黃緗帙珍琳球。人生學力須年少，入手應知寸陰好。八九胷看雲夢吞，三千水想蓬萊到。我昔唫場薄擅名，出山小草負平生。讀書終竟慙袁豹，作計徒然羡季鷹。即今盈尺階前地，激昂正吐青雲氣。僕也原憐傳世才，君乎漫薄登科記。燈火西窗夜漏遲，談經更喜得真師。翩翩毛色三青鳥，盼爾爭棲琪樹枝。（《桐花吟館詩稿》卷十，清嘉慶十二年刻本）

題張孝子傳後松厓師《湟中四白狼行》爲其人作

郭　楷

崚嶒冰雪盈蓬廬，有客遺我一編書。開緘如誦《蓼莪》句，反復對之增欷歔。空山夜半斷猿急，孝子銜哀方夜泣。陰風黯黯鬼火寒，荒冢忽睹白狼集。狼來亦何懼，狼去亦何驚。泠泠湟河水，祇作嗚咽聲。黄河水，清如許。張孝子，何處所。槎枒宰樹巢慈烏，日暮啞啞向人呼。吁嗟孝子今已無。

奉題松花庵師看花圖冊

郭　楷

雪滿豔陽天，雕欄物色鮮。看花真富貴，對酒即神仙。露冷陶翁菊，風披茂叔蓮。何如鼠姑好，長得使君憐。

清風吹五馬，步步遠紅塵。坐攬湘南勝，歸逢隴右春。狂歌珠作串，高臥錦成茵。欲繼沉香曲，還須畫裏人。

寶豔繪玲瓏，芳華見幾叢。經壇霑花雨，彩檻坐春風。老句刪枝葉，真詮悟色空。花王如有契，含笑對仙翁。（以上《夢雪草堂詩稿》卷一，清咸豐六年刻本）

冬中雜感（其三）

郭　楷

松花庵在古臨洮，髯老詩名一世豪。吴松厓師。曾奉斗山親杖屨，儼懸鐘律補《風騷》。師以臯蘭課業所選古唐詩未愜意，故有《風騷補編》。湘中遺愛稱三戶，時在楚，有『三戶烟消水不知』之句，人皆稱『三戶太守』。鏡裏年光剩二毛。何日重披絳紗帳，春風坐我醉香醪。（《夢雪草堂詩稿》卷三，清咸豐六年刻本）

題吴松厓師看花圖

李兆甲

牡丹稱富貴，愛則與衆宜。詩翁無俗眼，奚爲亦愛之？將毋清平調，心賞卽心知。青蓮邈千載，聊以慰所思。濃豔凝香露，花開肖昔時。執冊看不厭，擬成百篇詩。詩成憑誰寄，蝴蝶花上枝。多謝楊子華，春風圖畫奇！（《椒園詩鈔》，清嘉慶刻本）

松厓詩錄跋

李　芮

姑丈松厓先生所著《松花庵詩》久已流傳，厥後有《詩錄》者，乃復自於諸刻中沙汰而存其半。雖觀者或憾遺珠，然此固精金美玉，足爲後選者之權輿矣。且同人評語散見各編，挂一漏萬，掇拾良難，芮淺見寡聞人也，望洋而歎崖岸難分。因卽松丈所自賞及諸家之評論，匯而錄之，觀海者得一勺而足矣，手摹心追，豈在多乎？夫韓文賴李漢而傳，梅直講詩待謝景初而著，予何人，斯敢言有功於松丈？然今書院之《詩錄》雖選刻，較增其詩名，實本諸此云。

乾隆壬子春日，狄道州學廩生内姪李芮元伯謹識。

松厓詩錄跋

艾　豫

豫自乾隆甲申肄業關中書院，卽於華原友人處得松厓先生之詩而奉爲圭臬。後貢入成均，適先生需次京都，豫曾爲家椿萱索詩祝嘏，而先生錫以長律，久珍襲石祐中矣。迨辛亥秋，豫由彭原司鐸，移監蘭山書院，乃得先生全集而讀之。其時賢丹黄甲乙，散見各編，而蓉裳刺史所選頗與先生意合，今《松厓詩錄》是也，會諸友請付剞劂，豫亦謬參校訂。前私淑而今親炙，何幸如之！因惝述附驥之由來，兼以誌景仰云。

固陽後學艾恆燦豫跋。（以上《松厓詩錄》卷末，清乾隆五十七年刻本）

附録四　吴鎮評論資料

《松厓詩録》附録常熟盛仲圭先生評語

（吴鎮）擬古諸作，風神駘蕩，詞氣便娟，香若楚蘭，色如燕玉，靈心慧質，將來可作名家，對此欣賞無限，即遍傳有識，定相拍案叫絕也。命和《落葉》三十首，叉手而成，具徵陸海無涯，江花不盡。（《松厓詩録》，清乾隆五十七年刻本）

劉紹攽《遡雲四編序》，《遡雲樓集·遡雲四編》卷首

關中以詩名世者，秦安胡靜庵，狄道吴信辰，與潼關楊子安而三。三子者學極博，備體諸家，就其所至，靜庵似少陵，信辰似太白，子安屢變而益工。靜庵、信辰爲邑博士，子安爲令，三仕三已，人皆惜其遇。余獨謂天之生人，必有所以用之。苟漫不經意之人，虚生虚死，不妨聽其浮沉進取，酣嬉人間富若貴，意氣軼路，光華滿墟，而負薪者啞啞笑之。若將使之上繼《二南》，下承蘇、李、杜陵、輞川，以振一代之風雅，倘任其纏綿於聲利之場、貨賄之府，嗜欲日增，聰明日減，勢必與候蟲時鳥同其泯滅，亦奚賴哉？六一云：『非詩之窮人，殆窮者而後工也。』三子復何恨？昔人謂昌黎、香山生同時，二家集中一字不相及，似不相識，以爲憾事。靜庵、信辰歡然無間，靜庵、子安金蘭之雅，見於歌詠；信辰、子安不相識。獨余得交於三子，且皆得其全集，細繹而抉擇之。子安與余同師王信芳先生，自其弱冠，出語

警其長老，然具體西崑。契闊三十餘年，則堅蒼若杜，瑰麗極中晚之勝；醇古閒曠，駸駸乎六朝以上。視吳與胡，鼎三足耶，金三品耶！俟之天下後世，余際其會，而挂名簡端，余之幸也。乾隆庚寅長至年，同學弟劉紹攽書。（《邀雲樓集》，清乾隆道光間刻本）

袁枚《隨園詩話》卷十五

如皋布衣林鐵簫有『老至識秋心』五字，余頗賞之。《與吳松厓看海棠》云：『萬朶仙雲輕欲滴，多情紅向白頭人。嬌來渾欲睡，愁殺倚闌人。』兩押『人』字，俱妙。林名李，買得古鐵簫，能吹變徵之音，因字鐵簫，蓋取王子淵『願得諡爲洞簫』之意云。

袁枚《隨園詩話》卷十六

近日十三省詩人佳句，余多採錄《詩話》中，惟甘肅一省，路遠朋稀，無從搜輯。戊申春，忽江寧典史王柏厓光晟見訪，貽五律四首，一氣呵成，中無雜句。余灑然異之，問所由來，云：『幼講詩於吳信辰進士。』吳詩奇警。詠《臘梅》云：『陽春如開闢，盤古卽梅花。牡丹僭稱王，富貴何足誇。羣芳訴天帝，鶤雁紛喧譁。乃呼羅浮仙，冒雪詣殿衙。帝曰諮爾梅，首出冠羣葩。白袷與絳襦，何以懲奇邪。梅花未及對，黄袍已身加。』《榆錢曲》云：『桃花笑老榆，汝是搖錢樹。不解濟王孫，飛來復飛去。』《午夢》云：『竹逕涼飆入，芸窗午夢遲。偶然高枕處，便是到家時。』《木蘭女》云：『絕塞春深草不青，女郎經久戍龍庭。軍中萬馬如撾鼓，只當當窗促織聽。』或訾其存詩太多，乃答云：『詩自心源出，妍媸惑愛憎。譬如不才子，撾殺竟誰能。』或訾其存詩太少，又答云：『詩似朱門客，誰甘草具餐？三千隨趙勝，選俊一毛難。』吴名鎮，甘肅臨洮人。

唐高駢節度西川，又調廣陵。《詠風箏》云：『依稀似曲纔堪聽，又被風移别調中。』吴官山左，又調楚江。《詠懷》云：『阿婆經歲撫嬰孩，飢飽寒暄總費猜。纔識呱呱真痛癢，家人又報乳娘來。』兩意相同。余雅不喜陳玄禮逼死楊妃。《過馬嵬》云：『將軍手把黄金鉞，不管三軍管六宫。』吴《過馬嵬》云：『桓桓枉説陳玄禮，一矢何曾向禄山？』亦兩意相同。吴又有《韓城行》云：『良人遠賈妾心哀，秋月春花眼倦開。忍死待郎三十載，歸鞍馱得小妻來。』詠《虞美人花》云：『怨粉愁香繞砌多，大風一起奈卿何！烏江夜雨天涯滿，休向花前唱楚歌。』（以上《隨園詩話》，人民文學出版社一九八二年版）

王鳴盛《戒亭詩草序》，劉壬《戒亭詩草》卷首

三秦詩派，本朝稱盛，以予所知，如李天生、王幼華、王山史、孫豹人，蓋未易更僕數。予宦遊南北，於洮陽得吴子信辰，歎其絶倫。歸田後復得劉子源深，遥相應和，益知三秦詩派之盛也。源深與予未識面，而聞聲相思者已久。今年冬，雷子長善見過，攜其《戒亭集》屬爲印可。予方選輯時賢詩爲《苔岑集》行世，因録其尤者入選，乃復重吟細記，雒誦移日……乾隆三十又八年癸巳臘月，吴郡王鳴盛西莊氏題於涉趣園。（《戒亭詩草》，國家圖書館藏清乾隆間刻本）

李苞《洮陽詩集序》，《洮陽詩集》卷首

洮陽詩學，自漢、唐以來代不乏人，而本朝稱尤盛焉。國初張康侯、牧公提倡於前，越數十年，而又有先師吳松厓先生集其大成，且宏獎士類，善誘後學，故邇來吾洮陽人士，研究聲律，著爲辭章，往往有可觀者。（《洮陽詩集》，清嘉慶四年刻本）

法式善《梧門詩話》卷四

潼關楊子安（鸞）近體詩，余所見者最少，邇於馬詹事（啓泰）齋中見其手鈔二絕，如『青山驛路斜陽外，紅樹人家野水邊』、『數聲好鳥不知處，飛過山家短竹籬』，可當一幅有聲畫看。又於詹事齋中見狄道吳信辰（鎮）號松厓詩，如『看山雙槳暮，聽雨一篷秋』、『月明如有夢，花落欲無春』，《送人》云：『紅樹迢迢接隴關，白雲深處鳥飛還。送君東去情何極，回首斜陽入亂山。』俱佳。

法式善《梧門詩話》卷八

吳信辰《聽琴》句：『秋風何處落，明月忽然生。』馬雪嶠詹事極稱之。余最愛其《武當山》一首：『玉虛宮殿鎖烟霞，到此何須更憶家。擬買平疇三十畝，自鞭白鹿種梅花（瑤花）。』（以上法式善著、張寅彭點校《梧門詩話合校》，鳳凰出版社二〇〇五年版）

楊芳燦《洮陽詩鈔序》

《洮陽詩鈔》者，余同年友李元方刺史之所輯也。原夫鐵勒雄州，素昌古郡；風土清壯，山川奥奇。我朝文教覃敷，英才蔚起……洎乎松厓先生，以通博之才，爲沈研之學。激揚鐘石，揮斥風雲。探丹縢於宛委之山，捫麟篆於陳芳之國。貫穿五際，罣牢羣能。前哲遜其精深，後生奉爲準的。其餘方聞素士，婞雅俊流，踢壁耽吟，閉門索句。喻鳧少綺羅之習，張祜有竹柏之姿。虎獄鬼炊，抉古人之窔窔；撐霆裂月，劫作者之肝脾。片語推工，偏師制勝者，又未易僂指數也。（《楊芳燦集·文鈔》卷三，人民文學出版社二〇一四年版）

曾燠《賞雨茅屋詩集》卷二十二《偶得吴信辰松厓詩録有書中乾蝴蝶詩讀之黯然亦賦一律》

嗟爾夢蘧然，何時抱卷眠？爲文悔輕薄，食字欲神仙。已逝烟花跡，猶餘翰墨緣。案頭幹死者，最惜在芳年。時得故人死耗甚多。（《賞雨茅屋詩集》，清嘉慶刻增修本）

錢泳《履園叢話》卷八

詠物詩最難工，太切題則黏皮帶骨，不切題則捕風捉影，須在不即不離之間。汪春亭《詠燈花》云：『影搖素壁夢初回，一朵花從靜夜開。想到春光終易謝，攬殘心事欲成灰。青生孤館愁同結，紅到三更喜亂猜。頗覺窗前風露冷，斯時那有蝶飛來。』吴野渡詠《紅蓼花》云：『如此紅顔爭奈秋，年年風雨歷滄洲。一生辛苦誰相問，只共蘆花到白頭。』吴信辰詠《虞美人花》云：『怨粉愁香繞砌多，大風一起奈卿何！』高桐村詠《牽牛花》云：『莫向西風怨零落，穿針人在小紅樓。』皆妙。（《履園叢話》，中華書局一九七九年版）

梁章鉅《楹聯叢話》卷四

吴信辰工爲楹聯，楊蓉裳芳燦爲選刻《松厓對聯》一編，不乏清詞麗句，所稍欠者，超脱耳。今録其佳者，如題佛寺門云：『禪門無住始爲禪，但十方國土莊嚴，何處非祇園精舍；度世有緣皆可度，果一念人心回向，此間即慧海慈航。』又佛堂云：『西方貝葉演真經，總不出戒定慧三條法律；南海蓮花生妙相，也只消聞思修一味圓通。』又題西巖寺云：『色相出真空，眼界光明，震旦雲霞圍舍利；聲聞歸妙有，耳根清淨，乾陀鐘鼓應迦陵。』又題千手佛殿云：『一心念佛佛如來，鶴唳猿啼，都演出三生妙諦；千手示人人不悟，龜毛兔角，直指開四大疑團。』又題佛堂云：『佛言三藐三菩提，禮此莊嚴，即可承三生度脱；人貴一噴一醒豁，除他罣礙，何難證一味圓通。』又題鍾離祖師殿云：『一朝棄甲成仙，不用偏裨傳兩晉；萬劫銜杯樂聖，聊將散漢著三唐。』又題財神廟云：『藴玉函珠，善賈固皆蒙樂利；心耕筆織，寒儒亦可薦馨香。』又題臨洮常山大王廟（又稱龍神廟）云：『義膽大於身，陷陣摧鋒，在昔號常山虎將；忠魂符厥號，興雲降雨，至今冠洮水龍神。』又題織神廟云：『改草衣卉服之觀，人間溫暖；極錯采鏤金之妙，天下文明。』（《楹聯叢話》，北京出版社一九九六年版）

黃培芳《香石詩話》卷二

吴松厓太守（鎮），狄道州人，著有《松花庵集》，有押『秋』字句云：『疏桐連夜雨，寒雁幾聲秋。』『蘆花湘浦雪，楓葉洞庭秋。』『看山雙槳暮，聽雨一篷秋。』一時稱爲『三秋居士』。（《香石詩話》，上海書店一九八五年版）

祁寯藻《䜞䜣亭集》卷三十一《蘭山書院》

邊疆用武地，實賴文治撫。頖宫禮樂宗，書院爲之輔。城東宅爽塏，五社生徒聚。人材蔚風雲，師教嚴鐘鼓。胡[牜先]，錢唐人盛元珍，常熟人及牛運震，滋陽人孫景烈，武功人，楷模在堂廡。厥後吴先生，鎮，松厓，臨洮人。多士亦鼓舞。至今餘課業，《蘭山課業》，松厓先生編集，又有《松厓詩集》。想見用心苦。憶從先君子，講學蒞兹土。維時文毅公，禮賢躬握吐。公曰吾得師，如工示規矩。士曰師之教，如木就斤斧。文藝乃餘力，菑畬惟訓詁。經義與治事，二者實兼取。賤子廁其間，趨庭傴僂俯。時時奉講席，漸漸涉書圃。遂紬石室藏，且侍藜杖拄。短鐙每近案，長曰不闚戶。兩載獲三益，芝蘭幸與伍。俞君德淵陶泉，官至兩淮都轉邦之彥，結交深肺腑。終爲濟時才，遺愛滿江滸。馬君疏，由庶吉士改官知縣亦騰上，時論歸尺五。出爲神明宰，有子今接武。落落諸同學，文行悉可數。爲儒各著書，作吏傳治譜。嗟余好奇服，垂老愧簪組。崎嶇適隴阪，邂逅見環堵。廣文吾故人，隆德訓導楊君元勳。但訝衣冠古。不知額書上，姓名存某甫。『西河模楷』額書，諸生爲先君立。浩浩大河水，中流有砥柱。可憐潢與港，涓滴竟奚補。幅巾重登堂，歲月如發弩。青雲看後塵，白首思舊雨。作詩遺同舍，所望紹鄒魯。（《䜞䜣亭集》，清咸豐刻本）

陳鍾秀《題松花庵詩集》

一官蹭蹬滯瀟湘，解組歸來興倍狂。酒醉詩成無個事，松花如雨落斜陽。（張俊立校注《味雪詩存》，甘肅文化出版社二〇一二年版）

符保森《寄心庵詩話》卷十

余昔寓海上蕭寺中，見經龕旁有破冊，取閱之，爲松厓手錄詩稿，後爲楊蓉裳州牧評閱。讀之音節鏗然，如盛唐作者。嗣晤朱檀園太守述松厓詩，始知吳信辰太守作，乃出刊本，較手錄者無大徑庭，亦已奇矣。（《寄心庵詩話》，清咸豐刻本）

董平章《秦川焚餘草》卷二《久聞胡靜庵廣文遺詩甚富頃從西垣茂才借閱選鈔於原稿之歸也率成書後十絕句以代題詞》（其一）

歌行六代律三唐，隴右詩人雅擅場。除卻松花庵主外，謂狄道吳松厓。同時旗鼓孰相當？（《秦川焚餘草》，清光緒二十七年容齋刻本）

吳仰賢《小匏庵詩話》卷五

乾隆朝西陲能詩者，以狄道吳松厓鎮爲最。嘗從牛真谷運震遊，真谷詩得派於北地，北地爲松厓鄉先輩。然松厓轉益多師，不拘一格，《公安雜詠》云：『勿薄公安派，三袁已到家。』《謁何大復祠》云：『藐姑冰雪在，塵粃愧儂詩。』讀此知其所取益廣矣。《隨園詩話》所錄，但取其才情耳。吳蟻園紹詩謂松厓律不如古詩，古詩不如樂府，良然。如《任孝子歌》云：『渭源任四報死父，持一鳥槍殺百虎。』《阿干歌》云：『阿干西，我心悲，阿干欲歸馬不歸。爲我謂馬：「何太苦我阿干爲？」阿干西，阿干身苦寒，辭我大棘住白蘭。我見落日，不見阿干。嗟嗟！人生能有幾阿干？』此歌補慕容廆思其兄吐谷渾而作。阿干，華言兄也。此二首深得古樂府神理而不襲其貌。松厓有《題高青丘梅詩後》云：『雪滿山中高士卧，梅花典故美成知。竹垞但說吟松好，忘卻香籌素被詞。』自注：『周美成詠梅詞「更可惜，雪中高士，香籌薰素被」，正用其意。朱竹垞乃謂此句似松不似梅，誤矣。』（《小匏庵詩話》，清光緒刻本）

沈壽榕《玉笙樓詩續錄》卷一《檢諸家詩集信筆各題短句一首》

隴西特出松花庵，吳太守鎮，洮州人，著《松花庵稿》。赤壁黃州興獨酣。硬語太多剛便折，誰從苦辣味餘甘。（《玉笙樓詩續錄》，清光緒九年刻增修本）

徐世昌《晚晴簃詩匯·詩話》卷九十五

關中詩人，盛於國初，而隴外較遜。至乾隆間，松厓崛起，與秦安胡靜庵釴並執騷壇牛耳。靜庵詩尚樸健，名位未顯。松厓則才格並高，研求聲律，故其詩音節尤勝。歸林下後，掌教蘭山書院，裁成後

進，頗有繼起者，當爲西州詩學之大宗。（《晚晴簃詩匯》，中國書店一九八九年版）

況周頤《蕙風詞話》卷五

甘肅人詞流傳絶少。狄道吴信辰先生（鎮）《松厓詩録》附詞一卷。先生由舉人官至湖南沅州知府，主講蘭山書院。蚤歲詩學爲牛空山入室弟子。其集多名人序跋，如袁簡齋、王西莊諸先生，並推許甚至。楊蓉裳跋其詞云：『葉脱而孤花明，雲淨而峭峯出。』余評之曰：『鏗麗沉至，是能融五代入南宋者。』《點絳唇·天台》云：『水泛胡麻，人間伉儷仙家愛。春風半載，歸去迷年代。　咫尺天台，回首雲霞礙。郎如再。向時嬌態，惟有桃花在。』《玉蝴蝶·赤壁懷古》云：『扼腕炎靈末季，中原大局，盡入當塗。猶恃專場，爪距窘迫南烏。不知權、空勞知備，既生亮、可弗生瑜。快斯須。漲天烟火，百萬焦枯。　胡盧。昔年此地，虹消霸氣，電掃雄圖。折戟沉沙，忽然攜酒到髯蘇。話三分、江山笑汝，成兩賦、風月歸吾。問樵漁，鱸肥鶴瘦，畢竟誰輸？』後段字字勁偉。《意難忘·別人》云：『纔上離筵。悵嘶風，五馬踟躕江干。孤帆天共遠，雙袖淚頻彈。別時易，見時難。盡一霎盤桓。更何時、重圍燕玉，再護湘蘭？　夕陽無限關山。有淒涼飛燕，水咽雲寒。梅花雖吐雪，楓葉尚流丹。心上事，不能寬。是舊怨新歡？且暫教、洞庭明月，兩處同看。』換頭稼軒勝處。《憶少年·題桐陰倚石圖》云：『飄飄梧葉，團團紈扇，泠泠羅袖。朱顏易凋謝，嘆涼風依舊。　石上絲蘿盤左右。乍響偎、遠山卽皺。儂心鎮常熱，任蒼苔冰透。』蘇、辛卻無此娟雋。

況周頤《蕙風詞話續編》卷一

松厓詞《竹香子·詠斑竹菸管》云：『莫問吞多咽少，釣詩杆、何妨飢咬。』『釣詩杆』可作喫菸典故。（以上《蕙風詞話》，人民文學出版社一九六〇年版）

王逸塘《今傳是樓詩話》卷四

狄道詩人吳松厓鎮，所爲《松花庵詩草》，袁隨園、王西沚、楊蓉裳均極稱之。以清嘉慶丁巳卒，年七十七。松厓素自比羅昭諫，而年適相符，亦一奇也。有押『秋』字句云：『疏桐連夜雨，寒雁幾聲秋。』『蘆花湘浦雪，楓葉洞庭秋。』『看山雙槳暮，聽雨一篷秋。』一時稱爲『三秋居士』。（《今傳是樓詩話》，清咸豐刻本）

張建《讀松花道人全集作長歌》

松花道人詩律細，老韻砰訇響天際。聲病沈梅窺精嚴，格調袁蔣異統系。西北山水雄渾深，洮河亦復工遠勢。此地恰宜生此人，冰雪聰明雷霆鋭。十年芸案富五車，八上春官靳一第。廣文先生轉速飛，三刀五馬膴仕筮。召杜龔黄都能爲，鄭虔桑悦何足計。長吟迸出金石聲，絲竹當之皆柔脆。集句全擷漢唐英，美錦豈如初學制。餘事爲文亦足奇，六朝旖旎供點綴。君不見有明七子李崆峒，山高水長少人替。又不見同時崛起胡静庵，驚人佳句極鉅麗。龍馬由來產渥窪，隴上多材古有例。道人自擬吳仲圭，梅花松花結古契。半山爭墩亦偶然，政如兄弟諧魯衛。余生悵晚屬瓣香，好詩讀罷風生袂。

靜穆直挾元氣來，晝夜不放川流逝。思之思之鬼神通，蓬心或可茁蘭蕙。是有真宰難强求，靈源待瀹乞天帝。（《退思堂詩文選》，甘肅民族出版社二〇〇二年版）

薛桂輪《西北視察日記》之《沙漠中絕妙點綴『我憶臨洮好』的西北寫景》

民國二十二年七月十一日……余遊罷無事，偶思肅州航站電信員安可象君籍隸臯蘭，當能道本地掌故及名人傳記。趨與之談，果借得《松厓詩録》全卷，狄道吴鎮，字信辰，别號松花道人著，清乾隆年人，宦遊湘鄂，十二歲能作詩，二十六歲從山左牛真谷爲師，著有《松花庵詩草》、《松花庵逸草》、《蘭山詩草》。《松厓詩録》乃集以上諸詩之菁筆。其詩骨力蒼堅，意味深厚，得漢唐作者神理而不襲其貌。余翻閲之下，亟録關於西北寫景數首。其中《我憶臨洮好》十首，先寫臨洮春夏秋冬四季光景，後寫山水人物，古跡名勝，堪當臥遊，尤爲難得。（《西北視察日記》，上海申報館一九三四年版）

馮國瑞《臨洮雜言（其三）》

北地無人鳥鼠秋，清詞麗藻冠西州。滄桑劫後松花在，珍重棗梨幾校讎。（《絳華樓詩集》卷一，民國二十五年刻本）

袁行雲《清人詩集敘録》卷三十二

《松花庵詩草》六卷（嘉慶十七年刻本），吴鎮撰。鎮字信辰，一字士安，别號松花道人。甘肅臨洮人。乾隆十五年舉人。官山東陵縣知縣，湖北興國知州，湖南沅州知府。主講蘭山書院。通聲韻，著有《聲調譜》等書。嘉慶二年卒，年七十七。是集爲《松花庵六種》本，有牛運震、陳鴻寶、袁枚、王鳴盛序。事見卷首李華春所撰《傳略》。作者詩名籍甚，世稱西周騷壇牛耳。惟受學於牛運震，不免滯鈍。生平作詩數千首。此爲《松花庵詩草》二卷，《蘭山詩草》、《松花遊草》、《竹嶼詩草》、《松花逸草》各一卷，乃經删汰增刻，仍不逮十之三四。書中《乾蝴蝶》七律八首，袁枚序已嫌之。《集唐》諸篇，用力雖勤，終歸無益。《夜夢李太白爲予點定諸詩》，不免措大口氣。《夢觀演〈墜樓記〉》，其綠珠憑欄欲下，予懼，虛以手承之，樓上嘖嘖稱羨，似有悅己之感也》，尤令人捧腹。唯《襄陽雜詠》四首，《渭源五竹寺》、《興國鳳凰寺》、《韓城竹枝詞》、《武當山作》六首、《薛王坪歌》、《誌公洞歌》、《海喇都曲》，不乏興象，且廣見聞。《鄭子產祠》、《豫讓橋歌》、《白太傅祠》、《信陽何大復祠》、《葛衣公祠》、《讀項羽傳》、《讀北齊書有感》、《讀梁史有感》、《昭陵懷古》，可稱博識。而《西魏延昌宫主法器歌》、《題哥舒翰紀功碑》等篇，關係西北文獻，尤有可採焉。（《清人詩集敍錄》，文化藝術出版社一九九四年版）

參考文獻以作者姓氏拼音爲序

基礎文獻類

吳鎮《松花庵集》，清嘉慶十八年刻本。
吳鎮《松花庵集》，清乾隆五十一年刻本。
吳鎮《松花庵集》，清乾隆五十五年蘭山書院刻本。
吳鎮《松花庵集》，清乾隆间刻本。
吳鎮著、李苞等注《四書課童詩注》，清乾隆五十六年刻本。
吳鎮《松厓詩録》，清乾隆五十七年刻本。
吳鎮《松厓對聯》，清嘉慶二十三年刻本。
吳鎮《松厓制藝》，清嘉慶二十四年刻本。
吳鎮《松花庵詩話》，清嘉慶二十四年刻本。
吳鎮《松厓文稿三編》，清嘉慶二十五年刻本。
吳鎮《松厓試帖》，清道光元年刻本。
吳鎮《松花庵續集》，清嘉慶二十五年刻本。

吳鎮《松花庵全集》，清宣統二年刻本。

趙越等《吳鎮詩詞選注》，甘肅人民出版社一九九二年版。

別集類

畢沅著、楊君點校《畢沅詩集》，人民文學出版社二〇一五年版。

董平章《秦川焚餘草》，清光緒二十七年容齋刻本。

郭楷《夢雪草堂詩稿》，清咸豐六年刻本。

龔景瀚《澹靜齋詩文鈔》，清道光二十年恩錫堂刻本。

胡釴《靜庵詩集》，清嘉慶八年刻本。

江得符《三餘齋文集》，清乾隆五十一年汲古書屋精刻本。

李友棠《佚鯖集》，清乾隆刻本。

李華春《綠雲吟舫倡和草》，清嘉慶二十二年刻本。

李苞《敏齋詩草》，清嘉慶二十二年刻本。

李苞《巴塘詩鈔》，清嘉慶二十二年刻本。

李兆甲《椒園詩鈔》，清嘉慶刻本。

劉壬《戒亭詩草》，清乾隆刻本。

牛運震《空山堂詩文集》，清嘉慶六年刻本。
秦維岳《聽雨山房詩鈔》，清嘉慶刻本。
祁寯藻《䜩釚亭集》，清咸豐刻本。
沈壽榕《玉笙樓詩録》，清光緒九年刻增修本。
王鳴盛《西莊始存稿》，《續修四庫全書》本，上海古籍出版社二〇〇二年版。
王英志校點《袁枚全集》，江蘇古籍出版社一九九三年版。
王太岳《清虚山房集》，清光緒刻本。
王太岳《西城小築詩》，清光緒刻本。
王曾翼《居易堂詩集》，清乾隆王祖武刻本。
吳簡默《板屋吟詩草》，清乾隆五十七年刻本。
閻介年《九宫山人詩選》，清乾隆刻本。
姚頤《雨春軒詩》，清乾隆刻本。
楊鸞《邈雲樓集六種》，清乾隆道光間刻本。
楊芳燦著，楊緒容、靳建明點校《楊芳燦集》，人民文學出版社二〇一四年版。
楊芳燦《芙蓉山館師友尺牘》，清光緒十三年刻本。
楊揆《桐花吟館詩稿》，清嘉慶十二年刻本。
曾燠《賞雨茅屋詩集》，清嘉慶刻增修本。

張五典《荷塘詩集》，清乾隆刻本。
張翽《念初堂詩集》，清嘉慶刻本。
張開東《白蒓詩集》，清乾隆五十三年張兆騫刻本。
朱珪《知足齋集》，清嘉慶刻增修本。

總集類

畢沅《吳會英才集》，清乾隆刊本。
劉紹攽《二南遺音》，北京大學圖書館藏清同治十二年刻本。
李苞《洮陽詩集》，清嘉慶四年刻本。
李元春《關中兩朝詩文鈔》，清道光十二年刻本。
錢仲聯《清詩紀事》，江蘇古籍出版社一九八七年版。
沈德潛《清詩別裁集》，中華書局一九七五年版。
沈粹芬等《清文匯》，北京出版社一九九六年版。
王昶《湖海詩傳》，商務印書館一九五八年版。
徐世昌《晚晴簃詩匯》，中國書店一九八九年版。
張宏生《全清詞》（雍乾卷），南京大學出版社二〇一二年版。

張應昌《清詩鐸》，中華書局一九六〇年版。

詩話類

法式善著、張寅彭點校《梧門詩話合校》，鳳凰出版社二〇〇五年版。
符保森《寄心庵詩話》，清咸豐刻本。
郭紹虞編《清詩話續編》，上海古籍出版社一九八三年版。
洪亮吉《北江詩話》，人民文學出版社一九八三年版。
黄培芳《香石詩話》，上海書店一九八五年版。
蔣寅《清詩話考》，中華書局二〇〇五年版。
況周頤《蕙風詞話》，人民文學出版社一九六〇年版。
王逸塘《今傳是樓詩話》，清咸豐刻本。
王夫之等《清詩話》，中華書局一九六三年版。
吳仰賢《小匏庵詩話》，清光緒刻本。
楊鍾羲著，雷恩海、姜朝暉校《雪橋詩話全編》，人民文學出版社二〇一一年版。
袁枚《隨園詩話》，人民文學出版社一九八二年第二版。
張寅彭主編《清詩話三編》，上海古籍出版社二〇一五年版。

張寅彭《民國詩話叢編》，上海書店出版社二〇〇二年版。
張寅彭《新訂清人詩學書目》，上海古籍出版社二〇〇三年版。

方志類

陳士楨等《蘭州府志》，清道光十三年刊本。
鞏發俊等《臨洮縣志》，甘肅人民出版社一九九一年版。
呼延華國等《狄道州志》，清乾隆二十四年刻本。
劉於義等《陝西通志》，清雍正十三年刻本。
錢坫《韓城縣志》，清乾隆四十九年刻本。
沈潅《（光緒）陵縣志》，民國二十五年鉛印本。
許容等《甘肅通志》，臺北文海出版社一九六六年版。
曾國荃《湖南通志》，清光緒十一年刻本
張官五《湖南沅州府志》，清同治十二年增刻乾隆本。

年譜類

蔣致中《牛空山先生年譜》，《民國叢書》第四編，上海書店一九九二年版。

史善長《弇山畢公年譜》，《北京圖書館藏珍本年譜叢刊》，北京圖書館出版社一九九九年版。

王漢民《王文治年譜》，《中華戲曲》第三十九輯。

王文煥《吳松厓年譜》，何炳松主編《中國史學叢書》，商務印書館一九三四年版。

王濬師《隨園先生年譜》，《北京圖書館藏珍本年譜叢刊》，北京圖書館出版社一九九九年版。

楊芳燦編、余一鼇續編《楊蓉裳先生年譜》，《北京圖書館藏珍本年譜叢刊》，北京圖書館出版社一九九九年版。

雜著類

法式善《清祕述聞三種》，中華書局一九八二年版。

法式善《槐廳載筆》，清嘉慶四年刻本。

李斗《揚州畫舫錄》，中華書局二〇〇一年版。

梁章鉅《楹聯叢話》，北京出版社一九九六年版。

鈕琇《觚賸》，齊魯書社一九九五年版。
錢泳《履園叢話》，中華書局一九七九年版。

政書、傳記、工具書類

阿桂《蘭州紀略》，清文淵閣四庫全書本。
蔡冠洛《清代七百名人傳》，中國書店一九八四年版。
陳祖武《清儒學術拾零》，湖南人民出版社一九九九年版。
鄧之誠《清詩紀事初編》，上海古籍出版社一九八四年版。
傅恒《平定準噶爾方略》，清文淵閣四庫全書本。
李元度《國朝先正事略》，岳麓書社一九九一年版。
李桓《國朝耆獻類徵》，廣陵書社二〇〇七年版。
李靈年、楊忠《清人別集總目》，安徽教育出版二〇〇〇年版。
錢儀吉等《清代碑傳全集》，上海古籍出版社二〇一八年版。
錢仲聯《中國文學家大辭典》（清代卷），中華書局一九九六年版。
王慶雲《熙朝紀政》，清咸豐刻本。
王先謙《東華續錄（乾隆朝）》，清光緒十年長沙王氏刻本。

王鍾翰點校《清史列傳》，中華書局一九八七年版。
魏源《聖武記》，清道光刻本。
袁行雲《清人詩集敘錄》，文化藝術出版社一九九四年版。
張維屏《國朝詩人徵略》，中山大學出版社二〇〇四年版。
趙爾巽等《清史稿》，中華書局一九七七年版。
張維《甘肅人物志》，《西北師範大學學報》增刊一九八八年版。

研究類

胡大浚《隴右文化叢談》，甘肅教育出版社一九九八年版。劉世南《清詩流派史》，人民文學出版社二〇〇四年版。
李子偉、張兵《隴右文化》，遼寧教育出版社一九九八年版。
劉世南《清詩流派史》，人民文學出版社二〇〇四年版。
嚴迪昌《清詩史》，浙江古籍出版社二〇〇二年版。
嚴迪昌《清詞史》，江蘇古籍出版社一九九九年版。

後記

甘肅地處祖國的西北，又是漢唐時期絲綢之路的『黄金路段』，在中國文學史上曾經涌現過許多著名人物，如王符、秦嘉、趙壹、傅玄、陰鏗、李益、權德輿、牛僧孺、王仁裕、牛嶠、牛希濟、梁肅、李翺、李公佐等。明清時期，隨著中國政治、經濟、文化中心的東移，絲綢之路也逐漸衰落，甘肅成爲『地居下國，路絶上京』（劉知幾《史通·外編·雜說下》）的偏僻之地。但是明清時期甘肅文學家依然層出不窮，著名的有李夢陽、趙時春、胡纘宗、金鑾、張晉、吳鎮、張澍等，正如孫治所說：『北地風氣悲凉，土俗勁直，其所長者，皆詩之所通也；其所短者，皆詩之所避也。且山川遼闊，津梁疲遠，公車制舉之言，或終歲弗及於境。士大夫世其學者，惟《左》、《國》、班、馬，及王、孟、李、杜諸書耳。夫公車之業損，則風雅之事進。志一而性樸，氣强而力果，或間氣一鍾，必爲詩之三宗也歟。』（《學古堂集序》）因此，清代隴右詩人的創作也不應忽視，尤其是臨洮詩人吳鎮最爲特出。他曾在蘭山書院從學於牛運震，創作成就較高，還組織過『洮陽詩社』，帶動了清代中期隴右詩壇的繁榮興盛。

二〇〇一年，我考上張兵先生的碩士研究生，攻讀中國古代文學元明清方向碩士學位。張兵先生對地域文化和地域文學研究頗爲重視，因此建議我研究清代臨洮詩人吳鎮，並且幫我在西北師範大學圖書館複印了《松花庵全集》，又托友人複印了王文煥先生所著《吳松厓年譜》。龔喜平先生聽說我研究吳鎮，將他珍藏的趙越先生選注的《吳鎮詩詞選注》慷慨解贈。張兵先生聽說趙逵夫先生保存有趙越先生的《松花庵詩餘注釋》，又讓我去找逵夫先生借閲。逵夫先生一聽我借這本書，馬上問我是不是臨洮人，我説我是宕昌人。他高興地説：『我們是老鄉啊！吴鎮是甘肅的著名詩人，現在没人深入研究，你這個選題對於本土詩人的研究和地域文化的研究都有一定的意義。』在各位前輩和老師的鼓勵下，我認真研讀了吴鎮的著作，並廣泛搜集了吴鎮研究的相關資料，錙銖積累，收穫頗豐。二〇〇四年，我碩士畢業留校任教，張兵先生和趙逵夫先生又建議我將吴鎮《松花庵全集》整理出來，爲學界研究隴右詩人提供方便。由於我尚覺才疏學淺，加之正在做三秦詩派的研究，没有急於整理。二〇〇八年，我考上了南京師範大學陳書録先生的博士，繼續研究清代三秦詩派，吴鎮也是三秦詩派的一個重要作家。我在南京又搜集了數量不菲的吴鎮研究資料，校勘出版吴鎮集也有了更大的信心。

二〇一二年，我博士畢業回到西北師範大學，一邊教學，一邊修改博士學位論文和以前的一些研究課題，整理出版吴鎮集的工作也得到了西北師範大學古籍所所長漆子揚和丁宏武的支持。我又去西北師範大學圖書館、甘肅省圖書館廣泛搜集吴鎮著作，將各種版本仔細比對，寫了詳細的校勘記，還從各種清代詩文别集、總集、地方志和詩話、詞話中搜集了比較豐富的吴鎮研究資料、集外詩詞和詩詞評點資料，並在此基礎上對王文焕先生的《吴松厓年譜》做了認真修訂，《吴鎮集彙校集評》基本完成。書稿寫成以後，受到趙逵夫先生、張兵先生和龔喜平先生的肯定，認爲這是目前吴鎮集整理的一個重要研究成果，吴鎮一生的創作得以全面展現。我將此書稿寄給時任人民文學出版社副總編輯的周絢隆先生，周先生是甘肅慶陽人，對我整理甘肅古代詩人的著作也非常重視，他讓我和人民文學出版社古典文學編輯部主任葛雲波編審聯繫具體事宜。葛先生對書稿進行了認真審閲，提出了許多寶貴意見。杜桂萍先生將此書收入她主持的國家社科基金重大項目《清代詩人别集叢刊》。在此書出版之際，趙逵夫先生在百忙之中爲此書撰序，並提出了許多寶貴意見和建議。二〇一七年六月，我的師弟張文建議將此書稿申請全國高校古籍整理研究項目，我也深受鼓舞，因此申請了該項目並獲得立項資助。

古籍整理是一項比較艱難的工作，需要持久的耐心和扎實的文獻功底。雖然我花費了將近十年的時間做了此項工作，但是由於本人學術水平有限，錯誤之處在所難免，懇請各位專家和讀者批評指正，提出寶貴意見。在做這項工作的時候，趙逵夫先生、陳書録先生、張兵先生、龔喜平先生、周絢隆先生、葛雲波先生、杜桂萍先生都給予了我許多幫助和支持，在此表示誠摯的謝意！責任編輯杜廣學博士爲此書的出版也付出了艱辛的勞動，在此也深表感謝！韓高年教授、馬世年教授、漆子揚教授、丁宏武教授、杜志强教授、吳永萍老師、張文老師也曾對我多有幫助，也在此深表感謝！

二〇一七年冬於西北師範大學